# HISTOIRE

## DE LA

# LITTÉRATURE HINDOUIE

## ET HINDOUSTANIE

PAR

## M. GARCIN DE TASSY

PROFESSEUR A L'ÉCOLE IMPÉRIALE ET SPÉCIALE DES LANGUES ORIENTALES VIVANTES
MEMBRE DE L'INSTITUT DE FRANCE
DE L'ACADÉMIE IMPÉRIALE DES SCIENCES DE SAINT-PÉTERSBOURG
DES ACADÉMIES ROYALES DE MUNICH, DE LISBONNE, DE TURIN
DES SOCIÉTÉS ROYALES DE NORVÈGE, D'UPSAL ET DE COPENHAGUE
DES SOCIÉTÉS ASIATIQUES DE PARIS, DE LONDRES, DE CALCUTTA, DE MADRAS
DE BOMBAY, ORIENTALES ALLEMANDE ET AMÉRICAINE
DE L'« ANJUMAN » DE LAHORE, DE L'INSTITUT D'ALIGARH
CHEVALIER DE LA LÉGION D'HONNEUR ET DE L'ÉTOILE POLAIRE DE SUÈDE, ETC.

The Hindi dialects have a literature of their
own and one of very great interest.
H. H. WILSON. *Introd. to Mack. Collect.*

## SECONDE ÉDITION

REVUE, CORRIGÉE, ET CONSIDÉRABLEMENT AUGMENTÉE

## TOME SECOND

# PARIS

## ADOLPHE LABITTE

LIBRAIRE DE LA SOCIÉTÉ ASIATIQUE

4, RUE DE LILLE

M DCCC LXX

# HISTOIRE

## DE LA

# LITTÉRATURE HINDOUIE

## ET HINDOUSTANIE

PARIS. TYPOGRAPHIE DE HENRI PLON

IMPRIMEUR DE L'EMPEREUR

8, RUE GARANCIÈRE

# HISTOIRE

DE LA

# LITTÉRATURE HINDOUIE

## ET HINDOUSTANIE

PAR

## M. GARCIN DE TASSY

PROFESSEUR A L'ÉCOLE IMPÉRIALE ET SPÉCIALE DES LANGUES ORIENTALES VIVANTES
MEMBRE DE L'INSTITUT DE FRANCE
DE L'ACADÉMIE IMPÉRIALE DES SCIENCES DE SAINT-PÉTERSBOURG
DES ACADÉMIES ROYALES DE MUNICH, DE LISBONNE, DE TURIN
DES SOCIÉTÉS ROYALES DE NORVÉGE, D'UPSAL ET DE COPENHAGUE
DES SOCIÉTÉS ASIATIQUES DE PARIS, DE LONDRES, DE CALCUTTA, DE MADRAS
DE BOMBAY, ORIENTALES ALLEMANDE ET AMÉRICAINE
DE L'« ANJUMAN » DE LAHORE, DE L'INSTITUT D'ALIGARH
CHEVALIER DE LA LÉGION D'HONNEUR ET DE L'ÉTOILE POLAIRE DE SUÈDE, ETC.

The Hindi dialects have a literature of their
own and one of very great interest.
H. H. WILSON, *Introd. to Mack. Collect.*

### SECONDE ÉDITION

REVUE, CORRIGÉE, ET CONSIDÉRABLEMENT AUGMENTÉE

### TOME SECOND

## PARIS

### ADOLPHE LABITTE

LIBRAIRE DE LA SOCIÉTÉ ASIATIQUE

4, RUE DE LILLE

M DCCC LXX

# HISTOIRE

### DE LA

# LITTÉRATURE HINDOUIE

## ET HINDOUSTANIE

## BIOGRAPHIE

### BIBLIOGRAPHIE ET EXTRAITS

#### (SUITE)

## I

'IBADAT [1] (le hâjî MIRZA 'ABID 'ALÎ BEG ZAÏR), de Lakhnau, fils de Mirzâ Bakhsch ullah Beg, élève du saïyid Agâ Haçan Amânat, est un poëte hindoustani dont Muhcin cite des vers dans son Anthologie.

I. IBRAHIM [2] (le nabâb 'ALÎ IBRAHÎM KHAN) occupait la charge de juge ou pour mieux dire de président du tribunal de Bénarès [3], sous le gouvernement de lord Hastings.

Il était né à Patna. Son nom *in extenso* est Nawâb 'Alî Ibrâhîm Amîn uddaula Nâcir Jang, et il avait le

---

[1] A. « Adoration, service de Dieu » (*'ibâdat*).
[2] A. « Abraham ».
[3] *Dâroga-i 'adâlat Benares.*

double takhallus de *Khalîl*[1] et de *Hâl*[2]. C'est sous le premier de ces noms qu'il est mentionné dans le Tazkira
des poëtes persans de Yûçuf 'Alî et dans Schorisch, et
sous le dernier dans 'Ischqui. Le grand-père de sa mère
était le savant maulâ Muhammad Nâcir, qui était élève
d'Akhund Maulâ Schâh Muhammad Schîrâzî, et qui
mourut sous le règne de Muhammad Schâh[3]. On lui
doit une biographie anthologique des poëtes hindoustanis intitulée *Gulzâr-i Ibrâhîm,* par une double allusion à
son nom et à une légende musulmane sur Abraham. Ce
travail, commencé en 1186 (1772) et terminé en 1198
(1783), contient des notices sur environ trois cents
poëtes, avec des extraits de leurs ouvrages.

Ibrâhîm est aussi auteur de deux Anthologies des
poëtes persans; la première, qui est intitulée *Khulâçat ul
kalâm* « Abrégé du discours », contient en un volume
in-4° des morceaux choisis dans les masnawis de soixante-
dix-huit poëtes; et l'autre, intitulée *Suhuf-i Ibrâhîm* « les
Feuilles d'Ibrâhîm », contient des cacidas, des gazals, etc. La partie biographique de ce dernier ouvrage
est intitulée *Bayâz*[4]. Enfin on lui doit un article sur
l'ordalie inséré dans les « Asiatic Researches », tome I,
page 471, et très-probablement des poésies hindoustanies, car les auteurs de Tazkiras des écrivains urdus en
ont tous écrit. Il mourut en 1208 (1793-1794), ainsi
que nous l'apprenons par une pièce de vers[5] dans laquelle le célèbre poëte hindoustani Jurat a fixé cette
date. Voici la traduction de ce tarikh :

---

[1] A. « Ami ».
[2] A. « État ».
[3] Sprenger, « A Catalogue », p. 180.
[4] N. Bland, « Journal of the Roy. Asiat. Soc. », t. IX, p. 159.
[5] Page 83 de mon exemplaire manuscrit des œuvres de Jurat.

Hélas! cent fois hélas! le soleil de la justice, la lune brillante de l'équité est allée se cacher dans la citadelle de la mort.

Y a-t-il une injustice qui par ses soins n'ait pas été éloignée du monde?

Le jardin de l'équité était verdoyant par lui...

Cent fois hélas! de ce que cet homme, qui était si éloquent dans le palais de la justice, soit actuellement silencieux sous la terre.

Comment la chaleur du marché du discours ne se changerait-elle pas en froideur, puisque cet éloquent défenseur de la justice n'est plus juge?

Mais c'est assez de complainte, ô Jurat! songeons à faire connaître le tarîkh de la mort de ce personnage recommandable :

*Hélas! elle s'est éteinte la flamme de cette bougie; il a été effacé, le matla'* [1] *du dîwân de la justice* [2] *!*

Je pense que c'est le même écrivain dont Mîr, dans l'article de sa biographie sur Râquim, parle sous le nom de *Miyân Ibrâhîm*. Il était tout jeune à cette époque, et il était très-lié avec Mîr. Il partageait son goût pour la poésie, et il avait la même manière d'écrire.

II. IBRAHIM (le câzî Ibrahîm Balandarî), fils du câzî Nûr Muhammad, de Bombay, a été, en compagnie de Nûr uddîn, l'éditeur d'une traduction hindoustanie de morceaux choisis du masnawî de Jalâl uddîn Rûmî par Schâh Musta'an, imprimée à Bombay en 1277 (1860-1861), petit in-folio de 180 pages de 21 lignes, avec

---

[1] C'est le nom qu'on donne au premier vers d'un poëme. Le Dîwân est un recueil de poésies, et aussi un conseil; le *matla'* d'un Dîwân est donc le premier vers du recueil, et par métaphore « le président d'un conseil ».

[2] En additionnant les lettres qui forment ce tarîkh, c'est-à-dire le second hémistiche du dernier vers, on trouve le nombre **1208**, qui indique l'année de l'hégire correspondant aux années 1793-1794 de Jésus-Christ.

les marges couvertes de vers en hémistiches. Il a aussi
donné ses soins à l'édition du *Dastán Amír. Hamzah*
« Histoire de l'amír Hamzah [1] », publié à Bombay en
1854-1855.

III. IBRAHIM ('ADIL SCHAH), sultan de Béjápûr [2], qui
régna de 1579 à 1626, année de sa mort, est compté
parmi les écrivains hindoustanis. On lui doit un ouvrage
en vers sur la musique intitulé *Nau ras* « les Neuf sentiments », dont il existe deux exemplaires dans la bibliothèque de la Société Asiatique de Calcutta. Ces neuf
sentiments, exprimés par la musique et par la poésie,
sont :

1° Le *singar-ras* « l'amour » ;

2° Le *hans-ras* « la gaieté » ;

3° Le *karuná-ras* « la tendresse » ;

4° Le *randar-ras* « la colère » ;

4° Le *bír-ras* « l'héroïsme » ;

6° Le *bhayának-ras* « la terreur » ;

7° Le *bíbhatas-ras* « le dégoùt » ;

8° L'*adhbut-ras* « la surprise » ;

9° Le *sánt-ras* « le contentement » .

Dans le poëme dont il s'agit, ces *ras* sont développés
par les *rág* « modes musicaux » .

Le célèbre maulà Zuhûrî a traduit en persan les trois
*Díbája* « Préfaces » de cet ouvrage sous le titre de *Sih
nasr* « les Trois proses », et ce travail a été traduit et
commenté par Karim uddín sous le titre de *Taschhír
Zuhûrî* « Manifestation de Zuhûrî [3] » .

IBRAM [4] KHAN (le munschí), de Púna, est auteur

_____

[1] Voyez l'article ASCHK.

[2] Ville et royaume du Décan, plus connus sous le nom de Vizapûr.

[3] Voyez l'article KARÎM UDDÍN.

[4] Si ce mot est bien écrit, car je ne l'ai vu qu'en caractères latins, il

d'un ouvrage religieux musulman imprimé à Ratna-gherry, et indiqué sous le titre de « Musalmani Work » dans le « Catalogue of native publications of the Bombay Presidency », p. 152.

I. 'IBRAT [1] (Mír Ziya uddín), de Dehli, élève du na-báb Muhabbat Khán, habita Rámpûr et y mourut.

On lui doit un quart du poëme de *Padmáwat*, qui fut terminé par Gulâm 'Alì 'Ischrat, la mort ayant empê-ché 'Ibrat de continuer la tâche qu'il s'était imposée.

II. 'IBRAT (le nabáb Huçaïn 'Alì Khan), de Lakh-nau, connu sous le nom de *Baré* [2] *Mirzá* « le Grand Prince », fils du nabáb Muhammad 'Alì Khán, petit-fils du nabáb Schujâ' uddaula Bahádur et élève de Gulâm Hamdanî Mashafî, est auteur d'un Diwán dont Muhcin a cité plusieurs gazals dans son Anthologie.

III. 'IBRAT (Muhammad Khwaja Badschiah) est un autre poëte, rédacteur et éditeur du journal urdû de Madras [3] intitulé *Mazhar-i akhbár* [4] « la Manifestation des nouvelles », qui paraît tous les dix jours par cahiers de 12 pages, sur deux colonnes de 22 lignes, et qui est souvent accompagné d'un *Zamíma* « Supplément ».

IÇALAT [5] (le saïyid Fazl 'Alì), de Lakhnau, fils du saïyid Wâris 'Alì et élève d'Amânat, est un poëte hin-doustanî dont Muhcin cite des vers dans son Antho-logie.

---

doit être le substantif arabe signifiant « sollicitation, supplique, etc. ». Il peut être aussi une contraction d'Ibráhím.

[1] A. « Exemple ».

[2] *Baré* est un pluriel dit « respectueux », pour *barâ*.

[3] Ville nommée, pour obtenir une rime, *Maçarrat açâs* « aux fonde-ments de joie ».

[4] Discours de 1866, p. 7.

[5] A. « Solidité, constance, noblesse » (*içâlat*).

IDRAK [1] (Mirza Baquir), de Lakhnau, fils d'Anwar
'Ali, précepteur de Muhcin uddaula Bahàdur, et' élève
de Khwâja Wazir, est auteur d'un Dîwân dont Muhcin
cite des vers.

I. IHÇAN [2] (le hâfiz 'Abd urrahman Khan), fils du hâfiz
Gulâm-i Raçûl, est un des poëtes les plus distingués de
Dehli. Il avait d'abord pris le takhallus de *Rahman*, qui
fait partie de son titre honorifique. Il commença à écrire
sous le règne de Schàh 'Alam; il était le poëte de la cour,
et il corrigeait les vers des omras du temps. Il occupait
en 1847 des fonctions importantes dans l'administration
à Dehli, où il est mort en 1851, âgé de plus de quatre-
vingts ans; et à cet âge si avancé il assistait encore aux
réunions littéraires.

On lui doit des vers érotiques fort tendres, et il est auteur d'un Dîwân dont il y avait un exemplaire à la
bibliothèque du palais impérial de Dehli. Sarwar en cite
une vingtaine de pages, et Karîm quelques gazals et un
cacida à la louange de Mahomet. Muhcin en cite aussi
des vers.

Ihçân a partout employé dans ses poésies les figures
de rhétorique nommées *tajnis, ischtiyâc, tibâc, ibhâm,
izdâd,* etc. [3].

On trouve un tarîkh de sa composition sur le Tazkira
de Sarwar à la fin de cet ouvrage.

II. IHÇAN (Mîr Gulam 'Ali), de Haïderâbâd [4], est

---

[1] A. « Aptitude, etc. (*idrâk*) ».
[2] A. « Bienfait ».
[3] Sur ces différents tropes, voyez ma « Rhétorique des nations musulmanes ».
[4] Ce poëte est le même que Karîm nomme Mîr Gulâm-i 'Alî Ahçan.
L'orthographe fautive de ce dernier mot est sans doute due à une erreur
typographique.

un poëte contemporain mentionné par Schefta et par Sarwar.

III. IHÇAN, de Lakhnau, est mentionné par Schefta comme célèbre par ses marciyas.

IV. IHÇAN (Mîr Schams uddîn), fils de Mir Camar uddîn Minnat[1], est compté parmi les poëtes hindoustanis. 'Ali Ibrâhîm, le seul des biographes originaux qui en parle, se contente d'en citer un vers.

IHÇAN 'ALI[2] (le hakim), médecin musulman, est auteur d'un traité abrégé de médecine en urdû intitulé *Tibb-i Ihçânî* « la Médecine selon Ihçân ». L'*Akhbâr 'âlam* de Mirat du 19 juillet 1866 proclame l'utilité de ce traité pour l'indication des remèdes propres aux différentes maladies et de leur traitement, et le dit écrit très-agréablement. Il a été imprimé à Cawnpûr au *Matba' Nizâmî*[3], et j'en ai une édition de l'imprimerie *Mustafâï* de Dehli, de 1281 (1864-1865), que je dois à l'obligeance de Mr. Beames.

IJAD[4] (Mirza Aga Khan) est un poëte hindoustanî dont je ne puis mentionner que le nom.

I. 'IJAZ[5] (le nabâb Asgar 'Ali Khan), de Lakhnau, fils du nabâb Najâbat 'Ali Khân, petit-fils du nabâb Schujâ' uddaula Bahâdur et élève du schaïkh Imâmbakhsch Nâcikh, est auteur d'un Dîwân dont Muhcin cite des gazals dans son Anthologie.

II. 'IJAZ (le schaïkh Karamat 'Ali) est un poëte hindoustanî contemporain dont on trouve une pièce de vers dans l'*Awadh akhbâr* du 19 octobre 1869.

[1] Voyez son article.
[2] A. « Le bienfait de 'Ali ».
[3] Grand in-8° de 98 pages et de 21 lignes à la page.
[4] A. « Invention (*îjâd*) ».
[5] A. « Humilité ('*ijâz*) ».

IKRAM (le hakîm IKRAM ULLAH KHAN), de Dehli, fils du
hakîm Hidâyat ullah Khân, est mentionné comme poëte
hindoustani par Muhcin, qui en cite des vers.

IKRAM 'ALI[1] (le maulawi) était frère de Turâb 'Ali[2],
qui, d'accord avec le capitaine Abraham Locket[3], secrétaire du Collége de Fort-William, l'engagea à se
rendre à Calcutta. Par la protection de ce dernier, il fut
attaché, en octobre 1816, au Collége de Fort-William
en qualité de bibliothécaire. Alors John William Taylor,
professeur d'hindoustani, qui s'intéressait à lui, lui
donna l'idée de traduire de l'arabe en hindoustani l'ouvrage intitulé *Riçâla-i Ikhwân ussafâ*[4], ou simplement
*Ikhwân ussafâ*[5]. Il lui recommanda de se servir d'expressions simples et d'éviter celles qui pourraient jeter
de l'obscurité dans le discours, sans renoncer toutefois à
l'élégance du style et sans rejeter entièrement les métaphores faciles à saisir. Ikrâm 'Ali se livra donc à ce travail, l'exécuta conformément aux indications du capi-

1 A. « L'honneur de 'Ali ».

2 V. son article.

3 Orientaliste distingué, auteur de plusieurs ouvrages.

4 On a attribué, par erreur, cette traduction à Turâb 'Ali, dans le
« Public Dissertations of the students of the College of Fort-William »,
p. 30 et 44.

5 Cet ouvrage est intitulé en arabe *Tuhfat Ikhwân ussafâ* « Présent
des frères de la pureté ». L'ouvrage complet est intitulé *Raçâïl Ikhwân
ussafâ*. Le premier ouvrage n'est qu'un chapitre du second. Voyez les
« Notices des manuscrits », t. IX, p. 397, et le « Journal des Savants »,
1867, p. 685; le « Journ. Asiat. Soc. Bengal », t. XVII, 1848, et celui
de la « Société orient. allemande », vol. XIII (1859). L'auteur du
texte arabe est, selon Hâjî Khalfa, Majriti de Cordoue, mort en 395
(1004-1005). Mais Majriti est seulement celui qui fit connaître cet ouvrage. Le véritable auteur, d'après le *Tawarîhh ul-hukamâ*, dont l'opinion a été adoptée par le savant arabisant A. Sprenger, c'est Mucaddacî
(Abû Sulaïman Mahmûd). L'ouvrage hébreu mentionné au n° 337 du
Catalogue des livres de S. de Sacy paraît être la traduction du *Tuhfat*.

taine Taylor, et l'intitula *Tarjuma-i Ikhwân ussafâ*
« Traduction de l'*Ikhwân ussafâ* » .

Il y en a plusieurs éditions, une entre autres d'Hougly, 1846 ; une de Dehli, 1851 ; et une de Lahore,
1866 ; celle de Ch. Rieu et de D. Forbes, in-8°, Londres, 1861 ; celle de N. Lees, de Calcutta, 1862 (la
troisième de Calcutta).

Cet ouvrage est un recueil de discours entre les
hommes et les animaux. Ils disputent entre eux sur leur
prééminence et sur leurs mérites respectifs. Ikrâm
dit, dans la préface de la trāduction hindoustanie, que
les gens intelligents ne s'arrêtent point à la partie fabuleuse de cet ouvrage, mais qu'ils en comprennent les
allégories et qu'ils éprouvent du plaisir en lisant ces subtilités spirituelles et ces allusions aux doctrines religieuses. Les auteurs arabes de cet écrit sont Abû Salmân,
Abû'lhaçan, Abû Ahmad, etc.; en tout dix collaborateurs. Ils demeuraient à Basra, et ils employaient leur
temps à étudier la religion et les sciences. Ils composè-
rent cinquante et un traités différents, la plupart sur des
sciences importantes. L'*Ikhwân ussafâ* est un de ces
traités. Leur but fut d'exposer les prérogatives de l'homme
sur les animaux. Ils déclarent que c'est par la connaissance des choses spirituelles que l'homme est au-dessus
des créatures, et ils renvoient à leurs autres traités où
sont développées ces sciences importantes. Dans ce
dernier traité, ils ont voulu rappeler ces vérités par la
bouche des animaux, afin d'exciter à la réflexion les in-
différents.

La traduction hindoustanie fut faite en 1225 de l'hégire (1810 de J. C.), et imprimée in-8° à Calcutta l'année suivante, c'est-à-dire une année avant l'impression

du texte arabe, qui fut édité aussi dans la même ville et
sous le gouvernement de lord Minto. Elle est extrêmement estimée pour la pureté du style, quoiqu'on y ait
laissé trop de mots et de constructions arabes. Feu
James Michaël, qui en a donné des extraits sous le titre
de *Intikhâb-i Ikhwân ussafâ*[1], pensait que c'est peut-
être l'ouvrage le mieux écrit en prose hindoustanie, et
en effet le gouvernement anglais de l'Inde l'a adopté
comme texte d'examen pour l'urdû.

Il a paru dans l' « Asiatic Journal », t. XXVIII, une
traduction de l'*Ikhwân ussafâ ;* une autre avec un vocabulaire des mots peu usités et des phrases difficiles, par
T. P. Manuel; Calcutta, 1860, gr. in-8° de 42 p. sur
deux colonnes; et tout nouvellement (1869) deux autres
ont été publiées à Londres, l'une par J. Dowson et
l'autre par J. P. Platts. J'en avais donné moi-même une
traduction française en 1864 dans la « Revue de
l'Orient », sous le titre de « les Animaux »; et enfin il y
en a une en allemand, mais d'après le texte arabe, imprimée à Berlin en 1858.

I. ILAHI-BAKHSCH[2] (le maulawi), jama'dâr au service du râjâ de Kischengarh, est auteur :

1° D'un *khiyâl*[3] hostile aux Anglais de l'Inde, à qui
il reproche entre autres choses d'obéir à une femme,
c'est-à-dire à la Compagnie des Indes, que les Indiens
ont toujours généralement crue être une vieille reine
sempiternelle;

2° Du *Bikat kahâni* « Conte de détresse », roman érotique imprimé à Dehli, 1868, in-8° de 16 p.

---

[1] In-4°, Londres, 1830.
[2] P. « Don divin ».
[3] J. Robson, « Selection of Khiyals or Marwari Plays ».

II. ILAHI-BAKHSCH, Ansâri, troisième professeur d'anglais au collége de Sàgar, est auteur d'une Géographie de Sàgar (*Jagráfiya Sâgar*) en urdû, par demandes et par réponses; Sàgar, 1859, petit in-4° de 54 p.; il y en a une édition en hindî.

I. ILHAM[1] (Fazaïl Beg) fut un des élèves de 'Abd ûlwâli 'Uzlat. Il vivait sous l'empereur mogol Ahmad Schâh, fils de Muhammad Schâh. Fath 'Alî Huçaïnî cite de lui dans sa Biographie deux vers qu'il fit pour critiquer une petite musicienne (*kalâwant*).

II. ILHAM (le schaïkh Scharaf uddin), autrement dit *Schâh Malûl,* est auteur de deux Dîwâns persans, et il a aussi composé un bon nombre de vers hindoustanis. Son takhallus était d'abord *Malûl*[2], puis il en changea et prit celui d'*Ilhâm.* Il habitait Lakhnau, où plusieurs littérateurs ont été ses disciples et ses amis. Ses ancêtres résidaient à Lakhnau comme lui, mais précédemment à Murâdâbâd. Il avait plus de soixante et dix ans en 1793. Lutf donne de lui un gazal où ce poëte peint énergiquement l'agitation de son cœur.

'ILM[3] (Muhammad 'Alî) est un poëte hindoustani élève du schaïkh Ibrâhîm Zauc et mentionné par Schefta dans son *Gulschan bé-khâr.*

IMA[4] (le saïyid Huçaïn 'Alî Khan), fils de Mîr Wafà Khân, était originaire du Khoraçan; mais il habitait Haïderâbâd. Kamâl, qui l'avait beaucoup connu, en fait le plus grand éloge et cite plusieurs pages de ses vers, comprenant un long cacîda et plusieurs gazals. Voici la

[1] A. « Inspiration (divine) ».
[2] A. « Triste, abattu ».
[3] A. « Science ».
[4] A. « Signe, marque » (*îmâ*).

traduction de quelques vers d'un de ces derniers
poëmes :

Quel est ce platane avec qui se trouve ce pin juste appré-
ciateur du mérite? Quelle est cette belle perdrix [1] qui marche
avec tant de grâce?

Ma douleur de tête s'évanouira sans l'emploi de l'essence de
rose et du sandal, si tu veux bien venir me trouver vêtue
de ta robe précieuse.

L'oiseau de mon cœur [2] était prêt à déployer ses ailes, *mais*
l'oiseau du Sidrah [3] l'a par son vol repoussé vers la terre.

Un seul de tes coups d'œil a ressuscité des centaines de
morts lorsque tu as regardé du côté du cimetière pour opérer
ce miracle.

O Imâ! éloigne même de ton cœur le désir de baiser les
pieds *de cette belle*. Pourras-tu obtenir la moindre faveur
d'une personne aussi aimable?

'IMAD [4] (Gazî uddîn 'Alî Haïdar Khan 'Umdat ulmulk
Bahadur) n'est autre que le nabâb puis roi d'Aoude
qui régna de 1229 (1813-1814) à 1242 (1826-1827) et
à qui on doit le grand Dictionnaire persan en sept volumes intitulé *Haft culzum* « les Sept océans ».

On le compte parmi les poëtes hindoustanis, et on lui
doit entre autres un ouvrage écrit en vers rekhtas et intitulé *Asch'âr rekhta,* magnifique volume de 200 pages
de quatre baïts, dont la plupart des pièces sont à la
louange des imâms.

'IMAD UDDIN [5] (le maulawî), de Pânipat, habitant

---

1 L'auteur veut parler ici de la femme dont il est question dans le
vers suivant.

2 C'est-à-dire, mon cœur pareil à l'oiseau.

3 Sidrah est le nom de l'arbre du paradis. L'ange Gabriel est nommé
l'oiseau du Sidrah, parce que sa place est auprès de cet arbre.

4 A. « Pilier ». Je pense que tel est en effet le takhallus du roi
d'Aoude dont il s'agit ici.

5 A. « Pilier de la foi ».

de Lahore, est frère de Karîm uddîn. Cet Indien, très-distingué et fort instruit, a quitté ouvertement l'islamisme, a embrassé le christianisme le 29 avril 1866 [1], et sa persévérance et son zèle ont déterminé l'évêque de Calcutta à l'ordonner prêtre en décembre 1868. Il a écrit, pour réfuter son ancienne croyance, un ouvrage rédigé en urdû et intitulé *Tahqíc ulímán* « Certification de la foi », in-8° de 154 p. de 17 lignes; Lahore, 1866; et un autre pour expliquer les motifs de sa conversion, intitulé *Waqu'àt-i 'Imàdiya* « Incidents relatifs à 'Imàd uddîn », in-8° de 18 p. [2]. Depuis 1868 il publie mensuellement à Lahore une série de petits traités de 16 p., sous le titre de *Haqíqui 'irfàn* « la Certitude de la connaissance », sorte de journal mensuel chrétien écrit aussi en urdû [3]. On doit de plus à 'Imàd le *Hidàyat ulmuslimìn* « le Guide des musulmans », en réponse à un ouvrage contre le christianisme intitulé *'Ijàz-i 'Içàwi* « Désappointement chrétien [4] », où sont accumulées toutes les objections modernes contre le christianisme qui ont attiré l'attention des musulmans. C'est un in-8° de 47 p., imprimé à Lahore en 1868.

'Imàd a aussi rédigé un abrégé du *Waqu'àt-i Hind* « Histoire de l'Inde », de son frère Karîm uddîn, sous le titre de *Mukhtaçar tawàrìkh-i Hindustàn* « Abrégé des chroniques de l'Inde »; Lahore, 1866, in-8° de 700 p.

---

[1] Sur la conversion et les ouvrages de 'Imàd, voyez mes Discours d'ouverture de 1866, 1867, 1868 et 1869.

[2] A son imitation, son frère Khaïr uddîn, converti aussi, a publié en urdû le récit et les motifs de sa conversion.

[3] J'ai la collection complète de l'année 1868, que je dois au Rév. R. Clark.

[4] Je dois aussi au même zélé missionnaire un exemplaire de cet ouvrage, qui fait, comme les autres, beaucoup d'honneur à 'Imàd.

Voici son autobiographie, d'après le *Waqui'àt-i 'Imâ-diya* :

Mes ancêtres, dit 'Imâd uddin, habitaient Hânsi, ville où l'on voit douze colonnes qui marquent d'anciens tombeaux de grands personnages, et dont l'une s'appelle le *cutb* du schaïkh Jamâl uddin. Le fils de celui-ci fut Jalâl uddin, lequel eut pour fils le schaïkh Fath Muhammad, et celui-ci le maulawî Muhammad Sardâr, duquel fut fils le maulawî Muhammad Fâzil; de celui-ci le maulawî Muhammad Sirâj uddin, et de ce dernier, moi, 'Imâd uddin et mon frère Karîm uddin.

Pendant le règne de Schâh Jahân, mes ancêtres occupaient une position élevée et possédaient des terres et des propriétés qu'ils conservèrent lors de l'invasion des Mahrattes. Toutefois, lorsque le gouvernement tomba dans les mains des Anglais, mon grand-père les perdit par l'effet de sa négligence, et elles furent saisies par les Anglais, en sorte que je dus m'occuper d'étude et d'enseignement.

On nous appelle Pânipatî, c'est-à-dire de Pânipat, parce que mon grand-père, le maulawî Muhammad Fâzil, après la perte de sa fortune, quitta la ville de Hânsi et alla résider à Pânipat, ville qui est habitée par des descendants des Scharîfs, et depuis longtemps par des gens très-distingués d'entre les musulmans qui possédaient de grandes bibliothèques de livres arabes et persans. Comme mon aïeul alla y demeurer, Gulâm Muhammad Khân, Afgân distingué dont la famille avait occupé des fonctions importantes sous les rois de Dehli et qui était un grand raïs de cette ville, le prit pour son compagnon et le traita avec respect, honneur et générosité, à cause de sa science. Ce fut de cette façon que mon grand-père passa là sa vie.

Après lui, mon père, le maulawî Sirâj uddin, continua à résider dans la même ville, et il y occupa son temps dans la dévotion et dans l'observation de la loi musulmane. Les enfants de Gulâm Muhammad Khân, l'Afgân, le considéraient et le respectaient beaucoup, en sorte que son petit-fils, chef de la famille, bien qu'il n'occupe plus la position élevée de son

grand-père, se conduit comme lui envers mon père, qui est
très-vieux, mais qui est néanmoins très-exact à faire ses
prières, même durant la nuit, et dont rien en lui n'annonce le
déclin. C'est ainsi que je lui ai écrit une lettre pour lui annoncer le message du Seigneur (Jésus-Christ) et la bonne nouvelle du salut, lettre qu'on devait lui remettre s'il y consen-
tait, ou à défaut ne pas le faire[1]. Malheureusement, les schaïkhs
musulmans sont enserrés dans le navire de la folie : ils croient
que c'est Mahomet qui a fait connaître la doctrine des prophètes et le secret de la loi de Dieu. Depuis plusieurs générations, ils n'ont lu ni le Pentateuque (l'Ancien Testament) ni
l'Évangile (le Nouveau Testament); bien plus, à cause de la
prétention de Mahomet, ils entendent toujours parler de l'altération et de l'abrogation de ces saints Livres ; et bien qu'ils
aient été en société avec quelques chrétiens, ils n'en ont pas
connu la situation primitive, et depuis longtemps ils ont été
trompés à leur sujet. C'est pour cela qu'ils considèrent les
chrétiens comme étant dans l'erreur et hors de la bonne voie;
mais le fanatisme et la folie se retirent peu à peu du pays.

Nous étions quatre bons frères (de père et de mère); le plus
jeune, Mu'în uddîn, mourut en 1865. L'aîné de tous est le
maulawî Karîm uddîn, qui est, grâce à Dieu, savant, vertueux, sans fanatisme, très-intelligent, grand écrivain contemporain et la gloire de notre famille, inspecteur des écoles
de Lahore, auteur de beaucoup d'ouvrages arabes, persans et
urdus, qui sont devenus tout à fait populaires[2]. Il est musulman, cependant il apprécie les vérités (chrétiennes). Le troisième de mes frères est le munschi Khaïr uddîn, qui était
auparavant attaché au collége de Ludiana et qui vit actuellement avec notre père à Pânîpat. Lui aussi est un homme
savant, fort intelligent et sans fanatisme. Si en pensant à la
mort il songe à la vie future, il pourra parvenir au bon chemin; mais, hélas! il n'a auprès de lui personne qui ait la
vraie foi et qui puisse le retirer du gâchis. Tous ceux qui l'ap-

[1] Depuis lors, Sirâj uddîn s'est fait chrétien. Voir mon Discours
de 1869, p. 33.
[2] Il est auteur, en effet, d'ouvrages estimés et nombreux. Voyez son
article.

prochent le trompent, et il n'a avec lui, nuit et jour, que des personnes qui lui font entendre l'expression d'opinions fausses. Que Dieu les dirige tous!

Je suis le plus jeune de mes frères et je me nomme 'Imâd uddin. A l'âge de quinze ans je laissai mes parents et proches, et pour m'instruire je dus aller à Akbarâbâd (Agra). Là, mon frère le maulawi Karîm uddin était premier professeur d'urdû au collége du gouvernement. Je restai longtemps auprès de lui et j'acquis de l'instruction. Et comme mon seul but en l'acquérant était de trouver le Seigneur, je fréquentais, dans ces temps d'étude, lorsque j'en avais l'occasion, la compagnie des faquirs, des personnes respectables, et des 'ulama (savants), et je retirais de leur société des avantages religieux. J'allais souvent aussi dans les mosquées, dans les couvents et dans les maisons des maulawis, et j'y apprenais la fiqh « la loi musulmane », l'explication du Coran, les hadîs, la morale, la logique, la philosophie, etc. Pendant que j'étudiais et que je n'avais pas encore acquis de connaissances théologiques, ma société avec quelques chrétiens m'inspira du doute sur la religion musulmane; mais les maulawis et d'autres musulmans me blâmèrent et me réprimandèrent si bien, que je laissai de côté mes doutes, en sorte que mon ami le maulawi Safdâr 'Ali, député inspecteur des écoles de Jabalpûr, qui à cette époque était avec moi au collége et qui était un zélé musulman, très-fanatique, mais dont la foi, la droiture, la bonne conduite et l'aptitude scientifique me sont bien connues, lui, dis-je, ayant connu les doutes de mon esprit, en gémit et me dit : « Vois, tu es égaré, tu n'as pas encore lu les livres de la religion (musulmane), les chrétiens t'ont éloigné du vrai chemin; chasse donc ces idées de ton esprit, étudie avec soin les livres de la religion musulmane et vois où est la vérité. » Effectivement ce maulawi Safdâr 'Ali m'emmena auprès du maulawi 'Abd ulhalîm, qui était un des familiers du nabâb Bândi et qui était très-savant dans la religion musulmane et grand prédicateur. Alors, grâce à Dieu, je lus avec lui le livre (le Coran), et je lui fis mes objections. Quoiqu'il ne pût réfuter ces objections, cependant il me lut quelques versets du Coran, en manière de réponse, puis il se mit en colère (contre moi).

Je me retirai d'auprès de lui, affaibli (dans ma croyance); et depuis ce jour-là je laissai ces controverses et je ne cherchai plus qu'à acquérir de la science. Je me mis donc à me livrer à l'étude jour et nuit. Huit à dix années se passèrent ainsi. Comme je voyais dans toutes les études auxquelles je me livrais un moyen de connaître le Seigneur, je pensais que le temps que j'y employais était en réalité employé au service de Dieu.

Bref, lorsqu'il fallut m'occuper d'études théologiques et que, par l'effet du fanatisme musulman, j'allai à Bharpûr, là, de nouveau, les savants musulmans me tendirent un autre filet dans lequel est pris celui qui cherche la vérité, et, trompé, livre gratuitement sa vie : c'est que les musulmans commencent à enseigner, pendant un long espace de temps, leur loi extérieure et les règles corporelles, accompagnées d'histoires sans preuves et de discussions de mots dépourvues de sens; et, ayant ainsi attaché à son pied une corde de tromperie, ils lui font admettre leur opinion.

Je fus, moi aussi, pris dans ce filet, et le D$^r$ Wazîr Khân, nommé alors « subassistant surgeon », qui était un grand fanatique musulman, et qu'on considérait par là même comme un véritable saint, étant venu à Agra, me séduisit et m'enserra dans ce malheur. Le filet dont je veux parler, c'est la science qu'on nomme *taçauwuf* « sûfisme ». Les savants musulmans ont écrit beaucoup d'ouvrages là-dessus et des résumés d'après les doctrines du Coran, les hadis et leurs propres idées, et d'après les systèmes du Védanta des Hindous et les doctrines des Grecs, des chrétiens, des juifs, des mages (parsis), et aussi celles des moines et des mystiques ou contemplatifs quelconques, toutes personnes qui sont vouées aux choses spirituelles « *ruhânî* »; car les savants spiritualistes musulmans qui recherchent la vérité, voyant que leurs désirs spirituels ne sont pas accomplis par l'enseignement musulman seul et que leur esprit inquiet n'y trouve pas la tranquillité, ont réuni de toute part ces instructions *spirituelles*, pour satisfaire par là leur esprit; mais s'ils avaient l'avantage de lire l'Évangile (le Nouveau Testament) et le Pentateuque (l'Ancien Testament), ils seraient alors instruits de tout ce qui concerne les prophètes anciens, et ayant obtenu la connaissance vraiment divine, ils ne resteraient jamais musulmans.

Mahomet, en donnant son système, avait tout d'abord empêché sa nation de lire l'Évangile (le Nouveau Testament) et le Pentateuque (l'Ancien Testament); en sorte que lorsque le khalife Omar lisait les pages du Pentateuque à Mahomet, il en fut très-fâché, et lui dit : « Le Coran ne vous suffit-il pas? » C'est ainsi que jusqu'à présent il n'est pas d'usage chez les musulmans de lire le Pentateuque et l'Évangile. Bien plus, on blâme les musulmans entre les mains de qui on voit ces livres. Mahomet savait bien que quiconque lirait la parole pure de Dieu n'accepterait jamais son Coran. Ce fut donc ainsi qu'il en défendit la lecture.

Je me plongeai moi aussi dans cette science ésotérique. Je me mis à parler peu, à manger peu, à rester séparé du monde, à mortifier mon corps, à veiller la nuit et à lire le Coran au lieu de dormir. J'agis d'après la *Cacîda Gauciyah*[1]. Je lisais habituellement le *Chihal Kâf* « les Quarante Caucases », et le *Jazb ulbahr* « l'Attraction de l'Océan ». Je veillais sur moi et je combattais spirituellement; je méditais sur les généralités et sur les choses de détail; je fermais les yeux, et, tout seul dans ma chambre, j'écrivais le mot Allah « Dieu » sur mon cœur. J'allais m'asseoir sur les tombeaux de mes ancêtres pour y méditer. J'assistais aux assemblées mystiques, et là je contemplais le visage des sofis, plein d'une grande confiance, dans l'espoir de la grâce de Dieu. J'allais fréquemment auprès des contemplatifs ivres d'amour et attirés de Dieu dans la recherche de son union. Outre les cinq prières journalières obligatoires, je récitais les trois prières de surérogation, de la nuit « *tahajjud* », du lever du soleil « *ischrâc* », et du déjeuner « *chascht* ». Je récitais souvent le *durûd* « bénédiction, » et le *kalima* « la profession de foi ». Bref, je supportais toutes les épreuves et toutes les austérités qui sont au pouvoir de l'homme; j'arrivai à l'extrémité du degré de ces peines, mais je n'y vis rien de plus qu'un leurre.

---

1 Poëme attribué au célèbre saint musulman 'Abd ulcâdir, surnommé *Gaus ula'zam* « le grand redresseur ». Voir mon « Mémoire sur la religion musulmane », p. 85.

Sur ces entrefaites, lorsque je pratiquais toutes ces choses, le D<sup>r</sup> Wazír Khân et le maulawî Muhammad Mazhar et d'autres éminents personnages me chargèrent de prêcher dans la mosquée royale d'Agra sur le Coran et les hadîs, contre le missionnaire Pfender. Je préchai donc pendant trois ans : je développai les commentaires du Coran, les hadîs, etc. Mais ce verset du Coran s'enfonçait toujours comme une épine dans mon cœur : « Il n'y aura aucun d'entre vous (hommes) qui n'ira en enfer, puis Dieu graciera qui il voudra [1]. » Les savants musulmans ont été très-embarrassés sur le sens de ce verset, et ils l'expliquent de différentes manières, surtout au sujet de l'intercession (de Mahomet); mais il n'y a pas de verset du Coran sur lequel les musulmans peuvent placer dans leur cœur un espoir réel. Lorsque je songeais à cela, j'éprouvais une grande surprise. Quelques musulmans disent à la vérité que Mahomet intercédera (pour eux). Mais ils n'ont aucune preuve de cette prétention, ce qui montre la faiblesse de la doctrine. Car dans le Coran il n'est écrit nulle part que Mahomet soit notre intercesseur. Il est vrai que le savant Jalâl uddin Soyûtî a écrit un traité à ce sujet et a appuyé cette prétention par des hadîs. Je lus ce traité, et il donna un peu de satisfaction à mon esprit; mais j'ignorais si ces hadîs n'étaient pas de ceux dont la considération n'a que le degré de celle qu'un jeune homme comme moi pouvait leur donner.

Quelques-uns disent que Mahomet ne pourra pas intercéder, et ils en donnent de bonnes preuves tirées du Coran; mais les *sunnites* n'admettent pas les raisons de ces gens-là, qu'ils nomment *wahâbites*, et il est fourni diverses sortes d'explications au sujet de l'intercession dans les sectes musulmanes, lesquelles ne peuvent donner que de l'incertitude au sujet de cette intercession. Néanmoins je continuais ma vie religieuse, et par ces pensées d'intercession je consolais mon esprit. Quand j'étais tout seul, je pleurais et je demandais à Dieu mon pardon. J'allais passer fréquemment la moitié de la nuit au tombeau de Schâh Abû'l'âla. J'allais fréquemment

[1] Coran, ch. xix, verset 72.

2.

aussi demander avec ardeur à Dieu sa grâce aux tombeaux de
Bû 'Alî Calandar, de Nizâm uddîn Auliyâ, et de beaucoup
d'autres grands saints musulmans. Je demandais habituellement à des faquirs voyageurs et aux fous (d'amour de Dieu)
de la ville d'être uni à Dieu conformément à la croyance du
*taçauwuf*. Enfin, à cette époque, il vint à mon esprit le désir
de quitter tout à fait le monde, et, en effet, j'abandonnai tout
et j'allai dans les jangles. Je me fis faquir, je pris des vêtements teints d'ocre et j'allai de ville en ville, de village en
village, çà et là, à pied, tout seul, sans provisions, l'espace de
deux mille kos. Bien que les croyances de la doctrine musulmane ne produisent jamais dans le cœur humain une vraie
piété sans mélange de vues mondaines, je recherchais cependant Dieu seulement. Sur ces entrefaites, j'entrai dans la ville
de Caroli. Là il y a une montagne, d'où coule un ruisseau
(rivière) qu'on nomme *Chûlâl*. Pour agir d'après les prescriptions du *Jazb ulbahr* « l'Attraction de l'Océan », j'allai m'asseoir sur cette montagne. En ce moment, j'avais avec moi un
livre que je tenais de mon *pîr*. Dans ce livre étaient écrits
les enseignements du *taçauwuf* et les moyens de s'unir à Dieu.
Je préférais cet ouvrage au Coran, au point que, dans mes
voyages, je le gardais avec moi pendant la nuit et même pendant mon sommeil. Lorsque mon esprit était agité, j'appli-
quais ce livre à ma poitrine, et je croyais tranquilliser par là
mon esprit. Je ne montrais jamais ce livre à personne, parce
que mon pir me l'avait défendu et m'avait recommandé de
n'en parler à qui que ce fût, en m'assurant que le salut éternel s'y trouvait. Mais maintenant ce livre inefficace est sur
une tablette dans ma maison, sans emploi. Ayant donc pris ce
livre, j'allai m'asseoir auprès de cette rivière et je me mis à
faire l'acte indiqué dans le *Jazb ulbahr*, conformément aux
conditions prescrites. Il s'agit d'une prière se rapportant à
une portion du Coran). Or la manière de la réciter consiste à
se couvrir de vêtements non cousus « bésila », de faire pendant
douze jours le *wuzû* « ablution », en s'avançant sur un genou
vers le bord de la rivière, s'y asseoir, et, à très-haute voix,
réciter trente fois cette prière, ne rien manger du tout, pas
même de sel ; mais il est seulement permis de se procurer léga-

lement de la farine d'orge, d'en faire cuire soi-même du pain,
en apportant pour cela du bois des jangles *de ses propres
mains*, sans souliers aux pieds et à jeun. Faire le *gusl* avant le
jour dans la rivière, ne toucher personne; bien plus, ne
parler à personne, si ce n'est dans un moment fixé. Le résultat qu'on veut obtenir par là, c'est d'atteindre à l'union avec
Dieu. Dans ce désir, je supportai cette souffrance, et, en
outre, j'écrivis des milliers de fois le nom de Dieu sur des
morceaux de papier, que chaque jour je jetais au vent. Je sé-
parais même avec des ciseaux chaque nom, je l'enveloppais dans
des boulettes d'orge, et le donnais à manger aux poissons de la
rivière. Cet acte était aussi prescrit dans ce livre. Pendant tout
le jour j'agissais ainsi, et à minuit je m'asseyais, j'écrivais le
nom de Dieu sur ma poitrine et je le regardais souvent avec
l'œil de l'imagination. Après cette chose pénible, lorsque je
me levais, toute force avait quitté mon corps, ma couleur était
jaune (pâle) : je ne pouvais supporter le moindre air. J'avais
avec moi comme disciples Tâj Muhammad et Fazl-i Raçûl
Khân, et bien d'autres personnes qui vinrent de la ville. On
me donna aussi beaucoup de païças et de roupies, et on me
traita avec honneur. Tant que je restai là, je prêchai le Coran
dans les rues, les maisons et les mosquées. Bien des gens se
repentaient de leurs péchés, et on me considérait comme un
saint de Dieu. Plusieurs venaient et mettaient leurs mains à
mes pieds. Cependant mon esprit ne trouva pas le repos; bien
plus, de jour en jour j'avais par expérience de la répugnance
pour la loi musulmane. Après avoir fait un autre voyage
de deux cents kos, je revins dans mon pays natal, où ma
santé se trouva altérée par les pratiques auxquelles je m'étais
soumis; et dans l'espace de huit à dix ans je m'assurai par
les manières d'agir, les rêveries d'esprit, le fanatisme, les
jeux trompeurs, les folies, les tromperies que je voyais de la
part des vieillards, des schaïkhs, des maulawîs, des faquîrs et
des saints personnages avec lesquels je me trouvais, qu'il n'y
avait de vérité dans aucune religion du monde; et je suis sûr
que dans les autres pays musulmans bien des personnes sont
éprouvées de la même façon. Je croyais d'abord que la religion musulmane était la meilleure de toutes les religions de

l'univers, parce que le maulawî Rahmat ullah 'Alî Haçan, Wazîr Khân, etc., m'avaient dit qu'elle avait abrogé la religion du Christ; et même j'en trouvais la preuve dans la grande discussion que les 'ulamâ musulmans avaient tenue à Agra avec le missionnaire Pfender. J'avais lu l'*Istifsâr* « Explication (anti-chrétienne) », l'*I'zâlat ulawhâm* « l'Expulsion des fausses idées », et l'*I'jâz-i 'içwî* « Réfutation chrétienne », que les musulmans ont écrits contre la religion chrétienne. C'est pourquoi je croyais la religion chrétienne abrogée; bien plus, dans mes sermons je démontrais à mes disciples le danger de cette religion pour le salut. Un jour que je prêchais dans la grande mosquée d'Agra, le docteur Henderson, inspecteur des écoles du cercle de Mirat, et Mr. Fallon, inspecteur des écoles du Bihar, vinrent à la mosquée avec le maulawî Karîm uddîn (mon frère) écouter mon sermon. En ce moment j'étais à critiquer la religion chrétienne devant les musulmans, et j'étais animé d'un tel fanatisme, que même je ne m'arrêtai pas lorsque ces Anglais arrivèrent. J'étais alors, en effet, un grand adversaire de la religion chrétienne; mais après l'expérience que j'avais faite de la religion musulmane, il vint à mon esprit que toutes les religions étaient des choses imaginaires; qu'il valait donc mieux chercher les aises du corps, faire du bien à tout le monde, et seulement reconnaître Dieu dans son cœur. Je restai pendant *six* années dans la tentation de ces idées absurdes. Bien que ma raison, d'après les expériences passées, eût pris le dessus sur mes préjugés, je passai néanmoins ces années dans l'incertitude.

Sur ces entrefaites, je vins à Lahore; mais mes opinions y furent jugées contraires à la loi musulmane, et les docteurs de la religion conçurent des soupçons sur moi. Le fait est que je reconnaissais cependant jusqu'alors la vérité de la religion musulmane, bien que je n'en suivisse pas les préceptes. Mais quelquefois, lorsque je me rappelais la mort, le jour de la justice divine et le moment du départ de ce monde, mon âme se trouvait comme toute seule dans un lieu de crainte et de danger, sans force et sans espoir. C'est pourquoi un tel trouble existait dans mon faible cœur, que souvent la pâleur se manifestait sur mon visage, et privé de repos et renfermé quelquefois dans une chambre solitaire, je pleurais abondamment. D'autres fois je consultais les docteurs pour savoir quelle était ma maladie, en sorte que mon cœur était troublé malgré moi. Peut-être même me serais-je suicidé, tant j'étais agité. Lorsque j'avais bien pleuré j'éprouvais du repos. On me donnait à boire et à manger des médicaments, mais je n'en éprouvais aucun soulagement; j'étais de plus en plus tourmenté.

Étant donc arrivé à Lahore, je fus attaché à Mr. Mackintosh, directeur de l'école normale, homme religieux et bienveillant; ce fut alors que la nouvelle de la conversion au christianisme du maulawi Safdar 'Alî arriva de Jabalpûr. J'en fus très-étonné, et pendant plusieurs jours j'allai çà et là disant du mal de ce savant, et je conçus de lui dans mon esprit une fort mauvaise opinion. Mais cependant je me demandais souvent comment ce maulawi, qui était vrai et sincère, avait pu abandonner la religion musulmane et être devenu, selon moi, aussi ignorant. Ensuite je voulus entrer en discussion par écrit avec ce maulawî, sans fanatisme toutefois, mais tout en restant très-attaché à l'islamisme. Dans cette intention, je demandai le Pentateuque et l'Évangile, je me procurai l'*I'jâz-i 'içwî*, l'*Istifsâr*, l'*I'zâlat ulawhâm*, et d'autres ouvrages de controverse, et je priai Mr. Mackintosh de vouloir bien me lire en l'expliquant l'Évangile en anglais, pour m'assurer des points controversés. Il se mit à le faire bien volontiers, et ayant lu jusqu'au septième chapitre de saint Matthieu, le doute se manifesta en mon esprit sur la religion musulmane. Puis je fus saisi d'un tel trouble, que tout le jour et presque toute la nuit je me mis à lire et à m'entretenir soit avec les missionnaires, soit avec les musulmans. Dans l'espace d'une année, par la fatigue du jour et de la nuit, j'acquis la certitude et je compris bien que la religion musulmane ne vient pas de Dieu, que les musulmans sont tombés dans l'illusion, et que c'est seulement par la religion chrétienne qu'on peut être sauvé. Lorsque cela me fut connu, je m'en expliquai aux savants musulmans qui étaient mes amis et qui cherchaient la vérité, et ils écoutèrent tous en secret mes preuves. Je leur dis : « Vous ne pouvez donner des

réponses consistantes à ce que je vous dis; ainsi vous devez
avec moi devenir chrétiens. » Ils me répondirent nettement :
« Nous savons que la religion musulmane n'est pas la véritable, mais que faire? Nous sommes retenus par la crainte du
monde et par les attaques des sots. En réalité nous reconnaissons de cœur le Christ comme le vrai Messie, et nous reconnaissons aussi que Mahomet ne peut être l'intercesseur (mé-
diateur) des pécheurs; mais nous ne voulons pas perdre notre
considération mondaine. Vous aussi, ne manifestez pas extérieurement votre croyance; mais montrez-vous toujours musulman, et croyez au Christ dans votre cœur. » Quelques autres
me dirent : « La religion du Christ est vraie et conforme à la
raison; mais nous ne pouvons concevoir la *Trinité* et le *Fils
de Dieu* : c'est pour cela que nous ne l'admettons pas. »
D'autres me dirent : « Les chrétiens n'aiment pas quelques-
uns de nos usages domestiques; c'est pour cela que nous ne
nous faisons pas chrétiens. »

La religion des faquirs musulmans m'avait aussi été connue;
c'est ainsi que je les recommandai tous à Dieu, ne pouvant
faire autre chose que de prier pour eux. Quant à moi, j'allai
à Amritsir, et par l'entremise de Mr. Thomas Robert Clark [1],
je reçus le baptême dans l'Église anglicane. Et voici comment la chose se passa. Mr. Clark m'avait donné dès l'abord
une lettre (de recommandation) pour les missionnaires de
Lahore. En conséquence, je jugeai convenable de recevoir le
baptême de leurs mains, et je fus aussi très-satisfait de leur
foi et de leur affection. Ce fut alors que j'écrivis le livre intitulé *Tahqíc ulímán* « la Confirmation de la foi », pour les
maulawis qui, ayant espoir dans la religion musulmane, y
restent sans réfléchir. Actuellement j'ai préparé un autre
écrit, après avoir eu soin de demander l'aide de Dieu. Si je
puis, comme je l'espère, par sa grâce terminer cet ouvrage,
je crois qu'il sera utile à manifester la gloire du Seigneur [2].
Actuellement je demeure à Lahore. Le missionnaire Forman

---

[1] Le missionnaire mari de Mrs. Clark dont j'ai cité une lettre dans
mon Discours de 1868, p. 13.
[2] Il s'agit sans doute ici du *Hidáyat ulmuslimín*, dont il a été parlé
plus haut.

et le missionnaire Gur-dâs sont très-bons pour moi : c'est dans
leur société que je vais à l'église, et j'en retire beaucoup d'avantage. Le missionnaire Newton a aussi été très-bienveillant
envers moi, et il m'a aplani bien des difficultés de la religion
chrétienne. Depuis que je suis entré dans la grâce de Jésus-
Christ, mon esprit a acquis beaucoup de tranquillité, le
trouble et l'agitation ont entièrement cessé, ma pâleur a disparu, mon cœur n'est plus jamais agité. Par la lecture de la
parole de Dieu, le charme de la vie est parvenu à moi. Je me
sens soulagé de la crainte de la maladie, de la mort et du
tombeau. Je suis très-heureux dans le Seigneur : mon esprit
fait constamment des progrès dans sa grâce. Le Seigneur
donne le calme à mon esprit; mes amis, mes connaissances,
mes élèves, mes disciples, mes parents, etc., sont devenus
mes ennemis. Chacun désire me tourmenter en tout temps;
mais moi, cherchant ma consolation dans le Seigneur, je n'y
fais pas attention, car tout le déshonneur et la peine que
j'éprouve à cause du Seigneur donnent en échange le calme
et la satisfaction à mon esprit. D'entre mes parents il n'y a
que mes bons frères le maulawî Karîm uddîn et le munschî
Khaïr uddîn, mon frère (cousanguin) Muhammad Huçaïn
*Kîrânî-Wâlî* et mon excellent père qui m'accordent la faveur
de m'écrire et me conservent leur amitié. A l'exception d'eux,
toute ma famille, tous mes amis, m'ont tourné le dos. C'est
pourquoi je prie pour eux afin que Dieu leur accorde sa
grâce, qu'il ouvre leurs yeux et leurs cœurs, en sorte qu'eux
aussi, par la grâce de Notre-Seigneur Jésus-Christ, soient
compris dans le salut éternel. Amen.

IMAM [1]. Ce poëte, mentionné par Zukâ, est auteur
d'un masnawî de seize pages qui porte le titre, commun
à d'autres ouvrages, de *Gulschan-i 'ische* « le Jardin
d'amour », et qui a été lithographié à Cawnpûr en 1267
(1850-1851)[2].

---

[1] A. « Antistes ». Voyez au sujet de ce mot mon « Mémoire sur les
noms et les titres musulmans ».
[2] « Bibliotheca Sprengeriana », n° 1697.

Ne serait-il pas le même qu'Imâm uddin, auteur du *Miftâh ussalât?*

IMAM 'ALI est auteur du *Jawâhir ulcurân* « les Perles du Coran », en urdû, ouvrage lithographié dans l'Inde.

IMAM-BAKHSCH, de Cachemire, est auteur d'un Tazkira des poëtes hindoustanis qu'il a rédigé, s'il faut en croire Mashafî, d'après la minute manuscrite de ce biographe qui était restée en brouillon chez lui (Imâm-bakhsch) à la mort de Jahândâr Schâh.

IMAM-BAKHSCH[1] SAHIB KHAN est auteur de chants populaires.

I. IMAM UDDIN[2] (le nabâb) avait été d'abord gouverneur de Cachemire. Il prit ensuite part d'une manière distinguée au siége de Caboul et à d'autres faits d'armes postérieurs dans le Panjâb. En 1852, il traduisit de l'anglais en urdû l'ouvrage de feu Sir H. Edwardes intitulé « A Year in the Punjab », et il devait publier son travail[3].

II. IMAM UDDIN (le maulawî) est auteur du *Mukh-taçar jagrâfiya* « Abrégé de géographie », en urdû; Amritsir, 1867, in-8° de 9 p.

III. IMAM UDDIN (le hakîm) est auteur :

1° Du *Mizân ulmizâj* « l'Équilibre du tempérament », ouvrage d'hygiène imprimé à Lahore et annoncé dans le *Koh-i nûr* du 6 mars 1866 ;

2° Du *Aïna-i tibâbat* « le Miroir de la médecine », journal médical publié mensuellement à Agra, in-8°.

IMAM UDDIN 'ALI (le saïyid), de Dehli, est auteur

---

[1] A. P. « Don de l'imâm ».
[2] A. « Ministre de la religion ».
[3] « Lahore Chronicle (Indian Mail) » du 17 mai 1853.

du *Tarjuma-i Miftâh ussalât*[1], traduction en langue hindoustanie de l'ouvrage persan de Fath Muhammad de Burhânpûr, intitulé *Miftâh ussalât* « la Clef de la prière », ouvrage de théologie estimé qui contient tous les préceptes sacrés sur la purification, la prière, le pèlerinage, etc. L'original de ce traité est arabe : on le doit au schaïkh Ahmad ben Salmân[2]. La traduction dont il s'agit ici est écrite en hindoustanî du Décan, selon l'indication qui en est donnée dans le Catalogue des manuscrits de la bibliothèque du Collége de Fort-William, parmi lesquels on en conserve un exemplaire.

IMAMI[3] (le khwâja IMAM-BAKHSCH), natif de Dehli et habitant de Murschidâbâd, fils du khwàja Ismî[4], est un poëte hindoustanî qui fut employé par Haïbat Jang, père du nabâb Sirâj uddaula, puis vécut dans l'obscurité et l'indigence dans sa ville natale : il y était en l'année 24 du règne de Schâh 'Alam, qui commença à régner en 1761, et il y demeurait depuis trente ans quand 'Ischquî écrivait son Tazkira.

'Alî Ibrâhîm, à qui j'emprunte une partie de ces détails, ne cite qu'un seul vers d'Imâmî. Muhcin nous apprend qu'il a surtout écrit des marciyas, et qu'il mourut par suite de la fatigue qu'il éprouva d'une harangue qu'il avait prononcée dans une réunion.

---

[1] « Catal. Williams et Norgate », juillet 1858, n° 333.

[2] Voyez Stewart, « Catalogue of Tippoo's Library », p. 150. Voyez aussi l'article CUTB UDDIN.

[3] A. Imamien », c'est-à-dire partisan des imâms. C'est ainsi qu'on nomme souvent les schiites.

Imâmî est la véritable orthographe du nom de ce poëte, et non Amânî, comme je l'avais cru d'abord d'après 'Ali Ibrâhim. Je me suis assuré de la véritable orthographe dans le *Maçarrat afzâ*.

[4] Ce mot est écrit par un *alif*, un *sé* (quatrième lettre de l'alphabet arabe), un *mîm* et un *yé*, et il signifie « criminel ».

1. IMAN [1] (Scheik Muhammad Khan Sahib) est un poëte hindoustani qui habitait Haïderâbâd et était un des familiers du Nizâm. Il était versé dans la poétique et l'histoire : il s'énonçait avec éloquence et se signalait autant par son esprit que par ses belles qualités. Selon Kamâl, il est un des poëtes les plus distingués du Décan.

Bénî Nârâyan en cite cinq gazals et un mukhammas fait avec un gazal de Câïm [2].

Voici la traduction d'un petit poëme de cet écrivain distingué.

Si mon âme n'a pas été prise dans les chaînes que forment les tresses de tes cheveux, hélas! elle se laisse prendre par un seul soupir du rossignol.

Quoique les traits brûlants de tes regards soient éteints par l'eau de la vie qui mouille ta bouche, mon âme est néanmoins blessée par l'effet de ces flèches meurtrières qui attaquent victorieusement leur proie.

O mon amie! comment font donc ceux qui sont audacieux? Mon esprit se laisse abattre par une seule faute!

Toi dont le sourcil est semblable à l'arc, viens quelque jour de ce côté-ci; mon cœur n'est pas pour tes flèches une chasse défendue.

Lorsque tu arriveras vers moi pour opérer les miracles du Messie, à mesure que tu parleras, mon cœur recevra l'existence.

Puisque ma bien-aimée vient en riant rencontrer mes regards, je me flatte que mes soupirs ont jeté son cœur dans un état indicible, résultat de leur effet.

O Imân! tes vers seront agréables à l'objet que tu chéris, lorsque ton cœur y exprimera, avec la douceur convenable, les sentiments qui l'animent.

[1] A. « La foi ».
[2] Les mukhammas ont souvent pour thème un court gazal; dans ce cas, les deux derniers hémistiches de chaque stance appartiennent à la pièce originale. — Câïm est un poëte hindoustani célèbre dont il a été parlé précédemment.

II. IMAN (le saïyid Muhammad Khan), de Haïderàbàd, dans le Décan, est un poëte hindoustanî dont Muhcin cite des vers dans son Anthologie.

IMDAD 'ALI [1] (le saïyid), tahcîldàr de Kaci (Bénarès) et secrétaire de la Société scientifique du Bihàr, siégeant à Muzaffarpûr, est auteur :

1° Du *Hidàyat-nàma Patwàriyàn* « Explanatory of the nature, forms and mode of preparing the several Patwarees's papers kept and filed in the collector's office by Patwarees [2] ». Imdàd 'Ali a écrit avec l'aide du munschi Chironji Làl cet ouvrage, qui a été lithographié plusieurs fois en grand in-8° de 80 p.;

2° Des « Extracts from the settlement Administration papers of villages in Parganah Kosi, zilla Muttra, in 13 separate pamphlets » ;

3° Du *Jihàd akbar* « la Grande guerre », poëme imprimé à Dehli en 1268 (1851-1852) en 27 p.[3];

4° Du *Khazînat ulimtihàn-i màl* « Trésor de l'épreuve, au sujet de l'argent » ; Agra, 1858, in-8° de 651 p.;

5° Du *Dastùr ul'amal* « Règle des opérations », in-8° de 230 p.;

6° De l'*Imdàd ulmaçàhat* « l'Aide de l'arpentage » ; Cawnpûr, 1868, in-8° de 32 p.;

7° Du *Bahr ulmaçàïb* « l'Océan des malheurs », sur les infortunes de Huçaïn ; Ludiana, 600 p.;

8° Du *Nùr ulhudá* « la Lumière de la direction », controverse entre les schiites et les sunnites; Cawnpûr, 1868, in-8° de 44 p.;

9° D'un poëme masnawî, imprimé à Mirat en 1864;

---

[1] A. P. « Le secours de 'Ali ».
[2] « Agra Government Gazette », n° du 1er juin 1855.
[3] « Bibliotheca Sprengeriana », n° 1698.

10° De plusieurs opuscules (*riçála*);

11° Il est probablement, en sa qualité de secrétaire de la Société scientifique du Bihâr, rédacteur du journal littéraire qu'elle publie sous le titre de *Akhbâr ulakhyâr* « Nouvelles pour les gens distingués ».

I. 'INAYAT [1] ('INAYAT 'ALÍ KHAN), fils du nabâb 'Abd ul'alî Khân, jeune frère d'Akbar 'Alî Khàn Bétâb, cultive avec distinction la poésie urdue et la poésie persane. Il soumet ses gazals persans au schaïkh Imàm-bakhsch Sabhâyî, et ses gazals rekhtas à l'amîr Huçaïn Taskin. Schefta donne un échantillon de ses poésies hindoustanies.

Je pense que c'est au même 'Inâyat 'Alì qu'on doit un conte érotique intitulé *Khârisch-nâma* « le Livre de la démangeaison », imprimé à Mirat en 1864.

II. 'INAYAT (le schaïkh NIZAM UDDIN), d'une famille de magistrats de Ratol [2], alla à Dehli, où il se livra d'abord à l'étude de l'arabe. Puis il écrivit des poésies persanes dans lesquelles il prit le takhallus de *Masrúr* [3], et enfin, cédant au goût du jour, il publia des poésies hindoustanies dans lesquelles il prit le nom de *'Inâyat*. Il fut disciple spirituel de Fakhr uddîn « la gloire (*fakhr*) des amants (de Dieu) », dit Sarwar, et élève intellectuel de Hidâyat.

Câcim nous apprend qu'il mourut à Kalpî, où il était allé faire une éducation particulière.

III. 'INAYAT ('INAYAT HUÇAÏN) est l'éditeur :

1° Du journal publié à Dehli sous le titre de *Sâdic ulakhbâr* « le Véridique en nouvelles » rédigé en urdû,

---

[1] A. « Faveur, grâce ».
[2] Selon Câcim; et de Komal, selon Sarwar.
[3] A. « Content ».

imprimé à la typographie *Mustafâï*, et qu'il ne faut pas confondre avec un journal persan qui porte le même titre.

2° Du *Miftâh ul'arz* « la Clef de la terre », géographie de Lâla Piyârî Lâl ;

3° Du *Fath usschâm* « la Conquête de la Syrie (par les khalifes) », gr. in-4° de 404 p.; Cawnpûr, 1868 [1].

IV. 'INAYAT (le hâfiz 'INAYAT AHMAD), père du maulawî Cudrat Ahmad Farûquî, est auteur d'un traité sur les successions intitulé *Kitâb 'ilm ulfarâïz* « Livre de la science des partages », ou simplement *'Ilm ulfarâïz* « la Science des partages »; Lakhnau, 1264 (1847), in-8° de 98 p.

'INAYAT HUÇAIN [2] (le maulawî) est auteur d'un petit traité urdû et anglais intitulé *Mufîd khalâïc* « Ce qui est utile à tout le monde », imprimé à Allahâbâd en 1869, et qui a pour objet de prouver la nécessité de l'éducation des femmes [3].

'INAYAT URRAHMAN [4] KHAN (le maulawî), qui était professeur de mathématiques au Collège de Dehli avant 1857, est auteur du *Mi'ar ulimtihân* « la Pierre de touche de l'épreuve », ouvrage qui offre la solution des questions d'arithmétique et dont il y a plusieurs éditions imprimées à Dehli. J'ai un exemplaire de celle de 1280 (1863-1864), lithographiée, d'après l'écriture et les soins de Muhammad Sirâj uddin, en un volume grand in-8° de 62 p.

Cet ouvrage a été reproduit en hindî sous le titre analogue de *Parikschyâ budanï;* Dehli, 1863, 62 p.

---

[1] Il y en a une édition de 1869 dans laquelle l'auteur est appelé Inâyat 'Alî.
[2] A. » La faveur de Huçaïn ».
[3] *Akhbâr* de 'Alîgarh du 3 décembre 1869.
[4] A. « Don du Miséricordieux (Dieu) ».

INDARMAN (le munschi) est auteur 1° d'une grammaire persane rédigée en urdû et intitulée *Riçâla-i mufridât* « Traité des (mots) simples » ; Murâdâbâd, 1868, in-8° de 24 p. ;

2° Du *Saulat-i Hind* « la Force de l'Inde », attaque contre la religion de Mahomet, ouvrage urdû publié à Muradâbâd en 1868, in-8° de 252 p.

I. INSAF [1] (le schaïkh YAHYA), de Jaunpûr, est un poëte hindoustani qui vivait sous Muhammad Schâh et qui fut élève du schaïkh Khûb ullah Ilâhâbâdî, dont il sera parlé à l'article NACIR. 'Ali Ibrâhîm en cite un seul vers.

II. INSAF ('ABD URRAHMAN KHAN), d'Agra, fils de Salâr-bakhsch, est un poëte mentionné par Bâtin (cité par Sprenger) et par Muhcin, qui en donne des vers. Il était chef des écuries du mahârâja Balwân Singh Bahâdur [2].

INSAN [3] (Amîr AÇAD UDDAULAH YÂR KHAN), connu aussi sous le surnom de *Pîr Jugnû* [4], était fils de Lutf 'Ali Khân. Il était né à Agra, et on le nomme cependant quelquefois *Insân de Dehli*, parce qu'il résidait dans cette ville. Il fut, d'après Kamâl, élève, et selon Gâïm, compagnon d'Amîr Khân, et du nombre des poëtes qu'on nomme anciens parce qu'il a suivi l'ancien style. Il était amir de sept mille soldats, c'est-à-dire qu'il les commandait. Il fut une des personnes les plus recommandables qui aient vécu sous le règne de Muhammad

---

[1] A. « Justice ».
[2] Je pense que cet article, tiré des Tazkiras originaux, est dû à une lecture fautive, car ce poëte doit être le même que Ihçân ('Abd urrahman), dont j'ai parlé plus haut.
[3] A. « Homme ».
[4] P. I. ' « Le vieux ver luisant ».

Schâh [1], et un de ses principaux omras. La faveur marquée dont il jouissait à la cour excita l'envie de ses contemporains. Malgré les devoirs multipliés de son poste, il cultiva la poésie, pour laquelle il avait des dispositions réelles. C'est surtout dans le genre mystique qu'il a écrit des vers hindoustanis. Il excellait dans les marciyas.

Il était mort quelques années avant l'époque où Fath 'Alî Huçaïnî écrivait son Tazkira, et jeune encore, à ce qu'il paraît, car Mîr fait observer que « la mort l'atteignit bientôt, la fortune n'étant fidèle à personne ».

INSCHA (le hakîm ou mîr INSCHA ULLAH [2] KHAN), célèbre poëte et polygraphe [3], était fils du hakîm Mâ schâ ullah Masdar Khân, qui était le Bû Sînâ (Avicenne) de son temps. La patrie des ancêtres d'Inschâ était Najaf-Aschraf [4]; mais pour lui il naquit à Murschidâbâd, et il résida ensuite à Lakhnau. Il était dans cette dernière ville en 1200 (1785-1786), et il jouissait de la faveur du prince Sulaïmân Schikoh. Il s'appliqua à l'étude de l'arabe, du persan et de la médecine, et il devint habile dans la langue du Cachemire et du Marwar.

Dès son enfance il montra du goût pour la poésie. Il faisait des vers dans plusieurs langues. Il a écrit en arabe des cacîdas et des masnawîs, et en turc des gazals. Il a fait deux Diwâns en hindî et en persan, et beaucoup de cacîdas et de masnawîs en hindî. Il est auteur d'un excellent masnawî persan, intitulé *Schîr o birinj* « le Lait et le riz », en rivalité de celui du

---

[1] Selon Mîr Fath 'Alî Huçaïnî; et d'Ahmad Schâh, selon 'Alî Ibrâhîm.
[2] A. « Si Dieu veut, s'il plaît à Dieu ».
[3] Muhcin dit qu'il a écrit sur tout et qu'il savait tout.
[4] C'est-à-dire « la noble Najaf », ville de l'Irâc-Arabî où se trouve situé le tombeau de 'Alî.

maulànà Bahà uddìn Amli [1], intitulé *Nân o halwâ* « le
Pain et la friandise » ; mais il s'appliqua surtout à la poésie
hindoustanie et acquit de la célébrité en ce genre. Ses
poëmes se distinguent par l'élégance du style et par le
goût exquis des pensées; ils forment un Diwàn dont la
bibliothèque du Collége de Fort-William à Calcutta possède un exemplaire. La réunion de toutes les poésies de
cet écrivain porte le titre de *Kulliyât*. On y trouve un
Diwàn *rekhta* et un Diwàn *rekhti*, c'est-à-dire écrit dans
la langue des zanànas, lequel est incomparable, s'il faut
en croire Muhcin, un Diwàn composé de lettres sans
points, etc. Il y a un exemplaire des *Kulliyât* dans la bibliothèque de Siràj uddaula de Haïderàbàd; Béni Nàràyan
en donne dans son Anthologie onze pièces et Muhcin plusieurs autres. Inschà a fait entre autres, à la louange du
nabàb 'Imàd ulmulk, un cacîda en rekhta, dans lequel
il n'a employé que des lettres non ponctuées, c'est-à-
dire sans points diacritiques, ce qui est un véritable
tour de force [2]; aussi cette pièce lui valut-elle de la part
du nabàb des félicitations et une généreuse gratification.

Voici la traduction partielle d'un gazal qu'on chante
dans les rues des villes de l'Inde, bien que cette pièce
offre un genre de figures qu'il est impossible de faire
passer dans une autre langue : je veux parler des nombreux parallélismes qui rendent cette pièce délicieuse
dans l'original :

Une houri m'ayant vu venir, s'est retirée, elle s'est sauvée
au plus vite en mordant sa langue entre ses dents.

Au bruit que j'ai fait, elle s'est promptement glissée par la

---

[1] C'est-à-dire d'Amal en Mazendéran. Sprenger écrit *Amili*.
[2] Voyez ma « Rhétorique des nations musulmanes », section xx, p. 167.

porte; elle en a saisi le battant, et s'est aussitôt évanouie...
Malheureux bruit qui a troublé mon bonheur! Pourquoi le
coq matinal faisait-il aussi entendre ses cris?

Le discours d'Inschâ n'est pour cette houri qu'une colonne
de fumée que disperse le vent printanier.

Aux renseignements ci-dessus, je puis ajouter les suivants sur Inschâ :

Son père, le hakim Mîr Mâ schâ ullah Khân, médecin
célèbre, s'était aussi occupé de poésie et avait pris pour
surnom poétique le mot *Masdar*[1].

Il y avait un exemplaire d'un choix de poëmes tirés
de son Dîwân, sous le titre de *Intikhâb-i Dîwân-i Inschâ
ullah Khân*, à la bibliothèque du palais impérial de Dehli.

Inschâ est auteur en partie du *Daryâ-é latâfat*
« l'Océan de l'élégance[2] », imprimé à Murschidâbâd
en 1848, en 467 p. in-8°, grammaire urdue qu'il a rédigée en commun avec Mirzâ Muhammad Haçan Catîl[3]

Kamâl cite soixante-cinq grandes pages des poésies
d'Inschâ, surtout beaucoup de gazals. Il termine ses citations par un quita' sur la mort de Sindiyah, qui eut
lieu à Dehli en 1208 (1793-1794), et par deux mukhammas, un sur le *nahw* « la syntaxe » de Fidwî, et
l'autre sur Mahomet ou plutôt sur la formule de bénédiction dont on accompagne son nom. Voici la traduction de cette dernière pièce :

Puisque Dieu lui-même a dit : Prie pour Mahomet[4], pourquoi ne le dirions-nous pas à notre tour? Du trône céleste se

---

[1] A. « Source, origine », et, par suite « nom d'action ».

[2] Sir H. Elliot avait un exemplaire manuscrit incomplet de cet ouvrage qui se composait de 320 pages de 16 lignes. Voyez « Journal
Asiat. Soc. Calcutta », t. XXIII, p. 261.

[3] Voyez dans le t. 1er, p. 380, l'article consacré à ce personnage.

[4] *Salli 'alâ Muhammad.* Le premier mot de cette formule est en
effet employé deux fois dans le Coran, mais non en parlant de Mahomet.

3.

font entendre ces mots : Prie pour Mahomet. Oui, prie pour Mahomet, pour l'éclat de la beauté de l'élu (Mustafâ).

O Dieu! sois propice à notre prophète, accorde à Mahomet le salut!

Ces mots ne sont pas seulement écrits sur le trône auguste de Dieu, ils sont tracés sur le front radieux du soleil, sur la fontaine de Salsabîl[1]. Ils sont profondément gravés dans tous les endroits du paradis, on les lit sur les ailes de Gabriel.

O Dieu! sois propice à notre prophète, accorde à Mahomet le salut!

La splendeur de son essence a motivé la création des grands et des petits objets de l'univers[2]. Il est la gloire de tous les envoyés, le guide et le conducteur dans la voie (de la religion). Par sa *lumière* le *feu* de l'impiété a été entièrement éteint, aussi après le *namâz* (la prière officielle) les prophètes eux-mêmes doivent-ils réciter ces mots.

O Dieu! sois propice à notre prophète, accorde à Mahomet le salut!

Pourquoi ma langue ne célébrerait-elle pas à présent les douze imâms, les imâms du monde qui sont de la famille du prophète, de la race de Hâschim? Fais-en mention; soir et matin, dis : Sur eux soit la paix! L'éclat de la beauté divine est demeuré abondamment en eux.

O Dieu! sois propice à notre prophète, accorde à Mahomet le salut!

Les quadrupèdes, les oiseaux, les hommes, les génies expriment ces sentiments. Pourrait-on sans Mahomet jouir de l'éternel paradis qu'embelliront les houris? Oh! oui, c'est par lui qu'au jour de la rétribution le cœur de l'homme sera tranquille. O Inschâ! si tu désires le salut, récite jour et nuit ces mots :

O Dieu! sois propice à notre prophète, accorde à Mahomet le salut!

---

[1] Source qui se trouve dans le paradis, selon les musulmans.

[2] Allusion à un hadis souvent cité. Voyez le *Dabistân* d'Ant. Troyer, t. Ier, p. 9; les « Aventures de Kamrûp », p. 146, et les « OEuvres de Wali », p. 52 de la traduction.

Mr. L. Clint, principal du Presidency College, à Calcutta, a publié d'Inschà ullah, dans le « Journal de la
Société Asiatique du Bengale », un roman ou conte en
prose entremêlée de vers, et il l'a accompagné de la traduction [1]. Ce conte offre ceci de particulier qu'on n'y
trouve pas un seul mot persan ni arabe, bien qu'il
soit cependant rédigé en bon et intelligible urdû; il
est, de plus, rempli des *difficiles nugæ* fort appréciées
de l'Orient, et dont Hariri est pour nous le type le
plus connu.

On conservait à la bibliothèque du *Moti Mahall* de
Lakhnau un magnifique exemplaire des *Kulliyât* d'Inschâ, comprenant des poëmes hindoustanis et persans [2],
savoir :

28 pages de poëmes persans de 15 vers à la page.

100 pages environ de poëmes hindoustanis.

Le *Schir o birinj,* dont il a été parlé plus haut, formant 50 pages.

40 pages de gazals hindoustanis ;

8 pages de rubâ'is ;

42 pages de cacidas à la louange des imâms ;

14 pages de gazals sans points diacritiques ;

Enfin un certain nombre de gazals et de masnawîs,
un entre autres qui porte le titre de *Sihr halâl* « la
Magie permise, c'est-à-dire l'éloquence », et qui a deux
rimes et une mesure double. Quelques-uns de ces
poëmes sont écrits dans le dialecte particulier aux
harems, d'autres dans le dialecte mystique des faquirs.

Il y a dans la même bibliothèque un masnawî urdû

---

[1] Le n° 1 de l'année 1852 en contient le commencement et le n° 2
de l'année 1855 la suite et la fin.

[2] C'est à M. Sprenger que je dois ces détails.

d'Inschâ qui porte le titre de *Murg-nâma* « le Livre du
coq », et qui roule sur un combat de coqs. Le manuscrit de ce poëme se compose de 50 p. de quatre
baïts, et il a été écrit en 1220 (1805-1806).

Inschâ est mort à Lakhnau avant l'insurrection de
1857. Il était l'intime ami du roi d'Aoude Sa'âdat
'Ali Khân.

INTIZAR[1] ('Alî Naquî Khan), de Dehli, était fils de
'Ali Akbar Khân, défunt en 1781-1782. Il alla résider
à Murschidâbâd dans le temps du nabâb 'Ali Wardi
Khân Mahâbat Jang, il y vécut paisiblement et y mourut. Ce fut là que 'Ali Ibrâhîm, qui en cite une douzaine
de vers, eut l'occasion de le voir et reconnut en lui un
poëte hindoustani très-distingué.

Sarwar et Schefta parlent d'un Intizâr qu'ils disent
contemporain de Figân et d'Abrû, et qui vivait sous
Ahmad Schâh. Je pense que c'est le même poëte que
celui que je viens de mentionner.

IRCI (le maulawi Muhammad) est un savant musulman
qui a coopéré à la traduction de l' « Histoire d'Abulféda »
que Karîm a faite en urdû, ou plutôt il en a traduit une
partie pour accélérer l'exécution du travail.

'IRFAN[2] (Mir 'Abbas), de Dehli, est un poëte dont
Muhcin avait entendu réciter au prince Faïyâz uddîn
des vers qu'il cite dans son Tazkira.

'IRFAN 'ALI[3] (le munschî) est l'auteur ou plutôt
l'éditeur du *Mirât ul'irfân* « le Miroir de la connaissance », exposé des devoirs religieux à accomplir par
les femmes *schî'a*; Fathpúr, in-8° de 32 p., 1868.

---

1 A. « Attente ».
2 A. « Connaissance (spirituelle) ».
3 A. « La connaissance de 'Alî ».

IRSCHAD [1] (ANWAR-I 'ALÎ BEG) est un poëte hindou-stani mort en 1238 (1822-1823), et mentionné par Bâtin [2].

IRTIZA [3] KHAN est auteur d'une « Histoire des dy-nasties mogole et d'Aoude écrite en urdû et intitulée *Mirât ul'aschbâh* « le Miroir des portraits »; Firozpûr, 1868, in-8° de 104 p.

I. 'ISCHC [4] (le hakim Mîn [5] 'IZZAT ULLAH), de Patna, est un poëte dont Schefta, qui était très-lié avec lui, nous apprend qu'il était fils de Cudrat ullah Khân Câcim et un des habitants les plus notables de Dehli. Il fut élève de Sanâ ullah Khân Firâc pour la poésie, et profita aussi des avis de Câcim, son père [6]. Comme lui il était habile en médecine, et il se distingua par les plus belles qualités de l'esprit et du cœur. Il s'occupait avec succès de poésie, et il est auteur d'un Dîwân. Il mourut vers 1840. Câcim cite seize pages de ses vers, et Mannû Lâl deux vers seulement, dont voici la traduction :

O infidèle! tandis que le cœur de ton amant est en désordre, tu arranges avec coquetterie, tranquillement assise, les boucles de tes cheveux.

Ainsi le voyageur, arrivé au caravansérai, goûte le repos (sans se mettre en peine de ceux qui sont encore sur la route); ainsi la terre reçoit avec indifférence les larmes des malheureux.

II. 'ISCHC (SCHAH RUKN UDDÎN), de Dehli, que l'auteur du *Maçarrat afzâ* nomme 'Aschic, est aussi connu sous

[1] A. « Direction » (*irschâd*).
[2] Voyez l'article NAKHAT.
[3] A. « Approbation » (*irtizâ*).
[4] A. « Amour ».
[5] Sarwar le nomme Hâfiz Mîr.
[6] L'auteur du Tazkira que j'ai souvent mis à contribution.

le nom de Schâh *Ghacîtâ*[1] ou *Ghacîtâî*. Il était petit-fils du grand saint musulman Schâh Fakhkhâr de Dehli et un des principaux schaïkhs de cette capitale. Pendant sa jeunesse, étant venu de Dehli à Murschidâbâd, il y occupa un rang distingué avec le khwâja Muhammadî Khân ; puis, à l'exemple de ses aïeux, il endossa le manteau de la pauvreté spirituelle et alla se fixer à 'Azîmâbâd, où il était encore occupé en 1195 (1780-1781) à diriger les novices de son ordre religieux, animé qu'il était de l'amour réel et spirituel de Dieu. Il devint ainsi une sorte de roi (Schâh) dans le monde de la pauvreté spirituelle. Il mourut en 1203 (1788-1789), selon ce que nous font savoir Schorisch et 'Ischquî. Il a laissé un grand nombre de vers hindoustanis qui sont réunis en un Dîwân dont je possède un exemplaire d'une bonne écriture ; je le dois à l'obligeance de feu mon ami et élève F. Falconer. Outre son Dîwân, d'environ quinze cents vers, il a laissé un masnawî mystique dont voici quelques gazals :

## I.

Mon Dîwân, commencé au nom de Dieu, est l'expression de mes soupirs enflammés. Il est mon Coran, et les créatures y trouveront un remède dans leur affliction...

Je ne songe pas à discuter sur ce qui est d'obligation ou de surérogation ; mes amis, le degré de ma foi est plus élevé.

Pourquoi ces vers, tracés au nom de Dieu, ne seraient-ils pas agréés? C'est là mon parterre, et la louange de l'Éternel le rend florissant.

Cet hommage ne m'a pas été suggéré. Ce n'est pas non plus un vain jeu de l'imagination, mais une réalité. C'est à l'amour (*ischc*) qu'il est dû, sans aucune autre considération.

---

1 *Ghacîtâ* est le participe passif du verbe *ghacîtnâ* « tirer, traîner ».

## II.

En considérant le monde, j'ai vu que tout n'y était que
songe et qu'illusion. Dans quelque miroir que j'aie regardé,
je n'y ai vu que ma figure [1].

Mes amis, à quoi servirait à mon cœur de brûler toujours?
Ne faut-il pas que le feu qui le consume se manifeste à l'extérieur?

A qui dirai-je ces paroles, et qui les comprendra? J'ai vu le
croissant de la lune sur la surface même de la terre.

Le cœur est la maison de Dieu; soyez-en convaincus. En
effet, lorsque j'ai regardé dans mon cœur, j'y ai découvert la
beauté divine.

Pourquoi le marché du désespoir serait-il fréquenté de notre
temps? On sait bien que celui qui s'y livre est perdu sans
ressource...

La joie enivrante de mon cœur m'annonce ta présence.
Reçois de ma part des milliers d'actions de grâces pour t'être
manifesté à moi.

J'ai passé ma vie à parcourir le monde; mais j'ai bien peu
rencontré de personnes qui ressemblassent à 'Ische.

## III.

Séduisant échanson, donne-moi une coupe de vin, à moi
dont le cœur, brûlé par la main de l'amour, ressemble au
kabâb.

Tu cherches en vain à m'inspirer la crainte du feu de
l'enfer. Y a-t-il un tourment plus redoutable que le feu de
l'absence [2]?

Tes paroles sont une simple conjecture. Sache qu'elles
n'ont point de fondement, et que l'existence de la créature [3]
est pareille à celle de la bulle d'eau.

---

[1] L'auteur veut dire que tous les êtres se réduisent à un seul, qui est
Dieu. Telle est la doctrine du panthéisme spiritualiste des sofis musulmans et des philosophes indiens.

[2] N'oublions pas que ces poésies sont mystiques, et qu'il s'agit de la
séparation de Dieu.

[3] Je laisse ce mot pour la fidélité de la traduction; mais il est évident que, d'après le système de l'auteur, il signifie l'être émané de
Dieu, et qui a une existence visible.

Il est cependant nécessaire, ô rossignol, de vivre en ce monde-ci, où jaillit la source *de notre bonheur futur*.

Ne me donne pas de conseil, ô sévère musulman! mais bien plutôt écoute ce discours hardi que j'ai adopté comme une bonne maxime : « Affranchis-toi de l'idée de la dualité, laisse-toi guider par l'œil de l'intelligence; et alors tu pourras te prosterner dans la pagode, et t'enivrer à ton gré. »

Austère conseiller, ce n'est pas le bonheur que recherche l'amour (*'ischc*); tu sais bien que la situation des amants est toujours difficile.

## IV.

Nous ne sommes pas aveugles, nous qui te cherchons; nous savons te voir, de quelque côté que nous tournions les yeux...

Je dois choisir entre toi et les deux mondes; ô mon idole! dis-moi toi-même ce que je dois préférer.

O schaïkh! si j'ai le bonheur d'être uni à mon amie, je saurai me taire; je ne serai pas si fou que de publier mon bonheur.

Est-il loisible de faire mourir quelqu'un pour une faute contre l'amour? Dans ce cas me voici prêt à subir ma peine, pourvu que ce soit en présence de mon amie.

Il me sera sans doute permis de faire ma prière au mihrâb de l'amour, lorsque j'aurai d'abord accompli mon ablution avec le sang de mon cœur.

'Ischc, c'est une circonstance favorable que ton amie soit affable; mais si tu la tourmentes, elle pourra bien devenir acariâtre.

## V.

Dirai-je ce que j'ai souffert de peine et de chagrin? c'est visible aux regards, car c'est bien réel.

Un long soupir s'élève de mon cœur jusqu'à mes lèvres; comment porter le fardeau de mon anxiété?

Tous les secrets sont connus du cœur de l'amant; il est inutile de chercher à les découvrir dans la coupe de Jamsched [1].

Mes larmes coulent avec une abondance telle, que je n'en

---

[1] Coupe magique, célèbre dans l'Orient. Conf. Genèse, xliv, 5.

ai jamais vu de pareille, ni dans la pluie, ni dans l'Océan, ni dans les profondeurs de la terre.

Viens visiter le jardin de mon cœur, et tu y trouveras des fleurs qui ne s'épanouirent jamais dans les bosquets d'Iram.

En relevant le voile qui cache la vérité, on la découvrira dans le temple de la Mecque comme dans la pagode. Pourquoi tant aimer ces mystères? serait-ce un mal que de les rejeter [1]?

Si 'Ische vient à bout d'attirer ton cœur à lui, ah! désormais il n'aura plus à craindre le déshonneur.

## VI.

Sans être un rosier printanier ni un orgueilleux cyprès, je suis agité par le vent dans le jardin du monde.

Je ne me plains ni de mes amis, ni de mes ennemis; c'est mon propre cœur qui détermine mon infortune.

Hélas! en ta présence je me consume comme la bougie; je suis plein de désirs, et cependant j'ai la langue coupée [2].

Dans mon ardeur pour te contempler, je suis devenu tout œil, comme le miroir...

Docile à tes avis, ô bon conseiller! je réparerai mes fautes, pour ne pas me montrer avec la robe déchirée au jour du jugement.

Qu'est-ce que la multiplicité *des êtres?* Peut-on mettre en doute l'unité? 'Ische sera-t-il dans une funeste hésitation à ce sujet?

## VII.

A cause de cette bougie [3] que tu as admirée dans notre assemblée, j'ai consumé mon cœur par le feu *de l'amour*, et cependant sans espoir.

Je n'ai ni la force de voyager, ni le viatique nécessaire; voyez si je pourrai jamais parvenir à ma destination.

Quel avantage retirerait l'amant d'apercevoir la litière de

---

[1] Il ne faut pas oublier que l'auteur de ces poésies est un panthéiste spiritualiste, quoique extérieurement musulman.

[2] C'est-à-dire, je ne puis les exprimer.

[3] Le poëte veut parler ici d'une femme, dont les joues aux vives couleurs rappellent l'éclat de la bougie allumée.

Laïlâ? Si tu veux jouir de la réalité de l'amour, anéantis les vains et mondains désirs de ton âme...

Mes amis, 'Ische a le sang agité par la violence de sa passion. La nouvelle en est parvenue à son homicide maîtresse.

### VIII.

Non, jamais je n'affligerai personne; j'éprouve en moi-même une crainte salutaire. Pourquoi ne suivrais-je pas son influence?

Il n'y a pas de cœur qui ne te recherche, pas de langue qui ne t'adresse son langage [1].

O conseiller! pourquoi m'inquiéterais-je de tes avis? Je reconnais qu'il est impossible qu'il n'y ait pas quelque reprise à mon vêtement.

Tant que le schaïkh ne fera pas l'ablution religieuse avec le sang de son cœur, pourra-t-il entrer dans la ca'aba des sentiments spirituels?...

Le résultat des désirs, c'est l'abattement; ce qu'il y a de mieux, c'est d'être libre de désirs.

O 'Ische, le feu qui te dévore n'a pas de miroir pour le refléter; les flammes de ton amour n'en ont pas en face d'elles.

### IX.

Quelque part que tu portes tes regards, se manifeste à toi le sens des mots : « Il n'y a de Dieu que Dieu. »

Mais si tu nies mon affirmation, comment pourrai-je la démontrer? Cette voie est séparée de toutes les routes; là le savant s'égare et se perd.

Te dirai-je les sentiments de 'Ische? Mais les soupirs de son cœur ne peuvent se produire sur sa langue.

III. 'ISCHG (Mìr Zaïn uddìn), de Dehli, est un poëte hindoustani cité par Abû'lhaçan dans son *Maçarrat afzâ*. Il alla de Dehli au Bengale, et habita Patna, auprès de Mirzâ Ghacîtâ [2]. Il est auteur d'un Diwân.

---

[1] Ici l'auteur s'adresse à Dieu.

[2] Voyez l'article Fnwi (Muhammad 'Ali); car c'est sans doute de ce poëte qu'il est ici question. 'Ische (Rukn-uddin), dont la mention pré-

IV. 'ISCHC (Mîr Muhammad 'Alî), saïyid de la ville de Haïderâbâd, « d'heureuse fondation » (*khaïr bunyâd*), ainsi que la nomme Càcim, a étudié la doctrine des sofis et a écrit avec distinction des poésies érotiques, ce que nous apprend Sarwar.

Serait-il le même qui est appelé par Schorisch 'Ischc (Mîr Yahyà), du Décan, lequel est aussi nommé 'Aschic, et qui est alors certainement le même que 'Aschic (Yahyâ) mentionné par Mashafî et par 'Ischqui?

V. 'ISCHC (le schaïkh Gulam Muhi uddîn Curaïschi), de Mirat, fils de Ni'mat ullah Ni'amî [1], poëte lui-même et auteur d'un Dîwàn persan estimé, est un écrivain habile en arabe, auteur lui aussi d'un Dîwân persan dans lequel il a pris le takhallus de *Mubtalà* [2], d'un autre Dîwân fait à la demande d'un grand personnage de la cour de Schâh 'Alam, Dîwân dans lequel il a pris le takhallus de *'Ischc,* et de plusieurs autres ouvrages [3]. Son Tazkira des poëtes hindoustanis, écrit en persan, est intitulé *Tabacàt-i sukhan* « les Rangées de l'éloquence ». Cette biographie, qui n'est pas copiée sur les autres travaux de ce genre, a été composée en 1222 (1807-

cède, a aussi le surnom de *Ghacîtâ.* N'y a-t-il pas ici quelque confusion chez les biographes originaux?

[1] En suivant la lecture de Sprenger; mais on pourrait lire aussi *Nagmî* « mélodieux ». Voyez au surplus l'article consacré à ce personnage.

[2] A. « Affligé », c'est-à-dire « amoureux ».

[3] Entre autres d'un masnawî persan sur l'histoire de *Schâh Rokh et de Mâh Rokh*, d'environ 2,700 vers du mètre *raml*, sous le titre de *Fuçûn-i 'ischc* « la Séduction de l'amour »; un Tazkira tout persan intitulé *Majmû'a-i 'Ischc* « la Collection de 'Ischc »; le *Bâg-i gulhâ-é husn* « le Jardin des roses de la beauté »; un *Inschâ* d'environ 300 p., intitulé *Chahâr daftar schauc* « les Quatre cahiers d'amour »; un traité sur les chronogrammes intitulé *Sarâïr nuskha* « les Beautés secrètes de l'écriture »; un autre intitulé *Bahr-i taschrîh* « l'Océan de l'explication »; enfin un traité sur le sufisme intitulé *Ul'ischc* « l'Amour ».

1808). Elle est divisée en deux parties ou rangées (*tabacât*). La première contient de courtes notices sur cent poëtes rekhtas, et la seconde sur autant de poëtes persans.

VI. 'ISCHC (le saïyid Huçaïn Mirza), de Lakhnau, nommé familièrement Agà Saïyid, fils aîné et élève de Muhammad Mirzà Atasch, est auteur de marciyas et d'un Diwân dont Muhcin cite plusieurs gazals.

VII. 'ISCHC (l'agà Riza), défunt, de Lakhnau, fils de Mirzà Muhammad 'Alî, élève du khwâjâ Haïdar 'Alî Atasch, est un poëte mentionné par Muhcin, qui en cite des vers dans son Tazkira.

ISCHFAC [1] (le schaïkh Sarfaraz 'Alî), de Bareilly, élève de Mirzà Khânî Nawâzisch Huçaïn, est un poëte hindoustanî mentionné par Zukà.

I. 'ISCHQUI [2] ('Abd ulwahid Balgramî), surnommé *'Ischquî* dans le dialecte hindoustanî-musulman, et *Pî* [3] dans le dialecte hindoustanî-hindou, est un poëte hindoustanî à qui on doit un ouvrage intitulé *Majmû'a* [4] « Recueil ». Ce volume est indiqué dans le catalogue de Farzàda-Culî, dont D. Forbes a fait don à la Société Royale Asiatique de Londres.

Ce poëte serait-il l'auteur du *Bârah mâça* de la Bibliothèque impériale, qui dit se nommer Piyà?

II. 'ISCHQUI, de Murâdàbâd, était un faquir de la connaissance de Mashafî. Ce dernier le compte parmi

---

[1] A. « Compassion ». Sprenger, « A Catalogue », p. 204, a lu *Aschfâc*, qui serait alors le pluriel de *schafac* « crépuscule ».

[2] A. « Amant, amoureux », adjectif dérivé du substantif arabe *'ische* « amour ».

[3] *Pî*, qui dérive du sanscrit *priya*, est effectivement synonyme de *'Ischquî*, et signifie, comme ce dernier mot, « amant ».

[4] « *Majmû'a* », composition de S. S. 'Abd ulwâhid Balgrâmî », etc. Dans le catalogue, le premier mot est écrit, fautivement, *Majmû*.

les poëtes hindoustanis et il en cite un vers. Schorisch,
qui avait eu l'occasion de le voir à Anwla, district de
Faïzàbàd, le mentionne aussi.

III. 'ISCHQUI, du Décan, est un poëte hindoustanî
mentionné par Sarwar.

IV. 'ISCHQUI (Miyan Rahmat ullah), de Patna,
était fils de Mujrim, poëte distingué qui fut son maître
dans l'art des vers et qui corrigea ses poésies, ce que fit
aussi Schàh Muhammad Wafà. Il a surtout écrit en
persan, et c'est en cette langue qu'il a rédigé un Tazkira des poëtes hindoustanis vers l'an 1215 (1800-1801),
lequel contient, par ordre alphabétique, quatre cent
trente-neuf courtes biographies. Mr. J. B. Elliot, de
Patna, en avait un exemplaire in-8° d'environ 400 p.
de dix-sept lignes, qui a été complétement mis à contribution par Sprenger, dans l'ouvrage que je cite souvent [1].

V. 'ISCHQUI (le schaïkh et miyàn Ilahi-bakhsch),
natif et habitant de Cawnpûr, mais dont les ancêtres
étaient de Bijnaur, des dépendances de Lakhnau, était
fils du schaïkh Muhammad-bakhsch et élève distingué
de Mîr 'Alî Auçat Raschk. On lui doit un Dîwàn dont on
trouve des fragments dans le *Sarâpà sukhan* de Muhcin,
qui était son ami et qui l'appelle «le vrai en amitié» *Sadíc
ulwilâ,* « l'ami sans hypocrisie » *Muhibb bé riyà,* « l'ami
intime » *Schafíc dilî.* Le même biographe nous apprend
que ce poëte était surtout habile dans le tarîkh.

'ISCHRÂÇ [2] (le hakîm Muhammad Riza), de Lakhnau,
fils de Rizà 'Alî Khàn et petit-fils d'Ilàh-yàr Beg Khàn
le *riçâla-dâr* (capitaine de cavalerie), neveu (fils
de sœur) d'Amir uddaula Haïdar Beg Khàn, et élève

---

[1] « A Catalogue », p. 184.
[2] A. « Splendeur, beauté » (proprement *le lever du soleil*).

du schaïkh Imdâd 'Alî Bahr, est auteur d'un Diwân dont Muhcin cite des gazals dans son Anthologie.

I. 'ISCHRAT[1] (MIR GULAM 'ALI) fut élève de Mirzâ 'Alî Lutf, qui l'était lui-même de Saudâ. Il est auteur d'un Diwân estimé dont Schefta et Karim citent plusieurs vers dans leurs Tazkiras. Cet 'Ischrat était natif de Bareilly, mais il résida dans le Décan, et c'est ainsi qu'il a pu être considéré comme poëte dakhni. Plusieurs de ses gazals sont chantés par les chanteurs de profession et par les bayadères. Ce fut Mir Cudratullah Schauc, dont 'Ischrat fréquentait à Râmpûr, où il était allé, les réunions littéraires, qui l'engagea à compléter le *Padmâwat*[2], poëme de 'Ibrat sur les amours de Ratan et de Padmâwat, dont ce dernier poëte n'avait pu écrire qu'un quart environ. Il termina ce poëme en 1211 (1796-1797).

La légende de Padmâwat est populaire chez les Indiens : il en sera parlé aux articles JAÏCÎ et JATAMAL. L'auteur nous apprend qu'il a reproduit cette histoire dans le dialecte de sa province, parce qu'elle est attachante et pleine d'intérêt. Le style de cette production est clair et facile; il n'a aucun rapport avec celui des poëmes hindis en strophes, à la manière des anciens poëmes italiens, lesquels sont généralement écrits dans un dialecte fort obscur. On trouve un exemplaire de cet ouvrage dans la belle collection de livres hindoustanis de l'East-India Office; il se trouve relié avec d'autres ouvrages sous le n° 393, fonds Leyden. Il y en a aussi un exemplaire dans la bibliothèque de la Société Asiatique de Calcutta.

---

[1] A. « Plaisir, » etc.
[2] *Quissa-i Padmâwat* « Histoire de Padmâwat » .

Cet ouvrage a été imprimé à Lakhnau[1] en 1844, grand in-8°. Le texte imprimé parait différer un peu du manuscrit de la Société Asiatique du Bengale[2]. Les biographes originaux distinguent de cet 'Ischrat le suivant, qui cependant parait être le même.

II. 'ISCHRAT (le schaïkh GULAM BANGALÎ), de Patna, fils du feu schaïkh Lutf ullah, se fit militaire après la mort de son père, puis il perdit la raison. 'Ischc, à qui on doit ces détails, ignore ce qu'il est ensuite devenu. Il a décrit les guerres du nabâb Haïbat Jang dans un masnawî intitulé *Jang-nâma,* qu'il ne faut pas confondre avec le *Zafar-nâma* d'Azâd, ni avec le *Quissa-i Muhammad Hanîf*[3]. Le poëme dont je parle ici se compose d'environ 300 p. in-8°. Il se termine par un chapitre intitulé *Prière alphabétique,* qui offre ceci de remarquable que les vers commencent tour à tour par les lettres de l'alphabet dans leur valeur numérique, c'est-à-dire selon l'*abjad,* et se terminent par les mêmes lettres dans leur ordre alphabétique, ainsi que me l'avait fait savoir F. Falconer.

III. 'ISCHRAT (MIRZA AKBAR 'ALÎ), de Lakhnau, est auteur d'un Dîwân mentionné par Muhcin, qui en cite des vers.

IV. 'ISCHRAT (le pandit BHOLA-NATH), appelé Chaubé ou Chaubaï, est mentionné par 'Ischquî parmi les poëtes hindoustanis. On lui doit, outre ses vers :

1° Un ouvrage urdû intitulé *Khiyâlât ussanay'i* « Ré-

---

[1] Il y en a une autre édition de Cawnpûr, imprimerie Mustafâï, de 1268 (1851-1852). Sprenger, « A Catalogue », p. 614.

[2] Il porte le n° 296 et se compose d'environ 250 pages de 17 vers à la page.

[3] On trouve la biographie de ce personnage, nommé aussi *Ibn ulhanéfiyat,* dans Ibn Khallikan, t. II, p. 574, édit. Slane.

flexions sur les créatures », sorte de tableau de la nature, traduit de l'anglais [1]; Agra, 1854, 112 p. in-8°.

2° Une rédaction en vers hindis (dohas, kabits et chaupaïs) des vingt-cinq contes connus sous le nom de *Baïtâl pachici* (les Vingt-cinq contes du Baïtâl), qu'il a intitulée *Bikram bilâs* (*Vikrama vilâça*) « les Plaisirs de Vikramaditya », lithographiée, avec de jolis dessins.

ISCHTIYAC [2] (le maulawi SCHAH WALÎ ULLAH), descendant spirituel et même, d'après quelques biographes, arrière-petit-fils du grand théologien sofi le schaïkh Ahmad, surnommé *Mujaddid alf sânî* « le rénovateur du second millénaire (de l'islamisme) », par Schâh Muhammad Kal, son grand-père, selon Ibrâhîm, naquit à Sirhind [3], et y habitait le château de Firoz Schâh. Il était fort savant surtout dans les hadîs, et très-habile dans l'exégèse du Coran. Il a conservé jusqu'à ce jour dans l'Inde une grande réputation en ce genre, due aux excellents ouvrages qu'il a faits sur ces matières, et qui ont eu beaucoup de publicité. Lutf en cite deux spécialement : le premier est un « Traité sur le martyre de Huçaïn [4] », le second « sur les louanges de Mu'awiya [5] ». Il fut, du

[1] Seraient-ce les « Extracts from Sturm's Reflections »?

[2] A. « Désir ».

[3] Ville de la province de Dehli où Firoz Schâh III fit élever le fort dont il s'agit ici.

[4] *Currat ul'aïn fî ibtâl schahâdat il-Huçaïn.* Ce titre, qui est arabe, signifie à la lettre « la satisfaction (fraîcheur) de l'œil, ou la réfutation du martyre de Huçaïn ». Il indique que l'auteur était un sunnite exagéré; car on connaît la dévotion des schiites envers Huçaïn, dont la commémoration du martyre, nommée 'aschârâ, est célébrée par eux avec grande pompe. Voyez mon « Mémoire sur la religion musulmane dans l'Inde », p. 30 et suiv.

[5] *Jinnat ul'âliya fî manâquib Mu'awiya* (selon la leçon de Sprenger), titre arabe comme le précédent, signifiant littéralement « le Paradis des choses élevées ou les louanges de Mu'awiya ».

reste, plus célèbre encore par sa piété que par son mérite littéraire. On lui doit quelques vers persans, mais
surtout des poésies hindoustanies fort estimées, dont les
biographes originaux citent des fragments. Kamâl appelle Ischtiyâc poëte ancien, et le dit contemporain
de Schâh Hâtim. Ischtiyâc mourut en 1161 (1748).
Sarwar cite plusieurs pages de ses vers. Lutf nous
apprend qu'il est le père du célèbre maulânâ 'Abd ul'azîz,
de Dehli [1], à qui on doit plusieurs ouvrages remarquables, entre autres un traité contre les hérétiques musulmans, c'est-à-dire, je pense, contre toutes les innova-
tions contraires à l'esprit de l'islamisme. Cet ouvrage est
intitulé *Radd-i rawâfiz* « Réfutation des réfractaires ».

ISFAN [2] est un Anglais né dans l'Inde, mais dont
j'ignore le véritable nom, qui est compté parmi les
poëtes hindoustanis. Sarwar et Karîm donnent un
échantillon de ses vers.

Zukà (cité par Sprenger), qui était lié d'amitié avec
lui, dit : « Isfàn est le nom et le takhallus d'un chrétien né à Dehli d'un Européen (et probablement d'une
Indienne, étant ainsi ce qu'on nomme *half cast*). » Il
était vivant en 1215 (1800-1801).

I. ISHAC [3] (MUHAMMAD) a traduit en urdû le conte
allégorique persan intitulé *Husn o dil* (*Quissa-i*) « Histoire de la beauté et de l'esprit », in-8° de 32 p., Dehli,
1868, dont une édition persane accompagnée de la

---

[1] Le même probablement dont il a été parlé page 83 du premier
volume, comme auteur d'un commentaire sur le Coran. Ce qui a donné
surtout de la célébrité à ce personnage, c'est qu'il fut le directeur spirituel du zélé réformateur Saïyid Ahmad.
[2] A. Sprenger suppose que ce mot n'est autre que « Stephen »
Étienne.
[3] A. « Isaac ».

traduction a été donnée par W. Price à Londres, en
1827, gr. in-4°.

II. ISHAC (Mirza 'Ali Khan), de Lakhnau, fils de
Fidâ 'Ali Khân, petit-fils du nabâb Mirzâ 'Ali Khân,
arrière-petit-fils du nabâb Salar Jang, et élève du nabâb
'Aschûr 'Ali Khân Bahâdur, est un poëte hindoustani à
qui on doit un Dîwân dont Muhcin donne des extraits.

ISLAM[1] (le schaïkh ulislam[2]) est un des meilleurs
poëtes urdus des temps modernes. Il habitait Thânah,
qui est une des villes du district de Sahâranpûr, dans la
province de Dehli. Il avait des connaissances très-va-
riées et il était doué des plus excellentes qualités. Il
mourut en 1833. Schefta et Karîm le mentionnent dans
leurs Anthologies biographiques.

I. ISMA'IL[3] (le hâjî maulawî Muhammad), savant et
dévot musulman, un des plus zélés partisans de Saïyid
Ahmad, fondateur de la secte nommée *Tarica muham-
madiya* « la Voie musulmane[4] », pareille sous tant de
rapports à celle des wahâbites, était fils unique de 'Abd
ulgani et petit-fils de Tâli' ullah, fameux théologien de
son temps. Celui-ci avait eu quatre fils : le père de notre
auteur, le maulawî Schâh 'Abd ul'azîz, auteur d'un
célèbre commentaire du Coran, Rafî 'uddin et 'Abd ulcâdir, auteur d'une traduction hindoustanie du Coran[5].
Ils ont tous fait partie de la secte que Saïyid Ahmad
établit dans l'Inde il y a quelques années.

---

[1] A. « La religion musulmane ».
[2] Karîm uddin le nomme *Macîh ulislâm* « le Christ de l'islamisme ».
[3] A. Nom du père des Arabes, fils du patriarche Abraham.
[4] Voyez, au sujet de cette secte et de son fondateur, ma « Notice sur
des vêtements à inscriptions », dans le « Journal Asiatique », numéro
d'avril 1838.
[5] Voyez les articles consacrés à ces personnages.

Ismâ'il naquit en 1196 (1781), dans le village de
Phoda, près de Dehli. Il perdit son père de bonne heure
et fut élevé par son oncle 'Abd ulcâdir, dont il épousa
la petite-fille. Il annonça dès son jeune âge les plus heureuses dispositions et la plus grande aptitude. Il apprit
la philosophie, les mathématiques, la rhétorique, l'exégèse, la tradition, la jurisprudence. Plus tard il fut le
compagnon de Saïyid Ahmad dans son pèlerinage, et à
son retour il employa son talent oratoire à prêcher la
réforme. A Dehli il montait tous les jours en chaire à la
mosquée nommée Akbarâbâdi, où demeurait Saïyid
Ahmad, et le jeudi et le vendredi à la grande mosquée.
Ses sermons étaient suivis par une foule immense devant
laquelle il exposait ce qu'il croyait être les vraies doctrines de la religion musulmane. Son succès éveilla la
jalousie des maulawis ses confrères, et ils critiquèrent
ses doctrines. Il en fut référé à une réunion de docteurs
qui eut lieu à la grande mosquée, mais sans résultat ;
car, ainsi qu'il arrive dans les cas semblables, chacune
des deux parties prétendit l'avoir emporté sur l'autre.
Ainsi Ismâ'il continua de prêcher avec le plus grand
succès. L'opposition même à laquelle il fut en butte ne
servit qu'à exciter davantage son zèle, et ses partisans
s'accrurent avec sa réputation. La religion musulmane,
s'il faut en croire Mîr Schahâmat 'Alì [1], a été depuis ce
temps plus prospère dans l'Inde qu'auparavant. Beaucoup d'irrégularités ont cessé ; il y a moins de prières
aux tombeaux des saints, et la cérémonie des *ta'ziya* [2]
est moins en vogue. Les doctrines de l'unité de Dieu et

[1] Voyez l'article SCHAHAMAT 'ALI, « Journal Royal Asiatic Society »,
t. XIII, p. 310 et suiv.
[2] « Mémoire sur la religion musulmane dans l'Inde », p. 35.

de la sunna sont mieux comprises par la généralité des
musulmans de l'Inde. Beaucoup de mosquées longtemps
négligées ont été restaurées et rendues au culte. Quoi
qu'il en soit, les autorités locales s'émurent de ce mouvement religieux, et il fut défendu à Ismâ'îl de tenir
désormais ces réunions religieuses.

Ce fut accompagné d'Ismâ'îl et du maulawî 'Abd
ulhaïyî que Saïyid Ahmad vint de Dehli à Calcutta,
pour se rendre de là en pèlerinage à la Mecque. Ismâ'îl
et l'autre maulawî firent le voyage de la Mecque avec
ce réformateur. Ils s'embarquèrent à Calcutta au commencement de l'année 1822, et ils retournèrent en octobre de l'année suivante.

En 1827-1828, Ismâ'îl se dirigea avec son chef religieux Saïyid Ahmad et son parent 'Abd ulhaïyi, à Peschawar, et il prit part à la guerre *sainte* dans ce pays.
Il fut tué avec Saïyid Ahmad, en 1831, dans les montagnes de Pakhil et de Dhamtor, par un détachement de
l'armée sikhe, et enterré près de Bâlâ-koh.

Le maulawî Ismâ'îl avait des connaissances littéraires
fort étendues. Il était doux et ferme à la fois[1] ; il s'ex-
primait avec clarté, élégance et énergie quand il enseignait. Selon son biographe, Mîr Schahâmat 'Alî, l'Inde
n'a pas produit dans ce siècle de personnage aussi capable. Ses vues paraissent avoir été tout à fait désinté-
ressées ; car il n'a été occupé que du bonheur de ses
coreligionnaires[2] ; aussi est-il le plus populaire et le plus
respecté des docteurs des temps modernes. C'est pour
donner une règle parfaite de conduite aux musulmans
qu'il a écrit :

---

1 Il suivait ainsi l'axiome connu « Fortiter in re, suaviter in modo ».
2 Comparez cet article à celui sur Saïyid Ahmad.

1° Son ouvrage intitulé *Tacwiyat ulîmân* « la Corro-
boration de la foi [1] », ouvrage écrit en urdû, comme la
plupart des publications des saïyid Ahmadi, et imprimé
à Dehli il y a quelques années[2]. Cet ouvrage se compose de deux parties; mais Ismà'îl n'a pu achever que
la première, qui traite de l'unité de Dieu, *tauhîd,* et du
polythéisme ou association, *schirk,* et qui montre à quel
point les doctrines de Mahomet ont été corrompues
dans l'Inde par la réaction de l'hindouisme[3]. La seconde partie est due à un de ses élèves, et elle est loin,
selon Schahâmat 'Alî, de valoir la première ; le sujet,
d'ailleurs, est bien moins intéressant, puisqu'on y donne
seulement une série de préceptes. La première partie a
été traduite en anglais, et, ce qui est curieux, par Schahâmat 'Alî, *wahâbî* lui-même, qui a publié cette traduction dans le t. XIII, p. 316 et suiv. du « Journal of
the Royal Asiatic Society », où elle occupe cinquante
pages auxquelles je renvoie le lecteur.

Il paraît que le but que l'auteur s'est proposé dans
cet ouvrage est surtout de détourner les musulmans de
la dévotion superstitieuse aux saints, du pèlerinage aux
tombeaux lointains, en un mot de tout ce qui semble
s'éloigner de la foi pure en un seul Dieu. Ces erreurs

---

[1] *Tacwiyat ulimau ,* comme on a écrit p. 489 du « Journal de la
Société Asiatique » de Calcutta, 1832, et non pas *Tacwiyat ulimam ,*
comme on a mis page 485.

[2] Voyez t. Ier, p. 485 du « Journal de la Société Asiatique » de
Calcutta.
Un exemplaire en est mentionné dans le Catalogue des livres achetés
par le gouvernement anglais après la prise de Dehli en 1857 (n° 1065).

[3] Comme on le pense bien, cet ouvrage a été réfuté par les musulmans orthodoxes. Parmi les ouvrages urdus achetés par le gouvernement
anglais après la prise de Dehli en 1857, on trouve au n° 1088 du Catalogue l'indication de l'*Ibtâl Tacwiyat ulîmân* « Destruction, c'est-à-dire
réfutation » de cet ouvrage par le maulawi Scharîf. Voyez ce nom.

sont classées sous quatre titres différents : 1° polythéisme
relatif à l'omniscience de Dieu ; 2° polythéisme relatif
aux fonctions de cette omniscience ; 3° polythéisme relatif au culte qu'on doit à Dieu seul ; 4° polythéisme
relatif à certains usages de la vie commune. On trouve
des détails extrêmement curieux tirés de cet ouvrage
dans le « Journal de la Société Asiatique » de Calcutta [1].
Les doctrines exposées dans les écrits d'Ismâ'îl sont du
reste, je crois, les vraies doctrines de l'islamisme. On
ne distingue généralement pas assez sur ce point le
dogme des abus que le temps a introduits.

2° Ismâ'îl a écrit un autre volume intitulé *Sirât ulmus-
taquîm* [2] « la Voie droite » ; mais je crois que ce dernier traité est rédigé en persan. Il a, du reste, été publié
à Calcutta par un de ses confrères, le maulawî Muḥammad 'Alî, de Râmpûr, durant l'absence d'Ismâ'îl, et on
en a donné l'analyse dans le « Journal de la Société
Asiatique » de Calcutta [3].

3° On doit à Ismâ'îl un masnawî d'environ 250 vers
intitulé *Silk-i nûr* « le Rayon (fil) de la lumière »,
poëme mystique de 20 p. lithographié à Lakhnau et à
Calcutta en 1269 (1852-1853).

4° L'*Izâh ulhacc* « Démonstration de la vérité »,
traité hindoustani annoncé dans l'*Akhbâr subh sâdic*
de Madras du 12 avril 1865.

5° Enfin le *Wafat-nâma* « Livre de la mort (de Mahomet) », qui fait partie des volumes achetés par le

[1] Numéro de novembre 1832.
[2] Le maulawi 'Abd ulhaïyi, gendre de 'Abd ul'azîz et, je crois, frère
d'Ismâ'îl, coopéra à cet ouvrage. Plusieurs ouvrages musulmans portent
au surplus ce titre. Voyez le *Dabistân*, édition persane, p. 400, ligne 20.
[3] Numéro de novembre 1832.

gouvernement anglais après la prise de Dehli en 1857
(n° 1079).

II. ISMA'IL (Mirza Muhammad) est un auteur du Décan à qui on doit deux contes en prose dont on conserve une copie manuscrite in-8° à la bibliothèque de
l'East-India Office. Le premier est intitulé *Hikâyat-i
saudâgar* [1] ou *Quissa-i saudâgar*, « Histoire du fils du
marchand », et il forme 80 pages environ. Le second,
intitulé *Nacl-i maus ki padschâhat kard*, « Histoire
du rat qui fit la conquête du Guilàn », ne se compose
que de 31 pages. Ces deux opuscules sont écrits en
hindoustani dakhni. Le dernier conte a été traduit en
anglais et publié dans l'« Asiatic Journal », t. XXXII,
n. s., p. 252 et suiv.

ISMA'IL KHAN (Muhammad) est l'éditeur du *Lawrence
Gazette*, journal hindoustani hebdomadaire de Mirat; et
le même probablement que le maulawi Muhammad
Ismâ'il, éditeur urdû (en 1869) du « 'Aligarh Institute
Gazette ».

ISRAR [2], de Lakhnau, éloquent poëte, fils de Mirzà
Mugal et élève de Sàhib Quiràn, est auteur d'un *Dîwàn*
dont Muhcin cite des vers dans son *Tazkira*.

ISRI-DAS [3] est autour d'un Essai sur les dépenses
qu'on fait dans l'Inde à l'occasion des mariages, en
réponse, je pense, aux attaques dont ces dépenses exces-
sives ont été l'objet dans différents écrits et dans la
Société pour la propagation de l'instruction chez les
natifs. Cet Essai, qui est intitulé *Jawâb mazmûn* « Réponse comprise », a été imprimé à Mirat en 1864.

---

[1] N° 444 de la collection Leyden, de l'East India Library.
[2] A. « Garder un secret ».
[3] I. Plus régulièrement *Schrî-dâs* « Serviteur de Srî ou Lakschmi ».

ITTIFAC[1], de Bareilly, est un poëte hindoustanî mentionné par Sarwar.

ITTIHAD[2] (Mirza Aga Jan) est un poëte hindoustanî qui a aussi écrit en persan et qui est de plus calligraphe. Il est fils du khwâja Khaïr uddîn et élève de Khwâja Wazîr. Muhcin en cite des vers dans son Tazkira. Il dirigeait une imprimerie à Lakhnau avant les derniers troubles.

'IZAZ[3] (Mir Baquir 'Ali), de Lakhnau, fils de Mîr Açad Sabr et élève de Mîr 'Alî Auçat Raschk, est un poëte hindoustanî dont Muhcin cite des vers dans son Tazkira.

IZTIRAB[4] (Pir Miyan) est un poëte hindoustanî mentionné par Abû'lhaçan dans le *Maçarrat afzâ*.

1. 'IZZAT[5] (Gulam-i Haïdar) est auteur d'un roman en prose hindoustanie intitulé *Husn o 'ischc*, « la Beauté et l'amour », dont il y a un exemplaire à la bibliothèque de la Société Asiatique de Calcutta, petit in-4° de 360 p. 'Izzat traduisit cet ouvrage du persan de Kâtibi en 1218 (1803-1804), à la prière de Gilchrist. L'original, qui est en prose comme la traduction, porte le titre de *Ab-i gulschan-i 'ischc* « l'Eau du jardin de l'amour ». Ce dernier ouvrage est un abrégé fait par le munschî Muhammad Wâris d'un autre ouvrage persan en vers. 'Izzat naquit à Murschidâbâd et mourut à Calcutta en 1838. Il a composé aussi en persan :

1° Le *Tasrîf-i farsî* « Grammaire persane » ;

1  A. « Hasard, rencontre ».
2  A. « Union ».
3  A. « Honorification ».
4  A. « Crainte ».
5  A. « Honneur ».

2° Le *Farhang-i Bostân* « Vocabulaire des mots du *Bostân* » ;

3° Une Vie de Mahomet intitulée *Scham'-i darakh-schân* « la Bougie lumineuse » .

Cet auteur est probablement le même dont Kamâl cite un long gazal et qu'il donne comme élève de Jurat et habitant de Lakhnau.

II. 'IZZAT (Muhammad Sulaïman) est un autre poëte hindoustani mentionné par Sarwar.

III. 'IZZAT (le schaïkk 'Abd ulwaci), de Lakhnau, est un troisième poëte qui a pris aussi le surnom de *'Ischrat,* et que nous fait connaître Câcim.

# J

I. JA'FAR[1] (Mîr) est un poëte hindoustanî qui habitait Dehli. Bénî Nârâyan cite de lui deux gazals ; voici la traduction de celle de ces deux pièces qui a été reproduite dans les « Hindee and Hindoostanee Selections » :

Cette idole est toujours *retenue* loin de moi, elle qui sans cesse, par sa *retenue, retient* ma respiration.

Des pleurs sont dans mes yeux, le tremblement est à ma main, le chagrin dans mon cœur : aussi quand je veux lui écrire une lettre, le calam s'arrête.

Je reste un moment en silence, hélas ! ma respiration s'arrête ; je soupire, et alors cette idole s'arrête loin de moi.

Toutes les créatures s'arrêtent à cause de toi ; et toi aussi, charmant objet, tu t'arrêtes loin de moi.

O injustice ! que le mauvais œil soit éloigné ! Cette coupe est le miroir du monde : Alexandre et Jamsched se sont arrêtés pour la regarder.

---

[1] A. « Nom propre arabe ; c'est ainsi, entre autres, qu'on nomme le sixième imâm.

Maintenant, pourquoi Ja'far ne pousserait-il pas des soupirs, puisque, selon le dire de Saudâ, lorsque les larmes coulent, il n'est pas facile de les arrêter?

J'ignore si c'est le même poëte que Mir cite sous le seul nom de *Ja'far*.

II. JA'FAR ou JA'FARI (Mirza), de Patna, fils de Faïz 'Ali Khân, est un poëte d'une éducation distinguée qui exerçait les fonctions de *thânadâr* (sorte de chef de police). Il était mort quand 'Ischqui, qui le mentionne, écrivait son Tazkira.

I. JA'FAR 'ALI KHAN, de Dehli, fils de Mirzâ Mumin Khân, est un poëte hindoustani qui vivait sous Muhammad Schâh et sous Schâh 'Alam ; il était officier dans l'armée et commandait à trois mille hommes. En 1168 (1754-1755), il composa par ordre de Muhammad Schâh un masnawî de cinquante vers sur le *cali-yûn*, sorte de *hucca* ou de pipe.

II. JA'FAR 'ALI KHAN est un autre poëte hindoustani dont Mannû Lâl cite des vers dans sa rhétorique pratique intitulée *Guldasta-i nischât*. Voici la traduction d'un de ces vers :

En voyant briller les dents de mon amie à travers les lignes du *missî*[1], on dirait que ce sont les diamants des étoiles au milieu du firmament azuré.

Cet écrivain est probablement le même que le maulawi Ja'far 'Ali qui, en 1844, était professeur au collége de Dehli et qui a coopéré, avec Muhammad Haçan 'Ali Khân et le maulawi Sadîd uddîn Khân, à la traduction du choix des contes des Mille et une Nuits publiée à Dehli à cette époque[2].

[1] On sait que le missî est une poudre noire que les Indiennes appliquent aux intervalles des dents par coquetterie.

[2] Il sera encore parlé de cet ouvrage à l'article Saun uddin.

JA'FAR SCHARIF, autrement dit LALA MIYAN, fils de 'Ali Scharif, de la tribu de Coreïsch, est un musulman sunnite, natif d'Ellore, dans l'ancien royaume de Golconde, ville où il vivait en 1832. Son père était natif de Nagor.

Il est auteur d'un ouvrage hindoustani très-important, intitulé *Canún-i islâm* [1] « Règle de l'islamisme », ouvrage publié en anglais par le Dr G. A. Herklots, savant estimable, mort à Wallajâbâd le 8 janvier 1834. La traduction de cet ouvrage avait été revue par feu Sandford Arnot, orientaliste écossais, qu'une mort prématurée a aussi enlevé à la science et à ses amis. Ce traité est très-certainement un des plus importants qui aient été rédigés sur la religion de Mahomet; c'est un tableau complet de l'islamisme tel qu'il existe dans le Décan. J'en ai donné l'analyse dans le « Journal des Savants » (1833), du moins pour ce qui concerne les curieuses particularités de la religion musulmane dans l'Inde. Le lecteur pourra recourir à cet article. Celui que j'ai publié dans le « Nouveau Journal Asiatique » (t. IX) sur l'intéressant ouvrage de madame Mir Haçan 'Ali, et mon « Mémoire sur la religion musulmane dans l'Inde », contiennent aussi des renseignements généralement peu connus sur cet objet.

I. JA'FARI [2] (Mir BAQUIR 'ALI), de Dehli, nommé aussi Ja'far Schâh [3], était fils de Camar uddîn Minnat et jeune frère de Mir Nizâm uddîn Mamnûn, « la gloire

---

[1] « *Qanoon-e Islam*, or the Customs of the Moosulmans of India comprising a full and exact account of their various rites and ceremonies, from the moment of birth till the hour of death ». London, 1832, royal in-8° de 582 pages.

[2] A. « Descendant de Ja'far, le sixième imâm ».

[3] Câcim lui donne le takhallus de *Ja'far*.

des poëtes » (comme Sarwar le nomme), duquel il reçut
son éducation littéraire. Sans avoir le même talent que
son frère, il doit être néanmoins distingué de la foule
des poëtes hindoustanis. Ja'fari mourut l'année avant la
rédaction du *Gulschan bé-khâr,* au retour d'un voyage
dans le Héjâz. Il est auteur d'une traduction hindoustanie du *Tarikh-i Tabari* « Histoire de Tabari », dont
feu L. Dubeux avait entrepris une traduction française
d'après la version persane de Bélami, traduction qui a
été recommencée par Mr. H. Zotenberg, jeune savant
distingué que j'ai compté parmi mes auditeurs. La version hindoustanie a été faite pour l'usage des élèves du
Collége de Fort-William, à l'époque de sa fondation.
H. H. Wilson en avait dans sa bibliothèque un exemplaire en deux volumes in-folio.

    II. JA'FARI, de Lakhnau, mentionné par Zukâ, est
sans doute Mirzâ Haçan 'Alî Ja'fari, poëte vivant, qui
est auteur d'un masnawi intitulé *Tuhfa-i Ja'fari,* lequel
contient des légendes, des réflexions sur des sujets de
morale, etc. Cet ouvrage, lithographié à Lakhnau au
« Haïdari Press » en 1262 (1845-1846), se compose
de 104 p. dans la marge desquelles on a imprimé un
autre masnawi du même genre.

    Ce poëte est probablement aussi le même dont Câcim
et Sarwar citent un quita' sur la fondation de la ville de
Surûr-nagar.

    JAGANARATH-PRAÇAD [1] est auteur, en collabora-
tion de Mâkhan Lâl, de la traduction en prose hindie
du *Bhagavat Purâna,* dont Nawal Kischor a donné une
seconde édition à Lakhnau en 1864, in-4° de 909 p.,
sous le titre de *Sukh sâgar* « l'Océan du bonheur ».

[1. « Don de la substance du monde ».

JAGAT NARAYAN[1] (le pandit) est auteur d'un Manuel des règlements de police intitulé en hindoustani *Majmú'a-i zabt-i kàrrawâj-i púlis;* Debli, 1867, in-8° de 360 p.; et aussi, je crois, en collaboration de Nizâm uddin, du *Majmú'a zábit faujdarí* « Code de procédure criminelle »; Lahore, 1867.

JAGJIVAN-DAS[2] est le fondateur de la secte des satnâmis. Il était kschatriya de naissance. Il naquit à Aoude, et sa châsse tumulaire (*samádh*) se voit encore à Katwa, entre Lakhnau et Aoude. Pendant toute sa vie il fut *grihastha* « homme marié ». Il écrivit plusieurs traités qui sont tous en stances hindies.

Le premier porte le titre de *Prathama grantha* » Premier livre ». C'est un traité sous forme de dialogue entre Siva et Parvatî.

Le second est intitulé *Jnyân prakás* « Manifestation de la science ». Il fut rédigé en l'année de Jésus-Christ 1761.

Le troisième est intitulé *Mahà pralaya* « le Grand anéantissement ». Voici un court extrait de ce traité que nous a fait connaître H. H. Wilson[3].

L'homme pur vit au milieu de tous, mais il est loin de tous. Il ne doit avoir d'affection pour rien. Il connaît ce qu'il peut connaître, mais il ne fait point de recherches. Il ne va ni ne vient; il n'apprend ni n'enseigne; il ne crie ni ne soupire, mais il discute avec lui-même. Pour lui, il n'y a ni plaisir ni peine, ni clémence ni colère, ni fou ni sage; Jagjivan-dâs voudrait savoir s'il y a un homme aussi parfait, qui vive à

[1] 1. « L'esprit des eaux du monde », c'est-à-dire Wischnu, qui exista avant le monde créé. Conf. « Spiritus Domini ferebatur super aquas », Gen. 1, 2.
[2] I. « Le serviteur de Dieu (la vie du monde) ».
[3] « Asiatic Researches », t. XVII, p. 304.

part de la nature humaine, et qui ne se livre pas à de futiles discours.

I. JAG-NATH [1], barde du roi de Mahoba, l'ennemi de Prithiràj, vivait sous Akbar, qui régna de 1552 à 1605. Chand fait un grand éloge tant de son talent poétique que de son dévouement à son prince, pour lequel il mourut les armes à la main [2].

C'est le même poëte que Ràj Sàgar a mentionné sous le nom de Jagan-nàth, expression qui a le même sens que Jag-nàth.

II. JAG-NATH (le munschi) est auteur d'une traduction du *Bhagavat,* ou plutôt du dixième chapitre de ce livre, en vers urdus, imprimée à Lakhnau avec illustrations en 1280 (1863-1864), gr. in-8° de 224 p. de 26 lignes de deux vers chacune.

JAGNU [3] (MIYAN), cousin maternel de Scher Afkan Khàn Basti, vivait dans le nord de l'Inde pendant le temps de Muhammad Schàh. Il se faisait une gloire d'être élève de Mir Taqui. Voilà tout ce que nous apprennent, au sujet de ce poëte hindoustani, les biographes originaux. Ils en citent un vers dont voici la traduction :

La maladie est une bonne chose pour ce cœur malade d'amour; le guérir serait un crime : la maladie est pour lui préférable.

JAHANDAR [4] (MIRZA JAWAN BAKHT SCHAH), prince royal, fils et héritier présomptif de Schàh 'Alam II et

[1] 1. « Le Roi du monde », un des noms de Wischnu : celui sous lequel il est adoré dans une pagode célèbre de la côte d'Orissa.
[2] Tod, « Asiatic Journal », octobre 1840.
[3] Dans le *Gulzàr-i Ibràhîm* on lit *Jàgnàn;* dans les Tazkiras de Mir et de Fath 'Alî Huçaïni, *Jagnu* ou *Jugnu,* qui, comme *jugnâ, jugnî* et *jignâ,* signifie « ver luisant ».
[4] P. « Roi, prince »; à la lettre, « possesseur du monde ».

petit-fils de 'Alam-guîr II, est compté parmi les écrivains hindoustanis distingués. Il quitta Dehli en 1198
(1783-1784), lors des désastres de l'empire mogol, et
se retira à Lakhnau, où il fut comblé de politesses par
Açaf uddaula, et où 'Alî Ibrâhim lui fut présenté par
le gouverneur général lord Warren Hastings. Plus tard,
Ibrâhim le vit souvent à Bénarès, où Jahândâr alla
vers la fin de l'année ci-dessus indiquée. A Lakhnau,
Jahândâr tenait des réunions littéraires deux fois par
mois, réunions où il accueillait avec empressement les
poëtes hindoustanis qui se trouvaient en cette ville.
Lutf, qui eut occasion de l'y voir, nous apprend qu'il
mourut à Bénarès en 1201 de l'hégire (1786-1787).

On conserve à la bibliothèque de l'East-India Office
un manuscrit de ses poésies, volume qu'il avait remis,
à ce qu'il paraît, à lord Hastings, et qui est intitulé
*Bayâz-i 'inâyat-i murschad-zâda* « Album fortuné du
prince royal ».

Ibrâhim et Lutf vantent son bon goût et citent de
lui plusieurs vers. Béni Nàrâyan cite de son côté un
gazal qui ne se trouve pas dans 'Alî Ibrâhim. Mashafî,
qui donne deux pages des vers de ce prince, parle de
son aptitude aux sciences, qu'il cultiva en effet avec
succès, et dit qu'il s'occupa de poésie hindoustanie et
fit aussi des vers persans. Il nous fait savoir, de plus,
qu'il avait rédigé un Tazkira hindoustanî qui n'était
encore qu'en brouillon au moment de sa mort, et qui,
on ne sait par quel motif, était resté chez Imâm-bakhsch
de Cachemire, lequel, toujours selon Mashafî, en fit
usage sans scrupule pour la composition du sien.

Voici, de Jahândâr, la traduction d'un petit gazal
dont les Indiens font beaucoup de cas :

Ne m'interrogez pas sur ce que nous faisons en passant dans le monde; le désir de le posséder nous consume, et nous mourons souvent au milieu de notre course.

Nous restons une nuit seulement dans cette maison de deuil, et, comme la bougie, nous nous consumons en brûlant.

Jahândâr! nous nous sommes attachés aux idoles de chair; mais, Dieu aidant, nous approchons de notre éternelle demeure (où nous pourrons admirer la véritable beauté).

JAHANGUIR[1] (Mir Jahanguir Beg) est un poëte urdû originaire de Dehli, mais natif de Lakhnau, où il mena longtemps une vie déréglée. Dans sa vieillesse, il fut atteint d'une mélancolie noire, à tel point qu'un jour il tua d'un coup de poignard Maulânâ 'Abd ul'aziz Mir Schâh, connu sous le nom poétique de *Darwesch*, pendant qu'il prêchait. On mit notre poëte en prison, où il mourut, pour me servir de l'expression de Schefta, du *poignard* de la mort en 1228 (1813).

JAHANGUIR-DAS[2] est un auteur hindi dont il est incidemment question dans l'article Moropant du *Kavi charitr*.

JAHAR[3] SINGH est auteur du *Phâg* (*Srî Krischn*) « la Poudre de Krischna », poëme sur les jeux de Krischna, figurés maintenant par ceux du holî, qui consistent surtout à se jeter de la poudre de talc teinte en rouge ou en jaune, et nommée *phâg*. Ce poëme, dont le frontispice représente ces jeux, forme un in-8° de 12 p. imprimé en 1921 du samwat (1865).

JAICI ou JAWACI[4] (Malik Muhammad) est aussi

---

1 P. « Conquérant du monde », nom d'un célèbre empereur mogol.

2 P. l. Mot hybride qui signifie « serviteur du sultan Jahânguir ».

3 Jâhar est peut-être une mauvaise orthographe hindoue du mot arabe *jauhar* « perle, diamant ».

4 Jaïci doit être un nom patronymique. Il est dit dans une note du manuscrit de la Bibliothèque impériale que cet auteur était natif de

nommé Jaïci-dâs, ce qui paraît indiquer qu'il était un Hindou converti à l'islamisme. Dans tous les cas, le saïyid 'Abd ullah, professeur d'hindoustani à Londres, en est le descendant direct. On doit à Jaïci des dohras et des kabits en hindoui. Il a écrit aussi en urdû ou hindoustani musulman du nord. Il est cité par Colebrooke dans sa « Dissertation sur les langues sanscrite et pracrite [1] », et par le docteur Gilchrist dans sa « Grammaire hindoustanie [2] ». Il est auteur d'un poëme intitulé *Padmâwati*. C'est une histoire de Padmâwat, reine de Chitor, en vers hindouis et en octaves, dont il existe une superbe copie en caractères nagaris à la bibliothèque de l'East India Office. Elle forme un beau volume in-folio de 740 pages, enrichi, sur chaque revers de ses pages, de dessins enluminés. Il y en a un autre exemplaire à la même bibliothèque, en caractères persans, petit in-folio de 300 pages environ. Cette copie a aussi de fort jolis dessins coloriés. La Bibliothèque impériale en possède également une [3] en caractères persans. Il y en a à la bibliothèque de Leyde une autre en caractères kaïthi-nagaris, qui provient de Wilmet (n°ˢ 134 et 135 du Catalogue de cette bibliothèque). On en trouve plusieurs exemplaires dans différentes bibliothèques et collections, car les manuscrits n'en sont pas rares ; et il y en a plusieurs éditions, dont une annoncée dans l'*Akhbâr-i 'âlam* de Mirat du 23 août 1866, une en caractères persans, in-8° de 360 p., Lakhnau, 1282 (1865), etc.

Jahen ; mais ne faut-il pas lire *Jâïs*, nom d'un village des environs de Lakhnau dont le poëte Macîh (Mîr Hâschim 'Ali) était natif, ainsi qu'on le verra plus loin ?

[1] Tome VII, p. 230 des « Asiatic Researches ».
[2] Page 525.
[3] Fonds Gentil, n° 31.

Il existe des ouvrages écrits en persan sur le même sujet, traduits ou imités de l'hindoustani. Il y en a un, entre autres, mentionné dans le catalogue de la collection Mackenzie, qui est entremêlé de stances hindies [1].

Padmâwat était fille du râjâ de Ceylan. Elle fut mariée à Ratan Sen, râjâ de Chîtor; mais à la prise de cette ville par 'Ala uddin, en 1303, elle et treize mille autres femmes, plutôt que d'être la proie des vainqueurs musulmans, se renfermèrent dans une caverne et s'y firent périr au milieu d'un feu violent qu'elles allumèrent [2]. Le P. Catrou, qui a écrit une espèce de roman sous le titre d'« Histoire du Mogol », confond la prise de Chîtor par Akbar, en 1569, avec celle dont il s'agit ici, et raconte à ce sujet l'histoire de cette princesse, qu'il nomme *Padmani* [3]; mais il n'en est pas parlé dans l'*Akbar-nâma*, ainsi qu'on peut s'en assurer en lisant la traduction que le major David Price [4] a donnée du récit relatif à l'événement dont il s'agit.

On doit aussi à Jaïcî un ouvrage intitulé *Sorath* [5], qui est écrit en vers du genre nommé *dohra*, et dont on conserve un exemplaire dans la bibliothèque de la Société Asiatique du Bengale, à Calcutta.

On doit enfin au même écrivain un ouvrage intitulé *Paramarth japajî* [6], dont la bibliothèque de la Société

---

[1] Voyez t. II, p. 138.

[2] Ces mœurs barbares dans leur sévérité existent encore dans le Râjpoutâna. Voyez, à ce sujet, le tome XVII de l'« Asiatic Journal », nouvelle série, p. 86 et suiv.

[3] Tome I<sup>er</sup>, p. 185 et suiv.

[4] « Miscellaneous Translations from Oriental languages (Oriental Translation Fund) », t. II.

[5] Nom d'un *ragnî* ou mode musical indien secondaire.

[6] Ce qui semble signifier « l'âme des discours sur le bien suprême ».

Asiatique de Calcutta possède un manuscrit; et le *Gha-nâwat*[1], poëme dont le D<sup>r</sup> A. Sprenger possédait un magnifique exemplaire manuscrit petit in-folio, copié en 1067 (1656-1657).

Jaïcî vivait sous Scher Schâh, car ce fut en 947 (1540-1541) qu'il écrivit son poëme de *Padmâwatî*. Cet ouvrage, qui est rédigé en hindî, écrit, soit en caractères persans[2], soit en caractères dévanagaris, se compose d'environ 6,500 vers[3].

JAI DATT[4] (le pandit), qualifié du titre d'astronome (*joschî*), est l'éditeur :

1° Du journal bi-mensuel hindî de Naïnî (Nynee) Tâl, intitulé *Samay binodh* « le Plaisir du temps », lequel est signalé dans le rapport du 19 février 1869 de Mr. Kempson, directeur de l'instruction publique des provinces du nord-ouest ;

2° Du *Gopî Chand*, histoire de cet ancien râjâ d'Ujjaïn qui renonça au monde et se fit pénitent. Kamaun, 1868, gr. in-8° de 74 p.

JAI DAYAL[5] SINGH est auteur du *Aïna-i mazhab-i Hunûd*, « Miroir de la doctrine (religieuse) des Hindous », rédigé en urdû et publié à Cawnpûr en 1868, in-folio de 129 p.

JAI DÉO (Jaya Déva[6]), qui vivait un demi-siècle

---

[1] Ce mot paraît être un nom propre indien, car il est écrit avec un *gha* (*g* aspiré).

[2] Le manuscrit de la Bibliothèque de la rue Richelieu et le n° 168 des manuscrits de Duncan Forbes sont en caractères persans. Voyez le travail de Mr. T. Pavie sur Padmâwat dans le « Journal Asiatique » de 1856.

[3] Mr. T. Pavie en a donné la traduction dans le même journal. Il y a une édition de Lakhnau, 1844, in-8°, de ce poëme.

[4] I. « Victorieux (celui à qui la victoire est donnée) ».

[5] I. « Généreux dans la victoire », un des surnoms de Krischna.

[6] I. « Dieu de la victoire ».

avant l'ère chrétienne, aussi célèbre comme saint brahmane que comme poëte sanscrit, doit de plus être mentionné parmi les écrivains hindouis [1]. Il est mis en effet
par Lâl, dans la préface de l'*Awadh bilâs*, au nombre
des poëtes hindouis les plus renommés, et c'est en cette
qualité que j'en parle ici, et non à cause du célèbre
poëme sanscrit intitulé *Guîta Govinda*, dont il est auteur, poëme qui a été, du reste, traduit et commenté
en hindi.

Voici l'article du *Bhakta mâl* qui le concerne [2] :

### CHHAPPAÏ.

Jaya Déva est le roi des poëtes; les autres ne sont au prix de
lui que des seigneurs de district.

Le brillant Guîta Govinda est devenu célèbre dans les trois
mondes.

Le poëme sur le *Kok* et celui du *Nau ras* (« les Neuf goûts
poétiques »), sont un océan de beau style.

Mais lorsqu'on lit l'*Aschtpadî* (le *Guîta Govinda*), on aug-
mente sa sagesse.

En apprenant par là l'histoire de l'amant de Râdhâ
(Krischna), la certitude vous arrive à ce sujet.

Krischna, le seigneur du lotus, est le soleil qui donne le
bonheur.

Jaya Déva est le roi des poëtes : les autres ne sont au prix de
lui que des seigneurs de district.

### EXPLICATION.

Jaya Déva était du village de Kinduvilv [3]. Il était le chef
des dévots *à Wischnu*. Il était roi des poëtes et faquir errant;
ainsi il ne demeurait pas toujours dans le même lieu; chaque

---

[1] « Asiatic Researches », t. XVII, p. 238.
[2] Voyez aussi ce qu'en dit Tod, « Annals of Rajasthan », t. I, p. 540.
[3] Jones et Colebrooke ne sont pas d'accord sur le nom actuel et la
position de cette ville. Voyez Lassen, *Guîta Govinda*, prologue, p. 1.

jour il allait rester sous un arbre, et continuait ensuite ses courses.

Un brahmane alla donner sa fille à Jagan-nâth. Le dieu lui dit : « Jaya Déva est ma propre figure; allez lui donner cette fille en mariage. » Le brahmane prit sa fille, et la conduisit auprès de Jaya, à qui il dit : « Jagan-nâth vous ordonne d'accepter cette femme *pour votre épouse.* » Jaya Déva répondit : « Voici mon habitation ordinaire, comment pourrai-je garder votre fille? » Toutefois le brahmane laissa sa fille auprès de Jaya Déva, et s'en alla. Alors Jaya Déva demanda à cette jeune fille ce qu'elle comptait faire. Elle répondit : « Tant que je suis restée dans la maison de mon père, je suis demeurée en son pouvoir; maintenant mon père m'a confiée à vous, je ferai ce que vous me direz. Si vous ne m'agréez pas *pour épouse* et que vous m'abandonniez, que deviendrai-je? »

Jaya Déva ayant entendu ces mots, reconnut que le maître lui avait violemment attaché cette femme au cou. Après avoir réfléchi, il se décida à la prendre pour épouse; puis il pensa qu'il ne convenait pas de continuer à vivre ainsi, mais qu'il fallait qu'il se bâtit une demeure. En effet il construisit une maison, et devint grihastha [1]. Alors l'idole de Krischna-Râdhâ lui envoya un songe : « Jaya Déva, lui dit-elle, actuellement que vous avez une maison, je suis fatiguée de mon côté de demeurer dehors ». En apprenant que le maître ne voulait plus que sa statue fût dehors, Jaya Déva la mit dans sa maison; puis il pensa qu'il convenait d'en célébrer la gloire. Ce fut alors qu'il composa le livre de *Guîta Govinda,* où il écrivit *d'abord* le vers suivant à la louange de Krischna :

PAD SANSCRIT.

Donne à la tige généreuse de tes pieds la propriété de détruire le poison de l'amour, et d'être un ornement à ma tête [2].

Il pensa cependant que ce vers était susceptible de critique, et il décrivit ainsi les qualités *de Krischna :*

[1] On sait que c'est la seconde des positions sociales des brahmanes, celle d'« homme marié ». Ce mot est dérivé de *griha* « maison », et *stha* « résidant ».

[2] Dans le texte, ce pad est en sanscrit, accompagné de la traduction en hindoui. On le trouve dans le *Guîta Govinda,* X, 19, v. 8.

DOHA.

Il est fier, généreux, jeune, de bonne santé, riche, bien né, beau, doux, fortuné; il est habile dans les jeux et les artifices *de l'amour,* puissant dans ce qui a rapport à cette passion, et il est éloquent. Telles sont les qualités de l'amant que j'ai chantées. Je dis tout ce qui est dans Krischna, et par quoi il est le roi des amants.

Les qualités qui sont dans l'amant, comment pouvoir les décrire dans la maîtresse? Ce fut à quoi Jaya Déva réfléchit; et ayant trouvé convenable d'attendre encore un peu pour écrire cette description, il prépara le papier, puis il alla se baigner. Pendant ce temps Krischna lui-même ayant pris l'apparence de Jaya Déva, écrivit dans le livre *le pad qui avait embarrassé Jaya Déva,* déchira le papier qu'il avait préparé, laissa le livre ouvert, et se retira. Lorsque Jaya Déva vint et qu'il vit cela, il fut étonné, et interrogea sa femme à ce sujet. Elle lui dit : « Vous êtes revenu et avez écrit ces vers : quel autre que vous aurait touché *à votre livre?* » Après avoir entendu cette réponse, *il comprit que c'était un miracle de Wischnu,* et fit le pradakschin [1] de sa femme [2].

Le râjâ de Nîlâchal [3] rédigea un *Guîta Govinda,* puis il fit venir les brahmanes, et leur dit de faire connaître ce livre [4]. Ils lui répondirent : « Ce volume n'est point le *véritable Guîta Govinda,* car nous le possédons *déjà.* » Le roi insista, en disant que son *Guîta Govinda* était le véritable. Mais les pandits se refusèrent à le reconnaître, et il fut décidé qu'on mettrait les deux livres dans le temple de Jagan-nâth, et qu'on regarderait comme authentique celui que désignerait le dieu. Ainsi fit-on. Le Seigneur orna son cou du livre de Jaya Déva comme d'un collier, et jeta hors du temple celui du roi. Ce dernier, fâché de ce résultat, se mit en marche pour aller se noyer; mais le Seigneur lui dit : « Sire, pourquoi perdre ainsi inutilement votre vie? Il n'y a pas de livre pareil à celui de

[1] Circumambulation religieuse autour d'une personne ou d'une chose.
[2] Parce qu'elle avait été sanctifiée par la vue du dieu.
[3] Wilson place cette ville sur la côte d'Orissa. « Asiatic Researches », t. XVI, p. 52.
[4] C'est-à-dire, d'en faire circuler des copies.

Jaya Déva. Écrivez-en un sloka à chaque chant du vôtre, et par cette association il deviendra célèbre. »

La jeune fille d'une jardinière, en allant çà et là pour cueillir du baïgan [1], chantait le pad suivant :

Sur le bord de la Jamuna, Krischna habite une forêt que rafraîchit un doux zéphyr [2].

Jagan-nâth la suivit *pour l'entendre.* Au temps du service divin, le dieu dit au roi Bikram : « J'ai suivi une jeune fille qui récitait un vers du *Guîta Govinda,* pourquoi n'en réciter qu'un seul? » Alors le roi lui amena cette jeune fille, qu'il fit asseoir dans le temple, et à qui il ordonna de chanter en ce lieu des vers du *Guîta Govinda.* Lorsqu'elle mourut, le dieu jeûna et dit à ce sujet au roi : « Comme ma servante est morte, je n'ai pas mangé aujourd'hui, parce que je n'ai pas entendu de chant. » Alors le râjâ *en* fit chanter *une autre,* et jusqu'à présent on continue de chanter lors de la cérémonie nommée *artî* [3], avant le sommeil du dieu. Puis le roi fit faire une proclamation dans la ville, portant que chacun devait lire habituellement et avec respect le *Guîta Govinda.*

A Lahore, un Mogol nommé Mîr Madho lisait le *Guîta Govinda;* il l'entendait réciter habituellement à un sâdh de qui il l'apprenait. Partout où il allait, monté sur son cheval, Krischna allait aussi, assis sur le pommeau de la selle. Un sâdh ayant vu ce prodige, en fut stupéfait. Le Mogol lui parla, puis il se fit faquir et prit le nom de Sâlih Beg. Une fois ce Mogol alla à Dehli, et y récita le *Guîta Govinda.* Une grande foule se réunit auprès de lui pour l'entendre. Le sultan l'ayant appris, fit appeler ce Mogol, et lui demanda ce qu'il lisait qui attirait une si grande foule. Celui-ci répondit que c'était le *Guîta Govinda.* « Beaucoup d'autres personnes, lui dit le sultan, lisent le même livre, et il n'y a nulle part une telle foule. — Sire, répliqua le Mogol, si un perroquet

---

[1] « Egg plant » (*solanum melongena*).
[2] Ce pad est seulement en sanscrit dans le texte. On le trouve dans le poëme de Jaya Déva, d'où il est en effet tiré. V, 11, v. 8.
[3] Cérémonie qui consiste à passer une lampe allumée autour d'une idole.

dit ce que lui a appris un gurû, personne ne s'approche pour l'écouter; mais si c'est un corbeau qui parle, tout le monde considérant cela comme un miracle, accourt pour savoir ce qu'il dit ».

Jaya Déva en allant de tous côtés recevoir des aumônes pour les frais du culte du dieu, revenait d'un endroit avec des pièces d'or qu'il avait obtenues, lorsqu'il rencontra des thags[1] sur sa route. Il leur demanda où ils allaient. Ceux-ci lui répondirent qu'ils iraient là où il irait lui-même. Il comprit tout de suite que c'étaient des compagnons de ses pièces d'or; ainsi il les leur livra. Ces derniers, tout en les prenant, dirent entre eux : « Nous sommes tous des thags; mais celui-ci est *sans doute* encore plus adroit (*thag*) que nous. Actuellement, au moyen de quelque ruse, il ira dans le village voisin, et nous livrera au magistrat. Que faut-il faire? » Un d'eux dit qu'il fallait le tuer; un autre exprima l'opinion qu'il ne fallait pas faire périr celui qui avait donné *volontairement* ses richesses; un troisième enfin fut d'avis de lui couper les pieds et les mains, et de le jeter dans une fosse, d'où il ne pourrait aller nulle part pour les faire saisir. Ainsi firent-ils. Sur ces entrefaites, un râjâ passa par là, et ayant vu du côté de la fosse un éclat pareil à celui de plusieurs milliers de lunes, il s'en approcha et aperçut Jaya Déva, dont la vue purifia son intelligence. Il le fit monter dans son palanquin, et le conduisit à son palais, où il le fit guérir de ses blessures; puis il lui demanda de lui indiquer ce qu'il avait de mieux à faire. Jaya Déva lui répondit de faire le service des dévots à Hari. Le râjâ ayant agréé cet avis, agit en conséquence. Quelque temps après, *nos* voleurs ayant appris que ce râjâ traitait favorablement les adorateurs de Hari, prirent le chapelet *des sâdhs*, se marquèrent *le front* du tilak convenable, et vinrent auprès de ce souverain. Ils y trouvèrent Jaya Déva dans une heureuse situation. On se reconnut des deux côtés, et les voleurs tremblèrent de crainte[2].

L'arrivée de ces individus fit éprouver à Jaya Déva une

[1] Ce mot signifie à la fois « voleur » et « rusé, trompeur ». Il est pris ici dans le premier sens, et plus loin dans le second.

[2] Cette histoire paraît être un reflet de celle de Joseph.

joie pareille à celle qu'on ressent lorsqu'on reçoit un intime ami. De même que les voleurs n'avaient pas dépouillé leur méchanceté, ainsi Jaya Déva avait conservé sa sainteté. Il fit avertir le râjâ et lui dit : « Après ce petit nombre de jours, votre charité envers les sâdhs a porté son fruit aujourd'hui d'une manière manifeste. De tels dévots ne sont pas encore venus; leur arrivée annonce que votre bonne fortune s'est réveillée. Il convient de les traiter beaucoup mieux que tous les autres. » Le râjâ, en effet, les conduisit dans l'intérieur de son palais, et il chargea des gens de les oindre d'huile et de les frotter de parfums. On les fit ensuite baigner et manger; mais on avait beau les traiter avec distinction, ils prenaient la chose au rebours. Comme ils avaient vu Jaya Déva, ils disaient dans leur esprit : « O le joli profit que rapporte le chapelet! pour l'avoir pris nous sommes dans les fers. Ceux-ci nous traitent bien; mais celui-là se conduit sèchement. » Et ils demandèrent à Jaya Déva la permission de s'en aller.

Le saint fit alors appeler le roi, et lui dit de les congédier, en leur donnant toutes les richesses qu'ils désireraient. Le roi les fit donc entrer dans la forteresse où se trouvait le trésor, et leur dit : « Emportez ce que vous voudrez des richesses qui sont déposées ici depuis les temps anciens ». En effet, les voleurs emportèrent tout ce qu'ils purent; puis Jaya Déva leur donna pour les accompagner deux individus à qui il dit de ne revenir qu'après les avoir conduits jusqu'au delà des limites du pays. Les voleurs furent alors convaincus que Jaya Déva n'avait pas voulu les faire mourir dans le palais, mais qu'il avait donné cette commission à ces hommes chargés de les accompagner. Ces derniers dirent aux voleurs dans la route : « Pendant tout le temps *des distributions extraordinaires faites aux sâdhs*, Jaya Déva n'a traité personne aussi bien que vous tous. Y a-t-il quelque lien de parenté entre vous et lui, ou bien vous êtes-vous simplement connus? » Les voleurs répondirent : « Nous étions avec lui au service d'un roi; il se conduisit mal dans une affaire, et le roi nous donna ordre de le tuer; mais comme nous avions de l'amitié pour lui, nous ne le privâmes pas de la vie, et nous nous contentâmes de lui couper les pieds et les mains. C'est ainsi que nous ayant cette

obligation, il nous a traités comme il l'a fait. » Pendant que
ces voleurs tenaient ce discours, la terre s'entr'ouvrit et les
engloutit tous. Les hommes qui étaient avec eux allèrent
raconter ce fait à Jaya Déva. Celui-ci frotta, en soupirant,
ses pieds et ses mains coupés, et à l'instant ces membres pous-
sèrent comme une plante. Les hommes témoins de cet événement virent là un nouveau miracle, et allèrent rapporter au
roi ces deux prodiges. Ce dernier, en les apprenant, courut se
jeter aux pieds du saint, et lui demanda ce que cela voulait
dire, qui il était enfin, et à quel pays il appartenait. Comme
le roi insista sur sa demande, alors Jaya Déva lui raconta
toute son histoire depuis le commencement jusqu'au bout. Le
râjâ, après l'avoir entendue, reconnut que c'était une grande
fortune pour lui *de posséder Jaya Déva.* Il envoya chercher à
Kinduvilv Padmâwatî, femme de Jaya Déva, dans un palanquin, et l'installa dans son palais là où la reine avait ses
appartements.

Un jour le frère de la reine mourut, et sa femme voulut se
brûler avec son cadavre. La reine ayant appris cette nouvelle,
se mit à pleurer et à se frapper la poitrine. Dix khuschâmadî[1]
l'imitèrent d'une manière encore plus énergique. Quant à
Padmâwatî, elle resta assise sans manifester aucune émotion.
On lui demanda pourquoi elle n'avait aucun souci de ce qui
se passait : « Toutes ces démonstrations, répondit-elle, ne
sont pas une preuve d'amitié. La seule preuve réelle qu'on en
puisse avoir, c'est lorsque quelqu'un, en entendant annoncer
la mort d'une personne qu'il aime, quitte son corps[2]. » Ces
paroles excitèrent chez la reine une violente colère; mais elle
garda le silence. Quelques jours après elle dit au roi : « Je
veux éprouver l'amour de Padmâwatî; il faut la mener dans
le jardin, et lui envoyer dire là que Jaya Déva est allé dans
l'autre monde. » Le roi agit ainsi : mais Padmâwatî ne fit

[1] C'est-à-dire, gens de condoléance, ou pour mieux dire, des gens
qui vous disent : *khusch âmad* « bravo », prenant part à votre joie, et
par suite à votre tristesse. Ici il est évident que ce sont des gens à
gages, comme c'est l'usage dans tout l'Orient. Conf. Évangile de saint
Matthieu, chap. IX, vers. 23.

[2] C'est-à-dire, « meurt de chagrin » ou « se brûle ».

aucun mouvement; et comme la reine se mit à pleurer, elle lui dit : « Pourquoi pleurez-vous? mon mari va bien. »

Quelques jours se passèrent, puis la reine pria le roi de répéter la même expérience. Celui-ci, se frappant le front, lui répondit : « *Tout cela est inutile,* les avertissements de Jaya feront tomber dans la poussière *cette nouvelle tentative.* Tu me mets un couteau à la gorge. » La reine insista; elle fit plus, elle renonça au boire et au manger. Alors le roi envoya à Padmâwaïi le même message que la première fois. Cette dernière pensa en elle-même que cette malheureuse la vexerait sans cesse pour l'éprouver; ainsi elle quitta la vie. La reine, témoin de cet événement, fut contente. Jaya Déva ayant appris ce qui se passait, accourut; il ressuscita Padmâwaïi en chantant une strophe de son poëme, et il consola le roi; puis il prit congé de lui, et se retira à Kinduvilv. Le Gange était à dix-huit kos de ce dernier endroit; Jaya Déva allait toujours s'y baigner par pénitence. Quand il fut vieux, le Gange lui dit de ne plus venir, mais de se contenter de se baigner en esprit. Jaya Déva ne voulut pas renoncer à cet exercice; alors le Gange lui dit : « Eh bien, je viendrai moi-même auprès de toi. » Jaya Déva lui demanda quel gage il aurait pour croire *à ce prodige.* « Un lotus fleurira, répondit-il, et tu connaîtras par là *ma présence.* » Ainsi arriva-t-il; et jusqu'à ce jour une branche du Gange baigne le village de Kinduvilv.

JAI GOPAL [1] (le hakîm) est auteur du *Haïza (Riçâla),* « Traité du choléra » d'après les Grecs, ouvrage annoncé dans le *Koh-i nûr* de Lahore du 6 mars 1866.

JAI SINGH [2] est auteur du *Kalpa druma* [3], sorte de journal historique cité par Tod dans ses « Annals o Rajputana » .

[1] 1. « Le vacher de la victoire ».
[2] 1. « Le lion de la victoire ».
[3] Ces mots ont la même signification que *kalpa brich* « arbre de la convenance », arbre du ciel d'Indra qui donne tout ce qu'on désire. Il est analogue au *Tûbâ* du paradis musulman.

JAINA ou JINA [1] BÉGAM (la nabâbe), fille de feu
Mirzâ Babar et femme de Mirzâ Jahândâr Schâh, est
auteur de vers persans et rekhtas dont Mushafî donne
un échantillon. Je ne crois pas qu'elle soit la même que
Jânâ Bégam, dont il est parlé un peu plus loin. Schefta
dit que la vie de cette femme auteur lui a été *cachée*
comme sa beauté le fut derrière le *parda;* mais Kamâl
nous apprend ce qui précède.

I. JALAL [2] (MULLA ou MULLAN), Balkhî, c'est-à-dire
de Balkh, auquel on donne le titre de *Quissa khwân*
« Conteur d'histoires », est auteur d'une histoire d'Amir
Hamza, intitulée *Quissa-i Amir Hamza.* Cette histoire
est écrite en prose; elle roule sur le même sujet que celle
dont j'ai parlé à l'article ASCHK; il paraît même que c'est
d'après la rédaction de Jalâl qu'Aschk a fait la sienne.
Feu Romer possédait un exemplaire manuscrit de cet
ouvrage; mais je pense qu'il ne contient que la première
partie de l'histoire de Hamza, celle qui est intitulée
*Quissa-i maulid* « Histoire de la naissance », et dont
la rédaction originale est en effet attribuée par Aschk à
Jalâl.

II. JALAL, de Faïzâbâd, est un poëte hindoustanî
contemporain dont Câcim cite des vers dans son Tazkira.

III. JALAL (JALAL UDDÎN [3] HUÇAÏN), de Dehli, jeune
frère de Kamâl (Schâh Kamâl uddîn Huçaïn), est aussi
mis par Karîm au nombre des poëtes hindoustanis.

IV. JALAL (MIRZA BANDA 'ALÎ), saïyid de descen-

---

[1] I. « Vie ».

[2] A. « Éclat, splendeur ».

[3] Câcim écrit Jamâl uddîn, probablement par erreur, à moins qu'il
ne faille identifier ce poëte avec Jamâl (Mir Jamâl uddîn Huçaïn), de
Patna, fils de Nûr ullah Khân, lequel est cité par Sprenger, d'après
Schorisch.

dance authentique, originaire de l'Iràn et natif de Dehli,
était un jeune homme du plus grand mérite qui malheureusement mourut à la fleur de l'âge. On lui doit
des poésies hindoustanies élégamment écrites, mentionnées par Sarwar.

V. JALAL (ZAMIN 'ALÎ), de Lakhnau, fils du hakim
Asgar 'Alî, « le Conteur d'histoires », et élève d'Amîr
'Alî Khàn Hilàl, est auteur de poésies hindoustanies
dont Muhcin cite quelques vers.

JALAL UDDIN [1], de Murschidâbâd, appelé aussi
Jalàl uddaula [2], est auteur d'un masnawì, et il était
habile dans le tarîkh, selon ce que nous apprend
Schorisch.

I. JALIS [3] (le nabàb MAHDÎ 'ALÎ KHAN), originaire
de Nischapûr et natif de Lakhnau, fils du nabàb Samsàm
uddaula Mirzà Hajù, élève de Mirzà Mahdi Kauçar, est
mentionné par Muhcin, qui en cite un gazal.

II. JALIS (MUHAMMAD) est un derviche qui habitait
Badâûn et qui a laissé des vers dont Muhcin donne
un échantillon dans son Anthologie.

JAM [4] (le kunwar SEN), de Badhaulì, fils de Gulàm
Muhì uddìn 'Ischc, est un poëte hindoustani, élève de
Masrûr, que signale Schefta dans son *Gulschan bé-khâr*.

Il a revu l'ouvrage du Rév. T. Wylier intitulé *Ta'lîm
ulîmàn* « l'Enseignement de la foi (chrétienne) », traduit en urdû du « Teaching of faith », in-8° de 272 p.;
Ludiana, 1869.

---

[1] A. « La gloire de la religion ».
[2] A. « La gloire de l'empire ».
[3] A. « Convive », proprement, « celui qui est assis à un banquet ».
[4] P. ou I. Si ce mot est persan, il signifie « coupe »; s'il est indien,
il signifie « ce qui est ordonné par Jam (Yam) », le Pluton indien. Ce
mot *jâm* est également synonyme de *pahâr* « la huitième partie du jour ».

Cet Hindou s'est converti au christianisme; il a été
ordonné prêtre anglican, et il est nommé en conséquence « Rev. Kunwar Sen ».

JAMAL [1] ('Aɪí). Sarwar, qui nous signale ce poëte
urdû, nous apprend qu'il était Israélite d'origine. Il était
petit-fils du maulawî Gulâm Ahmad de Mirat et élève de
'Ische, nommé aussi Mubtalâ. Il habita d'abord Mirat,
puis il alla occuper un emploi à Haïderâbâd du Décan.

JAMAL UDDIN [2] (le faquir saïyid), élève distingué
du collége de Lahore, a traduit de l'anglais en hindoustani les « Reports » des années 1860 et 1861 sur l'instruction publique, sous le titre de *Riport mahkama
sirischta-i ta'lîm* « Rapports du département de l'instruction publique »; Lahore, 1862, in-8° de 21 p.

JAMAL UDDIN KHAN (Muhammad) est auteur d'une
grammaire persane en urdû intitulée *Ucúl 'ajîba* « Principes merveilleux; Cawnpûr, 1866, in-8° de 48 p.

JAMI [3]. Ce nom d'un célèbre poëte persan parait ap-
partenir aussi à un écrivain hindoustani auquel on doit
un ouvrage sur la religion musulmane intitulé *'Acâïd-i
Jâmî* « les Principes (de la foi musulmane), par Jâmî ».

JAMIL UDDIN [4] est le rédacteur et le propriétaire
du journal urdû hebdomadaire de Mirat intitulé « Lawrence Gazette », imprimé à la typographie *Mahjôb-i
kischwar Hind* « l'Ami du pays de l'Inde », et dont
Muhammad Ismà'îl Khân est l'éditeur. On lui doit une
lecture intéressante sur l'urdû, reproduite dans le n° du
3 novembre 1868 de l'*Awadh akhbâr*.

---

[1] A. « Beauté » (*jamâl*).
[2] A. « La beauté de la religion ».
[3] P. Adj. dérivé de *jâm* « coupe ».
[4] A. « Le beau de la religion ».

JAMNA-PRAÇAD [1] (le munschi) est l'éditeur du journal urdû de Cawnpûr intitulé *Schu'la-i Tûr* « la Flamme du Sinaï », imprimé à la typographie qui porte le même nom. Ce journal paraît le mardi de chaque semaine par cahiers de 16 p. sur deux colonnes.

Jamna-praçàd rédigeait aussi le *Bahr-i hikmat* « l'Océan de la sagesse », journal mensuel de médecine musulmane qui paraît le 1er de chaque mois à l'imprimerie du *Koh-i nûr* de Lahore par cahiers de 16 p. sur deux colonnes ; mais il a été remplacé dans ces fonctions par le munschi Gaurî Schankar.

On lui doit aussi :

1° L'exposition en urdû des règles relatives aux petites causes des tribunaux : *Canûn-i muta'allaca 'adàlat khafîfa* « Règles relatives à la petite justice » ; Cawnpûr, 1868, in-8° de 36 p. ;

2° Le *Faïslajât 'adàlat high court* « Décisions de la haute cour de justice », en urdû ; Cawnpûr, 1868, petit in-8° de 24 p.

JAMSCHED [2] (MIRZA JAMSCHED BEG), d'Agra, fils de Mirzâ Haïdar Beg et élève de Mirzâ 'Inâyat 'Alî Màh, est mentionné par Muhcin, qui en cite des vers.

I. JAN [3] (JAN-I 'ALAM KHAN), fils [4] du nabâb Roschan uddaula Zafar Khân et élève du saïyid Muhammad Soz, était un habile calligraphe et un savant arabisant. 'Alî Ibrâhîm le compte au nombre des poëtes hindoustanis et cite un échantillon de ses vers dans son Tazkira.

II. JAN (JAN-I 'ALÎ SCHAH) est un poëte hindoustanî

---

[1] I. « Don de la Jamna (Jamuna) ».
[2] P. Nom d'un ancien roi de Perse.
[3] P. « Ame, vie » (*jân*).
[4] Ou neveu, selon 'Alî Ibrâhîm.

de Dehli mentionné par Sarwar et par Schefta. Il était
parent du défunt nabâb Birâm Khân [1], élève de Mîr
Muhammad Taqui Mîr et disciple de Nathan Schâh, de
Sikandarâbâd. Ses ancêtres étaient des amîrs de la cour
de Muhammad Schâh. Quant à lui, il embrassa la pauvreté spirituelle et bâtit un couvent à Sikandarâbâd, où
il se retira. On lui doit des gazals estimés.

III.  JAN (Mîr Yar 'Alî Jan Sahib ou Sahib Jan), que
Muhcin appelle la gloire du rekhtî [2], et qu'il ne faut pas
confondre avec Jî Sâhib, est une femme de lettres, fille
de Mîr Amman, née à Farrukhâbâd, mais qui habitait
Lakhnau, où elle avait obtenu ses succès littéraires,
après avoir demeuré à Aurangâbâd et à Bhopal. Elle
s'appliqua dès son enfance à la musique et à la littérature. Elle apprit le persan et lut le *Gulistân*, le *Bostân* et
le *Bahâr dânisch*. Enfin elle s'adonna à la poésie hindoustanie sous la direction du nabâb 'Aschûr 'Alî Khân
Bahâdur. Karim uddîn la considère comme son maître,
et il l'a consultée sur ses propres vers. Elle a fait imprimer à Lakhnau en 1262 (1845) [3], âgée alors de vingt-
six à vingt-sept ans, un recueil de ses poésies sous le
titre de *Diwân Mîr Yâr 'Alî,* lequel forme un petit in-folio
de 85 doubles pages dont la marge est couverte par le
texte [4]. Ce recueil s'est promptement répandu parmi les
beaux esprits contemporains de l'Inde et a acquis à
l'auteur une grande célébrité. Il est écrit dans un dia-

---

[1] Sprenger dit : « Cousin du nabâb Câcim 'Alî Khân, nâzim du
Bengale ».

[2] Sur ce mot, voir l'Introduction, p. 35.

[3] Karim dit en 1847.

[4] Il y eu a une autre édition imprimée la même année au *Matba'
Haïdarî.* Dans cette édition, le poëme occupe le milieu des pages, et on
a imprimé en marge le *Façâna 'ajâïb.* Voyez l'article Surur.

lecte poétique particulier aux femmes et nommé *rekhtí,*
lequel est usité dans les zanânas, et il offre ceci de particulier que l'auteur y a mis au féminin les titres masculins des poëmes. Ainsi, par exemple, au lieu de *gazal*
elle a mis *gazlí* (proprement *gazalí*), comme au lieu de
rekhta, *rekhtí,* etc. Ce Diwân abonde en plaisanteries
dans le goût de celles de Sa'âdat Yâr Khàn Ranguin,
mais plus fines et plus délicates. Cette *poétesse* est mentionnée non-seulement par Karim, mais par Muhcin,
qui en cite plusieurs gazals.

IV. JAN (Mirza) a traduit de l'urdû en hindî, sous le
titre de *Sarsari ké mucaddamon ki pustak* « Livre des
petits procès », le « Elementary Treatise on summary
suits » de P. Carnegy et R. Manderson; Allahâbâd,
1859, in-8° de 48 p.

I. JAN-I MUHAMMAD [1] (le faquîr Schah) est auteur
d'un ouvrage intitulé *Prem lílâ* « le Jeu de l'amour »,
qui est au nombre des manuscrits hindoustanis indiqués
dans le catalogue des livres de Farzâda.

II. JAN-I MUHAMMAD (Miyan) est un des rédac-
teurs du *Koh-i nûr,* où il a donné dans le n° du 17 janvier 1859, sous le titre de *Jâm-i jahân-numâ* « Coupe,
miroir du monde », une statistique sommaire des pays
du monde, des villes qu'on y trouve, etc.

JANA BÉGAM [2], ou plutôt Jana Baï et même Rana
Baï, fut d'abord esclave, puis, je crois, femme de Nâm-
Déo, et elle se rendit célèbre par son talent poétique.
Elle fut élève du même Nâm-Déo pour la poésie et son
disciple pour la doctrine religieuse. On lui doit sur les

---

[1] A. « L'âme de Mahomet ».
[2] I. Le mot *jânâ* est le féminin sanscrit de *jân,* signifiant « connaissant », et *bégam* est le féminin persi-indien de *beg,* titre honorifique.

6.

*râg*, c'est-à-dire sur la musique indienne, un traité
écrit en hindoustani, dont Sir W. Ouseley possédait un
exemplaire dans sa collection. On lui doit aussi des
*abhang*, sorte d'hymnes religieux à l'usage des
waïschnavas.

Elle est peut-être la même que Gannâ, plutôt que
Jinâ (ou Jaïnâ). Dans tous les cas, ces trois femmes ne
se réduiraient pas à une seule, mais peut-être à deux.
Jinâ ne saurait être confondue avec Gannâ; ce sont
deux personnes bien distinctes l'une de l'autre.

I. JANARDAN [1] BHATTA (Goswami) est auteur du
*Vaïdya ratna* « le Joyau de la médecine », ouvrage en
vers sur la médecine, lithographié à Agra, 1864, in-8°
de 92 p. de 22 lignes, dont j'ai un exemplaire dans ma
collection particulière.

II. JANARDAN RAM CHANDRA JI. Bien que cet
auteur ait écrit en mahratte, je dois le citer ici, parce
qu'on lui doit une biographie intitulée *Kavi charitr*
« Histoire des poëtes », qui contient plusieurs notices
sur des poëtes hindîs.

JANKI BALLABH [2] (Snî) est auteur du poëme hindi
intitulé *Mânas sankâwali* « le Sacrifice du doute de l'esprit », imprimé à Bénarès en 1866, in-8° de 88 p. de
22 lignes. Il y en a une autre édition de 96 p.

JANKI-PRAÇAD ou PARSAD [3] (le bâbû) est auteur
d'un ouvrage intitulé *Jukt Râmâyan* « le Râmâyana
arrangé [4] », imprimé à Bénarès.

---

[1] 1. « Celui qui tourmente le méchant et par lequel on obtient le
salut ». Un des noms de Wischnu. Ward, « The Mythology of the
Hindoos, t. III, p. 9.
[2] 1. « Sita, l'épouse (de Râma) ».
[3] 1. « Don de Sita ».
[4] Voyez l'article TULCI.

JARI [1] (Mirza Sarfaraz 'Alî), fils de Mirzâ Nawâzisch
'Alî et petit-fils de Mirzâ Gazanfar Beg, était un zamindâr de Mahmûd-nagar, dans le district de Lakhnau, qui
fut élève de Mirzâ Muhammad Rizâ Barc, lequel est lui-
même un des élèves les plus distingués du schaïkh
Nâcikh. Jari a laissé des poésies hindoustanies dont
Muhcin cite quelques vers. Il est aussi auteur d'une mo-
dification du texte du *Mazhab-i 'ische* ou *Gul-i Bakâwali*,
de la rédaction de Nihal Chand, travail qu'il a exécuté
d'après l'invitation de Mir Haçan Rizwî, directeur de
l'imprimerie de Lakhnau appelée de son nom *Matba'-i
Haçani*, dans le but de rendre le style du travail primitif plus moderne et plus simple ; et il l'a spécialement
intitulé *Sahih nâma-i Bakâwali* « Rectification du livre
de Bakâwali ». Il y en a deux éditions, dont la seconde,
de 1260 (1844), est un petit in-folio de 102 p. de
19 lignes.

JARIH [2] (Mirza Sarafraz 'Alî) est un poëte hindoustani dont je ne sais que le nom.

JARRAH [3] (Gulam-i Nacir), chirurgien de profession,
était originaire de Cachemire, « pareil au paradis [4] »,
mais natif de Dehli. Il était fils du hâfiz Ramazânî Jar-
râh, chirurgien lui-même, ainsi que son père. Le personnage qui est l'objet de cette notice se distingua dans
l'art des vers, auquel il fut initié par Aïn [5]. Il soumit
aussi ses compositions à Schefta, qui en fait l'éloge, et

[1] A. « Brave, vaillant ».
[2] A. « Blessé ».
[3] A. A la lettre : *saigneur*, c'est-à-dire « chirurgien ».
[4] *Jinnat nazîr*. C'est ainsi que les Indiens nomment habituellement
le Cachemire, pour obtenir une rime.
[5] P. « Usage, etc. (*âïn*). » Ce poëte a probablement écrit en persan
seulement, car je ne le trouve pas indiqué dans les biographies hindoustanies originales.

qui nous apprend qu'il mourut quelques années avant
la rédaction du *Gulschan bé-khâr*.

JATAMAL ou JATMAL [1], fils de Dharm Singh, avait
le titre de *kabiswar* « prince des poëtes », et vivait au
dix-septième siècle à Mortchbatto [2], sous le roi pathan
'Alî Khân, fils de Nazîr uddin [3]. Il est auteur d'un
poëme hindoui, écrit en 1624 de J.-C., dans la ville de
Sambar [4], sur la légende de Padmâwat, fille du roi de
Ceylan et femme de Ratan Sen, roi de Chitor, nommée
aussi *Padmani* « la femme parfaite [5] ». J'ai parlé plus
haut de cette légende, célébrée par plusieurs auteurs
indiens. Ici Padmani et ses femmes ne périssent pas au
milieu des flammes ; bien loin de là, elles trompent les
chefs de l'armée musulmane, à laquelle Padmani feint
de se rendre avec les personnes de sa suite, formant un
total de cent palanquins, autre cheval de Troie où étaient
cachés trois mille soldats râjpouts bien armés. Ceux-ci,
arrivés ainsi au milieu du camp ennemi, font main basse
sur les musulmans surpris sans défense.

Au surplus, Mr. Th. Pavie a donné la traduction de ce
poëme dans le Journal Asiatique, 1856, et il a accompagné sa traduction de plusieurs passages du texte et
de considérations judicieuses.

JAUDAT [6] (RAÉ HARDAB [7] RAM), originaire de Katac [8],

1. « Boxeur aux cheveux tressés ».
2 Mr. Th. Pavie, Journal Asiat., 1854, n° de janvier, pense que cette
ville est le Morkschudra de Hamilton, dans le Malwa.
3 Selon l'auteur, mais j'ignore de quel souverain il s'agit ici.
4 Ou Samwar en Malwa, près d'Ujjaïn.
5 Par allusion à la classification des femmes, aussi bien que des
hommes, en quatre catégories, classification exposée du reste en détail
dans ce poëme.
6 A. « Bonté ».
7 Faut-il lire *Hardeb* pour *Har déva*, ou avec Sprenger *Hridya?*
8 Ville et district de la province d'Orissa.

était attaché à la personne du nabâb 'Ala uddaula Sar-
farâz Khân. On le nomme tantôt Jaudat de Dehli, parce
qu'il vécut dans cette ville, tantôt Jaudat de Murâdâbâd,
parce qu'il mourut dans cette autre ville. Il était élève
de Schorisch, mais il a surtout écrit en persan. Il mourut pendant le règne de Schâh 'Alam. 'Alî Ibrâhîm, qui
le connaissait, cite de lui un rubâ'î dont voici la traduction :

O prédicateur! tes paroles ne sont pas propres à mon cœur.
La fiole ne saurait supporter le choc de la pierre.

Retire-toi, ô abstinent! toi dont les yeux ne sont jamais
mouillés par les larmes; tant que tu seras près de moi, le
sang ne saurait couler de mes yeux humides.

I. JAUHAR[1] (Mirza Ahmad 'Alî Khan) naquit à
Faïzâbâd et habita Fatbpûr et Dehli. Ses ancêtres étaient
Persans d'origine et de la tribu des cazil-basch. Il fut
l'ami du nabâb Bândû et l'élève d'Ismâ'îl Huçaïn Munîr.
Il fut tué à Dehli dans une querelle particulière. Il est
auteur de poésies persanes et hindoustanies. Voici la
traduction d'un gazal de lui qu'on trouve dans les
« Hindee and Hindoostanee Selections » de W. Price,
parmi les chants populaires hindoustanis :

Lorsqu'on ouvrira ici le cahier de mes gémissements, et là
celui des tiens, hélas! ces soupirs ne passeront-ils pas ici sur
mon cœur, là sur le tien?

Ne combats pas avec moi, ô ma bien-aimée! laisse-moi te
dire ce mot, ou plutôt ces deux mots : Bientôt il ne sera plus
parlé de nos maisons; ici de la mienne, là de la tienne.

Sur mon cœur est la marque du soupir, et sur ton visage
un grain de petite vérole. Ces deux marques brilleront comme
des astres; ici la mienne, là la tienne.

[1] A. « Perle, diamant », et par suite « éclat ». Ce mot signifie aussi
« le naturel, le caractère ».

Actuellement, je t'en conjure, puisqu'il faut aller réunis, soyons joints de telle sorte que le chagrin de l'absence ne vienne pas sur nos cœurs, ici au mien, là au tien.

Je suis incertain de savoir comment je me joindrai à cette amie, quoique je n'ignore pas que le désir de l'union existe des deux côtés. Si des espions errent ici, il y a des maisons pour se mettre à l'abri de leurs recherches; ici la mienne, là la tienne.

Quelle bonne réponse pourras-tu donner au sujet de ta tyrannie, si le Créateur t'interroge? Il y aura des arbitres au jour de la résurrection; ici le mien, là le tien.

On dit qu'il est mauvais de boire du vin; et toutefois, dans l'ivresse, ne découvre-t-on pas le caractère (*jauhar*) : ici le mien, là le tien?

II. JAUHAR (le munschî Schiv Ram) est un poëte hindoustani dont Mannû Lâl cite un gazal fort agréable dans l'original, mais peu propre à traduire à cause des jeux de mots et des allitérations qui y abondent. Cet écrivain est auteur d'une grammaire persane expliquée en hindoustanî et dédiée à feu Turner Macan, l'éditeur du *Schâh-nâma*. Duncan Forbes en avait un exemplaire manuscrit dans sa précieuse collection [1].

III. JAUHAR (Dewalî Singh), kschatriya de Bareilly, est un autre poëte hindoustani.

IV. JAUHAR (le pandit Dîna-natiî), de Lakhnau, fils du pandit Débi-praçâd, autrement dit Sâlyâyî, élève de l'agâ Haçan Amânat, est un autre poëte hindoustani dont Muhcin cite des vers dans son Tazkira.

V. JAUHAR (le munschî Lala Jawahir Singh), *taheîldâr* (percepteur) de Lakhnau, fils de Râé Bakht-yâr Singh Râquim, de la tribu des kâyaths, et neveu (fils de sœur) de Bakhschî ulmulk Râjâ Lâl Jî Bahâdur, élève

---

[1] Voyez la seconde édition de sa « Grammaire persane », p. 88.

de Jurat plus spécialement pour l'urdû, prit pour surnom poétique le mot *jauhar*, singulier du mot *jawâhir*,
qui fait partie de son nom. Il fut élevé par le mahârâja
Nikat Râé comme son propre fils et devint archiviste
royal. Il se rendit amoureux d'Ujagar, bayadère qui à
Lakhnau n'avait pas sa pareille pour la beauté parmi les
femmes de sa condition. Kamâl cite de lui un gazal en
l'honneur de cette femme, gazal fort joli dans l'original,
mais intraduisible à cause de l'extrême exagération des
métaphores qui sont amenées par des jeux de mots sur
le nom de sa maîtresse, nom qui signifie « éclat » et qui
termine les deux premiers hémistiches et tous les vers de
ce petit poëme. J'ignore si ce gazal fait partie du Dîwân
hindoustani de Jauhar, car il est auteur d'un Dîwân
urdû qui porte le titre spécial de *Makhzan façâhat*
« Trésor d'éloquence », et qui a été imprimé à Lakhnau
en 1862, in-8° de 124 p. Muhcin le nomme poëte en
deux langues, parce qu'il a aussi écrit un Dîwân persan.
Il est de plus auteur de cacidas, et on en trouve un
entre autres dans l'*Awadh akhbâr* du 3 janvier 1865.

I. JAUHARI [1] (le maulawî Ayat ullah), de Phulwârî,
a écrit en urdû et en persan. Dans cette dernière langue
il a pris le takhallus de *Sozisch*. Il est mort vers 1840,
selon ce que nous apprend 'Ischqui.

II. JAUHARI (Indarjît) est un poëte de Dehli qui
exerçait la profession de joaillier, ainsi que son nom
l'indique. Il fut élève de Nacîr, et il est mentionné par
Câcim et par Sarwar.

I. JAULAN [2] (Mîr Bahadur 'Alî Schah), de Dehli,

[1] A. P. « Joaillier ».
[2] P. « Course ». Selon Mashafî, ce poëte se nommait Mîr Ramazânî
'Alî : il vivait à Dehli sous le règne de Muhammad Schâh, et avait
environ quatre-vingts ans en 1794.

était l'homme le plus habile de son temps au tir des
flèches, ce qui ne l'empêcha pas de cultiver la poésie
avec beaucoup de succès. Il mourut peu de temps avant
la rédaction du *Tazkira* de Sarwar. Il fut élève de Jurat
et aussi du prince Sulaïman Schikoh. Je pense que c'est
le même qui est auteur d'un wâçokht publié dans le
*Majmu'a-i wâçokht* de Lakhnau et dans celui de Dehli.

Voici la traduction de quelques-uns de ses vers que
cite Kamâl :

Jusqu'ici mon existence s'est passée dans l'ignorance des
choses spirituelles; faudra-t-il que je quitte le monde dans le
même état? Il me semble certain (néanmoins) que c'est toujours Dieu qu'on adore, soit dans la pagode, soit dans la mosquée; mais dois-je aller ici plutôt que là?

O schaïkh! va parcourir le cercle des belles; c'est (surtout)
leur création qui manifeste le pouvoir de Dieu.

Dieu seul connaît tous les sujets d'affliction qui pèsent sur
mon cœur; je n'ai ni le courage d'en rire, ni la force d'en
pleurer.

Enfin, il vaut mieux se sauver (comme un oiseau) sans
plumes et même sans ailes, plutôt que de rester emprisonné
(dans le monde extérieur).

II. JAULAN (Mîr Huçaïn ou Haçan 'Ali Khan), poëte
du Décan, mentionné par Sarwar et par Câcim, qui en
cite un grand nombre de vers, est entre autres auteur
d'un cacîda estimé sur le printemps.

III. JAULAN, natif de Lakhnau et habitant d'Agra,
élève du khwâja Haïdar 'Ali Atasch, est un autre poëte
hindoustanî dont Muhcin, qui le mentionne, ne connaît
que le takhallus.

JAWAHIR [1] (Miyan Makkhu), de Patna, est un grand
admirateur de poésie et poëte lui-même. Il est mentionné par Schorisch.

[1] A. Pluriel du mot *jauhar*, qui vient d'être expliqué.

JAWAHIR LAL (le hakim), médecin de profession, ainsi que son titre l'indique, est éditeur du journal hindoustani publié à Agra sous le titre de *Akhbâr unnawâh o nuzhat ularwâh* « les Nouvelles des différentes contrées et le délassement des intelligences », et imprimé à la typographie qui porte le titre de *Masdar unnawâdir* « Source de raretés. » Ce journal, qui contenait d'abord de bons articles littéraires et scientifiques, était devenu moins intéressant depuis 1851, et ne donnait plus guère que les nouvelles du jour d'après les autres journaux, entre autres le « Government Gazette ». Je crois qu'il a cessé d'exister et qu'il a été remplacé par le *Prajâhit* « l'Amour des sujets », journal hindi d'Etawah publié par Jawâhir, reproduit en urdû sous le titre de *Muhabbat ra'ayâ,* qui est la traduction du titre hindî, et en anglais sous celui de « People's Friend ». Ce journal est tiré à un grand nombre d'exemplaires, et il est imprimé à la typographie *Masdar utta'lim* « la Source de l'instruction ».

Jawâhir est aussi l'éditeur :

1° D'une « Histoire d'Angleterre » (History of England) traduite, par les étudiants du collége de Dehli, de « Pinnock's edition of Goldsmith », en hindi, de 780 p., avec un glossaire des mots techniques ;

2° Du *Makhzan uttawârîkh* « le Magasin des chroniques », histoire de l'Inde sous la domination mogole, dont il a publié lui-même un abrégé à Agra en 1855, sous le titre de *Muntakhab uttawârikh* « Abrégé des chroniques », de 308 p. in-8°. Il paraît qu'il y en a une rédaction urdue et plusieurs éditions, tant en caractères nagaris qu'en caractères persans, une entre autres de 1847.

3° Jawâhir est aussi auteur du *Riçâla ma'daniyât*
« Traité des minéraux », en urdú, d'après des ouvrages
persans et anglais ; Allahâbâd, 1860, in-8° de 36 p.

JAWAHIR SINGH SAHIB (le munschi) est auteur,
entre autres, d'une longue pièce de vers qu'on trouve
dans le n° du 3 janvier 1865 de l'*Awadh akhbâr*.

1. JAWAN [1] (Mirza Kazim 'Ali), de Dehli, est un écrivain hindoustani très-distingué. Il habitait Lakhnau en
1196 (1781-1782). Il se rendit en 1800 de Lakhnau à
Calcutta, sur l'invitation du colonel Scott, et il fut attaché comme collaborateur au docteur Gilchrist, professeur d'hindoustani au Collége de Fort-William [2]. Béni
Nârâyan nous apprend qu'il vivait en 1814 à Calcutta,
où ses fils 'Ayân et Mumtâz [3] se distinguaient aussi, à
l'exemple de leur père, dans la carrière des lettres.

Jawân est auteur :

1° D'un roman urdú sur la légende favorite des
Indiens, *Sacountala*, sous le titre de *Sakuntala nâtak*
« le Drame de Sacountala ». Ce roman, qui avait d'abord
été rédigé en braj-bhâkhâ par Nawâz, n'est pas une imitation du drame de Kalidâça ; on y a plutôt suivi le récit
du *Mahâbhârata*. Il a été imprimé en 1802 à Calcutta,
en caractères nagaris, in-4° [4], et en caractères latins, en
1804, grand in-8°. Le docteur Gilchrist en a donné une
nouvelle édition à Londres en 1826 ; il a été reproduit
en caractères persi-indiens dans les « Hindee and Hin-

1 P. Jeune (homme). Cet écrivain est probablement le même que
Schefta nomme Saïyid Kâzim 'Ali de Dehli et qu'il dit élève de Muhammad Nacir.

2 Conf. « The Hindee roman orthoepigraphical ultimatum », p. 25.

3 Voyez leurs articles respectifs.

4 Dans l'« Hindee Manual or Casket of India ». Il n'en a paru que
trente pages.

doostanee Selections » de W. Price, et publié à part à
Bombay par Bahman Jî Dâçabhâï.

2° Il travailla ensuite à une traduction hindoustanie
du Coran. Je pense que c'est la même dont l'impression
avait été commencée à Calcutta en 1804, sous la surveillance du docteur Gilchrist [1].

3° Il composa, d'après Firischta, une histoire de la
dynastie Bhamanî, du Décan. Cette histoire est mentionnée dans les « Annales du Collége de Fort-William »,
par Roebuck, page 159.

4° Il publia le *Bàrah mâça* « les Douze mois », le
plus intéressant de tous ses ouvrages. C'est un poëme
du genre masnawî, qui porte aussi le titre de *Dastûr-i
Hind* « Usages de l'Inde ». On peut très-bien le comparer aux « Fastes » d'Ovide. Dans cet ouvrage, qui a été
imprimé à Calcutta en 1812, grand in-8°, l'auteur décrit les fêtes et les usages des Hindous et des musulmans, et tous les phénomènes physiques des révolutions
annuelles du soleil et de la lune, révolutions qu'il a eu
soin de faire coïncider ensemble; ce qui eut lieu en
l'année 858 de l'hégire, qui commença le 1ᵉʳ janvier
1454. Je donne plus loin quelques extraits de cet ouvrage, dont j'ai cité nombre de morceaux dans mon
« Mémoire sur la religion musulmane dans l'Inde » et
dans celui sur les « Fêtes populaires des Hindous ». On
a écrit plusieurs ouvrages hindoustanis sur le même
sujet. J'ai eu occasion de parler de celui de Gopal, et je
parlerai plus loin de celui de Wahschat. A la Bibliothèque impériale, il y a un ouvrage manuscrit très-intéressant intitulé aussi *Duâzda mânsa* « les Douze mois »,
et dont le sujet est pareil. C'est un masnawî de 28 pages

---

[1] « Primitiæ Orientales », t. III.

in-4° divisé en douze petits chants. Il a été copié à Calcutta pour Ouessant, mais il n'y a pas le nom de
l'auteur.

5° Jawàn a composé un bon nombre de poésies détachées qui ont été probablement réunies en Diwân. Quelques-unes ont été insérées dans le *Gulzàr-i Ibràhìm* et le
« Stranger's East India Guide ». Béni Nàràyan cite
douze gazals de cet écrivain distingué, deux desquels
furent lus le 24 juillet (probablement en 1814) dans
une assemblée littéraire qui fut tenue à Calcutta.

6° Enfin il a coopéré à la rédaction du *Singhàçan
battìcì* avec Lallù Làl, et il a revu le *Khirad afroz* et
l'édition des poésies choisies de Saudà.

Voici la traduction d'un court poëme de Jawàn :

### L'AMOUR DE DIEU.

#### GAZAL.

Si ma verve a produit un Diwân, c'est qu'elle a senti dans
mon cœur la blessure de l'amour; aussi ai-je fait de ce brillant soleil le matla' de mon Diwân.

Mon cœur est enflammé d'amour pour cet être qui, en
faveur d'Abraham, changea en tulipes le feu de Nemrod et sa
fumée en violettes[1]

Je suis privé de la vie par l'épée de celui à l'égard duquel
Ismaël, s'étant reconnu comme une victime de l'*ìd*, s'immola
avec ardeur.

La lune de Chanaan (Joseph) ayant vu la chaleur du marché
de cette beauté, donna l'argent comptant de sa vie comme
des arrhes, ayant reconnu le profit qu'il y avait à faire dans
ce commerce.

L'un est hors de lui, l'autre fou ; celui-là est attiré par
l'amour loin des choses terrestres. Tels sont les effets ordinaires de l'amour.

[1] *Nàfarmàn.*

L'amour est évident partout; c'est une chose étonnante.
O beauté aussi brillante que l'éclair! montre sans retard ton
éclat; pourquoi te caches-tu?

Cet œil d'où s'échappent des larmes comme des perles, est
le prix du sang de mon cœur. Par lui les paupières garnies
de cils sont devenues la honte de la plante du corail.

Dans l'admiration où je suis, que te dirai-je, ô toi qui es
le reflet de mon ami? le miroir du cœur où je te vois m'a
étonné moi-même.

Le schaïkh a amoindri sa sainteté et m'a gardé auprès de
lui; l'échanson des siècles m'a enivré du vin de la contemplation.

Va, reconnais Dieu, entretiens-toi de lui, sinon bois, et que
ta boisson soit du vin.

O Jawân! tu es le rossignol du jardin de l'unité divine :
pourquoi, comme la rose, déchires-tu ton collet jusqu'à la
ceinture?

## FRAGMENTS DU *BARAH MAÇA* DE JAWAN.

### LE PRINTEMPS[1].

Je donne au cœur la nouvelle de la venue du printemps.
Chacun en ressent de la joie; chacun répète cette nouvelle
avec plaisir. Le printemps arrive pompeusement dans le
monde. La rose à cent feuilles s'épanouit partout. La beauté
du bouton et de la rose fait l'admiration du monde, et lui
donne le contentement. Assis au milieu des roses, tous se re-
vêtent d'un vêtement printanier. Ils errent çà et là dans
l'ivresse et sans crainte. Comment pourrais-je décrire la magie
des jardins? Me serait-il possible d'en montrer la beauté? Des
fleurs de mille espèces s'y épanouissent, au point que Rizwân[2]
en les voyant oublierait le paradis. Ces fleurs, distinguées par
des couleurs différentes, brillent au sein des feuilles vertes
*comme des pierres précieuses*, au point que si un joaillier les
voyait, il resterait stupéfait. J'ai aperçu la physionomie des

[1] Mois de chaït et de baïçàkh (mars et avril).
[2] L'ange portier du paradis.

jardins; ils sont la honte de la montagne et de la plaine. Le
rossignol ne continue pas à faire entendre ses plaintes; il
n'est occupé que de l'amour de la rose. Comme le cœur du
perroquet est enclin vers la verdure, son discours est tout
vert[1]. L'abeille noire voltige çà et là en bourdonnant. Les
tourterelles roucoulent de tous côtés. Le coucou fait entendre
à chaque instant de tels cris, qu'ils neutralisent ceux de l'amour.

Arrive, échanson aux vêtements couleur de rose. Viens,
musicien aux douces paroles. Remplis sans délai ma coupe
d'une liqueur couleur de pourpre. En effet le musicien de la
joie, chargé de ses instruments, s'avance vers le jardin. Nous
dresserons en ce lieu le banquet du plaisir, et nous ferons de
la musique jusqu'à ce que le bouton du cœur s'épanouisse
comme la rose.

O zéphyr! porte à cette *autre* rose la nouvelle que le printemps est venu. O toi, ornement du jardin, viens, te balançant avec grâce, montrer aux promeneurs ta beauté. Je n'attends pas seul comme le narcisse solitaire[2]; tous désirent te
voir. Le rossignol ne gémit point, ne chante point; chacun
ne songe qu'à ta venue. Puisque le cyprès, emblème de la
liberté, est parmi tes esclaves, livre à la joie ton esprit mélan-
colique. Ici les platanes sont debout, et levant les mains[3], ils
te prient de tout leur cœur de venir. Le sapin se rappelant ta
taille élégante, se tient sur son pied avec étonnement.
Quelque éloignés que soient les maulsaris[4] dans le jardin, ils
envoient jusqu'ici leurs fleurs pour toi. Leur ombre, qui
s'étend gracieusement en ce lieu, doit te déterminer à y venir.
Le grenadier est tellement fleuri, qu'on dirait que le feu em-
brase l'arbre entier[5]. Quelques manguiers sont en fleur, et

---

[1] C'est-à-dire, frais comme la verdure, agréable.

[2] Conf. « les Oiseaux et les Fleurs », p. 17.

[3] Cette figure est assez fréquente chez les poëtes musulmans. On en
trouve entre autres un curieux exemple dans la description de la prise
de Constantinople par l'historien turc Sa'ad uddin. Voyez la traduction
que j'ai donnée de ce morceau dans la « Bibliothèque des Croisades » de
Michaud, t. IX, p. 416.

[4] *Mimusops elengi.*

[5] En effet, la fleur de la grenade est d'un rouge tellement foncé qu'on
peut bien la comparer à la flamme.

quelques autres sont en feuilles seulement. Le fruit nommé *kàm-rakh* dit en montrant sa beauté : « Ne porte (*kam rakh*) les regards que sur moi. » La beauté des jeunes poiriers et cognassiers n'est pas moindre que celle des autres arbres. La vigne a bien fleuri; aussi se chargera-t-elle de grappes vermeilles. La pomme n'est pas encore mûre; mais sur les pommiers sont ici des boutons, là des fleurs épanouies. Les arbres fruitiers sont tellement chargés de fleurs, que le rossignol en les voyant oublie le rosier. Elles se montrent toutes à la fois; il n'est pas une feuille qu'elles n'accompagnent. Les fleurs s'épanouissent de tous côtés, au point qu'en les voyant l'arbre du corail est étonné. La rose colore le jardin; l'argawân l'orne de ses rameaux fleuris. Les arbrisseaux sont à tel point chargés de fleurs, qu'on peut *facilement* en former des bouquets. Au milieu de ces fleurs, comment la gul-turra [1] ne se livrerait-elle pas à sa coquetterie, puisque l'architecte de la puissance (Dieu) l'a faite *si belle?* Il y a tant de jasmins jaunes épanouis, que l'œil du monde les regarde avec surprise. Quand leurs fleurs jonchent gracieusement la terre, elle produit l'effet d'un champ de safran. La belle couleur du séoli [2] est manifeste à tous les yeux; pourquoi la décrirais-je? Cette aimable fleur rappelle les corps de rose. L'odeur du schab-bo [3] se répand de tous côtés. Le cerveau du promeneur en est parfumé... L'ische-péchâ (torsion d'amour) froisse les cœurs [4]. La double couleur [5] de la rose a déployé tout à la fois une telle beauté, que le jardin dit à chaque instant, de la langue de son état [6] : « La couleur de l'amant (vêtu de vert) et celle de la maitresse (couleur de rose) sont réunies... » Le lit de fleurs du gul-aurang [7] s'étant montré, le cœur du rubis se change en sang *par jalousie.* Le lis ouvre de ce côté ses langues (pétales), et décrit avec amour le jardin. La beauté

[1] *Poinciana pulcherrima.*
[2] *Rosa glandulifera.*
[3] Violette jaune ou d'Égypte.
[4] Jeu de mots tiré du nom indien du jasmin américain.
[5] Rose et verte.
[6] Expression très-usitée en Orient, et dont j'ai donné l'explication dans la préface de « les Oiseaux et les Fleurs ».
[7] *Gomphrena globosa.*

de l'hyacinthe et du basilic m'a fait oublier le souvenir des
boucles de cheveux des beautés aux joues de rose. En effet, les
amants en se promenant disent sans cesse : « Le jardin est
plus coloré que la joue des belles. » Chaque rose parfume le
jardin si agréablement, que la bonne odeur en parvient d'ici
jusqu'au Khotan[1]. Si en ce moment ma bien-aimée vient
étaler ses gracieuses gentillesses, elle rivalise avec le charme
du jardin. Quant à moi, mon cœur se dilate, lorsque je me
promène au milieu des roses, et qu'avec mes amis je bois du
vin couleur de rose. C'est le temps du divertissement et du
plaisir. Ne mettez pas de retard, hâtez-vous d'accourir...

La tourterelle pousse des gémissements de son cœur affligé.
L'eau s'écoule de chaque allée. Les rivières grossies ont leurs
flots soulevés par le souffle du vent. A mesure que les sources
se déchargent avec force dans leur sein, elles produisent un
bruit agréable. Les cascades se précipitent avec violence. Les
bassins sont pleins jusqu'au bord. Partout où vous regardez,
vous voyez la lumière s'y réfléchir. Les roues pour tirer l'eau
sont en mouvement sur les puits. Tous les jardins sont actuellement pleins d'eau. Partout est une source jaillissante; en
chaque lieu se produit un confluent...

Dans le mois de baïçakh (avril) commence la chaleur. La
rosée sur la feuille de la rose est comme les gouttes de sueur
*sur la joue de la beauté*... La chaleur du soleil développe
l'odeur de la rose au point que l'air en est tout à fait parfumé. Là où elle parvient, le cerveau de l'âme en est em-
baumé. On entend partout des chants érotiques; les vives
émotions de l'amour, pareilles aux flots de la mer, sont des
chaines pour les cœurs. Les abeilles qui voltigent font retentir
le jardin du bruit sourd de leur bourdonnement. La rose se-
coue le pan de sa robe, et jonche ainsi le jardin des feuilles
vermeilles de ses fleurs. Ainsi dans le jardin du monde sont
disséminées les roses de l'espérance, que les hommes cueillent
à l'envi. Chacun est heureux et content; on ne parle que de
plaisirs et de divertissements...

Lorsque le **Khusrau du soleil**[2] entre dans la maison du

---

[1] Partie de la Tartarie au nord de la Chine, d'où vient le musc.
[2] C'est-à-dire, le soleil brillant comme Khusrau (Khosroès).

Bélier, il montre à tous le jour de la joie; mais il y a une autre cause de contentement. En ce jour[1], en effet, le prince des croyants, qui siége sur le trône du prophète[2], se montre *au peuple* dans toute la splendeur et la pompe de son rang. Aussi se livre-t-on à la joie et à l'allégresse. On adresse au souverain des vœux et des félicitations, et la nappe des banquets est déployée partout.

L'ÉTÉ[3].

En voyant arriver cette calamiteuse saison, chacun est troublé dans son esprit et s'écrie : « Je suis mort! » La chaleur du soleil est en effet si excessive, que jusqu'aux nids des oiseaux tout est brûlé. On dirait qu'il tombe du firmament une pluie de feu, et que des étincelles sans nombre remplissent l'air. Les creux pratiqués autour des arbres pour conserver l'eau de la pluie, les ruisseaux et les petites rivières sont entièrement secs. Les oiseaux et les quadrupèdes errent de toutes parts à la recherche de l'ombre. Peut-on blâmer l'homme de s'entourer dans cette saison de tout ce qui peut contribuer à son bien-être? On a soin de préparer d'avance une chambre souterraine, parce que là seulement on peut goûter quelque repos. Au milieu s'élève un bassin rempli d'eau de rose et de musc. Des parfums suaves embaument l'air. Les murs sont recouverts de nattes tressées avec du vétyver, sur lesquelles on fait jeter sans cesse de l'eau. On agite continuellement le pankhâ, et c'est ainsi qu'on peut jouir d'une température agréable au milieu des ardeurs de l'été. En effet, l'air enflammé du dehors acquiert en entrant dans les appartements intérieurs une étonnante fraîcheur, et la saison des pluies semble avoir remplacé celle de l'étouffante chaleur.

Quand on veut se garder de la chaleur dévorante qui règne dans l'atmosphère, il ne faut pas poser le pied hors de sa maison. Et cependant j'erre à l'aventure agité par l'amour, sans me mettre en peine de l'ombre des arbres ni des murs,

---

[1] On le nomme *nau-roz* « le nouveau jour », jour de l'an des Persans et des musulmans de l'Inde.

[2] L'auteur veut parler du Grand Mogol.

[3] Mois de jeth et d'açàrh (mai et juin).

tant est violente ma passion. Ainsi s'écoule ma vie. Je supporte du matin au soir les injustices de mes rivaux; et tandis
que je fais mille avances à ma bien-aimée, je ne reçois jamais
d'elle aucune marque de retour.

Dans cette même saison, des orages et des tempêtes ont ordinairement lieu. Un vent impétueux s'élève jusqu'au ciel. Il
occasionne de nombreux accidents. Ceux qui voyagent par
eau sont surtout à plaindre; leur navire est souvent submergé
dans les flots. De toutes façons on ne parvient au rivage
qu'après avoir passé d'affreux moments de terreur et avoir
bu de l'eau amère. C'est au point qu'on dit en proverbe :
« Voyager par eau en ce temps, c'est se résigner à mourir[1]. »

### L'AUTOMNE[2].

La saison des pluies a passé, et une sorte d'hiver s'est manifesté. Les nuages se sont dissipés; le ciel est actuellement; et l'eau des étangs, que la pluie avait rendue trouble,
est claire désormais. Que dirai-je de cette saison, si ce n'est
que la température en est ravissante? Le firmament, aussi net
qu'un miroir d'acier poli, excite l'étonnement. A la nuit, la
lune brille d'un vif éclat; elle répand partout la lumière, et
chasse l'obscurité. Sa belle couleur rappelle aux buveurs celle
du vin de Schiraz; et par elle le bouton du cœur, resserré
par l'amour des belles, s'est épanoui. La nature a une apparence telle, qu'on croirait voir une admirable peinture, et
que le souffle vivifiant de Jésus[3] semble régner dans l'air. Oh!
qu'elle est délicieuse cette portion de l'année! qu'elle est
excellente cette saison! combien n'est-elle pas désirée par les
habitants du monde! Dans ce temps, on ne ressent pas une

---

[1] Je laisse la saison des pluies (mois de sâwan et de bhâdon), qui a
été décrite ailleurs (t. 1er, p. 128 et suiv.). On doit se rappeler qu'il y
a dans l'Inde six saisons de deux mois chacune : le printemps, baçant;
l'été, grisch ; la pluie, barschâ; l'automne, sarad; l'hiver, him; et enfin
la saison de l'humidité, sisir.

[2] Mois de kuâr et de kâtik (septembre et octobre).

[3] Les musulmans attribuent au souffle de Notre-Seigneur la vertu de
ressusciter les morts et de guérir les malades; de là viennent les allusions à cette croyance.

chaleur violente, et par l'effet du froid le souffle de la vie
n'est pas dans le cas d'arriver jusqu'aux lèvres. La douceur
de la température ne saurait être trop célébrée. Personne ne
soupire ni ne se plaint. Moi seul je suis dans le chagrin de la
séparation. De mes yeux coulent des larmes de sang. Je fais
entendre des gémissements en regardant le ciel... Mon cœur
est tellement en proie à la douleur, que je ne saurais appré-
cier cette agréable saison. Alors seulement que Dieu m'unira
à cette charmante idole, la patience reviendra dans mon cœur
désolé.

#### L'HIVER.

Dans le premier mois [1] de cette saison, chacun se couvre de
vêtements de martre zibeline, d'hermine, de satin, qui rappellent les dessins des peintres les plus habiles. Si Bihzâd [2] et
Manès voyaient ces costumes, ils en seraient ravis. L'un s'en-
toure le cou d'un cachemire, l'autre se ceint la tête d'un châle
rouge. Celui-ci porte un double châle couleur de safran, un à
la tête, et l'autre à la ceinture. Dans les parterres on voit des
plates-bandes de violettes épanouies, dont l'agréable couleur
fait perdre l'intelligence aux rossignols, et leur fait oublier la
rose à cent feuilles. Il y a aussi une admirable abondance de
narcisses. Dans cette saison, les jeunes filles se promènent volontiers dans les jardins. Les grâces charmantes qu'elles dé-
ploient dans cet exercice impressionnent vivement le cœur, et
le font sortir de son engourdissement.

Dans le second mois [3] de cette saison, l'apparition de l'aurore et le lever du soleil excitent la jalousie de la lune. Le
brouillard sur la face de l'astre du jour est pareil au voile de
la nouvelle mariée. L'air manque d'énergie; il semble qu'on
va expirer... On regrette le zéphyr matinal qui répand les
parfums des fleurs; on regrette les courants d'eau limpide;
mais chaque saison a son caractère. Il faut actuellement endosser les habits d'hiver; il faut étendre des tapis dans l'inté-

---

[1] Mois d'aghân (novembre).
[2] Nom d'Isfandyâr, fils de Guschtasp, qu'on cite ainsi que Manès
comme un peintre distingué.
[3] Mois de pûs (décembre).

rieur des maisons, et y placer des coussins. C'est le temps des
réunions de famille. Les soins affectueux des belles au visage
de fée attendrissent les cœurs de fer. La flamme de la branche
qui pétille brille comme le rubis. Le bois d'aloès qu'on brûle
dans des cassolettes parfume le cerveau de l'âme [1]. Son odo-
rante fumée remplit les salons. Ici est l'échanson avec le vin
et la coupe, là le musicien avec ses instruments...

Le 13 du mois de pûs [2] est une grande fête pour les chrétiens. Dans ce jour ils se livrent à la joie et à l'allégresse. Les
Anglais surtout boivent à pleins bords la coupe de la joie. Ils
se réunissent, et prennent part à des festins où la gaieté pré-
side. Ils se font des présents [3] par politesse, et s'adressent des
félicitations. A cette occasion, les Bengaliens leur offrent du
poisson et des fruits.

Le motif de la joie des chrétiens, c'est que ce jour est l'anniversaire de la naissance de Sa Seigneurie Jésus. Voilà pourquoi d'une part ils dressent la table des banquets, et de
l'autre ils font dans leurs églises les prières et les cérémonies
de leur culte. Ils distribuent aussi des aumônes et des dons en
abondance. J'ai été témoin de cette grande solennité; jamais
je n'en vis de pareille [4].

II. JAWAN (Mirza Na'im Beg), originaire de Schâhjahânâbâd (Dehli), était, selon Mashafî, un jeune
homme distingué, d'une belle figure, d'une taille avantageuse, et s'énonçant avec facilité. Il était particulièrement lié avec l'illustre Mirzâ Muhammad Sulaïmân
Schikoh. Dès sa plus tendre jeunesse il se sentit des

[1] Voyez mon édition de la « Grammaire persane » de W. Jones,
p. 119.
[2] Qui correspond au 25 décembre, jour de Noël.
[3] C'est ce qu'on nomme « Christmas gifts », et qui équivaut à nos
cadeaux de jour de l'an.
[4] Après ceci, Jawân décrit la saison de l'humidité, sisir (mois de
mâgh et de phagûn), pendant laquelle on célèbre le holî, et il y a rat-
taché les fêtes musulmanes du muharram. J'ai traduit, dans mon « Mémoire sur la religion musulmane dans l'Inde », et dans ma « Notice des
fêtes hindoues », ce qu'il dit là-dessus.

dispositions prononcées pour la poésie. Il venait de temps
en temps à Dehli, et ainsi Mashafî put le connaître en
cette ville. Jawân soumit même à ce dernier des gazals
et d'autres poésies pleines d'imagination et de bon goût,
pièces dont il a extrait deux pages qu'il donne dans son
Tazkira. Schefta nous apprend que ce poëte était mort
quelque temps avant la rédaction de son Tazkira.

III. JAWAN (le schaïkh Muhibb ullah), de Dehli,
d'origine juive[1], est, nous dit Karîm, médecin de profession, et élève de Mîr 'Izzat ullah 'Ischc pour la
poésie, qu'il a cultivée avec succès.

JAYA CHANDRA[2], de Jaïpûr, est auteur d'un ouvrage sanscrit et bhâkhâ sur la doctrine des jaïns, écrit
en 1863 du samwat (1807). Cet ouvrage est intitulé
*Swâmî Kartti Kéyânuprekscha* « la Manière de penser
du swâmî Kartti Kéya ». H. H. Wilson en possédait un
exemplaire dans sa collection.

JAYA NARAYAN GHOÇALA[3] est auteur de la traduction des trente-cinq premières sections du *Kâci
khanda* « Province de Bénarès », publiées à Calcutta.
Le *Kâci khanda* est une histoire de Bénarès (Kâci) qui
est tirée du *Skanda-purâna* et qui a proprement cent sections, dont on trouve les titres dans le « Catalogue des
manuscrits sanscrits de la Bibliothèque impériale », par
A. Hamilton et L. Langlès, p. 33 et suiv.

I. JAZB[4] (le saïyid Mîr 'Izzat ullah Khan), connu
aussi sous le nom de Mîr Bhihkârî, un des habitants les

---

[1] D'après Zukâ et Câcim, qui disent qu'il était *az aulâd-i Isrâîl.*
[2] I. « La lune de la victoire ».
[3] Ce nom paraît signifier « le Nârâyan (Wischnu) de la victoire, né
dans une vacherie ».
[4] A. « Attraction », surtout de l'amour divin.

plus distingués de Bareilly, est l'objet des éloges de
Sarwar et de Schefta, qui nous apprennent qu'il avait
étudié les livres arabes, les lois et les autres branches
des connaissances, et qu'il avait aussi cultivé avec
succès la poésie rekhta. Comme il avait le goût des
voyages, il était allé visiter différents pays. Il mourut
fort jeune encore, près de Bokhara, dans sa dernière
excursion. Il avait été employé à Dehli par la Compagnie des Indes.

II. JAZB (Mîr Mazhar 'Alî) a écrit en urdû et en
persan. Dans ses poésies persanes il a pris le titre de
*Safiyi*. C'était un homme fort instruit, qui est mort
vers 1834, selon ce que nous apprend 'Ischquî.

JAZUBI [1] (Abu 'Abd ullah Muhammad) est auteur du
*Dalâïl ulkhaï'rât* » les Indices des bonnes œuvres »,
recueil en urdû des prières quotidiennes musulmanes,
annoncé dans l'*Akhbâr-i 'âlam* de Mirat du 23 août
1866.

JHAMAN (Lala Jhaman [2]), fils de Bischan-nâth, de la
tribu des kàyaths, est un poëte hindoustanî qui habitait
Dehli. Son frère aîné, nommé Jagar-nàth, était munschî
de l'amir ulumarâ Zâbita Khàn. Quant à lui, il est auteur de nombreux poëmes, entre autres de gazals et de
poésies fugitives, et spécialement de poëmes écrits en
hindouî. Il a fait des satires et des pièces d'éloge avec
tant d'art que le nom de la personne qui est l'objet de
sa louange ou de sa critique se trouve à chaque hémistiche. Il a fait des pièces composées de lettres sans points
diacritiques, d'autres composées seulement de lettres
avec des points diacritiques, et des pièces qu'on peut

[1] A. P. « Attraction ».
[2] Sarwar le nomme *Jahman-nâth*, et Càcim *Jahman Làl*.

lire au rebours [1] ; mais ce ne sont que des tours de force peu appréciables pour des Européens. Ce qui est plus essentiel à faire savoir, c'est qu'il a très-habilement traduit en vers le *Bahár dânisch*, célèbre ouvrage persan connu par la traduction de Jonathan Scott. Il avait consulté Mîr Dard sur ses vers. Il vivait encore en 1190 (1776-1777), mais il était dans un grand dénûment, selon ce que nous apprend Karîm.

JILA [2] (le nabâb MIRZA WAJID 'ALÎ KHAN), de Lakhnau, prince d'Aoude, défunt, fils du nabâb Fakr uddîn Haïdar, petit-fils du nabâb Schujâ' uddaula Bahâdur, et élève du nabâb 'Aschûr 'Alî Khân Bahâdur, est un poëte hindoustanî auteur d'un Dîwân dont Muhcin cite des gazals dans son Anthologie.

JILANI (GULAM) [3] est un poëte hindoustanî qui habitait Râmpûr, et qui est mentionné par Sarwar.

JINNAT [4] ('ALÎ HADÎ), de Lakhnau, fils de Muhammad Ma'rûf et élève d'Amânat, est un poëte hindoustanî dont Muhcin cite des vers dans son Anthologie.

JIWAN [5] (le maulâ MUHAMMAD), de Jhajhar ou Jhanjhar, dans la province de Dehli, appelé familièrement *Mahbúb-i 'álam* « le Bien-Aimé du monde », est auteur :

1° D'un masnawî intitulé *Mahschar-náma* « le Livre de la résurrection [6]. » Cet ouvrage traite des principes de la foi sunnite ; il a été écrit sous le règne d'Aurang-

---

[1] Sur ces « difficiles nugæ », voyez ma « Rhétorique des nations musulmanes ».

[2] A. « Splendeur, éclat ».

[3] Pour Gulâm 'Abd ulcâdir Jîlânî, c'est-à-dire du Jîlân ou Guilân.

[4] A. « Paradis ».

[5] I. « Vie ».

[6] D'après un vers qui se trouve à l'épilogue, il semblerait, ainsi que le fait remarquer avec raison le Dr Sprenger, que le titre de cet ouvrage serait plutôt *Fiqh hindî* « Jurisprudence en hindî ».

zeb, qui occupa le trône de Dehli de 1656 à 1707. Il y en avait au *Moti Mahall* de Lakhnau un exemplaire de 150 p. de 15 vers;

2° D'un autre masnawi qui porte aussi le titre de *Mahschar-náma*, et qui traite en réalité du dernier jugement. Il y en avait un exemplaire à la même bibliothèque, lequel se composait de 20 p. de 15 vers à la page;

3° D'une biographie en vers de Mahomet, suivie de quelques épisodes de l'histoire musulmane. Cet ouvrage, intitulé *Dard-náma* « Livre de sympathie » , a 100 pages environ, de 15 baïts à la page;

4° D'un court poëme intitulé *Khwâb-nâma-i païgambar* « le Livre du sommeil du Prophète » , c'est-à-dire soit du « sommeil pendant lequel eut lieu le *Mi'râj* « ascension » , soit de la « mort » de Mahomet;

5° Enfin d'un autre petit poëme sur Fatime.

J'ignore si tous ces poëmes se trouvent dans l'exemplaire des masnawis de Jiwan que possédait le Dʳ Sprenger, lequel se compose de 234 p. [1].

JIWAN-DAS [2] (LALA) est auteur :

1° De la traduction des circulaires (*sirkularât*) relatives aux décisions du « Judicial Department » des provinces du Panjâb, etc. La collection des années 1853 à 1856 a été imprimée à Lahore en un volume in-folio dont je dois un exemplaire à la généreuse amitié de l'honorable R. Cust.

Une autre partie a été traduite par Muhammad Mirzâ et imprimée en 1860.

2° On doit aussi à Jiwan le *Suwâlât dastûr ul'amal*

---

1 Voyez « Biblioth. Sprenger. », nᵒ 1702.
2 1. « Serviteur de la plante nommée aussi *jiuti* (oodina wodier) ».

*dârogân mamâlik Panjâb (Riçâla)* « Traité des questions relatives à l'administration des provinces du Panjâb » ; Lahore, 1858, in-8° de 104 p.

JNAN DÉVA ou JNAN ISWAR [1] est un écrivain hindî de la caste des brahmanes et auteur des ouvrages suivants :

1° *Amritânubhâva* « la Sensation de l'ambroisie » ;

2° *Bhâvârtha dîpîka* « la Lampe du but du sentiment ».

L'auteur a donné un commentaire de ces deux ouvrages en 1212 de l'ère saka (1290 de J.-C.)

I. JOSCH [2] (RAHÎM ULLAH) était un jeune homme laborieux qui à Dehli improvisait des vers hindoustanis dans les bazars et les réunions. Comme il avait beaucoup de dispositions pour la poésie, il écrivit ensuite, à tête reposée, des pièces de vers sur lesquelles il consulta Mashafî. Il passa quelques années à s'occuper de cette manière, et acquit ainsi une habileté poétique remarquable, surtout pour le gazal. Il vivait à Dehli de 1793 à 1794.

Kamâl le nomme *Joschisch ;* Schefta dit qu'il était sofî et qu'il portait le costume des *bé-nawâ.* Il était expert dans le genre bouffon. Il a écrit deux Dîwâns, un plaisant, et l'autre composé de gazals, de rubâ'îs, etc. Il fréquentait les assemblées littéraires de Mahdi 'Ali Khân.

II. JOSCH (le mirzâ et schaïkh NIYAZ AHMAD), de Karâna, vint à Dehli dès son enfance et fut élève du schaïkh Muhammad Ibrâhîm Zauc. En 1847 il occupait un emploi honorable au palais impérial, et quoiqu'il

---

[1] *Jnân* ou *Guiyân* signifie « connaissance » et *déva* et *îswar* sont des titres d'honneur à peu près synonymes, signifiant « Dieu » (divin) et « seigneur ».

[2] P. « Effervescence, passion ».

n'eût encore que dix-neuf ans, il s'était déjà fait remarquer par son esprit brillant et par ses faciles improvisa-
tions en vers. Karîm nous donne deux gazals qu'il lui
avait entendu réciter.

III. JOSCH (le nabâb Ahmad Haçan Khan Bahadur),
appelé familièrement *Achché Sâhib* « le bon monsieur »,
natif de Bareilly et habitant de Lakhnau, fils aîné du
nabâb Muquím Khân, qui était fils de Muhabbat Khân
Muhabbat et petit-fils du nabâb Hâfiz ulmulk Hâfiz
Rahmat Khân, sûbadâr de Kathar, et élève du nabâb
Zafar Yâr Khân Râcikh Bahâdur, qui a écrit en persan,
est auteur :

1° D'un Dîwân intitulé *Guldasta-i sukhan* « Bouquet
d'éloquence », rédigé et publié la même année à
Cawnpûr en 1269 (1852-1853), petit vol. de 34 p.[1];

2° Du *Nigâristân-i Josch* « Salle de peinture d'effervescence » ou « de Josch », recueil de pièces urdues imprimées aussi à Cawnpûr la même année. La première
pièce est un gazal à la louange de l'ex-roi d'Aoude Wâjid
'Alî Schâh; les morceaux suivants sont des mukhammas
sur des gazals d'Atasch, de Rind, de Mashafî, et d'autres
pièces de vers.

On trouve un tarîkh de Josch à la suite du *Muntakhab ulasch'âr* « Collection de vers », c'est-à-dire des
gazals persans de Muquím.

IV. JOSCH (Mîn Waris 'Alî), défunt, fils du munschî
Mîr Haçan 'Alî, était natif de Lakhnau et élève de
Nàcikh. C'est tout ce que nous apprend Muhcin de ce
poëte, dont il cite bon nombre de vers.

V. JOSCH (Muhammad Nizam uddîn) est auteur d'un
conte traduit ou plutôt imité du persan, intitulé

_____
[1] Sprenger, « A Catalogue », p. 616.

*Quissa-i Siyâh-Posch* « Histoire de Siyâh-Posch » , et publié à Dehli d'abord en 1268 (1851-1852), in-8° de 32 p., avec deux autres histoires à la suite de la première, puis en 1277 (1860-1861), aussi in-8° de 14 p. seulement.

JOSCHISCH [1] (le schaïkh MUHAMMAD ROSCHAN), de Patna, fils de Jaswant Nâgar Râé et frère de Muhammad 'Abid Dil, est un rhétoricien distingué et un très-habile poëte hindoustani à qui on doit un Diwân empreint d'un goût exquis, composé d'environ trente mille vers, et dont Schefta, Sarwar et Mannú Lâl citent des fragments.

En 1194 (1780), époque où 'Ali Ibrâhim écrivait sa biographie, il lui envoya des vers choisis parmi ceux de son Diwân, afin qu'il pût les citer. Ces vers occupent une vingtaine de pages dans l'ouvrage d'Ibrâhim, et il les donne comme étant très-remarquables et ayant de l'analogie avec ceux de Mîr Dard.

I. JOYA [2] (le schaïkh 'ALI HUÇAÏN), d'Azimâbâd (Patna), fils du schaïkh Fath 'Ali, gendre de Atâ Sâhiba, institutrice de la princesse Cudsiah Mahal, femme de Nacîr uddin Haïdar Pâdschâh, et élève de Raschk, vint de Patna, sa ville natale, à Lakhnau, où son père et lui furent dans une situation très-prospère. Il résida ensuite à Cawnpûr, et il était retourné dans son pays lorsque Muhcin écrivait son Anthologie biographique. Il a laissé un Diwân dont on trouve des gazals dans le *Sarâpá sukhan*.

II. JOYA (le râjâ MUHAMMAD HUÇAÏN 'ALI KHAN), *chaklâdâr* (gouverneur) de Kolhar, des dépendances de

---

[1] P. « Désir violent ». Mannu Lâl l'appelle *Josch*.
[2] P. « Cherchant, chercheur ».

Malihâbâd, est un poëte hindoustani dont Muhcin cite des vers dans son Tazkira.

JUGAL KISCHOR [1] est auteur et éditeur, en collaboration de Gangâ-praçâd, du *Ruëdâd-i Association Murâd-âbâd* « Actes de l'association (littéraire) de Murâdâbâd », publiés en cette ville par cahiers in-8°.

JUGGAN [2] (MIYAN), cousin de Scher Afgân Khân, né dans l'Hindoustan, fut élève de Mîr Muhammad Taqui Mîr, qui le compte parmi les poëtes hindoustanis. Ne serait-il pas le même que Mirzâ Juggan Aschnâ?

I. JUNUN [3] (le schaïkh SCHAH GULAM-I MURTAZA), d'Allahâbâd, était fils de Schâh Timûr Sahsrâmî, et un des élèves du maulawî Muhammad Barakat. C'est un poëte hindoustani estimé dont les biographes originaux citent quelques vers. Il était derviche, distingué par sa piété, et devenu aveugle. Il est auteur de poésies mystiques mentionnées par Câcim.

II. JUNUN (le schaïkh MUHAMMAD FAKHR ULISLAM), de la famille de Pîr Turk et natif de Dehli, est un poëte contemporain mentionné par Sarwar.

III. JUNUN (MIRZA NAJAF 'ALÎ KHAN), fils de Mirzâ Muhammad 'Alî Khân Dîwâna, a cultivé avec succès, aussi bien que son père, la poésie hindoustanie. Ils étaient natifs de Bénarès et occupaient des fonctions publiques [4] dans le gouvernement anglais de l'Inde. Schefta eut l'occasion de les voir l'un et l'autre à Dehli, où ils résidaient alors, et il en cite plusieurs vers.

[1] I. « Le jeune (Krischna) en compagnie (de Badhâ) ».
[2] I. Ou *Yugan*, pour *yug;* nom des quatre âges du monde, le krita, le trêta, le dwâpara et le kali.
[3] A. « Folie ».
[4] Le père était *tahcîldâr* « percepteur d'impôts ».

IV. JUNUN (Muhammad Jîwan), poëte instruit et pieux, des environs de Sérawah, est mentionné par Zukâ.

V. JUNUN (Mîr Fazl ou Faïz 'Alî), natif de Dehli, était un militaire élève de Dard pour la poésie, et le même, je pense, que celui qui est mentionné par 'Alî Ibrâhîm sous le takhallus seul de *Junûn*, comme ami de Dard, et dont il cite quelques vers. Muhcin cite aussi un échantillon de ses poésies. Il avait d'abord pris le takhallus de *Mast*, et il faisait des lectures publiques dans le mois de muharram. Selon Karîm, il s'était formé à l'art des vers sous Mîr Amânî Açad, et après la mort de ce dernier il consulta Walî ullah Mubârak.

VI. JUNUN (le nabâb Mahdî Khan), fils de Khâna-zâd Khân et petit-fils du nabâb Sar-buland Khân, élève de 'Ischc Ghacîtâ, fut rencontré à Patna en route pour Calcutta par Schorisch, qui le met au rang des poëtes hindoustanis.

VII. JUNUN (Chanda-praçad), de Lakhnau, fils de Kâlikâ-praçad et élève du nabâb 'Aschûr 'Alî Khân Bahâdur, a rédigé en urdû une collection d'anecdotes, d'énigmes et de bons mots, en 1266 (1849-1850), laquelle a été publiée dernièrement à Calcutta par Hâjî Muhammad Huçaïn, célèbre éditeur musulman de Lakhnau, qui a établi une imprimerie dans la capitale de l'Inde anglaise[1]. Ce Junûn est aussi auteur de poésies hindoustanies, et il est mentionné comme tel dans le Tazkira de Muhcin, qui en cite des vers.

VIII. JUNUN (Mîr Mahdî), fils de Mîr 'Abbâs, plus connu familièrement sous le nom de *Mîr Mugal*, natif de Faïzâbâd, habita Lakhnau et Cawnpûr. Il était le jeune frère et l'élève de Mîr 'Alî Auçat Raschk, et il est

---

[1] « Journal of the Asiatic Society of Bengal », no 1, 1834.

auteur de poésies hindoustanies dont Muhcin cite plusieurs morceaux, un entre autres sur le nombril, sujet
singulier et assez malsonnant.

I. JURAT[1] (Mirza Yahya Man[2], *alias* Calandar-
baknsch), de Dehli, fils de Hâfiz Mân, est un des poëtes
hindoustanis les plus célèbres. Yahyà Mân est le surnom
de ses ancêtres, sous lequel ils ont été désignés dès le
temps d'Akbar. Celui duquel cette famille tire son origine est Yahyà Râé Mân Muhammad Schâhî, qui,
d'après Schefta, fut pris par les satellites de Nàdir
Schâh et subit la mort avec beaucoup de courage. Il
habitait près du *Chandni-chauk* « grand marché », à Dehli,
dans un lieu connu depuis sous le nom de *Kucha-i Râé
Mân* « la rue de Râé Mân ». Par l'effet des vicissitudes des
temps, Jurat quitta Dehli dans son enfance, et alla dans
les contrées orientales de l'Inde. Il y grandit et y atteignit l'âge viril. Malheureusement il perdit la vue étant
encore jeune.

Jurat se distingua par son talent pour la musique,
pour l'astronomie des Hindous, et surtout pour la
poésie. Il fut élève de Mirzà Ja'far 'Alì Hasrat, et il a
formé lui-même beaucoup d'élèves. Il dit dans un de
ses poëmes[3] qu'il quitta Dehli à l'époque où cette capitale fut pillée, et vint s'établir à Faïzâbâd. Il paraît
néanmoins qu'il habita premièrement Lakhnau, puis
Faïzâbâd en 1197 (1782-1783). Il fut d'abord pen-
sionné par le nabâb Muhabbat Khân, connu sous le
takhallus de *Muhabbat*[4] ; puis en 1215 (1800-1801), il

[1] A. « Hardiesse ».
[2] Au lieu de *Mân*, on lit dans plusieurs biographies originales *Amân*.
[3] Page 694 de mon manuscrit.
[4] Voyez l'article consacré à cet écrivain.

reçut des bienfaits du prince impérial Sulaïmàn Schikoh [1].

Il eut un fils nommé Gulâm-i 'Abbàs, qui mourut en 1204 de l'hégire (1789-1790). On trouve le tarîkh de sa mort dans les œuvres de son père.

Jurat est auteur d'un énorme volume de poésies hindoustanies intitulé *Kulliyât* « Œuvres complètes [2] », qui se compose de gazals très-admirés dans l'Inde, et de différents poëmes érotiques écrits dans le goût moderne. Parmi les masnawis qui sont placés à la suite du Dîwân, il y en a deux qui ne sont pas de nature à pouvoir être traduits, car le sujet en est immoral ; c'est d'autant plus fâcheux qu'ils ne manquent pas d'intérêt et sont écrits avec facilité. Un autre, intitulé « Masnawî sur le khwâja Haçan Sàhib », roule sur une simple aventure d'amour ; mais le tableau de la beauté de la femme qui y est célébrée, celui de son amour et de l'affection de son amant pour elle, sont tellement développés, qu'une anecdote qui aurait pu être contée en deux pages en occupe cinquante-huit. Il y a aussi des satires ; la plus intéressante est celle sur la pluie, dont je donne plus loin la traduction. Les autres roulent sur le froid, sur la gale, la petite vérole, etc. ; mais elles sont pleines de mots à double entente et d'allusions licencieuses. Jurat est malheureusement du nombre de ces poëtes orientaux dont les vers offrent souvent des images obscènes. Kamâl dit que Jurat vint à Lakhnau sous le règne de Schujâ' uddanla et qu'il y demeurait encore à l'époque où il écrivait son Tazkira.

[1] Voyez l'article consacré à ce prince poëte.
[2] J'en possède dans ma collection particulière une fort belle copie qui a appartenu aux orientalistes T. Roebuck et T. Macan. Elle se compose de 835 pages in-folio.

Ce biographe était très-lié avec lui et se reconnaît
comme son élève. Il le nomme roi des poëtes, et il nous
fait savoir qu'il s'exerçait avec le plus grand succès, bien
que musulman, aux genres de poésie particuliers aux
Hindous, tels que le kabit, le dohra, le pahéli, etc. Toutefois la collection de ses poésies urdues, qui porte le titre
de *Kulliyât*, ne contient aucun de ces poëmes. Ils font
probablement partie d'un recueil spécial. Kamâl cite
du reste quelques rubâ'is de Jurat sous forme de dohras,
avec de longs extraits des autres poésies de cet écrivain.

D'après un chronogramme de Nâcikh, Jurat mourut
en 1225 (1810-1811). Muhcin dit qu'il était l'unique
de son temps non-seulement pour la poésie, mais pour
l'astronomie.

Voici sa satire sur la saison des pluies [1].

Est-ce une pluie dont nous sommes témoins? ou n'est-ce pas
plutôt un déluge qui semble devoir submerger l'univers entier? On ne voit partout que de l'eau; le monde apparaît
comme une bulle à la surface de l'Océan. Si une pluie aussi
violente que celle dont nous sommes témoins durait un jour
seulement, le globe de la terre serait englouti sous les eaux.
Dans une pareille saison, aucun projet ne peut être exécuté.
L'homme et tout ce qui a vie sur la terre ne se montre nulle
part. On ne voit plus que les oiseaux aquatiques; meubles et
ustensiles, tout est perdu. Les familles sont forcées de chercher un asile sur des bateaux : soins inutiles; l'eau les remplit, et il faut les vider sans relâche, au risque de perdre la
vie de fatigue, si mieux on n'aime disparaître au milieu des
flots. Les ruisseaux et les rivières débordées entraînent les
maisons, tandis qu'un torrent de pluie couvre le monde. Vous
êtes en butte à la fois aux flots tumultueux de la rivière et à
la violence de la pluie; aussi, comment la maison de terre ne

1 Voyez une charmante description de la saison des pluies dans les
« Monuments de l'Inde », par Langlois, page 181 et suiv.

serait-elle pas renversée? De pareilles pluies s'ouvriraient un passage à travers le fer; elles rouillent l'acier et le dissolvent. On peut comparer en ce moment les maisons de terre aux gâteaux spongieux nommés *bataçâ*, qu'on mettrait dans l'eau. Les toits de chaume qui les recouvrent ne sauraient en effet les garantir en rien, car ils sont détruits par la moindre pluie accompagnée de vent. Dirai-je aussi ce que deviennent les maisons construites en briques cuites? Leurs plates-formes enduites de chaux se changent en un crible, au travers duquel il pleut sur la tête de ceux qui habitent ces demeures.

Les torrents d'eau qui coulent de toutes parts donnent un même aspect à la terre et au ciel; que dis-je? le ciel, comme un navire, semble flotter sur les vagues, tandis que les bateaux sont submergés, et que les étoiles brillent dans l'onde, comme l'œil de l'amant au milieu des pleurs qu'il répand. Les eaux sont tellement élevées au-dessus de la terre, que les oiseaux se précipitent dans l'abîme des mers, tandis que les poissons s'avancent jusqu'à la lune [1]. Le vautour nage à côté du cygne; l'Océan ne connaît d'autres bornes que le firmament.

Le prix des grains a beau être modique, les maisons n'en sont pas moins pleines de cadavres, comme si la disette régnait dans le pays. Ceux qui ont le bonheur de survivre distribuent des vivres en aumône après les avoir offerts sur les tombes des saints. A l'orient et à l'occident, les champs ensemencés sont totalement couverts d'eau : le cultivateur voit sa récolte perdue; et les yeux pleins de larmes, il va s'asseoir dans sa maison. Quelquefois on entend le bruit éclatant du tonnerre, et tout à coup le mur de la maison s'écroule avec fracas. Il tombe des grêlons en si grande quantité et si gros, qu'on les prendrait pour des pierres à vendre pour bâtir.

Parlerai-je du moulin à moudre le blé, renversé par l'orage, et du four d'où l'eau sort *au lieu de feu?* Peindrai-je le boulanger *qui au milieu de tant d'eau* demande en vain un moulin *à eau*, pour fabriquer son pain *à l'eau* [2]? Répéterai-je ce

---

[1] Jeu de mots entre *mâhî* « poisson » et *mâh* « lune ».
[2] Par opposition au *pain au lait.*

N.

que chacun dit en gémissant : « Il aurait mieux valu une
année de sécheresse qu'une année si pluvieuse. » Il n'est pas
jusqu'au commerce d'étoffes qui ne souffre de ces orages. Qui
pense, en effet, à acheter des vêtements, lorsque l'eau du
Gange coule jusque sous les oreilles? Le temps est agréable
pour les porteurs d'eau seuls, qui à leur gré trouvent de l'eau
partout. Mais que le confiseur surtout est à plaindre! Son
four est plein d'eau, le sucre qu'il conservait dans des jarres
de terre est changé en sirop. Il ne sait comment faire du
feu pour préparer ses friandises; car il ne voit partout que de
l'eau, comme à l'époque de la fête de muharram, où ce li-
quide, sous le nom de *sabîl*, est offert par la piété des fidèles
aux voyageurs altérés...

Les marchés de denrées de toute espèce sont dépourvus de
chalands, les balances vides de marchandises. Les fruitiers,
les bouchers, les cuisiniers des caravansérais, tous se plai-
gnent et se lamentent. Le bois à brûler est rare; avec ce
qu'on donnait pour dix mans[1], on n'en a plus que pour
deux... La main de la pluie prive les bûcherons de la vie en
détruisant leur état.

Des torrents d'eau traversent les boutiques, et l'on n'y
trouve plus à acheter que de la terre, des branches d'arbre,
des détritus de végétation. Tout service est interrompu par les
pluies, on ne peut rien faire à cause d'elles... Ni les maçons
ni les journaliers ne sauraient être employés. Cette saison
funeste suspend tous les genres d'occupation. A cause de ces
pluies prolongées, les femmes sont obligées de se tenir ren-
fermées dans leurs zanânas. Les hommes mêmes doivent renoncer à voyager, tant que la pluie, comme un voleur, infeste
les chemins; ceux qui se hasardent à sortir de leur maison
s'exposent à périr au milieu de la route. Dans tous les cas, on
ne peut aller d'un lieu à l'autre sans bateau, quand même on
aurait pour guide le prophète Khizr, *à la garde duquel sont
confiées les eaux*; et à moins qu'un autre Noé ne soit le patron du bateau, on n'a pas de salut à espérer. En ce temps le
dévot même est infidèle à Dieu; car il est nécessairement en

---

[1] J'ai indiqué ailleurs la valeur de ce poids.

tion avec les patrons des barques, qui sont athées, s'il faut croire leur nom[1].

De son côté le calam se plaint d'être employé, dans un temps si humide, par les hommes laborieux. Le peintre aussi se voit dans l'impossibilité de travailler; son dessin est à chaque instant mouillé. S'il veut, par exemple, décrire les nuages chargés des pluies de la mousson, un orage vient inonder la surface du papier.

L'eau remplace le vin dans les jarres où on le tient. En y entrant par l'orifice, elle fait entendre le bruit de la liqueur qui pénètre dans un vase à goulot étroit; on dirait un long gémissement. Les jarres de vin sont entraînées par l'eau; la poix qui en couvre l'embouchure s'en détache et tombe.

Il est inutile aujourd'hui de songer à aller se promener dans les jardins, où le cyprès est immobile, le pied dans l'argile.

Au lieu des roses et des tulipes qui ornaient les gracieux parterres, le courant a tout envahi, et des jets d'eau comme une fleur double remplacent la végétation. Si un mariage de gens riches se fait dans cette saison, le bruit du tonnerre peut tenir lieu du son du tambour; la lueur des éclairs, de la lumière des flambeaux. Il n'y a pas d'endroit propre à faire cuire les aliments; on ne trouve plus partout que de l'eau, et pas autre chose. Tant le nouveau marié que chacun des membres de la procession nuptiale arrivent trempés, ressemblant à des voyageurs qui viendraient d'un pays lointain. La jeune épouse pourra-t-elle recevoir son mari sans que la timidité la couvre de sueur, comme en ce moment la terre est inondée d'eau?...

En résumé, tout le monde est ruiné par la pluie; autant vaut mourir que de vivre dans de pareilles circonstances. Il n'y a plus ni joie ni tristesse; tout semble avoir été submergé dans l'eau.

Et ne crains-tu pas, Jurat, que tes vers ne mouillent même tes cahiers, tant la saison que tu décris abonde en eau? Non, ce papier glacé de Cachemire ne craint pas l'influence de l'atmosphère. Mes vers pleins de fraîcheur brilleront comme

[1] L'expression *nâ khudâ* (pour *nâo khudâ* « maître de navire ») semble signifier, en effet, « athée » (sans Dieu).

des lampes éclatantes, ou comme ces vers luisants qui apparaissent dans l'angle des maisons.

II. JURAT (Mir Scher 'Alî), contemporain de Mirzâ Rafî' Saudâ, quitta Dehli pour aller habiter le Décan, quelques années avant l'époque où Fath 'Alî Huçaïnî écrivit son Tazkira. On le compte parmi les poëtes hindoustanis, et les biographies originales donnent plusieurs vers de lui. Il en a cependant peu écrit. Fath'Alî Huçaïnî, qui l'avait beaucoup connu, dit qu'il était très-érudit.

III. JURAT (Mirza Mugal), fils de 'Abd ulbâquî Khân et petit-fils de Hamîd uddîn Khân, natif de Nimcha et élève de Saudâ, mourut à Bareilly. Il a laissé des poésies estimées dont Karîm donne un échantillon dans son Tazkira. Sarwar, cité par Sprenger, attribue à ce poëte le takhallus de *Jamâl*.

IV. JURAT (Mir Muhammad Huçaïn), fils du saïyid 'Alî Wàcitî ulhuçaïnî, était originaire du casba' d'Akbarpûr, des dépendances de Fathpûr. Il a été élève du schaïkh Ahmad 'Alî Kâmil, et on lui doit des poésies dont Muhcin cite quelque chose dans son Tazkira.

V. JURAT (Mir Muhammad Riza), nommé par 'Ischc *Mîr Mustaquîm*, était fils du saïyid Muhammad Wahid, autrement dit Saïyid Sadr uddin, qui possédait un jaguir et un rang distingué. Quant à lui, il était officier sous Muhammad Schàh, et comme il était *schiy'a* très-zélé, il donnait aux saïyids trente-deux roupies (80 fr.) par mois sur son traitement. On lui doit non-seulement des poésies urdues, mais persanes.

VI. JURAT, de Faïzâbad, est un poëte mentionné par Schorisch comme distinct des autres poëtes du même nom.

JWALA-NATH [1] (le pandit Sri) est, à ce qu'il paraît, d'après le numéro du 25 décembre 1861 de l'*Akhbâr-i 'âlam* de Mirat, auteur d'un ouvrage hindi intitulé *Bahâristân-i gazal* « le Jardin des poésies nommées *gazal* ».

JWALA-PRAÇAD [2] ou JWALA SAHAI [3] (le munschi), de Gurgâwn, fils du munschi Mânik Chand (mort en mars 1869 [4], à l'âge de soixante-huit ans), chef du gouvernement de Jhâlûh, publie chaque mois à Agra, en 18 p. in-folio, une sorte de manuel intitulé *Prakâsch* « Manifestation », contenant les prescriptions religieuses hindoues en deux éditions, l'une en sanscrit et en hindi, l'autre en sanscrit et en urdû.

On lui doit aussi le *Jagrâfiya zila' Mirath* « Géographie du district de Mirat », rédigée en urdû; Mirat, 1868, in-16 de 24 p.

Enfin il est auteur de la traduction urdue, sous le titre de *'Umda tarikh* « Histoire importante » (et plus explicitement, *Kitâb sulhnâmjât o ahd o païmân sirkâri angrézi o ruçaâ-é o umarâ-é Hindustân* « Traités de paix, d'alliance, etc., entre le gouvernement anglais et les chefs et amîrs de l'Hindoustan »), d'un ouvrage de S. U. Aitchinson.

Cet ouvrage du munschi Jwâla-Sahài, imprimé à la typographie de Gurgâwn appelée *Matba' ul'ulûm* « la Source des sciences », est divisé en quatre parties : 1° les traités de paix du Rajasthân ou Râjpoutana;

[1] Cette expression signifie proprement « le maître de la flamme », c'est-à-dire « Siva », mari de Durgâ ou Bhawânî; car *Jwâla* ou plutôt *Jwâla-Mukhî* est le nom d'un lieu de pèlerinage et par suite celui de la déesse qui y est honorée, c'est-à-dire « Durgâ ».

[2] « Don de Jwâla-Mukhî (la déesse Durgâ) ».

[3] I. « La faveur de Jwâla Mukhî ».

[4] On trouve un tarikh urdû sur sa mort par le munschi Muhammad 'Ali, publié dans l'*Akhbâr-i 'âlam Mirath* du 8 juillet 1869.

2° les traités entre l'Inde anglaise et le Malwa, c'est-à-dire Gwalior et Indore; 3° les traités avec les royaumes du midi et du nord de l'Inde, avec l'Aoude, le Népal et Dehli; 4° les traités avec le Panjâb, le Cachemire et les pays limitrophes, Peschawar et les campements de Bhawalpûr.

JWALA SCHANKAR [1] est auteur d'un traité élémentaire (*Primer*) pour les écoles, intitulé *Mubtadi-nâma* « Livre du commençant », imprimé à Mirat en 1864.

# K

KAB-DÉO [2] est un auteur de chants populaires hindis dont on trouve des échantillons dans Broughton, « Popular poetry of the Hindoos », et dans mes « Chants populaires de l'Inde. »

KABI LAL est auteur d'un commentaire sur le *Satsaï* de Bihâri Lâl, intitulé *Lâl chandrika* « les Rayons lunaires de Lâl ». Ce commentaire, accompagné du texte en caractères dévanagaris, a été imprimé à Bénarès en 1864 en un gr. in-8° de 360 p. de 21 lignes, à la typographie de Gopî-nâth, par les soins du pandit Durgâ-praçâd, et aux frais du bâbû Abinâci Lâl et du munschi Harbans Lâl.

I. KABIR ou KABIR-DAS [3], qu'Abû'lfazl nomme

---

[1] 1. *Jwâla* vient d'être expliqué; *Schankar* est un nom de Siva.

[2] 1. *Kab* pour *Kabi* ou *Kavi* « poëte »; *Déo* « Dieu » employé comme titre d'honneur (*divus*).

[3] On écrit souvent, mais abusivement, *Kabîr* par un *i* bref; mais il est évident que ce mot n'est autre que l'adjectif arabe qui signifie « grand » et qu'on donne à Dieu, « le Grand » par excellence. C'est ainsi que Kabir s'appelle proprement *Kabîr-dâs*, mot hybride A. I. qui signifie « Serviteur de Dieu ».

« l'unitaire », est un célèbre réformateur et aussi un des écrivains hindis les plus anciens et dont il nous reste le plus de productions remarquables. Voici d'abord l'article légendaire du *Bhakta mâl* sur ce personnage fameux :

### CHHAPPAÏ [1].

Kabîr n'a pas laissé pénétrer dans ses oreilles la distinction des castes, ni celle des six systèmes de philosophie [2].

Il a déclaré que les pratiques opposées à la foi n'étaient pas de bonnes œuvres. Il a montré la futilité de la pénitence, des sacrifices, des austérités, des aumônes (expiatoires), des pratiques *extérieures* du culte.

Ses ramaïnis, ses sabdis et ses sakhis [3] ont été appréciés par les Hindous aussi bien que par les musulmans [4]. Ses discours n'offrent pas de partialité, il a parlé pour tous.

Supérieur aux intérêts du monde, il n'a pas usé de flatterie.

Kabîr n'a pas laissé pénétrer dans ses oreilles la distinction des castes, ni celle des six systèmes de philosophie.

### EXPLICATION.

Il y avait un brahmane qui était assidu auprès du gurû Râmânand [5]. Le gurû et le brahmane avaient souvent de longues entrevues. Or il y avait une jeune veuve vierge [6], qui priait

---

[1] Ceci est un chant populaire, une sorte d'hymne en l'honneur de Kabîr. On donne à ces chants le nom de *mâl* « texte », et on les attribue à Nâbhâ Ji. Le récit qui les développe porte le nom de *tikâ* « commentaire ». On doit à Krischna-dâs celui dont je donne ici la traduction.

[2] On sait qu'il y a en effet chez les Hindous six différents systèmes de philosophie, systèmes qui sont exposés dans plusieurs ouvrages.

[3] Noms particuliers aux poëmes composés par Kabîr.

[4] Dans le texte on nomme les musulmans *Turks*, comme on le fait vulgairement en Europe. Il paraît que cette appellation est commune dans l'Inde. Saudâ la met aussi dans la bouche de la femme d'un banyân, dans la satire contre Fidwî.

[5] Au sujet de ce célèbre personnage, voyez le Mémoire de H. H. Wilson sur les sectes hindoues, t. XVII des « Asiatic Researches ».

[6] Ces deux mots peuvent aller très-bien ensemble dans l'Inde ; car on

ce brahmane de lui faire voir ce saint personnage. Un
jour il la lui amena. En l'apercevant, elle s'inclina devant lui
par respect. Le gurû la bénit et lui dit : « Tu seras enceinte
d'un garçon. — Mais, dit le brahmane, cette femme est une
veuve vierge. — N'importe, répondit le gurû, ma parole ne
sera pas vaine. Elle aura un fils; toutefois on ne connaîtra
pas sa grossesse, et elle ne sera pas diffamée. Son fils sauvera
l'humanité. »

Conformément à la parole de Râmânand, cette femme fut
enceinte; elle accoucha au bout de dix mois (lunaires), et alla
jeter *son enfant* dans les flots d'un étang. Un tisserand
nommé 'Alî trouva cet enfant, et l'éleva. Cet enfant était
*Kabîr*. Plus tard une voix du ciel se fit entendre à ce dernier
et lui dit : « Sois disciple de Râmânand. Marque-toi du tilak,
et porte le collier *de son ordre de faquîrs*. » Kabîr fit en effet
tout son possible pour être disciple de Râmânand; mais le
gurû ne voulait pas voir le visage d'un mlekscha [1].

Une fois, avant que la nuit se fût entièrement écoulée,
Kabîr alla se coucher sur les degrés du quai où allait se baigner Râmânand. Le swâmî [2] vint, et Kabîr reçut *par hasard*
sur la tête un coup du kharâun [3] du saint. Kabîr se leva tremblant; mais le swâmî lui dit : « Prononce les mots Râm,
Râm. » Kabîr le fit, salua et se retira. A l'aurore il se leva,
marqua son front du tilak de l'ordre de Râmânand, entoura
son cou du collier du même ordre, et resta assis sur sa porte.
Sa mère lui demanda s'il était fou. Il répondit : « Je suis
devenu disciple du swâmî Râmânand. »

Tous furent étonnés, et allèrent pousser des cris à la porte
du saint. Celui-ci, surpris *à son tour*, envoya quelqu'un pour

y épouse souvent des enfants, avec lesquels on ne cohabite pas avant
l'âge de puberté.

[1] C'est-à-dire d'un barbare, d'un individu non Hindou. Kabîr avait
été en effet élevé par 'Alî dans la religion musulmane.

[2] Expression qui équivaut à celle de *gurû;* c'est un titre d'honneur
qu'on donne aux savants et aux saints personnages.

[3] Sorte de socque de bois à quatre pieds, qui le font ressembler
à une petite table. Les brahmanes se servent de cette chaussure hors
de la maison; elle a été adoptée par quelques missionnaires catholiques
de l'Inde.

lui amener Kabîr. Assis derrière un rideau, il ordonna à ce
dernier de lui dire quand est-ce qu'il en avait fait son disciple. « Seigneur, lui répondit Kabîr, le nom de Râma est-il
le mantra[1], ou bien y en a-t-il un autre? — Ce mot, répond
Râmânand, est bien en effet la parole d'initiation. — Seigneur, dit encore Kabîr, ne prononce-t-on pas ce mantra à
l'oreille du récipiendaire? Eh bien, vous l'avez fait en me
donnant un coup à la tête. » En entendant ces mots, Râmânand tira le rideau, et serra Kabîr contre sa poitrine.

Cependant Kabîr, animé de l'amour de Dieu, tissait des
étoffes et allait les vendre, ce qui ne l'empêchait pas de s'occuper de ses devoirs religieux. Un jour qu'il allait porter au
marché une pièce d'étoffe, Wischnu (Bhagavat) lui-même
lui demanda l'aumône sous la figure d'un waïschnava[2].
Kabîr allait lui donner la moitié de sa pièce; mais comme le
faux mendiant lui dit qu'il ne pouvait rien faire de la moitié,
Kabîr lui donna la pièce entière; et craignant des reproches,
il ne retourna pas chez lui, mais resta couché dans le marché.
De leur côté les gens de sa maison attendirent pendant
trois jours sans avoir de quoi manger. Sur ces entrefaites,
Wischnu ayant reconnu la dévotion sincère de Kabîr, en prit
la figure, et conduisit à sa maison un bœuf chargé de
grains. En voyant cela, la mère de Kabîr s'écria : « Qui
donc as-tu volé? Si le juge vient à le savoir, il te mettra en
prison. »

Wischnu après avoir laissé ces provisions à la maison de
Kabîr, retourna au marché, toujours sous la figure d'un waïschnava, et renvoya Kabîr à sa maison. Ce dernier trouvant
chez lui cette abondance, abandonna sa profession et se dévoua tout à fait à Râma. Cependant les brahmanes vinrent
entourer Kabîr, et lui dirent : « Mauvais tisserand, tu as ac-

---

[1] La parole d'initiation à l'ordre.

[2] Membre d'une secte particulière qui a beaucoup de dévotion à
Wischnu, de qui elle tire son appellation. Wilson en parle au long
dans son savant Mémoire sur les sectes hindoues, « Asiatic Researches »,
t. XVI et XVII. Le *Bhakta mâl* est au reste dû à un waïschnava,
et les personnages qui y sont célébrés appartiennent tous à cette branche
de l'hindouisme.

quis tant de richesses, et tu ne nous as pas invités; mais tu as
fait manger seulement les waïschnavas. — Je vais au marché,
leur répondit Kabîr, et j'en rapporterai *quelque chose* pour
vous le donner. » Kabîr alla donc au marché, saisi de crainte,
et y resta couché *par terre*. Le Seigneur prit de nouveau les
traits de Kabîr, et porta en sa maison une quantité de roupies
telle qu'elle aurait fait la charge d'un bœuf. Il les distribua
aux brahmanes; puis en ayant instruit Kabîr, il le renvoya du
marché à sa maison; et Kabîr, en arrivant chez lui, continua
ses distributions. Cependant sa célébrité se répandit dans la
ville. Une foule de gens étaient constamment à sa porte, au
point qu'il ne trouvait pas le temps de se livrer à ses exercices
de piété...

Lorsque le pâdschâh Sikandar[1] monta sur le trône, tous les
brahmanes allèrent exciter la mère *putative* de Kabîr, *qui était*
*musulmane*, et la conduisirent avec eux à la cour. Celle-ci
ayant pris, quoiqu'il fît jour, une torche enflammée, se mit à
crier en présence du sultan : « Sire, les ténèbres obscurcissent
ton règne, puisque les musulmans portent le collier et le tilak
hindou. C'est une calamité. » Le sultan envoya saisir Kabîr,
et ce dernier ne tarda pas d'arriver en sa présence. On lui
dit : « Fais le salâm. » Il répondit : « Je connais Râma, qu'ai-
je affaire du salâm[2]? » Lorsque le sultan eut entendu ces paroles inconvenantes, il donna ordre de mettre une chaîne aux
pieds de Kabîr, et de le noyer dans le Gange. Ainsi fit-on;
mais Kabîr sortit *miraculeusement* de l'eau. Alors on le jeta
dans le feu, *ce fut encore inutilement*. Tous les expédients
qu'on employa pour le faire mourir furent infructueux. On le
mit sous les pieds d'un éléphant. L'animal, en le voyant, jeta
un cri et s'enfuit. Alors le roi descendit de son éléphant, et

[1] Le titre de pâdschâh, qui est persan, ne se donne qu'aux souverains musulmans. Sikandar, surnommé *Lodî*, du nom de sa tribu, était
en effet un roi patan de Dehli, musulman de religion.

[2] Pour comprendre ce jeu de mots, il faut savoir que *salâm* « salut »
est employé par les musulmans pour saluer, et que *Râm* (nom d'une incarnation de Wischnu) est employé par les Hindous dans le même cas.
Cette seconde expression, qui est une sorte de profession de foi, ressemble à la salutation catholique de l'Espagne : *Ave, Maria.*

tomba aux pieds de Kabîr, en lui disant : « Sauvez-moi de
Bhagavat. Je vous donnerai les terres et les villages que vous
désirerez. » Kabîr lui répondit : « Râma est ma richesse ; à
quoi bon tous ces biens temporels, pour lesquels on meurt
après s'être querellé avec son fils, son père, son frère? »

Lorsque Kabîr fut arrivé à son logis, tous les sâdhs vinrent
le trouver amicalement. Ceux au contraire qui lui étaient
opposés furent extrêmement fâchés; mais quelque moyen que
prissent les brahmanes pour persécuter Kabîr, aucun ne leur
réussit. Alors ils s'imaginèrent de le perdre de réputation
dans toute sa caste. En conséquence, quatre brahmanes s'étant
rasé les moustaches et la barbe, écrivirent des lettres au nom
de Kabîr aux waïschnavas de tous les environs, et les invi-
tèrent pour un jour fixe. A mesure que la réunion des waïschnavas commençait à se former, un d'eux demanda à Kabîr
lui-même la maison de Kabîr; mais Kabîr s'échappa, et alla
se cacher quelque part. Alors Râma ayant porté avec lui l'argent nécessaire, vint sous la figure de Kabîr distribuer du
pain. Pendant trois jours il rassasia de nourriture tous ceux
qui se présentèrent; et prenant ensuite l'apparence d'un
waïschnava, il ramena Kabîr et disparut. Kabîr agissant selon
l'occurrence, traita tous les waïschnavas respectueusement, et
les congédia.

Un jour que des Apsaras étaient venues séduire Kabîr, il
leur chanta ces vers.

PAD.

Mes sœurs, vous venez dans ma maison; mais vous n'effectuerez pas
votre dessein. Toutes les choses visibles qui existent sont comme le
grain torréfié qu'on mâche pour s'exercer les dents, mais non pour y
trouver une nourriture solide. Râma, Govinda, sont seuls exceptés.
Avec ces vêtements brillants, ces bijoux, ces diamants, ces colliers de
perles sur la poitrine, vous êtes descendues du ciel d'Indra pour me
séduire et faire de moi votre époux. Laissez ces idées, célébrez plutôt
les perfections de Govinda. Ornez-vous d'un collier de tulci[1], et alors
pourquoi n'obtiendriez-vous pas le bonheur suprême? Vous êtes venues
m'émouvoir; retirez-vous. C'est en vain que vous avez déployé les dons
que vous avez reçus. Vous avez asservi beaucoup de religieux, et les

_____
[1] *Ocymum sanctum*, plante sacrée chez les Hindous.

avez corrompus [1], les ayant rouis comme du chanvre; mais vous avez
beau vous donner de la peine, le feu ne prendra pas à l'eau. La protection de Hari me suffit. Quant à vous, vous n'êtes qu'une apparence
trompeuse. Par la gloire de mon gurû et la société des sâdhs j'ai obtenu
la félicité suprême. Je me nomme Kabir; ma caste est celle des tisse-
rands. Je suis anachorète dans la maison aussi bien que dans les bois.
Puisque vous êtes venues avec orgueil et fierté, eh bien, apprenez que
vous n'êtes pour moi qu'une mère ou une tante.

Bref ces Apsaras eurent beau user de coquetterie, elles furent obligées de se retirer, désespérées de n'avoir pu réussir.

Lorsque Kabir fut sur le point de mourir [2], les Hindous
disaient qu'il fallait le brûler; les musulmans, qu'il fallait
l'enterrer. Il s'endormit (mourut) recouvert par son drap. Les
deux partis ayant reçu la nouvelle de sa mort, se mirent à se
quereller. Ils finirent par s'approcher du cadavre, et soulevè-
rent le linceul; mais ils virent qu'il n'y avait que des fleurs,
et pas de corps. Les Hindous prirent la moitié des fleurs, les
brûlèrent, et élevèrent en cet endroit un monticule. Les musulmans prirent l'autre moitié, et construisirent un tombeau
pour les y mettre.

Kabir était donc un simple tisserand [3] qui fut un des
douze principaux disciples de Râmânand, et qui, à son
tour, propagea une réforme plus profonde et plus large.
Son nom de *Kabir* n'est qu'un titre signifiant « grand »;
on lui donne aussi celui de *Jnâni* « sage », et ce personnage
est en outre nommé *Gurû Kabir* ou *Kabir Sâhib*, selon
que ce sont des Hindous ou des musulmans qui en
parlent : il est en effet vénéré par les uns et par les
autres, et ils le réclament comme appartenant à leur

[1] Voyez, comme exemple de ce que dit ici Kabir, l'intéressante anecdote traduite du sanscrit par feu de Chézy, sous le titre de « l'Ermitage
de Kandou », Journal Asiatique, année 1822.

[2] A la lettre, « de laisser son corps ».

[3] Je possède un dessin original qui le représente devant son atelier de
tisseranderie : il a à sa gauche son fils Kamâl, et à sa droite un autre
ouvrier et disciple qui a le titre de *hâkim* « sage ».

culte. Ce fut ainsi qu'à sa mort il y eut une grande contestation entre ces sectaires, les uns voulant enterrer son corps, et les autres le brûler. Kabîr parut alors, dit-on, au milieu d'eux, et leur dit de regarder sous l'étoffe qui couvrait ses dépouilles mortelles. Ils le firent, et ne trouvèrent qu'un monceau de fleurs. Banâr Râjâ ou Birsinh Râjâ, alors souverain de Bénarès, prit la moitié de ces fleurs qu'il emporta dans cette ville, où elles furent brûlées, et leur cendre déposée dans la chapelle nommée *Kabîr chaurâ*. D'un autre côté, Bijli Khân, Patan, chef du parti musulman, éleva un tombeau sur l'autre portion, à *Mugur*, près de Gorakhpûr, là précisément où Kabîr mourut. Ces deux lieux sont également fréquentés par les kabîr-panthis ou sectateurs de Kabîr.

Il y a quelque incertitude sur l'époque précise de la vie de Kabîr. Selon le *Bhakta mâl* et Priya-dâs qui l'a commenté, le *Khulâçat uttawârikh,* et enfin Abû'lfazl [1], Kabîr vécut sous Sikandar Lodi, qui régna de 1488 à 1516 de J. C., et il développa même ses doctrines devant ce sultan. D'un autre côté, Râmânand, dont Kabîr fut disciple, vivait vers la fin du quatorzième siècle [2], ce qui rendrait plus probable la date de 1450 fixée comme l'époque approximative donnée par Cunningham [3] de la prédication de Kabîr. Toutefois Buchanan [4] a donné comme date certaine de sa mort l'année 1274 de J. C., date qu'il tenait de Bibek-dâs, kabîr-panthi de Patna, fort intelligent et qui lui parut digne de con-

---

[1] « Ayeen Akbery », t. II, p. 38.
[2] « Asiatic Researches », t. XVI, p. 56.
[3] « History of the Sikhs », p. 34.
[4] Montg. Martin, « Eastern India », t. II, p. 489.

fiancé. D'après la légende des *Kabîr-panthis*, il serait né
en 1205 du samwat, 1070 de saka (1148 de J. C.), et
mort en 1505 du samwat, 1370 de saka (1448 de J. C.),
et aurait ainsi vécu trois cents ans. Le lieu de sa naissance, appelé Kabîr-Kâcî, est un lieu de pèlerinage.

Kabîr était musulman dans l'origine [1]; comme Râmânand il eut douze principaux disciples, parmi lesquels
on cite spécialement Dharma-dâs [2]. Il appela ses disciples des *sadhs* (purs); il voulait qu'ils ressemblassent
par leur perfection à la Divinité.

Le monument musulman en l'honneur de Kabîr,
qu'on voit à Mugur ou Mugahar, près de Gorakhpûr, a
été élevé par le nabâb Fadî Khân, qui était, il y a environ deux cents ans, gouverneur de Gorakhpûr. Ce monument est gardé par un musulman auquel ces fonctions
sont revenues de père en fils. Il est fréquenté par de
nombreux pèlerins qui, à l'époque du *méla* (foire) tenu
apparemment pour célébrer l'anniversaire de la mort de
Kabîr, s'élèvent à environ cinq mille. Il en est de même
pour le monument hindou de Bénarès [3].

J'aurais voulu donner la traduction du dialogue
(*goschti*) de Kabîr avec Gorakh-nâth [4] qu'on trouve dans
le *Bijak*, dont le texte se trouve dans les « Hindee and
hindoostanee selections » du capitaine W. Price, t. 1er,
p. 140 et suiv.; mais j'ai dû y renoncer, parce que je
n'ai pu me procurer le commentaire ou *tîkâ* du râjâ
Viswamitr Singh, ni aucun autre sur ce morceau, dont

[1] Graham, « On Sufism », dans les « Transact. Asiat. Soc. Bombay »,
t. I, p. 104.
[2] Voyez son article.
[3] Montg. Martin, « Eastern India », t. II, p. 393 et 491.
[4] Il est cité par Wilson dans les « Asiatic Researches », t. XVII,
p. 189.

le style, obscur comme tout ce qu'a écrit Kabîr, exige souvent l'usage d'un commentaire.

Non-seulement Kabîr a écrit en hindî, mais il a insisté sur l'avantage de se servir de cette langue usuelle, et il s'est élevé contre l'emploi du sanscrit et de.toute autre langue savante.

Les écrits qu'on attribue à Kabîr sont trop variés et trop volumineux pour avoir été entièrement son ouvrage, et quelques-uns sont évidemment modernes ; mais parmi ceux qui sont nommés *Ramaïnî* et *Sabd*, il y en a plusieurs dont l'antiquité est évidente [1] et qui sont antérieurs à la généralité des compositions en urdû. Ils ont néanmoins le même genre caractéristique de construction, mais ils diffèrent essentiellement par le choix des expressions, dont presque aucune n'appartient au persan. Mr. W. Price [2], à qui j'ai emprunté une partie de ce qui précède, a donné un choix de 43 pages des rekhtas de Kabîr, dans la langue originale seulement, et le général Harriot des extraits de son *Bijak* [3], ouvrage dont il a bien voulu me donner la copie qu'il possédait, copie qu'il devait à l'amitié de Râm Singh, súbadâr de Chanâr, et qui est très-bien écrite en caractères nommés *kaïthî nagarî*. Wilson avait une autre copie du même ouvrage et un recueil des poëmes de Kabîr, tels que ramaïnis, rekhtas, etc., en caractères nagaris. Le *Bijak* se compose de trois cent soixante-cinq *sâkhî* ou disti-

[1] Wilson nous apprend, « Asiatic Researches », t. XVI, p. 58, que dans ces recueils on distingue par les mots *kahâhî Kabîr* « Kabîr a vraiment dit », ce qui est réellement de lui; par les mots *kahaï Kabîr*, ce qui est la substance de ses paroles, et par ceux de *kahayé dâs Kabîr*, ce qui est dû à quelqu'un de ses disciples (esclaves).

[2] « Hindee and Hindoostanee Selections », introduction, p. 9.

[3] C'est le grand *Bijak*. Voyez sur le petit l'article BHAGO-DAS, t. 1er, p. 325.

ques, de cent douze pièces de vers nommées *sabd*, de quatre-vingt-quatre poëmes nommés *ramaïni*, et de plusieurs autres, formant en tout 149 pages in-4°.

On a fait un choix des sâkhis de Kabir, sous le titre de *Bayâz-i sâkhi Kabir* [1] « Album des sâkhis de Kabir ». Toutes ces poésies sont écrites dans la forme usuelle des vers hindis, le dohâ, le chaupaï et le samaï.

Voici la liste complète des ouvrages attribués à Kabir. Ils forment la collection nommée *Khâs granth* « Livre par excellence », telle qu'elle est conservée par les kabîr-panthis dans le monument de Bénarès nommé *Chaurâ* :

1° *Sukh nidhân* « le Séjour du bonheur ». Ce livre est la clef de tous les autres écrits : il a la bonne qualité d'être clair et intelligible. Kabir y parle à son disciple Dharma-dâs, bien que ce livre paraisse avoir été composé par un autre disciple nommé Srutagopâla-dâs ;

2° *Gorakh-nâth ki goschthi* [1] « Discussion de Kabir avec Gorakh-nâth », ou *Gorakh-nâth ki kathâ* « Récit sur Gorakh-nâth » ;

3° *Kabir panji* « Le journal de Kabir » ;

4° *Balakh ki ramaïni* « Poëme de perception » ;

5° *Râmânand ki goschthi* « Discussion avec Râmânand ». Ce livre contient le Récit (*kathâ*) des discussions de Kabir avec Râmânand ;

6° *Anand Râm sâgar* ou *Anand sâr* « Quintessence de la félicité » ;

7° *Sabdâvali* « Paroles puissantes » ;

8° *Mangala* « le Bonheur »; cent petits poëmes; peut-être le *Mangala charan*, par Bilwa Mangal ;

---

[1] Un exemplaire de cet ouvrage est indiqué dans le catalogue manuscrit des livres de Farzâda Culi, catalogue qui appartient actuellement à la Société Royale Asiatique de Londres.

9° *Baçant* « le Printemps ; cent hymnes écrits dans le rág ainsi nommé ;

10° *Holi,* deux cents hymnes nommés *holi* ou *hori,* chants du carnaval de l'Inde [1] ;

11° *Rekhta,* cent odes. Le sujet de ces poëmes et des suivants est toujours moral ou religieux ;

12° *Jhúlná,* cinq cents odes ainsi appelées ;

13° *Kahára,* cinq cents autres odes ;

14° *Hindola,* douze odes, du mode musical ainsi nommé ;

15° *Bárah máça* « les Douze mois », sous un point de vue religieux, conformément au système de Kabir ;

16° *Chanchara,* au nombre de vingt-deux ;

17° *Chautiça,* au nombre de deux. Ces pièces contiennent l'explication des trente-quatre lettres de l'alphabet nagari, avec leur signification religieuse ;

18° *Alif-náma,* l'alphabet persan développé de la même manière, car souvent les textes sikhs sont écrits en caractères persans ;

19° *Ramaïní,* courts poëmes de doctrine et de controverse ; on en a publié à Bénarès, en 1818, une édition de 397 p. sous le titre de *Kabír-dás krit ramaïní;*

20° *Sákhí,* au nombre de cinq mille. Ils consistent chacun en une stance composée d'un distique seulement. On trouve deux pages d'extraits des sàkhis dans le n° 10 du *Kabi bachan sudhá;*

21° Le *Bijak,* en six cent cinquante-quatre sections.

Il y a aussi une grande variété de stances nommées *ágam, báni,* etc., composant un cours d'études formidable pour ceux qui veulent pénétrer dans les doctrines de cette école. Les kabîr-panthis savent généralement

_____
[1] Voyez la traduction d'un chant de cette espèce à l'article Zamín.

par cœur un certain nombre de sàkhis, de sabds et de
rekhtas, et ils les citent à propos. Le style de toutes ces
compositions se distingue par une simplicité naïve qui
charme et qui persuade : il a une énergie et une couleur
particulières. On prétend que les vers de Kabîr ont
quatre sens différents : l'illusion (*màyà*), l'esprit (*àtmà*),
l'intellect (*man*), et la doctrine exotérique des Védas[1].

Tous les ouvrages de Kabîr respirent la croyance
ferme en l'unité de Dieu et l'horreur de l'idolâtrie. Il les
a adressés aux Hindous aussi bien qu'aux musulmans. Il
y tourne en ridicule les pandits et les Schàstras, aussi
bien que les maulàs et le Coran. Ce fut des doctrines de
Kabîr que Nànak, fondateur des sikhs, tira les siennes;
aussi les sikhs ressemblent-ils beaucoup aux kabîr-panthis, si ce n'est qu'ils sont bien moins sévères que ces
derniers.

Selon Paulin de Saint-Barthélemy, les kabîr-panthis,
qu'il nomme *Cabîrii* et *Cabîristæ,* ont pour livres fondamentaux de leur religion les deux ouvrages suivants,
écrits en langue hindoustanie :

1° Le *Satnàm Kabîr,* ouvrage qui n'est pas cependant
cité dans la longue liste que Wilson a donnée des ouvrages
attribués à Kabîr, liste que j'ai reproduite plus haut.

2° Le *Màla panci* « Livre de l'origine[2] », ouvrage
dont une copie manuscrite, accompagnée d'une traduction italienne par le P. Marcus à Tumba, se trouvait
dans la collection Borgia. La traduction a été publiée
dans le tome III des « Mines de l'Orient ». Serait-ce le
*Mùl santi,* imprimé à Bareilly en 1255 (1839-1840)[3]?

1 H. H. Wilson, « Asiatic Researches », t. XVI, p. 62.
2 Wilson pense qu'il faut lire *Màla panthî* « le Disciple radical ».
3 J. Long, « Descript. Catal. », 1869, p. 33.

Ce que dit de ces sectaires le P. Marcus à Tumba, cité par le P. Paulin de Saint-Barthélemy, s'accorde avec l'idée qu'en donne le général Harriot dans son « Mémoire sur les kabîr-panthis [1] », où il les représente comme de purs déistes. Kabîr fut pour l'Inde brahmanique un réformateur à peu près semblable à ce que fut plus tard Saïyid Ahmad pour l'Inde musulmane. Il précha une réforme complète, et son zèle ne fut pas sans succès, puisque dans les provinces du Bengale, du Bihâr, d'Aoude et de Malwa, on trouve encore un grand nombre de kabîr-panthis, remarquables par la simplicité de leurs mœurs et par leur bonne conduite.

Voici quelques lignes des écrits de ce réformateur, traduites par le général Harriot [2] :

Que peut effectuer l'âme entourée de désirs mondains?... Parler d'un pays qu'on n'a pas vu, c'est sottise. Ils mangent du sel amer, et ils vont vendre du camphre.

La moitié d'un vers est suffisante, si on y réfléchit convenablement. Que sont les écrits des pandits qui sont chantés nuit et jour?

De même que le lait qui donne le beurre est bon, ainsi la moitié d'un vers de Kabîr égale les quatre Védas.

Ici on honore Dieu sous le nom de *Har,* là sous celui d'*Allah;* examine ton cœur soigneusement, tu y trouveras toute chose...

Les uns étudient le Coran, les autres les Schâstars. Sans l'instruction donnée par un maître plein de l'esprit de Dieu, vous détruisez sciemment la vie. Réfléchis et mets de côté ce qui est inutile, tu seras alors un vrai philosophe.

Quitte toute illusion (*mâyâ*), et tu ne trouveras aucun obstacle... Il n'y a point de lieu où ne soit le Créateur...

[1] Journal Asiatique, n° de février 1832.
[2] Journal Asiatique, *ibid.* On trouve aussi de longs extraits des ouvrages de Kabîr dans le Mémoire de Wilson sur les sectes hindoues, « Asiatic Researches », t. XVI.

Ils saisissent un nom faux qu'ils suivent, le prenant pour la vérité. Quand les étoiles brillent, le soleil se couche. Ainsi, quand l'âme réfléchit, elle détruit la fausseté...

Ce corps ne recevra jamais la sagesse : elle est proche d'eux, à leurs côtés; ils ne la cherchent pas, mais ils disent : Elle est éloignée. De toutes parts ils sont remplis de crainte...

O insensé! brûle l'amitié du genre humain, dans laquelle sont les soucis et la mauvaise volonté. Le temple est bâti sans fondement; je le dis, échappe-toi, autrement tu seras englouti.

Peux-tu écouter les jongleries des brahmanes? Ils n'ont pas la connaissance de Har, et ils coulent le bateau à fond. Peut-on être brahmane et ne pas connaître l'esprit de Brahm (Dieu)?

II. KABIR [1] (le hakîm KABÎR SUMBULÎ SCHAÏKH ANSARÎ) était un médecin célèbre qui s'occupa aussi de poésie hindoustanie et qui prit dans ses ouvrages le takhallus de *Kabîr*.

Il paraît que ses poésies ont été réunies en un Dîwàn, car parmi les manuscrits de la bibliothèque du Collége de Fort-William on trouve un volume hindoustaní intitulé *Dîwân-i Kabîr*. Cet écrivain était de la ville de Sumbul, dans la province de Dehli [2], district de Murâd-âbâd, et parent du nabâb Muhammad Yâr Khân Amîr [3], chez qui Mashafî l'avait connu. Karîm a, par erreur, consacré deux articles différents à cet écrivain, p. 315 et 495 de son *Tabacât*.

Son Dîwân intitulé *Dîwân-i Kabîr* contient, dans l'exemplaire dont je viens de parler [4], 166 p. de gazals de 19 vers à la page, un masnawi sur l'art de conser-

[1] Il sera encore question de cet écrivain à l'article de son fils Muruwat.

[2] Et selon Sarwar, d'Aoude.

[3] Voyez l'article consacré à cet écrivain, t. Ier, p. 200.

[4] Il porte le n° 259 : c'est un bel exemplaire. Sprenger, « Catal. of Orient. manusc. », p. 643.

ver sa santé, intitulé *Sittah zarûrïyah* « les Six choses nécessaires, de 18 p., et un cacîda de 20 p.

KABIR-DAS [1] est auteur du *Guiyân samâj* « Société d'instruction », leçons instructives en hindi, caractères persans ; Lahore, 1869, in-8° de 700 p.

KACI-DAS [2] est un poëte hindoui mentionné par Montg. Martin [3]. Serait-il le même que Kâcî Râm, cité comme auteur d'un *Mahâbhârat* hindi dans un article du « Calcutta Review » de décembre 1845 ?

KACI-DAS MITR [4] (le bâbû), premier rédacteur de l'*Aftâb-i Hind* « le Soleil de l'Inde », journal urdû de Bénarès [5], qui fut ensuite rédigé par le bâbû Gobind Raghu-nâth Schirâlî ou Thattî.

Ce journal est très-bien écrit, et il renferme dans ses colonnes des renseignements scientifiques et littéraires qui ont de la valeur. On y trouve des nouvelles sur Rangun, Calcutta, Bombay, la Chine, le Népal, etc. Outre les nouvelles locales, il y a des articles instructifs sur l'histoire de l'Inde, sur la médecine, la chimie, l'astronomie, etc.

Il paraît deux fois par mois, le 7 et le 22, en 30 p. sur deux colonnes petit in-folio. J'ai eu entre les mains le n° du 7 décembre 1855, où je remarque entre autres ce vers fort édifiant :

Connais-toi toi-même et connais Dieu ; telle est la véritable science : c'est par là seulement qu'on peut tenir une bonne conduite, sans cela le sage est insensé.

[1] I. « Le serviteur de Kabîr ».
[2] I. Ou *Kâschi-dâs* « le serviteur de Bénarès ».
[3] « Eastern India », t. III, p. 131.
[4] Ce mot indien, qui signifie « ami », est souvent employé comme une sorte de titre après les noms hindous.
[5] « Selects from the Records of Government, n° V, Notes on native News Papers in the North W. Pr. for the year 1852 ».

KACI DAYAL [1] est auteur :

1° D'un Traité de médecine d'après Aristote, traduit de l'arabe, intitulé *Miftâh uddacâïc* « la Clef des difficultés », et imprimé à Bénarès en 1849, in-8° ;

2° D'un petit Traité d'arithmétique intitulé *Sirâj ulhidâyat* « la Lampe de la direction », imprimé aussi à Bénarès en 1849, in-8° [2].

I. KACI-NATH [3] (LALA), d'Umballa, était un bon mathématicien, mais un assez mauvais poëte, qui a néanmoins sa place dans le Tazkira de Sarwar.

II. KACI-NATH (le pandit), de Patyàla, fils de Naunidh Râé [4], est compté par Schorisch parmi les poëtes hindoustanis. Il est auteur de l'*Akhlâc-i Kâci* « les Bonnes mœurs, par Kâci(-nâth) », ouvrage urdû qui roule sur la science morale et sur l'étiquette musulmane, adapté aux familles et aux écoles hindoues et musulmanes, et qui est fondé sur les trois ouvrages persans bien connus, savoir : l'*Akhlâc-i Jalâli*, l'*Akhlâc-i Nâciri*, et l'*Akhlâc-i Muhcini*. Cette compilation a reçu l'approbation de Mr. Kempson, qui a proposé de l'adopter comme livre classique et de récompenser l'auteur. De plus, le gouvernement en a ordonné l'impression à mille exemplaires à son usage [5].

Il y a un Kàci-nâth qui est auteur d'un poëme hindi intitulé *Bhartri râjâ kâ charitr* « Histoire (fabuleuse) du râjâ Bhartrihari » ou « Bharthari », lithographié à Agra

---

[1] I. « Le compatissant de Bénarès », c'est-à-dire Siva, patron de cette ville.

[2] « Friend of India », n° du 4 juillet 1850.

[3] I. « Le seigneur de Bénarès », c'est-à-dire Siva.

[4] Auteur, selon ce que croit A. Sprenger, du *Dastûr sabiyân* « Méthode pour les enfants », ouvrage imprimé à Cawnpûr en 1860.

[5] *'Alîgarh Akhbâr*, n° de novembre 1869.

en 1921 du samwat (1865), 22 p. petit in-8°. C'est sans
doute le même ouvrage qui a été imprimé, je crois, à
Lahore sous le titre de *Quissa-i Bhartari*, en 40 p.[1].

KACI-PRAÇAD[2] est un Hindou natif de 'Ischratâbâd,
fils de Lachmîn Nârâyan et petit-fils de Débi-praçâd; il
a publié sous les auspices de Durgâ-praçâd, de Patna,
en janvier 1865, à Lakhnau, un *Bârah mâça* en vers de
20 p. in-18 de 11 lignes.

KAFI[3] est un poëte hindoustani dont on trouve un
gazal à la fin de l'édition de Lakhnau du *Wafat-nâma*
« Livre de la mort (de Mahomet) », et à qui on doit le
*Khyâbân-i firdaus* « le Bosquet du paradis », poëme
de 45 p., imprimé à Lakhnau en 1267 (1850-1851)[4].

KAFIR[5] (Mîn 'Alî Naquî[6]), de Dehli, était un saïyid
d'une famille illustre, qui s'occupait avec succès de
poésie hindoustanie. Il prit d'abord pour takhallus le
nom de *Taskîn*[7], puis celui de *Junûn*[8], enfin il choisit
celui de *Kâfir*. Il est aussi connu sous le nom de *Kâfir
kata* « le Fagot de Kâfir[9] », parce que, selon Ibrâhim,
lorsqu'il lisait ses productions, il disait à chaque vers :
« Ceci est un *kata* ». De là on a donné le nom de *Kâfir
kata* au recueil de ses poésies. Il était militaire de profession. Il fut très-lié avec Mîr Taquî et avec Fath 'Alî
Huçaïnî. Mîr nous apprend que les réunions littéraires
des amis de la poésie rekhta se tinrent chez lui pendant

[1] J. Long, « Descriptive Catalogue », 1867, p. 69.
[2] I. « Don de Bénarès ».
[3] A. « Suffisant », c'est-à-dire « celui qui suffit à quelque chose ».
[4] « Bibliotheca Sprengeriana », n° 1704.
[5] A. « Infidèle ».
[6] Plusieurs biographes le nomment *Taquî*.
[7] A. « Consolation », etc.
[8] A. « Folie ».
[9] J'adopte pour ces deux mots la lecture et la traduction de Sprenger.

quelques mois. 'Ali Ibrâhim l'avait vu à Murschid-âbâd et avait lu ou entendu lire ses poésies, mais il ne paraît pas en faire beaucoup de cas.

KAHAN [2] SINGH (le bâbû) est auteur d'une grammaire hindoustanie rédigée en urdû sous le titre de *Cawâ'id-i urdû* « les Règles de l'urdû », in-8° de 212 p. ; Rawalpindi, 1868.

KAIF [3] (le schaïkh FAZL-I AHMAD), de Lakhnau, fils du schaïkh Akbar 'Alî, élève de Mîr Wazîr Subâ, est un poëte contemporain mentionné par Karim et par Muhcin. Il est auteur d'un Diwân dont on trouve plusieurs gazals dans le *Sarâpâ sukhan*.

KAIFI [1] (MÎR HIDAYAT 'ALÎ) est un saïyid de Bârah ou Bârh qui s'occupait d'alchimie et de poésie rekhta, et qui mourut en 1219 (1804-1805). Sarwar, qui l'avait connu, cite plusieurs extraits de ses productions poétiques.

I. KAIWAN [4] (MIRZA 'ALÎ HUÇAÏN), de Lakhnau, un des fils d'Agâ Tauwakkul, neveu (fils de sœur) de Rafîc uddaula Bahâdur, et élève du schaïkh Imâm-bakhsch Nâcikh, est auteur d'un Diwân dont Muhcin cite plusieurs gazals.

II. KAIWAN (le schaïkh BADLÎ), de Balgrâm, élève de Mirzâ Kalb Huçaïn Khân Nâdir, est un autre poëte hindoustanî dont Muhcin cite aussi des vers.

KAKUL [5] (SCHAH), de Dehli, est un poëte hindoustanî qui fut le contemporain d'Abrû. Il quitta de bonne

---

1 1. Valeur monétaire de seize *pans*, dont chacun vaut quatre-vingts kauris.

2 A. « Ivresse ».

3 A. P. « Ivre ».

4 P. « La planète Saturne ».

5 P. « Boucle de cheveux ».

heure le monde et endossa le manteau des faquirs. Sa cellule était située dans le marché de Sa'd ullah Khân. 'Ali Ibrâhim en cite quelques vers.

KALAMI [1] (Gulam Nabî Khan) est un poëte mentionné par Sarwar, qui en dit seulement que feu Gâzî uddîn Khân, grand personnage de l'époque, le patronait.

KALAN [2] (Piyârî Lal) est un poëte contemporain dont on trouve des vers dans le n° du 3 janvier 1865 de l'*Awadh akhbâr*.

KALB HUÇAIN [3] KHAN (Mirza), de Fathpûr, député collecteur à Étâwa, est auteur :

1° Du *Fazâïl uschschuhadâ* « Les excellences des martyrs », martyrologe musulman en urdû, en grande réputation parmi les schiites, dont l'auteur fait partie. Cet ouvrage a été imprimé à Agra en 1850 ;

2° Du *Nazm-i nâdir* « Poésie excellente », poëmes urdus à la louange de Dieu, du prophète et de sa famille ;

3° Du *Taucîf-i zarâ'at* « Tableau de l'agriculture » telle qu'elle est pratiquée dans l'Inde ; lithographié à Agra en 1275 (1858-1859), 270 p. de 14 lignes [4] ;

4° Il a donné une édition du « Dîwân de Garib », *Dîwân-i Garib,* aux pièces duquel il a intercalé des *tazmin* de sa composition.

KALI-CHARAN [5] (le bâbû) est :

1° L'éditeur du journal littéraire mensuel urdû de Bareilly intitulé *Bareilly Review* « Revue de Bareilly », qui sort des presses du « Rohilkhand literary Society »,

---

[1] A. P. « Discoureur ».
[2] P. « Gros, fort ». (*kalân*).
[3] A. « Le chien de Huçaïn ».
[4] « Journal Asiat. Soc. Calcutta », t. XXII, 1854.
[5] I. « Les pieds de Kâlî (Durgâ) ».

et qui est signalé par Mr. Kempson, directeur de l'instruction publique des provinces nord-ouest, dans son rapport du 19 février 1869 ;

2° On lui doit aussi le *Guldasta-i tahzib* « le Bouquet de l'amélioration », ouvrage urdû contenant une série de conseils moraux destinés aux jeunes gens des écoles, publié par la Société littéraire du Rohilkhand ; Bareilly, 1868, in-8° de 80 p.;

3° Le *Stri dharm sangrah* « Code des vertus féminines », traité traduit du sanscrit de Târâ Chand; Rohilkhand, 1868, in-8° de 84 p. ;

4° Le *Mahzan ul'ulûm* » le Trésor des sciences », recueil mensuel en urdû qui paraît à Bareilly sous les auspices de la Société littéraire du Rohilkhand, siégeant à Allahâbâd depuis décembre 1867, par brochure in-8° de 60 à 70 p.;

5° Le recueil intitulé *Amsâl-i farsi, hissa auwal* « Proverbes persans, première partie », et *Amsâl-i hindi o urdû, hissa duûm* « Proverbes hindis et urdus, seconde partie ; Rohilkhand, 1868, in-8° de 126 p. ;

6° Le *Ganit sâr* « l'Essence de l'arithmétique », en hindî ; Bareilly, 1868, in-8° de 48 p.

KALI-DAS [1] est un écrivain hindi dont je ne puis mentionner que le nom, mais qu'il ne faut pas confondre avec le célèbre poëte sanscrit son homonyme.

KALI KRISCHNA (le râjâ KALI KRISCHNA BAHADUR), de Sobha Bâzâr (Calcutta), est un savant Hindou, né en 1805 ou 1806, très-zélé pour les lettres, qu'il cultive avec succès. Il est fils du râjâ Râj-Krischna [2], et petit-fils du râjâ Nava-Krischna Bahâdur. Il est du nombre

---

[1] 1. « Le Serviteur de la déesse Kâli » on « Durgâ ».

[2] Il est question plus loin de ce personnage.

des Indiens amis de l'Europe, et surtout de l'Angleterre et de sa littérature. On peut nommer Occidentalistes ces Orientaux qui se livrent à l'étude des littératures du *Frankistân*. Kâlî Krischna est un des plus laborieux. Il a une typographie particulière où il imprime ses ouvrages. Bien jeune encore, il publia de nombreux travaux qui annonçaient un goût décidé pour l'instruction ; aussi les Sociétés Asiatiques de Calcutta, de Londres et de Paris s'empressèrent-elles de l'admettre dans leur sein, et il reçut du gouvernement anglais et de divers souverains de l'Inde des *khila'*, des médailles et des décorations.

C'est seulement comme écrivain hindoustani qu'il est cité dans cet ouvrage ; nous ne devons pas par conséquent parler de ses publications anglaises ni même bengalies ; toutefois il sera parlé ailleurs d'une des premières (le *Bytal puchisi*), attendu que c'est une traduction du braj-bhâkhâ. Les autres sont des traductions du sanscrit en anglais et de l'anglais en bengali. Ses ouvrages hindoustanis sont :

1° Le *Majma'-i latâïf* » Collection de plaisanteries [1]» . C'est un choix de fables et d'historiettes empruntées à d'autres langues, et notamment au persan et à l'anglais, au nombre de soixante. Kâlî Krischna a été aidé dans ce travail par le hakîm maulawî 'Abd ulmajîd [2]. Il y a joint, comme appendice, quelques pièces qu'il nomme didactiques, et qui ne sont autre chose que des sentences de sa façon, composées chacune d'un vers hindoustani, et accompagnées d'une traduction en prose

---

[1] « A Collection of fables and stories », un vol. in-12 de 199 pages ; Calcutta, 1835.
[2] Voyez son article, t. 1er, p. 92.

anglaise. J'ai déjà donné des détails sur cet ouvrage, et j'en ai fait connaître quelques fragments dans le « Journal des Savants (1836). Pour ne pas me répéter, j'y renvoie le lecteur.

2° Une traduction urdue des fables de l'éminent poëte anglais Gay. Elle est intitulée en hindoustani *Ahçan ul-mawâ'ïz* « les Meilleurs des avis », et en anglais, « Fables by the late Mr. Gay, with a translation into urdu poetry ». Cet ouvrage a été imprimé à Calcutta en 1836; c'est un volume grand in-8° sur deux colonnes, l'une hindoustanie et l'autre anglaise. Il commence par une préface en hindoustani, dans laquelle l'auteur fait connaître le motif qui l'a décidé à traduire cet ouvrage, la méthode qu'il a suivie dans son travail, etc. ; puis vient la traduction des fables. Chaque *misra'* ou hémistiche correspond à un vers anglais. Les hémistiches riment ensemble et sont tous sur une même mesure. Chaque fable est donc un masnawî, et leur réunion un grand masnawî. L'ouvrage se termine par le *tarikh* « chronogramme en vers ».

3° Kâli Krischna est aussi auteur d'une esquisse écrite en urdû sur le « Système solaire »[1], adaptée aux écoles et imprimée d'après le procédé lithographique.

KALI-PRAÇAD[2] BANARJI est le directeur de l'imprimerie de Bénarès nommée *Matba' Bâg o bahâr*, et l'éditeur du journal qui porte le même titre de *Bâg o bahâr*, par allusion à celui de la version hindoustanie du célèbre roman des « Quatre Derviches », lequel signifie « le Jardin et le printemps ». Ce journal, qui était d'abord dirigé par Kédar-nâth Ghos et Kâli-praçâd, ne l'est plus

[1] « Sketch of the solar system, intended for the use of the schools ».
[2] 1. « Don de Durgâ ».

que par ce dernier depuis 1851, et il a subi quelques changements. Une partie est actuellement attribuée aux décisions du « Sudder Dewanee adawlat N. W. P. », et le reste est consacré aux nouvelles courantes. Incidemment on y traite de la médecine, de l'astronomie, de l'histoire, etc.

Kâlî-praçâd a publié en 1851, pour le râjâ de Bénarès, le mahârâjâ Ischrî-praçâd Nârâyan Singh [1], un ouvrage hindi intitulé *Rukminî harti* « l'Enlèvement de Rukmini ».

1. KALIM [2] (le schaïkh et mîr Muhammad Huçaïn), de Dehli, est un des plus célèbres écrivains hindoustanis. Officier de police sous le règne d'Ahmad Schâh, fils de Muhammad, il était lié avec les gens de lettres les plus estimés de son temps. Il était beau-frère (et selon Sarwar, petit-fils) de Mîr Muhammad Taqui, et il fut l'élève de ce dernier, qui lui était très-attaché et pour qui Kalim avait beaucoup d'affection. Il a écrit en hindoustanî un grand nombre d'ouvrages qui lui ont assuré un rang distingué dans cette littérature. Ces ouvrages sont :

1° *Riçâla dar 'arûz o câfiya* « Traité sur la prosodie et la rime en hindoustanî », le même apparemment dont Mashafî parle sous le titre de « Dix séances en hindi sur la versification » ;

2° La traduction en hindoustanî du livre arabe intitulé *Fuçûs ulhukm* ou *ulhikam* [3]. C'est un ouvrage de théologie mystique, écrit en 638 de l'hégire (1240 de

---

[1] Voyez son article sous le nom de *Malâl*.
[2] A. « Interlocuteur (de Dieu) », surnom de Moïse.
[3] C'est-à-dire « les Chatons de la sagesse », si on lit *hukm* avec C. Stewart, et « les Chatons des sciences », si on lit *hikam* avec d'Herbelot.

J. C.) par le schaïkh Muhi uddin Abû 'Abd ullah ben Arabî Nûr ullah Dimischqui. Le célèbre Jàmî a écrit un commentaire persan sur ce livre ;

3° *Dar naschr-i hindi* « Traité sur la diffusion de l'hindoustani » ;

4° Un Diwàn composé de gazals, de cacidas, de mukhammas, de rubà'is. On distingue surtout parmi ces pièces de vers un cacîda intitulé *Rauzat uschschu'ara* « Jardin des poëtes », poëme où sont cités les noms des principaux poëtes hindoustanis ;

5° Des masnawis ;

6° Un roman en prose dont Sarwar n'indique pas le titre.

Kalim a aussi écrit en persan, mais Schefta nous fait savoir que ses productions en cette langue sont peu estimées ; tandis qu'il n'en est pas de même de celles qu'il a écrites en hindoustanî, que Càcim considère comme étant très-remarquables.

Zukà le nomme Tàlib Huçaïn ; Schefta dit qu'il était médecin.

Toutes les œuvres poétiques de Kalim ont été réunies sous le titre de *Kulliyàt* ou œuvres complètes. Il mourut à Dehli. Mashafi nous apprend que Muhammad Càïm en a parlé avec éloge dans son Tazkira. Mir se sert pour le louer d'allégories hyperboliques, et il cite quatre pages et demie de ses vers.

II. KALIM (le schaïkh KALÎM ULLAH), de Scherkot dépendance de Naktya, district de Murâdàbàd, est un autre poëte hindoustanî mentionné par Sarwar.

KALIYAN [1] RAÉ (le munschi), secrétaire de l'*inspectorat* des écoles des Provinces nord-ouest, est auteur du

[1]  1. « Bien-être, prospérité ».

*Riçâla sifàt-i zâtiya ajrâm* « Traité des qualités naturelles des corps », imprimé à Agra par les soins de Mirzà
Niçâr 'Alî Beg en 1859, in-8° de 86 p.

KALLAU-JAFAR [1] (Mîn) est un poëte hindoustani
qui fut le maître de Khûb Khân Zukâ, auteur du *'Ayâr
uschschu'arâ*, et dont Mannû Lâl a cité plusieurs vers.
Voici la traduction d'un singulier baït de cet écrivain :

Ah! si la main de mon amie touchait la frange de ma robe,
je briserais le *fil* de ma vie et je la jetterais loin de moi.

Schefta nous apprend que Kallau était parent du
célèbre Mîr Dard.

KAM-GO [2] (Mirza Habib ullah Beg), habitant de
Khaïrâbâd, dans le sùba d'Aoude, est mentionné par
Sarwar, qui fait un grand éloge de son talent poétique
et nous apprend qu'il était mort assez longtemps avant
la rédaction de son Tazkira.

1. KAMÂL [3] (Schâh Kamal uddîn Huçaïn) est un poëte
hindoustani distingué. Ses ancétres étaient de Manikpùr,
dans la province d'Allahâbâd, puis ils vinrent dans le
sùba du Bihâr, où ils occupèrent des postes importants
sous l'empire mogol. Dès que Kamâl fut parvenu à la
jeunesse, il se fit initier à un ordre de derviches et il en
prit l'habit. Il vint ensuite dans le Bengale, puis à
Lakhnau ; et à l'époque où Mashafî écrivait, il demeurait chez le ràjà Hûlâs Raé, qui était son patron.

Il avait depuis longtemps un désir extrême d'écrire

---

[1] Ce poëte est nommé Kallau (et non Kallan), Kallû, Gallû ou Galû,
ce dernier mot signifiant « gorge ». Quant à l'autre Kallau, Kallû ou
Galû, il en est parlé sous son takhallus de *Hajjâm*. Au surplus, il y a
un personnage nommé Mîr Kallan qui est le père de Muhammad Huçaïn
Munschi, poëte hindoustani.

[2] P. « Silencieux (parlant peu) ».

[3] A. « Perfection ».

en vers hindoustanis ; c'est pourquoi il réunit près de trente Dîwâns hindoustanis des grands maîtres anciens et modernes, et tant par la société de ses parents que par la lecture de ces écrits, il forma son style et s'assura une honorable considération. Il ne fut d'abord l'élève de personne ; toutefois il se mit ensuite au nombre de ceux de Calandar-bakhsch Jurat.

Nous devons les détails qui précèdent à Mashafî, qui cite une page des vers de ce poëte. En voici un gazal qui fait partie du *Dîwân-i Jahân* :

Chère amie, lève un peu les yeux sur moi en le retirant et regarde ici ! Quelqu'un t'appelle, tourne un peu ton visage.

Pourquoi me dis-tu : *Que ferai-je ? je suis désespérée ?* Regarde-moi quelques instants sans être interdite...

Si tu ne connais point mon état véritable, place le miroir devant toi et regarde un peu.

Le sort a conduit auprès de Kamâl, dont le cœur est blessé, son amie ; regarde-moi, et ce voyage sera heureux pour moi.

Voici actuellement la satire de Kamâl sur le râjâ de Jaïnagar, qui livra aux Anglais le vizir 'Alî Khân[1] :

O râjâ de Jaïnagar, tu es l'âne de la souveraineté ; un vil pourceau vaut mieux que toi, ô râjâ de Jaïnagar. Certes ton père était bien préférable à toi, ô râjâ de Jaïnagar ; mais pour toi, tu as renversé sa maison, ô râjâ de Jaïnagar. Que la malédiction de Dieu soit sur toi, ô râjâ de Jaïnagar !

L'action infâme que tu as faite est tellement abominable, que tout le monde te considère comme plus méchant qu'Yazîd lui-même. La malédiction que tu as encourue est telle, que chacun doit se faire un devoir de prononcer sur toi cet anathème : « Que la malédiction de Dieu soit sur toi, ô râjâ de Jaïnagar ! »

---

1 Sur le fait dont il s'agit dans cette satire politique, écrite en mukhammas, on peut consulter Hamilton, « East-Ind. Gaz. », t. II, p. 42.

Qu'y a-t-il d'étonnant, du reste, que tu aies commis cette action infâme, puisque tu es un esclave, quoique issu d'un brave? Tu as beau te ceindre la tête d'un schâl du Marwar, ou t'en entourer le corps, je ne me laisserai pas embrasser par toi[1]. « Que la malédiction de Dieu soit sur toi, ô râjâ de Jaïnagar

Lorsque quelqu'un se réfugie dans la maison d'un autre, doit-on tenir envers lui la perfide conduite que tu as tenue? Puisque tu as traité si déloyalement le fils du vizir, comment cet hémistiche ne serait-il pas sur la langue de chacun : « Que la malédiction de Dieu soit sur toi, ô râjâ de Jaïnagar! »

Hélas! il était venu auprès de toi, te croyant un homme d'honneur. S'il avait su que tu étais un lâche, il aurait agi différemment. Tu n'as eu aucune pitié de son abandon, et à prix d'argent tu l'as rendu prisonnier des Francs. « Que la malédiction de Dieu soit sur toi, ô râjâ de Jaïnagar! »

Après lui avoir donné ta parole en jurant sur l'eau du Gange, et avoir mis ses mains dans les tiennes, lorsqu'il vint dans ta ville chercher le repos, tu lui as donné pour vêtement, tant qu'il vivra, le marbre *des murs de la prison.* « Que la malédiction de Dieu soit sur toi, ô râjâ de Jaïnagar! »

En le trahissant ainsi dans la maison du malheur, ô impie, tu n'as donc éprouvé aucune crainte de Dieu? O méchant homme, tu n'es pas un râjâ, mais ce qu'il y a de plus vil. Comment le monde entier, révolté à juste titre de ta conduite, ne s'écrierait-il pas : « Que la malédiction de Dieu soit sur toi, ô râjâ de Jaïnagar! »

On ne croyait pas qu'il se fiât à toi; que dis-je? on était convaincu qu'il ne le ferait pas. Ah! il n'était pas juste de livrer si traîtreusement cet Açaf[2] du temps, ou plutôt son

1 Cette expression, que j'ai adoucie, et une strophe que j'ai cru pouvoir conserver plus loin, donneront une idée des licences immorales que la dépravation orientale permet aux poëtes. J'ai été obligé de supprimer plusieurs strophes que la décence et le bon goût européen repoussaient.
2 Ce mot, qui est le nom d'un ministre de Salomon célèbre par sa sagesse et à qui sont dédiés plusieurs psaumes, s'emploie comme nom propre, ou plutôt comme titre d'honneur chez les musulmans. C'était celui d'Açaf uddaula, roi d'Aoude, dont 'Alî Khân était ministre.

10.

lieutenant. « Que la malédiction de Dieu soit sur toi, ô râjâ de Jaïnagar ! »

Toutes les créatures de Dieu de l'un et de l'autre sexe ont ressenti dans leur cœur une vive douleur à cause de ton action. Des larmes de sang coulent de tous les yeux; tous les visages sont pâles. Tous disent chaque jour en soupirant profondément : « Que la malédiction de Dieu soit sur toi, ô râjâ de Jaïnagar ! »

Par là tu es parvenu au bien-être, mais je dirai la vérité. Tu es le limon des marchands d'esclaves; tu es le voile de ta maison[1]; tu es la solde des fils de prostituée, de tous tant qu'il y en a. Cet hémistiche sera célèbre dès aujourd'hui jusqu'à demain (à la fin des temps)[2] : « Que la malédiction de Dieu soit sur toi, ô râjâ de Jaïnagar ! »

Tous les Hindous disent de toi, quelque *chaleur* qu'il fasse : « Celui-ci est un mlekscha qui n'a pas de *fraîcheur* (bonté) dans le cœur. » Parmi tes amis mêmes tu es reconnu comme méchant. Ton bazar est *froid* pour la justice, quoiqu'il soit *chaud* quant au reste. « Que la malédiction de Dieu soit sur toi, ô râjâ de Jaïnagar ! »

Que la colère de Dieu tombe actuellement sur toi du monde invisible ! Dis-moi, quelle crainte avais-tu donc, et de qui avais-tu peur, *pour te décider à trahir 'Alî Khân?* Tu n'avais avec les *Anglais* aucun lien de parenté, ni envers *lui* aucun motif de vengeance. Comment se fait-il que tu aies mis à ton cou *par cette action* le collier de l'anathème? « Que la malédiction de Dieu soit sur toi, ô râjâ de Jaïnagar ! »

Tu l'as donc livré aux Anglais, ô *toi qui as un cœur* de bronze! Sans doute ils ont pensé dans leur esprit que tu étais un sot méprisable, *puisqu'ils t'ont fait cette proposition.* Les Francs sont des gens entreprenants; comment leur esprit ne serait-il pas sans repos? Mais ils ne s'écrieront pas moins, en se frottant les mains : « Que la malédiction de Dieu soit sur toi, ô râjâ de Jaïnagar ! »

Tu mérites qu'on déshonore la rânî *ta femme*, puisque tu

---

[1] C'est-à-dire, tu la rends désormais obscure moralement.
[2] C'est tout à fait la formule biblique : *Ex hoc nunc et usque in sæculum.*

as vendu 'Alî Khân pour de l'or; mais tu es tellement abruti, qu'à ta face même tout le monde jusqu'à tes serviteurs t'accable d'injures et dit : « Que la malédiction de Dieu soit sur toi, ô râjâ de Jaïnagar! »

Maintenant tu es vraiment comme des cheveux en désordre, et tu te repens de ton action ; mais tu es assis en la puissance d'un tyran et enfermé comme dans une prison. Eh bien, j'en suis satisfait, et je m'écrierai face à face avec toi : « Que la malédiction de Dieu soit sur toi, ô râjâ de Jaïnagar! »

Si tu as seulement un bout de cheveu d'honneur, ô homme infâme, tu dois prendre du poison et aller mourir dans un endroit éloigné. Ne montre jamais ici ton visage à personne, car quel est celui qui ne dira pas s'il te voit : « Que la malédiction de Dieu soit sur toi, ô râjâ de Jaïnagar! »

C'est Kamâl *qui le déclare :* qui est-ce qui pourra te plaindre de ce qu'il pleut du ciel en terre la malédiction pour toi? Ce serait une folie que de croire pouvoir trouver un homme sans foi comme toi. Personne ne peut rien citer de semblable à cette trahison. « Que la malédiction de Dieu soit sur toi, ô râjâ de Jaïnagar! »

Aux renseignements qu'on vient de lire j'en puis ajouter quelques autres, tirés surtout de la biographie que Kamâl a donnée de lui-même dans son *Majma' ul-intikhâb.*

« Le faquir Schâh Muhammad Kamâl, comme il s'appelle lui-même, est natif de Dehli et fils de Câdir Nawâz Khân, personnage distingué qui fut envoyé par Muhammad Schâh de Dehli en Bengale auprès du nabâb Sirâj uddaula. Après avoir séjourné à Murschidâbâd et ensuite à Azîmâbâd (Patna), il retourna à Dehli. Là il fut admis dans la société du saint personnage Schâh Muhammad Taquî, fils de Goçaïn Gaus [1]; il en reçut l'initia-

---

[1] Titre qu'on donne aux grands saints musulmans chefs d'ordres religieux. Voyez au surplus des explications plus précises sur ce titre dans mon « Mémoire sur la religion musulmane dans l'Inde », p. 85.

tion spirituelle dans l'ordre de Gâdir[1], et par l'entremise de Taqui, que Muhammad Schâh avait en affection, il obtint de ce prince la concession d'un village pour y établir un monastère. Cet endroit, situé près de Patna, dans la province du Bihâr, fut nommé Muhî' uddînpûr, du nom du fils de Schâh Taqui, avec qui Nawâz forma cet établissement. Après y avoir résidé quelques années dans la retraite, occupé de la contemplation et des vertus pratiques, il mourut, et fut enterré dans le tombeau qu'il s'était préparé.

« A cette époque, Kamâl n'avait que quatorze ans. Il laissa à son frère aîné le soin des affaires de la famille, et, désireux de voyager, il alla d'abord à Patna voir un oncle paternel, puis il se rendit à Faïzâbâd au commencement du règne du nabâb Açaf uddaula; il resta trois ans dans cette ville, et il y obtint de la Bégam douairière (mère d'Açaf uddaula), nommée *Gul* « rose », une forte pension, par l'entremise de 'Ali Khân, chef de ses eunuques. Ensuite il alla à Lakhnau, où il put se livrer plus facilement à son goût pour la poésie et pour l'éloquence. Déjà à Faïzâbâd il avait joui de la société vivifiante du célèbre Saudâ, qui venait d'y arriver de Farrukhâbâd, appelé par Açaf uddaula. Il y avait aussi fréquenté Hasrat, Wâquif et d'autres écrivains distingués, et dès cette époque il avait composé des gazals et d'autres pièces de vers. A Lakhnau il devint élève de Miyân Muhammad Câïm, élève lui-même de Saudâ, et ce fut sous lui qu'il se forma tout à fait dans l'art des vers.

« Après être resté un an et demi à Lakhnau, il alla à

---

[1] Sur ce saint personnage et sur l'ordre religieux qui l'a pris pour patron, voir le Mémoire précité, *ibid.*

Salîm [1], où, suivant l'exemple de son père, il se fit faquir, fut admis dans la famille religieuse de Chischtî [2] par S. S. Schâh Karîm 'Ata Sâhib, et foula désormais aux pieds tout ce qui n'est pas Dieu. Puis il fut renvoyé à Lakhnau par son directeur, d'après le désir du mahârâjâ Tékat Râé et du râjâ Hulâs [3], qui lui donna un logement près de son palais. Là, encouragé par la bienveillance de ces deux patrons de la littérature indienne, il se livra, libre de soucis, à la culture de la poésie hindoustanie. Après être resté environ deux ans à Lakhnau, il alla à Râmpûr, où, d'après le conseil de Câïm, il soumit ses vers à Jurat, qui faisait dans cette ville, deux fois par semaine, un cours de poésie [4].

« Kamâl avait alors dix-neuf ans; dès son enfance il s'était occupé de littérature; il s'était attaché à copier en entier les *Kulliyât* et les Dîwâns les plus estimés, et à transcrire aussi les poëmes détachés qui étaient parvenus à sa connaissance. Ce fut ainsi qu'il conçut l'idée de former une Anthologie biographique, ouvrage pour lequel il dépensa beaucoup d'argent et auquel il employa un temps considérable. Il recueillit des poésies en plus grand nombre que celles que contenaient la bibliothèque du nabâb d'Aoude et les plus riches collections particulières, et, de plus, il se procura les portraits des

---

[1] Avant ce nom de ville il y a dans le texte le mot *Hazrat*, qui équivaut ici au *Sri* sanscrit, qu'on place souvent avant les noms de lieu comme avant les noms propres.

[2] Il s'agit ici de Moïn uddîn Chischtî, saint personnage musulman, sur lequel on peut consulter mon « Mémoire sur la religion musulmane dans l'Inde », p. 59.

[3] Voir l'article Maharaj.

[4] Malheureusement les rapports de Kamâl avec cet écrivain, qui a acquis une triste renommée par l'obscénité de ses compositions, ont pu engager notre poëte à donner aux siennes la même teinte immorale qui les dépare.

écrivains les plus célèbres dont il avait les ouvrages.

« Le nabâb Açaf uddaula, grand amateur de poésie hindoustanie, employa Mîr Soz auprès de Kamâl, afin qu'il lui laissât prendre copie des Dîwâns qu'il avait réunis. Il se contentait, disait-il, de les avoir un seul jour pour les faire copier par sept cents écrivains habiles. Kamâl y consentit, et reçut à cette occasion un sac de cinq cents roupies comme indemnité. Le nabâb, satisfait, fit prendre copie de tous ces Dîwâns, au nombre de *cinquante,* et en lui rendant les exemplaires originaux, il le gratifia de cinq cents autres roupies, d'un schâl long [1] et d'un carré tels que les marchands de Cachemire jugèrent qu'ils n'avaient jamais rien vu d'aussi beau. Puis, le nabâb ayant appris que Kamâl avait écrit lui-même plusieurs Dîwâns, il demanda à les connaître. Kamâl s'empressa de les lui porter ; mais sur ces entrefaites le nabâb mourut, et ces Dîwâns ayant été égarés, Kamâl fut obligé de les faire recopier d'après ses brouillons. Un an et demi après la mort du nabâb, le mahârâjâ Tékat Râé mourut aussi. Alors Kamâl alla dans le Décan, du consentement de Hulàs Râé. Il arriva à Haïderâbâd avec les matériaux de son grand ouvrage portés par un chameau et un cheval. Là il recommença à recueillir les Dîwâns hindoustanis anciens et modernes du nord et du midi, surtout les poésies des auteurs de Haïderâbâd de l'époque où il écrivait, et toutes les notes nécessaires pour son grand ouvrage anthologico-biographique. Il mit entre autres à contribution pour son travail trois Taẕkiras antérieurs, c'est-à-dire celui de Câïm son maître, celui de Miyân Mashafî, et enfin

---

[1] A la lettre, deux schâls, c'est-à-dire un double schâl, un schâl long.

celui de Mîr Taqui ; et il a eu, selon lui, la gloire d'avoir
fait en ce genre le travail le plus considérable qu'on ait
produit jusqu'alors. Puis, d'après le désir du nabâb Mîr
ulumarâ Bahâdur, Kamâl fit de son travail un résumé
rédigé en persan, auquel il donna le titre de *Majma' ulintikhâb* « Collection abrégée » (résumé dont feu Mr. Newbold a donné un bel exemplaire à la Société Royale
Asiatique de Londres, et dont j'ai eu communication,
grâce à l'obligeance des officiers de l'honorable Société).

Il paraît que c'est à cet abrégé, qui forme cependant
un épais in-folio, que se bornent les travaux antho-
logico-biographiques dont Kamâl a fait jouir le public
de l'Inde. Il resta un an et demi à le rédiger, et enfin, en
1219 (1804-1805), il put présenter au râjâ susdit ce
*Tazkira*, qui est, dit-il, « une propriété inaliénable, et
qui restera comme un souvenir sur la page du monde ».
Dans cet ouvrage il donne un grand nombre de ses
poëmes, entre autres des gazals, un masnawi sur une
chienne nommée *Barfi*, c'est-à-dire « neigeuse », blanche,
qui l'avait suivi à Haïderâbâd, poëme qui n'est pas
dénué d'intérêt et qui rappelle le poëme de Gray intitulé
« Ode on the death of a favourite cat drowned in a tube
of gold fishes » ; un autre sur un cheval qui lui avait
occasionné un accident, etc.

Ainsi qu'on l'a appris dans l'intéressante lettre que
m'avait adressée feu Mr. Newbold en 1843 [1] au sujet de
mon article sur Sa'dî dans le « Journal Asiatique »,
Kamâl vivait encore en 1843 à Karnaul, dans la présidence de Madras, où il résidait depuis trente-huit ans,
en possession d'un jaguîr que le nabâb de Karnaul lui

---

[1] On trouve dans cette lettre des détails curieux sur Kamâl, détails
auxquels je renvoie le lecteur, pour ne pas les répéter ici.

avait accordé et que la Compagnie des Indes lui avait maintenu. Le regrettable Mr. Newbold, qui le vit à cette époque, pensait qu'il était âgé d'environ soixante-dix ans; il avait un fils, Muhammad Alaf Khân Bahâdur, fort instruit lui-même et admirateur de la poésie persane et hindoustanie. Ce fils écrivit dans la lettre originale de Mr. Newbold le premier vers du gazal hindoustanî de Khusrau, dont j'ai donné la traduction à l'article de ce dernier.

Zukâ parle d'un poëte nommé Kamâl uddîn, qu'il appelle ancien, mais qui est très-probablement notre Kamâl.

II. KAMAL (Mîr KAMAL 'Alî), de Guiyâmânpûr, résidait à Dîrha (ou Deorha) dans le Bihâr; il a écrit des poésies urdues et persanes. Il était fort savant et a écrit un volumineux ouvrage sur la philosophie, intitulé *Kamâl ulhikmat* « la Perfection de la sagesse », et un autre sur les imâms, intitulé *Chahârda durûd* « les Quatorze bénédictions[1].

Il est mort en 1215 (1800-1801).

III. KAMAL (le câzî MUHAMMAD) est auteur d'un traité en vers urdus contenant cent trente sentences relatives au *Jihâd* « Guerre contre les infidèles », lequel a une grande célébrité parmi les musulmans de l'Inde, et qui a été imprimé à la typographie musulmane (de Lakhnau), en 1857, je crois, par Scher Muhammad Yaquîn Huçaïn. En voici quelques extraits, d'après un journal anglais qui les a empruntés à un journal indien :

Celui sur les pieds de qui tombe la poussière dans les rangs de la guerre contre les infidèles, échappe à l'enfer et se sauve des feux éternels.

[1] Je crois que ces ouvrages sont écrits en persan.

Le musulman qui prend part un seul instant au bon combat mérite d'entrer dans le jardin de l'immortalité bienheureuse.

A celui qui pour cette noble cause donne de bon cœur ses richesses temporelles, Dieu donnera sept cents fois autant au jour du jugement.

A celui qui donne à la fois et son or et les coups de son épée, Dieu donnera une récompense sept cents fois plus précieuse.

Quant à celui qui ne payera ni de sa personne ni de sa bourse pour la guerre sainte de la religion, Dieu lancera sur lui le châtiment même avant sa mort.

Ceux qui meurent pour cette auguste cause seraient-ils mis en pièces, qu'ils vivront éternellement heureux dans le jardin du bonheur.

Hélas! vous voyez sous vos yeux des milliers de soldats quitter sans murmurer leurs foyers pour des guerres d'intérêt temporel; et vous qui vous dites musulmans (dévoués à Dieu), vous prenez de vaines excuses pour vous tenir à l'écart du chemin de Dieu.

Vous avez oublié de marcher dans cette voie sainte; dans l'amour de vos femmes et de vos enfants vous avez oublié Dieu.

Combien de temps encore enveloppés dans cet amour resterez-vous somnolents dans vos maisons, sans songer que vous n'y serez pas à l'abri des griffes de la mort?

Vaut-il mieux mourir abjects et misérables dans vos maisons, que de sacrifier noblement votre vie pour la cause sacrée de Dieu?

Mais si vous vous engagez au *jihâd*, il faut obéir de cœur et d'esprit à votre imâm; autrement il serait inutile de prendre l'épée.

Celui qui suit dans le *jihâd* ses propres inclinations, répand en vain son sang; ses peines sont inutiles.

Mais ceux qui connaissent comme ils le doivent Dieu et Mahomet, obéissent de cœur aux ordres de leurs chefs.

O Dieu des cieux et de la terre, Dieu des créatures, donne aujourd'hui aux musulmans le pouvoir de commencer avec énergie le *jihâd!*

Donne ton secours et ta force à ton peuple fidèle, et accomplis la promesse que tu leur as faite d'être victorieux.

Tiens ta parole, ô Roi des rois, aux musulmans, et qu'on n'entende parmi eux d'autre mot que « Allah ! Allah ! »

I. KAMIL [1] est un poëte urdû dont Béni Nârâyan cite un gazal que je donne ici en français :

Où est ce vainqueur de mon cœur, qui le jette dans le trouble? Où est ce chaland qui m'a acheté?

Pourquoi me demander ma demeure, à moi qui suis sans gîte, et dont tout le bagage est sur le dos?

Tu le sais, j'habite à l'ombre du mur de ta maison. Tout musulman que je suis, je me reconnais l'esclave des idoles vivantes.

Sous mon chapelet se cache le cordon des brahmanes. Celui qui en veut à mes jours est venu inopinément à moi, et m'a demandé avec rudesse : « Est-ce bien toi qui me poursuis?

« Oui, lui ai-je dit hors de moi ; et, en vérité, mon cœur affligé s'offre à toi en sacrifice. » Lorsqu'il a entendu ces paroles, il a tiré son épée et s'est écrié : « Débarrasse-moi de cet esclave. »

Ayant vu cet incident, l'épée a semblé lui dire : « Laisse-le, car il est mon compagnon de souffrance. » ·

Il a dit alors : « Quelle épée es-tu donc? éloigne-toi d'ici ; je veux tuer Kâmil, qui est coupable envers moi. »

II. KAMIL (le pandit THAKUR-DAS), fils du râjâ Râm, de Cachemire, magistrat (wakil) à Dehli, est mentionné par Schefta parmi les poëtes hindoustanis auxquels il a consacré des articles dans son Tazkira.

III. KAMIL (MIRZA BEG), Mogol d'origine et militaire, est auteur de poésies urdues dont Schefta donne un échantillon.

IV. KAMIL (le schaïkh LUTF ULLAH), élève de Khâk-

[1] A. « Parfait ».

sàr, est un autre poëte hindoustani mentionné par Sprenger d'après 'Ischqui.

V. KAMIL (le schaïkh Ahmad 'Ali), de Lakhnau, maitre d'école à Cawnpûr, fils du maulawi schaïkh 'Inâyat Muhammad, qui était un des fils de S. S. Schâh Pir Muhammad et élève du schaïkh 'Abd urra'ûf Schu'ûr, est auteur d'un Diwân dont Muhcin cite des gazals dans son Anthologie.

VI. KAMIL (le schaïkh Jamal uddin), habitant d'Amlah, à Lakhnau, est un élève de Mashafi à qui on doit des poésies hindoustanies dont Muhcin donne aussi des morceaux.

VII. KAMIL (le maulawi Muhammad Murschid), fils de Tâlib Huçaïn, vint de Patna, son pays natal, faire ses études à Lakhnau, et il y fut élève du khwâja Wazir, puis il retourna à Patna. Il est aussi mentionné par Muhcin, qui en cite des vers.

I. KAMTAR [1] (Schah) est un derviche de Lakhnau, que Sarwar mentionne parmi les poëtes hindoustanis de son Tazkira.

II. KAMTAR (Mirza Khaïr ullah Beg), de Farrukhâbâd, est un poëte hindoustani, Persan d'origine, mentionné aussi par Sarwar.

III. KAMTAR (le maulawi Kifayat 'Ali) est auteur :

1° Du *Nacim-i jinnat* « le Zéphyr du paradis », ouvrage urdû probablement mystique, imprimé à Dehli, in-8°, en 1849 ;

2° D'une traduction de l'ouvrage arabe de Tirmizi intitulé *Schamâyil unnabi* « les Vertus du prophète ».

KAMTARIN [2] (Miyan), de Dehli, était un des offi-

---

[1] P. « Plus petit, moindre ».
[2] P. « Très-petit » ou « le plus petit ».

ciers du nabâb Imâd ulmulk Gâzî uddîn Khân. Il a imité
le style d'Abrû[1]. Il était d'un caractère satirique : aussi
a-t-il écrit des satires[2] contre tout le monde. Il aimait
beaucoup la plaisanterie, et il avait du goût pour les
métaphores obscures et les allégories difficiles à saisir.
Les gens du peuple de l'Inde font beaucoup de cas de
ses poésies et ils les récitent souvent. Cependant Mîr,
qui s'était trouvé quelquefois avec lui dans des réunions
d'amis du genre burlesque, dit qu'il n'a jamais entendu
de lui un vers qui eût le sens commun. Il cite néanmoins des fragments de ses diatribes.

Miyân Kamtarîn est le même sans doute que Kamâl
dit Afgân de nation, ainsi que le prouve le titre de *khân*
que Câcim et Sarwar lui donnent en le nommant Mîr
Khân Kamtarîn.

Il habitait Dehli et y mourut en 1168 (1754-1755).

Zukâ, cité par Sprenger, nous apprend qu'on l'appelait familièrement *Pîr Khân,* et qu'il se tenait le soir au
grand marché, où il vendait des copies de ses poésies.

KAN[3] SINGH est auteur du *Ta'dîl uljumal* « Agence-
ment des phrases », traité urdû d'analyse grammaticale;
in-8° de 100 p. ; Rawalpindî, 1868.

KANARA-DAS[4] est un écrivain du Bandelkhand, à
qui on doit le *Snéha lîlâ* « Jeu d'amour », ouvrage cité
par Ward dans son savant et important travail intitulé
« A View of the History, etc., of the Hindoos» , tome II,

1 Voyez l'article consacré à cet écrivain.
2 *Schahr âschobî,* à la lettre, « trouble-ville ». On donne ce nom aux
pièces de vers destinées à exciter du scandale.
3 1. « Modestie ». Ce mot signifie aussi « oreille » ( en sanscrit,
*karna*).
4 1. Probablement pour *Kanâda-dâs* « serviteur » ou « disciple de
Kanâda »,  l'auteur du système de philosophie nommé *l'aïscheschika.*

p. 481. C'est une histoire en prose hindie qui a été imprimée pour l'usage des écoles des natifs des Provinces nord-ouest.

Il y a un petit poëme qui porte le même titre et qui fait partie d'une collection de sept poëmes dont le premier est intitulé *Sûrya Purân* « le Purâna du soleil », et qui a été imprimé à Agra en 1786 du saka (1864).

KANHA PATHAKA [1] est un brahmane très-pieux, de Kandûr, qui florissait en 1600 du saka (1678 de J. C.), et qui composa le *Nâmâ Pathaki asvamédha* « le Sacrifice du cheval par Nâmâ Pathaki », en cent vingt sections.

KANHAIYA LAL [2] ou KANHYA LALL (le pandit et munschî LALLA), ingénieur en exercice « executive engineer », est auteur :

1° Du *Vana-yâtrâ* ou *Ban jâtrâ* ou *Pothî ban jâtrâ* « Livre du pèlerinage de la forêt de Braj [3] », c'est-à-dire de tous les lieux où, d'après la tradition, Krischna prit ses ébats avec les gopies; lithographié à Mathura avec de nombreuses illustrations en 1921 du samwat (1865), in-8° de 97 p. L'*Awadh akhbâr* du 15 septembre 1868 en annonce une nouvelle édition donnée par le bâbû Bansidhar à Cawnpûr, illustrée comme la première;

2° Du *Jathârth aschnân* « le Bain recommandable », traité religieux hindou en urdû; in-32 de 60 p.; Gujrânwâla, 1868;

3° *Krischna guíta* « Chant de Krischna », en urdû, c'est-à-dire, je pense, le *Bhagavat guíta*, instructions

---

1. Le premier de ces mots est un des noms de Krischna, et le second est un titre donné aux brahmanes et qui signifie « professeur ».

? 1. « Le chéri de Krischna ».

3 « Descriptions of the holy circuit about Braj ».

données à Arjun par Krischna; Gujrânwâla, in-8° de
116 p., 1868;

4° Il est le traducteur de l'anglais en hindoustanî,
sous le titre de *Hidàyat-nâma mujâwiza* « Guide de ce
qui est permis », du code de police des routes et des
chemins dans le Panjâb. Il y en a plusieurs éditions avec
planches, dont une in-folio, Lahore, 1854, et une in-8°,
de la même ville, 1857.

5° Il a coopéré avec Karim uddin à la traduction
urdue de « l'Histoire des rois d'Israël », publiée sous le
titre de *Kaïfiyat-nâma bani Isràïl ké tamâm salàtin kâ*
«Livre circonstancié sur tous les rois d'Israël », publié
en 1867 à Allahâbâd par la mission américaine, en
caractères persans, in-8° de 334 p.

7° On lui doit le *Sultanat schakhsiya* « le Royaume
individuel », c'est-à-dire que chacun est personnellement
roi ; allégorie de 8 p. in-16; Gujrànwàla, 1868 ;

8° Le *'Ahd nâmjât o icràr nâmjât* « Traités et leur
confirmation », traduction urdue de la collection des
traités des différents États de l'Inde avec la Compagnie
des Indes et le gouvernement anglais, recueillis par
H. Atkinson ; 4 vol. in-folio de 340, 444, 550 et 522 p.;
Lakhnau, 1866. Il en a paru depuis lors trois autres
volumes ;

9° Le *Riçàla-i fann-i talmi' kahrubàyi* « Traité d'élec-
tro-métallurgie »; in-8° de 10 p.; Gujrànwâla , 1868;

10° Le *Ganj-i hikmat* « le Trésor de la sagesse »,
instructions religieuses en urdû; Dehli, 1868, in-8°
de 232 p.;

11° *Alakh amwâj* « les Flots invisibles », traduction
en urdû de l'*Yoga Vàcischtha;* in-16 de 480 p.; Ludiana,
1869;

Il est enfin auteur d'un recueil de poésies persanes sur différents sujets moraux, lequel porte le titre de *Gulzâr-i hindî* « le Jardin indien », qui semblerait naturellement indiquer qu'il est écrit en hindoustanî. Cet ouvrage, que je ne cite que pour mémoire, intitulé en anglais « Practical Essays in persian on moral subjects », se compose de près de cent masnawis portant des titres particuliers. Il a été imprimé à Lahore en 1867; in-8° de 170 p.

KARAM[1] (le schaïkh GULAM-I ZAMIN[2]), de Katâna, a écrit en hindoustanî et en persan. Il se distingua par l'amabilité de son caractère et par l'agrément de son esprit. Il était très-âgé à l'époque où Schefta écrivait son Tazkira, et il habitait Dehli. Il avait demeuré auparavant à Haïderâbâd, puis à Lakhnau. Il était élève de Mashafî et de Mun'im Khân. Schefta cite un grand nombre de ses vers.

Sprenger sépare en deux articles ce que je dis ici sur Karam, en faisant seulement observer que Karam de Dehli, mentionné par Câcim, et le schaïkh Gulâm Zâmin Karam de Katâna, habitant de Dehli, mentionné par Schefta, peuvent bien n'être en effet qu'une seule et même personne.

KARAM ILAHI[3] est le savant qui rédige, sous le titre de *Riçâla* « Traité », les comptes rendus des séances de l'*Anjuman-i ischâ'at matâlib-i mufîda Panjâb* « Société pour la diffusion des sciences utiles du Panjâb », recueil qui était d'abord rédigé par Muhammad

---

[1] A. « Générosité, bonté, etc. »
[2] Le mot *zâmin* écrit avec un *zâd* est arabe et signifie « répondant, garant ».
[3] A. « Grâce divine ».

Huçaïn, et qui paraît mensuellement à Lahore par cahiers in-8° de 30 à 40 p.

KARAMAT [1] (Mîr Karamat 'Ali), qui est compté par Câcim au nombre des poëtes hindoustanis, était fils de Mîr Amânat 'Ali et petit-fils du saïyid Murâd 'Ali Bukhârî, c'est-à-dire de Bukhâra. Ce dernier vint habiter dans le voisinage de Dehli [2] un village nommé Aurang-âbâd. Quant à Karâmat, il résidait à Schikarpûr, qui est à douze karoh [3] du village en question, et il y menait la vie d'un derviche.

KARAMAT 'ALI (le maulawî), Jaunpûrî, c'est-à-dire de Jaunpûr, est auteur :

1° Du *Baïy'at-i tauba* « Inauguration de la pénitence », traité sur la cérémonie qui consiste à aller auprès d'un saint personnage se déclarer pénitent en lui tenant la main. Ce traité a été imprimé à Calcutta en 1838, in-8° ;

2° Du *Mu'jiza-i raschk-i Macîhâ* « Miracles qui font honte au Messie », traité religieux musulman ; Dehli, 1868, in-8° de 16 p. ;

3° Du *Kaukab-i durrî* « l'Étoile brillante », explication en urdû de tous les mots arabes employés dans le Coran. Cet ouvrage a aussi été imprimé à Calcutta en 1263 (1846), 334 p.

4° Karâmat a concouru pour le prix fondé par Sir Ch. Trevelyan pour le meilleur essai écrit en hindoustanî sur l'influence des Grecs et des Arabes sous les khalifes Abbassides de Bagdad et Ommiades de Cordoue, comparée avec celle des Arabes sur la renaissance de l'esprit européen après les siècles de barbarie. Son essai n'a pas

---

[1] A. « Générosité ».
[2] Sprenger dit « à six journées de marche ».
[3] Mesure de superficie de deux milles anglais.

été admis au concours parce qu'il a négligé de l'accompagner d'une traduction en anglais, condition exigée par le programme.

I. KARIM [1] (le schaïkh KARIM ULLAH KHAN) est un poëte contemporain, Afgân de nation, auteur de poésies érotiques mentionnées par Sarwar. Il était en 1854 l'éditeur du *Zubdat ulakhbâr* « la Crème des nouvelles », journal persan de Dehli, auparavant rédigé par le maulawî Wajid 'Alî Khân, et qui a cessé d'exister.

II. KARIM ('ABD ULKARÎM) est un autre poëte contemporain à qui on doit :

1° Le *Dulhan-nâma* « le Livre de la mariée », récit du mariage de Huçaïn ;

2° Le *Schahâdat-nâma* « le Livre du martyre (de Huçaïn) ».

Ces deux masnawîs ont été publiés à Dehli en 1269 (1852-1853) avec trois autres dont on n'indique pas les titres. Ils forment un volume de 24 p. qu'on peut considérer comme doubles, la marge étant couverte de texte.

KARIM-BAKHSCH [2] (le maulawî MUHAMMAD) a publié :

1° Avec la coopération de Râm Chand [3], à l'imprimerie appelée *Matba' ul'ulûm* « Typographie des sciences » de Dehli, en 1851, sous le titre de *Jabr o mucâbala* « Algèbre et comptes », un traité d'algèbre en urdû rédigé par Râm Chand, mais auquel il a apparemment coopéré, car Mr. V. Tregear l'indique comme auteur de ce traité, qu'il dit être la meilleure Algèbre urdue qui ait été imprimée. D'autre part, les auteurs du « General Catalogue » disent que cette Algèbre, dont il y a plusieurs

---

[1] A. « Généreux ».
P. A. « Don du Généreux (Dieu) ».
Voyez son article.

11.

éditions, est compilée d'après celle de Hutton et deWood ;

2° Sous le titre de *Riçâla Hutton Sâhib* « Traité de Mr. Hutton » , une trigonométrie analytique, dont une première édition portait le titre de *Uçûl-i 'ilm-i muçallaça* « Principes de trigonométrie » ;

3° Il a rédigé, sous la direction de Mr. H. S. Reid, l'ouvrage intitulé *'Ajâïbât mihnat schi'âri* « Merveilles des labeurs intellectuels » , Agra, 1859, in-8° de 114 p., lequel est fondé sur un traité pratique d'économie politique intitulé en anglais « The Phenomena of industrial life and conditions of industrial success » ;

4° Il a publié sous les auspices du même Mr. H. S. Reid un ouvrage intitulé *Jam' unnafâïs* « Collection des choses excellentes » , en cinq parties, dont je n'ai que la troisième ; Agra , 1858, 44 p. in-8° ; la quatrième, 1859, 40 p., et la cinquième, 58 p. C'est un tableau de la nature, quelque chose comme le « Spectacle de la nature » de Pluche, en abrégé d'après l'anglais ;

5° Il a aidé 'Uzmat ullah [1] dans la traduction de l'anglais en urdû du « Code pénal indien » ;

6° Il a corrigé le *Dâïra-i 'ilm* « le Cercle de la science » , petite encyclopédie des sciences, en urdû, publiée plusieurs fois, entre autres en 1840, par les soins du munschi Hischâm Lâl, très-petit in-4° de 36 p., et reproduite en hindi, caractères nagaris, sous le titre de *Bidya chakkar,* qui est la traduction du titre urdû ;

7° On lui doit aussi le *Riçâla uçûl-i mahsûl* « Traité des bases du revenu » ; Lakhnau, 1860, gr. in-8°, 8 p. seulement ;

8° Le *Intibâh ulmudarricin* « le Réveil des professeurs » , traduction de l'anglais en urdû de Mill, sous la

[1] Voyez son article.

direction de Mr. H. S. Reid ; Agra, 1858, in-8° de 48 p. ;

9° Le *Jagrâfiya jahân* « Géographie du monde », 1860, in-4°, de 52 p., avec cartes géographiques.

En 1853, Karim-bakhsch était l'éditeur du *Quirân ussa'âdaïn* « la Conjonction des deux planètes heureuses », journal de Dehli, dont il a été question à l'article DHARM-NARAYAN et ailleurs.

Ne serait-il pas le même écrivain qui est signalé par Schorisch parmi les poëtes hindoustanis sous le nom de Schâh Karim-bakhsch, de Patna, sofî *câdirien,* disciple de Schâh Karak ?

KARIM-DAD[1] KHAN (le munschi), d'Allahâbâd, a coopéré à la traduction en urdû, caractères persans, de l' « Histoire des rois d'Israël » publiée en cette ville par la Mission américaine en 1867 ; in-8° de 334 p.

KARIM HUÇAIN ( le maulawî SAÏYID) a traduit en hindoustanî, sous la direction du major Pogson (et aussi en arabe et en persan), l'ouvrage de Robert Dodsley intitulé « Economy of human life ». On en conserve une copie dans la bibliothèque de la Société Royale Asiatique de Grande-Bretagne et d'Irlande. Le major Pogson est celui à qui nous devons une Histoire des Bandélas traduite de l'hindoui, travail dont il sera parlé plus loin, à l'article LAL.

KARIM KHAN, de Jhajhar, dans le zila' de Rahtak, annexe du sûba de Dehli, fils de Câcim Khân, petit-fils de Tâlib Khân, lequel était fils de Taïyib Khân et petit-fils de Dàùd Khân, Afgân-Sarâban, partit de Dehli pour l'Angleterre le 1er septembre 1839, et resta à Londres jusqu'au 8 novembre 1841. Il a écrit en hindoustanî la relation de son voyage sous le titre de *Siyâhat-nâma*

[1] A. P. « Donné par le Généreux (Dieu); *Deodatus,* Dieudonné ».

« Livre du voyage ». Je possède de cet ouvrage un manuscrit qui paraît en être le texte original ; c'est un
in-folio de 426 p. de 16 lignes, d'une belle écriture
nasta'lîc. J'ai publié la traduction, avec coupures, des
deux premières parties de ce voyage, savoir de Dehli à
Calcutta et de Calcutta à Londres, dans la « Revue de
l'Orient », en 1865. La troisième et la quatrième partie,
c'est-à-dire le séjour à Londres et les considérations sur
l'Angleterre et son histoire, n'ont pu voir le jour, le
journal ayant cessé de paraître.

I. KARIM UDDIN [1] (Mîr KARÎM UDDÎN) est l'auteur de
la traduction des articles de la guerre [2] et le rédacteur
du journal intitulé *Câcid-i Madrâs* « Courrier de Madras »,
en hindoustanî et en anglais. Ce journal paraissait dans
cette ville en 1835 deux fois par semaine. Il était
imprimé à la typographie hindoustanie de Saint-Tho-
mas. Chaque numéro était composé de 8 p. in-4°.

II. KARIM UDDIN (le maulawî MUHAMMAD), fils du
schaïkh Sirâj uddin et frère d'Imâd uddin [3], est né à
Pânîpat, à quarante kos nord-ouest de Dehli. Son père
et son aïeul possédaient un jaguir impérial qui leur
donnait les moyens de vivre dans l'aisance ; mais l'invasion de Nâdir Schâh les priva de leurs biens. Le
grand-père de Karîm renonça alors entièrement au
monde, et il passait son temps à la mosquée. Lorsque
l'agent anglais chargé de l'administration des jaguirs des
pays conquis de l'Hindoustan arriva à Pânîpat, il invita
le grand-père de Karîm à se présenter à lui ; mais

1 A. « Le généreux ou le libéral en religion ».
2 « Articles of war in the hindoostanee language, for the use of
native soldiers, translated from the English by Meer Kareem uddin,
small 4° » ; Madras, 1819.
3 Voyez son article.

celui-ci, qui avait renoncé aux biens du siècle, ne se présenta pas. Ce fut ainsi que Sirâj uddîn fut réduit à la pauvreté, et qu'il vendit tous les bijoux et les objets de valeur qu'il possédait. Comme il était élevé dans les idées de son père, il continua à fréquenter les mosquées, et il vivait des dons que les pieux musulmans lui faisaient pour les prières qu'ils lui demandaient et l'instruction qu'il donnait à quelques enfants.

Cependant Karim lisait des livres persans et arabes et étudiait la grammaire. Enfin il quitta Pânîpat et vint à Dehli, où il continua ses études; et, jusqu'à l'âge de dix-huit ans, il gagna sa vie à copier des livres. A cette époque, il fut admis en qualité d'élève au collége de Dehli et reçut seize roupies (40 fr.) par mois. Il y apprit dans les livres arabes la logique, la philosophie, la géométrie, l'arithmétique, l'astronomie, le lever des plans, la perspective, l'algèbre, l'histoire, l'éthique. Puis, lorsque la « Vernacular Translation Society » fut formée, il lut, d'après l'avis de F. Boutros, principal du collége de Dehli, tous les ouvrages traduits de l'anglais en hindoustanî sous les auspices de cette Société. Après avoir terminé son éducation, il se maria et se fixa à Dehli. Il y établit une imprimerie pour la publication des traductions hindoustanies, non pas tant, dit-il[1], pour gagner de l'argent que pour répandre, par le bon marché des livres hindoustanis, les connaissances utiles parmi ses compatriotes. Mais il fut volé par ceux-là même qu'il avait employés, et les travaux de son imprimerie furent interrompus. Sur ces entrefaites, le Dr Sprenger ayant succédé à F. Boutros, tant dans le

[1] *Tabacât*, à son article, p. 467 et suiv.

poste de principal du collége de Dehli que dans celui de
secrétaire du « Vernacular Translation Society », il
chargea Karîm des différentes traductions dont je vais
donner la liste.

Karîm nous apprend qu'il n'a pas écrit en vers [1], qu'il
n'a pas de goût pour la poésie, et qu'il désapprouve qu'on
soit poëte de profession, comme c'est l'usage dans
l'Inde. Il dit que la culture de la poésie ne convient
qu'aux personnes pour lesquelles elle peut être une
occupation agréable. Toutefois il avait tenu chez lui
pendant quelque temps des réunions poétiques où les
beaux esprits de Dehli venaient lire leurs poésies, qu'il
publiait dans un bulletin mensuel imprimé à sa typographie sous le titre de *Gul-i ra'na* « la Rose fraîche »,
mais qui n'a pas paru longtemps.

Il était en 1854 professeur d'hindoustanî au collége
d'Agra, et en 1864 archiviste (*sirischtadâr*) du tribunal
de Lahore.

Voici la liste des ouvrages de Karîm, écrits en urdû :

1° *Ta'lîm unniçâ* « l'Éducation des femmes », en huit
leçons : la première, sur Dieu et le prophète ; la seconde,
sur les obligations religieuses et la vérité de l'islamisme ;
la troisième, sur certaines obligations d'hygiène religieuse imposées aux femmes ; la quatrième contient des
recettes de médicaments et des avis sur la santé ; la
cinquième est dirigée contre certaines pratiques futiles
et contre le polythéisme ; la sixième roule sur les droits
respectifs des maris et des femmes ; la septième traite de
l'organisation de la maison, de la manière de tenir le
ménage et de diriger les domestiques, et généralement

[1] On trouve cependant çà et là dans ses ouvrages des vers de sa façon,
entre autres à l'article du *Guldasta* sur Jân Sâhib.

de la conduite que doit tenir la femme; la huitième enfin expose tout ce qui est défendu dans le mariage.

2° *Gulistân-i Hind* « le Jardin de l'Inde ». Cet ouvrage est aussi divisé, comme le *Gulistân* du célèbre poëte persan Sa'âdî, en huit parties ou « parterres », *gulschan*. La première est une collection de bons mots et de reparties; la seconde, de récits merveilleux et d'histoires extraordinaires; la troisième, d'anecdotes indiennes; la cinquième, d'histoires érotiques; la sixième traite de la conduite des femmes; la septième, de la morale, et on y trouve beaucoup d'avis et de préceptes des sages; la huitième enfin contient une collection de vers choisis et propres à être retenus.

Karîm a rédigé en arabe un ouvrage du même genre, intitulé *Muhit ulhijâ* « Collection complète de charmes magiques ».

3° *Guldasta-i näzninân* « le Bouquet des belles (personnes) », qui est une collection de vers choisis des auteurs classiques les plus célèbres de l'Hindoustan. Il a été imprimé à Dehli en 1261 (1845) et il a eu beaucoup de vogue dans l'Inde. C'est un in-folio lithographié de 350 p. de 20 lignes à la page.

Le *Guldasta* se compose d'abord d'une sorte d'avant-propos où l'auteur s'occupe en hors-d'œuvre des trois poëtes vivants alors de la maison royale de Dehli, puis vient l'invocation et une dissertation où est traitée la question de savoir quel a été le premier poëte et où il a vécu; il est ensuite parlé des poëtes arabes; enfin l'auteur arrive aux poëtes hindoustanis, et il donne des notices sur trente-neuf différents poëtes, avec de longs extraits de leurs poésies. L'ouvrage se termine par plusieurs tarîkhs.

4° *'Ijâla uloulâ* « la Première nourriture » , traité sur
la métrique, qui a été imprimé en 1845, et dont la
publication a reçu l'accueil le plus favorable des poëtes
contemporains ;

5° *Riçâla-i farâïz* « Traité de la répartition des successions » , c'est-à-dire sur les lois des héritages, imprimé
aussi en 1845.

Il existe nombre de traités arabes et persans sur la
science difficile des successions ; mais un nouveau traité
de ce genre dans la langue usuelle était nécessaire, et
Karîm a comblé cette lacune.

6° *Rauz ulajrâm* « les Jardins des corps » . C'est un
abrégé des sciences. Karîm y traite d'abord de l'arithmétique, puis du lever des plans, de l'algèbre, de l'astronomie et de la géographie ;

7° *Tarjuma-i Abû'lfadâ* « Traduction de l'histoire
d'Abû'lféda » , qui va de la création à 1328 de J. C. C'est
par l'ordre du Dr Sprenger que Karîm a traduit en hindoustani ce célèbre ouvrage historique, qui a été publié
en arabe et traduit par Reiske. Pour accélérer le travail,
on en a fait traduire une partie (la sixième) par le maulawi Muhammad Isrî.

Cette traduction forme trois volumes, et elle a été
lithographiée à Dehli en 1846 et 1847, gr. in-8° ou
petit in-folio, sous le titre anglais de « Hindustani translation of Abulfeda's history, with additions from other
sources » .

J'ai un exemplaire d'un volume de cet ouvrage, de
770 p. de 21 lignes à la page. Il commence à la création et se termine à l'an 400 de l'hégire (1009-1010 de
J. C.) Il porte un titre urdû développé traduit ainsi en
anglais :

1. The History of Abool Feda from the creation to A. D. 1328, translated from the arabic;

2. *Khulâçat ulakhbár* (abridged) from A. D. 1329 to 1529, translated from the persian;

3. An appendice containing the History of the last three hundred years, compiled from various authors;

4. Chronological Tables translated from Hamzah Isfahani, Karamani and other arabic authors.

Ce volume a été imprimé par les soins du saïyid Scharaf 'Alî.

8° *Tarikh-i schu'arà-é 'arab* « Histoire des poëtes arabes. » Cet ouvrage, rédigé d'abord par l'auteur en arabe sous le titre de *Faràïd uddhar* « les Perles du temps », fut traduit en hindoustani par l'ordre du secrétaire de la Société des traductions urdues, puis mis sous presse, et l'impression en fut terminée à Dehli en 1849[1], en 420 p. C'est une biographie succincte des poëtes arabes avec des citations originales, la même qui est mentionnée dans le catalogue de l'East-India Office sous le titre anglais de « History of arabic poets from the earliest to the present day, containing 397 biographies with specimens of their compositions »; in-8°, Dehli, 1847;

9° *Tabacàt-i schu'arà-é hindi* « Rangées des poëtes indiens » (History of urdu poets, chiefly translated from Garcin de Tassy's « Histoire de la littérature hindoustanie »), ou *Tazkira-i schu'arà-é Hind* « Mémorial des poëtes de l'Inde[2] ». Cette biographie des poëtes hindoustanis a été rédigée par Karîm en collaboration de

---

[1] Si ce renseignement est exact, il y a sans doute quelque erreur dans la date de l'impression du volume de l'East-India Office.

[2] Le D<sup>r</sup> Sprenger le mentionne sous ce titre dans son « Catal. of Oude Libr., t. 1<sup>er</sup>, p. 192.

Mr. S. W. Fallon (auteur de plusieurs ouvrages et éditeur de l'*Akhbâr ulhacâïc,* journal urdû d'Agra); petit
in-folio de 304 p. de 21 lignes à la page, lithographié à
Dehli en 1848.

Ce volume a pour base, en effet, le tome 1er de mon
« Histoire de la littérature hindoustanie », mais il s'en
distingue par les additions empruntées au *Gulschan bé-
khâr,* qui n'était pas encore écrit à l'époque de la rédaction de mon premier volume.

Karim travaille avec zèle depuis lors à une nouvelle
édition de cet ouvrage, où il traitera de tous les écrivains hindoustanis en prose et en vers, tant hindous
que musulmans. Il se fait aider, pour la partie hindouie,
par un pandit fort habile en sanscrit [1].

La première édition, dont il ne m'est parvenu un
exemplaire que longtemps après sa publication, se compose d'un Avant-propos qui n'est que la traduction du
mien, d'une Préface particulière à l'ouvrage, et de deux
parties, *quism* « genre », qui traitent, la première, des
écrivains les plus anciens, hindouis pour la plupart, et
la seconde, des écrivains plus modernes; cette dernière
est divisée en quatre *Tabacât,* dont le premier est consacré aux auteurs qui ont par leurs écrits fondé la langue
urdue; le second, à ceux qui l'ont fixée en l'épurant; le
troisième, aux élèves des premiers qui ont donné aux
compositions indiennes un tour plus gracieux; le quatrième enfin, aux auteurs contemporains.

10° *Mûwâ'aza ulliçàn* « Instruction relative à la
langue », ou *Mùzih ulliçàn* « le Commentateur de la
langue », petit traité, ou sorte d'abécédaire contenant

---

[1] Ce renseignement est un peu ancien, et je crains que Karim n'ait
renoncé à cette idée.

l'explication de la dérivation et de la valeur des lettres
qui composent l'alphabet urdû. Cet ouvrage a été imprimé plusieurs fois à Agra à un grand nombre d'exemplaires ;

11° *Cawâ'ïd ulmubtadi* « Règles du commençant »,
grammaire urdue dont il y a aussi plusieurs éditions.
Celle d'Agra de 1858 est un petit in-8° de 120 p. ;

12° *Kahrubâ-é bildalk* « Attraction par frottement »,
traité sur l'électricité; Agra, 1853 ;

13° *Kahrubâ-é billams* « Attraction par attouchement »,
électricité galvanique; Agra, 1853 ;

14° *Miftâh ul'ulûm* « Clef des sciences » (Syllabus of
natural philosophy), d'après un Cours de lectures du
principal du collége d'Agra, avec la collaboration de
Mr. Beale; Agra, 1853, 134 p. in-4° ;

15° *Kitâb-i nacscha âlât uttabiy'at* « Description des
appareils employés dans les expériences physiques ».

L'ouvrage intitulé *Kitâb âlât* « Livre des appareils »,
qui est une sorte de traité de mécanique concis et élémentaire, en paraît distinct.

16° *Jagrâfiya Panjâb* « Géographie du Panjâb », rédigée par les ordres du feu major Fuller et publiée par
les soins du pandit Ajodhya-praçâd. Quatre éditions
de cet ouvrage ont été imprimées à Lahore : la première en 1861; la seconde en 1862, 57 p.; la troisième en 1863; la quatrième en 1865, 82 p. in-8° de
17 lignes; chacune de ces éditions a été tirée à deux
mille exemplaires;

17° *Huruf-i tahajji* « les Lettres de l'alphabet », abécédaire; Allahâbâd, 1859, 40 p. petit in-8°;

18° *Karîm ullugât* « le Libéral en mots », par allusion au nom de l'auteur, vocabulaire urdù des mots

arabes et persans usités en hindoustani dans les livres classiques, imprimé en 1862 à Anâr-Kâlî par les soins du pandit Ajodhya-praçâd ; in-8° de 432 p. sur deux colonnes, tiré à quatre mille exemplaires ;

19° *Muntakhabât-i urdû* « Choix urdû », c'est-à-dire morceaux choisis pour l'examen des candidats à l'université de Calcutta ; Lahore, 1860, in-8° de 162 p. de 15 lignes à la page. Cet ouvrage, publié sous les auspices de Mr. H. S. Reid, se compose entre autres des Voyages de Sindbad le marin en urdû, de morceaux choisis du *Schâh-nâma* de Firdaucî en vers urdus, et de vers choisis de Dard. Il porte aussi le titre anglais de *Kors university* « Cours pour l'université (de Calcutta) », et celui de *Urdu Kors* « Cours urdû ». Il paraît qu'il y en a plusieurs éditions, car il y en a une de 188 p., de 1865, je crois. On trouvera plus loin la mention d'un autre *Kors;*

20° *Pand-i sûdmand* « Conseils utiles », cent cinquante sentences d'auteurs anciens et modernes ; Lahore, 1862, in-8° de 24 p. ; autre édition, 1863, de 30 p. ; autre édition, 1865, 15 p. ; autre édition, 1869, in-8° de 30 p. ;

21° *Taschhîr-i Zuhûrî* « Propagation de Zuhûrî », explication en prose urdue de l'ouvrage du maulâ Zuhûrî intitulé *Sih nasr Zuhûrî* « les Trois proses de Zuhûrî », lequel est la traduction persane des trois parties du *Dibâja* (Préface) du *Nau ras* « Nouveau goût », poëme hindi sur la musique, par le sultan Ibrâhîm 'Adil Schâh, roi de Béjapûr[1] ; Lahore, 1861, in-8° de 114 p., tiré à mille exemplaires ;

22° *Takrîm-i Zuhûrî* « Honorification de Zuhûrî »,

[1] Voyez à l'article Ibrahim Schah des détails sur cet ouvrage.

explication en urdû du *Nasr duum* « Seconde prose » de
Zuhûrî, intitulé aussi *Gulzâr-i Ibrâhîm* « le Jardin
d'Ibrâhîm », titre commun à plusieurs ouvrages ;

23° *Tashíl ulcawá'id* « Simplification des règles »,
grammaire hindoustanie de 31 p. in-8°, imprimée à
Anâr Kâli par les soins du bâbû Naubín Chandar Bânar
Ji à deux mille exemplaires ; autre édition de Lahore,
1865, in-8° de 25 p. ;

24° *Inschâ-é urdû,* in-8° de 47 p., imprimé, par les
soins du munschi Muhammad 'Azîm, à Lahore, en 1863,
à deux mille exemplaires. Il y en a une autre édition
en deux parties, 21 et 28 p., publiée à Lakhnau par
Nawal Kischor en 1866 et 1867 ;

25° *Kors intermedial* « Cours moyen », abrégé du
*Quissa-i Panjâb Singh,* des Mille et une Nuits, etc.;

26° *Miftâh ul'arz* « la Clef de la terre », petite géographie in-8° de 132 p. ; Lahore, 1863. Cet ouvrage a
aussi paru sous le titre de *Jagrâfiya ya'né miftâh ul'arz*
« Géographie, c'est-à-dire, clef de la terre » ; Dehli, 1863 ;

27° *Wâqui'ât-i Hind* « Événements de l'Inde », c'est-
à-dire Histoire de l'Inde ; Lahore, 1866, grand in-8°
de 196 p. Ce travail, publié par l'ordre du feu major
Fuller, directeur de l'instruction publique dans le Panjâb, a été rédigé en hindoustani d'après des livres anglais ; mais l'exactitude de la narration a été vérifiée sur
les textes persans originaux et sur d'autres ouvrages
par l'Hindou Râm Chand et par le musulman Ziyâ uddin ;

28° *Khatt-i tacdîr* « la Ligne du destin », roman en
prose entremêlé de vers qui sont, la plupart, des citations.
L'auteur annonce dans sa préface qu'il a voulu quitter
le sentier battu des romanciers orientaux, qui remplissent leurs ouvrages de scènes amoureuses et d'aventures

merveilleuses, et qu'il a voulu écrire tout simplement une histoire morale et probable; Lahore, 1864, in-8° de 112 p. de 17 lignes ;

29° *Dastûr ta'lîm* « Règles pour l'enseignement ». Serait-ce le même ouvrage que le suivant?

30° *Ischârât utta'lîm* « Indications pour l'enseignement », ou Guide pour les professeurs. Cet ouvrage, rédigé d'abord en anglais par C. W. W. Alexander, inspecteur des écoles du cercle de Lahore, a été ensuite traduit en urdû ; Lahore, 1866, in-8" de 290 p. de 27 lignes ;

31° *Grammar urdû zabân ki* « Grammaire urdue » développée, non imprimée, je crois ;

32° Karîm est aussi auteur d'un *Scharh macâmât-i Harîrî*, commentaire des Séances de Harîrî, d'après les meilleurs glossateurs; Dehli, 1849[1]. Le prospectus qu'il en a publié est écrit en hindoustanî ;

33° Il a soigné des éditions d'ouvrages urdus : du *Laïlâ Majnûn* de Tajallî, par exemple, et la nouvelle édition, revue et corrigée, du *Miftâh ulcawâ'id* « Clef des règles », grammaire anglaise de Sadâ Sukh Lâl ; Lahore, 1862 et 1864, en trois parties. La première édition était in-18, la seconde est in-12, format carré ;

34° Il a donné une nouvelle rédaction du *Quissa-i wafâdâr Singh*, sous le titre de *Quissa-i Panjâb Singh;* Lahore, 1864, in-8° de 48 p.; 1865, in-8° de 54 p. de 15 lignes; 1868, in-8° de 24 p.

[1] Cet ouvrage est mentionné dans « Selections of the Records of Government », 1854, p. 225. Il a sans doute paru, car il y en avait trois exemplaires à la Bibliothèque du roi de Dehli qui sont indiqués dans le catalogue qui en a été publié. A moins que ce ne soit la traduction persane de Camar uddin, publiée avec les gloses de Schams uddin Muhammad.

Il s'est occupé de la rédaction d'un *Tazkirat unniçâ* « Mémorial des femmes », c'est-à-dire « Biographie des femmes célèbres de l'Asie et de l'Afrique ».

Enfin il a publié plusieurs ouvrages persans que je ne cite ici que pour mémoire. Tels sont : un choix des poésies de Hâfiz, un autre des gazals de Sa'adî, tirés de son Dîwân ; un choix des *Ruc'ât* ou « Billets » de Mirzâ Bédil, avec commentaire pour servir de manuel épistolaire ; un abrégé du *Tuhfat ul'Irâquaïn* « Don des deux 'Irâc », avec commentaire sur ce célèbre ouvrage du poëte Khacâni.

En 1866 il était occupé avec son frère 'Imâd uddin de la rédaction d'un ouvrage pour démontrer la vanité de l'islamisme, auquel il paraissait décidé à renoncer, suivant l'exemple de son frère déjà baptisé ; mais on a pu voir dans l'article de ce dernier qu'il est resté dans l'indifférence.

KARIM ULLAH [1] (le maulawi Muhammad) est auteur :

1° Du *Hifz ulîmân* « la Préservation de la foi », mentionné au n° 1066 du catalogue des livres urdus achetés par le gouvernement anglais après la chute de Dehli en 1857 ;

2° Du *Fazîhat ulwahhâbîn* « la Honte des wahhâbites », ouvrage destiné à réfuter leur doctrine ; n° 1074 du même catalogue ;

3° De l'*Intikhâb-i mudarriçân* « Choix (d'extraits) pour les professeurs » ; 1858, in-8° de 48 p.

KARMA BAI [2] est une femme célèbre, auteur de poésies sacrées qui font partie du *Sambhu granth* des sikhs [3].

[1] A. « Le généreux en Dieu ».
[2] I. « Madame *Destin* ».
[3] Wilson, « Asiatic Researches », t. XVII, p. 238.

KARNA ou KARNIDHAN est un auteur hindou à qui
on doit le *Surâj prakâs* (*Surya prakâça*) « Chronique
de la dynastie solaire » , récit en vers sur l'histoire des
Rahtores, composée sous le règne et par l'ordre du râjâ
Abhaï Singh. Karna Kavi, c'est-à-dire le poëte Karna [1],
était habile dans la politique, dans l'art de la guerre et
dans la littérature. Il prit part, en effet, avec distinction
à tous les événements des guerres civiles de son temps,
et il combattit avec courage dans plus d'une occasion.
Son ouvrage se compose de sept mille cinq cents distiques. Il y en a un exemplaire à la Société Royale Asiatique de Londres, lequel a appartenu au colonel Tod,
et qui fut copié par lui sur l'original en 1820. C'est
l'histoire d'Abhaï Sing de Marwar, à laquelle sert d'introduction un aperçu sur l'histoire générale. Le poëte commence, d'après l'usage oriental, *ab ovo*, traçant l'histoire
des Rahtores depuis la création jusqu'à Sumitra. Puis il y
a une lacune jusqu'à Camdhuj ou Nayn Pal, conquérant
de Canoje. Le poëte se hâte d'amener en Marwar le fondateur du pouvoir des Rahtores, et il glisse sur la défaite
et la mort de Jaï Chand. Il ne s'arrête pas longtemps
non plus sur ses descendants, quoiqu'il les cite tous ;
mais il indique les principaux événements jusqu'à ce
qu'il arrive au règne de Jeswant Singh, grand-père
d'Abbaï Singh, par l'ordre duquel il écrivit son histoire.

KARTA [2] KISCHAN ou KRISCHNA (le pandit) est
un poëte hindou qui a écrit en urdû. Mannû Lâl en cite,
dans son *Guldasta-i nischât*, un gazal où se trouvent en
abondance les lieux communs de la rhétorique persi-
indienne, et les allusions ordinaires aux amants célèbres

[1] Tod, « Annals of Rajputana », t. II, p. 4.
[2] I. « Maître, propriétaire, etc. »

de l'Orient : Yûçuf et Zalikhà, Farhâd et Schirin, Majnûn et Laïlà.

I. KASCHIF [1] (le schaïkh KASCHIF 'ALI), fils du schaïkh Muhammad 'Ali, natif de Lakhnau et habitant de Cawn-pûr, est un poëte hindoustani élève de Mirzâ Muhammad Haçan, plus connu sous le nom de Choté Mirzâ Muznib. Muhcin, qui le mentionne, en cite des vers.

II. KASCHIF (le saïyid MUHAMMAD HUÇAÏN KHAN), connu familièrement sous le nom de Schâh Mirzâ, fils du saïyid Huçaïn Khân, qui était fils du saïyid Mukhtâr uddaula 'Umdat ulmulk Saïyid Bâquir 'Ali Khân Haïbât Jang, le payeur général, est un poëte hindoustani originaire du Mazendéran, patrie de ses ancêtres ; mais il est né et a vécu à Lakhnau. Il est élève du maulawî Muhammad-bakhsch Schahîd, et il est mentionné par Muhcin, qui en cite un long gazal dans son Tazkira.

KAUÇAR [2] (MIRZA MAHDÎ 'ALI KHAN) est fils de Mirzâ Cutb uddîn Haïdar Khân et petit-fils de Acà 'Ali Khân, lequel était le jeune frère de Mu'tamad uddaula Ishâc Khân, un des omras célèbres du temps d'Ahmad Schâh, et qui avait été pendant quelque temps sûbadàr à Haïderàbàd, dans le Décan. Kauçar était originaire du Turàn et était parent du vizir des provinces 'Itimàd uddaula Camar uddîn Khân. Il naquit à Lakhnau, mais en 1248 (1832-1833) il vint résider à Dehli, où il était commandant de peloton de la garde royale. Schefta nous fait savoir qu'il réussit dans la poésie et qu'il fréquenta assidûment ses réunions littéraires. Il était élève du schaïkh Imâm-bakhsch Nâcikh [3], et il a formé lui-

---

[1] A. « Illuminateur ».

A. Nom d'une source d'eau du paradis.

[3] Dans l'exemplaire que je possède du *Gulschan bé-khâr*, on a mis par

même plusieurs élèves. Sarwar, Schefta et Muhcin citent
de ce poëte un grand nombre de vers, et ce dernier
ajoute que Kauçar est auteur de onze cents baïts, qui
forment, à ce qu'il paraît, le Dîwân dont parle Muhcin.

KAUKAB [1] (Raé Mukund Raé), de Haïderâbâd, est un
poëte hindoustani élève de Faïz et mentionné par Bâtin
dans son *Gulschan bé-khâr*.

KAURAMAL [2] est auteur d'une rédaction en vers de
la légende de Kâmrúp imprimée à Dehli en 1849 [3].

KAZIM [4] (le munschi Kazim uddin) est un écrivain du
Décan à qui on doit la traduction en vers hindoustanis
de *Suhrâb*, charmant épisode du *Schâh-nâma* de Firdauci, rendu dans le même mètre que l'original. Cet
épisode est connu en Europe par l'élégante traduction
anglaise qu'en a donnée J. Atkinson, et il mérite en
effet la célébrité qu'il a obtenue en Orient. La version
hindoustanie porte le titre de *Jang-nâma-i Suhrâb o
Rustam*, c'est-à-dire le « Livre du combat de Suhrâb et
de Rustam ». J'en ai un exemplaire dans ma collection
particulière, lequel a appartenu à Sir Graves Chamney
Haughton.

KÉÇAVA-DAS [5] (ou Kéçav-Swamî et Chang-Ké-
çava-das [6]) est un célèbre écrivain hindoui de race

erreur *Nâcir* au lieu de *Nâcikh*, que donne le *Gulschan bé-khizân*
(consulté par Sprenger) aussi bien que le *Sarâpâ sukhan*.

   [1] A. « Astre, étoile ».

   [2] I. *Kaura* serait-il pour *Kaurau*, « descendant de Kurû »? Quant au
mot *mal* ou *mall*, il signifie « boxeur » et il est le nom d'une caste. On
le trouve souvent à la fin des noms propres hindous.

   [3] « Biblioth. Sprengeriana », nº 1706.

   [4] A. « Celui qui retient (sa colère) ».

   [5] I. « Serviteur de Krischna »; car Kéçava est un des noms de
Krischna et signifie « possesseur de beaux cheveux ».

   [6] Ainsi nommé parce qu'il était considéré comme un avâtâr de
Chang-Déva, demi-dieu de l'Olympe indien.

brahmanique qui vivait à la fin du seizième siècle et au commencement du dix-septième, sous les règnes de Jahânguîr et de Schâh Jahân, et qui résidait à Béjapûr. Il a employé dans ses vers une grande variété de mesures [1].

Il est auteur :

1° D'un poëme sur Râma, intitulé *Râmachandrika* « la Ramayade ». Selon Wilson, ce poëme est une traduction abrégée du *Râmâyana,* c'est-à-dire probablement du *Râmâyana* sanscrit de Valmiki. Il se compose de trente-neuf sections, et il a été écrit en 1658 du samwat (1602 de J. C.). Mr. Reid le distingue du *Râmâyana guîta;*

2° Du *Kavi priya* « les Délices du poëte », traité en seize livres sur la théorie des compositions poétiques, d'après le système sanscrit. Quoiqu'il n'ait été écrit qu'en l'année du samwat 1658 (1602 de J. C.), il est néanmoins, selon Wilson, un des monuments hindis les plus anciens d'une date bien certaine. Le même indianiste en possédait dans sa belle collection un exemplaire in-4° et en caractères nagaris. Il y en a aussi des exemplaires au British Museum, dans la Collection Mackenzie et ailleurs ;

3° Du *Racik priya* « Ce qui est aimé par l'homme de goût » , autrement dit *Ras priya* « l'Aimé du bon goût [2] » , exposition poétique de la rhétorique hindoue, écrite en 1592 de J. C.;

4° Du *Vijnâna* ou *Bijnyân guît* « le Chant de la science » , ouvrage cité par Ward dans son « Histoire de la littérature des Hindous » , t. II, p. 480;

[1] Voyez « Asiatic Researches », t. X, p. 396; « Mack. Collect. », t. II, p. 113; Broughton, « Popular Hindoo Poetry », p. 14; et Ward, t. II, p. 480.

[2] M. Martin, « Eastern India », t. I, p. 131.

5° L'*Ékàdaci châ* (*kà*) *chantr* (*chhetr?*) « le Champ de foire du onzième jour de la quinzaine lunaire [1] » ;

6° Du *Bhakta lilâmrita* [2] « l'Ambroisie du divertissement des dévots » sur le *Goschti* « Confrérie » de Chang-Déva ;

7° Du *Jaïmini bhârat* « Poëme sur Jaïmini [3] » ;

8° Du *Satsaï dohâ* « les Distiques du *Satsaï* [4]. Ce dernier ouvrage est probablement le même que possède la bibliothèque de la Société Asiatique de Calcutta, et qui est désigné dans le catalogue sous le titre de *Sat-sati* ou collection de sept cents dohras (ou dohâs) sur différents sujets. Seulement on a désigné l'auteur, par erreur, je pense, sous le nom de Kéçava, au lieu de Kéçava-dâs.

Les ouvrages de Kéçava-dâs sont d'autant plus dignes d'attention, qu'outre leur intérêt intrinsèque ils offrent un intérêt philologique en ce qu'ils forment le lien entre les anciennes compositions hindies des indigènes et les ouvrages hindoustanis modernes des musulmans [5].

Il y a un écrivain contemporain nommé aussi Kéçava-dâs ou Kéçav-dâs qui paraît s'être fait chrétien et qui publie à Dehli depuis 1867, en collaboration d'un autre Hindou nommé Râm Chandra, une feuille périodique religieuse en hindoustanî intitulée *Mawâ'iz 'ucba* « Avis pour le monde futur » .

KÉDAR-NATH [6] GHOS [7] (le bâbû), premier rédac-

---

[1] Je ne suis pas sûr de l'exactitude de cette traduction.
[2] Voyez à l'article PRÉMA un ouvrage du même titre.
[3] Saint hindou célèbre, élève de Vyaça.
[4] M. Martin, loco citato.
[5] H. H. Wilson. « Introd. to Mackenzie Collect. »
[6] I. « Le seigneur Siva ».
[7] Ce mot, qui signifie « berger », est le nom d'une caste hindoue.

teur, avec Kâlî-praçâd, du *Bâg o bahâr* « le Jardin et le printemps [1], journal urdû de Bénarès qui paraît une fois par semaine.

KESCHAB CHANDAR MUKER JI (le bâbû), est le chef actuel de l'école des unitaires qui, sous le nom de *Brahma sabhâ* « la Société de Brahma », est constituée depuis Râm Mohan Roy en une communauté religieuse [2]. Keschab en a souvent exposé les principes non-seulement de vive voix dans des réunions, mais aussi mensuellement dans un journal rédigé en urdû et imprimé à Bareilly sous le titre de *Brahma guiyân prakâsch* « Exposition de la (vraie) connaissance de Brahma (Dieu) ».

KESCHAB-PRAÇAD (le pandit) [3] est auteur du *Jotisch sâr* « l'Essence de l'astrologie », en sanscrit et en hindî ; Fathgarh, 1868, gr. in-8° de 184 p

KEZ-DARAZ [4] ('ABD ULLAH HUÇAÏNÎ), de Kalbargah, est auteur d'un ouvrage intitulé *Nischât ul'ischc* « les Plaisirs de l'amour (divin) ». C'est un commentaire, dans le dialecte dakhni, d'un des traités mystiques du célèbre Gûs ula'zam 'Abd ulcâdir Guîlânî. Cet ouvrage se trouvait parmi les livres de la bibliothèque de Tippû, et fait actuellement partie de celle de l'East-India Library à Londres.

Parmi les livres de la Société Asiatique de Calcutta, il y a aussi un volume qui porte le titre de *Nischât ul'ischc*. Il est en prose et roule sur les *hadîs*. C'est peut-être le

---

[1] Ce titre est celui d'une des rédactions écrites en urdû de la légende des Quatre derviches, et il y a sans doute été emprunté.

[2] Voyez l'article RAM MOHAN ROY et les détails que j'ai donnés sur cette intéressante société dans mon Discours d'ouverture du cours d'hindoustani de 1868, p. 1 et suiv., et dans celui de 1869, p. 22.

[3] 1. « La faveur de Krischna (aux beaux cheveux) ».

[4] P. « Possesseur de longs cheveux ».

même ouvrage que celui qui est indiqué plus haut. Toutefois l'auteur de ce volume est désigné sous le nom de *'Abd ulgafûr*[1], mais comme c'est un titre d'honneur, il peut se faire qu'il s'applique au même individu.

1. KHADIM[2] (KHADIM-I HUÇAÏN KHAN), de 'Azîmâbâd (Patna), fils de Hâjî Ahmad 'Alî Quiâmat et cousin de 'Alî Ibrâhîm, auteur de la Biographie hindoustanie, était dans la magistrature. Par son père, il faisait partie des schaïkhs qu'on nomme *Bani Hâschim*[3], et par sa mère des saïyids Huçaïnî[4]. Il avait un caractère doux et grave. On le compte parmi les poëtes hindoustanis. Khâdim était mort lorsque 'Ischqui écrivait son Tazkira.

II. KHADIM (le nabâb KHADIM HUÇAÏN KHAN BAHADUR), de Dehli, fils d'Aschraf uddaula Afrâcyâb Khân, est, à ce qu'il paraît, un poëte hindoustanî distinct du précédent, mais dont je ne puis mentionner que les noms.

III. KHADIM (KHADIM-I 'ALÎ KHAN), de Farrukhâbâd, est auteur d'un Dîwân hindoustanî et d'un autre en persan. Il s'était formé à écrire en rekhta sous Muhammad Taqui, surnommé Mîr. Il était originaire de Kathal[5], dans la province de Sirhind, et né apparemment à Farrukhâbâd, mais il fut élevé à Dehli et il y passa sa vie. Son oncle occupait auprès du nabâb Ahmad Khân[6] un

[1] A. « Serviteur du Miséricordieux ».
[2] A. « Serviteur ».
[3] Ou « fils de Hâschim ». Ce sont, je pense, les mêmes qu'on nomme aussi *Coraïschî*. Hâschim était l'aïeul de Mahomet; Coraïsch était aussi un de ses aïeux, celui qui a donné son nom à la tribu du Prophète.
[4] On sait que les saïyids sont les descendants de Mahomet. Ceux qui tirent leur origine de Huçaïn se distinguent par le titre de *Huçaïnî*, adjectif dérivé de *Huçaïn*.
[5] Sprenger lit *Khaïtal*.
[6] Sprenger le nomme une première fois Nâcir Jang Bangasch; et une seconde, Nawâb Muzaffar Jang.

poste de cinq cents roupies (1250 fr.) par mois, et lui-même occupa auprès de Muzaffar Nacîr, fils du nabâb susdit, un poste de cent roupies (150 fr.) par mois. Il était spirituel et avait de très-bonnes manières. Il excellait dans le style épistolaire et. était habile dans les divers genres d'écriture de l'Inde musulmane. 'Ischquî le nomme Khâdim du Panjâb. Il est aussi mentionné par Schefta et par Karîm.

IV. KHADIM (Fuzala[1]) naquit et vécut à Pânîpat. Il mourut âgé de quatre-vingts ans en 1841 ou 1842. On n'a pas de détails sur sa vie ; on sait seulement qu'il était fort pauvre. Karim en cite plusieurs vers.

V. KHADIM (le sâïyid Haïdar 'Alî) est un autre poëte mentionné par Abû'lhaçan.

KHADIM 'ALI[2] (le schaïkh) est l'éditeur du *Matla' ulakhbâr* « la Manifestation des nouvelles », journal urdû d'Agra, et du *'Ariz Zâhidïya* « la Métrique d'après Zâhidi », ouvrage sur la prosodie urdue.

Le *Matla' ulakhbâr* sort des presses du *Matba' akbarî* d'Agra. Il ne contient guère que la petite chronique du jour, mais il la donne plus amplement qu'aucun autre journal d'Agra ; il est d'ailleurs rédigé en bon style ; aussi avait-il du succès et le nombre de ses abonnés s'accroissait-il journellement en 1853[3].

KHAFI[4] (Mirza Muhammad), de Lakhnau, connu aussi sous le nom de *Sufaïd Déo* « Dieu blanc », fils de Mirzâ Haïdar 'Alî, est auteur d'un Diwân dont Muhcin cite des vers dans son Anthologie.

[1] Pluriel irrégulier de l'adjectif arabe *fazil*, employé emphatiquement pour le singulier.
[2] A. « Le serviteur de 'Alî ».
[3] « Friend of India », février 1853.
[4] A. « Secret, caché ».

KHAIR [1] (MIYAN KHAÏR ULLAH), fils de Gulâm Muhammad, était un poëte hindoustani qui réussit surtout dans le gazal. Kamâl l'avait connu à Lakhnau, où il était valet de chambre du nabâb Açaf uddaula, souverain du royaume d'Aoude, et il fut son maître.

Voici la traduction de deux vers érotiques assez singuliers, qu'il récita devant Sulaïmàn Schikoh :

Si j'en avais la faculté, je saisirais ta jambe [2]; bien plus, je prendrais ta tête entre mes mains, et je te serrerais contre ma poitrine.

Est-ce que cet enfant aurait par hasard la prétention d'être mon rival? Si Khaïr le savait, il prendrait au plus vite sa tête entre ses deux mains et il lui frotterait les oreilles.

KHAIRA SCHAH [3] est auteur :

1° D'un *Bârah mâça* « les Douze mois », poëme en dialecte de Braj, dont feu Ch. d'Ochoa a rapporté de l'Inde un exemplaire manuscrit portant la date de 1847 du samwat (1791 de J. C.). Ce manuscrit, aujourd'hui à la Bibliothèque impériale, se trouve indiqué dans le catalogue rédigé par E. Burnouf sous le n° 101. Il a été lithographié à Agra en 1863, in-8° de 16 p., et en 1865 avec le portrait de l'auteur, in-12 de 16 p., sous le titre anglais de « Verses on the twelve seasons [4]. Il y en a une édition de Cawnpûr, 1864 ;

---

[1] A. « Le bien ». *Khaïr ullah* signifie ainsi « le bien (qui vient) de Dieu ».

[2] Nous dirions : « Je te saisirais par le bras »; mais il faut se souvenir que les Orientales sont accroupies, que leurs jambes sont donc au niveau du corps, et qu'on touche le pied (toujours nu) ou la jambe d'une femme comme chez nous la main ou le bras.

[3] I. P. Ou *Chaïrâ Sâh* « le roi brun ».

[4] On a imprimé à Dehli un *Bârah mâça* hindi sur Har (Siva) en 1868, in-16 de 16 pages, sous le titre de *Har nâm kâ Bârah mâça* « *Bârah mâça* au nom (en l'honneur) de Siva ».

2° Du *Budhi phalodaya* « Histoires morales », à l'usage des écoles des provinces nord-ouest;

KHAKI [1] (Gulam-i Haïdar Beg), originaire de Badakh-schan et natif de Dehli, alla habiter le Décan, et y exerça la profession des armes. Il se livrait sans retenue aux plaisirs de l'amour; aussi ses poésies, mentionnées par Sarwar et Schefta, se ressentent-elles de son genre de vie.

I. KHAKSAR [2] (Schah [3] Muhammad Yar), défunt, au-trement dit *Mîr Kallù* ou *Gallù* [4], était un derviche indépendant de l'ordre des calandars et un des gardiens de la châsse du *Cadam-i scharîf* de Dehli, c'est-à-dire du monument où on conserve l'empreinte miraculeuse des pieds de Mahomet [5]. Il était élève de Mirzâ Jân Jânân Mazhar. Il est compté parmi les bons poëtes hindoustanis, et il est du nombre de ceux qu'on nomme *anciens,* c'est-à-dire qui ont précédé la génération qui a fourni les trois célèbres poëtes hindoustanis du nord, Saudâ, Haçan et Mîr. Lorsque ce dernier, tout jeune encore, se mit à faire des vers, Khâksâr se déclara son patron. C'est dans le *Gulzâr-i Ibrâhîm* qu'on trouve ces détails. Toutefois je dois dire que Mîr ne parle pas, dans sa Biographie, de la dernière circonstance dont il vient d'être question. Personnellement il reproche à Khâksâr d'être fier de son talent, et il blâme la prétention qu'il avait

[1] P. « Terrestre ».
[2] P. « Humble », à la lettre « couvert de poussière ».
[3] Mashafi nous apprend qu'il prit d'abord le titre de *Mîr*, puis celui de *Schâh*. Voyez sur ces titres mon « Mémoire sur la religion musul-mane dans l'Inde », p. 21.
[4] Sur ce sobriquet qu'ont porté d'autres poëtes, voyez l'article Hajjam, t. Ier, p. 561.
[5] Voyez, à ce sujet, mon « Mémoire sur la religion musulmane dans l'Inde », p. 14.

de se faire nommer « Roi des poëtes ». Selon lui, et il
partage en cela l'opinion de quelques natifs, Khâksâr
n'était qu'un poëte médiocre qui s'attacha à imiter
Mazhar. Huçaïni n'est pas de cet avis; il trouve au
contraire beaucoup trop sévères les critiques que je rapporte. Mîr prétend en outre que lorsqu'on invitait
Khâksâr à faire ou à improviser des vers, il prétextait
toujours quelque excuse pour refuser. Quoi qu'il en soit,
Mîr et Ibrâhîm, Mashafî et Fath 'Ali Huçaïnî en citent
plusieurs vers, et Béni Nârâyan un long mukhammas.
Lutf le mentionne comme un poëte fort éloquent, et le
dit auteur d'un Diwân.

Il parait, d'après Schorisch, qu'il a rédigé un Tazkira,
et qu'il y prend en effet le titre de « roi des poëtes ».

Il mourut peu de temps avant la rédaction du Tazkira
de Sarwar, qui l'avait beaucoup connu.

II. KHAKSAR (GULAM MUHÎ UDDÎN KHAN), natif de
Murâdâbâd et élève de Schauc (Cudrat ullah), est un
poëte mentionné par Muhcin.

III. KHAKSAR (MÎR SUBHAN 'ALÎ) est un autre poëte
hindoustani dont je ne puis citer que le nom.

KHALA [1] (BADR UNNIÇA [2] BÉGAM), de Farrukhâbâd,
femme poëte, mentionnée entre autres par 'Ischqûî,
était la tante du nabâb 'Imâd ulmulk; et, comme on
l'appelait familièrement « la tante » dans le harem, elle
prit pour takhallus le mot qui exprime ce degré de
parenté.

I. KHALIC [3] (MIRZA ZUHUR-I 'ALÎ), fils de Mirzâ

[1] A. « Tante maternelle ».
[2] Cette expression, qui est un titre honorifique, signifie « la pleine
lune des femmes ».
[3] Adjectif arabe signifiant « d'un bon naturel, d'un heureux caractère » (khalîc).

Hoschdâr, est très-célèbre parmi les musiciens indiens et les chanteurs de marciyas. Il s'exerça aussi à la poésie hindoustanie. Il vint à Murschidâbâd dans le temps de Muhammad Schâh, à la demande du nabâb Nawâzisch Muhammad Khân Schahâmat Jang, et il se fixa dans cette ville. Il était encore fort jeune en 1199 (1784-1785), et occupait des fonctions dans le gouvernement du Bengale. Bénî Nârâyan, et d'après lui Price[1], en ont donné un gazal qui n'offre rien de saillant. Khalîc avait pris aussi dans les marciyas dont il est auteur le takhallus de *Zuhûr*. Il est mort à Karbala, en 'Irâc, selon ce que nous apprend 'Ischquî.

II. KHALIC (Mir Mustahçan), de Lakhnau, était le plus jeune[2] fils du célèbre Haçan[3] (il sera bientôt parlé de Khulc, son aîné). Dès l'âge de seize ans il se sentit un goût prononcé pour la poésie et se mit à écrire quelques pièces de vers[4]. Il les soumit à son père, qui se fit un plaisir de les corriger. Comme à cette époque Mashafî vint à Lakhnau, Haçan le chargea de former son fils. Ce dernier vivait encore à Faïzâbâd en 1803, ainsi que nous l'apprend l'auteur de la notice sur Haçan, qu'on lit en tête de l'édition du *Sihr ulbayân,* et il était attaché à Mirzâ Taquî, gendre de Bahû Sâhib, mère d'Açaf uddaula, et lui-même poëte distingué, ainsi qu'on le verra plus loin. Il est auteur d'un Dîwân dont Mashafî a cité plusieurs vers. Ses poésies sont, à en croire Schefta,

---

[1] Dans le tome II des « Hindee and Hindoostanee Selections ».
[2] Muhcin dit fils aîné.
[3] Voyez son article, t. Ier, p. 527 et suiv.
[4] Il est dit à l'article Khulc qu'il avait dix-neuf ans en 1793 ; or celui-ci était plus jeune ; ainsi, en supposant qu'il n'eût qu'un an de moins, il n'aurait été âgé que de onze ans à l'époque de la mort de son père, en 1786. Voyez un autre exemple de cette précocité à l'article Gopal.

plus estimées que celles de son frère Khulc. Il était précepteur dans la famille du râjâ Tékat Râé, à Lakhnau,
ainsi que nous le fait savoir Zukâ.

III. KHALIC (KARAMAT ULLAH KHAN), cousin de Muhammad Ja'far Khân Râguib et élève de Mirzâ Muhammad Fakhr Makîn, est auteur d'un bon *Inschâ*. Il est
mentionné par 'Ischqui comme auteur de poésies hindoustanies et d'un Dîwân persan. Il est mort jeune.

I. KHALIC [1] ('ABD ULKHALIC) fut attaché au service
de Mirzâ Sulaïmân Schikoh, à Dehli. Il était marqué de
la petite vérole et bégayait en récitant ses vers. Il assistait assidûment aux réunions littéraires de Dehli. Il
alla ensuite à Gwalior ; mais Bâtin, à qui nous devons
ces détails, ignore s'il y resta.

II. KHALIC [2] (le schaïkh KHALIC-BAKHSCH), originaire
du Panjâb, mais né à Dehli, neveu du schaïkh Nabi-
bakhsch Haquîr, est compté par Bâtin parmi les poëtes
hindoustanis.

I. KHALIL [3] (le saïyid IBRAHIM 'ALI [4]), fils de feu le
saïyid Muhammad 'Alî Baschir, est un jeune poëte contemporain mentionné par Bâtin, et qui soumettait ses
vers à Mîr Gulzâr 'Alî Acîr.

II. KHALIL (le schaïkh MUHAMMAD KHALIL), de Lakhnau, élève de Gulâm Hamdani Mashafi, est un autre
poëte hindoustanî dont Muhcin cite des vers dans son
Tazkira.

III. KHALIL (MIR DOST 'ALI), natif du casba de
Badoli, des dépendances de Bârhâ, et habitant de Lakh-

---

[1] A. *Khâlic* pour *'Abd ulkhâlic* « le serviteur du Créateur ».
[2] *Khâlic* est encore ici pour *Khâlic-bakhsch* « don du Créateur ».
[3] A. « Ami (de Dieu) », surnom d'Abraham et de Mahomet.
On 'Alî Ibrâhim, d'après le *Maçarrat afzâ*.

nau, fils du saïyid Jamâl 'Alî, élève distingué du khwâja
Haïdar 'Alî Atasch et compagnon de Nâdir Mirzâ Ni-
schâpûrî, est auteur d'un Dîwân dont Muhcin cite des
vers.

IV. KHALIL (le nabâb Scharaf uddaula Muhammad
'Alí Ibrahîm Khan), défunt, de Lakhnau, fils du khwâjâ
'Abd ulhakîm et élève du nabâb 'Aschûr 'Alî Khân Bahâdur, est auteur d'un Dîwân persan et d'un Dîwân
hindoustanî dont Muhcin cite des vers dans son Tazkira.
On lui doit aussi un Tazkira persan intitulé *Mahâfil-i
schu'arâ* « Assemblées des poëtes », et un Tazkira urdû
intitulé *Suhuf-i Ibrâhîm* « les Pages d'Ibrâhîm ». Khalîl
avait été grand vizir du pâdschâb Muhammad 'Alî Schâh
et président du tribunal civil du zila' de Bénarès, poste
que lui donna Hastings.

KHALIL AHMAD [1] est auteur d'un poëme de huit
pages à la louange de Mahomet et intitulé *Gauhar-i na't*
« la Perle des louanges », publié à Fathgarh en 1868.

I. KHAN [2] (Aschraf Khan), de Dehli, défunt, fils de
Muhammad 'Alî Khân et élève de Mashafi, habita
Lakhnau et s'y distingua dans l'art des vers ; puis il
retourna à Dehli, où il tint des réunions littéraires.
Sarwar, qui nous donne ces détails, cite un grand
nombre de ses vers. Muhcin nous apprend qu'il est auteur d'un Dîwân, que Muhammad Panâh Atasch le
considérait comme son fils et qu'il a laissé beaucoup
d'élèves.

II. KHAN (Muhammad [3]), poëte du Décan, Afgân de
nation, ne doit pas être confondu avec Khânî, aussi

---

[1] A. « L'ami d'Ahmad (Mahomet) ».
[2] P. Titre d'honneur.
Sarwar le nomme *Muhammadi*.

poëte du Décan, mais plus ancien, dont je parle plus
loin. Schefta, qui nous fait connaître, après Câcim, celui
dont il s'agit ici, ainsi que son homonyme, nous apprend
qu'il était allé chercher à Dehli des moyens d'existence,
et qu'il fut élève de Sa'âdat Yâr Khân Ranguin.

I. KHANDAN [1], de Murâdâbâd, est un poëte hindoustani élève de Jurat et mentionné dans le *Majma' ulintikhâb* et dans le *Gulschan bé-khâr*.

II. KHANDAN [2] (le saïyid MUHAMMAD KHAN), de Can-
dahar, fils d'Ibrâhim Khalil Khân et de la tribu de Schâh
'Alam Khaïl, est auteur d'un masnawi urdû intitulé
*Schar'-i Muhammadi* « la Loi musulmane », ouvrage
entremêlé d'anecdotes, qui contient tout ce que les musulmans, hommes et femmes, doivent savoir en ce qui
concerne leur religion, ses préceptes et ses maximes. Il
y en a une édition de Cawnpûr de 515 p., et une d'Agra,
dont j'ai un exemplaire, de 90 p. gr. in-8°, de 20 lignes
composées chacune de deux baïts ou vers.

KHANI [3] est un écrivain du Décan à qui on doit un
masnawî intitulé *Quissa-i Abû'lfazl Nûrî* « Histoire
d'Abu'lfazl Nûrî », et dont voici l'analyse [4] :

Il y avait une belle et jeune femme nommée Bibi Jamâl,

---

[1] P. « Riant, souriant » (*khandân*).
[2] P. « Famille » (*khândân*). L'orthographe de ce second nom diffère
de celle du premier en ce qu'il y a un *dif* après le *khé*.
[3] P. Adjectif dérivé de *Khân*.
[4] On trouvera sans doute que ce récit singulier présente sous un jour
bien sombre le caractère passionné des femmes de l'Asie. En effet,
les couleurs sont chargées, déjà j'en ai fait la remarque à propos d'anecdotes de ce genre, dans un article inséré dans le Journal Asiatique
(1829), sur une suite des Mille et une Nuits publiée par J. de Hammer
et M. Trébutien (de Caen); mais on conçoit que le climat ardent d'une
partie de l'Asie, joint à l'état d'abrutissement moral où y languissent
beaucoup de femmes et à leur séparation absolue de la société,
puisse les pousser à des excès impossibles à comprendre dans les pays
vivifiés par les bienfaits de la civilisation chrétienne.

que Dieu avait ornée de tous ses dons. Orgueilleuse de sa beauté, elle était convaincue qu'elle n'avait pas sa pareille au monde. Toutefois elle ignorait l'amour, quoiqu'elle eût déjà seize ans. Ses longs et noirs cheveux étaient parfumés d'ambre et de musc ; sur sa tête était un voile de brocart ; une ceinture d'or ceignait sa taille. Elle marchait avec une grâce parfaite ; on ne pouvait la voir sans être ému. Si le roi (schâh) l'eût aperçue, il serait volontiers devenu mendiant (gadâ) pour lui plaire [1].

Un jour l'eunuque préposé à la garde du harem qui était la résidence de cette belle personne, alla dans une mosquée où se trouvaient des individus qui faisaient partie d'une caravane venant de la Syrie. Ils entouraient un jeune homme qui lisait le Coran, et qu'ils avaient pris pour imâm. Or ce jeune homme était d'une grande beauté. L'eunuque le fit savoir à sa maîtresse, et Jamâl envoya aussitôt une de ses suivantes à la mosquée s'assurer si le jeune homme était d'une beauté comparable à la sienne. Sa commission fut remplie. Le jeune homme était en chaire (minbar), et la messagère put s'assurer que sa beauté surpassait celle de sa maîtresse. « L'éclat de son visage est tel, dit-elle à son retour, qu'il rendrait inutile, dans un endroit obscur, l'emploi de la lampe ou de la bougie. »

A ces mots Jamâl versa des larmes de jalousie, et soupira violemment. Cependant, reprenant un peu de calme, elle renvoya la même suivante inviter Abû'lfaïz Nûri (tel était le nom du jeune imâm) à venir prendre part chez elle à un repas. Le message fut rempli. Mais Nûri craignait Dieu ; il vit là un piége que lui tendait une femme artificieuse ; il n'hésita pas de répondre à la suivante de Jamâl qu'il ne pouvait accepter. Cette réponse fidèlement rapportée excita dans le cœur de Jamâl la plus violente colère, et la détermination de se venger de cet apparent dédain.

A la nuit elle fit venir auprès d'elle quatre hommes résolus ; elle leur ordonna d'aller au cimetière chercher un cadavre, et de le placer ensuite à la porte de Nûri. En effet ces hommes

_____

[1] Allusion au roman de Hilâlî, intitulé *Schâh o Gadâ.*

allèrent prendre un mort qu'on avait enterré le jour même ; ils l'habillèrent complétement, et après avoir serré une corde autour de son cou, ils le portèrent au lieu indiqué. Tout le monde étant endormi, personne ne s'aperçut de leur action.

Au matin, lorsque Nûrî en se levant vit ce cadavre sur sa porte, il s'écria : « L'orage est tombé sur moi ; on m'appellera homicide. O Dieu ! aie pitié de moi dans cette circonstance ; préserve mon honneur intact. »

La nouvelle de la découverte de cet homme assassiné parvint jusqu'aux oreilles d'Omar. Comme on accusait Nûrî de ce crime, le khalife le fit venir en sa présence. « Je ne suis pas coupable de ce forfait, dit Nûrî, et j'ignore qui l'a commis ; mais que Votre Majesté ordonne à tous les musulmans de venir reconnaître le cadavre ; puis elle agira selon les règles de la justice. » Omar approuvant le discours de Nûrî, chacun alla examiner le corps mort, et un jeune homme finit par le reconnaître pour celui de son frère enterré la veille. Tous les témoins de cette reconnaissance furent alors convaincus que Nûrî était en butte à quelque haine secrète.

La méchante coquette qui avait voué sa haine à Nûrî fut couverte de confusion en apprenant les propos qu'on tenait ; mais elle n'en persista pas moins dans ses désirs de vengeance, et résolut de faire périr son rival en beauté. Or Nûrî, pour se livrer à ses exercices de piété, passait souvent sa journée dans les bois, et la nuit au cimetière. Jamâl imagina d'écrire à Omar une lettre pour accuser Nûrî de fréquenter le cimetière avec des intentions suspectes, et d'avoir dérobé le linceul du cadavre qu'on avait trouvé à sa porte.

Omar, étonné de cette nouvelle accusation, voulut savoir par lui-même si elle avait quelque fondement. A la nuit il sortit de la ville, et se rendit au cimetière. Il y trouva Nûrî en prière. Sans l'interrompre, il revint promptement à son palais, et renvoya à Jamâl sa lettre avec mépris. Cette dernière fut déconcertée : elle ne savait qu'imaginer pour perdre Nûrî. Un mois s'écoula dans cette incertitude.

Cependant une caravane en route pour la Mecque arriva, et les chefs demandèrent à Omar un imâm. Pour sauver Nûrî des nouveaux artifices auxquels il pouvait être en butte, le

khalife le revêtit de ces fonctions. Mais la méchante Jamâl
l'ayant appris, partit comme pèlerine avec cette caravane,
suivie de sa fidèle suivante et d'un jeune esclave. Bientôt la
caravane se mit en marche, et s'avança de journée en journée.
Nûrî se tenait en arrière de la masse des pèlerins, pour être
plus libre de se livrer à la méditation. Un jour Jamâl, qui
n'attendait qu'une occasion pour assouvir sa haine envers
Nûrî, donna ordre à sa suivante de glisser adroitement dans
les effets de Nûrî un collier de perles qui ornait sa poitrine, afin de pouvoir accuser Nûrî de vol. La suivante obéit.
Mais comme Jamâl craignait que par des paroles imprudentes
sa suivante ne dévoilât cette infâme machination, elle la fit
tuer par le jeune garçon qu'elle avait à son service, et qui
prit aussitôt la fuite.

Cependant Jamâl, feignant une grande désolation, se plai-
gnit qu'on avait volé son collier, assassiné sa suivante, et
obligé son esclave de fuir pour échapper à la mort ; et elle
demanda qu'on fît une sévère enquête pour découvrir le coupable. A cet effet on visita les bagages de tous les voyageurs ;
mais on ne trouva rien. Jamâl fit alors observer qu'on n'avait
pas fouillé dans les hardes de Nûrî. Les pèlerins se récrièrent.
« Nûrî est notre imâm, dirent-ils ; il nous protège ; il nous fait
jouir de la tranquillité ; il est pour nous comme une forteresse
pour une ville ; il est l'Océan, et nous sommes les rivières ; il
est le ciel, et nous sommes la terre. Comment le soupçon
pourrait-il l'atteindre ? » D'après le consentement de Nûrî on
visita néanmoins ses effets, et on y trouva le collier. Tous
furent étonnés, et Nûrî trembla. Jamâl se contenta de con-
stater le fait ; puis elle s'occupa de la sépulture de sa servante,
qui eut lieu conformément aux rites musulmans.

La caravane continua à se diriger vers la Mecque, et pendant le trajet Nûrî garda un morne silence ; mais quand les
pèlerins furent arrivés à leur destination, il délia sa langue,
et s'adressant à Dieu, il lui dit : « Mon Dieu, je reconnais que
je suis un pécheur ; mais j'ai mis en toi ma confiance, et je
n'y renoncerai jamais : sauve-moi de la violente tempête qui
s'est élevée contre moi. » Une voix intérieure le rassura, et
rendit le calme à son cœur.

13.

Lorsque les cérémonies du pèlerinage furent terminées, et que les pèlerins se furent séparés en groupes pour former leurs caravanes respectives, celle dont Nûrî était l'imâm se mit en route. A leur arrivée à Médine, les principaux individus qui la formaient allèrent présenter à Omar leurs devoirs. Nûrî avait la tête baissée et l'air triste; on aurait dit qu'une flèche lui avait percé le cœur. Cependant la méchante Jamâl s'avança, et formula son accusation. Nûrî resta impassible. Omar lui demanda s'il n'avait rien à dire pour sa défense. Il ne répondit rien, et fut condamné à être empalé. Nûrî ne se découragea pas, car il était plein de confiance en la bonté de Dieu.

'Alî passait au moment de l'exécution; il la fit suspendre, convaincu qu'on allait commettre une injustice; et embrassant Nûrî, qu'il connaissait, il le ramena auprès du khalife. Par une heureuse coïncidence, l'esclave qui avait assassiné la suivante se présenta devant l'assemblée, et fit connaître toute la vérité. En vain Jamâl tâcha de se défendre; elle fut condamnée à la mort. On lui lia les bras, et tout le peuple fit tomber sur elle une pluie de pierres. Mais Nûrî accourut, et demanda grâce pour elle, espérant la sauver. 'Alî fit cesser la lapidation. On détacha Jamâl, et on la releva; elle était encore en vie, et elle eut assez de force pour se jeter aux pieds de Nûrî. Ainsi fut punie cette femme, qu'avait rendue coupable l'orgueil de la beauté.

L'orgueil ne réussit à personne; celui qui s'y livre sera abaissé. L'humilité au contraire est toujours avantageuse : elle est honorée de Dieu. Mes amis, ne soyez pas orgueilleux, craignez la colère divine. C'est parce que Satan fut orgueilleux qu'il fut puni, ainsi que nous le font connaître les Livres saints.

KHASS [1] est un poëte hindoustanî du Décan mentionné par Câcim.

I. KHASTA [2] (MUHAMMAD 'ABD'ULLAH KHAN), connu aussi sous le nom de *Mîr* ou *Mîyân Jiwan,* est un poëte

---

[1] A. « Particulier, propre » (*khâss*).
[2] P. « Blessé, malade », etc.

hindoustanî d'une famille distinguée, originaire de Cachemire, mais natif de Dehli et élève de Firâc. Il était
fils de Sa'ad ullah Khàn, nommé aussi Acà Yàr Khàn,
jurisconsulte qui avait été munschi du nabàb Majd
uddaula 'Abd ulahad Khàn. Sprenger nous apprend que
Khàsta est mort vers 1840. Il est mentionné par Schefta
et par Karim.

II. KHASTA (Gulam Cutb, selon Schefta, et Miyan
Cutb-bakhsch, selon Càcim et Karîm), est un poëte fils
du saïyid Muhammad Kirmànî, saint personnage qui
était, en compagnie de son fils, gardien du tombeau du
sultan des schaïkhs, c'est-à-dire, je pense, de Nizàm uddîn
Auliyà, tombeau qui est situé près de Dehli. Les biographes originaux nous font savoir que Khàsta était
élève de Bhorî Khàn Aschufta, et ils en citent plusieurs
vers.

KHATA [1] (Mirza Afzal 'Alî Beg), de Lakhnau, fils
de Mirzà Ayûb Beg Ayûb et élève du khwàja Wazîr, est
auteur d'un Dîwân dont Muhcin cite plusieurs gazals
dans son Anthologie.

KHAWAR [2] (Muhammad Akbar), fils de Mirzà Muhammad Mahdî Sistànî [3], vint de la Perse dans l'Inde et se
fixa à Agra. Il fut, pour le persan, élève de Mirzà Muhammad Huçaïn, du Khoraçan, et pour l'hindoustanî, de
Mîr Wazîr Sabâ. Il paraît qu'il a écrit dans les deux
langues ; mais il n'est mentionné ici qu'en qualité d'auteur hindoustanî. Muhcin cite dans son Tazkira un long
gazal de Khàwar.

KHIDMAT [4] (Farhat 'Alî) est un poëte hindoustanî

[1] A. « Faute, péché ».
[2] P. « Le soleil, le levant, le couchant ».
[3] C'est-à-dire, du Sistân ou Sejestàn, province de Perse.
[4] A. « Service ».

qui habitait Lakhnau. Voici la traduction d'un court gazal de cet écrivain, pièce qui fait partie de l'Anthologie de Béni Nârâyan :

Dans ma vie de deux jours, celle qui a ravi mon cœur est venue une seule fois prendre place en ma maison.

Je lui ai dit : « N'oublie pas que la beauté ne demeure à personne; accepte mon salut et accorde-moi un baiser. »

Ayant relevé le pan de ma robe (pour agir plus librement), je dis aujourd'hui à ma bien-aimée :

« Tu es la reine de la beauté, prends-moi pour ton esclave. Hélas! tu me l'avais promis, accomplis donc ta promesse. »

Mais qu'apprends-je? mon amie au teint de rose est partie, me dit-on; je dois désormais renoncer à son service (khidmat).

KHIRAD[1] (le nabâb FAKHR UDDÎN KHAN) était fils du nabâb Scharaf uddin Muhammad Khân. Schefta et Karîm font un grand éloge de ses vertus morales et de ses qualités intellectuelles. Il avait cultivé la poésie dès sa première jeunesse, et c'est à lui que Schefta, qui était son parent, paraît devoir la correction de ses propres vers. Cependant ce dernier n'a donné dans son Tazkira qu'un court échantillon des poésies de Khirad, mais on y trouve le tarikh qu'il fit pour cet ouvrage. Il en composa de plus un autre pour le Dîwân du même écrivain.

I. KHIYAL ou KHAYAL[2] (GULAM-I HUÇAÏN[3] KHAN) est un poëte hindoustanî dont Mannû Lâl, dans son Guldasta-i nischât, cite plusieurs vers. Je n'essayerai pas de rendre en français leurs hyperboles outrées. Voici toutefois la traduction d'un de ces baïts, qui est simple et gracieux :

[1] A. « Intelligence, sagesse », etc.
[2] A. « Imagination ».
[3] Schefta le nomme Gulâm Haçan.

Tu désirais montrer ton visage aux étrangers qui t'entouraient ; la chaleur t'a fourni fort à propos un prétexte plausible pour ôter ton voile.

Ce vers rappelle celui de Virgile :

> Et fugit ad salices, et se cupit ante videri.

Khiyâl était parent de Mîr Juggan ; son père était un homme de mérite ; son aïeul[1], Barakat ullah Khân, connu sous le surnom poétique de *Barakat,* et vulgairement *Barkat,* fut un poëte persan et hindoustanî célèbre, et ce fut lui qui apprit à Khiyâl, son petit-fils, l'art des vers. Ce dernier est auteur de deux Dîwâns composés de près de cent mille vers, dont Sarwar, qui était lié avec lui, cite un grand nombre. Il est aussi mentionné par Schefta et par Karîm.

Il résidait à Sunîpat lorsque Schorisch écrivait son Tazkira.

II. KHIYAL (Jaï Singh Raé), de Dehli. Ce poëte, de la sous-caste des kâyaths, a écrit non-seulement en hindoustanî, mais en persan, et bien qu'Hindou il s'est occupé de la littérature arabe. Zukâ nous apprend qu'il a pris aussi le takhallus de *Zâhin,* ou plutôt, peut-être, de *Zihn*[2].

III. KHIYAL (Jana-nath[3]), pandit de Cachemire, homme d'esprit et de goût, et poëte agréable, habita d'abord Dehli, puis il alla résider à Haïderâbâd. Il est, entre autres, auteur d'un cacîda et d'autres poésies dont Sarwar cite un quita'.

---

[1] Sprenger dit « son oncle ».

[2] *Zâhin* veut dire « intelligent » et *zihn* « intelligence » : ce sont des mots arabes. Ce dernier mot est préférable comme takhallus, car ce sont généralement des substantifs qui sont employés à cet effet.

[3] Sprenger le nomme *Brij-nâth.*

KHOJAM[1] (le khwâja SULTAN KHOJAM) est auteur d'un masnawî sur l'histoire de Schamschâd Schâh, intitulé *Masnawi Khojam*, lequel est dédié à Sa'âdat 'Alî Khân, nabâb d'Aoude de 1797 à 1814. Il y en avait au Top khâna (arsenal) de Lakhnau un exemplaire d'environ 100 pages de 13 baïts.

KHUB[2] (KAMAL UDDÎN MUHAMMAD SCHABISTANÎ) est l'auteur de l'*Amwâj-i Khûbi* « les Flots du bien » ou « de Khûb », traduction persane, accompagnée du texte et d'un commentaire (*scharh*) écrit en 990 (1582-1583), du masnawî hindoustanî mystique du même écrivain intitulé *Khûb tarang* « l'Excellent flot » ou « le Flot de Khûb », écrit en 986 (1578-1579).

Le *Moti Mahall* de Lakhnau en possédait un bel exemplaire de 390 p. de 15 lignes; et il y en a aussi une copie à l'East-India Library, n° 460 du fonds Johnson.

KHUD-GARAZ[3] est un poëte natif d'Agra qui a habité Dehli et dont les poésies hindoustanies sont mentionnées par Sarwar.

I. KHULC[4] (MÎR AHÇAN), fils, comme Khalic dont il a été parlé page 189 de ce volume, du khwâja Haçan, n'était âgé, à l'époque où écrivait Mashafî (1793-1794), que de dix-neuf ans. Il était modeste et avait une belle physionomie. On pensait qu'il avait hérité du talent poétique de son père, qui l'avait instruit de bonne heure à son école. Il vivait encore en 1803, ainsi que nous l'apprend l'auteur de la notice hindoustanie sur Haçan qu'on lit en tête de l'édition du *Sihr ulbayân*,

1 P. Peut-être pour *Khwâjam* « monsieur ».
2 P. « Beau » et « bon ».
3 A. P. « Égoïste, qui n'a que « soi (*khud*) » pour « but (*garaz*) ».
4 A. « Nature, qualité », etc. Kamâl le nomme *Khalîc*.

et il demeurait à Faïzâbâd, où il était attaché, à cette
époque, à Darâb 'Alî Khân le nâzir[1]. Il a réuni ses vers
en un Diwân, dont Mashafî cite plusieurs morceaux. Il
demeurait depuis longtemps à Lakhnau lorsque Sarwar
écrivait son Tazkira.

II. KHULC (Raé Jadun Raé), de Haïderâbâd, est un
poëte hindoustanî élève de Faïz. Il est mentionné par
Bâtin dans son *Gulschan bé-khizân*.

KHUMBHO[2] RANA, c'est-à-dire le Roi Khumbho,
est, comme sa femme Mîra Bâï[3], auteur de chants sacrés
hindis. On lui doit aussi un commentaire ou *tîkâ* sur le
*Guîta Govinda*[4].

KHURRAM[5] 'ALI (le maulawî) est auteur :

1° D'un petit traité sur le pèlerinage, *Riçâla hajj*, intitulé, à ce qu'il paraît, d'après le catalogue de la bibliothèque de l'East-India Office, *Tahrîr uschschahâdataïn*
« Description des deux témoignages (de la religion musulmane) », savoir, de la Mecque et de Médine, qui sont
l'objet du pèlerinage des musulmans. Cet ouvrage a été
imprimé à Lakhnau en 1844, in-8°;

2° D'un « Traité sur la guerre contre les infidèles »
(A Tract on religious warfare), cité dans « Smith and
Elder's *Homeward Mail*» de décembre 1857, d'après un
journal urdû de Lakhnau ;

3° Du *Nacîhat ulmuslimîn* « Avis aux musulmans »,
qui fait partie des livres urdus achetés par le gouvernement anglais après la prise de Dehli en 1857, n° 1009
du catalogue qui en a été publié;

1 Inspecteur, officier supérieur du gouvernement.
2 I. Probablement pour *Khambh* ou *Khambâ*, « pilier », etc.
3 Voyez son article.
4 Tod, « Annals of Rajasthan », t. I, p. 289.
5 P. « Gai, content ».

4° Du *Schifâ ul'alil* « Guérison du malade (spirituel) », traduction urdue du *Caul-i jamil* « la Belle parole [1] », sur les devoirs religieux des musulmans. Il y a
plusieurs éditions de cet ouvrage, une de Mirat, 1865,
de 128 p. in-8°, mentionnée par J. Long (« Descriptive
Catal. » de 1867, p. 38), et l'autre de Dehli, 1868,
in-8° de 123 p., calquée évidemment sur la première, et
dont je trouve l'annonce dans le catalogue des livres
imprimés au Panjâb dans le dernier trimestre de 1868.

KHURSAND [2] est auteur du *Nah pand* « les Neuf
conseils », ouvrage urdû imprimé à Lahore.

I. KHURSCHED [3] ('Alî) est un jeune et habile poëte
contemporain mentionné par Sarwar. On lui doit, à ce
qu'il paraît, un poëme intitulé *Indra sabhâ* « la Cour
d'Indra », annoncé dans l'*Akhbâr subh sâdic* du 12 avril
1865.

II. KHURSCHED (Khusch-wact 'Alî Khan), d'Agra,
fils de Muhammad Dâûd Khân le thânâdâr, habita
d'abord Cawnpûr, où il fut élève de Mîr 'Alî Auçat
Raschk, puis Lakhnau, à l'époque où Muhcin écrivait
son Tazkira, et là il fut élève de Mirzâ Muhammad Rizâ
Barc. On le compte parmi les poëtes hindoustanis, et on
trouve des pièces de vers de lui dans le *Sarâpâ sukhan*.

I. KHUSCH-DIL [4] (Lala Gobind Lal), fils de Lâlâ
Kânjî Mal Garîb, de la tribu des kâyaths, est un poëte
de talent mentionné par Zukâ.

II. KHUSCH-DIL (Bangali Lal) est un autre poëte, à
ce qu'il paraît, mentionné par Abû'lhaçan et Kamâl.

---

[1] Ouvrage de Gazâlî contre celui ou ceux qui selon les musulmans
ont altéré l'Évangile. Voyez Fluegel, « Hajji Khalfa », t. IV, p. 584.
[2] P. « Content ».
[3] P. « Soleil ».
[4] P. « Cœur heureux », c'est-à-dire content.

III. KHUSCH-DIL, de Dehli, était marchand en boutique à Faïzâbâd et s'occupait néanmoins de poésie hindoustanie, ainsi que nous le fait savoir Abû'lhaçan.

Un des Khusch-dil précédents ou un quatrième est auteur d'un poëme masnawî intitulé *Quissa-i sipâhi-zâda* « Histoire du fils du soldat », récit concernant les voleurs de l'Inde nommés *thags*, que l'auteur dit tenir de Bhikârî-dâs de Bijnaur[1]. Cet ouvrage, qui est en vers urdus, a eu plusieurs éditions. Il a été d'abord, je crois, lithographié à Lakhnau au *Sultân ulmatâbi'* « le Sultan des imprimeries », puis à Mirat en 1863, grand in-8° de 20 p. de 20 lignes, contenant chacune deux vers ou quatre hémistiches, avec illustrations. Serait-ce le même que le *Sipâhî-nâma* « Soldier's Book », imprimé à Dehli? Ce dernier ouvrage paraît être plutôt néanmoins un manuel militaire.

KHUSCH-HAL[2] RAÉ (le râjâ) est un Hindou qui vivait sous le règne de Muhammad Schâh et qui tenait un rang considérable par sa capacité et par ses richesses. On lui doit de nombreuses poésies hindies écrites dans les mètres particuliers à ce dialecte, telles que dohrâs, râgs, etc. Le Dîwân ou recueil de ses poésies se trouve en manuscrit à la bibliothèque de la Société Asiatique de Calcutta, après avoir appartenu à celle de Fort-William. Khusch-Hâl est le père de Dilkhusch, qui a écrit en urdû, mais qui n'a pas égalé son père[3]. Il est mentionné dans le *Râg sâgar*, et son nom y est simplement écrit *Khuschâl*.

---

[1] Voyez le n° 1732 de la « Bibliotheca Sprengeriana ».
[2] P. « Heureux », à la lettre, « heureux de situation ». Ce poëte n'est cité par Zukâ qu'incidemment, à l'article *Dilkhusch*.
[3] Voyez l'article consacré à DILKHUSCH.

KHUSCHNUD [1] est un poëte hindoustani cité entre
autres dans la Biographie de Mîr, qui nous en fait connaître un vers dont voici la traduction :

J'ai été sur pied toute la nuit; mais je n'ai pas vu ma bien-
aimée, même à l'aurore. Je me suis caché pour regarder dans
le chemin, mais en vain; elle ne s'est pas montrée à moi.

KHUSCH-RAS [2] ou simplement KHUSCH [3] (le hâfiz
GULAM MUHAMMAD), de Dehli, mais originaire du Panjâb,
devint aveugle dans son enfance à la suite de la petite
vérole. Il fit néanmoins le pèlerinage de la Mecque
malgré son infirmité, et il apprit le Coran entièrement
par cœur, acquérant ainsi le droit de s'appeler *Hâfiz*. Il
avait aussi le talent d'enseigner, et il était fort habile
musicien, surtout instrumentiste. Il composait avec succès des khiyâls, des tappas et des gazals. Son père,
nommé Hâfiz Ibrâhîm, attaché à la cour de Schâh
'Alam, était un habile calligraphe.

Il est mentionné par Câcim, Karîm et Sarwar.

I. KHUSRAU [4] (le khwâja ABU'LHAÇAN), ou simplement AMÎR KHUSRAU, de Dehli, est un des plus grands
poëtes de l'Inde musulmane. On le nomme *Tûtî-i Hind*
« le Perroquet de l'Inde [5] ». Son aïeul, nommé *Turk*,
vint, du temps de Genghiz Khân, du Mâwarâ unnahr
dans l'Inde. Son père [6] fut comblé de faveurs par le
sultan de Dehli, Taglic Schâh. Il périt dans la guerre

[1] P. « Content, charmé ».
[2] P. « Fortuné ».
[3] P. « Content, heureux ».
[4] « Khosroës ».
[5] Nous dirions plutôt « le Rossignol de l'Inde ».
[6] Daulat Schâh le nomme *Amîr Mahmûd Mihtar,* chef de la commanderie de Lâchîn. Un autre biographe l'appelle *Saïf uddîn Lâchîn
Turk,* du *hazâra* « commanderie » de Balkh.

contre les infidèles (Hindous). Khusrau naquit au treizième siècle, dans une ville nommée Muminâbâd. Il
remplaça son père dans ses fonctions. Le sultan Muhammad Taglic Schâh, à la louange duquel Khusrau a
écrit plusieurs cacidas, avait pour lui beaucoup d'amitié.
Il occupa des emplois sous sept souverains, et devint le
commensal et le compagnon de quelques-uns. Il connut
Sa'adî dans sa vieillesse[1]. On dit même que ce célèbre
poëte fit le voyage de l'Inde pour voir notre écrivain.
Khusrau finit par abandonner tout à fait le monde, et
par se vouer entièrement à la piété et aux exercices de
la charité religieuse. Il effaça de ses ouvrages les louanges qu'il avait prodiguées aux rois et aux grands de la
terre, pour n'y laisser que celles de l'Être à qui rois et
sujets sont également soumis. Il devint effectivement un
fervent sofi et parvint au plus haut degré du spiritualisme. Ses poésies mystiques sont encore fréquemment
chantées par les dévots musulmans. Il fut un des disciples spirituels de Nizâm uddîn Auliyâ[2], qui le fut lui-
même du célèbre Farîd Schakar-ganj[3]. Il fut si affligé de
la mort d'Auliyâ qu'il en mourut, à un âge avancé, en
715 de l'hégire (1315-1316). Il fut enterré près du
tombeau de son maître, de Farîd et d'autres contemplatifs, dans un endroit délicieux de Dehli.

Khusrau a écrit, dit-on, quatre-vingt-dix-neuf ouvrages en persan, tant en prose qu'en vers, comprenant
près de cinq cent mille vers, selon Daulat Schâh. On
lui doit, entre autres, un *Khamsa*, c'est-à-dire « le Quin-

[1] Ce poëte, le seul des écrivains persans qui ait acquis en Europe de
la popularité, mourut en 1291 de l'ère chrétienne.
[2] Voyez mon « Mémoire sur la religion musulmane dans l'Inde »,
p. 104 et suiv.
[3] Voyez le même Mémoire, p. 100 et suiv.

tenaire » (de romans) sur les légendes favorites des musulmans ; le *Quirân-i Sa'daïn*, poëme en l'honneur du sultan de Dehli,'Ala uddîn, et une « Chronique de Dehli ». Il avait des connaissances très-étendues en musique. Ce ne fut qu'à la fin de sa vie qu'il écrivit des vers hindoustanis ; mais Mîr Taquî nous apprend, dans sa Biographie, qu'ils sont néanmoins nombreux. Parmi ces derniers, il y en a qui sont faits de telle manière qu'ils ont toujours un sens, soit qu'on les considère comme écrits en persan ou comme écrits en hindoustanî. Mannû Lâl[1] cite de Khusrau un long mukhammas écrit en hindoustani, dont le cinquième hémistiche de chaque strophe est en persan. Voici de cet homme célèbre la traduction d'un gazal qui est devenu dans l'Inde un chant populaire. Ce qu'il offre de particulier dans l'original, c'est que le premier hémistiche de chaque vers est en persan et le second en hindoustanî. Ce chant, ainsi qu'on peut le penser, retentit souvent dans les zanânas :

Ne sois pas insouciante de l'état de ton pauvre ami ; montre-moi tes yeux, et fais-moi entendre tes paroles.

O ma bien-aimée ! je n'ai pas la force de supporter ton absence... Serre-moi contre ta poitrine.

Comme la bougie qui se consume[2]... je pleure sans cesse, par l'effet de l'amour que j'éprouve pour cette lune.

A mes yeux point de sommeil, à mon corps point de repos ; car elle ne m'écrit pas même.

Les nuits de l'absence sont longues comme ses boucles de cheveux, et le jour de la réunion est court comme la vie.

Ah ! que les nuits me paraissent obscures, ô mes amis, lorsque je ne vois pas ma bien-aimée !

Tout à coup, après cent tromperies, son œil a accordé à mon cœur le repos et la tranquillité.

[1] *Guldasta-i nischât*, p. 437 et suiv.
[2] Ou, d'après une variante, « comme l'atome tremblant ».

Y a-t-il quelqu'un qui puisse faire entendre mes paroles à ma bien-aimée?

Khusrau! j'en jure par la réunion du jour de la résurrection, puisque je suis trompé dans ma juste attente, je ne te ferai pas savoir, ô ma bien-aimée, les choses que je voulais te dire!

Khusrau est surnommé *Turk ullah*. Il naquit en 631 (1233). Il paraît qu'il n'était pas né dans l'Inde, mais qu'il y passa à l'époque de Genghiz Khân. D'après l'*Atasch kada* et d'autres autorités, telles que le chronogramme de sa mort gravé sur sa tombe [1], etc., il mourut en 725 (1324-1325) et non en.715. Feu mon savant ami F. Falconer a trouvé dans la Biographie des poëtes persans par Amîn Ahmad Râzî, intitulée *Haft iclîm* « les Sept climats » ou « parties du monde », que Khusrau a dit de lui-même dans un de ses traités que le nombre de ses vers était moindre de cinq cent mille, mais qu'il passait quatre cent mille.

Khusrau a pris quelquefois dans ses poésies le surnom de *Sultânî*.

Parmi les ouvrages persans de Khusrau, je dois aussi mentionner le *Daryâ-é abrâr* « l'Océan des justes », cité par d'Herbelot.

Mr. A. Sprenger a publié le texte et la traduction de quelques *pahélî,* énigmes indiennes de Khusrau [2], ou du moins qui lui sont attribuées. On en trouvait un manuscrit intitulé *Pahélî Khusrau* au Top khâna de Lakhnau, en dix ou douze petits volumes contenant environ deux cents énigmes.

---

[1] Voyez des détails intéressants sur ce poëte dans Sprenger, « A Catal. of the Libraries of the King of Oude », p. 465 et suiv.; et sur son tombeau, dans l'*Açâr ussanâdîd,* Journal Asiatique, 1860-1861.

[2] « Journal of the Asiatic Society of Bengal », n° VI, 1852; et dans « A Catal. of the Libraries of the King of Oude », p. 619.

En voici une sur une lampe :

L'huile de l'épicier, le vase du potier, la trompe de l'éléphant, l'oriflamme du nabâb.

On lui doit aussi, selon le témoignage de Saïyid Ahmad Khân dans son *Açâr ussanâdid* [1], des *nisbaten*, genre de composition particulière à l'hindoustani, et dont voici un exemple que j'emprunte à Saïyid Ahmad lui-même :

DEMANDE. Pourquoi n'a-t-on pas mangé de la viande?
Pourquoi la bayadère n'a-t-elle pas chanté?

RÉPONSE. *Kalâ na thâ* { Il n'y en avait pas un morceau.
{ L'occasion ne s'est pas présentée.

DEMANDE. Pourquoi n'a-t-on pas mangé la grenade?
Pourquoi le vizir n'a-t-il pas parlé?

RÉPONSE. *Dâna na thâ* { Il n'y avait pas de grains.
{ Il ne savait quoi dire.

DEMANDE. Pourquoi n'a-t-on pas mangé le gâteau?
Pourquoi n'a-t-on pas mis le soulier?

RÉPONSE. *Talâ na thâ* { Il n'y avait pas de fond.
{ Il n'y avait pas de semelle.

Le même savant parle aussi du *Niçâb* « Capital » , vocabulaire rimé hindoustani, persan et arabe, de Khusrau, connu sous le nom de *Khâlic bâri* « Créateur suprême » , parce que l'ouvrage commence par ces mots. Mr. Sprenger en donne un spécimen et nous fait savoir qu'il se compose d'environ deux mille vers. Cet ouvrage [2] a une grande célébrité, et il y en a plusieurs éditions, de Mirat, de Cawnpûr, d'Agra, de Lahore. Il est usité dans les écoles.

Le même savant a donné (*loco citato*) le texte du gazal

---

[1] Voyez-en la traduction dans le *Journal Asiatique*, 1860-1861.
[2] On le dit écrit, c'est-à-dire apparemment copié à Agra en 1134 (1721-1722).

que j'ai traduit, mais avec quelques différences qui se manifestent nécessairement aussi dans la traduction.

II. KHUSRAU (Mirza Kaï Khusrau-Jalal Bahadur), *alias* Mirzâ Ahmad Jàn, de Bénarès, est un poëte hindoustani, fils de Mirzâ Muhammad Khusrau-bakhsch Bahâdur, défunt, lequel était fils de l'héritier présomptif de S. M. Schâh 'Alam Bahâdur Gâzî et disciple spécial de S. S. Khalîfa Schâh Gulâm Câdir. Muhcin en cite des vers dans son Tazkira.

KHWAJA[1] (le munschî Najaf 'Alì), fils du khwâja Càdir-bakhsch, de Bénarès, et élève de Râcikh, descendait du khwâja Bahâ uddîn Nacsch Bandî. Il est auteur d'un Dîwân hindoustanî de 268 p., et il avait publié auparavant, pour suivre l'ancien usage, un Dîwân persan, et un Inschâ persan intitulé *Khutât Khwâja* « Lettres de Khwâja ».

KIDAR NATH[2] (le pandit) est un savant Indien contemporain, par les soins duquel a été imprimée, à la typographie du Collége d'Agra, la grammaire urdue du maulawi Karîm uddîn intitulée *Cawâ'id ulmubtadî* « les Règles du commençant ».

KISCHAN-CHAND[3], kschatriya de Lahore, est un poëte hindoustani mentionné par 'Ischqui.

KISCHAN-DATT[4] (le pandit), professeur adjoint d'hindi à l'école centrale d'Agra, est auteur :

1° Du *Buddhi phalodaya* « Manifestation du fruit de la

[1] P. Titre honorifique donné selon les localités aux savants ou aux négociants.
[2] I. « Le seigneur Siva ».
[3] I. Pour *Krischna Chandra*. *Kischan*, prononcé souvent *Kischen*, est le nom modernisé de Krischna.
[4] I. « Krischna donné », c'est-à-dire donné par Krischna, comme nous disons Dieudonné (*Deodatus*).

sagesse » , conte hindî dans lequel il a mis en contraste
un bon et un mauvais jeune homme dans leurs carrières
respectives. C'est le même ouvrage qui a été traduit en
urdû sous le titre de *Quissa-i subuddhi kubuddhi*. Les
deux rédactions sont employées dans les écoles des natifs
des provinces nord-ouest. La première édition du *Buddhi
phalodaya* est d'Agra, 1869, in-8° de 20 p. ;

2° Kischan-datt est auteur du *Satya nirûpan* « Essai
sur la vérité » (Essay on truth), traduit en hindi d'un
livre mahratte avec l'assistance du pandit Bansidhar ;
Agra, 1855 ; et seconde édit., Agra, 1860, 80 p. gr. in-8°.

3° Il a coopéré avec Bansidhar et Mohan Lâl à la
rédaction du *Siddhi padârth vijnân* [1].

KISCHAN JAICI fut un des collaborateurs d'Abú'lfazl,
de Fath ullah, de Gangâdhar, de Mahâïs et de Mahâ-
nand, dans la traduction hindouie des « Nouvelles
Tables astronomiques » d'Ulug Beg, traduction exécutée
par l'ordre d'Akbar [2].

KISCHAN LAL [3] (le munschi) est le directeur de
l'imprimerie d'Agra nommée *Ijâd Kischan* « Fondation
de Krischna, et il y a publié, entre autres, le *Dâïra 'ilm*
« Cercle (c'est-à-dire Petite Encyclopédie) des sciences » .

Il est auteur :

1° Du *Bhûgol prakâsch* « Manifestation du globe » ,
géographie ; Agra, 1862, in-8° de 24 p. ;

2° Du *Bhûgol sâr* « Essence du globe » , autre géographie de 18 p. ; Agra, 1864, in-8°.

Il a édité le *Kaïlâs kâ mêlâ* « la Foire du paradis [4] (de

[1] Voyez les articles BANSIDHAR et MOHAN LAL.
[2] Voyez l'article ABU'LFAZL.
[3] l. « Le chéri de Krischna ».
[4] C'est ainsi qu'on nomme une foire qui a lieu à Agra.

Siva) » ; poëme hindi, de 8 p., imprimé à Agra en 1868.

KISCHAN NARAYAN[1] est auteur d'une géographie de Badâûn intitulée *Jagrâfiya Badâûn,* imprimée à Mirat en 1864.

KISCHAN RAO, qui a été surintendant des écoles du gouvernement anglais à Sâgar, puis *munsif* de première classe à Damoh, est auteur d'un ouvrage intitulé « Polyglot interlinear, being the first instructor in English, Hindui, etc. », ouvrage qui a été imprimé à Calcutta en 1834. On doit aussi à Kischan Râo un ouvrage très-intéressant imprimé à Rûrkî en 1858, en un volume oblong, et intitulé *Aîna-i ahl-i Hind* « Miroir des Indiens », c'est-à-dire « Tableau des industries et des usages des Indiens ». On y trouve le portrait de l'auteur et des illustrations pour mettre en lumière les explications du texte. Kischan Râo a de plus écrit des poésies hindoustanies dans lesquelles il a pris le takhallus de *Masrûr*[2]. Mannù Lâl en cite un spirituel gazal qui finit par un vers fort joli dans l'original et dont voici la traduction :

Ta tyrannie m'a rendu *triste* intérieurement, quoique extérieurement mon surnom soit *gai.*

KISCHOR LAL[3] est auteur d'un ouvrage urdû sur les castes intitulé *Acwâm ul Hind* « les Castes de l'Inde », avec des notes marginales en caractères dévanagaris, in-8° de 58 p. sans lieu ni date[4].

KRISCHNA-DAS[5] KAVI, c'est-à-dire Krischna-dàs

---

[1] Nârâyan est un des noms de Wischnu.
[2] A. « Gai ».
[3] 1. « Le fils chéri ».
[4] Trübner, « Oriental Record », n° 44.
[5] 1. « Serviteur de Krischna ».

le poëte, est auteur d'un *tiká*[1] « commentaire » du *Bhakta mâl* qu'il a écrit en 1713, et dont il a été publié dans l'Inde une édition en 1853. Il est à croire qu'il a travaillé au texte[2].

Il paraît qu'on doit aussi à Krischna-dâs une version hindouie du « Dixième livre du *Bhagavat* » (*Sri Bhagavat daçama skanda*), dont la bibliothèque de la Société Asiatique de Calcutta possède un exemplaire.

Je pense que c'est le même Krischna-dâs à qui on doit le *Bhramara guita* « le Chant de l'abeille noire », ouvrage cité par Ward[3] comme étant écrit dans le dialecte du Bandelkhand. Il y a un chapitre qui porte le même titre dans l'histoire de Krischna écrite en hindouî et intitulée *Prem sâgar*. Le sujet de ce chapitre est le message d'Udho, qui est aussi nommé *Madhukar* « abeille noire ». Krischna l'envoie auprès des gopies inconsolables de son absence. Une d'elles, faisant allusion au sens du nom de ce messager, interpelle une abeille qui est posée sur une fleur, et lui tient ce langage :

O Madhukar! tu as pris le suc du lotus des pieds de Krischna, et c'est pourquoi tu te nommes *Madhukar* (produisant le miel).

C'est parce que tu es l'ami du fourbe Krischna qu'il t'a choisi pour son messager.

Prends garde de toucher nos pieds; sache que nous n'ignorons pas que tous ceux qui sont noirs comme toi sont trompeurs.

Ainsi ne crois pas te rendre agréable à nous par tes cajoleries.

[1] « Asiatic Researches », t. XVI, p. 8.
[2] Je crains qu'il n'y ait quelque confusion entre Krischna-dâs et Priya-dâs, dont on trouvera plus loin l'article, et qui est aussi auteur d'un Commentaire sur le *Bhakta mâl* et d'un *Bhagavat*.
[3] « History, etc., of the Hindoos », t. II, p. 481.

Comme toi qui erres de fleur en fleur, sans être à aucune, Krischna témoigne de l'amitié à toutes les femmes et ne s'attache à aucune.

Krischna-dâs est aussi auteur du *Prem satwa nirûpan* [1], traité religieux. Wilson avait dans sa collection un exemplaire de cet ouvrage en caractères dévanagaris.

Buchanan [2] cite un Krischna-dâs, médecin, qui est auteur du *Chaïtanya charitâmrita* « l'Ambroisie de l'histoire de Chaïtanya », et qui paraît être le même. Cet ouvrage, indiqué comme pracrit, c'est-à-dire probablement hindî, roule sur l'histoire d'un réformateur waïschnava et sur ses doctrines. Il y a aussi un ouvrage bengali qui porte le même titre et qui traite du même sujet [3].

Chaïtanya, qui naquit en 1484 à Naddya, s'annonça comme étant une incarnation du dieu Krischna. Il excita une sorte de révolution qui entraîna dans son parti un quart de la population du Bengale. Il s'éleva contre le sacerdoce brahmanique, les sacrifices, la distinction des castes, et il employa la langue vulgaire au lieu du sanscrit. La littérature de ces sectaires est extrêmement riche en livres écrits en bengali ; on en trouve la liste dans le « Descriptive Catalogue » de J. Long, p. 70 et 100.

KRISCHNA LAL est l'éditeur :

1° Du *Râdhâ-jî kî Bârah mâcî* « les Douze mois (de divertissement) de Râdhâ », poëme hindî ; Agra, 1921 du samwat (1865) ; petit in-12 de 8 p. ;

---

[1] Ce titre me paraît signifier « Investigation sur l'excellence de l'amour » ; mais cet ouvrage ne serait-il pas le même que le *Satya nirûpan*, mentionné p. 210?

[2] Montgomery Martin, « Eastern India », t. II, p. 755.

[3] J. Long, « Descript. Cat. of bengali books », p. 102.

2° Du *Râm Chandr ki Bârah mâci* « les Douze mois (de divertissement) de Râma » ; peut-être le même ouvrage que le précédent, sous un autre titre. Il y en a deux éditions.

KKISCHNA SINGH est un auteur jaïn à qui on doit un « Manuel des Jaïns » intitulé *Kriyâ kathâ kaustubh* [1]. Cet ouvrage a été écrit en l'année du samwat 1784 (1728 de J. C). H. H. Wilson en possédait une copie.

KRISCHNANAND [2] est l'auteur :

1° Du *Râm ratnabali* « Offrande de joyaux à Râma », anecdotes sur Râma (« Tales about Rama ») ;

2° Du *Brij bilâs* ou *Braj vilâs* « les Plaisirs de Braj », anecdotes sur Krischna ; ouvrages hindis imprimés à Calcutta et à Bénarès [3].

KUCHAK [4] (Mirza Waji ou Wajîh), de Dehli, est un poëte hindoustani mentionné par Câcim, et mort à la fleur de l'âge à Lakhnau, mais enterré près du dargâh de Nizâm uddîn Auliyâ, à Dehli. Il était appelé usuellement *Mîrzâ Kuchak Sâhib*.

KULPATI [5] (Misr) est un poëte hindoui auteur du *Raça rahacya* « le Mystère du sentiment », et de chants populaires.

KUNDAN [6] LAL, de Lahore, est auteur d'un *Quissa-i Kâmrâp* « Histoire de Kâmrûp », en prose urdue, dont feu Duncan Forbes avait un exemplaire manuscrit. Cette

[1] Ce titre semble signifier « le Joyau de l'histoire des cérémonies religieuses ».

[2] « La joie de Krischna ».

[3] Ces deux ouvrages sont mentionnés dans le « General Catalogue of oriental works », mis à contribution par Zenker dans sa « Bibliotheca orientalis ».

[4] P. « Petit ».

[5] I. « Chef de famille ».

[6] I. « Or pur ».

histoire est traduite d'un ouvrage persan en vers sur la même légende, écrit en 1115 de l'hégire (1703 de J. C.) par Himmat[1] Khân, et intitulé *Dastûr-i Himmat* « le Modèle de l'ambition » ou « de Himmat ».

KUNJ[2] BIHARI LAL (le pandit) est auteur :

1° Du *Sulabh bij ganit* « Facile traité d'algèbre », traduit de l'anglais en hindi de Mr. Tate, mais simplifié d'après la méthode Pestalozzi; Allahâbâd, 1860; seconde édition, in-8° de 136 p.;

2° Du *Rekhâ mittitatwa* « Principes de géométrie », traduits aussi de l'anglais de Mr. Tate; Allahâbâd, 1861; seconde édit., in-8° de 139 p.;

3° Du *Trikonmitr* « Trigonométrie rectiligne », traduite de Mr. Tate comme les précédents ouvrages; et du *Laghu trikonmitr* « Petite trigonométrie »; Agra, 1855, in-8° de 68 p.;

4° Du *Kal vidyodâharan* «Exercices sur la philosophie naturelle et sur la mécanique »; traduit du même;

5° Du *Bal vidya sâr* « Abrégé de la science des forces physiques », traduit du « Statics· and dynamics » de Mr. T. Buker (Weale's Series);

6° Du *Khagol binod* « Récréations astronomiques », traduction hindie des « Recreations in astronomy » du Rév. L. Tomlinson; Agra, 222 p. in-8°, et Rurki, 1851, de 222 p., avec figures.

7° Du *Bîjâtmak rekhâ ganit* « Traité des sections coniques », traduit des « Conic Sections » de Hann (Weale's Series);

Les trois derniers ouvrages étaient annoncés comme

---

[1] Il y a deux poëtes hindoustanis de ce nom, mais je ne crois pas qu'il s'agisse ici de l'un d'eux. Voyez t. 1er, p. 602.
[2] 1. « Berceau de jardin ».

étant sous presse dans le rapport de Mr. H. S. Reid
sur l'éducation des natifs ; Agra, 1854, p. 152, 153.

KUNWAR [1] BAHADUR est l'éditeur et le rédacteur
du journal urdû bi-mensuel de Schâhjahânpûr intitulé
*Rafâh ulkhalâïc* « le Bien-être des gens ». Ce journal
paraît depuis 1864.

KURAMA [2] (MIYAN GULAM-I KURAMA), de Murschidâbâd, est un poëte hindoustanî mentionné par Schorisch.

# L

LACHMAN ou LAKSCHMAN [3] est auteur d'un *Sataka*
« centaine » de dohâs (cent vingt-neuf), publié par le bâbû
Gokul Chand, et imprimé par le pandit Tamannâ Lâl,
à Bénarès, à la suite du *Satak* de Raghu-nâth, 1923
du samwat (1868), 33 p. de 20 lignes.

LAIC [4] (MIR LAÏC 'ALÎ), de Lakhnau, est un auteur
hindoustanî du nord, dont les poésies ont été réunies en
*Dîwân*. Sirâj uddaula, d'Haïderâbâd, en possédait un
exemplaire dans sa bibliothèque [5]. Câcim nous apprend
qu'en 1208 (1793-1794) Lâïc alla de Lakhnau à Dehli
pour y compléter ses études et qu'il y fut élève de Nâcikh.

LAKSCHMAN-PRAÇAD [6] ou LAKSCHMAN-DAS [7]

[1] I. « Prince ».
[2] A. *Kuramâ* est le pluriel *respectueux* employé pour le singulier
*karîm* « généreux », c'est-à-dire « Dieu, le Généreux par excellence »,
et ainsi *Gulâm-i Kuramâ* signifie « esclave » ou « serviteur de Dieu ».
[3] I. Nom du frère de Râma.
[4] A. « Digne ».
[5] C'est à l'obligeance du général Josiah Stewart que je dois cette
indication.
[6] I. « Don de Lakschman, frère de Râma ».
[7] I. « Serviteur de Lakschman.

(le munschi), du collége de Bareilly, éditeur actuel du
journal publié dans cette ville sous le titre de *'Umdat
ulakhbâr* « le Pilier des nouvelles », lequel a eu d'abord
pour éditeur le maulawi 'Abd urrahman. Ce journal,
fondé à l'instigation de Mr. Tregear, surintendant de
l'école de Bareilly, paraît une fois par semaine et contient en trois feuilles les nouvelles usuelles et les remarques de l'éditeur [1]; il contient en outre des extraits de
l'« Agra Government Gazette ». Il est bon de remarquer
que ce journal est écrit en un style urdû simple et paraît
en conséquence n'être pas apprécié par les natifs, qui
aiment le style recherché et métaphorique. Il y a toutefois de temps en temps des articles de fonds qui ne sont
pas sans importance. On en cite [2] un entre autres sur
l'excellence relative de l'urdû de Dehli et de celui de
Lakhnau, qui offre sans doute un intérêt philologique.

En 1853, Lakschman-praçâd était employé par le mahârâja de Gwalior, et il publiait le *Gwalior akhbâr* « les
Nouvelles de Gwalior » ou « Gwalior Gazette », journal
officiel sur deux colonnes parallèles en hindi et en urdû,
contenant les actes et les ordres du gouvernement local
et aussi les matières ordinaires d'un journal. Il était
publié à l'imprimerie de Gwalior appelée *Matba'-i 'Alî-
Jâh*.

Lahschman est aussi auteur,

1° De l'ouvrage intitulé *Jawâhir ma'ânî* « les Joyaux
des significations », ouvrage de morale et de science,
sorte de petite encyclopédie :

2° Du *Manu sanhita* « les Lois de Manu », traduites
en urdû ; Bareilly, 1852 ;

[1] « Friend of India », n° du 27 juin 1850.
[2] « Selections from the Records of Government », 1854, p. 244.

3° Du *Guftâr* « Discours », c'est-à-dire Avis aux jeunes professeurs ;

4° D'un traité d'orthographe intitulé *Taschrih ulabjâd* « Dissection de l'alphabet ».

Est-il le même que Lakschman-dâs, qui est auteur du *Prahlâd sanguit* « Chant sur Prahlâd », ouvrage religieux hindou, en hindi ; Dehli, 1868, in-8° de 38 p. ?

LAKSCHMAN SINGH (le kunwar), magistrat adjoint d'Étâwa, est auteur, en compagnie de Mr. A. O. Hume, 1° de la traduction en urdû de l'Acte X de 1859 pour le recouvrement des rentes, imprimée à Étâwa en 1859 (in-8° de 114 p.), par l'ordre du « Sudder Board of revenue » ; 2° d'une version hindie, sous le titre de *Hindûstân kâ dand sangrah,* du code pénal indien (Acte XIV de 1860) ; Étâwa, 1861, in-8° de 364 p.

Cet écrivain est probablement le même que le munschî Lakschman, auteur :

1° Du *Kitâb khâna schumâr-i magrabî* « Bibliothèque de la division fiscale de l'Occident », lithographié à Agra [1] ;

2° Du *Hidâyat-nâma wâsté diptî (deputy) magistrate* [2], en urdû, reproduit en hindi sous le titre de *Sikscha diptî magistrate,* etc., c'est-à-dire « Instructions pour les magistrats délégués et les autres agents de police », traduit de l'anglais du « Skipwith's Magistrate Guide ». Le volume urdû est imprimé à Allahâbâd en 1859, in-8° de 28 p., et tiré à deux mille exemplaires.

L'édition hindie est imprimée aussi à Agra en 1853, in-8° de 52 p. ;

---

1 « Agra Government Gazette », n° du 1er juin 1858.

2 C'est probablement une autre édition du même ouvrage qui est intitulée : *Hidâyat-nâma magistrate;* Lahore, 1861.

3° Du *Gopî Chand Bharthari*, ouvrage hindî qui contient l'histoire d'un ancien râjâ d'Ujjaïn de ce nom qui renonça au monde [1]. Il y en a une édition d'Agra, 1867, in-8° de 32 p., et une de Dehli, aussi in-8°, de 28 p.

LAKSCHMI [2] RAM est auteur de chants populaires.

1. LAL [3] ou LAL KAVI, c'est-à-dire le poëte Lâl, célèbre barde hindou, est auteur 1° du *Chhatra prakâsch* « Histoire de Chhatra », ouvrage en vers hindouis (braj-bhâkhâ), qui roule sur les guerres et l'ordre de succession des anciens râjâs du Bandelkhand, et sur la valeur, l'intrépidité et l'héroïsme de la nation guerrière des Bandélas. Cet ouvrage, qui est historique, paraît avoir été écrit pendant la vie et probablement sous la direction du célèbre râjâ Chhatra Sâl, souverain du Bandelkhand, sur le règne duquel il contient des détails circonstanciés, aussi bien que sur celui de son père, le râjâ Champat Râé. Aucun râjâ, avant ou après Chhatra Sâl, ne paraît avoir arrêté avec plus de succès que lui le torrent de la conquête musulmane, en attaquant et mettant en déroute les troupes d'élite du plus capable, du plus entreprenant et du plus brave des empereurs mogols, d'Aurang-zeb, qui fut en même temps le persécuteur des Hindous le plus intolérant et le plus vindicatif. C'est la mutilation de leurs idoles, la démolition de leurs temples ou leur changement en mosquées qui outra les Hindous d'indignation et les détermina à s'insurger. Une fois leur juste colère excitée, l'enthousiasme religieux, l'honneur militaire, et le principe de Chhatra, de ne jamais fuir, les conduisit à la victoire. Sous ce chef, qui

[1] Voyez la mention d'un ouvrage sur le même sujet, p. 136.
[2] I. Ou *Srî* (déesse de l'abondance), femme de Wischnu.
[3] I. « Chéri ».

par ses vertus et son caractère héroïque commandait
leur confiance et leur amour, ils chassèrent promptement leurs oppresseurs. Le capitaine W. R. Pogson a
donné en anglais la traduction de l'ouvrage de Lâl,
sous le titre de « A History of Boondelas », Calcutta,
1828, in-4°; et le major W. Price a donné le texte de
la portion de cet ouvrage qui contient l'histoire de
Chhatra Sâl, sous le titre de « The Chhatru prukash
or biographical account of Chhatru Sal, etc. », Calcutta,
1829, in-4°.

Ce poëte, qu'on nomme aussi Lâl-dâs ou Lâlà-dâs[1],
est auteur 2° du *Awadh bilâs,* poëme en dix-huit chants,
dont je parlerai encore à l'article MIRZAYI. Cet ouvrage, écrit en 1700 du samwat (1643 de J. C.), est
d'une rédaction plus régulière que les ouvrages hindouis
d'une date plus ancienne. Le dialecte dans lequel il est
écrit se rapproche de celui du *Mahâbhârata darpana.*
C'est en réalité une histoire de Râma dans Aoude seulement, où habitait Lâl, ce dont il se montre très-fier.
C'est sans doute à cause des avis qui sont entremêlés
à l'action du poëme que les Hindous considèrent ce
livre comme l'abrégé des connaissances utiles. Au surplus, l'*Awadh bilâs* est un des ouvrages hindouis les plus
importants, tant à cause de la variété des sujets qu'il
traite qu'à cause du dialecte dans lequel il est écrit. Le
manuscrit de Calcutta forme 602 p., dont le tiers est à
deux colonnes. Il est très-lisible, et des corrections faites
en marge indiquent qu'il a été revu avec soin[2].

[1] *Lâl-dâs* dans le *Bhakta mâl* et *Lâlâ-dâs* dans le catalogue sanscrit
de la bibliothèque de la Société Asiatique de Calcutta, c'est-à-dire « le
serviteur de Krischna (le chéri de Nand) ».
[2] Je dois ce renseignement à Mr. Th. Pavie, qui a eu entre les mains
le manuscrit de Calcutta et qui l'a analysé.

3° Lâl-dâs est auteur du *Bharat ki Bârah mâci* « les Douze mois (de l'Inde) » (« Verses on the twelve months »), indiqués aussi comme un « Account of Rama », en hindi ; Agra, 1864, 6 p. très-petit in-12 ;

Il est de plus auteur :

4° De l'*Indra-jâla prakaranam*, nommé aussi *Bhâschâ Indra-jâl*[1] « la Section ou le livre des charmes et des talismans », dont la bibliothèque de la Société Asiatique de Calcutta possède un exemplaire ;

5° Du *Gurû mukhi* « Sentences du gurû », dont il y a plusieurs éditions, une entre autres de Lahore, 1851 ;

6° Enfin de chants populaires[2].

Cet écrivain paraît être le même que Kabi ou Kavi Lâl, auteur d'un commentaire sur le *Satsaï* de Bihâri Lâl, intitulé *Lâl chandrika*.

II. LAL (le bâbû ABINACÎ) a édité le *Sakuntalâ nâtak*, en hindi, publié à Bénarès en 1864, in-8° de 114 p.

LAL JI-DAS[3] (LALA) a traduit en urdû le *Bhakta mâl* après en avoir collationné les différentes rédactions. Il paraît que son travail a été imprimé en 1258 de l'hégire (1842)[4].

LALA[5] est un poëte hindoustani dont le gazal suivant[6] est devenu un chant populaire :

Ma bien-aimée s'est levée ; elle vient vers moi de sa chambre à coucher ; elle est courbée par l'ivresse ; elle est imprégnée d'essences précieuses.

---

[1] C'est-à-dire *Indra-jâl* en hindi, par opposition à l'*Indra-jâl* sanscrit.
[2] W. Price en a cité un *holî* dans ses « Hindee and Hindoostanee Selections », t. II, p. 250, première édition.
[3] I. « Serviteur de Krischna ».
[4] *Akhbâr i 'âlam* de Mirat, n° du 21 mars 1857.
[5] P. « Tulipe ».
[6] Voyez-en le texte dans « Price's Select. », t. II, p. 407.

Le sommeil auquel elle vient de se livrer a mis en désordre les boucles de ses cheveux; la marque de sandal qui ornait son front a été effacée durant la nuit.

Ses yeux languissants sont appesantis par le sommeil; un turban printanier enveloppe sa tête.

Une fois, à la fin de la nuit, j'étais sans repos; je tremblais de crainte comme le voleur...

Tout à coup je vis que toutes les rivales de ma bien-aimée étaient couchées çà et là; un châle voilait le visage de celle que je préfère.

Mais je me mis à le soulever, et bientôt ma lèvre toucha la sienne.

Alors ses yeux s'ouvrirent, et ce que j'allais prendre par force, elle me le donna volontairement.

Je lui dis : « O ma bien-aimée! Lâla est ton esclave; quel mal y a-t-il s'il a voulu te dérober un baiser en secret? »

Ce poëte est probablement le même que l'auteur d'un marciya dont Herklots[1] cite le vers final ainsi conçu :

Brise ton calam, brûle ton papier, jette l'encre, et reste en silence. Comment, en effet, est-il possible, ô Lâla, que le papier puisse recevoir un aussi triste récit que celui que tu veux lui confier?

LALACH[2], surnommé *Halwâî*, cité simplement dans la « Grammaire hindoustanie » de Gilchrist, p. 335, est auteur d'un *Bhagavat*, ou, pour mieux dire, d'une version ou imitation du dixième livre[3] du *Bhagavat Purâna*, dont on a donné une traduction hindie des douze parties complètes[4].

Je possède un manuscrit de cet ouvrage, qui est écrit dans le dialecte hindi des provinces de l'ouest de

---

[1] *Canoun-e islam*, p. 156.
[2] I. « Avidité, avarice ».
[3] *Bhagavat daçam askand* « le Dixième livre du *Bhagavat* ».
[4] Sous le titre de *Srî Bhagavat*.

l'Inde, dialecte qu'on nomme « Langue de l'ouest » (*pachcham des ki bhâkhâ*), et qui est à peu près pareil à celui du *Râmâyana* de Tulcî-dâs. Le poëme de Lâlach est écrit, comme celui de Tulcî, en chaupâïs irrégulièrement entremêlés de dohâs dans lesquels le poëte, ainsi qu'on le fait souvent, a introduit son nom. On donne aussi à cette version ou à une des autres imitations hindies du même livre le titre de *Sukh sâgar* « l'Océan du bonheur ».

L'exemplaire de cet ouvrage que possède la bibliothèque de la Société Asiatique de Calcutta porte en caractères bengalis le titre de *Brâj vilâs, Brâj bhâkhâ* « les Plaisirs de Braj, en dialecte de Braj [1] ». Je pense que c'est le même ouvrage que le volume imprimé sous le titre de *Braj vilâs* ou *Brij bilâs* [2], et attribué mal à propos, dans le catalogue des livres indiens de la Société Asiatique de Calcutta, comme ayant le bâbû Râma pour auteur, tandis qu'il en est simplement l'éditeur, comme il l'est de plusieurs autres ouvrages hindis.

Une note manuscrite de mon exemplaire porte qu'on donne aussi à cet ouvrage le titre de *Lâlach*, nom de son auteur. Serait-ce par hasard le même ouvrage que j'ai cité à l'article Brajbacî-das ; et ce dernier nom serait-il le prénom de Lâlach, mot qui serait alors son takhallus ou surnom poétique? Quoi qu'il en soit, Lâlach rédigea son poëme en l'an 1527 du samwat (1471), et il vivait par conséquent vers le milieu du quinzième siècle.

[1] C'est à Mr. Th. Pavie que je dois ce renseignement.
[2] On a donné à Agra en 1864 une édition d'un poëme portant ce titre, gr. in-8º de 208 p., en caractères dévanagaris. Ce *Braj bilâs* paraît avoir été traduit en persan. Voyez « Trübner's Literary Record », nº 45.

Mr. Th. Pavie en a donné en 1852 une traduction complète précédée d'une préface intéressante. Son volume est intitulé « Krischna et sa doctrine ».

Il y a, du reste, nombre de rédactions hindies du *Bhagavat*. On trouve, entre autres, dans le catalogue de la « Biblioth. Sprenger. », sous le n° 1723, l'indication d'un *Bhagavat* en vers hindis, manuscrit in-8° de 552 p.

LA'LAN [1] est un poëte hindoustani que Kamâl avait eu l'occasion de voir dans les réunions poétiques qui se tenaient à Râmpûr, chez le maulawi Cudrat ullah, et dont il cite deux gazals. Voici la traduction d'un de ces gazals :

O mes compagnons, vous êtes partis *pour l'éternité* après avoir fait le voyage du monde; quant à moi, j'ai vécu pour éprouver l'affliction, et je ne suis pas mort.

O messager, demande à ma bien-aimée si elle doit s'en aller, et quand elle reviendra. Je vois, hélas! que les jours de la réunion sont passés.

J'étais venu dans sa rue souriant comme la rose; et comme la fleur humectée par la rosée du matin, mon œil était humide.

Mais lorsque cette beauté a dédaigné de venir auprès de moi, les perles de mes larmes n'ont pu sortir de mes yeux.

J'erre çà et là dans le désert comme le vent capricieux. O Dieu, où sont allés les gens de cette caravane?

O La'lan, tu as le premier rang dans la réunion des poëtes, parce que le premier tu y as récité des vers hindoustanis [2].

LALLU (Srî Lallu Jî Lal Kavi), ou simplement

---

[1] P. Je pense pour *la'l* « rubis ».

[2] On sait que beaucoup de poëtes musulmans de l'Inde écrivaient de préférence en persan jusqu'au dix-huitième siècle. Apparemment, dans l'académie dont La'lan faisait partie, il fut le premier qui se mit à faire des vers dans la langue vivante.

Lallu Singh, est un brahmane natif du Guzarate, auteur de plusieurs ouvrages tant en braj-bhâkhâ qu'en hindoustanî urdû. Quelques-uns cependant de ces derniers sont écrits en caractères dévanagaris. Ces ouvrages sont les suivants :

1° Le *Prem sâgar* [1], traduction abrégée du braj-bhâkhâ, non pas en urdû, mais en khârî-bolî ou thenth, c'est-à-dire en hindoustanî pur, en hindoustanî hindou de Dehli et d'Agra, sans mélange de mots arabes ni persans [2]. Cet ouvrage avait d'abord été rédigé en dohâs et chaupâïs braj-bhâkhâ, par Chatur-bhuj Misr, d'après le dixième chapitre du *Bhagavat* de Byâs Déo. C'est ce texte braj-bhâkhâ que notre auteur a reproduit en prose hindie entremêlée de vers. Comme je ne connais pas l'original braj-bhâkhâ, je ne sais pas au juste en quoi la traduction de Lallû Jî diffère du texte. Je puis dire néanmoins que la prose y est écrite en véritable hindî, tandis qu'on a conservé dans la plupart des vers les formes anciennes ou braj-bhâkhâ. Je tire de là la conséquence que Lallû Jî s'est peut-être contenté de retoucher la prose et de retrancher les vers les plus difficiles. Cet ouvrage, dont Krischna est le héros, n'est pas un poëme épique à la manière d'Homère et de ses imitateurs ; ce n'est pas non plus précisément une histoire suivie de Krischna. C'est plutôt une série d'aventures variées qui n'ont souvent aucun rapport entre elles, si ce n'est que Krischna y prend toujours plus ou moins de part. Un cadre commun réunit en récits, d'après l'usage suivi par les Asiatiques pour les productions de

---

[1] I. « L'Océan de l'amour ».

[2] Littéralement : « ayant mis de côté les mots yamanis », c'est-à-dire arabes (les persans compris). Préface du *Prem sâgar*, p. 2.

ce genre, comme le *Mahâbhârata*, le *Singhâçan battîcî*,
le *Tûtî-nâma*, les *Mille et une Nuits*, etc.

Quoique le *Prem sâgar*, est-il dit, ait pour base le
dixième chapitre du *Bhagavat Purâna*, il est bon néanmoins de savoir que les légendes qui le composent,
thème favori des auteurs indiens, ont été mises en œuvre
dans plusieurs autres productions remarquables, notamment dans le *Wischnu Purâna*, dans le *Harivansa* et
dans plusieurs autres ouvrages. Le *Prem sâgar* offre à
peu près les mêmes narrations, tantôt plus développées,
tantôt plus succinctes, mais toujours rajeunies par cette
poésie de la langue romane de l'Inde, plus concise dans
son expression et plus simple dans sa contexture que
l'ancienne poésie sanscrite, si riche de formes gramma-
ticales, de synonymes et d'épithètes. Ainsi, même après
la lecture des trois ouvrages que j'ai signalés, celle du
*Prem sâgar* est attachante et offre de l'intérêt, surtout
sous le point de vue religieux et philosophique, littéraire et mythologique.

Ce que j'y trouve de plus saillant, c'est l'analogie
frappante qui existe sur bien des points entre la vie de
Notre-Seigneur Jésus-Christ et celle de Krischna, dont
le nom lui-même rappelle, par sa consonnance, celui de
*Christ*[1], et même entre les doctrines de l'Évangile et
celles qui sont exposées dans le *Prem sâgar*, notamment
en ce qui concerne la foi au Dieu incarné. Cette coïncidence est-elle l'effet du hasard? est-elle naturelle, en
ce sens que les mêmes idées sont venues à l'esprit des
hommes religieux de toutes les nations[2]? « Des causes

[1] Ce n'est en effet qu'une consonnance; car l'étymologie des deux
mots diffère entièrement.

[2] Il semble en effet que Krischna soit la personnification de la philosophie védanta.

pareilles, a dit M. Agénor de Gasparin, agissant sur le cœur de l'homme, ont pu produire en divers pays des manifestations qui se ressemblent. » Je ne le crois pas, et je suis convaincu que la ressemblance dont je parle est réellement le reflet de l'histoire de Jésus-Christ lui-même, parvenue dans l'Inde dès les premiers temps du Christianisme [1]. Je n'hésite pas à adopter, avec T. Maurice [2] et Bholananth Chandra [3], cette dernière explication.

La secte des waïschnawas ou sectateurs de Wischnu, en faveur de laquelle le *Prem sâgar* est écrit, est une sorte de réforme de celle des saïwas ou sectateurs de Siva, qui font consister le culte de leur dieu en des austérités corporelles, sans qu'il soit nécessaire de les accompagner de la conversion du cœur. Ceux-ci, en effet, ne voient que la mortification dans la pénitence. Ce dernier mot a pour eux un tout autre sens que pour nous chrétiens, chez qui il est la traduction du mot grec μετάνοια, mot qui signifie *conversion, changement,* et qui dans le Nouveau Testament est employé pour désigner la vraie pénitence du cœur [4].

[1] Une autre supposition a été faite par des écrivains antichrétiens; c'est celle qui consiste à accuser le Christianisme d'avoir copié l'Inde. T. Maurice, « Brahmanical Fraud detected », a pris la peine de réfuter cette supposition, que la haine aveugle du Christianisme a pu seule enfanter. M. l'abbé Bertrand a aussi victorieusement réfuté dans un journal quotidien l'absurde ouvrage intitulé « la Bible dans l'Inde », où cette supposition a été récemment renouvelée.

[2] Dans l'ouvrage cité à la note précédente.

[3] « The Travels of a Hindoo, with an introduction by J. Tolboys Wheeler », t. II, p. 25.

[4] Si nous accompagnons cette pénitence intérieure de démonstrations extérieures, c'est en union avec le sacrifice de Jésus-Christ, en témoignage des sentiments qui nous animent, et enfin pour satisfaire à la peine temporelle qu'encourt souvent le péché; mais nous savons que ces démonstrations toutes seules n'ont aucune valeur.

15.

Le culte de Krischna, dernière incarnation de Wischnu, bien différent de celui de Siva, est spirituel. Le salut y est accordé à la foi comme pouvant seule vivifier les œuvres, mortes de leur nature. La doctrine des saïvas, plus ancienne que l'autre, représente en quelque sorte la loi des Juifs, qui reposait aussi sur l'expiation humaine, exprimée par le sacrifice des animaux, tandis que la loi nouvelle nous montre en Jésus-Christ seul notre victime de propitiation.

A l'analogie que présente la vie de Krischna avec celle de Jésus-Christ, on objectera que Krischna est un personnage historique, qui vivait, d'après les calculs les plus plausibles, environ treize cents ans avant notre ère, et qu'on ne peut conséquemment confondre avec le Sauveur. En effet, Krischna, fils de Baçudéva, et cousin d'Yudischtir, roi de Dehli, vivait, à ce qu'il paraît, à l'époque que je viens d'indiquer ; mais il me semble évident que la tradition a confondu les époques et dénaturé l'histoire en rattachant, selon moi, à ce personnage les notions vagues sur Jésus-Christ, qui avaient pénétré, ainsi que je l'ai dit, dès le commencement de l'Église, dans les contrées baignées par le Gange et par la Jamuna.

En effet, ce n'est que depuis le sixième ou le septième siècle de notre ère [1] que le culte de Krischna s'est répandu dans l'Inde avec ses légendes modernes, où figure entre autres un personnage entièrement inconnu dans l'histoire de Krischna du *Mahâbhârat*. Je veux parler de

---

[1] Bentley, d'après le *Janam-patra* (thème généthliaque de Krischna), qui donne la position des planètes à la naissance du dieu, a même calculé (d'après la supputation basée sur des tables européennes, réduites au méridien d'Ujjain) que le ciel ne peut avoir offert l'état décrit dans le *Janam-patra* que le 7 août 600 de Jésus-Christ.

Râdhâ ou Râdhikâ, qui semble personnifier l'âme fidèle.

Dans les autres awatars, Wischnu ne manifesta, selon les Indiens, qu'une partie (*ansa*) de sa divinité. Ici l'incarnation est complète; c'est le dieu lui-même en chair. Mais on peut dire de l'histoire de Krischna comparée à celle de Jésus-Christ ce que Fontanes disait du Coran, que c'était la Bible passée au travers des « Mille et une Nuits ».

La rédaction et l'impression du *Prem sâgar* furent commencées à Calcutta, sous le gouvernement du marquis de Wellesley, et sous la direction du docteur Gilchrist, en 1860 du samwat (1804); mais le départ de l'orientaliste écossais interrompit cette impression : elle fut reprise plus tard, pendant le gouvernement de lord Minto, par l'ordre de John William Taylor, et avec l'assistance du docteur W. Hunter; et tant le travail que l'impression furent terminés en 1866 (1810), sous la direction d'Abraham Lockett. Cette édition forma un volume grand in-4° de 250 pages.

J'ignore si c'est réellement le même ouvrage qui, sous le titre de *Srî Bhagavat,* en pur hindi, était annoncé comme sous presse, dans les « Primitiæ Orientales », tome III, page 411 ; ou bien si ce serait la version originale de Chatur-bhuj Misr.

Il y a plusieurs éditions du *Prem sâgar,* outre celle de 1810, dans lesquelles on a supprimé les finales sanscrites des chapitres qui en forment les titres, et on les a remplacées par les numéros des chapitres. Celle qui a été imprimée en 1825 est en caractères plus petits que ceux qu'on a employés dans la première. Le format est encore grand in-4°. Il y en a une de 1831, de for-

mat petit in-4°, et d'une impression très-jolie à l'œil et
sur beau papier, mais bien moins soignée que les premières, car il y a nombre de fautes d'impression qu'on
ne trouve pas dans celles-là. Il y a aussi une édition
lithographiée qui fait partie de la nouvelle édition des
« Hindee and Hindoostanee Selections » de W. Price,
et qui est accompagnée du vocabulaire des mots khari-
boli qui y sont employés ; une de Bombay, 1862, de
282 p. Il en a été donné à Calcutta en 1867 des
extraits pour le « Higher Standard » des examens des
officiers de l'armée.

Parmi les éditions du *Prem sâgar,* on doit distinguer
celle de Calcutta, in-4°, éditée par Yogadhyân Misr, et
une autre lithographiée à Bombay, petit in-4°, en caractères nagaris cursifs à peu près pareils à ceux qu'on a
employés dans l'édition lithographiée du *Râmâyana* de
Tulcî. Cette édition, dont il n'y a, je crois, en Europe
qu'un seul exemplaire, rapporté par un jeune indianiste,
feu Charles Olloba y Ochoa, qu'une mort prématurée a
enlevé aux lettres, est ornée de différentes planches
lithographiées relatives aux légendes développées dans
l'ouvrage. Il y en a aussi une édition de Pûna, de
483 p., éditée par Rustam Ji [1], une en caractères persans, publiée par Lâla Swâmî Dayâl, in-4° de 120 p.,
Lakhnau, 1864, etc. Le capitaine Hollings en a donné
une traduction complète, presque littérale, qui a paru
à Calcutta en 1848, in-8° de 118 et VII p., et Mr. F. B.
Eastwick, une autre traduction moins littérale, accompagnée de la réimpression du texte et du vocabulaire.

Lallû est aussi auteur :

[1] « Catalogue of native publications in the Bombay Presidency », 1867,
p. 226.

2° Du *Latâïf-i hindi* « Gentillesses hindoustanies »,
recueil de cent historiettes plus ou moins intéressantes,
en urdû et en hindouî ou braj-bhâkhâ. Cet ouvrage a
été imprimé à Calcutta en 1810 sous le titre de « The
New Cyclopedia Hindoostanica, etc. » ; Carmichael Smyth
l'a réimprimé en grande partie à Londres sous son véritable titre de *Latâïf-i hindi*[1] ; enfin ce recueil fait partie
des « Hindee and Hindoostanee Selections » citées plus
haut.

3° Du *Râj niti* « l'Art du gouvernement », ouvrage
traduit du sanscrit en hindouî, ou braj-bhâkhâ. C'est une
collection de récits propres à inculquer les doctrines
morales et la politique civile et militaire des Hindous,
et qui n'est autre chose qu'une véritable traduction de
l'*Hitopadêça*, dont l'auteur, le pandit Srî Nârâyan, nous
est révélé par Lallû. Elle est suivie de la quatrième section du *Pancha-tantra*. Cet ouvrage a eu plusieurs éditions. La première est celle de 1809, Calcutta, grand
in-8° de 254 p. Il y en a une autre, aussi de Calcutta,
1827, publiée par W. Price, l'éditeur des « Hindee
and Hindoostane Selections », avec la sanction du
Comité général de l'instruction publique de l'Inde. Le
format et les caractères en sont plus petits, aussi n'a-t-elle
que 142 p. Mr. F. E. Hall en a publié en 1854, à Allahâbâd, une édition accompagnée de notes et d'un
vocabulaire en supplément du dictionnaire de Shakespear, in-8° de VII, 167, 10 et 14 p. A. S. Johnson a
publié une traduction de l'original de cet ouvrage, et

[1] Londres, 1811, in-8°. Cette édition a été revue par Mîr Afzal 'Alî,
secrétaire du nabâb de Bidnûr et celui-là même dont j'ai cité une lettre
dans l'appendice de la première édition de mes « Rudiments de la
langue hindoustanie », p. 39. Il y a une seconde édition de 1840, aussi
in-8°, suivie d'un poëme de Mîr Taquî, le *Schu'la-i 'ischc*.

Mr. Lancereau en a donné l'analyse en 1849 dans le Journal Asiatique de Paris.

On doit encore à Lallû :

4° Le *Sabhâ bilâs* ou *vilâça* « les Plaisirs de l'assemblée ». C'est un recueil choisi d'extraits poétiques de différents écrivains distingués, en braj-bhâkhâ. Ce volume a été imprimé à Khizirpûr, en caractères dévanagaris [1]. Il y en a une édition d'Indore de 1860.

5° Le *Sapta satika* « les Sept cents distiques ». Je n'ai jamais vu cet ouvrage, quoiqu'il soit imprimé à Calcutta. Il n'en existe pas, je crois, un seul exemplaire à Londres. Je ne le connais que par d'anciens catalogues de librairie ; mais je soupçonne que c'est une traduction de l'ouvrage de Govardhan qui porte aussi le titre de *Sapta sati* » Sept cents distiques ». Un de ces extraits a été traduit en vers latins par F. S. Growse, de la Société Asiatique de Calcutta.

6° *Maçâdir-i bhâkhá* « les Noms d'actions de la langue (hindie) », ouvrage de grammaire rédigé en prose et écrit en caractères nagaris. Il en existe un exemplaire dans la riche bibliothèque de la Société Asiatique de Calcutta.

7° Le *Bidyâ darpan* « le Miroir de la science ». Cet ouvrage, d'après le « General Catalogue », contient l'histoire de Râma et un abrégé des arts et des sciences connus des Indiens [2].

8° *Madho bilâs* « les Plaisirs de Madho (Krischna) », poëme hindi traduit du sanscrit; Agra, 1843, in-8° [3]; et

---

[1] « Annals of the College of Fort-William », App., p. 28 et 473.

[2] Voyez aussi l'article MINZAÎ.

[3] Zenker, « Bibliotheca orientalis », t. II, p. 305. Cet ouvrage est aussi cité dans le *Râg kalpadruma*.

aussi Agra, 1846, in-8°, avec le titre anglais de « A Tale of Madho and Sulochana done into hindi ».

Lallû a de plus coopéré à la rédaction des ouvrages ci-dessous désignés, savoir :

1° Le *Singhâçan battîcî* [1] » les Trente-deux (histoires) du trône ». Cet ouvrage, d'abord écrit en sanscrit, puis traduit en braj-bhâkhâ, fut mis en urdû en 1801, mais en caractères dévanagaris, sur l'invitation du docteur Gilchrist, par Lallû, aidé de Mirzâ Kâzim 'Alî Jawân, et imprimé en 1805. Enfin Chaman l'a mis en vers urdus et l'a publié à Cawnpûr en 1869.

Le *Singhâçan* a eu plusieurs autres éditions, une de Calcutta, 1839, grand in-8°, imprimée en véritables caractères dévanagaris, et non comme celle qui a été publiée sous la direction du D<sup>r</sup> Gilchrist avec des caractères kaïthî-nagaris, ou, pour mieux dire, modifiés d'après son système. Cette édition est d'ailleurs préférable aux précédentes, parce que le style en a été retouché et amélioré. On l'a imprimé aussi à Agra en 1843, et à Indore en 1849. Enfin le saïyid 'Abd ullah en a publié une édition à Londres en 1869, ce livre ayant été adopté depuis 1866 comme texte d'examen pour les candidats au service civil dans l'Inde.

Feu le baron Lescallier a donné en français, sous le titre de « le Trône enchanté », la traduction d'un roman persan qui roule sur la même légende, mais qui diffère essentiellement du roman hindoustanî.

2° Le *Baïtâl pachîcî* ou *Vétâla panchavinsati* « les Vingt-cinq histoires d'un génie ». Cet ouvrage a été tra-

---

[1] Il y a d'autres rédactions hindies de cet ouvrage. J'en ai, entre autres, dans ma collection particulière, une en octaves et en caractères persans. Elle est intitulée *Pothî Singhâçan battîcî.*

duit, comme le précédent, du sanscrit en braj-bhâkhâ,
par Sûrat Kabîschwar, et de ce dialecte en hindoustanî.
Lallû fut aidé dans ce second ouvrage par Mazhar 'Alî
Khân Wilâ, ou, pour mieux dire, ce fut lui qui aida
Wilâ, qui est ainsi le principal rédacteur de cette version. De plus, James Mouat, alors professeur d'hindoustanî au Collége de Fort-William, chargea Tarinî Charan Mitr de revoir ce travail et d'en enlever les mots
braj-bhâkhâ peu usités dans l'hindoustanî courant.

Il y a plusieurs éditions de cet ouvrage : une de Calcutta, 1809; d'Agra, 1843; d'Indore, 1849. Le capitaine Hollings en a donné une traduction complète en
anglais à Calcutta en 1848, in-8°, et Mr. Lancereau
l'analyse dans le Journal Asiatique en 1851. Feu
B. Barker en a donné à Londres en 1855 une édition
grand in-8°, avec une traduction interlinéaire et des
notes; l'infatigable D. Forbes, en 1857, une édition
accompagnée d'un vocabulaire; et Ed. B. Eastwick une
autre en 1855, accompagnée aussi d'une traduction
interlinéaire.

Il en a paru une rédaction en vers qui a été annoncée
dans le catalogue de janvier 1869 de Nawal Kischor de
Lakhnau; et Iswar C. Vidya Sâgar l'a traduit de l'hindî
en bengali, sous le titre de *Bétâl panchavinsati*[1].

3° Le roman de *Mâdhûnal* (*Quissa-i Mâdhûnal*), dans
la rédaction duquel Lallû aida encore Mazhar 'Alî Khân
Wilâ.

4° Le roman de *Sacountala* (*Sakuntalâ nâtak*), à la
rédaction duquel il coopéra avec Kâzim 'Alî Jawân[2].

[1] J. Long, « Descriptive Catalogue of bengali works », p. 78.
[2] Je crois qu'on a confondu quelquefois cet auteur avec Lâl, dont il
a été parlé plus haut.

On attribue à Lallu Lâl, outre les ouvrages que j'ai déjà cités :

1° Le *Lâla chandrika* « le Clair de lune de Lâla [1] », commentaire sur le *Satsaï;*

2° Le *Vinaya patrika* « Feuille ou Livre sur la bien-séance », dont il y a plusieurs éditions, de Calcutta, d'Agra et de Gàzipûr. Toutefois il parait n'être que l'éditeur de ces deux derniers ouvrages, le premier étant de Kabi Lâl ou Lâl Kavi, et le dernier de Tulcî.

LATAFAT [2] (le saïyid Haçan Muçawî), de Lakhnau, fils aîné et élève du saïyid Agâ Haçan Amànat [3], est auteur d'un Dîwân dont Muhcin cite des gazals.

I. LATIF [4] (Mîr Schams uddîn) est un écrivain hin-doustanî natif de Surate. Il était âgé de trente-deux ans lorsque Mashafî écrivait sa Biographie, et il habitait Lakhnau peu de temps avant l'époque où Béni Nârâyan mit au jour son Anthologie. Selon les biographes origi-naux, Latif avait le génie de la poésie. Effectivement on trouve de lui, dans le *Dîwân-i Jahân,* un court gazal qui est assez remarquable. Il était saïyid de bonne race, et Sarwar en fait un grand éloge. Sprenger dit que Sarwar lui donne le takhallus de *Lutf,* ce que mon manuscrit ne porte pas.

II. LATIF ( Mîr Latîf 'Alî), élève de Dard, est au-teur de vers mystiques. Il était joaillier de profession, et il mourut en 1214 (1799-1800).

---

[1] *Lâla* avec un *hé* final est l'orthographe musulmane de *lâlâ* « maître, précepteur », titre des vaïs et spécialement des kàyaths. Les musul-mans écrivent de même *râjah* au lieu de *râjâ*, etc.

[2] A. « Grâce, gentillesse ».

[3] Voyez son article, t. Ier, p. 104.

[4] A. « Agréable, bon, bienveillant ».

LIÇAN [1] (Mir Kalîm ullah) est un écrivain hindoustanî distingué qui mourut à la fleur de l'âge pendant le règne du sultan mogol Ahmad Schâh. Il était lié avec Fath 'Alî Huçaïnî, qui nous apprend que c'était un jeune homme d'une intéressante figure et d'un bon caractère, et qui cite plusieurs vers extraits de ses écrits.

LUKNAT [2] (Muhammad Baschir Khan), de Râmpûr, frère de Gam-zâd et élève de Mustaquîm Khân Waç'at, est un poëte hindoustanî dont Muhcin cite des vers dans son Anthologie.

LUTF [3] (Mirza 'Alî), de Dehli, spirituel écrivain hindoustanî, était fils et élève de Kâzim Beg Khân Hijrî, qui habitait Asterâbâd, dans le Jorjan. En l'année 1154 de l'hégire (1741-1742), Kâzim alla à Dehli avec Nâdir Schâh, et par l'entremise d'Abû'lmansûr Khân Safdâr Jang, il obtint des faveurs royales. Il est auteur de poésies persanes dans lesquelles il a pris le takhallus de *Hijrî* « hégirien ». Quant à Lutf, son fils, il s'adonna au contraire à la poésie hindoustanie, pour laquelle il fut élève, selon Scheftâ, de Mîr Taqui. On lui doit un *Tazkira* ou Biographie des auteurs hindoustanis [4], auquel il a donné le titre de *Gulschan-i Hind* « Jardin de

---

[1] A. « Langue ». Tel est réellement le takhallus du poëte que j'avais appelé *Lassân* dans ma première édition. Généralement, en effet, les takhallus sont des noms d'action arabes et non des adjectifs. Je suis d'ailleurs ici la leçon du savant Dr A. Sprenger, qui a eu sur moi l'avantage non-seulement d'écrire quinze ans plus tard, mais surtout d'être sur les lieux et d'avoir à sa disposition beaucoup plus de matériaux originaux que je n'en avais alors. Voyez son « Catalogue of the Libraries of the Oude », t. Ier, p. 250.

[2] A. « Bégayement ».

[3] A. « Bonté ».

[4] *Tazkira uschschu'arâ li Mirzâ 'Alî Lutf nazm o nasr* « Mémorial des poëtes par Mirzâ 'Alî Lutf, vers et prose ».

l'Inde », et qu'il a écrit en 1215 de l'hégire (1800-1801).
Ce Tazkira se compose de notices écrites en hindoustanî,
plus étendues généralement que celles des autres biographes originaux, et de beaucoup de citations. Lutf nous
fait savoir dans sa préface qu'il a rédigé son travail dans
le genre du *Gulzâr-i Ibrâhîm*, et que, dans le but de
donner de la popularité à la biographie des poëtes de
l'Inde moderne, il l'a écrit en hindoustanî, langage plus
à la portée du commun des lecteurs. Comme, d'après
la préface de Lutf, on pourrait croire que le *Gulschan-i
Hind* est un travail presque identique avec celui d'Ibrâhîm, je dois dire au contraire qu'il en est entièrement
distinct, qu'on y trouve des notices qui n'existent pas
dans le *Gulzâr,* et que les autres offrent des citations et
des renseignements nouveaux, et sont généralement
beaucoup plus étendues. Dans la première partie, il s'agit
de soixante poëtes que leurs Dîwâns ont rendus célèbres ; car un poëte ne saurait acquérir de la réputation
dans l'Inde s'il n'a produit un ou plusieurs de ces recueils de gazals dont les rimes parcourent toutes les
lettres de l'alphabet. Dans la seconde partie, Lutf devait
parler des poëtes d'un rang inférieur ; mais il nous apprend dans sa préface que cette partie n'a pas été terminée. En effet, le premier ministre du Nizâm possède
dans sa bibliothèque un exemplaire de cette biographie,
qui ne contient que le tome I<sup>er</sup>. Il en est de même, par
suite, de la copie que j'ai dans ma collection particulière,
copie que le général J. Stewart voulut bien faire prendre pour moi sur l'exemplaire de Haïderâbâd. C'est
un volume in-folio de plus de 400 pages, écrit par le
saïyid Zû'lficâr 'Alî Tajallî, en 1253 de l'hégire (1837-
1838). Lutf rédigea cet ouvrage sous le règne du nabâb

d'Aoude Sa'àdat 'Ali, dont il fait dans sa préface un pompeux éloge.

Lutf habita Patna, Lakhnau, et enfin Haïderâbâd, où il arriva un an après Kamâl, qu'il avait déjà connu à Lakhnau et qu'il retrouva en cette ville. Il vivait encore à l'époque de la rédaction du *Majma' ulintikhâb*.

Les poésies hindoustanies de Lutf sont nombreuses. Il en est cité soixante-douze pages dans son Tazkira, comprenant des gazals, des cacidas et un long masnawî érotique [1].

Sarwar le distingue d'un autre Mirzâ 'Ali Lutf, de Lakhnau, qu'il dit élève de Malûl et qui serait le rédacteur du *Gulschan-i.Hind;* mais je crois ces deux personnages identiques.

LUTF ULHACC [2] est auteur de l'ouvrage intitulé *Salâh ulmumintn* « le Bon accord des croyants » , qui a été imprimé à Calcutta en 1849, in-8°.

LUTF ULLAH (Mirzá), de Surate. Il paraît que ce personnage, devenu célèbre en Europe par son « Autobiography [3] » , est auteur d'un ouvrage écrit en hindoustanî urdû sur la médecine, et intitulé *'Ajîb ul'amâïd* « l'Étonnant des piliers (principes médicaux) » , mentionné dans le « Catalogue of native publications in the Bombay presidency », 1867, p. 124. Cet ouvrage a été publié à Surate en 1860, in-12 de 192 p. Lutf ullah est aussi auteur d'un traité sur le choléra, écrit également en hindoustanî et publié à Bombay en 1850, in-4° de 64 p.

---

[1] Lutf a aussi inséré çà et là, dans son Tazkira, des vers urdus de sa façon, entre autres, à l'article sur Tânâ.

[2] A. « La grâce de Dieu (la vérité par essence) » .

[3] J'ai donné dans le numéro du 10 octobre 1857 du *Journal des Débats* une notice détaillée sur Lutf ullah et sur son livre.

LUTFI[1] est un des anciens poëtes du Décan; mais les biographies originales ne donnent aucun détail sur lui. Mîr cite seulement trois vers de cet écrivain, et 'Alì Ibrâhîm se contente de transcrire le dernier de ces vers. En voici la traduction :

J'étais étendu par terre dans la rue de l'amour, souffrant sans me plaindre les peines les plus cruelles; mais la mère de ma jeune maîtresse est arrivée, et a augmenté par ses remontrances les tourments de mon cœur.

Câïm, dans son Tazkira, nous apprend que ce poëte dakhnî se nommait Lutf 'Alì, et que *Lutfî* est son surnom poétique.

J'ignore si c'est au même écrivain qu'on doit un conte intitulé *Quissa-i Bahlûl Sâdic o rânî Narkhâ Chînî,* « Histoire de Bahlûl le Juste et de la reine Narkhâ la Chinoise », dont on conserve un manuscrit à la bibliothèque de l'East-India Office, et qui a pour auteur un personnage nommé Lutfî.

Schorisch cite un Lutfî qu'il dit être un poëte âgé[2].


# M

I. MAÇARRAT[3] (le schaïkh WAZÌR 'ALÌ), fils de Câcim et élève du hakîm 'Izzat ullah Khân 'Ischc, est un poëte hindoustanî qui habita d'abord Dehli, sa ville natale, puis se retira à Haïderâbâd du Décan, où il fit partie des beaux esprits dont Chandû Lâl[4] recher-

---

[1] A. P. « (Fils) adoptif ».
[2] Sprenger, « A Catalogue », p. 250.
[3] A. « Joie ».
[4] Voyez son article.

chait la société. Schefta donne un échantillon de ses
vers et Câcim en cite un grand nombre. Muhcin en cite
aussi quelques-uns.

II. MAÇARRAT (SCHANKAR), de la tribu des kàyaths,
élève de Muhammad Nacîr uddîn Nacîr, est un poëte
mentionné par Sarwar.

III. MAÇARRAT (le hakim hâjî MÎR AHMAD HUÇAÏN)
est un musulman de Bombay dont on trouve plusieurs
tarikhs écrits en hindoustani à la suite des « Hindoostanee Selections » du saïyid Huçaïn.

MACBAH [1] (le munschi MUHAMMAD IBRAHÎM) est auteur
1° d'une Grammaire hindoustanie imprimée à Bombay
en 1823, sous le titre de *Tuhfa-e Elphinstone* « Présent à
Elphinstone [2] », après avoir été revue par le major
Van Kennedy. Depuis 1802, l'auteur enseignait, à Bombay, l'hindoustanî aux Anglais qui arrivaient dans cette
ville sans savoir cette langue; et il avait acquis ainsi,
par leur fréquentation, la connaissance de la langue
anglaise. Après avoir lu les ouvrages que Gilchrist a
composés pour l'étude de la langue hindoustanie, il écrivit
à son tour une grammaire élémentaire en anglais [3], spécialement destinée à l'usage de ses élèves, et dont ceux-ci
lui corrigèrent le style. Cette grammaire me parait contenir bien des paradoxes; elle est certainement inférieure
à celle de Shakespear. Ce qu'il y a d'intéressant seulement, ce sont de nombreux exercices, en anglais et en
hindoustanî, sur les temps et les modes des verbes,
exercices qui font allusion à beaucoup d'usages de l'Inde,

---

[1] J'ignore quel est ce mot, qui parait être arabe.
[2] C'est-à-dire à l'honorable Montstuart Elphinstone, alors gouverneur de la présidence de Bombay.
[3] La préface seulement est en hindoustani et en anglais.

et une pétition originale adressée à un juge par un individu nommé Schaïkh Mansûr. On y trouve aussi la description de la bataille de Pânipat, écrite en hindoustani.

Macbah fut élu, en 1836, membre non résident de
la Société Royale Asiatique de Londres, et, le 13 mai
1840, membre du Conseil (Board) de l'éducation des
natifs de Bombay [1] par la Société de l'éducation des
natifs qui a eu l'honorable Montstuart Elphinstone pour
fondateur, « Elphinstone native education Society ».

Outre l'ouvrage de Macbah que j'ai cité plus haut,
on lui doit aussi :

2° Les Annales de Gurkà ou Aurangâbâd, traduites
du persan et mises au jour à Bombay en 1224 (1809-
1810), ouvrage dont R. Houghton, frère de Sir Graves,
possédait une copie ;

3° L'*Hindoostanee taleem nama* « Livre d'enseignement hindoustani », en deux vol. in-8°, publié à Bombay
en 1835 pour la Société de l'éducation des natifs. Cet
ouvrage contient des avis aux enfants, des histoires
destinées à mettre en relief ces avis, les règles de l'arithmétique, celles de la grammaire [2], des formules de lettres,
d'actes, etc. Je pense que c'est une nouvelle édition du
même ouvrage qui a été publiée à Bombay en 1845
sous le titre de *Ta'lîm-nâma,* en deux vol. in-4°. Il y
a aussi un *Ta'lîm-nâma* imprimé à Madras en un vol.
in-12 en 1835, dont la bibliothèque de l'East-India
Office possède un exemplaire.

I. MACBUL [3] (MIYAN MACBUL-I NABÎ), de Dehli, fils

---

[1] « Asiatic Journal », octobre 1840, as. intell., p. 144.
[2] Cette partie n'est que la reproduction abrégée du *Tuhfa-é Elphin-stone.*
[3] A. « Agréé », pour *Macbûl-i nabî* « agréé du Prophète ».

d'Yaquîn [1] et élève de Sanâ uddîn Firâc, avait résidé à Farrukhâbâd et y était connu sous son titre honorifique de *Mazhar uddîn* [2] *Khân*. Il avait réuni soixante mille vers d'environ trois cents poètes hindoustanis anciens et modernes ; mais cette collection fut malheureusement la proie des flammes. Il était lié avec Zukâ, à qui le Dr Sprenger a emprunté ce dernier détail, et j'ai trouvé le reste dans le *Gulschan bé-khâr*.

II. MACBUL (Lala Jaï Singh Raé), habile calligraphe, fils de Chanî Lâl, originaire de Muradâbâd et habitant de Lakhnau, élève du munschi Mendû Lâl Zâr, est auteur d'un Dîwân dont Muhcin cite des gazals.

III. MACBUL (le maulawî Macbul-i Ahmad ou Ahmad Macbul) est un poëte contemporain mentionné par Zukâ, qui était à Dehli en 1247 (1831-1832), et à qui on doit :

1° L'*Arkân arba'* « les Quatre piliers », ouvrage qui traite des devoirs de la religion musulmane ; Lakhnau, 1262 (1845-1846), in-8° ;

2° Le *Quissa Rânjhâ Hîr* « Histoire de Rânjhâ ou Rânjhan et de Hîr ( Héro et Léandre?) [3] » ; et 3° le *Saci o Panû* ou *Panûn* [4], célèbres amants orientaux dont les légendes sont l'objet de plusieurs romans hindoustanis [5]. Ces deux derniers ouvrages, qui sont en prose, ont été imprimés ensemble à Dehli en 1265 (1848-1849), en un in-8° de 36 p. dé 21 lignes.

[1] Voyez son article.
[2] « Manifestation de la religion ».
[3] J'en ai donné la traduction dans la « Revue de l'Orient », numéro de septembre 1857.
[4] Il sera parlé plus loin de cette légende à l'article Muhabbat Khan.
[5] Il y en a aussi des rédactions dans d'autres dialectes spéciaux, en sindhi, par exemple. Le texte et la traduction en vers anglais de cette dernière version ont été publiés par le colonel F. G. Goldsmith, in-8°, Londres, 1863.

C'est sans doute le même Macbûl Ahmad qui est l'auteur du *Dard-i ulfat* « Chagrin d'amour », masnawî composé en 1250 (1834-1835), et dédié à Nacîr uddîn Haïdar, roi d'Aoude, et dont j'ignore le sujet. On en conservait l'exemplaire autographe à la bibliothèque du *Motî Mahall* de Lakhnau ; il se compose de 48 p. de 11 lignes.

Voici un gazal de Macbûl que je trouve dans son *Hîr o Rânjhâ*, et qui me paraît digne d'être cité :

Mon amie s'est mise en route pour le royaume de la mort : aussi le domaine de ma vie est-il au pillage.

Le pan de ma robe est désormais privé de la perle de mon but : comment mon cœur ne serait-il pas déchiré et propre à être donné comme un étonnant exemple *des vicissitudes du temps?*

Je ne détournerai pas mon visage du dévouement, quand même je devrais y perdre la vie. Voilà la place ; voilà ma boule et mon maillet.

Puisque le vent de la mort éteint la bougie de la vie de ma bien-aimée, comment ma chambre à coucher ne deviendrait-elle pas aussi obscure que la nuit la plus noire?

Lorsque par l'effet du vent impétueux des événements cette rose s'est fanée, mets alors dans le nid de la terre ton rossignol plaintif [1].

Le feu qui dans un instant s'élève de la terre noire jusqu'au ciel, c'est la plainte qui provient de l'agitation de mon cœur.

Je suis ce Farhâd dont le ciseau n'est autre chose que l'ongle dur. La montagne de ma poitrine nue est « sans appui » (*bé-sutûn* [2]).

Pourquoi me tourmenter? si le loup du chagrin songe à la

[1] C'est-à-dire, « meurs ».
[2] Allusion à la signification du nom de cette montagne, où, selon les musulmans, Farhâd grava des inscriptions expliquées de nos jours. Je dois seulement faire observer que le nom de *Béhistûn*, que donnent à ce mont les cunéiformistes, détruit l'étymologie persane.

16

brebis de mon cœur, la faveur d'Ahmad (Mahomet) l'élu (*macbûl*) sert de berger à Macbûl.

Voici encore la prière en vers qui termine le roman mystico-érotique de Hîr et Rânjhan, et qui en forme l'épilogue :

O Seigneur, je te demande actuellement d'imiter Hîr et Rânjhan. Rends-moi tellement oublieux de moi-même que je n'existe qu'en toi. Éloigne-moi de la ville de l'existence et rends-moi voyageur de l'empire de la mort. Mets un lâkh de parasanges entre moi et l'amour désordonné des créatures et la cupidité ; mets sur ma poitrine la pierre du contentement. Que j'aime le souvenir de l'immortalité, et, séparé de mes connaissances et de mes proches, j'obtiendrai la souveraineté du royaume de l'éternité. Je suis tellement plongé dans le tourbillon de l'amour (divin), que son eau efface les traces de la concupiscence. Je suis absorbé jour et nuit dans ta pensée et enfoncé matin et soir dans ta méditation. L'amour sera mon compagnon dans l'angle du tombeau ; la pierre du malheur ne cassera pas la fiole de la patience. L'éclair de la familiarité a brûlé le vétyver de l'existence, mon âme agitée a dissous la neige de la mort. Comme le soleil de l'éternelle beauté a brillé, je suis devenu un atome indéterminé. Lorsque je porte mes yeux vers le ciel, le zèle de l'unité me met en poudre. Le murmure de mon cœur s'anéantira sur le feu du désir, et la poussière de mon corps affligé deviendra un élixir.

MACDUR [1] (Mîr Muhammad Ibrahîm), natif de Nathar-nagar, est un des poëtes les plus distingués de China-patan ou Madras. Il avait le titre de « Roi des poëtes » et occupait des fonctions dans l'administration anglaise. Cependant il quitta le monde et vécut dans la solitude. Il fut à la fois élève et disciple de S. S. Schamim ullah Schâh Càdirî, plus connu sous le nom de *Burhana*

---

[1] A. « Destiné ».

*Schamscher* « épée nue ». On lui doit, entre autres, un masnawî estimé.

Muhcin cite dans son Tazkira des vers de ce poëte.

I. MAÇIH [1] (Miyan et Mirza Baratî), originaire de Cachemire et natif de Dehli, était, nous dit Sarwar, un jeune homme fort instruit qui s'occupait de commerce par état et de poésie par goût. Il était, selon Câcim, neveu (fils de sœur) du nabâb Wajîh uddîn [2] Khân Wajîh.

II. MAÇIH (Mirza Maçîh ullah Beg [3]), de Dehli, connu simplement sous le nom de *Maçîh* et aussi de *Mirzâ Hâjî*, est un poëte hindoustanî distingué, mort peu de temps avant la rédaction du Tazkira de Câcim. Il était militaire de profession et élève de Mîr Fath 'Alî Schâh Huçaïnî Gurdézî, le biographe.

III. MAÇIH (le nabâb Muhammad Maçîh Khan), de Lakhnau, est mentionné par Bâtin parmi les poëtes hindoustanis de son Tazkira.

IV. MAÇIH (Mîr Haschim 'Alî), fils du câzî du casba de Jaïs, des dépendances de Lakhnau, élève du nabâb 'Aschûr 'Alî Khân Bahâdur, est un poëte hindoustanî dont Muhcin cite des vers dans son Anthologie.

V. MAÇIH (le hakîm Muhammad 'Alî), de Lakhnau, fils du hakîm Walî ullah Khân, est aussi mentionné par Muhcin.

MAÇIH UDDIN [4] KHAN BAHADUR (le maulawî), agent de S. M. le roi d'Aoude Wâjid 'Alî, accompagna la mère du roi, la reine douairière, en Angleterre

[1] A. « Messie, Christ », titre du Sauveur, employé comme nom propre par les musulmans.
[2] Câcim le nomme *Wajîh uddaula*.
[3] Sarwar le nomme *Mirzâ Schaïkh ullah Beg*.
[4] A. « Le Christ de la religion (musulmane) ».

et à Paris, où elle est venue mourir le 24 janvier 1858,
en qualité d'agent ou de ministre, car on lui donnait le
titre d'Excellence. Il est auteur de plusieurs ouvrages
persans de philosophie, d'astronomie et de géographie;
d'un ouvrage écrit en anglais sur les affaires d'Aoude[1],
et d'un ouvrage hindoustanî urdû intitulé *Daryâ-é latâfat*
« l'Océan de l'élégance » , c'est-à-dire grammaire, rhétorique et logique. Ses compatriotes faisaient grand cas
de sa science et le considéraient comme un homme de
grand mérite.

MACIH ULLAH[2] KHAN est un poëte hindoustanî
qui était jeune quand Câcim, qui en cite un grand
nombre de vers, écrivait son Tazkira.

MACIHA[3] (le hakîm MUHAMMAD 'ALî KHAN), fils de
Mustafâ Khân, de Lakhnau, et élève pour la poésie
d'Imâm-bakhsch Nâcikh, était historiographe royal et
aussi poëte, car il est auteur d'un Diwân dont Muhcin
donne des gazals. Ce biographe le nomme tantôt Macîhâ,
tantôt Macîh. Il était médecin de profession, et Muhcin
l'appelle « Médecin incomparable » .

MACIR[4] (le schâh-zâda GUIHDAUN-WACAR MIRZA MUHAM-
MAD HUMAYUN-CADR BAHADUR), de Lakhnau, fils de Mirzâ
Muhammad Khursched-cadr Caïçar, et petit-fils de Mirzâ
Muhammad Armân-cadr Bahâdur, a écrit des poésies
hindoustanies dont Muhcin donne un échantillon dans
son Tazkira.

MACSUD[5] (MUHAMMAD), de Lakhnau, fournissait de

---

[1] « Oude, its Princes and its Government vindicated »; London, 1857,
in-8°.
[2] A. « Le Christ de Dieu ».
[3] A. Synonyme de *Macîh* « Messie, Christ ». *Macîhî* signifierait
« chrétien », et, vu ses noms musulmans, ce poëte ne pouvait l'être.
[4] A. « Marcheur, voyageur ».
[5] A. « (But) proposé, intention ».

l'eau aux gens du bazar et réussissait assez bien à composer des vers hindoustanis qui faisaient les délices des
vendeurs et des acheteurs. Mashafî dit que, à cause qu'il
était illettré, on ne l'a pas compté parmi les poëtes anciens, c'est-à-dire ceux qui, dans le nord, ont précédé
l'époque où florissaient Saudâ, Mîr et Haçan. Toutefois
il lui a consacré un article assez étendu dans sa Biographie. Ses enfants furent ses élèves. On chante ses poésies
dans les réunions et les foires, surtout pendant la fête
hindoue du *holî* [1].

MACTUL [2] (MIRZA IBRAHÎM BEG), fils de Mirzâ Muhammad 'Alî, descendait d'anciens mirzâs d'Ispahan. Quant
à lui, il naquit et fut élevé à Dehli. Il connaissait bien
les règles de l'*inschâ* [3] et de la poétique, et il joignait à
la théorie la mise à exécution, car il écrivait les vers
hindoustanis avec beaucoup de goût et d'imagination.
Il était élève de Mashafî, qu'il consultait sur ses vers, et
auquel, en outre, l'amitié le liait. Il dit quelque part :

Je dois à Mashafî la facilité que j'ai à m'énoncer en vers;
que Dieu prolonge sa vie dans ce monde!

Il avait plus de trente ans en 1793.

MA'CUL [4] est un poëte mentionné par Schefta, à
moins qu'il ne faille lire *Mactûl,* auquel cas il faudrait
supprimer cet article. On trouve, à la vérité, plus haut,

---

[1] Voyez ma « Notice des fêtes populaires des Hindous », p. 38 et
suivantes.

[2] A. « Tué ».

[3] Le mot *inschâ* indique spécialement, ainsi que je l'ai dit dans l'Introduction, un « Manuel épistolaire », mais il signifie aussi en général
« l'art épistolaire », c'est-à-dire la connaissance du protocole des
lettres, du style qu'on doit y employer, etc. Il signifie même l'art d'écrire
en général.

[4] A. « Raisonnable ».

l'article MACTUL; mais ce n'est peut-être pas, ainsi que dans d'autres cas, une raison suffisante.

MADAN [1] ou MANDAN est un poëte hindouî dont Broughton a publié un chant populaire [2].

MADHAW [3] SINGH est auteur du *Débi charitr saroj* « le Lotus de l'histoire de la déesse (Durgà) », texte en vers et commentaire en prose, ouvrage hindî imprimé à Bénarès par les soins du munschî Harbans Lâl, en 1862; in-8° de 270 p. de 20 lignes, illustré de nombreux dessins.

MADHO ou MADHU [4] RAM est auteur d'une collection de lettres écrites en hindoustanî qui forment une sorte d'*Inschâ* ou « Manuel épistolaire », imprimé à Râmpûr en 1863, in-8° de 118 p.

MADHO-DAS, et plus régulièrement MADHU-DAS [5], est un très-célèbre écrivain hindî à qui on doit, entre autres poésies, des cantiques ou hymnes qui sont devenus populaires dans l'Inde.

Le *Bhakta mâl* lui a consacré un article dont voici la traduction :

### CHHAPPAÏ.

Outre Vyâça, Manu a fait paraître Madho, l'amour du monde.

Il lut d'abord des portions du Véda et les dix-huit Purânas, puis il étudia le *Bhagavat*, le *Mahâbhârata,* etc., et il contribua ainsi à la gloire de Hari. Enfin, après avoir étudié tous les livres sacrés, il en développa le sens en bhâschâ (hindi).

---

[1] I. « Amour », et nom de Kâmadéva, le dieu de l'amour.
[2] « Hindoo popular Poetry », p. 45.
[3] 1. *Mâdhaw* « de miel », un des noms de Krischna.
[4] I. Madhu est proprement le nom d'un démon tué par Krischna.
[5] 1. « Serviteur de Krischna ».

Il traversa le monde de l'existence en chantant des hymnes sur les victoires et les jeux de Krischna. Il fut aimé de Jagannâth, et son cœur fut pénétré de sentiments d'amour envers lui et de la perfection de la pénitence.

Outre Vyâça, Manu a fait paraître Madho, l'amour du monde.

### EXPLICATION.

Le brahmane Madho-dâs habitait Kanoje; il aimait à penser que lorsqu'il aurait un enfant tant soit peu capable de gagner quelque chose, il lui confierait sa maison, et irait au *Nilâchal*[1]. Sur ces entrefaites, sa femme mourut. Il en éprouva du découragement, en voyant que Dieu avait fait le contraire de ce qu'il désirait.

« C'est ainsi, ajouta-t-il, qu'un jour un voyageur, fatigué de la route, pensait que s'il avait un cheval il monterait dessus, et pourrait la poursuivre *plus facilement*. Mais voilà qu'un Mogol, qui était monté sur une jument, vint à passer. Comme le poulain de sa jument était fatigué, il se saisit de ce voyageur, et mit le poulain sur ses épaules. »

Celui qui s'enorgueillit de sa position est bien insensé. N'est-il pas sous la tutelle de l'Être qui conserve toutes choses?

#### DOHA.

Vous qui dites : Je donne à ma famille la nourriture et le vêtement, pourriez-vous dire quels arbres et quelles plantes flétris vous avez rendus verts?

Ayant donc fait ces réflexions, Madho-dâs quitta sa maison, alla à Nilâchal, éleva au bord de la mer une chaumière de branches d'arbre, et s'y renferma. Sans céder ni à la faim ni à la soif, il resta absorbé dans *la contemplation* de la forme de Jagan-nâth.

Cependant la réputation de Madho-dâs se répandit. Une

---

[1] C'est-à-dire, « montagne bleue ». Ce sont des monts cités dans les Purânas. (*Wischnu Purâna*, p. 184). On les place dans le district de Kathac, sur la côte d'Orissa. Il ne faut pas les confondre avec les *Nilgheris,* dont le nom a la même signification, mais qui forment les Ghâts de la côte de Malabar.

grande foule accourait *pour le visiter*, au point qu'il n'avait
plus le temps de méditer et de prier. Pour détruire sa renommée, il s'imagina d'aller mendier. Le matin venu, il alla à la
porte d'une *vieille* femme qu'elle était en train de nettoyer.
Elle lui jeta le chiffon qu'elle tenait entre les mains. Ayant
considéré la qualité *de l'étoffe*, Madho-dâs l'emporta, le lava
dans l'eau, et le fit sécher ensuite. A la nuit il en fit une
mèche, et en ayant allumé une lampe, il la plaça dans le palais du Seigneur et fit cette prière : « De la même manière
que votre temple est éclairé par le chiffon de cette femme,
qu'ainsi son cœur soit éclairé ! » Aussitôt que la mèche commença à brûler, la vieille se mit à se repentir, et se frappant
la tête, elle disait : « J'ai frappé un waïschnava, en lui jetant
mon chiffon. Ai-je bien pu faire une action aussi blâmable ! »
Le lendemain Madho-dâs retourna voir cette femme. Elle
accourut et tomba à ses pieds, en lui demandant pardon de
sa faute.

Madho-dâs alla d'abord à Brindâban visiter tous les lieux
célèbres par les jeux de Krischna ; puis à Bhandir [1] pour voir
Braj. Là, le waïschnava Kschéma-dâs mangeait dans la nuit
en se cachant des waïschnavas. Madho-dâs étant allé auprès de
lui, s'assit, et resta ainsi sans se lever. Quand la nuit fut
avancée, Kschéma-dâs ne pouvant faire autrement retira de
la terre des provisions qu'il y avait cachées, et les ayant ap-
prêtées, il les servit à Madho-dâs sur deux plats de feuilles
d'arbre, et l'invita à venir manger. Aussitôt que ce dernier eut
porté la main sur ces aliments, ils se changèrent en vers qui
s'éloignèrent. Kschéma-dâs étonné demanda *ce que cela si-
gnifiait*. Le saint lui répondit : « Quand tu manges en te cachant des sâdhs, tu te nourris toujours de vers. Désormais tu
prendras seulement, pendant douze ans, de la nourriture
froide, pour être délivré *du fardeau* de ta faute. » Ainsi fit
Kschéma-dâs.

De là Madho-dâs alla à Haryana [2], où il fut témoin des représentations qu'on faisait d'après ses propres écrits.

[1] Ce mot paraît désigner le district où est situé Braj.
[2] District de la province de Dehli.

On raconte de Madho-dàs beaucoup de traits analogues. Je me suis borné à en donner un échantillon.

**MADHU SUDAN SIYAL** (le Rév.) est un Hindou converti à qui on doit un « Manual of english and hindustani terms, phrases, etc., in the roman character »; in-12, Calcutta.

**MADHU-TUDAN** (le pandit) est auteur d'une brochure urdue intitulée *Chob-i Chini prakásch* « Histoire du *Smilax China* », traité sur l'esquine (*China root*), médicament connu.

Il y en a une édition hindie de Lahore, 1852.

**MADHUSCH** [1] (Mîn Nabî-Jan [2]), petit-fils du khwâja Muhammad Bâcit et élève de Mîr Soz, est un poëte hindoustani très-distingué, s'il faut en croire les biographies originales.

**MADHWA MUNI SWAR**, poëte de caste brahmanique qui vivait du temps d'Amrita Râjâ. Il demeura à Kanoje, à Bombay, à Aurangâbâd. On lui doit le *Dhaneswara charitra* « Histoire de Kuvera », qu'on attribue aussi à Nâtha, selon le *Kavi charitr*.

**MADRALA BHATTA** [3] était un brahmane fort dévot à Râma, mentionné dans le *Kavi charitr* comme auteur des ouvrages suivants :

1° *Madral satak* « les Cent stances de Madral »;

2° *Madral Râmâyana* « Râmâyana par Madral ».

I. **MAFTUN** [4] (Mirza Ibrahîm Beg), originaire d'Ispahân, fut élève de Miyân Gulâm-i Hamdânî Mashafî.

---

[1] A. « Étonné, ivre ».
[2] *Nabî-jân*, expression hybride arabe-persane qui signifie « âme du Prophète ».
[3] I. « Le philosophe Madral ».
[4] A. « Séduit, fasciné, amoureux ».

Béni Nârâyan en cite un court gazal dont voici la traduction :

> Lorsque ces beautés qui rendent idolâtres tressent leurs cheveux, elles lient mon cœur amoureux dans les tortillements de leurs boucles.
>
> Je ne vis pas comme le rossignol dans son jardin, je fais maintenant mon nid ailleurs.
>
> Je répandrai des larmes de sang, si de leurs *mains* elles mettent du hinna à leurs *pieds*.
>
> Je supporterai la tyrannie, mais je ne renoncerai pas à la vie ; je contracte avec vous cet engagement de fidélité...
>
> Dans chacune de leurs tresses elles enserrent le cœur des amants, et elles déterminent ainsi leur malheur.
>
> Ma bien-aimée, pourquoi n'as-tu pas regardé l'état de Maftûn, qui a entouré lui-même ses reins de la ceinture de l'esclavage ?

Mirzâ 'Alî Rizâ Marhûn prit d'abord le surnom de *Maftûn*, s'il faut en croire Béni Nârâyan. Il en sera parlé au mot MARHUN.

II. MAFTUN (Kazim 'Ali), d'Allahâbâd, est un poëte hindoustanî cité par 'Alî Ibrâhim dans sa Biographie. Voici la traduction du seul vers qu'il en donne :

> A quoi bon me plaindre de mes rivaux à cette insouciante ? cette jeune et charmante étourdie ne sait pas distinguer ce qui est bien de ce qui est mal.

III. MAFTUN (Miyan Badr uddîn), alchimiste et poëte, et comme tel élève de Mîr Farzand-i 'Alî Mauzûn, était originaire du Panjâb, mais né à Dehli et marchand de drap de profession. Il est mentionné par Sarwar.

IV. MAFTUN (Mirza Karîm-bakhsch) est un prince de la famille royale de Timûr qui est auteur de poésies hindoustanies.

V. MAFTUN (le pandit Motì Ram), de Cachemire, était, lorsque Sarwar écrivait son Tazkira, un jeune poëte élève de Mîr Camar uddin Minnat et de Mîr Mamnûn. On lui doit de nombreuses poésies hindoustanies et aussi des poésies persanes dans lesquelles il a pris un autre takhallus que son biographe ne nous fait pas connaître.

VI. MAFTUN (le schaïkh 'Abd urrahîm), Arabe d'origine et natif de Lakhnau, est aussi un élève de Mîr Nizâm uddin Mamnûn, et il est mentionné par Câcim parmi les poëtes hindoustanis de son Tazkira.

VII. MAFTUN (Miyan 'Alî-bakhsch), de Patna, a surtout écrit des poésies persanes, selon ce que nous apprend Schorisch.

VIII. MAFTUN (le saïyid Hadî 'Alî), de Lakhnau, fils du saïyid Fazl 'Alî et élève du schaïkh Imâm-bakhsch Nâcim, est auteur d'un Dîwân dont Muhcin cite des vers.

IX. MAFTUN (Master Gustin [1]), d'Agra, élève de Mirzâ 'Inâyat 'Alî Mâh, est, à ce qu'il paraît, un Anglais qui a cultivé avec succès la poésie hindoustanie, au point que Muhcin en cite des vers dans son Tazkira.

MAGAN [2] LAL (le pandit), d'Allahâbâd, docteur en médecine, a rédigé avec le Dr Walker :

1° Le *Gothan sîtla ké tîkâ déné kâ bayân* « Exposition de la vaccine », in-8° de 30 p. en urdû, et le même ouvrage en hindî, sous le titre synonyme de *Gauthan sîtla ké tîkâ déné kâ barnan;* Agra, 1853, gr. in-8° de 29 p. ;

2° Le *Mubtadi kî pahlî kitâb* « le Premier livre du commençant » ; Allahâbâd, 1861, in-4° de 50 p. ;

[1] Pour Austin (Augustin).
[2] I. « Content ».

3° *Farrukhâbâd aur Badri-nâth ki kahâni* « Histoire de Farrukhâbâd et de Badri-nâth » ; Allahâbâd, 1850, in-8° de 31 p. ;

4° On doit aussi à Magan un ouvrage urdû en faveur des castes indiennes, d'après les Purânas et les Schastars, sous forme de dialogue, et intitulé *Kâschif dacâïc Mazhab-i Hind* « le Révélateur des particularités de la religion de l'Inde » ; Lakhnau, 1861, in-8° de 29 p.

I. MAGMUM [1] (Mîr Maschiyat 'Alî, et selon Zukâ Mast 'Alî) est un poëte urdû élève de 'Izzat ullah 'Ischc, dont Schefta cite des vers dans son *Tazkira*.

II. MAGMUM (Mirza Ishac Beg), de Dehli, employé à la cour, est un autre poëte mentionné par 'Alî Ibrâhîm dans son *Gulzâr*.

III. MAGMUM (Lala Ram Jas), habitant de Lakhnau, est un poëte hindou « dont le cœur avait été brûlé par le samoum de l'amour ». 'Alî Ibrâhîm nous apprend qu'il travailla avec sir William Jones. Magmûm remit lui-même au biographe dont je parle, en 1199 de l'hégire (1784-1785), quelques pièces de vers pour qu'il les insérât dans son *Gulzâr*. Celui-ci en a extrait deux pages qu'on lit dans son ouvrage. Muhcin en donne aussi des vers.

1. MAH [2] est le nom d'une femme que Karîm uddîn cite parmi les personnes de son sexe qui ont cultivé avec succès la poésie urdue. Il fait de sa beauté un éloge qui dépasse les bornes de l'hyperbole la plus outrée ; mais il finit par dire que sa conduite morale ne répond pas à ses belles qualités physiques et intellectuelles.

II. MAH (Mîr Muhammad 'Alî Khan), de Haïderâbâd, est un poëte hindoustani mentionné par Sarwar.

[1] A. « Triste, chagrin ».
[2] P. « Lune » (*mâh*).

III. MAH (Mirza 'Inayat 'Alî Beg), natif de Lakhnau et habitant d'Agra, fils de Mirzâ Faïz 'Alî Beg, petit-fils de Rukn uddaula Mirzâ Murâd 'Alî Khân Bahâdur, jeune frère, de père et de mère, de Mirzâ Hâtim 'Alî Beg Muhr, élève distingué du khwâja Haïdar 'Alî Atasch, est auteur d'un Dîwân dont Muhcin cite plusieurs gazals.

MAHAIS[1] fut un des collaborateurs d'Abû'lfazl et d'autres savants pour la traduction en hindouî des « Nouvelles Tables astronomiques » d'Ulug Beg. Voyez à ce sujet l'article consacré à Abû'lfazl.

MAHANAND[2] fut aussi un des collaborateurs de la traduction hindouie des « Nouvelles Tables astronomiques » d'Ulug Beg, citée dans l'*Ayîn-i akbarî*, t. II, p. 102.

MAHARAJ[3] (le râjâ Hulas[4] Raé), natif de Bareilly et de la tribu des kâyaths, était ministre de Hâfiz ulmulk Hâfiz Rahmat Khân à Bareilly, et poëte hindoustanî distingué. On lui doit un Dîwân rekhta mentionné par Sarwar.

1. MAHBUB[5] (Mîr Gulam-i Haïdarî Curaïsch), fils du célèbre Saudâ, est aussi compté parmi les poëtes hindoustanis. Il naquit à Dehli, patrie de son père. Il est estimé pour la douceur et la flexibilité de son style. Lutf nous apprend qu'il a écrit, entre autres, deux Dîwâns dans le genre de ceux de Mîr. Il vivait à Lakhnau, dans la détresse, en 1215 de l'hégire (1800-1801).

---

[1] I. Proprement Mahes ou Mahescha « grand seigneur », un des noms de Siva.
[2] I. « Grande joie ». On entend par là la félicité éternelle.
[3] I. Synonyme de *mahârâja* « grand roi ».
[4] Dans le manuscrit de Câcim que Sprenger a consulté, on lit *Bhilâs*.
[5] A. « Aimé, aimable ».

Béni Nârâyan en cite un gazal, et Lutf plusieurs vers détachés.

II. MAHBUB (la nabàbe MAHBUB MAHALL), de Mach-hartha, dame du sérail de S. M. le Sultan du monde (c'est-à-dire d'Aoude) Mirzâ Wâjid 'Alî Schâh [1], a cultivé avec succès la poésie hindoustanie, ainsi qu'on peut en juger par un gazal de sa composition dont Muhcin a enrichi son Tazkira.

MAHBUB 'ALI [2] (le maulawî), de Râmpûr [3], est l'éditeur du journal hindoustanî de Mirat intitulé *Urdû miftáh akhbár* « la Clef des nouvelles, en urdû », et qui est imprimé à la typographie nommée *Mîrath Câdiri Press*. Ce journal est écrit dans un style simple et ne contient guère que les nouvelles du jour. Il a plus d'abonnés parmi les Hindous que parmi les musulmans, bien que l'éditeur soit musulman.

Mahbûb 'Alî est aussi auteur d'un abrégé du Dictionnaire urdû du maulawî Auhad uddîn Ahmad, de Balgrâm, intitulé *Nafâïs ullugát* « les Excellences des dictionnaires », sorte de Dictionnaire des dictionnaires, imprimé à Lakhnau en 1841. L'ouvrage de Mahbûb porte le titre de *Muntakhab unnafâïs* « Abrégé du *Nafâïs* ». Il a été imprimé à Lakhnau en 1845, in-8° de 172 p., et en 1847. Il semble n'être qu'une reproduction abrégée de l'*Anfâs unnafâïs* de Mîr Haçan Rizwî [4].

I. MAHDI [5] (MIRZA MAHDI) a traduit en 1211 (1796-1797) une partie de l'*Anwâr-i suhaïlî* en hindoustani,

---

[1] Il s'agit ici du dernier roi, avant l'annexion, retiré aujourd'hui à Calcutta. V. l'article AKUTAR, t. Ier, p. 181.
[2] A. « Le bien-aimé de 'Alî ».
[3] On lui donne aussi le titre de *hakîm* « médecin ».
[4] Voyez son article.
[5] A. Nom du dernier imâm.

sous le titre de *Bàg-i bahâr* « le Jardin du printemps ».
Le savant F. E. Hall m'a fait savoir que cette traduction
n'est pas écrite dans le dialecte d'Antarbed, c'est-à-dire
en pur bhàkhà, comme l'auteur l'annonce dans sa préface, mais dans le dialecte nommé proprement hindî,
pareil à celui du *Singhâçan battîcî* et du *Baïtâl pachicî*.
Son travail forme un in-4° de 205 p. de 19 lignes.

Le Dʳ Sprenger cite, d'après 'Ischquî, un Mirzâ
Mahdî qui est probablement le même.

II. MAHDI (Amin) est un poëte mentionné par Abû'l-
haçan dans son *Maçarrat afzâ*.

III. MAHDI (le nabâb JALAL UDDAULA MAHDÎ 'ALÎ KHAN
BAHADUR SCHUJA'AT JANG), fils du nabâb Yamîn uddaula
Nawâb Sa'àdat 'Alî Khàn Bahàdur, roi d'Aoude de
1798 à 1814, est auteur d'un Dîwàn dont Muhcin cite
des vers dans son Anthologie.

N'est-il pas le même que Mahdi de Murâdàbàd, sur qui
on ne trouve pas de détails dans les biographies originales?

MAHDI 'ALI KHAN BAHADUR (Mirza), de Lakhnau, surnommé MACBUL UDDAULA[1], ami de l'ex-roi
d'Aoude Wâjid 'Alî, est auteur d'une traduction du
*Schamscher khânî*[2], publiée en 1276 (1859-1860), l'année même de sa mort, selon ce que nous apprend Nassàkh dans un tarîkh écrit à cette occasion.

MAHDI HUÇAIN KHAN (le munschi MUHAMMAD) a
été d'abord l'éditeur du journal urdû de Multân intitulé
*Riyâz-i nûr* « les Parterres de lumière »; mais, ayant été
condamné à la prison à cause d'un article jugé diffama-
toire contre le *tâhcîldâr* « percepteur d'impôts » du

---

[1] A. « L'agréé de la fortune ».
[2] Abrégé en vers du *Schâh-nâma*. Voyez plus loin l'article MUNSCHI
(Mûl Chand).

lieu, il quitta le pays et alla à Lakhnau, où il est maintenant l'éditeur et le rédacteur en chef de l'*Awadh akhbâr*, dont Nawal Kischor, propriétaire de l'imprimerie, est le directeur.

MAHFUZ [1] (le saïyid MAHFUZ 'ALÎ KHAN), de Khaïràbàd, munschi dans les bureaux du général Ochterlony, à Dehli, est auteur de quelques poésies hindoustanies mentionnées par Sarwar.

C'est sans doute le même écrivain à qui on doit un roman en vers sur les amours du prince *Raschk-i chaman* [2] et de la princesse *Zamurrud pari* [3], sous le titre de *Quissa-i schâh Bédâr-bakht* « Histoire du roi Bédarbakht ». Ce masnawî, dédié à Gâzî uddîn Haïdar, roi d'Aoude, paraît, d'après un chronogramme de Mashafî, avoir été composé en 1238 (1822-1823). Il a été publié à Cawnpûr en 1266 (1849-1850), en 97 p. de 19 baïts, sous le titre de *Raschk-i chaman* [4].

MAHI PATI [5] était un brahmane fort religieux mentionné par Janârdàn, qui cite de lui les ouvrages dont les titres suivent :

1° *Bhakta lîlâmrita* « l'Ambroisie du divertissement des dévots [6] » ;

2° *Bhakti vijaya* « le Triomphe de la religion » ;

3° *Santa vijaya* « le Triomphe des saints » ;

[1] A. « Gardé, conservé ».
[2] C'est-à-dire, « la jalousie du jardin ».
[3] C'est-à-dire, « la fée Émeraude ».
[4] Il y en avait un manuscrit à la bibliothèque de Farah-bakhsch de Lakhnau. Voyez Sprenger, « A Catalogue », p. 620, et « Bibliotheca Sprengeriana », n° 1730.
[5] I. « Le seigneur de la terre ».
[6] Deux ouvrages des mêmes titres sont attribués à Bodhalé Bhava (t. Ier, p. 351); et Kéçava-dàs est aussi auteur d'un *Bhakta lîlâmrita*, mentionné dans ce volume, p. 182.

4° *Santa lilâmrita* « l'Ambroisie du divertissement des saints » ;

5° *Kathâmrita* « l'Ambroisie de l'histoire » ;

6° *Dandurang stotra* « Récit sur l'enfer » ;

7° *Sani mahâtunga* « le Grand aphélie de Saturne » ;

8° *Krischna lilâmrita* « l'Ambroisie des jeux de Krischna » ;

9° *Tuka Râma charitra* « Histoire de Râma en vers » .

Mahî Pati mourut à quatre-vingts ans, peu de temps après avoir écrit le *Lilâmrita*, qu'il termina en 1696 de l'ère de Salivahana, dite *sakâ* (1774).

I. MAHIR[1] (Yuçof Huçaïn), de Lakhnau, autrement dit *Muhammad Amîr*, fils de l'aga 'Alî et élève de Mahdi Huçaïn Khân Abâd, est un poëte hindoustanî dont Muhcin cite des vers dans sa Biographie anthologique.

II. MAHIR (Mîr et Miyan Fakhr uddîn Khan), de Dehli, fils d'Aschraf 'Alî Khân, d'une famille célèbre, était assez âgé à l'époque où écrivait Mushafî. Il fut employé pendant quelque temps auprès de Saudâ pour transcrire son Dîwân. Formé de bonne heure, dans la société de ses parents, à la pureté du langage, il voulut, à l'imitation de Saudâ, écrire aussi des vers hindoustanis, et il les montra à ce dernier, qui put ainsi lui donner de bons conseils. On le compte parmi les écrivains urdus. Muhcin en cite des vers.

I. MAHJUR[2] (le maulawî Sadr uddîn), originaire de Cachemire, et d'une famille où la science et l'esprit étaient héréditaires, naquit à Dehli, et fut élève de Mîr Nizâm uddîn Mamnûn. Voilà ce que nous apprend Câcim. Sarwar dit à peu près la même chose, si ce n'est qu'il nomme ce poëte *Majbûr*.

---

[1] A. « Habile (*clever*) ».

[2] A. « Émigré ».

II. MAHJUR (le hakîm et schaïkh MUHAMMAD-BAKHSCH), originaire de Fathpùr, natif et habitant de Lakhnau, fils du hakîm Khaïr ullah et élève de Jurat, est auteur d'un Dîwàn, d'un masnawî intitulé *Muçà bàg* « le Jardin de Moïse », et d'un ouvrage de philosophie intitulé *Chàr chaman* « les Quatre jardins ». Il alla visiter la ca'aba en 1240 (1824-1825), puis Médine, où il mourut. Muhcin en cite des vers.

III. MAHJUR (le nabàb ICBAL UDDAULA 'INAYAT HUÇAÏN KHAN BAHADUR), de Bénarès, est fils du nabàb Nacîr uddaula Nacîr uddîn 'Alî Khàn Bahàdur Samsam Jang Nacîr, lequel était fils du nabàb Amîn uddaula 'Azîz ulmulk 'Alî Ibràhîm Khàn Bahàdur Nacîr Jang Khalîl. On lui doit un Dîwàn dont Muhcin cite plusieurs gazals dans son Tazkira.

MAHMUD [1] (le saïyid hàfiz MAHMUD KHAN), Afgân d'origine, est élève de Sarwar, qui le mentionne avec éloge dans son Tazkira et qui cite sept pages de ses vers. Il est auteur lui-même d'un Tazkira des poëtes hindoustanis et persans.

MAHMUD-ZAD [2], du Décan, mentionné par Câïm comme contemporain et parent de Fakhr [3], est sans doute le même que le Dr A. Sprenger nomme Mahmûd Ser et qu'il dit contemporain de Walî.

MAHRUC [4] est un poëte urdû mentionné dans le *Gulschan bé-khizân* de Bàtin.

I. MAHRUR [5] (HADÎ HAÇAN), de Kàkûrî, des dépen-

---

[1] A. « Loué », un des noms de Mahomet.
[2] A. P. « Fils de Mahmûd ».
[3] Voyez son article.
[4] A. « Brûlé ».
[5] A. « Mis en liberté, libre, libertin ».

dances de Lakhnau, fils du munschî 'Alî Haçan, percepteur du zila' de Cawnpûr et élève de Raschk, est un
poëte hindoustanî dont Muhcin cite des vers dans son
Tazkira.

II. MAHRUR (le khwâja (Nabî-bakhsch Jiu), de Cachemire, est élève de Nassàkh, qui en cite un tarîkh sur
son *Daftar bé-miçâl,* à la suite de ce Dîwàn.

I. MAHSCHAR [1] (Mirza 'Alî Naqui [2] Beg) était originaire de Cachemire et natif de Lakhnau. Après avoir
reçu son éducation, il se sentit des dispositions prononcées pour la poésie et se mit à faire des pièces de vers
en hindoustanî et en persan. Il avait au sujet de son
talent des prétentions telles, qu'il ne faisait aucun cas
des gens de lettres ses contemporains. Il se rendit coupable du meurtre de Mirzâ 'Alî Muhlat, et en conséquence il quitta Lakhnau et se retira à Schâhjahânâbâd
(Dehli), où il fréquenta Mîr Dard, puis, deux ans après,
il alla à Akbaràbâd (Agra), et, croyant n'avoir plus rien
à craindre des parents de Muhlat, il retourna à Lakhnau et s'y comporta avec beaucoup de prudence. Quelques années se passèrent ainsi; mais les parents de la
victime ayant trouvé une occasion favorable dans la
fête de muharram 1208 de l'hégire (1793-1794), ils le
tuèrent, et vengèrent ainsi par le talion le sang de Muhlat. Mahschar pouvait avoir alors trente ans. Mashafî,
qui donne ces détails, le distingue mal à propos d'un
poëte du même nom dont il cite un gazal qu'il avait
trouvé dans un ancien album.

II. MAHSCHAR (Ikram ullah Khan), célèbre poëte de
Badàûn, dans la partie orientale de l'Inde, est men-

---

[1] A. « Assemblée », et spécialement « celle de la résurrection ».
[2] Un manuscrit porte *Taquî.*

tionné dans le Tazkira de Sarwar et dans le *Gulschan bé-khár*.

I. MAHV [1] (Mîr Huçaïn 'Alî Khan), d'Agra, où il exerçait les fonctions de câzî, est un poëte hindoustanî mentionné par Sarwar et par Schefta.

II. MAHV (le schaïkh 'Azîm ullah), de Mîrat, est un poëte contemporain que Karîm connaît et dont il cite des vers. Il est aussi mentionné par Schefta.

III. MAHV (Rahîm 'Alî Khan), de Dehlî, fils de feu Lutf unnabî Khân, est un autre poëte contemporain qui réside à Patna, où ses poésies ont une certaine célébrité.

IV. MAHV (le schaïkh Faïz uddîn), de Farrukhâbâd, fils de Muhammad Fakhr uddin le *wakîl* « avoué », et élève du saïyid Ismâ'îl Huçaïn Munîr, est un quatrième poëte du nom de Mahv, dont Muhcin cite des vers.

I. MAHZUN [2] (le maulawî saïyid Muhammad Huçaïn) était des saïyid nommés *Mûçawî* [3]. Il fut l'élève le plus distingué de Muhammad Barkat. Il quitta son pays (Aurangâbâd), et choisit pour sa résidence Allahâbâd. 'Alî Ibrâhîm, qui l'avait connu, nous apprend qu'il était grave dans ses manières, quoique plein de vivacité. Il déclamait bien ses vers. Il a écrit tant en hindoustanî qu'en persan.

Il est aussi nommé Maulawî Saïyid Gulâm Huçaïn, de Dehlî, par 'Ischquî, cité par Sprenger. Il était d'Aurangâbâd, mais il vint dans l'Hindoustan compléter ses études. Schorisch nous apprend qu'il mourut à Allahâbâd en 1185 (1771-1772), après y avoir résidé quelques années, à l'âge de quarante et un ans.

---

[1] A. « Effacé, anéanti ».
[2] A. « Affligé ».
[3] C'est-à-dire des saïyid descendants de Mûça, sixième imâm.

II. MAHZUN ('ALAM SCHAH PÎR-ZADA) demeurait dans la ville d'Amroha [1], et il y avait, à l'époque où Mashafî tenait ses séances académiques, la réputation d'être un fort bon poëte. Il faisait, entre autres, des marciyas et des salàms pour la grande fête musulmane du mois de muharram. Mashafî cite de lui trois vers seulement. Zukâ le nomme Gulâm Schâh. Il était pir-zâda, c'est-à-dire d'une famille de pîrs, d'Amroha selon les uns, de Makdécar selon les autres, et il descendait de Ganj-bakhsch. Il était élève de Muhammad Maç'ûd de Dehli. Il était mort depuis longtemps lorsque Sarwar écrivait son Tazkira.

Zukâ sépare à tort en deux articles ce que je dis sur ce Mahzûn.

III. MAZHUN (le saïyid et mîr NACÎR JAN ou KHAN), de Dehli, était fils du saïyid Muhammad Nacîr Ranj, lequel était fils et héritier spirituel (sajjâda nischîn) de Mîr Dard. Il étudia avec soin les livres arabes et devint très-habile en mathématiques. Il a écrit des poésies rekhtas esti-mées dont Sarwar fait un grand éloge et cite plusieurs vers. Il est, entre autres, auteur d'un traité (riçâla) en vingt-quatre parties (juz) sur les tons (sur) et sur les instruments de musique (tâl).

Il est mort en 1846 ; toutefois Muhcin l'appelle « poëte des temps anciens ». Il est aussi mentionné par Schefta et par Karîm.

IV. MAHZUN (MUHAMMAD TAQUÎ KHAN) est possesseur d'un jaguîr et commande à cinq mille hommes. Il réside à Patna, et il s'est surtout occupé de poésie persane.

---

[1] Ville de la province de Dehli, célèbre par la châsse de Miranjî ou Schaïkh Saddû, que les natifs y vénèrent. Selon Karîm uddîn, cette ville est des dépendances d'Agra.

Schorisch le compte néanmoins parmi les poëtes hindoustanis [1].

V. MAHZUN (KHALÎFA HAFIZ ULLAH), de Farrukhâbâd,
s'occupait d'éducation par état et de poésie par goût. Il
avait pris d'abord le takhallus de *Jaïhûn* [2].

MAINDI [3] 'ALI KHAN est auteur d'un ouvrage intitulé *Jahân-i mâh* « le Monde de la lune », rédigé en
urdû et imprimé à Mirat en 1864.

I. MAJBUR [4] (MIYAN HACC-RAÇA) est un écrivain hindoustanî mentionné par Schefta comme un jeune poëte
élève de Schâh Nacir de Dehli. Mannû Lâl en cite deux
vers dont voici la traduction :

Donne de la patience, ô mon amie! à ce cœur sans patience,
dont l'agitation inspire de la jalousie au mercure, ennemi du
repos.

On peut comparer, avec juste raison, au fruit du jujubier
ces lèvres auxquelles le rubis porte envie, et de dépit se cache
dans sa mine.

II. MAJBUR (RAÉ KHUSCH-HAL SINGH), de Patna, fils
du mahârâja Schitâb Râé, est un bon poëte hindoustanî
mentionné par Schorisch.

III. MAJBUR (le nabâb ICBAL UDDAULA), prince
d'Aoude, neveu de Gâzî uddîn Haïdar, l'auteur du *Hafi-
culzum*, et fils de Schams uddaula Bahâdur, lesquels
étaient fils de Sa'âdat 'Alî Khân, premier roi d'Aoude,
est signalé comme poëte hindoustanî [5].

IV. MAJBUR (le maulawi 'ASMAT 'ALÎ), de Pandrah,
est un poëte hindoustanî élève de Nassâkh, qui en a

---

[1] Sprenger, « A Catalogue », p. 253.
[2] *Id.*, *ibid.*
[3] I. Ce mot serait-il le même que *menhdî*, synonyme de *hinnâ ?*
[4] A. « Contraint », et par suite, « opprimé ».
[5] Voyez mon Discours d'ouverture de 1855, p. 35, et t. Ier, p. 182.

publié cinq pièces de vers à la suite de son *Daftar bé-micâl*.

MAJID[1] (Majîd uddîn Khân), fils de Mu'în uddin Khân, était originaire de Cachemire et natif de Dehli, où il occupait les fonctions de muftî. Câcim et Sarwar parlent avec éloge de son talent poétique et donnent un échantillon de ses vers.

I. MAJNUN[2] (Schah) était, selon 'Ali Ibrâhim, un des fils, et selon Mashafî, un des petits-fils de Râé Bischan-nâth, ministre de Muhammad Schâh, qui avait embrassé l'islamisme. Il prit tour à tour les takhallus de *Hâfi*[3] et de *Majnûn*. 'Ischqui dit même qu'il avait d'abord pris le takhallus de *Hasrat*, puis celui de *Hâli;* mais ce dernier mot est sans doute une erreur pour *Hâfi*, comme *Khâfi*, donné par A. Sprenger. Il fut élève de Mîr Muhammad Taqui, nommé simplement Mîr, et se distingua lui-même parmi les poëtes hindoustanis qui ont écrit dans le style ancien ; car il est effectivement de la vieille école. Il résidait à Lakhnau à l'époque où écrivait Ibrâhim, et y faisait profession d'indépendance religieuse, allant nu-tête et nu-pieds. C'est ainsi qu'on le nommait familièrement *Darwesch sarbarahna* « le Faquir nu-tête ». Il envoya néanmoins à Ibrâhim, sur sa demande, en 1196 de l'hégire (1781-1782), des vers que celui-ci a placés dans son Anthologie bibliographique. Mashafî nous fait savoir qu'il est auteur d'un Dîwân qu'il a vu, lequel est plein de vers gracieux et élégants. Bénî Nârâyan dit simplement qu'il était faquir, et il ne cite de lui qu'un seul gazal.

[1] A. « Loué ».
[2] A. « Fou »; à la lettre, « touché par un jinn ».
[3] A. « Allant nu-pieds ».

II. MAJNUN (Mir Himayat 'Ali), naquit à Dehli et habitait Murschidâbâd. Il fut un des disciples de Schâh Cudrat ullah, dont le takhallus est *Cudrat*. Ayant fait, par ordre du nabâb Mubârak 'Ali Khân Mubârak uddaula Bahâdur, un sâquî-nâma[1] en vers hindoustanis, cet ouvrage décela en lui un habile poëte. On a de lui d'autres pièces de vers.

III. MAJNUN, de 'Azîmâbâd, élève de Mîr Ziyâ uddîn Ziyâ, est auteur de poésies érotiques mentionnées par Sarwar et par Schefta.

IV. MAJNUN (le saïyid In'am Huçaïn), greffier (*izhâr nawíz*) du tribunal civil de Lakhnau, fils du saïyid Huçaïn, et élève du khwâja Wazîr, est auteur d'un Dîwân dont Muhcin cite des vers dans son Tazkira.

I. MAJRUH[a] (Gulam Sa'd), de Jâjnagar, près de Cawnpûr, est un poëte contemporain à qui on doit un masnawi qui roule sur l'histoire de deux amants que la mort seule réunit. Ce poëme, intitulé *'Ijâz-i 'ischc* « Prodige de l'amour », a été lithographié au *Macthât Press* de Cawnpûr, et aussi à Lakhnau en 1261 (1845) avec le *Gul o Sanaubar*.

II. MAJRUH (le munschi Krischna ou Kischan Chand) était originaire du Cachemire; mais il naquit dans l'Hindoustan[3]. Il fut un des élèves de Mirzâ Jân Jânân Mazhar[4]. Il vivait à Lakhnau en 1196 de l'hégire (1781-1782). On le compte au nombre des écrivains hindoustanis.

---

[1] A la lettre, « livre d'échanson », sorte de poëme où l'on fait, entre autres choses, l'éloge du vin.

[2] A. « Blessé (par l'amour) ».

[3] A Dehli, selon 'Ischqui.

[4] Voyez l'article consacré à ce personnage.

MAJZUB [1] (Mirza et Mir Gulam-i Haïdar Beg), de Dehli, Mogol d'origine, était fils adoptif [2] et élève du prince des poëtes hindoustanis Mirzà Muhammad Rafi' Saudà. Il vivait à Lakhnau en 1196 de l'hégire (1781-1782). On le compte parmi les poëtes hindoustanis parce qu'en effet il a écrit un bon nombre de pièces de vers qui ne sont pas sans mérite et qu'il a réunies en un Diwân dont la bibliothèque du *Moti Mahall* de Lakhnau possédait un exemplaire de 181 p. de 14 vers. Au talent poétique qui le distinguait il joignait la modestie, et aussi la fidélité dans l'amitié. Mashafi et 'Alì Ibrâhim citent de lui plusieurs vers. Il était mort lors de la rédaction du *Sarâpâ sukhan*.

MAKARIM [3] (Mirza), de Dehli, occupait un poste dans l'administration [4]; mais il tomba en disgrâce et fut réduit à vendre pour vivre des copies de ses gazals à deux païças [5] la pièce, selon ce que nous apprend Sarwar.

MAKHDUM [6] est mentionné par Muhcin, qui se borne à donner un échantillon de ses poésies hindoustanies, sans aucun détail.

I. MAKHMUR [7] (Muhammad Ja'far), de Lakhnau, fils

---

[1] A. « Attiré (à Dieu) », nom d'un degré du spiritualisme.

[2] 'Ischc nous fait savoir à cette occasion, dans son *Tabacât-i sukhan*, que Saudâ n'a pas eu de fils. Nous venons néanmoins de voir plus haut (p. 255) Mahbûb (Gulâm-i Haïdari) mentionné comme fils de Saudà; mais je pense qu'il y a confusion, et que ces deux poëtes ne sont en réalité que le même individu.

[3] A. « Actions louables », pluriel de *makramat*. On pourrait prononcer aussi *mukârim*, et ce mot signifierait alors « luttant de générosité ».

[4] Le texte porte : « il était *mansâbdâr* (possesseur d'un poste) ».

[5] Environ dix centimes.

[6] A. « Adoré, digne d'adoration, de vénération ».

[7] A. « Ivre ».

du khwâja Muhammadi et élève de Gulàm Hamdâni Mashafî, est auteur d'un Diwân dont Muhcin donne des gazals dans son Anthologie bibliographique.

II. MAKHMUR (le maulawî Wahid 'Ali), fils du maulawî 'Abd ul'ali, zamindâr célèbre de Dacca, est un élève de Nassâkh, qui en cite plusieurs pièces de vers à la suite de son Diwân.

MAKKHAN[1] LAL est auteur :

1° Du *Mâya-i magfirat* « la Provision du pardon », ouvrage religieux ; Dehli, 1868, in-16 de 88 p. ;

2° En collaboration avec Jaganarâth-praçâd, d'une traduction hindie en prose du *Bhagavat Purâna*, intitulée *Sukh sâgar* « l'Océan du bonheur », dont la seconde édition a été publiée par Nawal Kischor à Lakhnau en 1864, in-4° de 909 p.

MAKKHU[2] (le schaïkh-záda[3]) de Farrukhâbâd, se distingua à la fois par son habileté en calligraphie et en poésie, et il est mentionné par Càcim parmi les poëtes hindoustanis auxquels il a consacré des articles dans son Tazkira.

I. MALAL[4] derviche de Palûl, élève de Jân Jânân Mazhar, est un poëte mentionné par Sarwar.

II. MALAL (Mirza Muhammad Zaman), de Lakhnau, est un autre poëte mentionné aussi par Sarwar, qui en cite un troisième, dont il donne le takhallus seulement, et qui pourrait bien être le suivant.

III. MALAL (Muhammad Riza Khan), de Lakhnau, élève de Nâcikh, des poésies duquel on trouve un échantillon dans le *Sarâpâ sukhan* de Muhcin.

1 I. « Beurre ».
2 I. Ce mot est probablement le même que *makkhî* « mouche ».
3 C'est-à-dire « fils de schaïkh ».
4 A. « Tristesse, abattement ».

MALIK [1] est un poëte hindoustani dont Mir cite seulement le nom et un vers dont je donne ici la traduction :

Je sacrifie, sans hésiter, mon corps et mon esprit pour ce charmant échanson qui m'a mis hors de moi par une seule goutte du vin qu'il m'a versé.

MALIK UDDIN est auteur du *Baschâschat ulkalâm* « l'Enjouement de la conversation », ouvrage hindî et persan composé de pièces de vers qui ne sont qu'un tissu de jeux de mots et d'allitérations. Il contient en hindi un rekhta, un dohrà, un pahéli, un mukri, etc., pièces qui toutes commencent par la lettre initiale du nom de la bien-aimée du poëte. Sir Gore Ouseley cite cet ouvrage dans son « Biographical Notices of persian Poets [2] », et il donne la traduction de la pièce suivante, dont les mots principaux commencent par un *a*.

Ma bien-aimée est arrivée.
D. D'où est-elle arrivée?
R. D'Akbarâbâd.
D. Où va-t-elle?
R. A Aurangâbâd.
D. Comment s'appelle-t-elle?
R. Ander Kuâr (la jeune Ander).
D. De quelle caste est-elle?
R. Bergère (*ahirnî*).
D. Sur quoi voyage-t-elle?
R. Sur un cheval (*asp*).
D. De quoi se nourrit-elle?

[1] A. « Roi ». Peut-être faut-il lire *mulk* « royaume », ce mot étant écrit par un *mîm*, un *lâm* et un *kaf* sans point-voyelle dans le manuscrit du *Nikât uschschu'arâ*, d'autant plus que les takhallus sont généralement des noms d'action arabes.

[2] Page 244 et suiv. Sir Gore en possédait un manuscrit de 68 pages écrit en 1144 (1731) par Suràj-prakâsch en caractères schikastas.

R. De grenades (anâr).
D. Qu'apporte-t-elle?
R. Du raisin (angúr).
D. De quoi est-elle vêtue?
R. De satin (atlas).
D. Quel bijou porte-t-elle?
R. Une bague (anguschtí).
D. De quel instrument joue-t-elle?
R. De l'orgue (arganún).
D. Dans quel mode de musique?
R. Dans le ragnî, mode secondaire nommé açâwarî.

I. MALUL [1] (Ischrî-praçad [2]), de Lakhnau, et de la tribu des kâyaths, est cité par Schefta dans le *Gulschan bé-khâr* comme élève de Câtil et auteur de poésies hindies et persanes. Zukâ nous apprend qu'il était à Dehli en 1231 (1815-1816).

Il parait que ce Malûl, qu'on nomme aussi *Mamlû* [3], n'est autre que le râjâ actuel de Bénarès, le mahârâja Ischrî-praçâd Nârâyan Singh Bahâdur, qui a pris en effet dans ses poésies, d'après l'usage de l'Inde musulmane, le surnom de *Malûl*. Il possède une belle collection de livres hindis et urdus, dont il a offert le catalogue, le 6 avril 1853, à la Société Asiatique du Bengale. Il est un des promoteurs et des protecteurs de la littérature indienne moderne, car il a fait imprimer à ses frais nombre d'ouvrages hindis.

On lui doit :

1° Le *Jagrâfiya-i 'âlam* « la Géographie du monde », en urdú, seconde pártie ; Allahâbâd, 1868, petit in-8° de 56 p.

---

[1] A. « Triste, affligé ».
[2] Ce nom, rendu d'après l'orthographe anglaise par *Eeshree Pershad*, devrait être régulièrement écrit *Srî-praçâd* « don de Lakschmî ».
[3] A. « Plein ». Voyez Sprenger, « A Catalogue », p. 254.

2° Le *Mânas rahci tîkâ* « Commentaire sur les mystères de l'esprit », ouvrage qui traite des beautés de la prosodie hindie sous forme d'un commentaire sur le *Râmâyana* de Tulcî-dâs [1]; Bénarès, 1849.

II. MALUL (SCHAH SCHARAF UDDÎN [2]) est un derviche contemplatif, auteur de poésies mystiques empreintes d'enthousiasme religieux, qui a pris dans ses poésies persanes le takhallus de *Ilhâm* [3]. Kamâl le vit souvent chez Hulâs Râé, personnage dont il a été question sous ce titre et à l'article KAMAL. Malûl était mort quand Kamâl alla à Haïderâbâd.

MAMLUK 'ALI ou UL'ALÎ [4] (le maulawî), natif de Nânota, fut premier professeur du collège de Dehli, où il enseigna spécialement l'arabe, quoiqu'il fût aussi versé dans les littératures hindoustanie et persane. Karim le nomme une mine de savoir et un trésor de connaissances. Rien n'égalait sa bienveillance pour ses élèves. Non-seulement il les instruisait officiellement, mais il leur donnait individuellement chez lui un enseignement spécial selon leurs désirs et leur capacité. Il n'interrompait ses occupations que pour se livrer à un court sommeil durant une partie de la nuit. Il était surtout savant dans la loi musulmane et en mathématiques, ce qui ne l'empêchait pas d'être aimable et spirituel. Il avait environ soixante ans en 1847. Il est, entre autres, auteur d'une traduction du persan, je crois, en deux

---

[1] C'est du moins ce que m'en avait dit le regrettable Francis Taylor, qui périt à Dehli dans l'insurrection de 1857.

[2] Zukâ le nomme *Munîf uddîn*.

[3] A. « Inspiration ».

[4] A. « Serviteur de Dieu très-haut », et non de 'Alî, comme on pourrait le croire.

parties, des huit livres des Éléments d'Euclide en urdû,
qui a paru à Dehli sous le titre de *Tahrir Uclîdas* « Écrit
d'Euclide[1] ». C'est probablement le même que « Euclid's
1st, 2d and 4th Books » annoncé dans l'« Agra Government Gazette » du 1er juin 1855. Le second livre,
nommé spécialement *Natîjâ tahrîr* « Résultat de l'écrit »,
a été imprimé à part[2]. Cette géométrie est employée
dans les écoles des indigènes des provinces nord-ouest.

Mohan Lâl[3] a donné de son côté une édition d'Euclide qui ne comprend que les livres I, IV et VI.

I. MAMNUN[4] ( Mîr NIZAM UDDÎN ), fils et élève de Mîr
Camar uddîn Minnat[5], habitait Dehli en 1814 et y était
attaché à la personne de feu Sa Majesté Akbar II. Mamnûn s'est distingué comme poëte hindoustani et par ses
bonnes qualités. Pendant la vie de son père, après avoir
étudié les livres de jurisprudence, poussé par son incli-
nation naturelle, il s'adonna à la poésie hindoustanie et
même persane, au point qu'en peu de temps il acquit
cette force d'expression qui distingue les vrais poëtes, et
parvint à être aussi bon écrivain que son père. Beaucoup d'auteurs se sont formés auprès de lui dans l'art
de la poésie. On lui doit un Dîwân dont la bibliothèque
du Collége de Fort-William à Calcutta possède un exemplaire, et qui se compose de masnawis, dont un écrit à
l'occasion de l'accession au trône de Muhammad Akbar
Schâh ; un cacîda à la louange d'Amîn uddaula 'Alî

---

[1]  « Euclid's Elements of geometry in two parts, containing the six
first and last two books ». (« Vernacular Translation Society, »)
    Le texte de Karîm ne parle que de six en tout. Il porte ces mots : *châr
maçâla ; anwal kâ ; aur do maçâlon âkhir ; yayarahwen, barahwen kâ.*
[2]  Voyez le même numéro de l'« Agra Government Gazette ».
[3]  Voyez son article.
[4]  A. « Reconnaissant ».
[5]  Voyez l'article qui concerne ce personnage.

Ibráhîm Khán Khalîl[1], des gazals et quelques rubá'is formant en tout, dans l'exemplaire de la Société Asiatique de Calcutta, copié en 1823, 146 pages de 11 vers.

Mamnûn était originaire de Pánipat[2], dans la province de Dehli; mais il naquit dans cette dernière ville. Il passa assez longtemps à Lakhnau; puis, à l'époque où écrivait Schefta, il était dans le district d'Ajmir, au service de la Compagnie des Indes.

Schefta fait un grand éloge de l'habileté de Mamnûn en poésie; il le considère comme un des écrivains les plus distingués de l'Inde moderne dans les divers genres de poëmes, et il cite plusieurs pages extraites de son Diwân. Imám-bakhsch en cite aussi dix-huit pages dans son *Intikháb*, et il nous apprend qu'il s'était retiré en dernier lieu à Dehli; et que son grand âge et la faiblesse de sa vue le privaient de sortir. Karîm, dans son *Guldasta*, qu'il a écrit postérieurement (en juillet 1845), dit qu'il était mort quatre mois auparavant, c'est-à-dire en mars 1845. Pour faire l'éloge de son talent poétique, il dit qu'il était à la fois le *rossignol* et le *perroquet* du jardin de l'éloquence.

Il avait reçu du sultan de Dehli Akbar II, son élève, le titre de *Fakhr uschschu'ará* « la Gloire des poëtes », titre plus pompeux encore que celui de *Malik* ou *Sultân uschschu'ará* « Roi des poëtes », qui lui est aussi attribué, et qu'avait Minnat, son père.

Béni Nárâyan cite de lui huit différentes pièces de vers. Voici la traduction d'une de ces pièces:

Lorsque, à la nuit, j'ai commencé à faire entendre des gé-

---

[1] Voyez son article.
[2] Au lieu de Pánipat, Muhcin écrit Sunpat.

missements semblables à ceux du rossignol, la flèche de l'effet s'est appliquée au cœur de la pierre.

L'image de cette peinture reste dans mon cœur étonné, comme la figure dans le miroir.

Si aujourd'hui le zéphyr répand l'odeur du musc, c'est qu'il a soulevé les cheveux en désordre de ma bien-aimée.

Puisque je n'ai pas dans le monde d'ami intime (à qui je puisse confier mes peines), mon cœur affligé s'unira à ma poitrine, et je pousserai des gémissements...

Des flammes se sont élevées du calam et du papier, lorsque j'ai commencé à décrire la brûlure de mon cœur.

Il s'est élevé du feu de la poitrine de Mamnûn lorsqu'il a commencé à décrire le feu du chagrin de l'absence.

II. MAMNUN (Mîr AMANAT 'ALÎ), défunt, un des notables de Patna, alla à Dehli pour y faire ses études, et ce fut là qu'il se forma à l'art des vers sous Mîr Farzand 'Alî Mauzûn. Il fréquentait assidûment les réunions littéraires de l'ancienne capitale de l'Inde et spécialement celles que tenait chez lui Mahdi 'Alî Khân 'Aschic. Ce fut dans ces réunions qu'il lut ses premiers gazals, qui furent écoutés avec plaisir, selon ce que nous apprend Sarwar.

MAN [1], surnommé *Kabischwar* « Prince des poëtes », vivait sous le règne de Râma Râj Singh, l'adversaire d'Aurang-zeb. On lui doit :

Le *Râj vilâs* [2] « le Divertissement royal », ouvrage historique écrit en hindoui, mis à contribution pour les Annales du Méwar par Tod, qui cite trois autres ouvrages sur l'histoire de cette province, sans dire s'ils sont écrits en hindoustani [3]. C'est à savoir :

[1] I. « Honneur, dignité » (*mân*).
[2] Tod, « Annals of Rajasthan », t. II, p. 214, écrit mal à propos *vulas*.
[3] « Annals of Rajasthan », t. II, p. 757.

1° Le *Râj ratnâkar* « la Mine des pierreries royales » , par Sadâschiv-bhât, ouvrage écrit sous le règne de Râma Jaï Singh ;

2° Le *Jaï vilâs* [1] « les Délices de la victoire », écrit sous le règne de Jaï Singh, fils de Râj Singh.

Ces deux derniers ouvrages, aussi bien que le *Râj vilâs*, commencent par les généalogies de la famille royale du Méwar avant de décrire les exploits militaires des princes sous les règnes desquels ils ont été rédigés.

3° Le *Khomân* [2] *râça,* « les Faits et gestes des princes du Méwar », ouvrage qui paraît avoir été refait sous le règne d'Akbar, mais qui est rédigé d'après d'anciens documents qui datent du neuvième siècle. On y trouve la généalogie des souverains du Méwar jusqu'à Râma, avec des détails sur les points les plus importants de cette longue série de têtes couronnées, particulièrement sur la période de l'invasion musulmane, sur le sac de Chitor par 'Alâ uddin dans le treizième siècle, et enfin sur les guerres de Rânâ Pratâp et d'Akbar.

Tod cite un quatrième ouvrage sur les événements qui se sont passés dans l'Inde centrale de 1679 à 1734 de notre ère, et intitulé *Râj rûpak akhiyât* [3] ; enfin un cinquième qui porte simplement le titre de *Khiyât* «Célèbre », et qui est une biographie.

---

[1] Le même, je pense, que le *Bijaï vilâs* « les Plaisirs de Bijaï » ou « de la victoire », poëme de cent mille vers qui roule principalement sur le règne de Bijaï Singh.

[2] Selon Tod, à qui nous devons ces renseignements, le mot *Khomân* est un ancien titre des princes du Méwar encore usité. Il fut donné au fils de Bappa, fondateur de l'empire du Méwar, qui se retira ensuite en Transoxiane, où il mourut dans le pays même des anciens Scythes nommés *Komani*.

[3] Tod écrit *Raj Roopac akheat* et traduit « les Parentés royales » ; mais le titre tel que je l'ai rétabli paraît signifier « Ce qui est obscur dans les événements royaux » .

18.

MAN PHUL [1] (le pandit), traducteur des bureaux de
l'administration du Panjâb, est auteur :

1° Du *Canûn-i dîwânî,* traduction du « Rules and
orders issued by the Governor général for the admi-
nistration of civil justice in the Penjab and cis-Sutlej
States, translated into oordoo, under the orders of the·
Board of administration » ; Lahore, lithographie du
*Koh-i nûr.*

Il y a une autre édition abrégée de cet ouvrage, in-8°
(première partie, 52 p.; deuxième, 80 p.), donnée par
Robert Montgomery, sous le titre de *Uçûl-i cawânîn-i
dîwânî* « Principes des règles de l'administration »,
Lahore, 1858; et un autre sous le titre de *Canûn-i jadîd
dîwân Panjâb* « Nouvelles règles pour l'administration de
la justice en Panjâb ». Il y a de plus le *Dastûr ul'amal
canûn-i dîwân-i Panjâb kâ* « Manuel des règlements du
Panjâb », traduit par le même pandit; Lahore, 1858,
in-folio de 30 p.

2° On doit aussi à Mân Phûl le *Dastûr ul'amal tahcîl-
dârân* « Manuel des percepteurs pour les provinces du
Panjâb », traduit de l'anglais; Lahore, 1852, in-8°,
en deux parties de 22 et de 32 p.;

3° Le *Dastûr ul'amal hidâyat ruçaâ o jaguîr-dârân
mamâlik-i Panjâb* « Code administratif, guide des chefs
et possesseurs de terres féodales des provinces du Panjâb », traduit de l'anglais; Lahore, 1860, gr. in-8°
de 16 p.;

4° *Hidâyat-nâma mujriya* « Guide usuel concernant
l'administration militaire » ; Lahore, 1859, in-8° de
18 p.

[1] 1. « Fleur d'honneur ».

MANABODH [1] est un poëte hindoui cité par Montg. Martin dans l'« Eastern-India », t. III, p. 131.

MANDAN [2] est auteur du *Janak pachici* « les Vingt-cinq (strophes) sur Janak », ou plutôt sur le mariage de Sîtà, fille de Janak, avec Râma ; petit poëme hindi de 16 p., lithographié à Maïnpûri.

MANHUR [3] (le munschi Açad ullah), nommé aussi 'Ali Khàn, du zila' de Hougly, est un poëte élève de Nassàkh, qui cite de lui un tarîkh sur son *Daftar bé-miçâl* et deux autres sur la date de ce Diwân, à la suite de cet ouvrage.

MA'NI [4] (Muhammad Amin) est un poëte urdû mort à Koïl, dont je trouve la mention dans le *Gulschan bé-khâr*.

MANI [5] DÉVA, élève de Gopî-nâth, fils de Gokul-nâth, a coopéré à la rédaction du *Mahâbhârata darpana* et du *Harivansa darpana*, c'est-à-dire qu'il a fourni pour cet ouvrage un grand nombre des morceaux qui le composent. Dans le premier volume, il n'y en a qu'un ; dans le deuxième, quatre ; mais il y en a un grand nombre dans les tomes III et IV.

MANOHAR-DAS [6] est auteur d'un *Prabandh* [7] « Composition », dont la bibliothèque de la Société Asiatique de Calcutta possède un exemplaire.

MANOHAR-LAL [8] a compilé un abécédaire hindî

[1] I. « La sagesse de l'esprit ».
[2] I. (avec un *d* cérébral) « ornement ».
[3] A. « Étranglé ».
[4] A. Prononciation vulgaire de *ma'nâ* « signification ».
[5] I. « Perle, joyau ».
[6] I. « Serviteur de Krischna ».
[7] Sorte de chant, ou peut-être ouvrage sur le style.
[8] I. « Chéri de Krischna ».

illustré, portant le titre de *Bâlopades* « Conseil aux enfants », sous la direction de Mr. J. P. Ledlie, conser-
vateur des livres du gouvernement. Cet ouvrage a été
imprimé plusieurs fois à Agra et à Lahore. On le dit être
la traduction de l'ouvrage urdû intitulé *Tashîl utta'lîm*
« la Facilité d'enseignement », du saïyid 'Abd ullah.

MANSAB[1] (le schaïkh GULAM-I CUTB UDDÎN) est un
poëte hindoustanî mentionné dans le *Maçarrat afzâ*
d'Abû'lhaçan.

MANSUR-I 'ALI[2] SABZWARI[3] (le saïyid) est auteur du *Quissâ-i Saïf ulmuluk* « Histoire de Saïf ulmuluk[4] », roman en prose hindoustanie, qui porte aussi le
titre de *Bahr-i 'ischc* « l'Océan de l'amour ». Il paraît
que c'est une traduction du persan. Saïf ulmuluk était
un prince d'Égypte sous le règne de Sulaïmân (Soli-
man). L'ouvrage dont il s'agit contient l'histoire de ses
amours avec *Badî' ul-jamâl* « la Merveille de la beauté »,
fille du roi des génies. Il y a un manuscrit de ce roman
à la bibliothèque de la Société Asiatique du Bengale à
Calcutta.

J'ai dans ma collection particulière un manuscrit,
copié en 1805, d'un ouvrage de ce titre, qui est aussi en
prose et rédigé par le maulawi Muhammad Akram.

Il y a dans les « Mille et un Jours » un conte qui roule
sur le même sujet.

MANZAR[5] (KHWAJA-BAKHSCH), d'Allahâbâd,    est

---

[1] A. « Place, emploi ».
[2] A. « Protégé de 'Alî ».
[3] C'est-à-dire de Sabzwâr, en *'Irâc 'ajamî*.
[4] Pour *Saïf ulmulk* « l'épée de l'empire ». On prononce vulgairement *muluk* pour *mulk*; mais il ne faut pas lire *mulâk*, comme on l'a imprimé dans le Catalogue des manuscrits de la Société Asiatique du Bengale, ce qui signifierait « l'épée des rois ».
[5] A. « Aspect, spectacle, etc. »

compté parmi les écrivains urdus. Les biographes originaux nous font seulement savoir qu'il alla à 'Azîmâbâd
(Patna) en 1190 de l'hégire (1776-1777), et qu'il retourna ensuite à son pays natal. Il avait le génie poétique et il était d'un caractère doux et affable.

I. MANZUR[1] (GULAM MUHAMMAD 'ALÎ) est l'éditeur
du *Manzur ulakhbâr* « Revue des nouvelles », journal
urdû de Surate, qui a paru dans cette ville au commencement de l'année 1860, et qui était publié à l'imprimerie nommée Câdirî. C'est sans doute le même journal
hebdomadaire qui a changé de titre et qui a pris celui
de *Najm ulakhbâr* « l'Étoile des nouvelles », titre sous
lequel il a paru depuis 1860 jusqu'en 1863[2].

II. MANZUR (le bâbû KHAN DASTAR-BAND), de Cawnpûr, fils de Schâkir Khân, sûbadâr de peloton, élève du
maulawi Fard, est un poëte hindoustanî dont Muhcin
cite des vers dans son Tazkira.

MANZUR-I AHMAD[3] est auteur d'un traité musulman sur l'action de grâces à rendre à Dieu, intitulé
*Tuhfa-i durûd* « Cadeau pour la prière (d'action de
grâces) »; gr. in-8° de 56 p.; Lakhnau, 1283 (1866).

MARDAN 'ALI[4] (MUHAMMAD) KHAN, est auteur du
*Guncha râg* « le Bouton de rose des râgs », qui est probablement un traité de musique ou une collection de
poésies sur différents râgs ou modes musicaux. Cet
ouvrage, imprimé à Lakhnau, est mentionné dans le
*Koh-i nûr* de Lahore du 6 mars 1866.

---

[1] A. « Vu, digne d'être vu, digne de considération, etc. »
[2] « Catalogue of native Publications of the Bombay Presidency »,
p. 152 et 224 de la nouvelle édition.
[3] A. P. « Considéré par Ahmad (Mahomet).
[4] P. Pluriel emphatique pour le singulier *Mard 'Alî* « l'homme de
'Alî, le dévoué à 'Alî ».

MARDANA [1] est le rabâbi (joueur de *rabâb* ou *bîn*) qu'on voit dans les dessins qui représentent Nânak jouant du *bîn* ou *vina* devant le gurû. La corporation sikhe des musiciens le considère comme son patron. Il est probable qu'on lui doit non-seulement la musique, mais le texte de quelques hymnes sikhs.

MARHUM [2] (le hakim Mir 'Alî) est un saïyid du zila' de Sahâranpûr, que Sarwar mentionne parmi les poëtes hindoustanis.

MARHUN [3] (Mirza 'Alî Riza) est un poëte qui paraît avoir souvent changé de takhallus, car avant de se nommer *Marhûn* il s'appelait d'abord, selon Mashafi, *Mazmûm*, selon Bénî Nàràyan, *Maftûn*, et enfin, selon Kamâl, *Mactûl* [4]. Ses ancêtres étaient de Maschhad ; mais il naquit et fut élevé à Dehli, où il se distingua comme écrivain hindoustanî. Il alla ensuite à Haïderâbâd, et il y fut attaché, en qualité de poëte, à la cour de Muschir ulmulk Nawâb Nizàm 'Alî Khân Bahâdur, avec le traitement de deux cents roupies (500 fr.) par mois.

Marhûn fut élève de Mamnûn, selon Sarwar, qui cite de lui un grand nombre de vers. Selon le même biographe, il était fils de Camar uddîn Minnat, qui fut aussi son maître.

Mashafi et Bénî Nàràyan citent des pièces de ses vers. Voici la traduction d'un gazal de Marhûn fort joli dans l'original.

Depuis que la renommée de cette mine de douceur est parvenue à mon cœur, on dirait que du sel a été répandu sur

---

1 P. « Humain, ressemblant à l'homme ».
2 A. « Défunt ».
3 A. « Engagé, mis en gage ».
4 A. « Assassiné par les œillades d'une belle ».

mes plaies et que le jour terrible de la résurrection [1] est arrivé pour moi.

Conduis-moi, pieds nus, vers cet acacia dont chaque épine est plus aiguë que la lancette la mieux affilée.

Depuis longtemps les poignards de ses cils ne se sont pas tournés de ce côté-ci ; et toutefois le sang de la blessure de mon cœur vient mouiller mes lèvres et exprimer une plainte muette.

Quoique je n'aie pas plus de force qu'un brin de paille légère, néanmoins je supporte en ce moment des peines plus lourdes que cent montagnes.

Je suis martyr de cette douce mais sanguinaire beauté, qui après avoir fait périr tous ses amants par indifférence, a permis cependant à son doigt de se poser en signe de repentir sur sa lèvre plaintive.

I. MA'RUF [2] (le nabâb ILAHÎ-BAKHSCH KHAN), de Dehli, fils de Mirzâ 'Arif Khân ou Jân, selon Karîm, était le jeune frère du nabâb Fakhr uddaula Ahmad-bakhsch Khân, et neveu (fils de frère) de Scharaf uddaula Câcim Khân ou Jân, selon Muhcin, un des principaux omras mogols de son temps, et il fut élève de Miyân Kallû Nacir, de Dehli. Il était d'une agréable société et d'une physionomie intéressante. Malgré sa haute position sociale, il renonça au monde pour se livrer sans obstacle à la piété et à la culture des lettres ; et il devint disciple du faquîr Fakhr uddîn. Il alla de Dehli à Lakhnau à l'époque où Mashafî mettait la dernière main à son Tazkira, et retourna ensuite dans sa ville natale. Il aimait beaucoup la poésie et s'y livrait avec succès. Mashafî n'en cite qu'un seul matla' ; mais Mannû Lâl en

---

[1] Le mot *quiâmat*, qui indique en arabe le « jour de la résurrection », se prend par suite en hindoustani dans le sens de « excès, malheur, calamité », etc. On l'emploie aussi comme adverbe signifiant « excessivement ».

[2] A. « Connu ».

donne plusieurs vers, et Muhcin nombre de gazals. Il
mourut en 1242 (1826-1827); il a laissé deux Dîwâns,
dont Schefta, qui fait l'éloge de la bonne.facture de ses
vers, cite plusieurs fragments, et Karîm uddîn vingt-
quatre pages.

II. MA'RUF (le maulawî IḤÇAN ULLAII) est un schaïkh
qui résidait au Bengale et qui est surtout connu par de
belles poésies persanes, bien qu'il soit compté parmi les
poëtes hindoustanis.

I. MASCHHUR[1], de Bareilly, est un poëte hindou
de la tribu des kayâths, qui a néanmoins écrit en urdû.
Schefta remarque que, bien qu'il ait pris le surnom de
*connu*, il n'est pas néanmoins très-*connu*, et il n'en cite
qu'un vers assez insignifiant.

II. MASCHHUR (MIYAN MUHAMMAD HAÇAN), de Calcutta,
est un élève de Nassâkh, qui en cite un tarîkh hindoustanî sur son *Daftar bé-miçâl*, à la suite de cet ouvrage.

MASCHSCHAC[2] (le maulawî MUHAMMAD 'UBAÏD UR-
RAHMAN), plus connu sous le nom de *'Abd ullah*, mentionné dans le *Maçarrat afzâ*, est auteur d'une traduction hindoustanie du *Bostân* de Sa'dî, intitulée *Bostân-i
Hind* « le Jardin de l'Inde », et *Bahâristân-i kuratân* « le
Jardin des globes céleste et terrestre », imprimé à *Ban-
galûr* (Bengalore) « éclatante de lumière (*lâmi' unnûr*) »,
comme l'appellent les Indiens, en 1282 (1865), aux
frais et par les soins de Muhammad Câcim, avec l'aide
de Muhammad Sa'âdat ullah. C'est un petit in-4° de
228 p. de 19 lignes, terminé par quatre tarîkhs, dont
le premier de l'auteur; le second, du munschî 'Abd

---

[1] A. « Célèbre, connu ».
[2] A. « Pratiquant », celui qui a de l'expérience par la pratique des
choses.

ulhafîz Arâm ; le troisième, d'Ahmad Schattârî Schâh, et le quatrième, de Schâh 'Abd urrazzàc Câdirî.

Cette traduction est sur le mètre de l'original, c'est-à-dire le *mutacârib*, composé de trois *fäūlūn* et d'un *fäal* à chaque hémistiche, et du genre de poëme nommé *masnawí*, dont les vers, sur des rimes différentes, sont composés de deux hémistiches qui riment ensemble[1].

MA'SCHUC[2] 'ALI est auteur d'un *Inschâ* ou « Recueil de modèles de lettres » en urdû et en persan, imprimé à Mirat en 1864. Il a aussi été l'éditeur du *Schâm garibân* « le Soir des malheureux », de Taslîm[3].

MASDAR[4] (le hâkim Mîr MA SCHA ULLAH), de Dehli, était le père de Mir Inschâ ullah Khân[5]. Mashafî dit que ses perfections naturelles sont tellement célèbres qu'elles n'ont pas besoin d'être décrites. Lui aussi a écrit des vers hindoustanis, et il est mis au nombre de ceux qui ont enrichi de leurs productions la littérature urdue. Kamâl l'avait rencontré à Lakhnau chez son fils Inschâ ullah Khân, et il fait l'éloge de sa haute capacité. Sarwar nous fait savoir qu'il mourut quelque temps avant la rédaction de son Tazkira. Schorisch nous apprend qu'il fut *riçâladâr* « chef d'escadron » du nabâb Mahâbat Jang ; puis, qu'il fut attaché au service du nabâb Wazîr, de Faïzâbâd.

MASHAFI[6] (GULAM-I HAMDANÎ[7]), nommé aussi *Mas-*

[1] Voyez mon Discours d'ouverture de 1866, p. 16.
[2] A. « Le bien-aimé ».
[3] Voyez son article.
[4] A. « Source, origine ».
[5] Voyez son article.
[6] A. *Coranien*, c'est-à-dire « qui a rapport au Coran », lequel est nommé *mashaf*, c'est-à-dire « le livre (par excellence) ».
[7] Je pense que *Hamdânî* est pour *Hama-dânî* « l'omniscience », c'est-à-dire « Dieu ». *Gulâm-i Hamdânî* signifierait alors « serviteur de Dieu ».

*hafi Sâhib,* était fils de Walî Muhammad, et petit-fils de Darwesch Muhammad. Il appartenait à une famille distinguée d'Amroha. Ses ancêtres étaient attachés à la cour du Mogol ; mais à l'époque des désastres de l'empire des descendants de Tamerlan, sa famille fut ruinée.

Mashafi sentit dès sa jeunesse des dispositions réelles pour la poésie, et il acquit de bonne heure une grande facilité à écrire correctement. Il se mit alors à faire des vers hindoustanis, vers qui se distinguent par la clarté, la pureté et l'originalité du style. Dans son Tazkira, il s'excuse pour ainsi dire de ne pas avoir employé dans ses poésies l'ancienne langue de l'Inde musulmane ; il dit à ce sujet *qu'on n'écrit plus guère dans l'Inde que des vers hindoustanis, d'autant plus que cette langue a acquis le même degré d'excellence qui distingue l'idiome persan.*

Mashafi habita d'abord Lakhnau, puis, vers 1190 de l'hégire (1776-1777), il alla à Dehli, où il demeura pendant douze ans sous l'administration du nabâb Najaf Khân, sans solliciter de personne aucune faveur, uniquement occupé à se former au pur langage urdû qu'on parle dans cette capitale. Il tenait des réunions littéraires dans le genre de nos sociétés savantes, réunions qui furent fréquentées par les gens de lettres les plus distingués de Dehli. Il paraît qu'il retourna ensuite à Lakhnau, où il fut admis auprès du prince royal Sulaï-mân Schikoh [1], et fut comblé de ses bontés. Ce fut alors qu'il mit au net le Tazkira dont il est auteur, ouvrage dont il s'était occupé plusieurs années auparavant, et qu'il avait laissé en portefeuille. On lui doit les ouvrages suivants :

[1] Voyez l'article consacré à ce personnage.

1° Trois Dìwâns hindoustanis. Il y a un exemplaire de son Dìwân (ou de ses Dìwâns) dans la belle bibliothèque de Chandû Lâl, d'Haïderâbâd ;

2° Un autre Dìwân hindoustani qu'il fit à Dehli, et qui se compose de cacidas, de gazals, de masnawis, etc. ;

3° Un *Tazkira-i schu'arâ-é hindi*, écrit du reste en persan, avec une préface, un appendice consacré aux femmes auteurs, et un épilogue qui se termine par deux tarikhs sur la date de l'ouvrage [1] ;

4° Un *Schâh-nâma* « Histoire des Rois » , jusqu'à Schâh 'Alam ;

La bibliothèque du Collége de Fort-William, à Calcutta, possède un manuscrit intitulé *Kulliyât-i Mashafi* « Œuvres complètes de Mashafi » .

Il a fait en outre un Tazkira des poëtes persans, deux Dìwâns persans et même un troisième inachevé; mais je ne cite ces ouvrages que pour mémoire.

Les renseignements qui précèdent sont extraits du propre Tazkira de Mashafi, qui a donné dans cette biographie un article sur lui-même, à la suite duquel il a cité huit pages environ de vers extraits de ses Dìwâns hindoustanis. Dans la préface du même ouvrage, il nous apprend qu'il écrivit cette biographie pour complaire à Mîr Mustahçan Khalic [2], fils du célèbre Haçan, qui, enthousiaste de la poésie hindoustanie, l'engagea à s'occuper de cet ouvrage. Il n'y parle guère, malheureusement, que des poëtes urdus, au nombre d'environ trois cent cinquante, qui ont vécu depuis le règne de Muhammad Schâh, en 1710, jusqu'à l'époque où il termina

---

[1] Muhcin le dit auteur de deux Tazkiras hindoustanis et d'un Tazkira persan.

[2] Voyez l'article consacré à cet écrivain.

son ouvrage, c'est-à-dire en 1209 de l'hégire (1794-
1795), sous le règne de Schâh 'Alam. Il a eu surtout en vue de faire connaître ses contemporains,
sur lesquels il a pu avoir des renseignements certains.
Lutf nous apprend qu'en 1215 (1800-1801) il était
depuis quatorze ans à Lakhnau, dans une position peu
fortunée. Béni Nàràyan, qui a écrit son Anthologie en
1814, ne dit pas que Mashafî fût mort à cette époque.
Il en cite onze différents gazals.

Il paraît que Mashafî avait été lié avec le célèbre
Haçan, car celui-ci termine le *Sihr ulbayân* par un tarikh en hindoustani que Mashafî fit pour ce poëme, et
par lequel on voit qu'il fut composé en l'année 1199 de
l'hégire (1784-1785). Schefta dit que Mashafî naquit à
Dehli [1] et qu'il était un des hommes les plus éminents
de son temps dans l'art d'écrire en hindoustani et en
persan. Il l'avait connu à Lakhnau et s'était lié avec
lui. Ce biographe, d'accord en cela avec Karîm uddin, dit
qu'il est auteur de six Dîwâns rekhtas [2], et Muhcin de
huit et d'un persan. Toutefois, le manuscrit des Dîwâns
de Mashafî, *Dîwânhâ-é Mashafî,* de la bibliothèque de
Farah-bakhsch de Lakhnau, n'en contenait que quatre,
tous les quatre en hindoustani et formant quatre
volumes.

Le premier comprenait 250 pages de gazals de
13 vers à la page, avec quelques pages de rubâ'is et
un masnawi;

Le second comprenait 384 pages de gazals de 14 vers
à la page, et 10 pages de rubá'is, etc.;

---

[1] C'est-à-dire apparemment qu'il y habitait, car il y alla dès sa
jeunesse.
[2] Et non des trois seulement que possédait la bibliothèque de Chandû
Lâl.

Le troisième comprenait 350 pages de gazals et 64 de muçaddas, de masnawis, etc. ;

Enfin le quatrième comprenait 350 pages de gazals et 8 pages de rubâ'is, etc.

La vie de Mashafî fut longue, car il mourut seulement une dizaine d'années avant la rédaction du *Gulschan-i békhâr*, c'est-à-dire en 1822 ; mais, selon Karîm uddîn, vers 1814. Mashafî commença à se faire connaître à la fin de l'époque où florissaient Saudâ, Jurat, Surat et Inschâ. Il fut même contemporain de Hâtim, ainsi que ce dernier le dit dans la préface de son *Diwân-zâda*.

Câïm cite un grand nombre de ses vers, Sarwar quarante-sept pages, et Bénî Nârâyan plusieurs gazals.

Voici la traduction d'un de ces petits poëmes :

À la fin, ton amant affligé a éprouvé un tel serrement de cœur à cause de ton indifférence, qu'il en est mort, s'étant suicidé lui-même.

Comme tu n'as pas seulement jeté un regard sur moi, je suis allé m'asseoir loin de toi et à la fin renoncer à la vie.

Ne bois pas le vin de l'amour, sinon tu t'en repentiras : l'ivresse qui en résulte finira par détruire ton corps.

La pierre dont l'inscription fut comme le douaire que donna Khusrau à Schîrîn, devait servir à la fin pour elle de dalle tumulaire.

Le donneur de conseils est venu avec l'aiguille et le fil, lorsqu'à la fin il n'est resté que deux ou trois fils au collet du vêtement de ma vie.

Celui sur la poussière de qui tu traînes le pan de ta robe verra un jour à la fin cette poussière sur ta tête.

Ô toi qui es si bien douée, ne te glorifie pas de ta couleur vermeille, car cette beauté dont tu es si fière finira par se faner.

L'attraction de l'amour conduisit Caïs (Majnûn) dans le désert, et la même attraction tira la bride du chameau que montait Laïla.

O Mashafi, je t'avais dit de ne pas te livrer à l'amour, dans la crainte qu'à la fin ton âme délicate ne vînt au bord de tes lèvres.

MASRUF[1] (le nabâb KHAN BAHADUR KHAN), de Dehli, fils du nabâb Zû'lficàr Khân, lequel était fils de Hâfiz ulmulk Hâfiz Rahmat Khân, sûbadàr de Katehra, est auteur d'un Dîwân dont Muhcin donne des vers.

I. MASRUR[2] (le schaïkh PIR-BAKHSCH), natif du village d'Agarorî[3], à cinq lieues de Lakhnau, fils du hakim Haïyât ullah Talàsch et élève de Mashafî, alla à Dehli à la suite du prince Sulaïmân Schikoh, en l'an 23 du règne d'Akbar II, puis il résida à Lakhnau, où il paraît qu'il mourut. Il est auteur de deux Dîwâns.

II. MASRUR (MIRZA ASGAR 'ALÎ BEG), de Dehli, autre poëte hindoustani, élève de Mîr 'Izzat ullah 'Ischc, est aussi nommé Mirzâ Sangui Beg.

III. MASRUR (SCHARAF UDDÎN AHMAD), de Mirat, fils et élève de Gulâm Muhî uddin 'Ischc, né en 1209 (1794-1795), est mentionné dans le Tazkira de Schefta. Il a pris aussi le takhallus de *Mubtalâ*.

IV. MASRUR (le nabâb GULAM HUÇAÏN KHAN), père du nabâb Zaïn ul'àbidin Khân Gâlib, avait environ soixante ans en 1260 (1844). Karîm dit qu'on lui doit des poésies urdues, et il en cite un gazal dans son *Tabacât*.

V. MASRUR (le schaïkh MUHAMMAD-BAKHSCH ULLAH), fils du schaïkh Faïz ullah, est né en 1820 dans la ville de Marhîrah, dans le district de 'Aligarh. Il apprit le persan du maulawî Muhammad Huçaïn Marhîrwî, et

---

[1] A. « Occupé ».
[2] A. « Content ». Voyez la mention d'un autre poëte de ce nom à l'article KRISCHNA RAO.
[3] Muhcin écrit tantôt Karorî, tantôt Kâkorî.

l'arabe du maulawî Wajîd uddîn Saharânpûrî, et du maulawî Fazl-i Hacc, un des savants les plus distingués de l'Inde actuelle. Il obtint à Kohlandhor, en 1843, de la Compagnie des Indes, un poste qu'avait occupé son père. Karîm nous apprend qu'il a fait de fort jolis vers qu'il s'occupait à réunir en un Dîwân.

VI. MASRUR (LALA GUIRDHARÎ LAL), élève de Faïz, est mentionné dans le Tazkira de Bàtin parmi les poëtes hindoustanis qu'il met en lumière.

VII. MASRUR (le saïyid MUHAMMAD 'ALÎ), de Calcutta, petit-fils (fils d'une fille) d'Afsos, est élève de Nassàkh, qui en cite deux tarîkhs à la suite de son Dîwân.

I. MAST [1] est un faquir dont 'Alî Ibrâhîm cite une page et demie de vers hindoustanis, et Béni Nàràyan un gazal mystique qui me parait très-beau dans l'original. Voici la traduction de quelques hémistiches de ce poëme :

Aujourd'hui j'ai vu en songe ma bien-aimée : j'ai vu la lumière de Dieu sous le voile.

Moi qui suis néant, m'unir à son essence : j'ai vu ce spectacle pareil à celui de la bulle d'eau qui se perd dans l'Océan...

Étant assis, parcourir la région du monde spirituel : j'ai eu cet avantage dans les livres.

Être enivré par une seule coupe de vin : j'ai éprouvé ce plaisir lorsque j'ai bu la liqueur des doctrines ésotériques.

II. MAST (Mîr FAZL-I 'ALÎ), élève de Mîr Amânî Açad, est un poëte qui fréquentait avec son maître les réunions littéraires de Mashafî à Dehli. Il est mentionné par Sarwar.

III. MAST (MIYAN 'ALÎ RIZA), de Dehli, est un autre poëte mentionné par Schorisch.

IV. MAST (MAST 'ALÎ KHAN), neveu d'Açâlat Khân

[1] P. « Ivre », et par suite « amoureux ».

Sâbit, est un poëte élève de 'Ischquî, qui se trouvait à Purniyah quand ce dernier biographe écrivait son Tazkira.

V. MAST (Lala Ratan Lal), de Haïderâbâd, est un poëte élève de Faïz et mentionné par Bâtin.

Serait-il le même que le bâbû Ratan ou Ratn Lâl, dont il sera question plus loin?

VI. MAST (le munschi Aschraf 'Ali), élève du hâfiz Ikrâm Ahmad Zaïgam, était un ami intime de Nassâkh, qui en cite un tarikh sur son Dîwân, à la suite de ce recueil de ses poésies.

MASTAN[1] est un poëte hindoustanî du Décan, dont on trouve dans l'Anthologie intitulée *Guldasta-i sukhan,* un gazal que je traduis ici :

Comme la nuit dernière cette beauté a montré, dans l'assemblée, le flambeau de son visage, il a consumé, sans profit pour elle, le papillon.

Que sa taille, qui rappelle l'arbrisseau du buis, est belle! Pour l'avoir quelque peu montrée, combien de blessures[2] n'as-tu pas faites au cœur de tes amants?

Mon sang restera à ton cou jusqu'au jour de la résurrection, puisque c'est par la main de mes rivaux que j'ai été frappé.

La feuille du hinnâ n'a été fraîche et rouge dans le monde que depuis que tu l'as appliquée à tes pieds.

Tu as brûlé à tel point le cœur de Mastân, que toutes les fois qu'il parle la fumée sort de sa bouche.

MAS'UD[3] (Abu'l Fakhr), fils de Sa'ad et petit-fils de Salmân, est un poëte persan célèbre surnommé Sa'ad

---

[1] P. Pluriel de *mast* « ivre », employé emphatiquement pour le singulier.

[2] Le texte porte *gul* « rose », qui signifie aussi « brûlure, blessure », et qui est employé ici pour obtenir un jeu de mots.

[3] A. « Heureux ».

uddaula Amîd Ajall. Il vivait dans la dernière moitié du onzième siècle et au commencement du douzième, et il est, entre autres, auteur de trois Diwâns : un persan, un arabe et un hindouî, ainsi que nous le font savoir plusieurs biographes persans, et aussi l'amîr Khusrau dans la préface de ses *Kulliyât* [1]. D'après ces nouvelles données, Sa'adî doit être considéré seulement comme le premier auteur des poésies rekhtas écrites en dialecte dakhnî [2], car Mas'ûd a écrit les siennes un siècle auparavant, dans la dernière moitié du onzième siècle. Le nom de *Diwân* qu'on donne au recueil des poésies de Mas'ûd annonce en effet qu'il s'agit de gazals ou d'autres poésies rekhtas écrites en caractères persans, et non de poëmes hindouis en caractères dévanagaris.

Mas'ûd naquit à Lahore, suivant les biographes les plus estimés, mais, d'après 'Aufî, à Hamadân, et d'après Zaquî Kâschî, à Gazna ; on ne dit pas en quelle année. Il exerça les fonctions de juge en Sistân et en Zabulistân ; mais il fut compromis avec le prince Saïf uddaula Mahmûd, fils du sultan Ibrâhim, qui fut accusé de trahison, et il fut mis en prison en 472 (1079-1080). Il fut relâché à la mort d'Ibrâhim, mais il fut bientôt mis de nouveau en prison. Il y resta en tout vingt à vingt-deux ans, et ce fut là qu'il écrivit ses plus belles poésies. Enfin, lorsqu'il sortit de prison pour la seconde fois, il passa dans l'obscurité de la vie privée le reste de ses jours, et il mourut vers 525 (1130-1131) [3].

---

[1] Sprenger, « A Catalogue », p. 468.

[2] Voyez mon Mémoire sur « Sa'adî considéré comme auteur de poésies hindoustanies ».

[3] Voyez au surplus l'article spécial sur « Mas'oud, poëte persan et hindouî », lettre de Mr. N. Bland à Mr. G. de Tassy ; Journal Asiatique, 1853.

19.

MATHURA-PRAÇAD [1] MISR, du collége de Bénarès,
est auteur :

1° Du *Bâhya-prapancha-darpana* « le Miroir de détail
extérieur », traduction hindie des « Lessons in general
knowledge », par le Dr Mann, imprimé par ordre du
directeur de l'instruction publique des provinces nord-
ouest; Rurki, 1861, in-8° de 306 p. avec figures;
autre édition, Bénarès, 1869, in-8° de 206 p. et six
planches. Mr. F. E. Hall en a donné un extrait dans son
« Hindi Reader » ;

2° Du *Laghu Kaumudi* « le Léger clair de lune », grammaire anglaise rédigée en hindî ; Bénarès, 1849;

3° Du *Tatwa Kaumudi* « l'Essence du Kaumudî »,
grammaire sanscrite en hindî ; Bénarès, 1868, in-8° de
160 p.;

4° Du « Trilingual Dictionary », en anglais, urdû et
hindî, énorme volume in-8° de 1300 p., auquel j'ai
consacré un article dans la Revue ethnographique de
1866 ;

5° Enfin il donne en ce moment une édition du *Bri-
hach chânakya,* en sanscrit et en hindî, mentionnée dans
l'« Hindi Reader » .

MATIN [2] est un ancien poëte hindoustani mentionné
par Zukà dans son Tazkira.

MATIRAMA [3] est un excellent poëte hindî à qui on
doit le *Raça râjâ* « le Souverain du goût [4] », ouvrage
cité par Ward et par Colebrooke, et dont je possède un
exemplaire en caractères dévanagaris, que je dois à
l'amitié de feu J. Prinsep. Il serait difficile de l'analyser,

---

[1] I. « Don de Mathura », ville sacrée des Hindous.
[2] A. « Ferme, solide ».
[3] I. « Le Râma de la sagesse ».
[4] Sur cet ouvrage, voyez les « Asiatic Researches », t. X, p. 420.

et on éprouverait de l'embarras pour en choisir des extraits. C'est en effet une sorte de *Kok schâstar* qui roule tant sur les qualités morales que sur les qualités physiques des femmes [1].

D'ailleurs, tout ce qu'on peut dire sur cette matière, en restant dans des limites convenables, se trouve dans l'article sur la légende de Padmanî, de Mr. Th. Pavie, Journal Asiatique, janvier 1856, et dont voici le résumé en le moins de mots possible : Les femmes se divisent en quatre classes, auxquelles répondent quatre classes d'hommes : la *padmani* « le lotus », la *chitrani* « la biche », la *hastini* « l'éléphante », et la *sankhini* « la truie »; et, dans le même ordre, le *sas* « le lièvre », le *hiran* « le daim », le *brischabh* « le taureau », l'*asv* « le cheval ».

1. MAUJ [2] (Khuda-bakhsch), d'Agra, a vécu longtemps à Dehli et est mort à Lakhnau, où il s'était retiré, plusieurs années avant la rédaction du Tazkira de Schefta, vers 1841 ou 1842. On le compte parmi les poëtes urdus les plus distingués. Il était élève du schaïkh Muhammadî Bédar. Il a surtout écrit des salâms et des marciyas qui ont une grande réputation. Il a aussi écrit en hindi beaucoup de thumris, de tappas et d'autres pièces de poésie propres à être chantées. Il était de plus, dit Sarwar, excellent musicien.

II. MAUJ (Mir Kazim Huçaïn), de Lakhnau, défunt, fils de Mir Huçaïn 'Ali et élève de Mir 'Ali Auçat Raschk, était un poëte hindoustani contemporain dont Muhcin cite plusieurs gazals.

---

[1] Au surplus, l'ouvrage a été imprimé à Khiderpûr en 1814, et il forme 86 pages in-8°.

[2] A. « Flot, vague ».

MAUJI[1] (Mauji Ram), de Lakhnau, fils du diwân
Chatr Pat, intime de Bahâ uddaula Amîr ulmulk Nawâb
Huçaïn 'Alî Khân Bahâdur (fils du nabâb Sa'âdat 'Alî
Khân Bahâdur), et élève de Mashafî, est auteur d'un
Diwân dont Muhcin donne des extraits.

I. MAUZUN[2] (Mîr Farzand-i 'Alî), natif de Sâmâna
ou Samyâna[3] et habitant de Dehli, élève de Schams
uddîn Faquir, n'était, selon Mashafî, qu'un grand parleur qui avait la prétention d'être un excellent poëte,
meilleur même que les écrivains hindoustanis qui ont le
plus de réputation. Il écrivait non-seulement des vers
hindoustanis, mais des vers persans. Le jugement de
Mashafî est sans doute trop sévère, car, selon Sarwar,
Mauzûn était habile dans le tarîkh. Schefta en parle
aussi en bons termes, et il nous apprend que de son
temps il habitait Lakhnau et qu'il y a formé beaucoup
d'élèves. Il est mort dans cette ville en 1229 (1813–
1814). Sarwar, qui l'avait consulté sur ses vers, cite
six pages de ses poésies, et Muhcin en cite aussi des
gazals dans son Tazkira.

J'ignore si c'est le même dont parle Gurdézî, sous le
nom de *Mîr Rahm 'Alî Mauzûn*, et qu'il dit avoir été
habile en arabe et en persan.

II. MAUZUN (le mahârâja Ram Narayan), de 'Azîmâbâd (Patna), élève du schaïkh Muhammad 'Alî Hazîn[4];
était gouverneur du sûba dont Patna est chef-lieu. Il a
écrit en hindoustani et en persan, tant en prose qu'en
vers. Il s'est surtout distingué comme écrivain en prose.

---

1 A. P. « Fluctueux ».
2 « Mesuré, symétrique, cadencé ».
3 Ville de la province de Dehli.
4 Sur ce personnage, voyez mon « Mémoire sur la Religion musulmane dans l'Inde », p. 112 et suiv.

Il mourut noyé dans le Gange, par ordre du nabâb Mîr
Muhammad Câcim Khân, s'étant, dit-on, rendu coupable d'un crime qu'on ne nomme pas.

III. MAUZUN (le nabâb KHWAJAM CULÎ KHAN ZU'LFICAR
UDDAULA) est un écrivain distingué du midi de l'Inde ou
Décan. Il était *hafthazârî*[1] du sûbadâr de Burhânpûr,
selon Schorisch, et, selon Zukà, frère de ce sûbadâr.
Sarwar le nomme Rahîm Culî Khân.

Il y a aussi un poëte de ce takhallus, fils d'un marchand, mentionné par Câcim, qui a écrit des poëmes à
la louange de Sâjî Sindhyah, le chef mahratte.

IV. MAUZUN (RAÉ CHATR[2] SINGH), de Dehli, de la
caste des kâyaths, petit-fils du munschi Madhû Râm,
dont l'*Inschâ* est dans l'Inde entre les mains de tous les
enfants, et principal officier d'Ya'cûb 'Alî Khân, a écrit
des poésies hindoustanies estimées et aussi des vers en
bhâkhâ. Sarwar, qui mentionne cet écrivain, le distingue de deux autres poëtes du même takhallus.

V. MAUZUN (MIRZA CADIR-BAKHSCH), est un prince
royal de Dehli, qui s'est distingué dans la poésie urdue,
qu'il a étudiée sous 'Abd urrahman. Il est d'une taille
élevée; il laisse ses cheveux descendre en boucles des
deux côtés de son cou. Karim, qui l'a souvent rencontré dans les rues et les marchés, donne dans son Tazkira
un gazal que Mauzûn récita en 1261 (1845) dans une
de ses réunions littéraires. Il est probablement auteur
du *Diwân-i Mauzûn*, qu'on trouvait à la bibliothèque du
Top khâna, à Lakhnau, et qui se compose de 8 p. de
gazals de 13 vers et de 25 rubâ'is[3].

[1] C'est-à-dire commandant mille *sipâhîs* (soldats).
[2] Sprenger prononce *Châtur.*
[3] Sprenger, « A Catalogue », p. 601-602,

VI. MAUZUN (Lala Nihal Chand) était au service de
Râm Ratan en qualité de munschi ou de secrétaire. Ne
serait-il pas le même que Nihâl Chand?

VII. MAUZUN (Mir Rahim 'Ali), de Dehli, poëte habile en persan et en arabe, ami de Gurdézi, était vivant
en 1165 (1751-1752).

VIII. MAUZUN (Mir Nawab), de Lakhnau, fils de
Mir Banda-i 'Ali et élève du munschî Muzaffar 'Ali
Acir, est auteur d'un Diwân dont Muhcin donne plu-
sieurs gazals.

I. MAYIL [1] (Mir Hidayat 'Ali) naquit à 'Azîmâbâd
(Patna), mais il voyagea dans le Décan. Dès sa plus
tendre jeunesse il fut « enclin » (*màyil*) à la poésie hindoustanie, au moyen de laquelle il pouvait donner un
libre essor à l'expression de ses sentiments religieux. Il
se distinguait par un esprit solide et sain. Il fut d'abord
élève de Schâh Muschtâc 'Ali Talab, puis de Mujrim. Il
mourut en 1208 (1793-1794), selon ce que nous apprend 'Ischqui. 'Ali Ibrâhim en a cité quelques vers
dans son *Gulzâr*.

II. MAYIL (Schah Miyan et Mir Muhammadi), saïyid
de Dehli, résidait dans cette ville près de la mosquée de
Fathpûri, à l'époque où Mashafi écrivait sa Biographie,
et à Murschidâbâd pendant que 'Ali Ibrâhim écrivait la
sienne. C'est un poëte qui n'est pas sans mérite ; Mashafi
et Mannû Lâl en citent des vers dans leurs Tazkiras. Il
fut élève du maulawî Cudrat ullah, d'Agra, et, selon
Câcim, de Câïm, et maître à son tour de Schâh Nâcir
ullah [2] Nâcir de Dehli, de Babar-i 'Ali Schâh Aschufta
et de Khusrawî.

---

[1] A. « Enclin, s'appliquant (à quelque chose) ».
[2] Ou *Nacîr uddîn*, selon Câcim.

Il mourut quelque temps avant la rédaction du Tazkira de Sarwar.

Schorisch mentionne un Miyân Fakhr-i Mâyil, qui est probablement le même.

III. MAYIL (Mirza Aca Beg), élève de 'Ischrat, est un autre poëte mentionné par Sarwar.

IV. MAYIL (le saïyid Kazim¹ 'Ali), de Khaïrâbâd, mort à la fleur de l'âge, est un poëte mentionné par Schefta.

V. MAYIL (Mir Mahdi), de Dehli, mort peu de temps avant la rédaction du Tazkira de Sarwar, est un autre poëte.urdû.

VI. MAYIL (Lala Lalita-praçad), de Lakhnau, fils de Ischri-praçâd, de la tribu des kâyaths, élève de 'Abd ullah Khân Muhr, est auteur de poésies dont Muhcin donne un gazal.

VII. MAYIL (le munschi Chanî Lal) est un poëte contemporain dont on trouve un gazal dans l'*Awadh akhbâr* du 16 novembre 1869.

1. MAZHAR² (Mirza Jan-jan ou Jan-janan³), de Dehli, surnommé «le martyr», est un des écrivains hindoustanis les plus célèbres de son siècle. Il appartenait à une famille distinguée, originaire de Bukhara. Son père se nommait Mîrzâ Jân et occupait de hautes fonctions dans la magistrature. On dit qu'il appelait son fils, par amitié, *Jân-jânân*, c'est-à-dire « mon cher » (à la lettre « âme

¹ Sprenger le nomme *Câcîm*.
² A. « Spectacle », etc.
³ *Jân-jân*, selon Mashafi, *Jân-jânân*, selon Mir, Fath 'Ali Huçaïnî et 'Ali Ibrahim; et selon Lutf, *Khân khânân*. Mir (dans l'article qu'il a consacré à Yâquin) fait observer que c'est par erreur qu'on le nomme vulgairement *Jân-jân*; que c'est son père qui s'appelait ainsi, mais que le nom du poëte est *Jân-jânân*, ainsi qu'il est expliqué dans le texte.

des âmes » ), et que c'est ainsi que ce nom lui est resté. Il naquit à Akbarâbâd (Agra) ; mais il fut élevé à Dehli et choisit pour sa résidence cette ville, où il acquit une réputation méritée, non-seulement par son esprit, mais par la droiture de son caractère. Il était habile dans la science de la jurisprudence, et il savait allier à une vive piété l'enthousiasme pour la beauté humaine, qu'il considérait avec raison comme un reflet de l'éternelle beauté. On compte au nombre de ses élèves les poëtes hindoustanis Hazìn, In'âm ullah Khân Yaquìn, Bé-samân Làl Bédar, Faquîr Sâhib Dardmand et Mìr 'Abd ulhaïyi Tâbân [1], qui était de plus son ami. Il était sunnite, faisait profession de pauvreté spirituelle, et opérait même, dit-on, des miracles. On raconte que, pour manifester ses opinions religieuses, un jour qu'il était assis sur la terrasse de sa maison, tandis qu'une procession de schiites passait sous ses croisées, à l'occasion du *Ta'ziya* [2] ou de la Commémoration de la mort du prince des martyrs (Huçaïn), il s'en moqua ; il exprima même l'opinion qu'il était ridicule que depuis douze cents ans que Huçaïn était mort, on renouvelât encore ce deuil chaque année, et qu'il était absurde de se prosterner devant des morceaux de bois (c'est-à-dire devant la représentation en bois du tombeau de Huçaïn). Ces discours malsonnants furent entendus des porteurs de bannières et de drapeaux qui faisaient partie du cortége ; aussi résolurent-ils de venger la cause de leur secte. En effet, la dernière nuit de la fête dont il s'agit,

[1] Voyez les articles consacrés à ces écrivains.
[2] Sur cette fête, qui dure pendant les dix premiers jours du mois de muharram, voyez mon « Mémoire sur la religion musulmane dans l'Inde », p. 30.

savoir, le 10 de muharram, un d'eux se rendit à la porte
de la maison de Mazhar et l'appela; celui-ci étant sorti
sans méfiance, le fanatique enthousiaste de Huçaïn lui
tira à bout portant, sans mot dire, un coup de fusil qui
cependant permit encore à Mazhar de monter sur sa
terrasse, malgré la grave blessure qu'il avait reçue.
Mazhar mourut de cette blessure, et il est, en conséquence, considéré comme martyr par ses coreligionnaires. Ceci eut lieu à Dehli en 1194 de l'hégire (1780
de J. C.). Lutf dit que Mazhar avait alors près de
cent ans.

. Mazhar a écrit avec éloquence en vers et en prose
hindoustanie[1]; ses vers en cette langue sont coulants
et faciles. Il a choisi, parmi les vingt mille vers qu'il a
écrits, mille vers seulement dont il a fait un Dîwân. Il a
fait aussi un album de ses vers sous le titre de *Kharîta-i
jawâhir* « Bourse de perles ». C'est un choix fait avec
goût.

Sarwar nous apprend que ce poëte demeurait à
Dehli, rue de l'Imâm, près du *Jâmi' masjid,* et que ce
fut en 1192 (1778-1779) qu'il fut assassiné. Il est, selon
Mashafî, le premier qui ait calqué ses poésies sur celles
des auteurs persans, dont il a, du reste, préféré la
langue pour écrire plusieurs de ses productions. On a
de lui un Dîwân hindoustanî et un Dîwân persan. Mîr
Taqui cite, dans sa Biographie, quelques fragments de
ses poésies. Voici la traduction d'un de ses gazals qui
a été publié dans les « Hindee and Hindoostance Selections » de W. Price[2] :

[1] On trouve dans le Catalogue des livres de Farzâda Gûlî, que j'ai
souvent cité, l'indication du Dîwân de Mazhar, mais il est apparemment
en persan.
[2] Tome II, page 400.

La lettre de cette rose m'est parvenue de la main du zéphyr matinal, cette lettre qu'elle a tracée dans le jardin, avec la main du désir.

Écrivez sur le pétale du hinnâ l'état de mon cœur; il peut se faire que cette feuille parvienne un jour à la main de ma bien-aimée.

J'ai été libre des liens du monde, depuis que la coupe du vin de l'amour est venue dans la main de moi, malheureux...

Mazhar! tiens aujourd'hui caché ce cœur délicat; il faut en vendre la fiole à quelque autre.

II. MAZHAR (Manjhu Khan), second fils du hakîm 'Askarî Khân, jeune frère, selon Câcim, et neveu, selon Sarwar, du hakîm Bû 'Alî Khân, est compté par ces deux biographes parmi les poëtes hindoustanis. Il était mort lorsque Câïm écrivait.

III. MAZHAR, de Râmpûr, est un autre poëte mentionné aussi par Sarwar.

IV. MAZHAR (Mir Haçan 'Alî) est un troisième poëte signalé par le même biographe.

V. MAZHAR (le maulawî Muhammad Ishac), de Dehli, hâjî (pèlerin) des deux villes saintes, la Mecque et Médine, appelé familièrement Maschstar (Master) Mazhar ulhacc, est un poëte rekhta contemporain fort habile.

MAZHARI[1] (Mahbub 'Alî), de Kotâna, frère de Rukn[2] ullah khân, est un poëte hindoustanî élève de Barkat et maître à son tour de 'Abd ullah Khân Anj. Il est mentionné par Sarwar et par Zukâ.

MAZLUM[3] (Mazlum Schah), défunt, natif de Lakhnau et habitant d'Allahâbâd, élève de Gulâm-i Hamdânî Mashafî, est mentionné comme poëte hindoustanî par Muhcin, qui en cite des vers.

[1] A. P. « Exposé aux regards ».
[2] Sprenger met Barkat au lieu de Rukn.
[3] A. « Traité avec injustice, tyrannisé ».

1. MAZMUN [1] (le schaïkh ou miyàn Scharaf uddin Huçaïn) naquit à Jàj ou Jàjyù [2], village près d'Akbaràbàd (Agra). Étant encore tout jeune, il alla à Dehli et resta attaché à la mosquée nommée *Zinat ulmaçàjid* « Ornement des mosquées ». Il y vécut dans la contemplation et y mourut vers 1158 (1745-1746), quelque temps avant la rédaction du Tazkira de Sarwar. Càcim l'y visita plusieurs fois. Il était contemporain de Hàtim, ainsi que ce dernier le dit dans la préface de son *Dìwànzàda.*

Ne serait-il pas le même qu'un poëte de ce takhallus, qui fut élève de Mazhar et de Siràj uddin 'Ali Khàn Arzù? Comme il avait perdu toutes ses dents par suite d'un coup d'air, Arzù le nommait pour plaisanter le « poëte sans pepin [3] ». Il a laissé un Dìwàn composé de pièces charmantes, mais pleines de métaphores trop recherchées. Mir Fath 'Ali Huçaïni, 'Ali Ibràhim et Lutf ont donné plusieurs pages de ses vers dans leurs Anthologies bibliographiques. Il était un des petits-fils du célèbre pìr Farìd uddin, surnommé *Schakar ganj* « Trésor de sucre ». Il dit quelque part à ce sujet :

Comment n'apprivoiserais-je pas les beautés aux lèvres de sucre, puisque mon aïeul est le vénérable Farìd?

Mìr, qui l'avait vu dans les dernières années de sa vie, dit que sa conversation était très-animée, quoiqu'il fût fort vieux.

Mirzà 'Ali Rizà prit aussi d'abord le takhallus de

---

[1] A. « Sens, signification ».

[2] Ce nom est écrit *Jahjow* dans l'« East-India Gazetteer ». Muhein écrit *Jàjù*, et dit que cet endroit se trouve dans les confins de Gwalior.

[3] *Scha'ir bé-dâna.* On se sert du mot *bé-dâna* en parlant des fruits, du raisin de Corinthe, par exemple.

*Mazmûn,* mais il adopta ensuite celui de *Marhûn,* nom sous lequel il en a été parlé dans cet ouvrage.

II. MAZMUN (le saïyid IMAM UDDÎN KHAN), fils du saïyid Mu'ïn uddîn Khân, qui commandait les gardes du corps de Muhammad Schâh, est compté parmi les poëtes hindoustanis. Toutefois, 'Alî Ibrâhîm n'en cite que deux vers.

A. Sprenger, qui le mentionne d'après 'Ischqui, le nomme *Mazhûn*[1].

On lui doit un Tazkira des poëtes urdus.

MÉWA[2] RAM est l'éditeur, en collaboration de Ganeschî Lal, du *Kalpadrum* « l'Arbre éternel », récit écrit en urdû de l'origine des *kâyaths* (caste des écrivains), d'après les Purânas ; Agra, 1868, in-8° de 40 p.

MIDHAT[3], de Lakhnau, élève de Ja'far 'Alî Hasrat, mourut à la fleur de l'âge. Il est, entre autres, mentionné par Kamâl, qui en cite deux pièces de vers érotiques écrites avec élégance et goût, mais qui rentrent néanmoins dans la classe commune des innombrables gazals.

MIHMAN[4] est un poëte hindoustani mentionné par Zukâ.

MIHNAT[5] (MIRZA HUÇAÏN 'ALÎ BEG), de Dehli, était fils de Mirzâ Sultân Beg. Il naquit à Mugalpûra[6], mais à l'âge de cinq ans il alla à Lakhnau, où il fut élevé. Plus tard, il résida encore à Dehli. Mihnat était fort spirituel, mais il parlait peu. Il avait un talent remar-

---

1 « A Catalogue », p. 257.
2 1. Ou *Mew,* nom d'une tribu qui habite les montagnes du Méwât.
3 A. « Louange ».
4 P. « Hôte ».
5 A. « Peine, affliction ».
6 Sorte de faubourg de Dehli.

quable pour la poésie, et il consultait sur ses productions
Calandar-bakhsch Jurat, dont il a été parlé plus haut.
Mashafi cite près d'une page et demie de ses vers.

Il mourut en 1235 (1819-1820).

MINNAT [1] (Mîr Camar uddîn), appelé roi des poëtes
(*malik uschschu'arâ'*), de Dehli, selon Lutf [2], descendait
par sa mère du saïyid Jalâl Bukhârî, célèbre saint musulman. Il fut d'abord élève de Muhammad Câim, puis,
surtout pour le persan, langue dans laquelle il a beaucoup écrit, de Mîr Schams uddîn Faquir; il eut aussi
des rapports littéraires avec Futuwat Huçaïn Khân.
Selon Lutf, il fut élevé dans la maison de Schâh Walî
ullah Muhdis, et ce fut l'illustre contemplatif, le maulawî Fakhr uddîn, qui l'instruisit dans la science du
spiritualisme. Il fut initié à l'art des vers par Faquir,
et au bon goût poétique par Nûr uddîn Nawed ; il acquit
ainsi dans la littérature une réputation méritée. Son
calam, dit Lutf, fit honte au pinceau du célèbre Bihzâd.
Il avait des connaissances variées, et possédait à fond
l'arabe et le persan. Il a écrit en prose et en vers, dans
ce dernier idiome, différents ouvrages, et s'est fait
par là un nom distingué parmi les écrivains qui dans
l'Inde se sont servis du persan pour leurs compositions. On cite surtout de lui un ouvrage dans le genre
du *Gulistân,* ouvrage intitulé *Schakaristân* « Sucrerie ».
Il a aussi écrit en hindoustanî, et c'est seulement comme
écrivain hindoustanî que Lutf, Mashafi et Bénî Nârâyan
en parlent dans leurs ouvrages.

En 1191 de l'hégire (1777-1778 de J. C.), à cause

---

[1] A. « Obligation » et « supplication ».

[2] Selon Mashafi, il était natif de Samûpîpat, et selon Bénî Nârâyan,
de Sampat.

de la dévastation de la capitale de l'Inde musulmane,
il alla à Lakhnau, où il resta pendant quelque temps,
puis il se rendit à Calcutta en 1206 (1791-1792), et
trois à quatre mois après la fièvre le saisit et le conduisit
au tombeau. Il mourut à quarante-neuf ans dans cette
dernière ville, en 1207 (1792-1793), et y fut enterré.
Mashafi donne un tarikh de cinq vers sur sa mort et un
échantillon de ses poésies hindoustanies. De son côté,
Lutf en cite deux pages. Càcim lui a consacré un long
article.

Minnat est appelé Minnat de Dehli parce qu'il fut
élevé dans cette ville ; mais en réalité il naquit à Soni-
pat, et il était originaire de Maschhad. Bukhâri, de qui il
descendait, était fils du saïyid Schams uddîn Azâd
Yazdî, poëte persan distingué. Après avoir quitté Dehli
il alla à Lakhnau, puis à Calcutta, ainsi qu'il a été dit.
De là, selon Schefta, il alla à Haïderâbâd, où il fut
comblé des faveurs du Nizâm [1]. Il revint ensuite à
Lakhnau, et il y fut le commensal du râjà Tékat Râé ;
enfin il retourna à Calcutta, où il mourut, comme nous
l'avons déjà dit plus haut.

Minnat fut le maître de Gannâ Bégam, qui, à ce qu'il
paraît, a pris quelquefois dans ses poésies le même takhallus de *Minnat*, puisqu'elle est citée sous ce nom dans
le *Maçarrat afzâ*. Il est le père de Nizâm uddîn
Mamnûn.

Minnat a laissé un *Khamsa* probablement en persan,
et Schefta cite de lui un masnawi persan intitulé *Cha-
manistân* « le Jardin » . W. Jones, qui est qualifié par
les biographes originaux de *Mumtâz uddaula* « le Dis-

---

[1] On dit qu'il reçut entre autres cinq mille roupies pour un caçîda à
la louange de ce souverain.

tingué dans l'empire », l'employa en qualité de munschi
et le présenta au gouverneur général Hastings.

Schorisch parle d'un MINNAT qu'il nomme *Mîr Schams
uddin,* et qu'il dit être le compagnon de Mihrbân Khân
Rind et le *chélà* « attendant » du nabâb Ahmad Khân
Bangasch. Ce Minnat paraît être distinct du précédent.

1. MIR (MUHAMMAD TAQUÎ), connu sous le nom de
*Mîr*[1], qui est son takhallus, et de *Mîr Taquî,* naquit à
Akbaràbàd (Agra) ; mais il quitta de bonne heure cette
ville pour habiter Dehli, où il fut élevé ; il alla ensuite à
Lakhnau. Il était fils de Mîr 'Abd ullah, neveu (fils de
sœur) et élève de Sirâj uddîn 'Alî Khân Arzû[2], et ce
fut Arzû qui veilla à son éducation. Ses ouvrages donnent
une juste idée de l'élévation de son esprit, de son beau
talent poétique, de la sûreté de sa logique. « Ceux, dit
« 'Alî Ibrâhim, qui ont tant soit peu de pénétration, et
« qui peuvent discerner la douceur de l'amertume, com-
« prendront aisément que Mîr doit être distingué de
« tous les poëtes hindoustanis de son temps. » . Lutf va
plus loin, il le met au-dessus de tous les écrivains urdus
anciens et modernes. Quoique Mîr ait écrit dans tous les
genres, toutefois, parmi les natifs, les appréciateurs de
la poésie pensent qu'aucun poëte, et Saudâ lui-même,
ne saurait lui être comparé dans le gazal et le masnawî.
Saudâ, au contraire, l'a surpassé dans la satire et le
cacida.

Cet illustre poëte vivait encore à Dehli à l'époque du
décès de Saudâ (en 1780); mais il quitta cette ville en

---

[1] P. *Mîr,* pour *amîr,* mot arabe qui signifie proprement « prince »,
est donné, ainsi que je l'ai dit dans l'Introduction, aux descendants
de Mahomet.

[2] Poëte hindoustani très-distingué. Voyez son article, t. Ier, p. 226.

1782-1783 pour aller à Lakhnau, où le nabâb d'Aoude,
Açaf uddaula, lui donna une pension qu'il conserva
sous son successeur, le nabâb Sa'àdat 'Alì Khân, pension qu'il touchait encore en 1215 de l'hégire (1800-
1801). Cette dernière année est celle de la rédaction du
*Gulschan-i Hind;* Mîr n'était par conséquent pas mort à
cette époque. Bénî Nârâyan, qui parle de son décès,
n'en donne pas la date; il dit seulement qu'il avait près
de quatre-vingts ans quand il mourut. Or, selon Mashafî, il avait déjà cet âge en 1793-1794.

Mîr a composé en hindoustanî un très-grand nombre
de poésies qui jouissent généralement d'une grande es-
time. On lui doit aussi une biographie abrégée des poëtes
hindoustanis, au nombre de cent deux; elle est intitulée *Nikât uschschu'arâ* « Bons mots des poëtes »[1]. C'est
dans cet ouvrage qu'il nous apprend qu'il tenait, le 15
de chaque mois, une réunion où l'on s'occupait exclusi-
vement de poésie hindoustanie (rekhta). Cette réunion
avait auparavant lieu chez Dard[2], et ce fut pour se con-
former à ses désirs que Mîr la tint chez lui. Dans sa
Biographie, Mîr, d'après l'usage des biographes orientaux, s'est consacré un article à lui-même; c'est le dernier de son ouvrage; malheureusement il n'y donne
aucun détail sur sa vie; il dit simplement qu'il était
d'Akbarâbâd, et que, par l'effet des révolutions du jour
et de la nuit, il résidait depuis quelque temps à Schâh-

---

[1] Sir Gore Ouseley avait un exemplaire de cet ouvrage qu'il voulut bien
me communiquer. Il se compose de 132 pages in-8°. Il a été copié en
1211 (1796-1797). D'après l'orthographe qu'on y a suivie, il semblerait
qu'il a été transcrit dans le Décan. Toutefois la ville où ce manuscrit a
été écrit semble être *Sukait,* village de la province d'Ajmîr, division de
Harawti.

[2] Voyez l'article sur ce poëte, t. Ier, p. 408.

jahânâbâd ; puis il transcrit dix-sept pages de ses vers, mais seulement des gazals et des rubâ'is.

Les poésies hindoustanies de Mîr ont été publiées en totalité à Calcutta, sous le titre de *Kulliyât-i Mîr Taquí;* elles forment 1085 p. grand in-4°. Elles se composent d'un cacîda d'invocation, de deux cacîdas à la louange de 'Alî, d'un à celle de Huçaïn, et d'un autre à celle d'Açaf uddaula, nabâb d'Aoude; puis viennent six différents Dîwâns, des vers isolés (*fardiyât*), des tazmîn, des quatrains (*rubâ'i*), des mustazâd, un quita'-band, dont le refrain signifie : « Nous ne reconnaissons pas 'Alî » comme Dieu ; mais nous ne le séparons pas de Dieu » ; beaucoup de mukhammas, de muçaddas et de muçallas [1], dont plusieurs sont très-remarquables; quelques pièces d'éloge et d'autres de satire ; enfin un grand nombre de masnawîs, dont plusieurs sont fort longs et très-intéressants : quelques-uns roulent sur des aventures d'amour ; d'autres sur différents animaux, entre autres sur un chien et un chat qui demeuraient dans la maison d'un faquir et qui étaient liés d'amitié ; il y en a sur la chasse, sur le holi, sur le vin, sur un menteur, sur le miroir, sur sa maison, qui avait été détruite par les pluies, sur un glouton, etc., etc. Feu Shakespear a reproduit un de ces masnawîs [2] (poëme dont j'ai publié la traduction sous le titre de « Conseils aux mauvais poëtes »), et le major Carmichael Smith, un autre intitulé *Schu'la-i 'ische* [3], « la Flamme de l'amour ». Je donne à la suite de cet article la traduction de cet inté-

[1] Sur ces différents genres de poëmes, voyez l'Introduction, tome I<sup>er</sup>, p. 34 et suivantes.

[2] Il est intitulé *Tanbîh uljihâl* « Avis aux sots ».

[3] Dans le recueil imprimé des œuvres de Mîr, ce titre est donné à un autre masnawî.

ressant morceau, ainsi que de plusieurs autres poëmes de Mîr.

Lutf nous apprend qu'un des masnawis de Mîr les plus populaires est celui qui est intitulé *Daryâ-é 'ische* « l'Océan de l'amour ». On le lit beaucoup, surtout à Lakhnau, selon ce qu'a dit au général Low, lorsqu'il y était résident, le bibliothécaire du feu roi d'Aoude.

La plupart des poésies hindoustanies de Mîr ont été publiées dans l'édition de ses *Kulliyât* imprimée à Calcutta.

*Mîr* est le takhallus de ce poëte et non son titre d'honneur. Le biographe Schorisch fait observer en effet qu'il était schaïkh et non saïyid. Il était neveu du poëte Arzû et natif d'Agra ; mais, après la mort de son père, il alla résider à Dehli, auprès de son oncle, à qui il soumettait ses vers. Après l'année 1197 (1782-1783), il alla à Lakhnau, où Açaf uddaula lui donna une pension de deux à trois cents roupies par mois (500 à 750 fr.), et il mourut dans cette ville entre 1215 (1800-1801) et 1221 (1806-1807), presque centenaire.

Câcim le blâme pour la recherche de son style et pour les remarques critiques qu'il fait dans son Tazkira sur ses contemporains ; mais Saïyid Ahmad Khân dit de lui dans son *Açâr-ussanâdíd* : « Le langage de Mîr « est tellement pur et les expressions qu'il emploie. « sont tellement convenables et naturelles, que jusqu'à « ce jour tout le monde en fait l'éloge. Quoique le lan- « gage de Saudâ soit excellent aussi et qu'il l'emporte « sur Mîr pour le piquant de ses allusions, cependant il « lui est inférieur quant au langage. »

Mîr écrivit sa Biographie environ un an après la mort de Mukhlis, laquelle eut lieu en 1164 (1750-1751).

Elle est écrite en persan et contient des notices succinctes sur une centaine de poëtes, avec des observations
sur leurs vers.

Mir est généralement considéré comme tenant le second rang parmi les poëtes hindoustanis; mais des biographes le mettent sur la même ligne que Saudâ, et pré-
fèrent plusieurs de ses compositions à celles de ce poëte [1].
Il y en a qui vont jusqu'à le placer décidément au-
dessus de ce roi des poëtes modernes de l'Inde.

Kamâl, qui rédigeait son *Majmû'a ulintikhâb* en 1804,
dit que Mir avait alors plus de quatre-vingts ans. Schefta
nous fait savoir qu'il mourut à Lakhnau, et la date de
son décès nous est fournie par un chronogramme de
Nâcikh [2]. C'est 1225 (1810-1811), l'année même de
l'impression de ses *Kulliyât*.

Quoique le plus fécond peut-être des poëtes hindoustanis, Mir a cependant voulu prouver qu'il savait écrire
en persan. Kamâl nous apprend en effet qu'il a écrit un
Diwân dans cette langue, lequel ne fait pas partie de ses
*Kulliyât*, qui ne renferment que des poésies hindoustanies.

On a confondu son poëme intitulé *Daryâ-é 'ische*
« l'Océan de l'amour », avec le *Schu'la-i 'ische* « la Flamme
de l'amour ». Le fait est que celui dont je vais donner
la traduction paraît avoir en réalité le premier titre
d'après l'édition donnée à Lakhnau en 1846 de ces
deux poëmes [3]. Au surplus, ni l'un ni l'autre de ces
poëmes ne se trouvent dans l'édition des œuvres de Mir

---

[1] « Annals of Fort-William College », p. 286.
[2] Sprenger, « A Catalogue », p. 628.
[3] *Shu'la-i 'ische o Daryâ-é 'ische*, in-8° (Catal. de la Biblioth. de
l'East-India Office).

publiée à Calcutta en 1811, et c'est ce qui m'a fait adopter le titre qu'a donné à ce poëme feu Carmichael Smith.

Mustafà Khàn a publié à Cawnpûr en 1851 plusieurs poëmes érotiques de Mîr sous le titre de *Majmù'a-i masnawî* « Meer Taqee's and Sadiq Khan's love tales in oordoo poetry ».

### LA FLAMME DE L'AMOUR (*Schu'la-i 'ische*).

Quel habile magicien que l'amour, et quel ingénieux presti-digitateur ! Il produit toujours de nouveaux actes. Partout quelque nouvelle chose a lieu de sa part : s'il vient occuper le cœur, ici la douleur le suit, là de longs soupirs s'échappent de la poitrine, et même le sang découle des yeux ; la folie trouble le cerveau. Tandis que d'un côté on pleure de regret, d'un autre on rit de la blessure *qu'on a faite*. Ici l'agitation règne dans le cœur, là le sourire suit une nouvelle blessure : ici d'un cœur qui gémit s'élève un soupir impuissant qui expire sur les lèvres ; là l'humidité des paupières exprime la douleur du cœur. Tantôt l'amour jette le cœur dans la dé-tresse, tantôt il détermine l'altération de la couleur du visage. Ici l'amant supplie à cause du chagrin qui fend son âme ; là l'impatience de son cœur le jette dans l'insomnie.

Sur le mont Sinaï l'amour se manifeste par la flamme, sur le mont Béçutûn par les étincelles du ciseau [1]. Tantôt il pro-duit l'incendie, tantôt le carnage. Ici il se manifeste par les gémissements du rossignol ; là il serre de son collier le cou de la tourterelle. Il met en pièces les cœurs des amants, comme le boucher la viande, et quelquefois il produit sur une assem-blée l'effet d'un charme. Dans un temps l'amour est le désir des cœurs, dans un autre il en est le tourment. On l'admet avec empressement dans son cœur, et il ne le quitte que lors-qu'il vous a fait périr... S'il vous rend heureux quelques jours, ne vous flattez pas de jouir longtemps de votre bonheur.

---

[1] Allusion aux sculptures qui furent, dit-on, exécutées au mont Béçutûn par Farhâd, amant de Schirîn.

Il y avait quelque part un beau jeune homme. Ses joues ressemblaient à la tulipe, et sa taille au cyprès élevé. Il ressentait l'amour dans son cœur brûlant; il avait un cœur plus tendre que la cire. Il recherchait avidement la vue des belles, et cette vue jetait le trouble dans son cœur. Une chevelure en désordre rendait son état désolé; un œil noir lui faisait pousser des soupirs. Un jour qu'il était inquiet et rêveur, il alla se promener dans un jardin. Il s'y reposa un instant à l'ombre d'un berceau de roses et sur un lit de fleurs : mais il ne tarda pas à se lever les yeux pleins de larmes, sans avoir pu éloigner de lui la tristesse; et suivant la ligne des arbres, il se dirigea du côté de sa maison. Il marchait morne et soucieux, sans qu'aucun sentiment vînt émouvoir son cœur, lorsque tout à coup un objet qui devait être pour lui la source du malheur vint frapper ses regards. En effet, une jeune beauté jetait sur lui, d'une fenêtre entr'ouverte, des regards scrutateurs. L'intéressant jeune homme l'aperçut en dressant la tête, et ce regard décida de son sort et l'asservit à jamais. Ce regard, lui faisant perdre la raison, jeta le trouble dans son existence, et le priva de toute énergie. Voir cette belle, et tomber en défaillance, fut pour lui une même chose. Cependant elle s'éloigna sans s'apercevoir de l'effet qu'avaient produit ses charmes, tandis que le jeune homme dont nous parlons était étendu par terre, les joues sur la poussière. Son visage prit une teinte sombre, la modération s'éloigna de son cœur; la folie vint agiter son esprit, en même temps que des larmes de sang coulaient de ses yeux, et qu'un feu dévorant brûlait son cœur. Il revint cependant à lui, et se levant, préoccupé, du lit de la terre, il se mit à faire entendre des soupirs qui ne devaient pas trouver d'écho, de plaintifs et inutiles gémissements, et ses larmes mouillèrent ses lèvres sèches. Puis il alla s'asseoir à la porte de la belle inconnue, résolu d'y mourir s'il ne pouvait toucher son cœur.

Là, sans prendre de nourriture, toujours dans l'agitation de l'amour, il avait l'apparence d'un insensé. Les passants ne tardèrent pas à le remarquer; ils en eurent pitié, car ils comprirent que c'était l'amour qui l'avait mis dans ce funeste état. Toutefois les parents de la jeune fille virent au contraire de mauvais œil ces démonstrations, et vouèrent à ce jeune homme une inimitié mortelle. Ils tinrent conseil pour le tuer, afin de se délivrer de cet amour importun. Mais voici ce qu'ils dirent à ce sujet : « Si on vient à savoir que nous l'avons fait périr, nous serons diffamés. Les nobles et les plébéiens ne manqueront pas de demander quelle faute a commise ce jeune homme pour avoir été ainsi traité. On s'informera qui l'a tué, et où cela a eu lieu. Si ce sang assoupi se réveille, beaucoup de malheurs en résulteront. Il faut s'y prendre de manière qu'il ne s'ensuive pour nous aucune honte. Pour cela, il faut placer le soupçon de la folie sur la tête de ce jeune homme ; puis une fois que nous l'aurons fait passer pour insensé, chacun se mettra à le maltraiter. Les uns se contenteront de lui parler avec dureté, mais d'autres pourront le tuer à coups de pierres. »

Ils agirent donc de telle sorte que les enfants de la ville accoururent pleins de colère et d'animosité ; mais quoique l'agitation entourât le jeune homme dont nous parlons, il n'y prenait pas garde, absorbé qu'il était dans les rêves de son imagination. Il ne parlait que de la beauté de celle qui l'avait charmé, et il avait la tête appuyée sur le seuil de pierre de sa porte. Il disait en lui-même : « Je ne puis même soupirer, ni regarder de ce côté: je déshonore cette jeune fille, et mes ennemis mettent ma vie à l'étroit. » Il parlait ainsi au zéphyr du matin : « Va dire à ma bien-aimée de ne pas rester dans l'insouciance. *Dis-lui que* je ne puis vivre dans cette infortune, et que l'impatience s'est emparée de moi. Je donne ma vie pour elle ; mais elle ne lève pas les yeux vers moi, et ne regarde jamais de mon côté. Peu à peu j'ai perdu la raison , et j'ai été couvert d'ignominie. Mes soupirs ne peuvent l'atteindre, et je ne puis lui adresser la parole. Devant moi je vois mille jours noirs ; pour un condamné je vois cent bourreaux. Aucun être compatissant n'a pitié de moi ; je n'ai d'autre compagnon que la solitude. Mon cœur a l'espoir de l'union ; il est attaché à cette idée comme l'eau à l'argile ; mais on ne veut pas me laisser en repos. Dans un seul moment que de vexations *n'éprouvé-je pas?* Je suis tourmenté par la pluie des *pierres;* car la fiole de mon cœur n'est pas de *pierre.* Je ne suis coupable que d'un regard ; mais ce regard a couvert mon cœur de blessures... »

Le bruit de cette aventure se répandit au loin. Comme on sut que ce jeune homme ne mangeait ni ne dormait, on en conclut que c'était un amant désespéré. La pâleur de son visage annonçait l'amour, et non la folie; et le côté où se dirigeaient ses regards faisait deviner les pensées de son cœur. Bref son amour finit par être une histoire sans voile. Les parents de la jeune fille furent *de plus en plus* agités; et décidés à repousser l'ignominie, ils prirent la résolution d'éloigner pendant quelque temps de leur maison celle qui excitait la jalousie de la lune éclatante. A la nuit on la fit monter dans un palanquin accompagnée d'une nourrice[1] trompeuse. Il s'agissait de lui faire traverser la rivière, et de la conduire à la maison d'une parente, pour attendre que les choses fussent calmées, et qu'on pût la faire revenir éclairer le zanâna comme une bougie allumée.

Précisément en sortant de la maison le palanquin passa devant le jeune homme. Celui-ci devinant son malheur à l'agitation de son cœur, suivit la litière en poussant des soupirs... Il étendait ses mains, et faisait aller ses pieds aussi vite que le palanquin. Ses larmes coulaient pendant qu'il se démenait à la poursuite de son amie, et qu'il disait en lui-même : « Rêvé-je, ou suis-je éveillé? Puis-je me flatter d'avoir jamais accès auprès de ma bien-aimée? Je suis étonné de mon destin contraire. » Bientôt la patience enleva loin de lui ses bagages; ses discours se changèrent peu à peu en lamentations, et des étincelles s'échappèrent de son cœur. Il dit alors *en s'adressant à son amie :* « Je ne vois d'autre remède à mon état que de mourir. La demeure de l'union est éloignée, et n'a pas de solidité; d'ailleurs tu ne veux rien faire pour y parvenir. Tu es tout près de moi, et cependant je suis séparé de toi par une immense distance. Ta coquetterie ne te permet pas de faire attention à moi un seul moment; ton miroir ne t'en donne pas le loisir. Tandis que tu tresses tes cheveux, mon âme supporte la torsion de l'anxiété ; pendant que tu admires la *noire*

[1] Dans l'Inde, ce mot est synonyme de « femme de chambre ».

lentille de ta joue, mon cœur s'empreint d'une *noire* brûlure.
Tu trouves le repos sur ta couche, tandis que je ne puis que
bâiller..... Ah! ne sois pas insouciante, prends pitié de mon
état. »

Ces discours frappèrent les oreilles de la nourrice, qui était
rusée et artificieuse. Elle fit venir auprès d'elle le jeune
homme, et le consola en lui faisant espérer qu'il pourrait obtenir la main de celle qu'il aimait. « O toi! lui dit-elle, qui as
supporté le chagrin de la séparation, le temps de l'absence
finira pour toi. Ne te plains point; prends patience, afin que
le secret de l'amour ne soit pas dévoilé... Sache que ta bien-
aimée n'aurait pu faire la route sans toi ; car bien que votre
rencontre soit due au hasard, il y a eu aussi l'attraction de
l'amour. Ta présence, en effet, a dilaté son cœur, l'ivresse de
l'amour a troublé sa raison. Ainsi j'espère que nous prépare-
rons bientôt le banquet du plaisir. »

Tandis que cette femme tenait ce discours trompeur, elle
jurait en secret au malheureux jeune homme une haine mortelle. Cependant on arriva au bord de la rivière; elle était
agitée, fluctueuse, sombre et profonde. Un bateau s'approcha ;
il ressemblait à la lune sur le firmament. La jeune fille et les
personnes de sa suite y montèrent, ainsi que le jeune homme.
Lorsqu'on fut arrivé au milieu du courant, la *méchante* nourrice jeta dans l'eau la babouche de sa maîtresse, et *feignant
qu'elle y fût tombée par hasard,* elle pressa le jeune amoureux
de se jeter à la nage pour la prendre. Celui-ci, sans hésiter,
sauta dans la rivière; mais les vagues furent une chaîne à ses
pieds. Cette perle pure fut entraînée au fond, et ce fut l'amour
qui l'attira. Les gens qui se noient reviennent généralement
au-dessus de l'eau; mais comment en arriverait-il de même à
celui qui s'est perdu dans le fleuve de l'amour?

Quand ce jeune homme, ayant plongé dans la rivière, eut
perdu le joyau précieux de sa vie, la méchante nourrice satisfaite s'empressa de conduire à l'autre bord la rose nouvellement épanouie *qui était confiée à sa garde,* sans comprendre
que l'amour est une passion terrible qui provoque les plus
grands malheurs...

Après qu'une semaine se fut écoulée, la jeune beauté,

honte de la lune, dit à sa nourrice : « Puisque ce malheureux s'est noyé, le déshonneur a cessé. Celui qui excitait des troubles a disparu, et avec lui le tumulte et le mal... Toutefois mon cœur est continuellement agité, ou pour mieux dire il est comme un coq sacrifié. Assez longtemps j'ai été insensible; mais l'état de mon âme est actuellement différent. Ou je mourrai aujourd'hui, ou demain je deviendrai folle... Ce qu'il y a de mieux à faire, c'est de me ramener à la maison. Nous traverserons lentement la rivière, et peut-être qu'alors mon cœur se dilatera. »

« En effet, dit la nourrice, maintenant que le trouble est endormi et que la ruine est écartée, personne ne nous empêche de retourner. Désormais vous ferez la consolation de votre père et la joie de votre mère. Vous vous divertirez avec vos amies, et avec les personnes qui sont *mahram* pour vous. »

Au matin donc *notre* belle désespérée, la jalousie du soleil, se mit en route. Arrivée au bord de la rivière, elle prit sa nourrice avec elle, et après être montée sur le bateau, elle dit à la nourrice : « Où ce jeune homme est-il tombé? En quel endroit les flots l'ont-ils entraîné? De quel côté a-t-il été ballotté par les vagues?... Je veux entendre le bruit de la rivière; je veux voir le tourbillon de l'abîme. Dites-moi si cette rivière est dangereuse, et si les accidents y sont fréquents. »

Quoique la nourrice fût accomplie en méchanceté, elle ne mit pas d'importance à ce discours; et lorsque le bateau fut arrivé au milieu de l'eau, elle dit : « C'est ici que l'événement a eu lieu. Là ce jeune homme a disparu comme la bulle d'eau et comme le mirage. » En ce moment *notre* belle, tout en disant : « Où est-ce donc? où est-ce donc? » se précipita dans la rivière, résolue de mourir. Les flots devinrent pour elle un filet qui la serra comme le noir serpent, et dont chaque anneau se changea en un abîme. Son beau visage, au milieu des vagues, produisait l'effet de la réflexion de la lumière de la lune sur l'eau. Ses doigts teints de hinnâ excitaient la jalousie de la branche du corail. Bientôt les flots coulèrent au-dessus de sa tête, qu'ils couvrirent entièrement; la surface de l'eau devint aussi unie qu'un miroir, et l'attraction de l'amour attira jusqu'au fond cette lune. Des plongeurs, et tous ceux qui l'accompagnaient, s'élancèrent dans la rivière, faisant agir leurs pieds et leurs mains. Malgré tous leurs efforts ils furent tous impuissants; leur main n'atteignit pas cette perle précieuse.

La nourrice se frappant la tête, alla porter la nouvelle de ce malheur. Le père, l'oncle, la mère, le frère de notre belle, tous ceux enfin qui faisaient partie de la maison et de la famille de cette rose, se dépouillèrent de leurs parures et firent entendre de leurs lèvres des plaintes et des soupirs. Ils se dirigèrent sans retard du côté de la rivière, brûlant leur cœur et leur foie par le feu du chagrin. Une grande foule était réunie sur le rivage, on employait des pêcheurs pour qu'ils retirassent avec leurs filets les corps *des deux amants*. Enfin on finit par réussir; mais ils étaient morts l'un et l'autre et étroitement embrassés.

### SATIRE DE MÎR SUR SA MAISON QUE LES PLUIES AVAIENT DÉTRUITE.

De même que l'âme est renfermée dans un corps de terre, ainsi ma maison est une prison pour moi; ses obscurités (ténèbres) sont claires (manifestes) pour tout le monde; j'ai mis mon cœur vivant dans un tombeau. Un grand mur commande mon habitation, et la rend une caverne obscure. L'architecte connaissant ma mauvaise fortune, a mal fixé *à dessein* toutes les gouttières; dans la saison des pluies l'eau coule *dans ma maison*, et le jour s'y change en une nuit obscure. La pluie, semblable à de longues piques, tombe dans la cour; ce lieu devient comme une rue où l'eau roule ses vagues, ou comme un véritable ruisseau... Le chaume de la toiture a servi au nid des oiseaux; mais les araignées ont un cœur compatissant, car elles ont ourdi leur toile *pour me couvrir*. La vieille paille s'y ramasse... la terre s'y accumule, grâce aux filets de l'araignée... Que dirai-je? c'est une maison par façon de parler. Le toit est ouvert; si je veux me reposer, je suis obligé de rester debout pour couvrir ma tête sous la portion qui reste du toit de bambous. Les nattes qui recouvraient le toit se détachent, et tombent dans la cour de la maison *emportées par la pluie*. Les toiles¹ qui me garantissaient vont dans l'eau, et se couvrent de terre. Actuellement ma position est encore plus mauvaise qu'elle ne le fut jamais; car je suis obligé de tenir, entre ma tête et la toiture, un paquet de hardes *pour me garantir de la pluie*. *Mais* comme l'eau s'écoule avec violence, la salle s'affaisse, et le faîte de l'édifice reste sur ma tête; tandis que les murs, pareils aux cœurs des amants, se brisent entièrement.

Quand ce ne sont que des gouttes continuelles de pluie qui tombent, et non des averses, elles ressemblent à de plaintifs gémissements qui ne sont pas dépourvus de charme; mais la pluie, en se précipitant tout à coup a brisé le toit. Chaque planche et chaque solive s'en est détachée en glissant. A la fin les pièces de bois qui soutenaient la toiture ont été renversées elles-mêmes; et les ouvertures voûtées des croisées qui étaient demeurées intactes, ont croulé. Les ais angulaires ont été emportés par le torrent, et les fragments de la toiture se sont dispersés. Les vagues sont entrées au milieu des briques et des piliers, et l'âme est restée douloureusement affectée de cet affreux malheur. La fluctuation de l'eau a tout emporté; l'intérieur même de la maison a été envahi par l'eau écumante...

La destruction de ma maison fut pour mon esprit un lourd fardeau *qui l'accabla;* c'était comme de la poussière qui ternissait ma raison. Les chambranles des portes furent arrachés, les faîtes des murs tombèrent. Les vagues de l'eau balayèrent tout, elles renversèrent de fond en comble l'édifice; elles réduisirent en terre les briques de la maison. Tous les piliers cédèrent; la porte s'affaissa, aussi bien que le toit et la maison elle-même. Comme cette maison n'était que louée, nous réfléchîmes, nous qui l'habitions, à ce que nous devions faire. « Quittons maintenant cette maison, dîmes-nous, sortons-en, et allons nous mettre à couvert sous quelque volet de natte; nous serons à temps de mourir noyés, s'il le faut; il est toujours bon de nous retirer d'ici. » Ces paroles excitèrent la

¹ Le mot que je traduis par « toile » est *gullah*. Voici l'explication de ce mot d'après le *Burhân-i câtî :* « C'est la toile qu'on met sur le toit des « maisons, comme une espèce de tente ».

peur dans l'âme de chacun, et il fut décidé que je me charge-
rais du paquet des habits, et que mon frère porterait le lit sur
sa tête... En même temps l'un sort ayant pris une lampe, un
autre ayant mis sur sa tête un fanal. Un troisième s'en va à
l'abri d'un van; un quatrième se roule par terre, renversé par
la pluie. Celui-ci se couvre le visage; celui-là s'enveloppe d'un
manteau. On en voit un se munir d'un filet de corde, et par
ce moyen porter son lit à son cou, et un autre entourer d'une
natte ce qu'il veut garantir.

Quant à moi, j'emportai de ma maison mes effets, et je les
confiai à mes amis. Des bandes d'hommes, dans un état déplo-
rable, s'éloignèrent en grande hâte pour chercher un lieu sûr.
C'est ainsi que marchent les troupes errantes de kanjars [1]...
Nous sommes sauvés, étant à la fin venus dans la maison
d'un frère; mais nous nous trouvons dans un état fâcheux :
notre maison n'est plus qu'une bulle d'eau. Là où nous
découvrirons une agréable résidence, nous demeurerons
désormais.

### SATIRE DE MÎR SUR UN MENTEUR.

O menteur, c'est aujourd'hui ton tour dans la ville; chacun
s'occupe de toi, tous font attention à ta manière d'être. O
menteur, tu es montré au doigt par tout le monde : par le roi,
le vizir, le faquir.

O menteur, par toi la ville est dans la désolation. O menteur, tu mérites bien qu'on soit envers toi dans une violente
colère. O menteur, tu as eu peu à peu de la vogue; ta mar-
chandise est aujourd'hui étalée de tous côtés. O menteur, que
dirai-je? tu es comme un danger qui menace la tête, et il est
très-vrai que tu es un extraordinaire fauteur de troubles. O
menteur, y a-t-il actuellement un fourbe pareil à toi dans le
monde, puisque les gens les plus distingués comme les plus
bas suivent tes ordres? O menteur, tous dans la ville t'obéissent; comment quelqu'un ne mourra-t-il pas sans qu'on
mente encore sur son compte?

[1] Caste de marchands ambulants, jongleurs, etc.

Cependant on commence à être mécontent de tes propos, et demain on te parlera avec violence. On a attendu pendant des ghris et des pahars l'effet de tes promesses; que dis-je? pendant des années entières.

O menteur, qui pourra expliquer ta manière d'être? Comme le bouton de rose, tu as une autre langue sous ta langue. Joseph, qui était prophète et véridique par excellence, et qui par sa beauté extérieure était *le jardin et le printemps*[1], eut, à cause d'un menteur comme toi, son vêtement déchiré; et ayant quitté son pays, il resta plusieurs années en prison. O menteur, tu es un malheur qui s'attache au cœur; notre temps est toujours dans le trouble par l'effet de ta langue...

O menteur, tu as occasionné mille embarras; de tous côtés des disputes et des discussions ont eu lieu par ton fait. O menteur, tu ne parles jamais avec droiture; quand tu dis oui, on est sûr qu'en réalité c'est non. O menteur, c'est ainsi que beaucoup de gens ont été dégoûtés de la vie, et qu'ils n'ont plus eu de confiance aux promesses des hommes. O menteur, comment dans ce temps-ci pourrait-on se procurer des moyens d'existence, puisque par tes mensonges l'emplacement où on doit les trouver est devenu étroit?... Ainsi tout le pivot des affaires c'est le mensonge et la tromperie; elles sont aujourd'hui dépourvues de la véracité, de la bonne foi, de la droiture. L'amir actuel est un heureux cavalier du mensonge; sans sa fortune, ne devrait-on pas assurer qu'il n'est qu'une bête de somme? Il est difficile d'expliquer ici cette affaire, quoique toute affaire humaine puisse se résumer en paroles.

O menteur, mon cœur est très-affligé; il est déchiré par les imposteurs tels que toi, comme l'aurore que les rayons du soleil semblent déchirer...

### GAZAL DE MÎR.

Le torrent de mes larmes coule à son gré dans la plaine. Il en fut ainsi des pleurs de Majnûn.

Aucune grandeur ne m'est échue, quoique mon **horoscope**

---

[1] Allusion au titre du roman des « Quatre Derviches ».

ait été bon, et que le humâ ait plané sur ma tête pendant dix millions d'années.

En attendant ta lettre mes yeux sont devenus blancs[1], à cause de la couleur des traces des pas de celui qui devait m'apporter ce message de ma bien-aimée.

Le messager est retourné; mais toi tu ne t'es pas retournée un peu, et tu n'as pas regardé de mon côté, quoique, ô cruelle, mon existence tout entière soit attachée à toi.

Comment, ô Mir, pourras-tu placer les pieds et dans la pagode et dans le temple de la Mecque? Là on trouve avec Dieu des idoles; mais ici Dieu seul.

### QUITA' DU MÊME.

Mon cœur a été comme la nourriture dédaignée par les grands. Le message que j'ai reçu l'a plongé dans le chagrin.

Les jeunes petits-maîtres de Dehli au bonnet de travers dédaignent les intrigues d'amour : il n'y en a plus maintenant. Les porteurs de chapeau (les Européens) ont fait des amants un massacre général.

Quant à moi, Mir, je prends toujours l'amour des belles pour ma Quibla, ma Ca'ba, mon imâm.

### RUBA'Î DU MÊME.

Quelqu'un dit en pleurant : « Comment s'en est allée ainsi la jeunesse? » *Réponds-lui* : « Comme le zéphyr disparaît, ainsi que l'odeur de la rose. »

O Mir, la vieillesse est venue tout d'un coup comme une tempête. Comment pouvoir supporter ce choc, nous qui sommes semblables aux feuilles d'automne?

### EXTRAITS DES FARDIYATS DU MÊME.

#### I.

Cet Alexandre, qui possédait l'empire le plus vaste qui fut jamais et les plus grandes richesses, a quitté le monde les mains vides.

---

[1] C'est-à-dire, « j'ai perdu la vue à force de regarder la trace des pas du messager de ma bien-aimée ». Dans le langage mystique, la bien-aimée c'est Dieu, et le messager Mahomet.

## II.

En me souvenant de tes cheveux d'ébène, mes pleurs brillent sur mes joues. C'est la nuit obscure, c'est la pluie, ce sont les vers luisants.

## III.

Tous rient de moi en voyant l'altération de ma couleur. O ma bien-aimée, c'est ton amour qui a changé mon visage en un champ de safran.

## IV.

Des gouttes de sueur tombent des boucles de tes cheveux. On les prendrait pour des étoiles qui brillent dans l'obscurité de la nuit.

II. MIR (Muhammad) est auteur de poésies hindoustanies agréablement écrites. Mir Taqui le représente dans sa Biographie comme un jeune homme très - capable et d'un esprit fort distingué. Quoique la facture de ses vers soit toute différente de celle de Mîr Taqui son homonyme, toutefois ce dernier exprime son déplaisir de ce qu'il avait pris le même surnom poétique que lui.

III. MIR (le hakîm Mîr 'Alî), de Sahâranpûr, mentionné par Schorisch, a écrit des poésies rekhtas et persanes.

IV. MIR (Mîr Aulad 'Alî), professeur d'hindoustani, de persan et d'arabe au « Trinity College » de Dublin, est un savant musulman, à la fois habile érudit et excellent littérateur, que j'ai eu l'occasion de consulter avec fruit. Voici la traduction d'un gazal hindoustani qu'il m'adressa après avoir reçu mon portrait, gazal dont je prie le lecteur d'excuser les expressions exagérées :

Votre portrait bienveillamment enrichi de votre autographe, m'est heureusement parvenu.

Je le placerai dans mon propre œil et je décrirai l'impres-

sion qu'a produite sur mon cœur la figure de celui qui jouit,
dans le banquet des savants, de la considération due à l'esprit,
aux bonnes manières, à la capacité, à l'instruction, aux qualités
les plus parfaites.

Bien que mes yeux soient demeurés longtemps fixés sur cette
image, toutefois ils n'ont éprouvé aucune fatigue.

Acceptez mon portrait que je vous envoie, à mon tour, avec
mon *salâm :* c'est *Mîr* qui vous l'offre affectueusement en don.

MIR AGA[1] est auteur d'un ouvrage intitulé *Ahkâm
unniçâ* « Lois pour les femmes », qui traite des devoirs
religieux des femmes relativement à la prière, au
jeûne, etc. ; Ludiana, 1863, 78 p.

MIR 'ALI est auteur du *Wacîlat ussa'âdat* « leM oyen
d'arriver au bonheur », ouvrage lithographié dans l'Inde.

MIR ULLAH[2] est auteur du *Bârân-i rahmat ba-ihyâ-i
sunnat* « la Pluie de la miséricorde par la vivification de
la Sunna[3] ». C'est un traité contre les pratiques abusives
du culte musulman dans l'Inde et les fausses notions
qu'on y a sur la religion.

Cet ouvrage, qui est probablement dû à un wahâbite
indien, est un in-16 imprimé à Madras en 1264 (1848).

MIRA ou MIRAN BAI[4], Bhagatnî (sainte hindoue),
était fille du rânâ ou râjâ souverain de Mertà, fervent
adorateur de Wischnu, qui abandonna ses États pour
se faire *atit.* Elle fut mariée, selon les uns, à Khumbh,

---

[1] P. T. *Mîr*, qui est un titre d'honneur de l'Inde musulmane, est ici
suivi du titre d'honneur turc *Agâ*, qu'on donne spécialement dans l'Inde
au chef des eunuques.

[2] A. « L'amîr (le prince) de Dieu ».

[3] C'est ainsi, je pense, qu'il faut lire et traduire ce titre, quoiqu'il
semble qu'il y ait dans l'imprimé *Yahyât* et qu'on ait adopté la même
leçon *Yahyai* dans le Catalogue des livres de l'East-India Office.

[4] Le mot *bâî* signifie « dame », et on l'ajoute souvent au nom
propre des femmes.

roi de Méwar ou Udaïpûr, lequel mourut assassiné par
son fils Udo en 1469 [1], et, selon les autres, par Laxa ou
Lakha, roi du même pays [2], auquel cas elle vivait dans
la dernière moitié du quatorzième siècle, car ce prince
a régné de 1372 à 1397 [3]. D'un autre côté, si Mîrâ Bâî
est, comme le dit Tod, mère de Bikrmajit, adversaire
d'Humâyûn, elle vivait au commencement du seizième
siècle. Enfin le *Bhakta mâl* nous apprend qu'elle était
contemporaine d'Akbar, puisque ce prince, qui a régné
de 1556 à 1605, alla la visiter accompagné de Miyân
Tân Sen, célèbre musicien du temps. Il y a sans doute
quelque erreur dans une de ces quatre assertions.

Mîrâ Bâî a acquis comme sainte hindoue et comme
poëte une grande célébrité. Comme sainte, elle est la
patronne de la secte des *Mîrâ bâís*, qui porte son nom [4] ;
et comme poëte, on lui doit des hymnes chantés surtout par ses sectateurs, et qui rivalisent, selon Tod, avec
le *Guita Govinda* de Jayadéva [5]. Elle était très-dévote à
Krischna, à qui elle avait élevé un temple que le colonel
Tod visita dans ses voyages. Les Hindous pensent que
ses productions poétiques n'ont été égalées par aucun
poëte de son temps. On la dit auteur d'un *tîkâ* ou d'une
sorte de commentaire du *Guita Govinda*. Ce sont des
chants accessoires à ce poëme, des cantiques en l'honneur de Kanyâ (Krischna), qui peuvent supporter la
comparaison avec l'original sanscrit de Jayadéva. Ces

[1] Tod, « Annals of Rajasthan », t. Ier, p. 290.
[2] Tod, « Travels », p. 435.
[3] Prinsep, « Useful Tables ».
[4] H. H. Wilson parle de cette secte dans son « Mémoire sur les
sectes religieuses des Hindous », « Asiatic Researches », t. XVI, p. 99,
et t. XVII, p. 233, et il donne la traduction de deux vers de Mîrâ que
j'ai aussi cités plus loin.
[5] Tod, « Travels », p. 435.

chants et d'autres odes descriptives des charmes spirituels de Krischna sont extrêmement passionnés. On
rapporte que Mîrâ abandonna tout et qu'elle passa sa
vie à faire des pèlerinages dans les lieux consacrés à
Krischna, lieux où elle dansait devant sa statue, à l'imitation des *Apsaras* célestes, le mystique *rás mandala.*
Elle mourut à Udaïpûr.

Voici, au surplus, l'article qui la concerne dans le
*Bhakta mâl :*

### CHHAPPAÏ.

Mîrâ, pour se livrer au culte de Krischna [1], renonça à toute
considération humaine et à tous les liens de famille.

Quoiqu'elle vécût dans le Kali-yug, elle manifesta pour
Krischna un amour pareil à celui des gopies. Elle chanta avec
indépendance et avec esprit, de sa propre bouche, la gloire *de
Krischna,* sans avoir reçu aucune excitation *extérieure.*

Les méchants machinèrent un crime; ils voulurent lui donner la mort; mais leurs efforts furent vains; le poison qu'elle
but fut pour elle de l'ambroisie. Elle célébra sans rougir les
signes de la piété.

Mîrâ, pour se livrer au culte de Krischna, renonça à toute
considération humaine et à tous les liens de famille.

### EXPLICATION.

Mîrâ Bâï (c'est-à-dire madame Mîrâ) était fille du râjâ de
Mertâ [2], qui la maria au rânâ [3] *du Marwâr.* Dès son enfance
elle rendit, dans la maison de sa mère, un culte *particulier* à
la statue de Krischna, et lui voua son amour. Lorsque son
époux vint la prendre, et qu'elle entendit mentionner la mai-

---

[1] Sous le nom de *Guirdhar* « porte-montagne », par allusion à une
légende racontée dans le *Prem sâgar.*

[2] Ou Maïrtâ et Meirtah, dans la province d'Ajmîr.

[3] Bien qu'on regarde les noms de *râjâ* et de *rânâ* comme synonymes,
toutefois il est évident qu'on met ici une différence entre ces deux titres,
et que le premier est inférieur au second.

son de son beau-père *comme devant être sa future résidence,*
elle entra dans une grande exaltation. Au moment où elle
quittait la maison paternelle, sa mère lui dit d'emporter ce
qu'elle voudrait en fait de vêtements et de bijoux. « Si vous
voulez me rendre contente, répondit-elle, donnez-moi la
statue de Krischna. » Sa mère, qui la chérissait tendrement,
n'hésita pas à la lui laisser emporter. Elle mit donc l'idole et
sa boîte dans son palanquin. Lorsqu'elle eut atteint la maison de son beau-père, sa belle-mère arriva chantant au son
d'instruments de musique, afin de faire le *parichhan* [1].
D'abord elle la conduisit au temple de la déesse pour exécuter
le pûjâ. Après l'avoir offert au nom du nouveau marié, et
avoir lié le vêtement des deux époux par le nœud sacramentel,
elle engagea Mîrâ à sacrifier à son tour, en lui disant : « La
déesse est vénérée par ma famille ; l'accroissement du bonheur
a lieu par le pûjâ qu'on lui offre; faites donc en son honneur le sacrifice que je demande. — Mon front, répondit
Mîrâ, est consacré à Krischna, il ne se courbera devant nul
autre. »

KABIT [2].

On me couperait le nez, que mes yeux ne se tourneraient pas vers
un autre que Krischna ; on m'arracherait la langue, que je n'en pro-
noncerais pas moins le nom du fils de Nand.

En effet ma sagesse serait anéantie, si Krischna ne me soutenait. Les
sâdhs disent : « Le cœur est consumé *par l'amour; mais à la fin le
fruit qu'il recherche* ne se trouve-t-il pas sur les pieds de lotus *de
Krischna?* »

Qui est-ce qui ne devrait pas faire tomber la tête qui se courbe
devant un autre que Krischna, et la jeter dans un puits ? »

Bref Mîrâ ne fit pas le pûjâ, malgré les instances réitérées
de sa belle-mère. Cette dernière dit alors au rânâ d'un ton
fâché : « On ne peut rien tirer de cette femme. Voilà ce
qu'elle m'a répondu. Qui sait ce qu'elle pourra faire encore? »
D'après ces rapports, le roi ne la reçut point dans sa maison,

---

[1] Cérémonie qui consiste à faire circuler une lampe autour de la nouvelle mariée.

[2] Ces vers sont probablement une citation des poésies de Mîrâ.

mais la fit habiter dans une autre. Mîrâ en fut contente. Dans
sa joie, elle baisait sa statue chérie, et suivait le culte des
sâdhs.

Sa belle-sœur vint la prêcher. « Ma sœur, lui dit-elle, si
vous continuez à fréquenter les sâdhs, vos deux familles en
seront déshonorées. Le monde se moquera à la fois de votre
beau-père et de votre père. — On ne doit s'éloigner, répondit Mîrâ, que de la personne dont on craint l'infamie. Les
sâdhs sont liés à ma vie. »

Lorsque le roi fut instruit de ces propos, il lui envoya
comme *charanamrit* [1] une coupe d'un poison violent. Mîrâ la
prit et la but, croyant que c'était de l'eau. Toutefois le poison
n'eut *sur elle* aucun pouvoir.

Le poison n'est pas toujours du poison, et l'ambroisie n'est pas toujours de l'ambroisie. — Car par la volonté de Dieu le poison devient
quelquefois de l'ambroisie, et l'ambroisie du poison.

Puis le rânâ envoya auprès de Mîrâ un espion, auquel il
recommanda de lui faire savoir si elle continuait à fréquenter
les sâdhs.

Un jour que Krischna s'était manifesté à Mîrâ, l'espion
vint l'annoncer au roi, qui accourut aussitôt. Après avoir tiré
son épée, il brisa la porte et entra ; mais il trouva Mîrâ assise, toute seule. Couvert de confusion, il retourna *dans son
palais.*

Le *même espion*, aussi méchant que grossier, lui dit *un
jour :* « Le maître vous ordonne de vous disposer à le recevoir. — Qui sait, lui répondit Mîrâ, quelle est la pensée
de mon maître dans ce qu'il vous a chargé de me dire? » Toutefois elle prépara le lit de l'union, et s'y assit. Puis elle pria
*l'espion* de lui déclarer si en effet le rânâ l'avait chargé de lui
donner l'ordre qu'il lui avait transmis. Alors cet homme pâlit,
et tombant aux pieds de Mîrâ, il lui demanda le don du salut.

---

[1] A la lettre, « l'ambroisie des pieds. » C'est de l'eau dans laquelle
un saint personnage a trempé ses pieds.

Une fois, le sultan Akbar se trouvant avec Tân Sen [1], entendit vanter la beauté de Mîrâ. Il voulut la voir; et après avoir contemplé cette beauté *digne* de Krischna, il en fut charmé. 'Tân Sen lui récita un pad à ce sujet.

Puis Mîrâ Bâi alla à Brindâban. Le principal anachorète *de l'endroit* avait promis de ne pas voir le visage d'une femme. Toutefois Mîrâ eut avec lui une petite entrevue, à la suite de laquelle elle l'emmena avec elle, et alla visiter tous les endroits de Brindâban célèbres par les jeux de Krischna. Ensuite, voyant les déplorables *dispositions* du rânâ *son mari,* elle alla demeurer à Dwarika. Sur ces entrefaites, des forfaits multipliés ayant eu lieu à Udaïpûr, et le roi ayant reconnu le pouvoir de la religion, envoya chercher des brahmanes. Ceux-ci se rendirent à son appel, et firent le dharna [2]. Quant à Mîrâ, elle alla dans le temple *de Dwarika,* après en avoir obtenu la permission de Ranachhor [3], et le dieu la combla de ses faveurs.

PAD [4].

Ranachhor, permets-moi d'habiter Dwarika, où la crainte de Yama est anéantie par la conque, le disque, la massue et le lotus (attributs de Wischnu).

Tous les lieux de pèlerinage de la Gumti sont bons à fréquenter; mais ici la conque et les cymbales à franges retentissent; on y exécute le joyeux divertissement du râs.

Pour moi, j'ai abandonné mon pays, j'ai laissé ma position. Hélas!

[1] Voyez dans le troisième volume l'article sur ce musicien célèbre.

[2] Cette action est expliquée dans différents ouvrages sur l'Inde. Voici en quoi elle consiste. Quand un Indien veut obtenir une grâce quelconque, plus souvent le payement d'une somme, il menace l'individu auquel il s'adresse de se tuer s'il ne remplit pas son désir. Quelquefois il allume un feu, et se place dessus; d'autres fois il y met une vache ou une femme. La même chose se fait à l'égard des dieux. Le passage du texte auquel cette note se rapporte signifie donc que ces brahmanes firent un sacrifice de ce genre pour obliger la divinité d'éloigner les malheurs de la ville d'Udaïpûr.

[3] Ce mot signifie « celui qui abandonne le combat ». C'est un des noms de Wischnu, et celui de la statue de Krischna vénérée à Dwarika. Cette dénomination fait allusion à une légende racontée dans le *Prem sâgar.*

[4] Ces pads sont de Mîrâ.

j'ai quitté le roi et son royaume. Mîrâ est ta servante; elle est venue se réfugier vers toi, elle t'appartient tout entière.

AUTRE PAD.

O mon ami, puisque vous connaissez mon affection, agréez-la.

Ne m'accordez pas d'autre faveur que le don de vous-même; c'est cela seul que je désire.

Par l'effet de la faim que j'ai supportée pendant le jour, et de l'insomnie qui m'a atteinte durant la nuit, mon corps maigrit à chaque instant.

O aimable Krischna, puisque vous m'avez permis de venir auprès de vous, ne m'abandonnez plus.

La statue de Mîrâ est encore actuellement dans le temple dont il s'agit, en face de celle de Ranachhor, et elle y reçoit un culte pareil à celui que l'on rend au dieu.

I. MIRAN[1] (le schaïkh WALÎ-I MUHAMMAD BEN HAFIZ) est l'auteur du *Quissa-i païgambarân*[2] « l'Histoire des prophètes », traduite du persan en hindoustanî du Décan. Je possède un exemplaire manuscrit de cet ouvrage, qui a été copié dans la ville de Pondichéry, capitale de l'Inde française. Madame Haçan 'Alî cite souvent, dans son intéressant travail sur les musulmans de l'Inde, l'original persan de ce livre, qui est intitulé *Hayât ulculûb* « la Vie des cœurs », et qui a été imprimé à Téhéran, à la typographie établie par 'Abbâs Mîrzâ, en deux volumes; le premier contenant l'histoire des prophètes, depuis Adam jusqu'à Mahomet, et le second celle de Mahomet, de ses compagnons et des saints personnages de sa famille. Ce travail est dû au maulâ Muhammad Bâquîr Majlicî.

[1] P. Titre d'honneur, pluriel de *mîr*, employé d'abord par respect, et pris ensuite comme un singulier, de même que *nawâb*, *umrâ*, etc.

[2] La bibliothèque du Collége de Fort-William, à Calcutta, possède un exemplaire manuscrit d'un livre urdû intitulé : *Quissas ulanbiyâ* « Histoire des prophètes ». Ce dernier ouvrage est aussi, sans doute, une traduction hindoustanie du *Hayât ulculûb*; mais la rédaction en est probablement différente.

Dans le catalogue des livres de Tippû, on trouve la mention d'un ouvrage persan intitulé *Quissas ulanbiyâ*, par Mu'azzam Hakim, de Dehli. Il contient, comme le précédent, l'histoire des anciens patriarches et prophè- tes. Il a été écrit en 1713. Le principal ouvrage persan sur cette matière est celui de Muhammad ben Haçan al Deïnûrî al Hanéfî, qui a pris pour base de son travail celui de Salabî [1], écrit en arabe. Il y a plusieurs ouvrages arabes qui portent le même titre et qui sont sur le même sujet. Le premier qui a paru sous ce titre a été composé par Wahâb, fils de Moubah [2]. Salabî, Kessaï et plusieurs autres ont écrit après lui.

Parmi les livres hindoustanis manuscrits du Collége de Fort-William, il y en a un intitulé *Quissas ulanbiyâ*, qui est apparemment une traduction ou une imitation en hindoustani d'un des ouvrages persans dont je viens de parler. Voyez aussi à l'article 'ABD ULLAH, du Décan, la mention d'un ouvrage en vers sur le même sujet. Enfin on a publié à Calcutta, en 1865, une rédaction du même ouvrage et portant le même titre en urdû ben- gali ; in-4° de 548 p. [3].

II. MIRAN (Mîr 'ASKARî [4]), de Dehli, élève de Firâc, est compté au nombre des poëtes hindoustanis.

III. MIRAN (MIYAN SABZWARî) résidait à Dehli. Il a composé principalement des pièces de vers à la louange des imâms. Il avait soin d'en composer de nouvelles pour le 21 de chaque mois lunaire. Il fut blessé à Dehli par un fanatique, et alla ensuite à Lakhnau, où il mourut en

---

[1] Caussin de Perceval père possédait un manuscrit de l'ouvrage de Salabî (n° **1651** du catalogue de ses livres).
[2] « Biblioth. orient. de d'Herbelot ».
[3] J. Long, « Descript. Catal. », **1867**, p. **21**.
[4] Selon Câcim, et *Mîr 'Askarî 'Alî*, selon Sarwar.

tombant du toit d'une maison, ainsi que nous l'apprend
Schorisch.

IV. MIRAN (Mîr Jawan), grand sofî, mentionné par
Câcim, qui a écrit des poésies mystiques tant en hindoustanî qu'en persan.

MIRRIKH [1] (Jankî-praçâd), natif de Farrukhâbâd, fils
de Jagal Kischwar, vint à Lakhnau, où il fut élève pour
la poésie hindoustanie du nabâb 'Aschûr 'Alî Khân
Bahâdur.

Serait-il le même que celui qui est surnommé *Râguib*
(Jânkî-praçâd), et dont on trouve des vers dans le
numéro du 3 janvier 1865 de l'*Awadh akhbâr?*

I. MIRZA [2], neveu du hakim Muhammad Khân et
élève de Rustam Beg Schâkir, est un poëte hindoustanî
mentionné par Sarwar.

II. MIRZA (le nabâb 'Alî Riza), de Dehli, nommé
*Muhammad Haçan Khân Ihtirâm uddaula,* était fils du
nabâb Aschraf Khân, petit-fils du nabâb Samsâm uddaula Khân-i Daurân, neveu (fils de sœur) du saïyid
Fazâyil 'Alî Khân, et frère cadet de Rustam 'Alî Khân,
connu sous le takhallus de *Rustam* [3]. Cet homme
distingué s'occupait de littérature, et spécialement de
poésie. Ses vers hindoustanis sont très-nombreux. Il
est apparemment l'auteur du volume intitulé *Dîwân-i
Mirzâ,* dont la bibliothèque du Collége de Fort-William,
à Calcutta, possédait un exemplaire. Après avoir passé
quelque temps dans le Bihâr, il habitait Bénarès en
1196 (1781-1782); mais il était mort à l'époque
de la rédaction du *Sarâpâ sukhan.* Il était parent et

[1] A. « La planète Mars ».
[2] P. « Prince » (pour *amîr-zâda* « fils de prince »).
[3] Voyez son article.

intime ami du nabâb Huçaïn uddîn Khàn, député gouverneur de Jahânguîrnagar. Il avait résidé longtemps
dans le Bihàr avant d'habiter Bénarès. On trouve un
wâçokht de lui dans le *Majmù'a-i wâçòkht.*

Le Dîwàn de cet écrivain est probablement le même
dont on trouvait un exemplaire à la bibliothèque de
Farah-bakhsch de Lakhnau. Il contient 63 pages de gazals de douze vers, un masnawî de 30 pages, un autre
masnawî et des quita's.

III. MIRZA (Aca [1]), originaire du Mazendérân et natif
de Lakhnau, était fils de Muhammad Ismà'îl, qui s'occupait de commerce. Il fut élève de Mîr et écrivit des
poésies hindoustanies.

IV. MIRZA (le hakîm Mîn Fazl ullah), plus connu
sous le nom de *Mirzà Nînâ* [2] ou *Bînâ,* était un médecin
distingué descendant de Mirzà Bédil, lequel habitait
Pànîpat et est auteur de poésies hindoustanies. Il était
habile en persan et il a enseigné avec succès cette langue,
entre autres au père de Karim. Il mourut à Pànîpat en
1805. On trouve un wâçokht de cet écrivain dans le
*Majmù'a-i wâçokht.*

V. MIRZA (Hidayat ullah), de Dehli, Mogol de nation et père de Hamzah Rind, vivait sous Muhammad
Schâh. Il était habile en musique et en poésie. Il est
auteur de poésies hindoustanies éloquentes. Il mourut
en 1202 (1787-1788), ainsi que nous le fait savoir
Sarwar.

VI. MIRZA (Sadiç 'Alì Khan), de Dehli, habile en
musique et en poésie, est aussi connu sous le nom de

---

[1] T. *Acâ* (par un *câf*) pour *Agâ* (avec un *gaïn*) « maître », etc.
[2] Sprenger prononce *Naïna.*

Madad ullah. Il était élève de Ni'mat Khân et ami de Saudà. Ne serait-il pas le même que le précédent?

VII. MIRZA (Abu'lcacim), autre poëte hindoustani, était officier du sultan Abû'lhaçan, appelé usuellement Tànà Schàh, qui monta sur le trône de Golconde en 1083 (1672-1673) ; Câïm nous fait savoir que quand son patron, poëte lui-même, fut fait prisonnier, il se retira à 'Abd ullah-ganj, près de Haïderàbàd, et y vécut en faquir.

VIII. MIRZA (Muhammad Beg), natif de Dehli et habitant d'Allahâbàd, est un autre poëte mentionné par Sarwar.

IX. MIRZA (Muhammad), de Haïderàbàd, dans le Décan, et originaire du Tûràn, est un militaire, auteur, entre autres, d'un cacida à la louange du nabàb Nizàm ulmulk, poëme dont Sarwar donne un extrait dans son Tazkira. Cet auteur est cité par Câïm sous son surnom d'Abû'lcâcim.

X. MIRZA (Jahanguìr Beg), élève du collége d'Agra, et pour la poésie hindoustanie de Mirzà 'A'zam 'Ali Beg A'zam, est mentionné par Muhcin, qui en cite des vers.

MIRZA KHAN, fils de Fakhr uddìn Muhammad, est auteur du *Tuhfat ul Hind* « le Présent de l'Inde », ouvrage écrit, à la vérité, en persan, mais qui traite de choses tout à fait indiennes. Il se compose d'une préface où il est parlé des lettres des Hindous (dévanagarî), de sept chapitres et d'un épilogue. Dans les cinq premiers chapitres il est question de la poésie, de la rhétorique et de la musique des Indiens; le sixième traite spécialement de la science nommée *Kok* [1], d'après l'ouvrage sanscrit qui porte ce titre; le septième parle des traits

---

[1] Voyez à ce sujet l'article 'Alî (Haçan).

de la physionomie, selon le système indien ; enfin l'appendice roule sur la lexicographie. On trouve dans cet ouvrage l'explication de beaucoup de mots hindis.

MIRZAYI [1] (Muhammad 'Alî Khan), fils de Na'îm ullah Khân, était attaché à la cour du vizir des provinces, le nabâb Schujâ' uddaula. Il avait l'esprit poétique, et il était très-habile en musique. 'Alî Ibrâhîm cite de lui deux vers seulement.

J'ignore si cet écrivain est le même que le munschî Mirzâyî Beg, natif d'Aoude, un des réviseurs du *Khirad afroz*, traduction en urdû du *'Ayâr dânisch*, et auteur d'un ouvrage hindoustanî intitulé *Bidyâ darpan* « le Miroir de la science ». Ce dernier ouvrage est calqué sur celui de Srî Lâl Kavi [2], écrit il y a environ deux siècles dans le dialecte nommé *pûrbî bhâkhâ* ou hindî oriental, et intitulé *Awadh bilás* « les Plaisirs d'Aoude ». Il contient l'histoire de Râma et une petite encyclopédie des sciences connues chez les Indiens. On le considère comme un des ouvrages hindis les plus curieux, et on le dit écrit dans le dialecte hindî, tel qu'il est parlé par les sipâhis ; j'ignore s'il a été publié ; il était prêt à l'être, « ready for the press », en 1814 [3].

I. MISKIN [4] (Mîr 'Abd ullah) est un poëte distingué dont le docteur Gilchrist a souvent cité des vers dans les exemples de sa Grammaire hindoustanie, et dont il a même donné en entier un marciya qui jouit d'une grande popularité. Cette pièce, intitulée *Marciya-i Miskin*, est

---

[1] P. « Principauté ».

[2] Il ne faut pas confondre ce Lâl Kavi, auteur du *Chhatra prakâsch*, avec son homonyme Lallû Jî Lâl Kavi.

[3] « Annals of the College of Fort-William, by Roebuck », p. 424 et 521.

[4] A. « Pauvre, mesquin ».

une élégie sur la mort de Muslim [1] et de ses deux fils ;
elle a été imprimée à Calcutta en 1802 [2], en caractères
nagaris [3], pour entrer dans la collection intitulée « Hindee manual or casket of India », choix d'ouvrages classiques publiés par le docteur Gilchrist, mais qui est restée
inachevée. On a même reproduit ce poëme en prose hindoustanie, comme on l'a fait pour le *Sihr ulbayân,* et
cette version a paru à Calcutta en 1803 sous le titre de
« Murseeu of Miskeen in prose [4] » .

On conservait une collection manuscrite des marciyas
de Miskin au Top khâna de Lakhnau, sous le titre de
*Marciyahâ-é Miskin,* en un vol. d'environ 100 pages de
16 vers, et une autre de 500 pages dans la même bibliothèque. On trouve souvent dans l'Inde des marciyas
de Miskin séparément.

II. MISKIN (LALA TAKHT MAL [5]), de'Azimâbâd (Patna),
a écrit un grand nombre de vers ; mais, selon 'Alî
Ibrâhîm, ils ne sont pas très-estimés.

III. MISKIN (le saïyid MUHAMMAD 'ABD ULWAHÎD KHAN)
est un poëte contemporain mentionné par Karîm, qui
habita quelque temps Dehli, puis Agra et Indore. Il est
élève de Mumin et de Schefta. Ce doit être ce poëte,
natif de Khaïrâbâd, à qui on doit le roman en vers intitulé
*Arâm-i bâg* « le Repos du jardin », et aussi *Chaschma-i*
*schirin* « la Source douce », par allusion au nom de

---

[1] Cousin de Huçaïn, et son envoyé auprès des habitants de Kûfa. Il
fut mis à mort avec ses deux fils peu de temps avant Huçaïn.
[2] J'ai donné la traduction de ce marciya à la suite des « Séances de
Haïdari » de M. l'abbé Bertrand.
[3] « Mursceu by Miskeen », in-4°.
[4] « Primitiæ Orientales », t. III, p. lij.
[5] C'est ainsi que Sprenger, qui a travaillé sur les lieux et qui a été
aidé dans ses recherches par un savant musulman ('Alî Akbar, de Pânipat), écrit le nom de ce poëte.

l'héroïne, car cet ouvrage roule en effet sur la légende de Schirîn, de Khusrau et de Farhâd. Il a été écrit en 1245 (1829-1830) et lithographié à Lakhnau, in-8°, à l'imprimerie Mustafâï, en 1263 (1846-1847), en 54 pages qui forment plus du double, le texte couvrant la marge. La bibliothèque de l'East-India Office en possède un exemplaire[1].

IV. MISKIN (Mirza Kallu ou Gulu Beg), Mogol de nation et habitant de Dehli, fut d'abord militaire. Il embrassa ensuite la vie de renoncement spirituel et se distingua comme poëte hindoustanî. C'est Sarwar qui nous le fait connaître.

MISMAR[2] (le saïyid Karam 'Alî), de Schâhdhûra, dans la province de Dehli, fils de Caïs Câdirî, est un poëte hindoustanî qui résida à Patna et qui est mentionné par Schorisch.

MOHAN[3] (le hakîm Muhammad Mohan Khan) est cité parmi les poëtes hindoustanis.

MOHAN LAL (le pandit), d'abord munschî de Sir Alex. Burnes, puis *taheïldâr* du district de Mathurâ[4], est auteur :

1° Du *Bîj ganit* « Éléments d'algèbre », en collaboration avec Schrî Lâl, en deux parties, la première de 130 pages et la seconde de 113 pages; in-8°, Bénarès, 1861. Cet ouvrage a aussi été imprimé à Agra, et il en existe une traduction urdue.

Il y a en outre un ouvrage hindî intitulé *Suwâlât Bîj ganit* « Questions sur le *Bîj ganit*. »

[1] Voir aussi le « Catal. Williams and Norgate », juillet 1858, n° 325.
[2] « Clou ».
[3] 1. Un des noms de Krischna.
[4] Ou de Firozâbâd, d'après les « Selections from the Records of Government », 1854, p. 267.

2° Mohan a traduit les « Éléments d'Euclide en urdû »,
du moins les premier, quatrième et sixième livres, et
H. S. Reid préfère sa traduction à celle de Mamlûk 'Ali.

3° Il a coopéré avec Schri Lâl à la rédaction hindie
des deux premières parties du *Rékhâ ganit* « Calcul
linéaire » , dont la première a été traduite ensuite par
lui en urdû, et la seconde par Bansidhar, et forme la
première partie du *Mabâdi ulhiçâb* « Premiers éléments
du calcul [1] », lequel va jusqu'à la règle de trois ; et la
seconde partie, qui va depuis la règle de trois jusqu'aux
racines cubiques. Il y en a une édition de Lahore,
imprimerie du *Koh-i nûr*.

4° Il a traduit de l'anglais, lui seul, la troisième partie
de cet ouvrage de géométrie [2], contenant les sixième,
dixième et douzième livres d'Euclide.

5° Il a traduit, avec l'aide de Bansidhar, « Chamber's
Geometrical Exercises » , sous le titre hindi de *Rékhâ
ganit siddhi phalodaya* « Manifestation du fruit véritable
du calcul linéaire », et urdû de *Natija tahrîr Uclîdas* [3].
Cet ouvrage, ainsi que les précédents, a été lithographié

---

[1] Voyez l'article BANSIDHAR. Le *Mabâdi ulhiçâb* se compose de quatre
parties, les trois premières imprimées et la quatrième lithographiée. La
première a paru à Rurki en 1859, in-8° de 78 p.; la seconde à Allahâbâd, 1860, 72 p.; la troisième à Rurki, 1860, 44 p., et la quatrième à
Agra, 1859, 64 p.

[2] H. S. Reid, « Report », Agra, 1864, p. 157, dit que la seconde
partie du *Mabâdi ulhiçâb*, qui s'étend des racines cubiques à la règle de
société, a été rédigée par Mohan Lâl et Bansidhar aussi bien que la
quatrième, qui comprend les éléments d'arithmétique et les parties dé-
cimales jusqu'à la progression géométrique.

[3] Cet ouvrage est rédigé d'après les deux premiers livres d'Euclide.
Il a une seconde partie qui porte le même titre et qui est un traité d'algèbre d'après le troisième et le quatrième livre d'Euclide.
On trouve aussi indiqué dans le rapport de H. S. Reid, d'Agra, 1854,
le *Tahrîr ul Uclîdâs* en deux parties, la première contenant le premier
et le second livre traduits par Mohan Lâl et Bansidhar.

pour l'usage des écoles des natifs des provinces nord-
ouest.

6° Le *Sidhi padârth vijnân* « Connaissance de la vraie
mécanique » , ouvrage compilé surtout d'après une traduction urdue de Mr. Fink, avec l'aide de Krischna
Datt[1] et de Bansidhar.

7° Le *Khulâça Government Gazette* « an Abstract of
the Gazette from 1840 to 1849 » .

8° Le *Ganit nidân* « Principes d'arithmétique »,
d'après l'ouvrage de Mr. Tate et le système de Pestalozzi, préparé par Mr. H. S. Reid, inspecteur général
des écoles des natifs des provinces nord-ouest, et traduit
par ce pandit, puis reproduit en urdû par Hardéo Singh
sous le titre de *Riçâla-i uçúl-i hiçâb*[2] « Traité des principes de l'arithmétique » . Il y en a plusieurs éditions ;
j'ai la seconde, d'Allahâhâd, 1851, in-8° de 180 p.

9° « The Life of the Amir Dost Muhammad Khan of
Kabul, with his political proceedings towards the English,
Russian and Persian governments including the victory
and disasters of the British army in Afganistan » ; London, 1846, in-8°, 2 vol. (Zenker, « Biblioth. orientalis »).

10° « Travels in the Penjab, Afganistan and Tur-
questan to Balk'h, Bukhara and Herat, and a visit to
Great Britain and Germany » ; London, 1846, in-8°.

11° *Bhagbat* (*Bhagavat*) « Tales about Krischna by
Mokhan (Mohan) Lal » ; Benares, General Catalogue
(Zenker, « Biblioth. orientalis » ).

Le même : Calcutta, General Catalogue (Zenker,
« Bibliotheca orientalis » ).

12° Mohan a coopéré très-notablement au *Riçâla jabr*

---

[1] H. S. Reid, « Report on indig. Education », Agra, 1854, p. 153.
[2] Voyez l'article HARDÉO SINGH.

*o mucâbala* « Traité d'algèbre », en deux parties ; Agra, 1856, in-8° ; la première partie de 172 p., et la seconde de 156 p. Cet ouvrage est surtout compilé, à ce qu'il paraît, d'après « Laud's Easy Algebra ».

13° Il a rédigé, en collaboration avec Schri Lâl [1], le *Rékhâ ganit* « le Compte linéaire ». J'ai la troisième édition de la première partie ; Bénarès, 1858, in-8° de 160 p. ; la seconde édition de la seconde partie, petit in-4°, Agra, 1856, 157 p. ; et la première édition de la troisième partie, in-8° de 135 p.

14° Il a rédigé le Syllabaire et le livre élémentaire hindî intitulé *Sâr barnan siddhi parîkscha jnân padârth bidyâ ká* « l'Essence de l'explication pour l'examen scientifique de la variété des branches de la science » ; in-8° de 280 p. ; Agra, 1864, publié par l'administration de l'instruction publique des provinces nord-ouest.

Je pense que c'est le même Mohan Lâl [1] qui est l'éditeur du *Khaïr khwâh-i khalâïc* « l'Ami des hommes », journal hindoustani hebdomadaire d'Ajmîr qu'il rédigeait avec la collaboration du pandit Ajodhya-praçâd, mentionné dans le tome Ier, page 171 et suivantes. Au surplus, ce journal hindoustani était, à ce qu'il paraît, la reproduction du journal hindî, également d'Ajmîr, intitulé *Jag labh chintak* « Pensées pour l'avantage du monde ».

MOHANAVIJAYA [2] est auteur d'un ouvrage intitulé *Mânatunga charitra* « Histoire de Mânatunga ». Cet ouvrage est rempli de discussions sur les croyances des jaïns et de développements de leurs doctrines ; toutefois sa forme est romanesque, et la légende dont il fait le

---

[1] Toutefois le nom de l'éditeur de ce journal semble être écrit *Sohan*.
[2] C'est-à-dire, je pense, « le triomphe sur la tentation ».

récit offre de l'intérêt. Voici en peu de mots quel en est le sujet :

Mânatunga, roi d'Avanti [1], ayant eu à se plaindre de sa femme, nommée Manavati, peu de temps après son mariage avec elle, la renferma dans une maison séparée ; elle s'échappa, et sous différents déguisements elle jouit de la société de son mari ; elle devint enceinte, et pendant que Mânatunga s'était absenté pour aller épouser la fille de Dalathamba, roi du Décan, elle accoucha d'un fils. Au retour du roi son époux, une explication eut lieu, et ils vécurent heureux désormais [2].

MOROPANT (le pandit) était un brahmane dont le père se nommait Bâpû Jî Pant. Il naquit à Kolhapûr en 1651 du saka. En 1710 il alla à Kâci (Bénarès). Il mourut âgé de soixante-cinq ans, en 1716 de la même ère (1794 de J. C.). Sa famille demeure encore à Pandarpûr.

Il a écrit en pracrit (hindi) les ouvrages suivants :

1° Le *Parantu Râmâyana;*

2° Le *Dân Râmâyana;*

3° Le *Niroschtha Râmâyana;*

4° Le *Mantra Râmâyana;*

5° L'*Agni vécya Râmâyana;*

6° Le *Bhavischya Râmâyana;*

7° Le *Bhâvârtha Râmâyana* [3];

---

[1] La moderne Ujjaïn.

[2] Voyez « Mackenzie Collection », t. II, p. 114.

[3] Cet ouvrage, ou un ouvrage du même titre, est attribué au brahmane Ekanâth Swâmi. Ce dernier personnage, qui paraît célèbre dans l'Inde, au point qu'on le nomme « le divin » (*Bhagavat*), est mentionné t. 1er, p. 430, et le *Bhâvârtha Râmâyana* y est donné comme un commentaire du *Râmâyana* de Valmiki. Ekanâth signifie « un seul seigneur », c'est-à-dire probablement Wischnu.

8° Le *Mayora panti Râmâyana;*

9° *Hanumant Râmâyana;*

10° *Kékâvalî.*

MOTI[1] était une bayadère, ou, si on veut, une courtisane[2] douée de beaucoup d'esprit, très-appréciée et même considérée. Elle naquit à Dehli. Mirzâ Ibrâhim Beg Mactûl, poëte hindoustani distingué, en fut amoureux; il lui a consacré un *radîf*[3] dans son Dîwàn, qu'il écrivait en 1782 environ, et il lui resta constamment fidèle. .

Quelques années avant l'époque où Mashafi écrivait, Motî avait quitté Dehli et résidait à Lakhnau, où ce dernier l'avait vue chez Mactûl. On a de cette spirituelle bayadère des gazals hindoustanis très-gracieux.

MOTI LAL (le pandit), kâyath de Cachemire, ou plutôt de Hâpûr, élève distingué du collége de Dehli, avait dix-neuf ans en 1847, et il avait déjà fait à cette époque une traduction urdue du *Sarv-i âzâd* « le Cyprès libre », Tazkira des poëtes persans par Azâd (Gulâm 'Alî)[4]. Il est auteur en outre :

2° D'une Grammaire anglaise en urdù[5], publiée à Dehli par le « School Book Society » ;

1 .1. « Perle ».

2 Dans l'Inde, cette profession n'est pas précisément déshonorante ; elle est en quelque sorte estimée. Les jeunes filles qui y sont destinées reçoivent une éducation soignée qui développe les facultés de leur esprit, tandis que les autres restent dans l'ignorance la plus complète. Le beau drame intitulé *Mrichchakatî* donne une idée exacte de la manière dont on considère les courtisanes dans l'Inde.

3 Dans la pièce ainsi nommée on répète, après la rime, un ou plusieurs mots. Les vers du *radîf* dont il s'agit ici se terminent sans doute par le mot *Motî.*

4 Voyez la « Notice » de N. Bland sur les Tazkiras persans, « Journal Royal Asiatic Society », t. IX, p. 170, et l'Introduction de cette Histoire, t. Ier, p. 47.

5 « English Grammar in urdu, translated by pandit Motî Lal ».

3° D'une Vie de Cicéron, traduite de Plutarque à travers l'anglais, sur laquelle Sir W. Muir a fait un rapport favorable qu'on lit dans les « Selections from the Records of Government »; Agra, 1855, p. 429 et suiv. ;

4° D'une traduction urdue du « *Gulistân* de Sa'adi », imprimée à Dehli en 1848, in-8° ;

5° D'une « Histoire de l'Afganistàn » qui a été publiée par Aschraf 'Ali ;

6° Du *Pand-nâma-i kaschtkârân* « Avis aux agriculteurs », qu'il a rédigé en collaboration avec le saïyid Roschan 'Ali, et qui a été traduit en persan par le hakîm Jawâhir Lâl. L'ouvrage hindoustani a été imprimé à Agra en 1858; in-8° de 24 p. ;

7° Du *Dastûr ul'amal jel khânjât* « Code des prisons ; Lahore, 1858, in-8° de 76 p. ;

8° Du *Hidâyat-nâma jaguír dâr magistratân* « Guide des magistrats fieffés », traduit de l'honorable R. Cust ; Lahore, 1863, in-8° de 61 p.

Il a été l'éditeur du journal hindoustani hebdomadaire de Dehli intitulé *Quirân ussa'daïn* « la Conjonction des deux planètes heureuses (Jupiter et Vénus) [1] ». Ce journal, fondé par A. Sprenger en 1845, est accompagné de figures dans le genre des journaux européens illustrés. Il fut, à ce qu'il paraît, le premier de cette espèce dans l'Inde ; mais on en a fondé plusieurs autres depuis ce temps.

Motî a publié aussi le *Tatimma-i Panjâb Gazette* « Supplément de la Gazette du Panjâb » en 1867, et la traduction en urdû du Rapport général sur l'administration du Panjâb (*Raport majmú'-i intizâm mamâlik-i Panjâb*)

[1] Voyez aussi les articles ZAMîn (DHARM-NARAYAN), KARîM-BAKHSCH, ASCHRAF 'ALi et ASGAR 'ALi.

pour l'année 1861-1862; Lakhnau, 1862, in-8° de 182 p.

Depuis 1844, il dirigeait avec le maulawî Muhammad Bâquir le *Dehli urdû akhbâr* « les Nouvelles de Dehli en urdû ». En 1862, il était traducteur des bureaux du gouvernement du Panjâb.

Il avait occupé auparavant un poste à Hâpûr lorsque Zukâ écrivait son Tazkira.

MOTI RAM [1] est auteur :

1° Du roman intitulé *Mâdhûnal,* que Wilâ et Lallû Jî Lâl ont mis en hindoustani urdû, et qui n'est pas le même ouvrage dont j'ai dans ma collection particulière un exemplaire écrit en caractères persans et en stances de six vers, dans un dialecte hindi particulier, et portant le titre de *Quissa-i Mâdhûnal* « Histoire de Mâdhonal ». *Mâdhûnal* est le nom de l'héroïne; le héros se nomme *Kâm Kandala* [2].

Dans le Catalogue des livres de la bibliothèque de la Société Asiatique de Calcutta, on mentionne un volume intitulé *Tarjuma-i Mâdhûnal Atâlî* [3] « Traduction de Mâdhûnal », par Motî Râm; mais comme il est dit que cet ouvrage est imprimé en caractères nagaris, je pense qu'il s'agit de la rédaction de Wilâ, mentionnée p. 234, et dont il sera parlé à l'article WILA.

2° Motî Râm est auteur d'un autre roman en prose intitulé *Quissa-i Dilârâm o Dilrubâ* « Histoire de Dilâ-

[1] Cet écrivain n'est-il pas le même que Matî Râma, de la page 292? Dans tous les cas, le *Mâdhûnal* semblerait plutôt devoir être attribué au premier.

[2] Feu Ch. d'Ochoa a rapporté de l'Inde un manuscrit du texte de Motî Râm en caractères dévanagaris; et ce manuscrit se trouve aujourd'hui à la Bibliothèque impériale.

[3] Ce mot est peut-être le surnom du héros.

ràm et de Dilrubà », ouvrage dont on trouve un exemplaire sous ce titre à la bibliothèque de la Société Asiatique de Calcutta, et un autre sous celui de *Kitâb-i Dil-*
*rubâ* « Livre de Dilrubà ».

MU'AZZAM [1] (le maulawî MUHAMMAD), de Muràd-
àbàd, auteur de poésies rekhtas et aussi de poésies persanes, est mentionné par Zukà.

MU'AZZAZ [2] est un poëte hindoustanî mentionné
par Bâtin dans son Tazkira intitulé *Gulschan bé-khizân*,
et dont on trouve un long gazal dans l'« Anthologie des
poëtes persans et hindoustanis », publiée à Madras en
1851 par Ed. Balfour, p. 196.

MUBARAK [3] (le saïyid MUBARAK 'ALÎ), d'Allahàbàd,
élève de Schàh Gulâm A'zam Afzal, est auteur d'un
Dîwàn dont on trouvait un exemplaire à la bibliothèque
du Top khàna de Lakhnau, et qui se compose de gazals, de rubâ'is et de masnawîs formant en tout 242 p.
de 11 vers [4]. Muhcin en cite des vers dans son Anthologie.

MUBARIZ [5] (MUBARIZ KHAN), de Dehli, est mentionné
par Sarwar parmi les poëtes hindoustanis auxquels il
consacre des articles. Zukà l'avait souvent rencontré
dans des réunions littéraires.

MUBIN [6] est un ancien poëte hindoustanî mentionné
par Sarwar.

MUBTAHIJ [7] (LALA MULUK CHAND), kâyath, de Schâhja-

---

[1] A. « Grand », à la lettre « rendu grand ».
[2] A. « Honoré (rendu honorable) ».
[3] A. « Béni » (*mubârak*).
[4] Sprenger, « A Catalogue », p. 623.
[5] A. « Guerrier ».
[6] A. « Manifeste ».
[7] A. « Content ».

hânpûr, est un Hindou intelligent qui s'est occupé de poésie urdue et qui est mentionné dans le Tazkira de Câcim.

I. MUBTALA [1] (Mîr Amîn), élève de Mîr, est un poëte contemporain mentionné entre autres par 'Ischquî et qui réside à Bénarès.

II. MUBTALA (Mirza Kazim [2]), fils du nabâb Muhammad 'Alî Khân, avait reçu du nabâb d'Aoude le titre de *Mîr Mardân 'Alî Khân*. Il appartenait d'ailleurs à une famille distinguée originaire de Maschhad.

Outre les poésies rekhtas dont il est auteur, on lui doit un Dîwân persan et un Tazkira écrit probablement aussi en persan, et qui est cité par Schefta.

III. MUBTALA (Murad 'Alî Khan), fils de Muhammad 'Alî Khân, des anciens omras du sarkàr de Gâzîpûr, est auteur :

1° D'un Dîwân ;

2° D'un Tazkira des poëtes urdus intitulé *Gulschan-i sukhan* « le Jardin de l'éloquence » ;

Et 3° d'un Tazkira des poëtes persans, mais que je ne cite que pour mémoire.

Muhcin donne des vers de Mubtalà dans son Anthologie ; mais n'y a-t-il pas quelque confusion chez les biographes originaux au sujet des deux derniers écrivains ? Sarwar parle d'un Mubtala qu'il dit *ancien*, mais sur lequel il ne donne aucun renseignement.

I. MUÇAFIR [3] ('Abd ullah Khan) est un poëte mentionné dans le *Maçarrat afzâ*.

II. MUÇAFIR (Mîr Payanda [4]), de Jurûpat et habi-

---

[1] A. « Amoureux (éprouvé par l'amour) ».
[2] Et *Câcim*, selon 'Ischquî.
[3] A. « Voyageur ».
[4] Sprenger écrit *Pâbanda*.

tant de Dehli, se retira à Bareilly lors des troubles de
Dehli et mourut dans cette dernière ville. Il est mentionné par Câcim et par Sarwar comme poëte urdû.

III et IV. MUÇAFIR (Mîr Khaïr uddîn), de Lakhnau,
est un élève du biographe Schorisch, qui le mentionne
et le distingue d'un autre Muçâfir dont il ne donne ni
le *'alam* ni le *lacab* [1].

MUÇALMAN[2] (Lala Bakhtawar Singh), de Mugalpûra, quartier de la ville de Patna[3], est un Hindou qui
a cultivé la poésie urdue et qui s'était fait musulman,
ainsi qu'il est évident par son takhallus.

MUÇARRAB 'ALI[4] (le saïyid) est auteur du *Nafâhât
urriyâhîn* « les Zéphirs des jardins », titre pompeux
d'une Histoire du prophète Mahomet; Ludiana, 442 p.
in-8°.

MUÇAWI[5] (Mîr Mu'ïzz uddîn Muhammad), connu aussi
sous ses autres takhallus de *Mu'ïzz* et de *Fitrat*, et sous le
nom de *Muçâ Khân*, est un poëte indien qui a surtout
écrit en persan. Dans quelques-unes de ses pièces de
vers, il s'est à la fois servi de l'idiome savant et de
l'idiome usuel, en écrivant un hémistiche en hindoustani
et l'autre en persan, ce qui est une sorte de juste milieu
employé pour plaire à la fois aux savants et à la nation
entière.

Mîr Taqui, à qui je dois ces détails, renvoie le lecteur
à la biographie de Sirâj uddîn 'Alî Khân Sâhib, connu

---

[1] Sur ces expressions, voyez mon « Mémoire sur les noms et les titres
musulmans ».

[2] A. P. « Musulman ».

[3] Selon Sprenger, d'après Schorisch. Il y a des quartiers du même
nom dans d'autres villes. En effet, un faubourg de Dehli est ainsi
appelé, etc.

[4] A. « Approché de 'Alî ».

[5] A. « Mosaïte », adjectif relatif dérivé de *Muçâ* « Moïse ».

sous le nom d'*Arzû*, et il se contente de citer de Muçawi un seul vers hindoustani dont je joins ici la traduction :

Elle est parvenue jusqu'à mon cœur la renommée de tes noirs cheveux, dont l'ondulation s'est communiquée au miroir qui les a réfléchis.

Muçawi est auteur d'un ouvrage intitulé *Gulschan-i Fitrat* « le Jardin de *Fitrat* ». Cet ouvrage est probablement une Anthologie persane, car elle a été mise à contribution par Sarkhusch dans sa propre Anthologie, intitulée *Kalimât uschschu'arà* « les Paroles des poëtes ».

MUCBIL [1] (Mîr Akbar 'Alî) a acquis de la célébrité par ses marciyas.

MUCIBAT [2] (Schah [3] Gulam-i Cutb uddîn), d'Allàh-àbàd, fils du schaïkh Muhammad Fàrikh, qui était un des fils de Schàh Khûb ullah, aussi d'Allahàbàd, distingué par ses excellentes qualités, spécialement pour le bon accueil qu'il faisait aux étrangers, a laissé des écrits tant hindoustanis qu'arabes et persans. 'Alî Ibràhîm, qui le nomme *Mucîb* [4], paraît flatté d'avoir été lié avec lui. Il a laissé un Diwàn hindoustani et un persan. Il entreprit le pèlerinage de la Mecque en 1186 (1772-1773), et il mourut en 1187 (1773-1774) à la Mecque même, où il fut enterré [5].

MUDDA'A [6] (Mîr 'Iwaz 'Alî), de Dehli, est un écri-

---

[1] A. « Favorable ».

[2] A. « Malheur ».

[3] Muhcin lui donne aussi les titres de schaïkh, de derviche, et de *hâjî* « pèlerin de la Mecque ».

[4] A. « Atteignant (son but) ». Ce poëte est aussi nommé *Mucîb* par Muhcin ; mais je suis porté à croire que son takhallus est bien *Mucîbat*, car ce sont généralement des noms d'action arabes qu'on emploie pour ces surnoms.

[5] Tazkira de Schorisch.

[6] A. « Désir, but » (*mudda'â*).

vain hindoustani dont on vante les qualités du cœur
aussi bien que celles de l'esprit. Il était très-habile en
médecine et avait une réputation méritée comme littérateur. Il occupa un poste élevé auprès du célèbre Hâfiz
ulmulk Hâfiz Rahmat Khân [1]. On cite surtout de lui un
cacida sur le mariage du nabâb Muhabbat Khân [2], fils
de Hâfiz Rahmat, poëme tellement apprécié qu'il a été
traduit en vers dans la langue puschtû ou afgâni.

Voici un fragment de ce cacida, qui ne me paraît
remarquable que par l'exagération des pensées et l'originalité de l'expression :

La tyrannie du destin est à la poursuite de ceux qui sont
privés de leur raison par l'effet de l'amour; il vient jeter du
sel sur l'ulcère de leur cœur.

La lune a ouvert la paume de sa main d'argent, et si elle
en trouvait une autre pareille à la sienne, elle battrait des
mains avec elle.

Par l'effet de la chaleur que produit sur elle la flamme de
la beauté de mon amie, la lune a son front couvert de sueur.
A-t-on jamais vu se produire un tel effet sur cet astre, qui,
dans les sphères, roule comme la pièce d'or?

Le murmure du flacon qui se vide paraît dire de ne pas
rester assis dans l'inaction, tandis que la coupe semble cligner
les yeux pour regarder le cercle des buveurs.

C'est aujourd'hui la noce du nabâb Muhabbat Khân, aussi
élevé que les cieux par son rang et par son mérite personnel;
fête qui réunit tout le monde, grands et petits.

Quelle description ferai-je de ta monture particulière, que

---

[1] Prince indien renommé, souverain du Rohilkand, qui fut tué à la
bataille de Kathéra, en 1774. C. Elliot en a publié, en 1831, les Mémoires écrits par un de ses fils, le nabâb Mustajâb Khân Bahâdur. On
peut consulter cet ouvrage (entre autres, p. 120 et suiv.) sur le compte
de Muhabbat Khân, mentionné plus loin, mais on n'y trouve rien qui
ait trait à ce personnage considéré comme écrivain.

[2] Poëte lui-même. Voyez son article.

couvre une étoffe couleur de rose? Je dois avouer seulement que mon esprit est confondu en la voyant.

Si un peintre voulait en faire la représentation, le pinceau s'échapperait sans doute des mains de son imagination.

Que dirai-je de la rapidité de ce coursier qui, semblable à l'oiseau de la prière, a élevé ses pieds de la terre jusqu'aux cieux?...

MUFLIS [1] (Muhibb 'Alî), poëte hindoustanî aussi malheureux, à en croire Schefta, que son takhallus l'indique, était marchand d'essence de rose dans la ville de Râmpûr, « Séjour de la joie » (Dâr ussurûr), comme la nomment les Indiens. Ses poésies ont quelque renom.

I. MUGAL [2] (Mirza Mugal 'Alî Khan), fils du khwâja Henga [3] et petit-fils du khwâja Muhammad 'Askarî, originaire de Cachemire et natif de Dehli, était marchand et s'occupait néanmoins de poésie rekhta, ainsi que nous l'apprennent Abu'lhaçan et Câcim.

II. MUGAL (Mirza), Karbalâî, c'est-à-dire de Karbala, est auteur d'une traduction en prose urdue du Bostân de Sa'adî, intitulée Tarjuma-i Bostân ou Bâg-i sukhan « le Jardin du discours ».

On avait annoncé une traduction du Bostân sous presse à Calcutta en 1803, in-8° (« Primitiæ Orientales », t. III, p. LIII); mais j'ignore quel était l'auteur de cet ouvrage. C'est peut-être la même traduction qui porte le titre de Bâg-i sukhan. Il existe aussi une traduction urdue, probablement différente, parmi les livres du vizir du Nizâm, à Haïderâbâd, et il y a enfin celle

---

[1] A. « Malheureux »; à la lettre, « celui qui n'a en sa possession que des oboles (fuls) ».

[2] P. C'est ainsi qu'on écrit toujours ce nom, prononcé vulgairement mogol en Perse et dans l'Inde, et jamais mongol.

[3] Zukâ le nomme Asgarî, selon Sprenger.

de Maschschàc, dont j'ai parlé à l'article consacré à cet écrivain.

MUGANNI [1] (Muhammad Amîn), de Coïl, est un poëte hindoustani mentionné par Karîm.

I. MUHABBAT [2] (le nabâb Muhabbat ullah Khan Schah Baz Jang), de Bareilly [3], était fils légitime du nabâb Hâfiz Rahmat Khân, déjà mentionné. Il sentit en lui un grand désir d'entrer dans la carrière des lettres, et il se forma sous Mirzâ Ja'far 'Alî Hasrat à l'art des vers [4]. A cause de ses dispositions naturelles, il acquit bientôt parmi ses contemporains une grande réputation par la chaleur de son style éloquent. Il a écrit dans tous les genres de poésie, et il a réuni en un Diwân [5] ses pièces détachées. Sir Gore Ouseley possédait un exemplaire de ce Diwân dans sa belle collection [6].

'Alî Ibrâhîm et Lutf nous représentent Muhabbat comme un beau jeune homme, doué des plus brillantes qualités, et entre autres de la bravoure et de la générosité. Après la défaite du nabâb Hâfiz Rahmat Khân, il alla résider à Lakhnau, d'où il envoya, en 1196 de l'hégire (1781-1782), à 'Alî Ibrâhîm, plusieurs pièces de

[1] A. « Chanteur, musicien ».

[2] A. « Amour ».

[3] Ville de la province de Dehli et chef-lieu d'un district de ce nom. Ce fut la capitale de la principauté de courte durée de Hâfiz Rahmat Khân, père de notre écrivain.

[4] Makîn fut son maître pour la poésie persane.

[5] Dans le catalogue manuscrit de Muhammad-bakhsch à l'East-India Office, il y a l'indication de deux manuscrits de cet ouvrage : le premier intitulé « Diwân de Muhabbat Khân, fils de Hâfiz Rahmat Khân le Rohilla »; et le second, « Diwân de Muhabbat, en langue rekhta, composition du nabâb Muhabbat Khân ».

[6] Muhabbat a aussi écrit en puschtû, c'est-à-dire dans l'idiome particulier aux Afgâns, idiome nommé également *afgânî*, lequel était, à proprement parler, sa langue maternelle. Sir Gore possédait un exemplair[e]

vers, et entre autres un masnawî ou roman en vers dont
il était auteur. Cet ouvrage, qui porte le titre d'*Asrâr-i
muhabbat* « les Secrets de l'amour [1] », est l'histoire des
amours de Sacî et de Panûn [2]. Selon Ibrâhîm et Lutf,
Muhabbat l'écrivit pour répondre au désir de Master
Jânas, apparemment sir William Jones.

Sprenger dit, p. 620 de son « Catalogue of the Libraries of the King of Oude », d'après deux ou trois tarîkhs
différents, que Muhabbat composa son *Asrâr-i muhabbat* en 1197 (1782-1783), et p. 642, en 1187 (1773-
1774). Il nomme, au surplus, le héros et l'héroïne de
ce roman, p. 251, Sircî et Bannû; p. 620, Syzy et
Panûn, et p. 642, Sassy et Pannû.

Le nabâb d'Aoude Açaf uddaula combla Muhabbat
d'honneurs et d'égards, et ils firent des vers ensemble.
Açaf lui avait accordé une pension convenable à son
rang, et je crois qu'il avait été nommé avant sa mort,
qui arriva en 1221 (1806-1807), gouverneur de Bareilly.
Dans tous les cas, il demeurait encore à Lakhnau en
1215 (1800-1801), époque de la rédaction du *Gulschan-i Hind*, et s'y occupait toujours de poésie. Plus
tard il habitait Bareilly, son pays natal, ainsi que nous
l'apprend Bénî Nârâyan, qui se flatte d'avoir été lié

du Diwân de Muhabbat en cette langue. On trouve l'indication du
même volume dans le catalogue manuscrit de Muhammad-bakhsch,
cité à la note précédente.

[1] Ce titre fait aussi allusion au nom de l'auteur, et peut se traduire
par « les Secrets de Muhabbat ». Il y en a plusieurs éditions in-8° de
Lakhnau et de Dehli.

[2] Il y a un poëme persan sur le même sujet, écrit par un Hindou
nommé Lâla Jot Parkâsch, et intitulé « The *Dustoor-i ischk*, or the
Loves of Susee and Punoon ». Il y en a un autre très-court par Mir
Ma'çùm Bakerî; il est intitulé *Husn o nâz* « la Beauté et la gentillesse ».
(« Journal of the Asiatic Society of Bengal », février 1838.)

avec lui. Il cite un mukhammas de cet écrivain, et 'Alî
Ibrâhîm et Lutf en donnent d'autres pièces.

Voici en peu de mots la légende qui fait le sujet du
poëme de *Sacî o Panûn* dont je viens de parler [1] :

Un puissant Hindou qui n'avait pas d'enfants, quoique marié depuis plusieurs années, eut enfin une fille. Il consulta les
astrologues sur le sort futur de cet enfant, dont la naissance
comblait ses vœux, et auquel il donna le nom de *Sacî* (lune),
pour exprimer la beauté qu'on distinguait déjà dans ses traits
enfantins. Ils prédirent qu'elle épouserait un musulman. La douleur du père en apprenant cette triste nouvelle fut si grande,
que pour prévenir ce malheur il se décida à faire périr sa
fille. A cet effet, il la plaça dans un coffre qu'il jeta dans la
rivière. Par hasard, ce coffre fut recueilli par un blanchisseur,
qui l'ayant ouvert, y trouva la petite fille vivante encore; et
comme cet homme n'avait pas d'enfants, il l'adopta.

Sacî devint, en grandissant, d'une beauté vraiment extraordinaire. Une caravane de marchands ayant passé par l'endroit
où elle se trouvait, quelques-uns d'entre eux eurent occasion
de la voir, et, à leur retour, en parlèrent au fils du gouverneur de leur province, lequel était musulman. Celui-ci, enflammé par les discours de ces marchands, voulut aller juger
par lui-même de l'exactitude de leur description. Il se déguisa
en marchand, et partit avec la prochaine caravane. Pour parvenir plus facilement à son but, il se mit au service du blanchisseur qui avait adopté Sacî, et eut ainsi l'occasion d'admirer sa beauté, qui était réellement très-remarquable. Bientôt
il lui fit connaître l'amour violent qu'il avait conçu pour elle;
il eut la satisfaction de la voir partager ce sentiment, et de
l'épouser ensuite. Cependant la nouvelle de cet étrange mariage parvint aux oreilles du père de Panûn, et il envoya
deux autres de ses fils pour ramener Panûn. Ceux-ci prirent
si bien leurs mesures, qu'une nuit ils enlevèrent leur frère,

---

[1] Voyez le « Journal de la Société Asiatique » de Calcutta, *loc. cit.* J'ai
donné moi-même la traduction *in extenso* de ce roman de Muhabbat
dans la « Revue de l'Orient », 1858.

et l'ayant placé sur un agile chameau, ils le conduisirent à leur père. Lorsque Sací apprit le départ de son époux, sa douleur ne connut point de bornes. Elle résolut de suivre ses traces; et après avoir marché l'espace de quarante kos, épuisée de fatigue et de soif, elle tomba sur la terre : mais une source miraculeuse jaillit à ses pieds. Elle continua sa route vers les montagnes, et là elle fut de nouveau assaillie par la soif. En ce moment un berger voulut lui faire violence; mais elle l'engagea à lui donner d'abord à boire. Pendant qu'il allait prendre du lait pour elle, Sací pria Dieu de la délivrer des malheurs de tout genre auxquels elle était en butte. Dieu exauça sa prière; la montagne sur laquelle elle était s'entr'ouvrit et se referma sur elle, laissant seulement en dehors le bord de son vêtement. De son côté Panûn alla à la recherche de sa bien-aimée, et arrivé au lieu où elle avait été engloutie, il pria Dieu de lui faire partager le même sort, ce qui eut lieu en effet.

II. MUHABBAT ('Alí). Béni Nàràyan cite un autre poëte hindoustani dont *Muhabbat* est le takhallus. C'est Mirzâ Huçaïn 'Alí Muhabbat, originaire de Dehli et natif de Lakhnau, qui fut élève de Calandar-bakhsch Jurat. J'ignore si cet écrivain est le même que celui que cite Mannû Lâl sous le nom de *Mír Bahádur 'Alí Muhabbat*. Sprenger parle d'un saïyid Mír Muhammad 'Ali Muhabbat, probablement le même, qui alla habiter le Décan et se distingua surtout dans le marciya.

III. MUHABBAT (le schaïkh WALÍ ULLAH MUHABBAT), de Dehli, fut un des élèves de Saudâ et des amis de Rind. Il habitait Farrukhàbâd à l'époque où écrivait 'Alí Ibrâhim, qui ne donne pas d'autres renseignements sur ce poëte. Il ne cite de lui que deux vers dont il me paraît inutile de joindre ici la traduction. Muhabbat mourut à Lakhnau, où il s'était retiré à la mort de Sulaïmàn Schikoh.

Câcim cite un grand nombre des vers de ce poëte.

MUHACCAC [1] ou plutôt MUHACQUIC, est un des plus anciens poëtes du Décan qui aient écrit en rekhta. Kamâl en parle d'après Câïm, et 'Ischquî dit que son langage ressemble beaucoup à celui de l'Hindoustan. En effet, la différence entre l'urdû ou hindoustanî du nord, et le dakhnî ou celui du midi, est très-légère. 'Ali Ibrâhîm cite simplement de ce poëte un vers qui n'offre rien de remarquable.

MUHAMMAD (le saïyid), écrivain dakhnî, est auteur d'une traduction littérale et interlinéaire du « Borda », célèbre poëme à la louange de Mahomet, dont j'ai publié en 1822, à la suite de l'« Exposition de la foi musulmane », la traduction française due à la plume exercée de mon illustre maître S. de Sacy, qui me la donna pour la joindre à mon travail. La traduction de Muhammad est intitulée Cacîda Burda. Elle est précédée de quelques pages de vers hindoustanis. (Manuscrit de la collect. de Fort-William, n° 2109.)

Il y a un autre MUHAMMAD (saïyid) à qui on doit le Miftâh ullugât « la Clef de la langue », vocabulaire urdû en caractères persans et dévanagaris, imprimé à Dehli en 1851, in-4° de 223 p., par les soins du saïyid Aschraf 'Ali.

MUHAMMAD 'ABBAS est auteur du Toscha-i 'ucbâ « le Viatique pour l'autre vie », c'est-à-dire les noms de Dieu en arabe et en urdû; Dehli, 1867, in-8° de 16 p.

MUHAMMAD 'ABD ULLAH KHAN est auteur d'une traduction en vers urdus de l'« Ermite de Parnell » (Parnell's Hermit), remarquable à la fois par son exactitude et son élégance; Allahâbâd, 1868, in-8° de 13 p.

[1] A. « Vérifié, reconnu vrai ».

MUHAMMAD AKBAR [1] est éditeur d'un journal urdû
de Madras qui paraît dans cette ville depuis 1868 sous
le titre de *'Umdat ulakhbâr a'zam ulanwâr* « le Pilier des
nouvelles, splendide de lumière ». Ce journal, imprimé à
la typographie nommée *Anwari*, du nom de l'imprimeur
Muhammad Anwar, paraît trois fois par mois, par
cahiers in-4° de deux colonnes à la page.

Il ne faut pas confondre ce journal avec le *'Umdat
ulakhbâr* deBareilly, qui avait eu d'abord pour éditeur
le maulawî 'Abd urrahman et ensuite le savant munschî
Lakschman-praçàd ou Lakschman-dàs[2]. J'ai parlé de
celui-ci avec quelque étendue dans le « Discours d'ouverture du cours d'hindoustani du 6 décembre 1869 »,
p. 13, et j'ai fait observer que le titre qui lui a été donné
faisait allusion au nom du nabàb du Carnatic, *'Umdat
uddaula* « le Pilier de l'empire », sous les auspices
duquel il est probable que ce journal paraît.

Ce Muhammad Akbar est peut-être le même que le saïyid
Muhammad Akbar, fils du saïyid Muhammad Sajjâd,
qui publie à Patna, depuis le 1<sup>er</sup> janvier 1869, un journal
urdû intitulé *Chaschma-i 'ilm* « la Source de la science »,
lequel paraît deux fois par mois, par cahiers petit in-folio
de 8 p. sur deux colonnes.

I. MUHAMMAD 'ALI, fils du bâbû Muhammad Huçaïn, de Haçanâbâd, est auteur :

1° D'un masnawî intitulé *Gam-i Huçaïn* « le Chagrin
de Huçaïn », rédigé en 1178 (1764-1765). Ce poëme
est divisé en quatorze séances (*majlis*) ou chapitres, qui
offrent une série de marciyas sur le décès de Mahomet,

---

[1] A. « Mahomet le Grand ».

[2] Voy. les articles consacrés à ces écrivains, t. I<sup>er</sup>, p. 94, et t. II,
p. 216, articles dans lesquels on trouve des détails circonstanciés sur le
journal de Bareilly.

sur celui de Fatime, sur la mort violente de 'Alî, d'Haçan, de Muslim et de ses fils, de Câcim, de 'Abbâs, de
'Alî Akbar, de 'Alî Asgar, de Huçaïn, etc.

2° On doit au même écrivain un poëme sur « la
Souriş et le chat ».

On trouvait à la bibliothèque du Top khâna de Lakhnau [1] un bel exemplaire de ces deux poëmes, formant
ensemble 220 p. de 13 vers.

II. MUHAMMAD 'ALI (le munschî) est auteur du
*Chirâg-i hidâyat* « la Lampe de la direction », leçons
morales en urdû ; Lahore, 1866.

Je pense que c'est le même écrivain à qui on doit
l'ouvrage intitulé *Râh-i najât* « la Voie du salut », ouvrage urdû sur la loi musulmane, de 30 p. in-8°, publié
d'abord à Lakhnau, puis à Mirat en 1867, 24 p. [2], et
non le schaïkh Muhammad 'Alî d'Amritsir, auteur du
*Schams uttahquîc fî ibtâl ittalfîc* « le Soleil de la certitude, ou réfutation de la pratique (des wahâbites) de
falsifier les opinions des docteurs » ; Lahore, 1868 ;
in-8° arabe et urdû de 632 p.

MUHAMMAD 'AZIM [3] est l'éditeur du *Schar' utta'lîm*
« la Grande route de l'enseignement », ouvrage très-
élémentaire pour les enfants, imprimé à Lakhnau en
1861 ; in-12 de 76 p.

MUHAMMAD BEN MUHAMMAD (le khwâja) est au-
teur d'un ouvrage religieux écrit en urdû et lithographié
dans l'Inde sous le titre de *Habl matin* « la Forte corde ».

MUHAMMAD-BAKHSCH [4] est auteur d'une « Anthologie hindoustanie » ou collection d'extraits d'au-

[1] « A Catalogue », p. 624.
[2] *Akhbâr-i 'âlam* du 15 août 1867.
[3] A. « Mahomet l'éminent ».
A. P. « Don de Mahomet ».

23.

teurs hindoustanis sur différents sujets. Cet ouvrage, intitulé *Nau ratan* « les Neuf pierres précieuses », par allusion au bracelet ainsi nommé et aux neuf principaux poëtes de la cour de Vikramaditya, a été imprimé in-8° à Bénarès en 1841, et réimprimé en 1849 [1]. Il y en a aussi une édition de Lakhnau, 1282 (1865), gr. in-8° de 179 p. [2].

MUHAMMAD HAÇAN est un élève et un imitateur de Mîr Taqui. Fath 'Ali Huçaïnî en cite un bon nombre de vers.

Ne serait-il pas le même que le maulâ Muhammad Haçan, auteur :

1° Du *Scharh-i Sullam* « Commentaire de l'ouvrage intitulé *Sullam* [3] », imprimé à Lahore à la typographie du journal intitulé *Koh-i nûr*.

2° Du *Kaçâb-nâma*, du *Saqut-nâma* et du *Tarkîb-nâma*, traités religieux musulmans; Dehli, 1868, in-16 de 24 p. ?

MUHAMMAD HADI [4] est auteur d'un ouvrage urdû de controverse intitulé *Radd-i naçâra* « Réfutation des chrétiens », lithographié dans l'Inde. Cet ouvrage fait partie des livres urdus achetés par le gouvernement anglais après la prise de Dehli en 1857, et il est mentionné dans le catalogue qui en a été publié, n° 1072.

MUHAMMAD HUÇAIN (le maulawi), de Schâhjahân-pûr, écrivain contemporain, a employé vingt-cinq années de sa vie à réunir des morceaux choisis, arabes,

---

[1] « The Friend of India », n° de juillet 1850.

[2] « Trubner's Orient. Record », n° 44.

[3] Le titre de l'ouvrage persan *in extenso* est *Sullam ussamâ* « l'Échelle du ciel ». Il y a deux ouvrages célèbres qui portent ce titre, et sur lesquels on peut consulter le « Haji Khalfa » de Fluegel, t. III, p. 610.

[4] A. « Mahomet directeur (dans la voie de la religion) ».

persans et urdus, et il en a publié un recueil à Lakhnau
sous le titre de *Riyâz ulfirdaus* « les Jardins du paradis », en un volume de 750 p., divisé en trois parties,
chacune consacrée à l'une des trois langues employées
par les auteurs originaux. Il n'entre pas dans mon plan
de m'occuper des morceaux arabes et persans; mais
quant à ceux qui sont écrits en urdû, je dois dire qu'ils
consistent en toute espèce de poëmes, avec des notices
sur leurs auteurs, et qu'ils sont suivis de développements des traditions musulmanes sur des personnages
de l'Ancien et du Nouveau Testament, sur Mahomet et
les imâms, sur les docteurs musulmans et sur des personnages historiques célèbres, tels que Timûr, etc., sur
le globe céleste et terrestre, etc.

MUHAMMAD HUÇAIN KHAN, fils du maulâ Muhammad Bâquir, élève du collége de Dehli, est l'éditeur
du journal urdû intitulé *Nûr 'ala nûr* « Lumière sur
lumière », qu'il publie à Ludiana, à l'imprimerie qui
porte le même nom (*Matba' Nûr 'ala nûr*) et dont il est
le directeur. Ce journal, qui a été établi en 1851, paraît
une fois par semaine en trois feuilles. Il contient des
extraits de l'« Agra Government Gazette » et les nouvelles courantes du jour. En 1848-1849, Muhammad
dirigeait le journal de Dehli intitulé *Dehli urdû akhbâr*
« les Nouvelles de Dehli en hindoustani ».

On doit aussi à ce savant musulman :

1° La traduction urdue d'un traité écrit d'abord en
persan par son père sur les lois du mariage; il est intitulé
*Tarjuma-i riçâla-i nikâh* « Traduction du traité du mariage », et publié à Dehli en 1264 (1847), in-8°;

2° La publication à Lakhnau, en 1848, grand in-8°,
du *Sirâj-i nazm* « la Lampe de la poésie », qui est une

description en verś urdus des différentes productions de
la nature, telles qu'elles sont expliquées dans les hadis.
Il y en a un exemplaire à l'East-India Office, et c'est à
feu J. Shakespear que je dois ces détails.

3° La première édition urdue du *Chaman bé-nazír* « le
Parterre sans égal », dont il sera question à l'article
MUHAMMAD IBRAHÎM.

4° La traduction urdue du « Circular orders of the
sudder Board of Revenue N. W. P. », *Hukm gaschté
sáhibân Board mamâlik magrabí schamâlí;* Dehli, 1849 [1].

Il a publié en 1851 à l'imprimerie *Núr 'ala núr* de
Lahore :

1° Le *Najat ulmuminín* « le Salut des croyants », ouvrage religieux dans le dialecte hindoustaní du Panjâb
ou panjabí ;

2° Une édition du *Líláwatí,* ouvrage hindí sur l'arithmétique et la mensuration. *Líláwatí* est le titre d'un
célèbre traité sanscrit d'arithmétique par Bhaskara
Achariya. De là on a donné ce nom à d'autres ouvrages
indiens sur le même sujet. Du reste, l'original sanscrit
a été traduit en hindí par le Rév. J. J. Moore [2] et imprimé à Calcutta en 1846, in-8°, sous les auspices du
« School Book Society ». Il y a sans doute d'autres versions hindies, car des *Líláwatí* hindis ont été publiés
dans différentes typographies de l'Inde.

3° C'est lui qui a d'abord publié en urdú et en hindí
les actes de la Société pour la diffusion des connaissances utiles (*Anjuman-i ischâ'-i matâlib mufída*) du
Panjâb, à Lahore, sous le titre de *Riçâla,* etc.[3]. Le Ca-

---

[1] Voyez l'article MUHAMMAD MIRZA.

[2] « *Líláwatí,* a Treatise on Arithmetic and mensuration done into
hindí from the sanscrit ».

[3] Ce fut plus tard Karam Ilâhî.

talogue des livres publiés en Panjâb annonce les numéros qui en ont paru.

4° *'Aschra-i kâmila*, etc., « les Dix parfaites (questions) » , Traité des dix points sur lesquels les wahâbites diffèrent des musulmans orthodoxes, avec la collaboration de 'Ubaïd ullah. Brochure wahâbite in-8° de 16 p.; Dehli, 1868.

Je trouve aussi dans une liste des livres urdus imprimés à la typographie du *Koh-i nûr* de Lahore, un *Sircularât judicial* et un *Sircular number 89 bâbat tartîb daftar-i dîwânî o faujdârî* « Circulaire n° 89 relative à la tenue des livres de justice administrative et de police » .

MUHAMMAD IBRAHIM (MIYAN) résidait en 1824 à Madras, où il était munschî, c'est-à-dire qu'il y donnait des leçons d'hindoustanî. Muhammad était fils de Malik Huçaïn, et petit-fils du schaïkh Muhammad, de Béjapûr, et il était *jama'dâr* de cavalerie (commandant de mille cavaliers). Il a traduit la célèbre version persane des Fables de Pidpay intitulée *Anwâr-i suhaïlî*, en hindoustanî du Décan ou dakhnî, langue, dit-il[1], que parlent tous les habitants de ce pays, grands et petits, riches et pauvres, militaires et marchands, hommes et femmes. Il a rendu la prose par de la prose, les vers par des vers, et a intitulé son livre *Dakhan anjân* « le Collyre du Décan » . Toutefois cet ouvrage a été imprimé à Madras, non pas sous ce titre, mais simplement sous celui de « *Dukhnee Unwaree Soheïlee,* a Translation into the Dukhun tongue of the Persian *Unwar-i Soheïlee,* for the use of the military officers of the Madras establishment, by order of the Board of superintendence for the Col-

---

[1] Dans la préface hindoustanie de cet ouvrage, p. 10.

lege of Fort St-George. By Muhammad Ibraheem
Moonshee ; Madras, at the College Press » , 1824, in-fol.
de 441 p. Cet ouvrage est suivi d'un vocabulaire des
mots particuliers au dialecte dakhnî qui s'y rencontrent ;
ils sont rendus en hindoustani du nord ou urdû.
Shakespear a tiré beaucoup de mots de ce volume pour
la troisième et la quatrième édition de son dictionnaire.

Ibrâhim nous apprend qu'il voyagea pendant trois
années dans tout le Décan, pour recueillir çà et là des
expressions particulières aux provinces méridionales de
l'Inde, afin de les insérer, lorsqu'il en trouverait l'occasion, dans son ouvrage, qui offre ainsi une sorte de
répertoire de ces mots inusités dans le nord. L'auteur
fait observer aussi que les genres des noms ne sont pas
toujours les mêmes dans le nord et dans le midi de
l'Inde, ainsi qu'on peut s'en assurer en lisant les ouvrages dakhnis les plus connus, tels que *Phûl-ban,
Gulschan-i 'ischq, Mantic uttaïr* et *Yûçuf Zalîkhâ* [1] ; que
les noms, par exemple, de *Kalîla* et de *Dimna,* masculins
dans le nord, sont féminins dans le midi.

Il y a plusieurs autres traductions dakhnies de l'*Anwâr-i suhaïli,* mais j'ignore le nom de leurs auteurs :
1° J'ai un bel exemplaire manuscrit d'une de ces traductions qui a appartenu à Adam Clarke. Il a été copié
en 1179 de l'hégire (1765 de Jésus-Christ). 2° Mon
élève et ami feu Falconer avait un manuscrit d'une
rédaction différente. 3° Il y a un manuscrit hindoustani de ce titre à la bibliothèque royale de Berlin ;
il porte le n° 223 [2]. 4° Deux autres copies faisaient

[1] Voyez, dans la table des ouvrages, l'indication des articles où il est
parlé de ces poëmes.
[2] C'est à Wilson que je dois ce renseignement.

partie de la collection de sir G. C. Haughton, et il y en
a eu plusieurs en vente chez des libraires. 5° Il y a aussi
à la bibliothèque de l'East-India Office un volume intitulé *Tarjuma-i Anwâr-i suhaïlî* « Traduction de l'*Anwâr-i suhaïlî* » en langue hindie (*ba zabân-i hindî*). 6° Il
y a un manuscrit qui porte le même titre à la bibliothèque de la Société Asiatique de Calcutta, manuscrit dont
la rédaction est attribuée au docteur Gilchrist.

Muhammad Ibrâhim est très-probablement le même
écrivain contemporain qui est auteur du *Chaman bé-
nazír* [1] « le Jardin sans égal » ou « incomparable », extraits des poëtes persans et urdus, ce qui n'est qu'une
édition de l'ouvrage publié d'abord par Muhammad
Huçaïn. Le livre est divisé en deux parties : la première,
appelée *Mirât ul'âschiqûn* « le Miroir des amants »,
contient 72 pages de gazals et autres poésies d'environ
cinquante poëtes persans anciens et modernes. La seconde contient 249 pages d'extraits de cent quatre-
vingt-sept poëtes hindoustanis. Il y en a deux éditions
lithographiées à Bombay en 1265 (1848-1849) et en
1266 (1849-1850). Cette dernière édition porte le titre
de *Majma' ulasch'âr* « Collection de vers [2] ». La première est probablement celle qu'on doit à Muhammad
Huçaïn et qui porte le titre original de *Chaman bé-
nazír*.

MUHAMMAD 'IÇA [3] (le khwâja) est auteur de l'ouvrage intitulé, d'après son nom, *Majmû'a-i i'jâz-i 'Iswî*
« Collection des miracles de 'Içâ », par allusion aux

---

[1] Ce titre donne le chronogramme de la date de l'ouvrage, c'est-à-
dire 1265 (1848-1849).

[2] Sprenger, « A Catal. of the Libraries, etc. », p. 191, 192.

[3] A. *'Içâ* est le nom musulman de Notre-Seigneur Jésus-Christ, que
les chrétiens orientaux nomment de préférence *'Içâ*.

miracles de 'Içà (Jésus-Christ). Cet ouvrage, qui est un
traité des songes, se compose de huit parties ou chapitres qui portent les titres de : 1° Livre d'explication ;
2° Livre d'interprétation des songes ; 3° Livre d'Aristote ;
4° Livre de Platon ; 5° Livre d'augure ; 6° Miracles de
Jésus ; 7° Livre de la santé, c'est-à-dire guérison des
maladies ; 8° le Talisman de la surprise, c'est-à-dire tours
d'adresse, magie blanche, etc. ; in-8° de 88 p. avec
figures ; 1282 (1865-1866). L'ouvrage a été imprimé
par l'ordre du schaïkh Rajab 'Alî.

MUHAMMAD ISMA'IL est auteur :

Du *Naïrang nazar* « la Magie du regard », imprimé
à Mirat en 1864 et 1865. C'est un ouvrage élémentaire,
une sorte de petite encyclopédie avec figures, en urdû
et en hindî, adaptée principalement aux écoles de filles.
Il en a paru deux numéros en chacun des deux dialectes
hindoustanis. L'édition hindie est intitulée *Baran chandrika* « le Clair de lune de la description », et elle a été
traduite de l'urdû par Pâli Râm [1].

Muhammad Ismà'il est coéditeur avec Gangà-praçâd
du *'Aligarh Institute Gazette*, écrit en urdû, avec quelques
parties reproduites en anglais ; journal hebdomadaire.

Cet auteur serait-il le même que le maulawî Muhammad
Ismâ'îl Budya, auteur d'un ouvrage urdû sur le *Maulid
scharif* « la Noble naissance (de Mahomet) », imprimé à
Ratnagherry, dans la présidence de Bombay, en 1857 ?

MUHAMMAD JAN [2] (le munschi), chef du bureau de
l'inspecteur général de la police de Mirat, est auteur du
*Taschrîhât majmû'a ta'zîrât-i Hind*, etc. « Explications

---

[1] Voyez son article.
[2] Le mot *Jân*, qui est persan, signifie « vie » et « âme »; il sert de
takhallus à un autre écrivain, et il entre dans la composition de plusieurs
noms propres mentionnés dans cet ouvrage.

de toutes les pénalités de l'Inde et des obligations de l'administration », sorte de code de police où se trouve le tableau des délits en huit divisions : 1° le nom du délit ; 2° l'explication du délit ; 3° la punition qui doit y être appliquée ; 4° le numéro de la section du code pénal ; 5° le tribunal qui doit le juger ; 6° la publicité à donner à la chose, et dans quel cas les agents de la police peuvent, sans mandat d'arrêt, saisir le coupable ; 7° s'il faut d'abord, d'après la règle, le mandat d'arrêt ou non ; 8° indiquer si le coupable peut donner caution pour se présenter en temps opportun ou non. Cet abrégé excellent et fort utile est imprimé à Lakhnau , in-folio de 48 p. de 33 lignes.

I. MUHAMMAD KHAN (le nabâb) est auteur d'un roman érotique ou conte en vers urdus intitulé *Naschtar-i 'ische* « la Lancette de l'amour », imprimé à Dehli, in-18, en 1849, et dont A. Sprenger a signalé un exemplaire dans le catalogue de sa Bibliothèque, n° 1705.

Il a été parlé à l'article 'ACHIQUÎ (t. I<sup>er</sup>, p. 235) d'un ouvrage du même titre, mais qui n'a aucun rapport avec celui-ci, car c'est une « Anthologie » de vers persans.

II. MUHAMMAD KHAN (le saïyid), de Dehli, petit-fils du nabâb Murîd Khân et gendre du nabâb Muzaffar Khân, est compté au nombre des poëtes hindoustanis par Schorisch, qui le distingue d'un autre Saïyid Muhammad Khân, de Patna, petit-fils du nabâb Murtazawî Khân, et allié par mariage au sûbadâr du Bengale.

Celui-ci composait surtout des marciyas, et n'avait pas encore pris de takhallus quand Schorisch écrivait son Tazkira.

III. MUHAMMAD KHAN (le faquir) est auteur d'un Diwân que m'avait signalé feu Boutros, ancien principal du collége des natifs de Dehli.

MUHAMMAD MAHDI WA'IZ [1] est auteur d'un abrégé du *Takmil ulimân* « la Perfection de la foi », par le schaïkh 'Abd ulhacc, intitulé *Riçâla 'acâïd kâ; khulâçat uttakmil* « Traité des articles de foi, abrégé du *Takmil* »; Madras, 1846.

La traduction urdue du *Takmil* porte aussi le titre de *Sabil uljinân* « le Chemin du paradis » . Elle est annoncée sous ce dernier titre dans le catalogue de janvier 1869 de Nawal Kischor de Lakhnau.

MUHAMMAD MIR (le saïyid) est l'auteur du *Macâcid ul'ulûm* « les Tendances des sciences », traité des objets, des avantages et des plaisirs des sciences, traduit en urdu de l'anglais de feu lord Brougham; Calcutta, 1841, in-12.

MUHAMMAD MIRZA, de Cawnpûr, a traduit :

1° Des circulaires judiciaires pour les provinces du Panjâb, et sa traduction a été imprimée à Lahore en 1860, in-folio, sous le titre de *Sirkularât;*

2° Il est auteur d'une « Comparative Grammar and Vocabulary of turkish, arabic, persian, *oordoo* and english languages », offerte en manuscrit à l'*Anjuman* de Lahore, séance du 5 octobre 1857;

3° Il a traduit de l'arabe en urdù une Grammaire turque imprimée à Alep.

MUHAMMAD SADIC [2] (le hakim et saïyid) est auteur :

---

[1] *Mahdi* est le nom du douzième et dernier imàm. *Wâ'iz* est un mot arabe qui signifie « prédicateur », célèbre par le nom de Huçaïn Wa'iz Kâschifî, l'auteur de l'*Anwâr-i suhailî.*

[2] *Sâdic*, avec un *sâd* pour première lettre et un *câf* pour dernière, est un adjectif arabe qui signifie « juste » et qu'on donne pour épithète à Joseph, à Aboubekr et à Jésus-Christ.

1° D'un *Inschà* intitulé *Miftàh unna'ïm* « la Clef de la jouissance », lithographié à Lahore en 1863, 16 p. Ce manuel épistolaire offre cela de particulier qu'il se compose seulement de *ruca'àt* « billets » ou « petites lettres ».

2° En compagnie de l'agà Muhammad 'Abd ulganî, il publie, depuis le 1er mars 1869, à Sîtâpûr, un journal urdû hebdomadaire intitulé *Gàlib ulakhbàr* « le Vainqueur en fait de nouvelles [1] ».

MUHAMMAD SCHAFI' [2], *sarischtadâr* (greffier), est auteur du *Sarî' ulfahm* « Prompt de conception », résumé de différents actes du gouvernement, en urdû; Lahore, 1869, in-4° de 78 p.

MUHAMMAD SCHAH est un des éditeurs du journal urdû quotidien de Ludiana intitulé *Majma' ulbahraïn* « le Confluent des deux mers ».

Il est probablement le même que Muhammad Schâh Khân, de Hâpûr, mis par Zukà au nombre des poëtes hindoustanis.

MUHAMMAD TAQUI [3] (le maulawî et saïyid) est auteur :

1° Du *Riçâla tacîr ulanzâr* « Traité des effets des regards », discussion sur le sommeil magnétique et sur les autres pouvoirs naturels; Cawnpûr, 1866, in-8° de 140 p.

2° D'un autre ouvrage urdû intitulé *Maulawî Saïyid Muhammad Taquî kî kitâb* « Livre du maulawî et saïyid Muhammad Taquî », ouvrage classé parmi les livres chrétiens dans le « General Catalogue » d'Agra.

[1] Discours d'ouverture de 1869, p. 15.
[2] A. « Mahomet le patron ».
[3] A. « Mahomet le pieux ».

MUHAMMAD YAHYA [1] est auteur d'une réfutation
écrite en urdû de la secte des schiites, intitulée *Majmù'a-i radd-i rawâfiz* « Réfutation sommaire des hérétiques » ; Lahore, 1867, 24 p. in-8°.

MUHAMMADI [2], Bégam, est une femme poëte mentionnée par Abû'lhaçan dans son *Maçarrat afzâ*.

I. MUHCIN [3] (MÎR MUHAMMAD), d'Agra, était fils de
Muhammad Huçaïn Kalân, neveu (fils de frère) et élève
de Mîr Muhammad Taquî Mîr, et aussi parent et élève
de Sirâj uddin 'Alî Khân Arzû. Mîr, son maître, fait dans
sa Biographie l'éloge de l'esprit et du talent poétique de
Muhcin, et il cite trois pages de ses vers. Muhcin n'avait
que vingt ans à cette époque, et on avait tout lieu de
croire qu'il se distinguerait de plus en plus dans une
carrière où il avait déjà obtenu des succès. Telle était
l'opinion de son oncle. En effet, plus tard, lorsque 'Alî
Ibrâhîm rédigeait son *Gulzâr*, Muhcin était attaché à la
cour du nabâb Salâr Jang, et il avait écrit des poésies
hindoustanies estimées.

Il résida à Dehli, puis à Lakhnau, où il paraît qu'il
mourut. Il est auteur d'un Dîwân urdû et de poésies
persanes. Il hérita de la fortune d'Arzû.

II. MUHCIN (MUHAMMAD), de Haïderâbâd, mentionné
par Bâtin, est peut-être le même.

Fath 'Alî Huçaïnî mentionne un Muhcin (Muhammad
Haçan), et Joschisch un Muhcin (Muhammad Sàmiriya).

---

[1] *Yahyà* est le nom musulman de saint Jean-Baptiste, que les chrétiens nomment *Yuhannâ* et auquel ils donnent le surnom de *ma'mûdiya*
« du baptême », c'est-à-dire « saint Jean du baptême, saint Jean qui
baptisait ».

[2] A. « Mahométane ». Les adjectifs arabes employés au féminin en
hindoustanî ne changent pas de désinence.

[3] A. « Bienfaisant, bienfaiteur ».

III. MUHCIN (Mîr Haçan Khan Bahadur), fils du
nabâb Saïyid uddaula Mîr Ma'çûm Khân Bahâdur Jang,
qui était sous les ordres du général Perron, père de madame la comtesse Alfred de Montesquiou, a écrit des
poésies hindoustanies, et il est mentionné par Zukâ.

IV. MUHCIN (le khwâja), neveu du khwâja 'Azîm
Schor, est représenté par 'Ischqui comme un jeune poëte
élève de Râcikh et de Fidwî.

V. MUHCIN (le saïyid Muhcin 'Ali Muçawi), poëte
contemporain distingué, natif de Lakhnau, est fils de
feu le saïyid Schâh Huçaïn Haquicat, poëte distingué
lui-même et petit-fils du saïyid 'Arab Schâh Khwâja
Wazir, poëte plus distingué encore, dont les ancêtres
étaient originaires de l'Arabie, puis habitèrent Khust,
des dépendances de Gaur, et enfin Dehli. Il a été élève
de Wazir, son grand-père, de Raschk et du schaïkh
Ilâhî-bakhsch 'Ischqui, le biographe. On lui doit de
nombreuses poésies urdues et une Anthologie biographique intitulée *Sarâpâ sukhan* « Tout éloquence »,
terminée en 1852 et imprimée à Lakhnau en 1861,
in-folio de 400 p. de trente-trois lignes chacune, et la
marge chargée de texte. Ce volume contient des extraits
de plus de sept cents poëtes hindoustanis, la plupart
contemporains et de Lakhnau, ville natale de l'auteur, y
compris un grand nombre de ses propres vers. Ces
extraits sont classés par ordre de matières, comme dans
le *Gulschan nischât*.

Muhcin a mis à contribution, dit-il dans sa préface,
quinze différents Tazkiras et plusieurs centaines de
Diwâns et d'Albums de poésies hindoustanies, et il en a
extrait six mille vers.

MUHCINI[1] (le hakim Muhammad-bakhsch), de Sahâranpûr, dont le sûba est situé au nord de celui de
Dehli, est un habile médecin et un poëte distingué que
nous fait connaître Sarwar.

MUHI UDDIN[2] (Muhammad 'Abdurrahman) est auteur :

1° Du *Schams ulimân* « le Soleil de la foi », ouvrage
sur la religion musulmane, rédigé en urdû et imprimé
à Dehli en 1850 ;

2° De l'*Asl uddîn* » le Fondement de la religion (musulmane) », en arabe et en urdû; Firozpûr, 1868, in-8°
de 64 p.

MUHIBB[3] (le schaïkh Wali ullah), élève de Mihrbân
Rind, élève, ami et compagnon de Saudâ, était originaire de Schâhjahânâbâd ou Dehli, mais il habitait
Lakhnau. Il a écrit des vers hindoustanis dont le style
est énergique et pur, et il en a formé un Diwân. Son
talent poétique le fit accueillir avec empressement par
le prince Sulaïmân Schikoh, dont il fut le maître. Mashafi nous apprend qu'il mourut en 1207 de l'hégire
(1792-1793). Le même biographe cite trois pages de ses
vers. Kamâl, à qui je dois une partie des détails qui
précèdent, l'avait vu chez le prince Sulaïmân Schikoh.
Il en fait un grand éloge, nous apprend qu'il mourut à
Lakhnau et que son tombeau est contigu à celui de
Schâh 'Abd uljalil, saint personnage musulman.

MUHKAM[4] est un poëte hindoustani dont on trouve

[1] A. P. Adjectif persan dérivé du participe présent arabe *muhcin*,
pris comme nom propre.
[2] A. « Le vivificateur de la religion ».
[3] A. « Amant ». Sprenger dit que, par erreur sans doute, on a donné
à ce poëte le takhallus de *Muhabbat* dans le manuscrit de 'Alî Ibrâhîm
de la Société Asiatique de Calcutta.
[4] A. « Fortifié, fort ».

dans l'Anthologie intitulée *Guldasta-i sukhan* un gazal qui ne se distingue que par les lieux communs des exagérations orientales de ce genre de poëme.

MUHLAT[1] (Mirza 'Ali) était élève de Jurat. Mashafî nous apprend que quelques années avant le temps où il écrivait sa Biographie, Muhlat avait eu une discussion à Lakhnau avec 'Ali Naquî Mabschar, et qu'ils allèrent se battre en duel au delà de la Gumtî[2]. Muhlat fut blessé, et lorsqu'il fut arrivé à sa maison, ses héritiers[3] eurent beau le presser de leur faire connaître celui qui l'avait frappé, il ne voulut pas le leur indiquer, et peu de temps après il mourut de sa blessure.

I. MUHR[4] (Muhammad 'Abd ullah Khan), de Lakhnau, fils de Muhammad Mustafà Khân, propriétaire et directeur de l'imprimerie appelée de son nom *Matba' Mustafâi,* et élève distingué d'Asgar 'Ali Khân Nacim, de Dehli, est auteur d'un Diwân dont Muhcin a donné de nombreuses pièces dans son Tazkira.

II. MUHR (Mirza Muhammad Riza), natif de Lakhnau et officier de cavalerie à Aurangâbâd, est mentionné parmi les poëtes hindoustanis par Karîm, qui en cite des vers.

III. MUHR (le nabâb Amîn uddaula Saïyid Aga 'Ali Khan Fîroz Jang Bahadur), défunt, fils aîné du nabâb Mu'tamad uddaula Saïyid Agà Mir Bahàdur, et élève distingué de Mir 'Ali Auçat Ruschk, natif de Lakhnau, habitait la ville de Cawnpûr, où il est enterré au *Kar-*

---

[1] A. « Retard, paresse ».

[2] Rivière qui se trouve dans l'Hindoustan du nord, et qui se jette dans le Gange, au-dessous de Bénarès.

[3] C'est-à-dire ses proches parents.

[4] A. « Sceau, cachet, pièce d'or ».

*bala-i mu'alla* [1]. Il mit en circulation un Dîwân de cinq
cents gazals en 1263 (1846-1847), lequel a été lithographié à Lakhnau la même année en un volume in-8°
de 401 p.

IV. MUHR (le nabâb MANSUR KHAN), défunt, fils du
nabâb Muhabbat Khân Muhabbat, lequel était fils du
nabâb Hâfiz ulmulk Hâfiz Rahmat Khân, sûbadâr de
Kathéra, élève de Calandar-bakhsch Jurat, est auteur
d'un Dîwân qui est mentionné par Bâtin et par Muhcin,
qui en cite des gazals.

V. MUHR (MIRZA HATIM 'ALÎ BEG), de Lakhnau, fils
de Mirzâ Faïz 'Alî, petit-fils de Rukn uddaula Mirzâ
Murâd 'Alî Khân Bahâdur, de Farrukhâbâd, poëte contemporain distingué, est un des meilleurs élèves de
Nâcikh. Il résida à Dehli et à Agra, où il accompagna
le mahârâja Balwân Singh Bahâdur, et où il est actuellement un des notables (*raïs*) de la ville. Il était lié avec
Bâtin. Lors de la grande insurrection de 1857, il était
*munsif* (juge) à Chanâr, et il sauva beaucoup d'Anglais.

Il est auteur :

1° D'un Dîwân dont Muhcin donne plusieurs gazals ;

2° D'un cacîda de cent neuf vers intitulé *Tahniyat-i
julûs* « Félicitation d'avénement », sur la prise de possession du gouvernement direct de l'Inde par la reine
d'Angleterre ;

3° D'un opuscule (*riçâla*) intitulé *Panja-i mihr* « le
Flambeau du soleil », dont j'ignore le sujet.

Je trouve aussi de lui le tarîkh en cinq vers du *Chhetr
chandrika* de Balwân Singh à la suite de cet ouvrage ;
dans le n° de l'*Akhbâr-i 'âlam* de Mîrat du 29 novembre

---

[1] D'autres biographes disent à Najaf, où se trouve le tombeau de
'Alî.

1868, le mukhammas hindoustanî d'un cacida persan
de Gâlib (Açad ullah Khân), et un tarîkh sur la mort du
munschî Ganesch-praçâd, de Madras, dans le *Majmu'a-i
tarîkh-i inticâl* « Collection des tarîkhs de décès », écrits
à cette occasion.

VI. MUHR (Lala Muhr Chand[1]), de la tribu des
kschatriyas, et habitant de Madhûâbâd[2], dans le sûba
du Guzarate[3], est un Hindou fort instruit et très-spiri-
tuel à qui on doit un Dîwân de vers rekhtas. Il a aussi
écrit en persan et a pris dans ce cas le takhallus de
*Zarra.*

VII. MUHR (Rajab Beg), militaire de profession et
poëte par goût, était frère de Mahmûd Beg Zor. Il est
mentionné par Sarwar.

VIII. MUHR (Bédar-bakht), fils de Khudâ-bakhsch
Mauj, est un poëte hindoustanî élève de Mîr Gulâm 'Alî
Acîr, qui mourut empoisonné.

MUHTARAM[4] (le khwâja Muhammad 'Alî Khan), de
'Azîmâbâd (Patna), fils du khwâja Muhammadî Khân,
frère aîné du khwâja 'Acîm Schor, de Dehli, est compté
parmi les poëtes hindoustanis, mais je ne trouve aucun
renseignement sur son compte dans les ouvrages biographiques originaux que j'ai pu consulter, si ce n'est que
Schefta nous apprend qu'il fut élève de Schâh Gahcîta
'Ischc. Mashafî ne cite de lui que trois vers.

MUHTASCHAM[5] (le saïyid Muhtascham 'Alî), de
Lakhnau, fils du saïyid Mîr Hâschim 'Alî, petit-fils du

---

[1] Schefta mentionne un Munschî Muhr (ou Mihr) Chand de Farrukhâbâd, qui avait résidé à Lakhnau et à Agra et qui était percepteur. C'est
probablement le même individu.
[2] Ou Mahdiyâbâd.
[3] Selon quelques biographes, dans la province de Lahore.
[4] A. « Honoré, respecté ».
[5] A. « Honoré, respectable ».

célèbre Khwâja Haçan et élève du hakîm Bâquir 'Alî Hascham, est auteur d'un Dîwân de poésies hindoustanies dont Muhcin cite plusieurs gazals.

I. MU'IN[1] (le miyàn et schaïkh Mu'ìn uddìn[2]) fut un des élèves les plus distingués de Mirzâ Muhammad Rafî' Saudâ; toutefois il suivit le style de l'ancienne école. Il était habile dans tous les genres de poésie, mais un peu enclin aux discussions littéraires. Il était encore plein de vie, à Lakhnau, en 1196 de l'hégire (1781-1782). Mashafî et Mannû Lâl citent de lui un gazal qui jouit de beaucoup de célébrité.

Il était natif d'Allahâbâd[3] et habitant de Patna. Il était mort quand 'Ische écrivait son *Tabacât-i sukhan*.

II. MU'IN (Mu'ìn uddìn[4]), Tabrézî, c'est-à-dire de Tauris, ne doit pas être confondu avec le précédent. Celui dont il s'agit ici vit à Calcutta, et il y a récemment traduit le *Pand-nâma* de Farîd uddin 'Attâr, dont Silv. de Sacy a donné une édition très-correcte, accompagnée d'une traduction et de notes instructives et intéressantes.

MUJIB[5] (Schah) est auteur d'une Histoire en vers de *Yûçuf Zalîkhâ*, qu'il a écrite en 1240 (1824-1825), et dont un manuscrit, vu par Sprenger, se compose de 150 p. de 15 vers.

I. MUJID[6] (le maulawi Siraj uddìn 'Alî Khan) est un

---

[1] A. « Aide (*mu'în*), sous-entendu *uddîn* (de la religion), c'est-à-dire « celui qui vient en aide à la religion ». Mu'in uddin est le nom d'un célèbre saint musulman. Voyez « Mémoire sur la Religion musulmane dans l'Inde », p. 50.

[2] Ou *Gulâm Mu'în uddîn Khân*, selon Câcim.

[3] De Dehli, selon Zukâ.

[4] Je pense que c'est ainsi qu'il faut lire le nom de cet auteur, et non *Muan uddin*, comme on l'a imprimé dans le Journal de la Société Asiatique du Bengale, numéro de janvier 1847.

[5] A. « Agréant (ce qu'on lui dit) ».

[6] A. « Inventeur, *trouvère* ».

poëte urdû très-savant et fort pieux qui résidait depuis plusieurs années à Calcutta, où il était mufti à l'époque de la rédaction du Tazkira biographique et anthologique de 'Ischqui.

II. MUJID (le schaïkh CADIR 'ALÎ), de Lakhnau, fils du schaïkh Chirâġ 'Alî, et élève du khwâja Wazîr, est auteur d'un Dîwân dont Muhcin a donné plusieurs gazals dans son Anthologie bibliographique.

III. MUJID (le munschi KALIKA-PRAÇAD) est un poëte contemporain dont on trouve une pièce de vers dans le n° du 3 janvier 1865 de l'*Awadh akhbâr,* et qui est auteur d'un tarîkh de quatre vers pour le *Râmâyana* urdû de Farhat (Schankar Dayâl).

Il est mort en 1869, et le n° du 3 août de l'*Awadh akhbâr* de cette année contient son oraison funèbre en prose, plusieurs tarîkhs sur son décès, et dix longs gazals à sa louange, dont deux du khwâja Wazîr, deux de Wâstî (Fazl Raçúl), deux de Josch (Achché Sâhib), deux de Wahîd (Gulâm Huçaïn), et un d'Açad (Sulaï-mân). Il en est encore parlé dans les n° du 17 août et du 27 octobre 1869 du même journal.

MU'JIZ[1] (le munschi MIRZA MUHAMMAD RIZA), fils de Mirzâ Akram 'Alî, fut d'abord élève de Muhammad 'Alî Khân Macîhâ, puis du khwâja Wazîr. Il est auteur d'un Dîwân dont Muhcin cite plusieurs gazals. Il était de Lakhnau; mais, pour suivre le nabâb Mu'tamad ud-daula, il alla demeurer à Cawnpûr.

I. MUJRIM[2] (RAHMAT ULLAH), naquit à Agra et alla résider à Dehli. Il était d'abord simple ouvrier, puis il se fit faquir et en revêtit le costume distinctif. Il était

---

[1] A. « Miracle ».
[2] A. « Coupable ».

lié avec Mîr Muhammad Bédar, et ce fut en sa compagnie qu'il prit du goût pour les doctrines spiritualistes
et pour la poésie rekhta, qu'il cultiva ensuite avec succès
et écrivit un Dîwân rekhta. Il était mort quand Bâtin
rédigeait son Tazkira. La bibliothèque du Collége de Fort-
William possédait un exemplaire de son Dîwân, qui
contient des gazals, des rubâ'is, etc. Il fait aujourd'hui
partie des livres de la bibliothèque de la Société Asiatique du Bengale, et il porte le n° 295.

II. MUJRIM [1] (Mîr Fath 'Alî) naquit à Dehli et s'occupa beaucoup de chimie. Il est aussi auteur de poésies
urdues.

Étant allé voyager pour son instruction, il périt, à ce
qu'il paraît, car on n'en entendit plus parler.

III. MUJRIM (le schaïkh Gulam Huçaïn), de Patna,
élève de Mîr 'Abd ullah Sarschâr, père de 'Ischqui, est
spécialement habile dans le tarîkh. Il a pris aussi (probablement dans ses poésies persanes) le takhallus de
Tacdîr.

I. MUKHLIS [2] ('Alî Khan), de Murschidâbâd, connu
sous le nom de Mîr Bâquir, était le neveu (fils de sœur)
du nabâb Nawâzisch-i Muhammad Khân Schahâmat
Jang. Les biographes originaux le représentent comme
un beau jeune homme qui faisait l'ornement des cercles.
Il avait l'air ouvert et était d'un caractère égal, et il
aimait le plaisir et la bonne chère. Il vivait dans le Bengale à l'époque où Ibrâhîm rédigeait son Gulzâr. Il a
écrit un grand nombre de vers hindoustanis et les a
réunis en un Dîwân fait à la manière des grands maîtres
dans l'art d'écrire, mais où il s'agit un peu trop d'amour.

---

[1] Sarwar le nomme, par erreur sans doute, Mahram.
[2] A. « Ami sincère ».

'Alî Ibrâhîm, qui l'avait connu particulièrement, cite quatre pages de vers extraits du recueil de ses œuvres. Lutf nous apprend que « cet élégant rossignol s'échappa du filet de l'existence » en 1207 de l'hégire (1792-1793). En d'autres termes, il mourut en l'année susdite, dans la ville de Murschidâbâd, sa patrie.

Schefta fait deux personnages distincts de Mukhlis 'Alî Khân et de Mîr Bâquir Mukhlis. Il dit simplement du premier qu'il était de Murschidâbâd, et du second qu'il était d'Agra et élève de Mustafâ Khân Yakrang, et qu'il fut un des écrivains les plus distingués du règne de Muhammad Schâh. Toutefois, Abû'lhaçan n'en fait qu'un comme moi, et il le nomme *Mîr Bâquir Mukhlis 'Alî Khân,* de Dehli.

Quoi qu'il en soit, le Dîwân de Mukhlis 'Alî Khân Mukhlis, dont la bibliothèque de la Société Asiatique de Calcutta possède un exemplaire sous le n° 310, se compose de cacidas, de gazals et de mukhammas formant en tout 200 p. de douze vers. La même bibliothèque possède, sous le n° 9, deux masnawîs d'un Mukhlis qui est probablement le même. Le premier, qui est d'environ 180 vers, traite du vin et de l'opportunité de son interdiction ; le second, de 150 vers, roule sur l'amour [1]. Enfin on a publié un wâçokht du même poëte [2].

Voici la traduction d'un gazal de Mukhlis :

Ah! ne te venge pas davantage de cet amant que tu as déjà immolé à demi. Je te rendrai mille grâces si tu renonces à me captiver entièrement.

Les gens favorisés du ciel désirent le martyre ; pour eux

[1] Sprenger, « A Catalogue », p. 624.
[2] « Catalogue Williams and Norgate », juillet 1858, n° 321.

l'épée de l'injustice est pareille à l'aile de l'oiseau merveilleux (le *humâ*) dont l'ombre est le pronostic d'un trône.

Lorsque mon amie dans un moment d'ardeur s'est unie à
moi, les larmes qu'elle a versées ont enflammé de dépit le
cœur de mes rivaux.

Aussi Mukhlis doit le dire, il ne se plaint d'aucune injustice de la part de sa bien-aimée : il demeure ferme dans la
voie de l'amour.

II. MUKHLIS (Raé Anand Ram), de Dehli, était *wakîl*
(agent) du nabâb 'Itimâd uddaula. Il a écrit des vers
hindoustanis estimés ; 'Alî Ibrâhîm en cite quelques-uns.
Mîr nous apprend qu'il avait été d'abord élève de Mirzà
Bédil, puis de Sirâj uddìn Arzû, qui l'a mentionné dans
son Tazkira. Un an environ avant l'époque où Mîr écrivait sa Biographie, Mukhlis mourut d'une hémorrhagie
dont il était atteint depuis quelque temps.

Câïm et Kamâl écrivent son prénom *Nand* et disent
qu'il était de la tribu des kschatriyas. Ils le classent
parmi les poëtes dits *anciens,* et ils nous apprennent
qu'il écrivit d'abord en persan, puis en hindoustani,
pour suivre la mode. Il a, en effet, laissé un Dîwân
urdû[1].

III. MUKHLIS (Badî' uzzaman Khan), de Dehli, auteur de poésies hindoustanies, était remarquable par
sa beauté physique et par ses qualités morales. Il était
attaché à la cour du nabâb Schujà' uddaula, nabâb
d'Aoude. Il fut élève de Schâh Wâquif, ainsi que nous
l'apprend 'Ischqui.

IV. MUKHLIS (Mirza Muhammad Huçaïn), de Dehli,
petit-fils de Wazîr Khàn, était à Dehli en 1168 (1754-
1755). Il avait été *faujdâr* du Sirhind. Karim le compte
au nombre des poëtes hindoustanis.

[1] « Journal of the Asiatic Society » ; Calcutta, 1823, p. 261.

V. MUKHLIS (Mìr Mahdì Haçan), de Dehli, wakîl du tribunal du zila' de Cawnpûr, fils du saïyid Diler 'Alî et élève de Mirzà Khânî Nawâzisch, est auteur d'un Dîwân dont Muhcin donne des vers dans son Tazkira.

MUKHTAR [1] (le hàfiz Gulam Nabî Khan Bahadur), fils du précepteur du nabâb Gàzî uddin, avait pris d'abord dans ses poésies persanes le takhallus de *Kalim*, puis dans les poésies urdues dont il est auteur il a pris le surnom poétique de *Mukhtâr*, mot que dans mon manuscrit de Sarwar on a écrit, par erreur sans doute, *Mumtâz* [2].

MUKTA [3] BAI est une femme instruite et pieuse mentionnée dans le *Kavi charitr* comme auteur de poésies hindies.

MUKTANAND [4] (le swâmî) est auteur d'un ouvrage hindi intitulé *Vivéka chintâmani* « la Perle de la réflexion dans les jugements », lequel offre une série d'instructions et de bons avis sur la religion; Ahmadâbâd, 1868, in-8° de 150 p.

MUKTESWAR [5] est un écrivain hindi, fils de Viswambar Bâvâ, et dont la mère, Sîtâ Bâï, était fille d'Ékanàth Swâmî, dont il a été parlé plus haut. Il naquit en 1539 du saka (1617 de J. C.), et il était muet en naissant; mais dans la suite il eut, selon le biographe Janârdan, la langue déliée par les mérites d'Ékanâth, et il devint un grand poëte.

Il composa un livre à la gloire des Pandavas, un *Râmâyana* en pracrit, c'est-à-dire, je pense, en hindi;

[1] A. « Choisi ».
[2] A. « Distingué, illustre ».
[3] I. « Perle ».
[4] I. « Le salut pour but ».
[5] I. « Seigneur du salut ».

et en outre deux ouvrages qui ont été imprimés, savoir, le *Hari Chandrâkhyâ* « la Célébrité de Hari Chandra
(c'est-à-dire de Wischnu) » , et le *Satmukh Ravânâ-
khyâ* « la Célébrité de Râvana aux cent bouches ».
Il a aussi écrit en mahratte. Il vivait sous le râjâ
Siva Jî.

MUKUND [1] LAL, chirurgien adjoint (sub-assistant
surgeon) en 1861 et professeur (lecturer) d'anato-
mie au collége médical hindoustanî d'Agra, est auteur
d'un ouvrage écrit en urdû sur l'insurrection indienne
de 1857, intitulé *Bagâwat-i Hind* « la Révolte de l'Inde » ,
et imprimé à la typographie du *Mufid ulkhalâïç* « l'Utile
au peuple » par les soins de Sîva Nârâyan, éditeur du
journal hindoustanî qui donne son nom à cette imprimerie. J'ai dans ma collection particulière les treize
premiers numéros de cette relation détaillée, et je les
dois à Mr. S. W. Fallon. Cudrat (Muhammad Cudrat
ullah) a écrit un ouvrage sur le même sujet, intitulé plus
spécialement *Muhâraba-i 'azîm* « la Grande bataille » .

MUKUND RAM (le pandit) est l'éditeur du *Guyân
pradâïnî patrika* « Feuille distributive de la science » ,
journal scientifique de Lahore, qui paraît mensuellement, depuis mars 1868, par cahiers de seize pages
petit in-folio, sur deux colonnes, une en hindî, caractères dévanagaris, et l'autre en urdû, caractères persans.
Ce journal publie d'intéressants articles scientifiques
souvent accompagnés de figures, et des articles historiques, géographiques et littéraires. On y a publié le
texte et la traduction urdue du *Bhagavat guîta*, la même,
je pense, que celle d'Ummed Singh [2].

[1] I. Un des noms de Wischnu.
[2] Voyez son article.

Mukund Râm a publié à Lahore, sous le titre de *Tithi patrika* « la Feuille des jours lunaires », un almanach hindi pour l'année du samwat 1926 (1869), et un autre en urdû, sous le nom de *Tacwim*.

MUKUND SINGH est un brahmane de Dehli mentionné par Sarwar comme poëte hindi.

Serait-il le même que Mukund Râjâ, l'auteur du *Vivek sindhu* « l'Océan du discernement », ouvrage sur le Védanta ; et du *Paramâmrita* « l'Excellente ambroisie », dont j'ignore le sujet ?

Ce dernier écrivain est mentionné par Janârdan dans son *Kavi charitr*.

MUMIN [1] (le hakîm MUHAMMAD MUMIN KHAN), de Dehli, est un écrivain qui a acquis une grande célébrité et qui a été même considéré comme le meilleur poëte hindoustanî contemporain. Il a été le maître de plusieurs poëtes distingués dont j'ai eu l'occasion de parler, et dont les principaux sont Mîr Huçaïn Taskîn et Schefta, qui, à cause de cette circonstance, consacre plusieurs pages de son *Tazkira* à faire l'éloge des qualités de l'esprit et du cœur de Mumin, pages où il emploie tout le luxe des exagérations orientales. Karim est aussi emphatique à ce sujet, et je n'essayerai pas de les suivre sur ce terrain. Je n'ai que trop souvent peut-être reproduit ces métaphores des natifs de l'Inde.

Les productions de Mumin sont nombreuses, car il est auteur de six longs masnawis, poëmes dont Muhcin cite les suivants :

1° *Quissa-i gam* « l'Histoire du chagrin » ;

2° *Schikâyat sitâm Caul-i gamîn* « Plainte sur la vexation du *Caul-i gamîn*, poëme de Sâhib ;

[1] A. « Croyant ».

3° *Taf àtschîn* « Vapeur ignée » ;

4° D'un volumineux Diwân rekhta [1] qui fut réuni par
Schefta. Ce biographe en donne une vingtaine de
pages dans son *Tazkira*, Karim uddîn seize dans son
*Guldasta*, et plusieurs gazals dans son *Khatt-i tacdîr*.
On trouve aussi des vers de Mumin dans des ouvrages
modernes, entre autres dans *Saci o Panùn*.

Son Dîwân, qui porte le titre spécial de *Dîwân bé-nazîr*
« le Dîwân sans pareil », titre qui offre en même temps
le chronogramme de sa date, c'est-à-dire 1243 (1827-
1828), a été lithographié à Dehli en 1846, en un in-8°
de 229 p. de 21 lignes, et à Cawnpûr en 1868, gr. in-8°
de 458 p.; puis Karim, qui était lié avec Mumin, en a
publié lui-même une édition en 1846.

Les œuvres poétiques complètes de Mumin, *Kulliyât-i
Manzûma*, ont aussi été publiées à Cawnpûr en 1869,
en un grand in-8° de 458 p.

Mumin savait l'arabe et le persan : il était habile en
médecine, en astronomie et même en astrologie, et il
connaissait bien la poétique. Il était élève de Schâh
Nacir, qu'il a surpassé, de même qu'il a surpassé presque
tous ses contemporains. Il avait environ quarante ans
en 1849. Il avait d'abord vécu dans la dissipation, mais
plus tard il changea de vie et se livra à la prière et au
jeûne.

Il est mort en 1852, étant tombé par accident du
toit de sa maison, où il était probablement allé se coucher, d'après un usage commun chez les Orientaux.

1. MUMTAZ [2] (le hâfiz Fath 'Alî), de Dehli, est un des
élèves de Saudâ. Il occupa un rang distingué (*mumtâz*)

---

[1] Et aussi d'un Dîwân persan que je ne cite que pour mémoire.
[2] A. « Distingué ».

parmi les écrivains de son temps, ses émules. Il est, entre autres, auteur d'un masnawî où il décrit un bâton [1].

Il habitait Faïzâbâd, selon Sarwar et Schefta ; mais lorsque 'Ischqui écrivait, il était dans le Décan.

II. MUMTAZ (MIRZA CACIM), fils aîné de Mirzâ Kâzim 'Alî Jawân, dont il a été parlé [2], a, comme son père, cultivé la poésie hindoustanie. Bénî Nârâyan cite de lui un gazal dans son Anthologie.

III. MUMTAZ (le maulawî hâfiz NUR AHMAD), de Dehli, habile arabisant, savant mathématicien et logicien, élégant poëte, était l'aïeul maternel de Mîr 'Izzat ullah 'Ischc. Il est mort vers la fin du siècle dernier.

Câcim lui a consacré un long article très-élogieux dans son Tazkira. Ce poëte composait chaque année, le 11 de *rabî'* 2[d], un *Mancaba* « Poëme d'éloge » en l'honneur, non pas, je crois, de 'Abd ulcâdir Guilânî, mais sans doute du fameux Muhî uddîn Mirân Ji [3], dont on célèbre la fête en ce jour.

C'est probablement du même poëte que parle Kamâl dans so n *Majma' ulintikhâb,* sous le nom de Mumtâz seulement, et qu'il dit élève de Câïm.

IV. MUMTAZ (le maulawî schaïkh IHÇAN ULLAH), d'Awnâm, des dépendances du sûba du Bengale, à huit milles de Cawnpûr, est mentionné par Sarwar et par 'Ischqui, qui dit qu'il est non-seulement poëte urdû, mais un des meilleurs poëtes persans contemporains.

MUMTAZ 'ALI [4] est auteur, en collaboration du schaïkh Ahmad 'Alî, d'un recueil de poésies érotiques

[1] *Dar ta'rîf-i lâthî.*
[2] Voyez l'article JAWAN et celui consacré à 'AYAN, autre fils de Jawân.
[3] Il y a simplement dans le texte *Gaus,* qui est le nom qu'on donne aux grands saints sofis.
[4] A. « L'éminent 'Alî ».

en urdû intitulé *Majmû'a-i burhâna* « Recueil sans fard
(nu) » ; Dehli, 1868, in-8° de 56 p.

MUMTAZ UDDIN [1] est auteur de chansons populaires qui sont chantées dans les rues de l'Inde. Trois
de ces chansons, intitulées *Launî marhatî* « la Paye de
la moisson », *Râg bhâg* « la Destinée de la musique »,
et *Dil karwâ* « le Cœur dur », ont été publiées à Dehli
en 1868, en une brochure in-8° de 4 p.

MUNAUWAR [2] (Mîr Munauwar-i 'Alî) est un poëte
hindoustanî mentionné par Sarwar et distingué par lui
d'un autre poëte du même takhallus.

Ce dernier, dont il ne donne ni les prénoms ni les
titres honorifiques, est indiqué comme un poëte ancien,
par quoi il faut souvent entendre, ainsi que je l'ai déjà
dit, un poëte qui a écrit dans l'ancien style, et quelquefois aussi un poëte âgé à l'époque où écrivait celui qui
en parle.

I. MUN'IM [3]. Cet écrivain, frère de Câïm, dont il a
été parlé [4], jouit de quelque célébrité parmi ses compatriotes comme poëte hindoustanî.

II. MUN'IM (le câzi Nûr ulhacc), juge de Bareilly,
savant jurisconsulte, n'a guère écrit qu'en persan, langue
dans laquelle il était fort habile [5]. Toutefois, Sarwar le
range parmi les poëtes urdus et en fait un grand
éloge.

III. MUN'IM (Mohan Lal) est un autre poëte, élève

---

[1] A. « Le distingué de la religion ».
[2] A. « Illuminé ».
[3] A. « Libéral ».
[4] Voyez l'article consacré à ce poëte, t. Ier, p. 360.
[5] On le dit auteur de trois cent mille vers en cette langue classique
des musulmans de l'Inde, entre autres de cacidas, de masnawîs, et de
trois Dîwâns. On lui doit aussi un commentaire *en vers* sur le Coran.

de Muhammad Nacîr uddîn Nacîr, et mentionné aussi par le même Sarwar.

IV. MUN'IM (le saïyid RAHAT 'ALI), de Farrukhâbâd, est un quatrième poëte hindoustani mentionné par Sarwar, comme les deux poëtes précédents.

V. MUN'IM (le maulawî SATR ULLAH), élève de Ranguîn et de Mazhar, fut amoureux d'une bayadère nommée Subhânî, et il l'a célébrée dans le Dîwân dont il est auteur. Câcim raconte qu'après la mort de sa maîtresse il relisait volontiers ses poésies et en accompagnait la lecture de ses larmes.

VI. MUN'IM (MUHAMMAD KHAN), de Thana, dépendance de Sahâranpûr, était un savant et spirituel musulman qui n'eut pas son pareil dans son pays. Il est auteur de deux Dîwâns, un hindoustani et l'autre persan. Il mourut quelque temps avant la rédaction du Tazkira de Sarwar.

I. MUNIR [1] (WAJH ou WAJIH UDDÎN), fils et élève de Schâh Muhammad Nacîr, décédé vers 1829, à la fleur de l'âge, est un poëte mentionné par Schefta et Karîm. Il est, entre autres, auteur d'un cacîda intitulé *Sarâpâ* « De la tête aux pieds », lequel a plusieurs *matla'*, et sous chacun cinquante et un vers.

II. MUNIR (le khwâja AFTAB KHAN), de Dehli, est un poëte urdû mentionné par Sarwar comme élève de Sa'âdat Yâr Khân Ranguîn. Ne serait-il pas le même que Mîr Aftâb 'Alî Munîr, auquel Câcim donne Schâh Zuhûr uddîn Hâtim pour maître, et dont il cite une trentaine de vers? Dans tous les cas, 'Ischc et Zukâ disent que ce dernier était pauvre, mais d'une bonne naissance.

III. MUNIR (Mîr NIZAM UDDÎN), fils de Schâh Scher

[1] A. « Resplendissant, illustre ».

'Ali[1], est un poëte mentionné par Câcim, et qui était jeune encore quand 'Ischquî écrivait son Tazkira.

IV. MUNIR (le saïyid Munir uddîn), pir-zâda de Jûle-cer, est un poëte hindoustani mentionné par Bâtin.

V. MUNIR (le saïyid et mîr Isma'îl Huçaïn), originaire de Schikohâbâd, natif de Lakhnau et habitant de Cawnpûr et d'Agra, fils du munschî mîr et saïyid Ahmad Huçaïn Schukr, et élève distingué de Mîr 'Alî Auçat Raschk, était depuis quelques années à Lakhnau attaché au nabâb Nizâm uddaula, quand Bâtin écrivait son Tazkira. A Cawnpûr, il fut le compagnon du nabâb de Farrukh-àbâd et de Bânda.

Muhcin nous fait savoir qu'il a écrit deux Dîwâns suivis de cacidas et d'autres pièces, dont une de haute poésie et une autre érotique.

On lui doit aussi un traité (riçâla) intitulé *Sirâj Munir* « le Flambeau éclatant » ou « de Munir », dont j'ignore le sujet. Il était habile conteur et connaissait à fond les règles du style en vers et en prose. Muhcin en cite de nombreux gazals, dont plusieurs d'une longueur peu ordinaire.

I. MUNIS[2] (le hakîm Sa'adat 'Alî), médecin, ainsi que son titre l'indique, saïyid et notable de Bénarès, homme d'esprit et de raison, a écrit dans sa jeunesse des poésies hindoustanies, mais plus tard il ne faisait des vers que par occasion. Il était lié avec Schefta, qui l'avait rencontré à Buland-Schahr, et qui nous donne ces détails dans son *Gulschan bé-khâr*.

II. MUNIS (Mîr Nauwab) était fils et élève de Mîr Mus-tahçan Khalic, auteur de marciyas, et petit-fils du

---

[1] Il s'agit probablement d'Afsos (Scher 'Alî).
[2] A. « Ami intime ».

célèbre Mîr Haçan, l'auteur du *Badr munîr*, roman-poëme plus connu sous le titre de *Sihr ulbayán*. Ses ancêtres vinrent de Dehli à Faïzàbàd; mais, quant à lui, il est né à Lakhnau. Mubcin donne dans son Anthologie bibliographique plusieurs gazals extraits du Dîwàn de ses poésies.

1. MUNSCHI[1] (Mîr Muḥammad Huçaïn), de Dehli, était de la classe des saïyids qui descendent de Rizà, le huitième imâm. Son père se nommait, selon Béni Nàràyan, *Mîr Abu'lkhaïr*, et, selon Mashafî, *Mîr Abu'lhusn*. Munschî était connu sous le nom de *Mîr Kalan*[2], et il exerçait la profession de maître d'écriture. Ses ancêtres étaient originaires de la Perse, mais depuis deux ou trois générations ils habitaient Schâhjahànàbàd.

Munschî écrivait parfaitement le nasta'lîc et il était très-habile dans l'inschâ[3]. Il avait lu un grand nombre d'écrivains persans, et il connaissait la langue arabe. Il remplissait à Lakhnau, à l'époque où écrivait Mashafî, les fonctions de *munschî* ou secrétaire auprès du prince Sulaïmàn Schikoh, et rédigeait avec esprit beaucoup de lettres pour son patron. Ce fut à cause de cette circonstance qu'il prit le surnom de *Munschî*. Comme il avait une grande facilité à écrire en hindoustanî, tant en prose qu'en vers, il retouchait souvent les vers de Sulaïmàn Schikoh en les transcrivant, et de temps en temps il composait lui-même des poésies hindoustanies. Il pouvait avoir vingt-huit ans en 1793-1794. Mashafî, qui nous donne ces renseignements, cite

---

[1] A. « Écrivain » (amanuensis), professeur d'hindoustani et de persan.
[2] Selon Schefta, c'est le père de Munschî et non lui qui se nommait Mîr Kala n.
[3] Voyez, au sujet de cet art, une note à l'article Macṭel, p. 247.

plus d'une page de ses vers ; Bénî Nârâyan en donne un
gazal.

Il paraît que ce n'est pas à cet écrivain qu'on doit un
masnawî intitulé *Guldasta-i 'ische* « le Bouquet d'amour »,
ouvrage dont la Société Asiatique de Calcutta possède un
exemplaire.

Ce masnawî, qui est écrit en dakhnî, a pour sujet les
amours du nabâb Chand. Il a été écrit en 1122 (1710--
1711), et il est dédié à Sa'àdat Khân. L'exemplaire de
la Société Asiatique, qui porte le n° 102, se compose de
près de 300 p. de 15 vers à la page.

II. MUNSCHI (Gulam Ahmad Cadiri), élève de Mirzâ
Mazhar Jân Jânân, naquit à Dadrî ou Dâwrî, petite
ville du district de Narnaul (province d'Agra). Il prit
d'abord pour surnom poétique le mot *Wâquif* « intelligent ». Il écrivait également bien en vers et en
prose, en hindoustanî et en persan.

III. MUNSCHI (Mul Chand [1]), natif de Lakhnau et
habitant de Dehli, cité dans le *Guldasta-i nischât* de
Mannû Lâl, était de la caste des kàyaths et élève de
Nacîr. On lui doit, entre autres :

1° Un Dîwân rekhta ;

2° Une grammaire urdue en urdû intitulée *Cawâ'id-i
urdù* « les Règles de l'urdû », et qui a été imprimée à
Dehli en 1845 ;

3° Une traduction abrégée du *Schâh-nâma* [2], ou,
pour mieux dire, de l'abrégé de ce poëme, intitulée
*Schamscher khânî*, en vers rekhtas du même mètre que

---

[1] Et non *Mûkamand*, comme on l'a imprimé par erreur dans la première édition.

[2] J'ignore si c'est une traduction complète ou abrégée du *Schâh-nâma*
qu'on a publiée à Calcutta, en 340 pages, dans le dialecte des Laskars.
Voyez J. Long, « Catalogue », p. 95.

le *Schâh-nâma,* et qui en a conservé le titre. Elle commence par une invocation ou prière et l'éloge de Jésus-
Christ. Puis vient celui de George IV et du gouverneur
général. Après cette introduction un peu européenne,
vient une invocation plus orientale au Créateur et à
Mahomet, la louange de Schâh Abû Nasr Akbar, sultan
de Dehli, à qui l'ouvrage est dédié, et un chapitre sur
les motifs qui ont engagé l'auteur à rédiger cet ouvrage.
Enfin le *Schâh-nâma* commence avec l'histoire du sultanat de Kayumurs.

Il est assez curieux de voir l'auteur, qui est Hindou,
mais peut-être d'une des sectes éclectiques nouvelles,
telle que celle des sâdhs, par exemple, chanter tour à
tour le Sauveur et Mahomet, le schâh de Dehli et le roi
d'Angleterre.

Dans son chapitre sur les motifs de la composition
du livre, il raconte qu'un jour, dans une réunion où il
se trouvait, il fut question de poésie et de littérature, et
qu'on cita parmi les ouvrages historiques le *Schâh-nâma*
comme un livre admirable. On exprima en même temps
le regret qu'il ne fût pas accessible à tout le monde. On
se félicita que Tauwakkul en eût fait un résumé en prose
intitulé *Schamscher khânî,* abrégé où se trouvent les faits
principaux rappelés par Firdauci. Le frère de Munschi,
homme d'esprit, connu sous le nom de *Zorâwar,*
engagea notre poëte à mettre en vers urdus cet abrégé.
Ce dernier se mit en effet au travail, et matin et soir il
n'eut pas d'autre pensée. L'ouvrage de Tauwakkul étant
abrégé, bien des récits s'y laissaient désirer. Dans ces
cas, Munschî eut recours au *Schâh-nâma* lui-même, d'où
il les traduisit. Son travail, qui fut écrit à Dehli, fut
accueilli avec beaucoup de faveur. Il fut terminé en safar

25.

1256[1] de l'hégire (baïçakh 1784 du samwat et mai 1840 de J. C.), sous le règne du sultan de Dehli Abû Zafar Siràj uddin Muhammad, fils et successeur de celui dont il vient d'être parlé.

Cet ouvrage a été imprimé à Calcutta en 1846[2] par les soins de Gulàm Haïdar d'Hougly, sous le titre de *Quissa-i khusrawàn-i A'jam* « Histoire des rois de Perse », ce qui est la traduction littérale du titre persan de *Schàh-nàma* « Livre ou Histoire des rois ». Il forme un volume gr. in-8° de 594 p.[3]. Il a été aussi lithographié à Dehli et à Cawnpûr en 1268 (1851-1852), en 178 p. de quatre colonnes, et plus récemment on en a donné une édition illustrée à Lakhnau.

Imàm-bakhsch cite douze pages du *Schàh-nàma* de Munschi dans son Anthologie, et dit que ce poëte était mort quand lui-même écrivait. Sarwar et Schefta citent de leur côté plusieurs pages de vers extraits de ses autres poésies.

IV. MUNSCHI (le schaïkh GULAM 'ALI) est un musulman instruit employé dans l'administration anglaise et auteur de poésies hindoustanies dont Sarwar cite neuf pages dans son Tazkira.

V. MUNSCHI (AJAÏB RAÉ), de Murschidàbàd, élève de Cudrat, est un poëte hindoustani mentionné par 'Ischqui et par Muhcin.

---

[1] Il ne s'agit probablement ici que de la transcription de l'ouvrage. Sprenger dit (« A Catalogue », p. 627) qu'il a été composé en 1220 (1805-1806).

[2] Je pense que c'est le même ouvrage qui est indiqué dans le Catalogue de la Bibliothèque de l'East-India Office sous le simple titre de *Schàh-nàma*.

[3] Il paraît qu'il en avait donné antérieurement à Dehli une édition, aussi in-8°, sous le titre de *Schumscher khàni*. Catalogue de la bibliothèque de l'East-India Office.

VI. MUNSCHI (Balgram Sahib) est un poëte contemporain, des poésies duquel on trouve un échantillon
à la suite du *Sarosch-i Sukhan* « Voix céleste, par
Sukhan ».

I. MUNSIF [1] ('Alî Khan), Afgân de nation, élève
de Nizâm uddîn Mu'jiz, quitta Patna, qui était sa patrie,
pour aller demeurer à Dehli, où il mourut plusieurs années
avant la rédaction du *Gulschan-i bé-khâr* de Schefta. Il
s'occupait de l'éducation des enfants, et il y acquit de la
réputation par sa connaissance de la rhétorique arabe,
par sa bonne méthode pour la lecture des écrivains persans célèbres, et par ses mots spirituels. Mais Schefta,
qui l'avait connu, ne le considère pas comme un poëte
fort habile.

II. MUNSIF (le schaïkh Fath 'Alî), de Gâzîpûr, est
le père de Ma'schûc 'Alî. Il était le chef des architectes
sous le nabâb 'Alî-jâh, ce qui ne l'a pas empêché de
s'occuper de poésie. Aussi est-il placé par Schorisch au
nombre des poëtes hindoustanis auxquels il a consacré
des articles dans sa Biographie anthologique.

MUNTAHI [2] (Mirzâ Ahmad Macîta Beg), de Lakhnau,
fils de Mirzâ 'Abd ulcâdir et élève d'Atasch, est auteur d'un Dîwân dont Muhcin cite des vers.

I. MUNTAZIR [3] (Miyan Nur ulislam [4]), de Lakhnau,
était fils de Schâh Faïz 'Alî, autrement nommé *Pîr-
gulâm*, frère aîné de Schâh Badr-i 'Alî et fils de Schâh
Muhammad Jalîl, qui était le frère cadet du faquir Schâh
'Aquil, lequel, constamment vêtu de vert, ne s'oc-

[1] A. « Arbitre ».
[2] A. « Instruit, celui qui a achevé ses études ».
[3] A. « Attendant ».
[4] Ou Mir Salâm, selon 'Ische.

cupait uniquement que de Dieu. Muntazîr était lui-même derviche et distingué par son éminente piété. Mashafî, qui fut son maître, fait le plus grand éloge de ses qualités intellectuelles. Il dit qu'il avait étudié l'arabe, et qu'il avait lu beaucoup d'ouvrages persans tant en vers qu'en prose. Dès l'âge de dix ou douze ans il eut un goût prononcé pour la poésie; et « comme la poésie et l'amour sont jumeaux [1] », en même temps qu'il s'occupait de l'art des vers, il aimait une jeune beauté de douze ans, et cette passion le rendait presque insensé [2].

Quand il commença à faire des vers, il demanda des conseils à Mashafî et continua depuis ce temps d'avoir toujours en lui la même confiance, quoique d'autres poëtes habiles fissent leurs efforts pour l'attirer auprès d'eux. Il écrivait avec élégance et pureté, et Mashafî le considère comme un de ses élèves les plus distingués. Il avait vingt-cinq ans en 1793-1794. Il est auteur d'un Dîwân dont Muhcin cite plusieurs gazals. De son côté, Sarwar dit qu'il était habile dans la rhétorique arabe. Bénî Nârâyan cite dix pièces de vers de cet écrivain. Voici un de ces morceaux rendu en français :

Durant le temps de mon existence, je suis mort pour elle; mais, nouveau Messie, elle m'a rendu la vie.

Tout ce que j'ai fait en dehors de l'amour a été mauvais.

Elle avait un caractère sauvage, mais à la fin j'ai pu me lier avec elle.

Mes amis ayant entendu mes vers bons et mauvais, les ont applaudis.

Ce que Majnûn et Farhâd ont fait, je l'ai fait, et plus encore.

Par le tortillement de ses boucles recoquillées, le trouble s'introduit dans mon cœur.

[1] Réflexion de Mashafî.
[2] N'oublions pas que les sofis confondent la beauté humaine avec l'éternelle beauté.

Muntazîr étant chaque *jour* dans la *nuit* de la séparation, ses soupirs brûlent son cœur comme la bougie enflammée.

Ce Muntazîr serait-il le même dont on trouve des vers dans le *Hîr Ranjhâ,* et qui y est nommé Maulawî Hakîm Nûr ulislâm Khân?

II. MUNTAZIR (Imam uddîn), d'Agra, est un autre poëte hindoustanî mentionné par Sarwar et par Schefta.

III. MUNTAZIR (le khwâja 'Abd ullah Khan), poëte hindoustanî de Dehli, était neveu du médecin Muhammad Khân, et il mourut d'apoplexie, ainsi que nous l'apprend Schorisch.

IV. MUNTAZIR (Açad ullah), de 'Aligarh, est un poëte mentionné par Bâtin et qui pourrait bien être le même que Muztarr[1].

V. MUNTAZIR (Khwaja-bakhsch), d'Allahâbâd. Ce poëte hindoustanî vint à Patna en 1190 (1776-1777), et retourna ensuite à Allahâbâd. Il fut élève de Bétâb, et il résidait à Murschidâbâd lorsque Schorisch écrivait son Tazkira. 'Ischqî nous apprend qu'il était munschî d'un Anglais et qu'il mourut en route en allant vers les provinces nord-ouest avec ce même Anglais.

MUQUIM[2] (le nabâb Muhammad Muquîm Khan). Schorisch mentionne un poëte de ce nom, qui doit se nommer peut-être plutôt *Muquîmî*[3], car un écrivain du dernier nom est auteur des deux masnawis dont les titres suivent :

1° *Quissa-i Chandar-badan o Mahyâr* « Histoire de Chandar-badan et de Mahyâr », dont il y avait à la bibliothèque du Top khâna de Lakhnau un exemplaire

[1] Voyez son article.
[2] A. « Stable, assidu ».
[3] Nom relatif dérivé de *Muquîm*.

de 50 p. de 11 vers. C'est peut-être le même roman en
vers que j'ai indiqué comme pouvant être attribué à
Haïdar Dakhni (Mîr), ou du moins il roule sur le même
sujet[1].

2° *Quissa-i Somhâr* « Histoire de Somhâr » ; 24 p. de
15 vers.

I et II. MURAD[2] (Mirza Murad-bakhsch), de Patna,
appelé familièrement Mirzâ Ahmad, fils de Nâcir Muhammad Khân, *wakîl* ou agent de Munnî Bégam, était
élève de Râcikh. Il résidait ordinairement à Murschidâbâd et à Calcutta, et il s'était fait connaître dans ces
villes par ses poésies hindoustanies. Il mourut à l'âge
d'environ trente ans, selon 'Ischqui.

Le même biographe mentionne un autre Murâd qui
vivait sous Muhammad Schâh.

III. MURAD (Schah) est un troisième poëte hindoustanî, de Lahore, élève d'Ajmal, des poésies duquel
Muhcin donne un échantillon, en nous faisant savoir
que l'auteur était mort avant la rédaction du *Sarâpâ
sukhan*.

I. MURID[3] était le père de Mîr Hamza 'Alî Rind[4] et
un des écrivains hindoustanis les plus célèbres parmi
ceux qui ont vécu dans le temps de Muhammad Schâh.
Il était également habile en musique.

II. MURID (Huçaïn Khan), fils aîné de In'âm ullah
Khân Yaquîn, est compté par Sarwar et par Câcim parmi
les poëtes hindoustanis. Il était mort quand ce dernier
biographe écrivait son Tazkira.

---

[1] Voyez t. 1er, p. 547, où le nom du héros est écrit *Muhaïyar.*
[2] A. « Désir ».
[3] A. « Disciple ».
[4] Voyez l'article consacré à cet écrivain.

MURTAZA [1] (Mîr Murtaza), de Patna, nommé aussi usuellement *Mîr Aïyûb,* fils de Mîr Cudrat ullah et petit-fils de Schukr ullah, est un poëte hindoustani qui rési-dait, lorsque Schorisch écrivait, à Faïzâbâd, où il était très-considéré par le nabâb vizir.

I. MURUWAT [2] (Sacuîn [3] 'Alî), connu sous le nom de *fils de l'Égyptien* [4], était fils, selon Mashafî, de Kabîr 'Alî, autrement dit *Hakîm Kabîr* [5] *Sumbuli Schaïkh An-çârî,* dont il a été parlé dans ce volume, p. 134. C'est, dit Mashafî, un jeune homme capable et instruit. Il s'ap-pliqua d'abord à la médecine sous son père, à Râmpûr; ce qui ne l'empêcha pas de s'occuper de la poésie, art pour lequel il avait un goût décidé. Il se lia à cet effet avec un jeune poëte, Bakhû Khân, fils de Mustaquîm Khân. Sa société lui fut avantageuse à son début dans cette carrière. Il fit surtout des gazals et des cacidas qui ont le cachet poétique. Il imitait la manière de Saudâ, dont il fut élève. Pendant qu'il était à Râmpûr, en 1782, il mit en vers, à la manière du *Sihr ulbayân,* une ou deux histoires, et il voulait les soumettre à Haçan; mais comme à cette époque ce dernier était en voyage, Mu-ruwat ne put agir conformément à son désir. Cinq an-nées après, étant revenu à Râmpûr d'un voyage qu'il avait fait à Bénarès, il écrivit une sorte de contre-partie à ce masnawî. Ce poëme était plein d'expressions et de figures nouvelles. Après qu'il l'eut terminé, il en fit faire des copies qu'il répandit. Plusieurs de ses amis

---

[1] A. « Choisi ».
[2] A. « Générosité ».
[3] Kamâl écrit *Asgar,* et Karim *Ja'far.*
[4] *Pusr-i Masrî.*
[5] C'est-à-dire « le docteur Kabîr », *hakîm* signifiant « médecin ». 'Alî Ibrâhîm nomme son père *le schaïkh Muhammad Kabîr le médecin.*

s'en procurèrent, et sa réputation fut fondée sur ce
masnawî. C'était, du reste, Mir Haçan qui avait engagé
Muruwat à s'occuper de poésie urdue, et qui avait aussi
revu ses premiers essais. Ensuite, lorsqu'il résida à Rustamnagar, il consulta, à cause de la proximité, Miyân
Calandar-bakhsch Jurat. Toutefois il ne se donne comme
élève d'aucun de ces deux écrivains. Il était, à ce
qu'il paraît, éclectique, car il s'exprime ainsi quelque
part :

> J'ai trouvé un épi dans chaque moisson; j'ai trouvé du
> plaisir dans chaque angle.

Muruwat fut attaché à la cour du nabâb Faïz ullah
Khân. Mashafî, à qui nous devons ces détails, cite
deux pages de ses vers. Le premier poëme de Muruwat
a été écrit en 1207 (1792-1793); il est intitulé *Tilismât-i
'ischc* « les Talismans de l'amour ». Il y en avait au
*Moti Mahall* de Lakhnau un exemplaire de 243 p. de
13 vers, et un autre de 308 p., de 13 vers aussi à la page,
à la bibliothèque de Farah-bakhsch. On doit à Muruwat
d'autres poésies, et Câcim nous apprend qu'il s'était
beaucoup occupé de l'étude de la médecine.

II. MURUWAT (Mir Muhammad 'Ali), de Dehli, fils
de Mîr Bahâdur Muhibb, est un autre poëte hindoustanî
mentionné par Zukâ.

III. MURUWAT (le pandit Bas Karan), *alias* Nathu
Ji, originaire de Cachemire et habitant de Lakhnau,
fils du pandit Basti Râm Dakhnî, élève d'Amânat, est
aussi un poëte hindoustani dont Muhcin cite des vers.

1. MUSCHFIC [1] (Mirza Ahmad Beg), fils de Badhû
Beg, natif de Dehli et habitant d'Agra, élève de Mirzâ

---

[1] A. « Affectionné ».

A'zam 'Ali Beg A'zam, est un poëte urdû mentionné par Bâtin et par Muhcin, qui en citent des vers.

II. MUSCHFIC (le schaïkh Muhammad Jan), *alias* Jaman, de Lakhnau, fils de Muhammad-panâh, l'artificier, et élève d'Aschraf Khân, est un poëte hindoustanî dont Muhcin cite aussi des vers.

I. MUSCHIR [1] (le hâfiz Cutb uddîn), de Dehli, est un poëte urdû, élève de Schâh Nacîr, mentionné par Sarwar et par Schefta, qui l'a connu.

II. MUSCHIR ('Inayat Huçaïn Khan) est un autre poëte urdû, élève d'Acir, mentionné par Bâtin dans son *Gulschan bé-khizân*.

III. MUSCHIR (Gauhar 'Alî) est un célèbre auteur de marciyas. Il a été le maître du prince Caïçar, écrivain hindoustanî distingué lui-même.

MUSCHK [2] (le nabâb Muhammad Haçan Khan), de Lakhnau, fils du nabâb Muhammad Mirzâ, un des fils du nabâb Schujâ' uddaula Bahâdur, élève de Mirzâ Bâquir Idrâk, l'auteur de marciyas, et du khwâja Wazîr, est un poëte hindoustanî dont Muhcin cite plusieurs gazals dans son Tazkira.

MUSCHKIL [3] (le schaïkh Amîn uddîn), d'Agra, élève de Gâfil, d'Agra, est mentionné par Bâtin et par Muhcin, qui en cite des vers dans le *Sarâpâ sukhan*.

MUSCHRIQUI [4] (Lala Sil ou Sîlah Chand), kâyath, de Dehli, est un poëte hindoustanî qui habitait Dâçah et à qui on doit aussi des poésies persanes.

[1] A. « Conseiller ».
[2] P. « Musc ».
[3] A. « Difficile ».
[4] A. P. Ce mot paraît être un nom de relation dérivé de *muschric* « brillant », en lisant comme A. Sprenger; mais on pourrait prononcer aussi *maschriquî*, qui serait alors un adjectif arabe signifiant « oriental », et je crois qu'il doit en être ainsi.

I. MUSCHTAC[1] (Mìr 'Inayat ullah) était un pîr-zâda originaire de Sarhind, qui descendait du saïyid Salâh uddîn Bukhâri. Il naquit à Dehli et y habita ; mais il résida aussi à Faïzâbâd et à Râmpûr, où Câcim nous apprend qu'il mourut. Mashafî dit qu'il n'était pas très-instruit, mais qu'il assistait souvent aux réunions de l'espèce d'académie que ce dernier avait établie à Dehli. Il paraît, du reste, que ce Muschtâc a écrit des poésies, car Mashafî le compte au nombre des poëtes hindoustanis, et il cite de lui quelques vers.

II. MUSCHTAC (Muhammad Culî[2] Khan), de Patna, était, selon Schorisch, fils de Hâschim[3] Culî Khân, qui était un des principaux officiers du nabâb Zîn uddîn Ahmad Khân Haïbat Jang, sûbadàr de 'Azîmâbâd. A l'époque où écrivait 'Alî Ibrâhîm, Muschtâc était un jeune homme distingué par son esprit juste et par ses bonnes qualités. Il était très-habile en musique, et il est auteur d'un grand nombre de vers. Ses ancêtres étaient des Turcomans de Hamadân. Il fut élève de Miyân Muhammad Roschan Joschisch. Il avait réuni les Dîwâns rekhtas[4] de tous les poëtes de l'Hindoustan et du Bengale, et il était occupé à en faire une Anthologie lorsque Schorisch écrivait. Il mourut en 1216 (1801-1802), ou peut-être en 1206 (1791-1792), selon la manière dont on lit le chronogramme de son nom, pris pour celui de son décès[5].

III. MUSCHTAC[6] ('Abd ullah Khan), dit Muschtâc

---

[1] A. « Désireux ».
[2] Abû'lhaçan et Mannû Lal écrivent 'Alî.
[3] Les autres biographes disent de Hâtim.
[4] Ceci paraît douteux au docteur A. Sprenger.
[5] « A Catalogue », p. 265.
[6] Au titre de l'article consacré à ce poëte, le copiste de mon manu-

'Ali Khàn, fils d'Abu'lhaçan [1] Khàn, et petit-fils de Saïf ullah Khàn [2], était de la nation des Afgàns et de la tribu des Yûçuf Zàï [3]. La patrie de ses ancêtres était Kàschàn. Son père et son grand-père étaient poëtes l'un et l'autre. Ce dernier avait pris pour takhallus le mot *Sabaqui*, et son père le mot *Hass*, et ils avaient été distingués l'un et l'autre dans leur temps ; son grand-père avait même été le précepteur de Bahâdur Schàh, autrement dit Schàh 'Alam Ier ; quant à son père, il vécut dans la retraite, les richesses dont il était possesseur suffisant à ses désirs.

Muschtâc, poëte de la cour, reçut de l'empereur le titre honorifique de Muschtàc-i 'Ali Khàn, accompagné d'un jâguir considérable, et fut aussi chargé de l'éducation du prince impérial.

Selon Muhcin, il s'occupait follement d'alchimie, et il était versé dans la science des amulettes et de la géomancie. Il était aussi géomètre et le plus habile calligraphe de son temps pour les écritures nasta'lic, sulus et schafi'a [4]. C'était, toujours selon ce biographe, un jeune

scrit du Tazkira de Mashafi a écrit par erreur *Maschschàc* « pratiqueur », erreur que le nom du poëte mentionné dans les vers cités rend évidente.

[1] Je suis ici, pour les takhallus du père et de l'aïeul de Muschtâc, la leçon de Sprenger.

[2] Muhcin le dit fils du nabâb Saïf uddaula.

[3] Tribu afgâne qui prétend descendre du patriarche Joseph, comme celle des Lodi de Loth. Elle habite les montagnes situées près de Peschawar. Ce fut surtout cette tribu qui adopta la réforme de Saïyid Ahmad, et qui combattit sous ses ordres contre les sikhs. Voyez ma « Notice sur des vêtements à inscriptions » dans le Journal Asiatique, numéro d'avril 1838.

[4] Les principaux genres d'écriture arabe, outre ceux dont il est parlé ici, sont le *neskhî*, le *talic*, le *schikasta*, le *rihâni*, l'*yacûtî*, le *diwânî* et le *kirma*. On trouve l'alphabet de la plupart de ces caractères dans la Grammaire turque d'Holdermann, imprimée à Constantinople en 1730.

homme agréable, spirituel et aimant. Il commença à
écrire en vers à Allahâbâd et il y montra ses productions à Schâh Muhammad 'Alîm Haïrat. Ensuite, à Dehli,
il profita des conseils de Muhammad Taquî Mîr. Mashafî
cite une page et demie de ses vers, qui ont été réunis
en Dîwân, et Muhcin plusieurs gazals.

Outre son talent pour la poésie rekhta, il cultiva
bien des sciences, ainsi que nous l'avons vu, l'algèbre
et la grammaire. Kamâl, dans son Tazkira, lui consacre
un article, mais il annonce qu'il emprunte ce qu'il dit
à Mashafî. Muschtâc mourut environ sept ans avant la
rédaction du Tazkira de Sarwar. Il fut élève de Schâh
Muhammad 'Alîm Haïrat, de Mîr et de Soz. Il habita
tour à tour Allahâbâd et Dehli. Dans cette dernière
ville, il était le poëte le plus apprécié à la cour, en sorte
que Muhcin le nomme le *Bé-nazîr* (sans rival) du séjour
impérial.

IV. MUSCHTÂC (Mîr Haçan), de Dehli, est un poëte
qui ne manquait pas de talent, mais qui s'était laissé
aller à la paresse, et qui vivait dans la misère à Faïzâbâd,
à l'époque où écrivait 'Alî Ibrâhîm.

V. MUSCHTÂC (le hâfiz Taj uddîn), de Mîrat, était
Israélite d'origine, mais né de parents convertis à l'islamisme, car il était petit-fils du maulawî Gulâm Ahmad.
Par suite d'un mal d'yeux qu'il avait eu dans son enfance, il était devenu aveugle [1], à en croire Sarwar.
Schefta et Karîm disent simplement qu'il était louche.
Il s'est distingué dans la culture de la poésie urdue,
pour laquelle il était élève de 'Ische, qui dit que lorsqu'il
écrivait son Tazkira, Muschtâc était le poëte de la cour à

---

[1] Ou peut-être « borgne », aveugle d'un œil, comme disent les
Indiens.

Haïderâbâd, aux appointements de cent cinquante roupies (375 fr.) par mois. On lui doit une Anthologie qui
porte la date de 1222 (1807-1808). N'y aurait-il pas
quelque confusion entre cet écrivain et le Muschtac
du n° 11?

VI. MUSCHTAC (Muhammad Wacil), de Badâûn, est
un poëte hindoustani mentionné par Schefta et par
Sarwar, qui lui donne le takhallus de *Muhammad*.

VII. MUSCHTAC (Mirza Ibrahîm) est un autre poëte
mentionné par Kamâl.

VIII. MUSCHTAC (Gulam 'Alî), de Dehli, élève de
Schâh Nacîr, poëte contemporain distingué, était âgé de
trente ans en 1847. Karîm le connaissait, et il nous
apprend qu'il était devenu pauvre, comme bien d'autres
poëtes, par suite de son goût pour la dépense. Il est
aussi mentionné par Bâtin.

IX. MUSCHTAC (Huçaïn-bakhsch), de Coïl, est un
poëte élève de 'Iwaz 'Alî Khân Tanhâ. Il fut attaché à
la cour de la Bégam Samrû, reine de Sirdhâna ; puis il
alla résider à Dehli. Sarwar fait l'éloge de ce poëte et cite
quelques vers de lui.

X. MUSCHTAC (le schaïkh Sana ullah), de Schaïkh-
pûr[1], dans la province d'Agra, est un autre poëte mentionné par Sarwar.

XI. MUSCHTAC (Bal Ram), de Dehli, est aussi
compté parmi les poëtes hindoustanis.

XII. MUSCHTAC (Huçaïn Muschtac), d'Agra, fils de
Camar uddin Huçaïn, et élève de S. M. l'ombre de
Dieu sur la terre le sultan de Dehli[2], est auteur d'un

[1] Et selon Zukâ, de Fathpûr.

[2] Muhcin, qui s'exprime ainsi, veut parler du dernier Mogol, Bahâdur
Schâh, poëte hindoustani très-distingué, qui a pris dans ses poésies le
takhallus de *Zafar* « victoire », surnom qui ne lui a pas porté bonheur.

Diwân dont tous les gazals se terminent par un vers
dans lequel il a eu soin d'insérer à la fois son surnom
poétique de Muschtàc, conformément à l'usage, et de
plus celui du roi son maître, Zafar. Muhcin cite plusieurs
de ses gazals dans son Tazkira.

XIII. MUSCHTAC (Mîr Salah-bakhsch), fils de Mîr
Mubàrak 'Alì, du casba de Lâdar, des dépendances de
Lakhnau, est un autre poëte hindoustanî dont Muhcin
cite aussi des vers.

XIV. MUSCHTAC (Curban 'Alì Beg), de Dehli, élève
de Mirzâ Rustam Beg Schàkir, est un poëte distinct des
précédents et mentionné par Sarwar.

MUSCHTARI [1] (Camran Jan), familièrement appelée
Manjhu, habitante de Lakhnau, est « incomparable quant
à son talent poétique, d'un esprit très-pénétrant et de
beaucoup d'imagination. Elle doit son instruction à
Miyàn Schams, comme Zuhra [2], sa rivale, l'objet de la
jalousie de Muschtarî. De même que son maître est célèbre par son esprit, ainsi sont célèbres Muschtarî et
Zuhra. Et comment n'en serait-il pas ainsi, puisque
Schams, en leur communiquant son imagination, a étendu
sur elles sa célébrité? Il a rendu tellement brillantes ces
deux étincelles de feu, qu'il a fait parvenir jusqu'au ciel
leur couleur éclatante. Si un certain nombre de femmes
obtenaient une instruction pareille, elles parviendraient,
comme Zuhra et Muschtarî, jusqu'au firmament. Muschtarî excite l'envie de la rose; elle est le génie même de
Miyàn Schams, et à cause de cela l'objet des regrets du
jardin qui en est privé ». C'est ainsi que s'exprime Ranj,
qui cite plusieurs pages des vers de Muschtarî dans son

_____

[1] A. « La planète Jupiter ».
[2] Voyez son article.

Tazkira. On en trouve aussi un gazal urdû dans l'*Awadh
akhbâr* du 6 juillet 1869.

MUSLIM [1] (Mîr Farzand 'Alî), natif de Patna, fils de
Mîr Huçaïn 'Alî, greffier du tribunal civil de Calcutta,
est un poëte hindoustani dont Muhcin cite des vers dans
son Anthologie.

Serait-il le même que l'écrivain de ce nom à qui on
doit une Histoire des prophètes intitulée *Gulzâr-i Adam*
« le Jardin d'Adam », de 433 p., imprimée à Ludiana?

MUSTA'AN [2] (Schâh), de Madras, est auteur d'une
traduction abrégée en vers rekhtas du célèbre masnawi
de Jalâl uddîn Rûmî, laquelle a été publiée à Calcutta
sous le titre de *Masnawî scharîf* « l'Excellent masnawî »,
en 1265 (1848), in-8° de 273 p. [3]. L'auteur était encore
vivant à cette époque. La première édition de la traduction dont il s'agit ayant été épuisée, il en a été donné
une réimpression à Bombay en 1277 (1860-1861), par
les soins du câzî Ibrâhîm et de Nûr uddîn, en un petit
in-folio de 180 p. de 21 lignes, avec les marges remplies
de vers en hémistiches; j'ai un exemplaire de cette édition que je dois à Karîm uddin. Déjà l'édition de Calcutta avait été revue par Muhammad Ismà'îl Nikwara et
par Hâfiz Kamâl, qui en avait retranché les mots hindoustanis peu employés dans le langage usuel, pour les
remplacer par des mots plus usités. Cette dernière édition a été corrigée par le maulawî Nûr ulhudâ et par

---

[1] A. « Résigné ». De là ce nom a été donné à ceux qui professent la
religion de la *résignation (Islâm)*. Le pluriel de *muslim* est devenu
*muçalmân* et a été employé en Perse, dans l'Inde et en Turquie, dans le
sens singulier. C'est de là que nous avons fait le mot *musulman*.

[2] A. « Celui dont on demande le secours ».

[3] N° 1726 du Catalogue de la « Bibliotheca Sprengeriana ».

Tàlib 'Ali, et copiée pour la lithographie par 'Abd ulcàdîr, fils du schaïkh Muhî uddîn.

MUSTAFA [1] KHAN fut d'abord munschi de Sir Theophilus Metcalfe, ensuite directeur de l'imprimerie appelée de son nom *Matba'-i Mustafâi*, établie d'abord à Lakhnau, puis à Cawnpûr et à Dehli, et qui avait été premièrement dirigée par son aïeul 'Abd urrahmàn. Il a publié à Dehli un journal urdû intitulé *Sàdic ulakhbâr* « le Véridique des nouvelles », qu'il ne faut pas confondre avec le journal persan du même titre, que publiait dans cette ville Nûr uddîn Ahmad.

Il est auteur en outre du *Gulistàn-i maçarrat* « le Jardin de la joie », Anthologie poétique (Selections from poets); Lakhnau, 1850, in-8° [2].

Il est éditeur :

1° Du *Tugra* [3];

2° Du *Masdar fuyûz* « la Source abondante » (Grammar of the persian language in oordoo, by Nazeer ooddeen [4] » ;

3° Du *Nahr ulfaçâhat* « le Fleuve de l'éloquence » ;

4° Du *Quissa gurû chélà* « Histoire du gurû et de son disciple », traduction anonyme du conte de *Kalîla wa Dimna*, qui n'est autre chose que le *Panchatantra*. On en a donné d'autres éditions, une entre autres à Lakhnau de 24 p. gr. in-8°. Cet ouvrage est probablement le même qui a été reproduit en hindoui et publié

---

[1] A. « Élu (de Dieu) », surnom de Mahomet.

[2] « Williams and Norgate's Catalogue », july 1858.

[3] J'ignore le sujet de cet ouvrage. Le mot *tugra*, écrit par un *toé*, un *gaïn*, un *ré* et un *hé*, signifie les espèces d'armoiries ou plutôt de chiffres dont se servent les princes orientaux.

[4] Orthographe anglaise de Nazîr uddîn, qui sera mentionné sous son takhallus de Senàïc. Il y a d'autres éditions de cette Grammaire. Voyez t. Ier, p. 173.

à Agra par la « Tract Society », sous le titre anglais de
« Guru and chela [1] » ;

5° Du *Majmú'a masnawí* « Collection de poëmes »,
contes érotiques en vers urdus, par Mîr Taquî et Sâdic
Khân ;

6° Du *Nawâ-é Bismil* « Oordoo verses on love, by Ma-
homed Yar Khan (Bismil) of Bareilly and others » ;

7° *Hikâyât nacíhat amez* « Anecdotes mêlées d'avis »
(Oordoo Fables with morals deduced from them).

8° *Gulschan-i 'ischc* « le Jardin d'amour », conte érotique en vers urdus [2];

9° *Quissa-i Mansûr* « Histoire de Mansûr [3] ».

MUSTAMAND [4] (Yar 'Alî Khan), de Dehli, poëte
urdú distingué, est appelé, par 'Ischc, Yâr 'Alî Beg, de
Patna, parce qu'il y résidait. Il est élève de Dard, de
Mirzâ Bhuchú Fidwî Beg, et de Dardmân, selon Abû'l-
haçan et Sarwar.

Il habitait 'Azîmâbâd, puis Murschidâbâd, à l'époque
où écrivait 'Alî Ibrâhîm.

MUTTAQUI [5] (Mîn), fils de Mîr Jawâd 'Alî Khân
Hâdî [6], est un ancien poëte hindoustanî qui marcha sur
les traces de son père, dont il fut élève, et aussi de
Schâh Gulâm 'Alî, un des principaux schaïkhs de Dehli
et successeur (spirituel) de Mirzâ Jân Jânân Mazhar.

Muttaquî était habile tireur de flèches ; mais, quelque
temps avant la rédaction du Tazkira de Sarwar, il quitta

---

1 Zenker, « Bibliotheca orientalis », donne aussi à cet ouvrage le
titre de *Hadâyic ulma'ânî* « les Jardins des significations ».
2 Voyez les articles Imam et Nusratî.
3 Voyez l'article Ahmad 'Alî, t. I^er, p. 159.
4 A. « Malheureux, triste ».
5 A. « Pieux ».
6 Voyez l'article consacré à cet écrivain.

les vêtements du monde pour endosser ceux des faquirs;
il étudia la doctrine des sofis dans les livres arabes et
persans, et il écrivit des vers rekhtas empreints des
idées mystico-érotiques qui sont propres à ces sectaires.

I. MUZAFFAR [1] (le saïyid MUZAFFAR 'ALÌ KHAN), défunt, fils du saïyid Calandar Gulâm 'Alì Khàn Bahâdur,
petit-fils de Bikhârì Khàn, est un poëte hindoustani natif
de Dehli et habitant de Lakhnau, dont Sarwar fait un
grand éloge. Il était élève de Mìr Taqui Mìr et de
Mamnûn, et il est auteur d'un Dìwàn.

II. MUZAFFAR (Mìr MAKHKHU KHAN), nommé aussi
Saïyid Muzaffar 'Alì Khàn, fils de Muharram uddaula
Saïyid Calandar 'Alì Khàn Bahâdur, neveu (fils de frère)
de Saïyid Akbar 'Alì Khàn Akbar, et élève de Mìr Nizâm
uddìn Mamnûn, est compté parmi les poëtes hindoustanis.

III. MUZAFFAR (le munschi HUÇAÏN KHAN) est auteur
d'un court traité sur les médicaments, d'après les pratiques asiatiques et européennes, intitulé *Mujarrabât-i
wabâ*, c'est-à-dire « Remèdes éprouvés pour les maladies, surtout contagieuses ». Cet ouvrage a été imprimé
à Madras en 1843, in-12.

MUZAFFAR HUÇAIN (le munschi) est le rédacteur
du *Barc khàtif* « l'Éclair flamboyant », journal urdû de
Bombay.

MUZAFFAR UDDIN [2] est l'éditeur du journal urdû
intitulé *Nacìm Jaunpùr* « le Zéphyr de Jaunpùr », qui
paraissait dans cette ville en 1849, et était imprimé à la
typographie 'Ishaqui.

---

[1] A. « Victorieux, conquérant ».
[2] A. « Le victorieux de la religion ».

MUZAMMIL [1] (Schah Muhammad), derviche, contemporain de Schâh Abrû, est un écrivain hindoustanî qui a de la célébrité parmi ses compatriotes. On dit qu'il devint fou dans les dernières années de sa vie. Quoi qu'il en soit, il se retira à Dehli et y mourut, entièrement retiré de la société. 'Alî Ibrâhim cite de lui un vers dont voici la traduction :

Il doit être interdit de recevoir de l'or à cette belle, qui s'appelle à juste titre *Sîmtan* « corps d'argent ».

MUZI' ULLAH [2] KHAN est auteur d'un poëme masnawî intitulé *Caul-i gamîn* « le Tendre discours », à la louange de Sâhib, femme poëte distinguée dont j'ai parlé dans l'Introduction, et dont il sera encore fait mention plus loin.

MUZNIB [3] (Mirza Muhammad Haçan), autrement dit *Choté Mirzâ*, de Lakhnau, un des auteurs de marciyas les plus célèbres, a aussi mis au jour d'autres poésies qui ont été réunies en Dîwân, et dont Muhcin donne un gazal dans son Tazkira.

I. MUZTARIB [4] (Lala Durga-praçad), originaire de Dehli et habitant de Lakhnau, fils du diwân (ministre) Bhavânî-praçâd, de la sous-caste des kâyaths, ami et, selon Sarwar, élève de Muhammad 'Içà Tanhâ, était, d'après Mashafî, à l'époque où ce biographe écrivait, un jeune homme spirituel, d'une heureuse physionomie

---

[1] A. Nom d'agent de la seconde forme du verbe arabe *zamal*, qui signifie « involvit, recondidit (illum in veste suâ) ».

On pourrait aussi lire *muzmal*, qui serait alors le participe passé de la quatrième forme du même verbe arabe.

[2] A. *Muzî*, par un *mîm*, un *zâd*, un *yé* et un *aïn*, « Celui qui est riche en Dieu ».

[3] A. « Pécheur, criminel ».

[4] A. « Agité, troublé, chagrin ».

et d'un agréable caractère, qui aimait beaucoup la
poésie et mettait de temps en temps au jour des pièces
de vers.

II. MUZTARIB (Miyan Muhammad Hajî), originaire
de Cachemire et natif de Dehli, était le troisième fils du
Câzî ulcuzât Rahmat ullah Khân, qui était grand juge de
Dehli. Il fut élève de Mamnûn et cultiva avec succès la
poésie rekhta. A la mort de son père, il lui succéda
dans ses fonctions, et depuis ce temps il ne s'occupa
plus de poésie que par occasion; c'est du moins ce
que nous apprend Schefta.

III. MUZTARIB (Mirza 'Alî Akbar Beg), de Lakhnau,
fils de Nasr ullah Beg et élève de Calandar-bakhsch
Jurat, est un poëte mentionné par Muhcin dans son
Anthologie.

I. MUZTARR [1] (Lala Kunwar Sen), fils du dîwân
Débî [2]-praçad, et frère de Muztarib dont il vient d'être
parlé, s'adonna comme ce dernier à la culture de la
poésie. Ses ancêtres occupaient à Dehli un rang honorable et distingué; mais il naquit, selon Mashafî, à
Lakhnau, et y fut élevé. Arrivé à l'âge de discrétion, il
sentit en lui-même du goût pour la poésie; pendant
qu'il fréquentait l'école, il faisait des vers hindoustanis
et même persans, qu'il n'osait, par timidité, montrer à
personne : il se cachait même de ses parents. Plus tard,
par l'entremise de Muhammad 'Içâ Tanhâ, il fut admis
au nombre des élèves de Mashafî. « Muztarr a beaucoup
« de facilité, dit Mashafî, mais il lui manque des con-

---

[1] A. « Dans la détresse, affligé ».
[2] *Débî* est ici synonyme de *Bhavânî*, nom sous lequel ce personnage
a été désigné plus haut. Ce sont des noms de l'épouse de Sivà, déesse
de la mort, plus ordinairement nommée *Durgâ*.

« naissances théoriques. S'il s'applique à les acquérir,
« nul doute qu'il ne devienne célèbre. »

Schefta nous apprend qu'on doit entre autres à cet
écrivain un cacida remarquable sur la catastrophe de
Karbala, ce qui suppose qu'il s'était fait musulman. En
1250 (1834-1835), il était percepteur d'impôts dans les
environs de Lakhnau, district de Bulandschahr.

II. MUZTARR (Mirza Sanguîn) était un ami de
Schefta, qui le mentionne parmi les poëtes de son
Tazkira.

III. MUZTARR (Muhammad Açad ullah Khan) est un
poëte contemporain dont Karim cite des vers écrits en
1845. Depuis lors il a publié à Dehli la collection de
ses gazals, sous le titre de *Dîwân-i hindî* « Recueil
indien ».

IV. MUZTARR (Zu'lficar 'Alî Beg), élève de Mîr
Huçaïn 'Alî Khân Imâ, natif de Haïderâbâd, est un
écrivain spirituel qui a adopté dans ses vers la nouvelle
manière d'écrire, laquelle consiste à ne pas imiter servi-
lement les anciens dans leurs métaphores. La différence
est peu sensible pour nous; elle est néanmoins réelle.
Pour la comprendre, il faut savoir qu'en persan et en
hindoustanî les descriptions roulaient autrefois dans un
cercle assez étroit, d'où l'on ne sortait pas. Cela est si
vrai, qu'on trouve dans les traités de rhétorique des formules toutes faites, des séries de descriptions et de com-
paraisons où, comme dans nos dictionnaires de rimes, les
poëtes vont chercher des matériaux pour leurs vers. Le
*Guldasta nischât*[1], que j'ai souvent cité, est un recueil

---

[1] Cet ouvrage a été attribué par erreur, dans mon *Introduction*,
t. Ier, p. 42, à Muztarr, tandis qu'il est dû à Safâ (Râê Mannû Lâl),
ainsi qu'on le verra à l'article consacré à cet écrivain.

de ce genre. Il s'agissait de rajeunir un peu ces vieilleries répétées à satiété :

> Claudite jam rivos, pueri : sat prata biberunt,

se sont dit les poëtes hindoustanis de la fin du siècle dernier, qui ont voulu réveiller parmi leurs compatriotes le goût des poésies en langue usuelle.

V. MUZTARR (MIRZA KHUSRAU-SCHIKOH BAHADUR), connu sous le nom de Mirzâ Agâ Jân, fils de Sulaïmân Schikoh, a marché sur les traces de son père et a écrit comme lui des poésies hindoustanies, ainsi que nous l'apprend Sarwar. Zukâ lui donne le takhallus de *Muzaffar*.

VI. MUZTARR (le schaïkh MÎR HAÇAN 'ALÎ), de Lakhnau, élève de Mîr Nizâm uddîn Mamnûn, est un autre poëte hindoustani mentionné par Câcim.

VII. MUZTARR (le nabâb MIRZA MUZAFFAR KHAN), de Lakhnau, fils du nabâb Muhammad Rizâ Khân (lequel était fils de Mahdî 'Alî Khân, sûbadâr de Kathéra), et élève de Mîr Wazîr Sabâ, est un septième poëte de ce takhallus dont Muhçin cite des vers.

VIII. MUZTARR (HAZARÎ LAL) paraît être l'auteur du *Bawajh pahélî* « En forme d'énigmes », recueil d'énigmes en vers publié par Mîr 'Abbâs[1].


# N

NA TAWAN[2] (le maulawî JAN-I MUHAMMAD) est un poëte hindoustani mentionné par Abû'lhaçan dans son *Maçarrat afzâ*.

---

[1] Voyez l'article consacré à cet écrivain, t. Ier, p. 74.
[2] P. « Faible, impuissant ».

NABHA JI [1] est un célèbre écrivain hindî qui florissait
à la fin du règne d'Akbar et au commencement de celui
de Jahànguir, son successeur, c'est-à-dire à la fin du
seizième siècle et au commencement du dix-septième. Il
était de la caste des *dom* ou *domra*, dont l'occupation
est de tresser des paniers et de faire d'autres travaux
analogues. Il naquit, dit-on [2], aveugle, et lorsqu'il n'avait
que cinq ans il fut exposé par ses parents, pendant un
temps de disette, au milieu des bois, où il devait périr.
Ce fut dans cette situation qu'Agra-dàs et Kîl, zélés pro-
pagateurs de la secte des waïschnavas, le trouvèrent. Ils
eurent pitié de son état d'abandon, et Kîl jeta sur ses
yeux l'eau de son *kamandal* [3], ce qui fit recouvrer la vue
à l'enfant. Ils le portèrent à leur *math*, où il fut élevé et
initié dans la secte des waïschnavas par Agra-dàs. Lorsqu'il fut parvenu à l'âge de maturité, il écrivit le *Bhakta
mâl*, d'après le désir de son gurû, qui, à ce qu'il paraît,
l'avait déjà rédigé en sanscrit [4]. Cet ouvrage, dont le
titre signifie « le Rosaire des dévots », et appelé aussi
*Santa charitra* « l'Histoire des saints », contient la vie
des principaux saints hindous, spécialement des waïschnavas. Il est composé de stances en hindouï très-obscures.
Il a été revu et augmenté par Nàrâyan-dàs, sous le règne
de Schâh Jahân, et commenté par Krischna-dàs en 1713.
Il y en a une autre rédaction due à Priya-dàs [5]. Il a
été aussi reproduit en hindoustani usuel. W. Price a
donné des extraits intéressants, tant du texte (*mûl*) que

[1] 1. *Nabha* ou *Nabh* « atmosphère »; *Jî*, titre d'honneur.
[2] H. H. Wilson, « Asiatic Researches », t. XVI, p. 47.
[3] Ou *kamandala* « pot à eau », de terre ou de bois, employé par les
faquirs.
[4] Voyez l'article Agra-dàs.
[5] Voyez son article.

du commentaire (*tîkâ*), dans ses « Hindee and Hindoostanee Selections ». Cet ouvrage a été très-utile à feu Wilson pour son savant et important travail sur les sectes
hindoues. Cet habile indianiste possédait plusieurs
exemplaires de l'ancienne rédaction et de la rédaction
moderne.

Le *Bhakta mâl* a été complétement traduit, à ce qu'il
paraît, en bengalî, car je vois que cette traduction,
mentionnée par le Rév. J. Long [1], se compose de
deux parties, dont la première est de 392 pages et la
seconde de 124 pages, ce qui fait en tout 516 pages.
Il y a entre autres, parmi les saints dont la vie est donnée dans ce volume, Prahlâd et Hari-dâs. Le dernier se
trouve dans la rédaction de Priya-dâs, mais non dans
les extraits de Krischna-dâs donnés par W. Price.

Il y a aussi une traduction persane, ou plutôt, je
pense, urdue, qui a été imprimée à Mirat en 1853, et
plusieurs éditions tant en hindî qu'en urdû.

NABI [2] (Mîr GULAM-I NABI), Balgramî, ou de Balgram,
neveu (fils de sœur) de Mîr 'Abd uljalîl Balgramî, a écrit
deux mille quatre cents dohras [3] en langue hindie, si
estimés, qu'ils égalent, dit-on, ceux du célèbre Bihârî [4].
Il était aussi très-habile dans différentes sciences et dans
l'art de la musique.

NABI-BAKHSCH [5] KHAN (le nabâb) est auteur du
*'Adl-i ahl-i Farang* « Justice des Européens », comparaison de l'administration anglaise et de l'administration
indigène, en urdû ; Dehli, 1867, in-8° de 72 p.

1 « Descriptive Catalogue of bengali works », p. 102.
2 A. « Prophète », pour *Gulâm-i nabî* « serviteur du Prophète ».
3 Synonyme de *baît* « vers », en ancien hindoustanî.
4 Poëte hindî dont il a été parlé dans cet ouvrage, t. Ier, p. 333.
5 A. P. « Don du Prophète ».

NABIN ou NAWIN CHAND [1] RAÉ (le bâbû) est auteur :

1° Du *Sanscrit vyâkaran* « Grammaire sanscrite », rédigée en hindî et imprimée à Lahore en 1866, petit in-folio de 148 p. ;

2° D'une grammaire hindie rédigée en hindî et intitulée *Nabîn chandrodaya* « l'Apparition de la nouvelle lune »; Lahore, 1869, in-8° de 114 p. ;

3° Du *Lakschmî Saraswatî sambâd* « Dialogues entre Lakschmî et Saraswatî », en hindî ; anecdotes et préceptes moraux pour les femmes; Lahore, 1869, in-8° de 20 p. ;

4° D'un recueil périodique et philosophique en hindî et en urdû, intitulé *Guyân pradâïnî* « le Donneur d'informations », publié à Lahore par le pandit Mukund Râm; in-8°, lithographié par cahiers de 16 p.

Ce recueil a dû être modifié, car le catalogue des livres publiés en Panjâb en 1868 et en 1869 annonce le premier numéro d'un journal mensuel de philosophie, de religion naturelle, de nouvelles, etc., et portant le titre plus complet de *Gûiyân pradâïnî patrika* « Feuille du donneur d'informations »; in-8° de 16 p., et rédigé par le même bâbû Nabîn Chandar Râé. Ce numéro contient un choix de stutis des Védas, le catéchisme du théisme, des prières, etc.

N'est-ce pas le même écrivain qui, sous le nom du bâbû Nabîn Chandar Bânar Jî, publiait en 1865 le journal urdû de Lahore intitulé *Sarkârî akhbâr* « les Nouvelles du gouvernement »?

NAÇARWAN [2] JI est un parsi auteur d'un recueil de

[1] I. « Noûvelle lune ».
[2] P. Ou *Naschwîrwân* (Nouschirvan), célèbre roi de Perse sous le règne duquel naquit Mahomet, et *Jî*, titre d'honneur.

poésies hindoustanies et persanes intitulé *Gazlastán* « Recueil de gazals », mentionné dans le « Catalogue of native
publications in the Bombay Presidency » ; 1867, p. 230.

Ce recueil avait été publié à Lahore en 1864, sous le
titre anglais de « The Gem of intellect ».

NACD [1] (Mihr 'Alî Khan), de Dehli, est un poëte
hindoustanî qui résidait à Patna lorsque 'Ischqui, qui
était lié avec lui, rédigeait son Tazkira.

NACIKH [2] (le schaïkh Imam-bakhsch), de Lakhnau,
d'où étaient aussi ses ancêtres, fils du schaïkh Khudâ-
bakhsch Tâjir, a habité tour à tour Allahâbâd, Cawnpûr
et Lakhnau, où il est mort en 1841 [3]. Il est auteur de
trois grands masnawîs et de trois Dîwâns hindoustanîs,
le premier rédigé en 1232 (1816-1817), le second en
1247 (1831-1832), et le troisième en 1264 (1847-1848).
On trouve un tarîkh de ce poëte à la suite du masnawî
intitulé *Sarâpâ soz* « Tout chagrin », d'Akhtar. Schefta,
Sabhâyi (Imâm-bakhsch) et Karîm uddîn citent plusieurs
pages de ses vers. Muhcin en donne aussi des gazals
dans son Tazkira. Karîm, jouant sur les mots, dit que
« *Nâcikh* (« l'Effaceur ») a *effacé* les poëtes anciens ». On
le considère, en effet, comme le meilleur poëte moderne
de Lakhnau, et Muhcin l'appelle à plusieurs reprises
« le lion de la forêt de l'éloquence ».

Ses œuvres complètes (*Kulliyât*) ont été publiées à
Dehli en 1845 [4], en un gros volume in-8° qui comprend
ses trois Dîwâns. Il y en a aussi plusieurs éditions de

---

[1] A. « Argent comptant ».
[2] A. « Effaceur, etc., copiste (amanuensis) ».
[3] Selon Sprenger, en 1254 (1838-1839), et selon un biographe natif,
en 1859.
[4] Toutefois Sprenger dit qu'elles ont été publiées pour la première
fois en 1250 (1843-1844). Un exemplaire en est mentionné dans le
« Williams and Norgate's Catalogue » de juillet 1858, n° 300.

Lakhnau, lithographiées, une entre autres de 1262 (1845-1846), de 406 p.; et une autre de 1267 (1850-1851), de 380 p. Le second Dîwàn est imprimé sur la marge du premier. Enfin on a publié à Lakhnau en 1847 quelques-unes de ses poésies avec celles d'Atasch et d'Abad, sous le titre de *Baharistân-i sukhan* » le Printemps du discours [1] », et des wàçokhts de sa composition dans la Collection de wàçokhts lithographiée à Dehli en 1849.

Il y avait des exemplaires manuscrits de ses œuvres dans la bibliothèque royale de Lakhnau et dans celle du premier ministre du Nizâm, à Haïderâbâd.

Nàcikh est auteur, entre autres :

1° Du *Maulid schârif Raçûl mukhtâr* (*Riçâla*) « Poëme sur la naissance du Prophète élu (Mahomet) [2] » ;

2° Du *Hâl maulid 'Alî murtazá* « Circonstances de la naissance de 'Alî l'agréé (de Dieu) » ;

3° Du *Schahâdat janâb Saïyid uschschuhadâ* (*Riçâla*) « Traité du martyre du Prince des martyrs ('Alî) » ;

4° Du *Wilâyat janâb Amîr 'alaïhi-ssalâm* « Règne de S. M. le Prince (par excellence) 'Alî, sur qui soit la paix » ;

5° Du *Tarjuma Hadîs mufazzal* « Traduction du *Hadîs mufazzal* « l'Éminent Hadîs » , mentionné par Muhcin dans son Tazkira ;

[1] « The Poems of Nasikh, Atash and Abad ». (Journal of the Asiatic Society of Bengal, n° VII, 1852, p. 642).

Il paraît que ce même recueil a été publié, sous le titre de *Panch nigârîn* « les Cinq beaux (poëmes) », à Cawnpûr en 1865 et à Mirat en 1867. (J. Long, « Catal. », p. 41; *Akhbâr-i 'âlam, Mîrath*, numéro du 15 avril 1867).

[2] Il y a un récit de la naissance de Mahomet en urdû, intitulé *Maulûd-i scharîf*, imprimé en 1853 dans l'Inde, qui pourrait bien être cet ouvrage. Un livre portant le même titre a aussi été imprimé dans le dialecte des Laskars, et il se compose de 186 p. Voyez J. Long, « Catalogue », p. 93.

6° Du *Nazm-i sirâj* « Poésie lumineuse », titre qui donne le chronogramme de sa date (1254 de l'hégire, 1838-1839 de J. C.). C'est un masnawi où l'auteur traite de la sagesse de Dieu manifestée dans la création, en se fondant sur les traditions. Il a été lithographié à Lakhnau en 1265 (1848-1849), en 32 p. de 42 vers.

Lutf ullah, l'auteur de l'intéressante autobiographie publiée par Mr. Eastwick, considère Nâcikh comme un des plus grands poëtes de l'Inde moderne, et admire les idées sublimes et neuves qu'on trouve dans son Diwân.

I. NACIM [1] (GULZAR-I 'ALÎ), de Mirat, fils et élève de Scharaf uddin Masrûr, dont il a été parlé en son lieu, et le même probablement qui est cité dans le *Majmû'a-i wâçokht* comme ayant été le maître d'Aschraf 'Alî, est un poëte dont 'Ischc, qui fut aussi son maître dans l'art des vers, nous apprend simplement qu'il fit le pèlerinage de la Mecque.

II. NACIM (MIRZA RAJA KIDAR-NATH BAHADUR), de Dehli, petit-fils de Râm-nâth Zarrah, était, selon Câcim quand il écrivait son Tazkira, un jeune poëte d'un mérite éminent qui occupait un poste honorable, comme avant lui ses ancêtres, dans les bureaux du sultan de Dehli. Schefta nous apprend qu'il mourut en 1245 de l'hégire (1829-1830).

III. NACIM (le pandit DAYA-SINGH ou DAYA-SCHANKAR ou SANKAR) est un écrivain hindoustanî très-distingué, originaire de Cachemire, mais né à Lakhnau et y résidant avant l'annexion. Il est fils de Gangâ-praçâd et élève du khwâja Haïdar 'Ali Atasch. Il a été professeur d'hindî au collége d'Agra. On lui doit des poésies

---

[1] A. « Zéphyr » (*nacîm*).

rekhtas ou urdues dont Muhcin cite des fragments dans son Tazkira, et il est auteur des ouvrages suivants :

1° Du *Dayâ bhâg* « Portion de Dayâ [1] », intitulé en anglais « Law of inheritance, translated from the sanscrit into hindui of the Mitakshara ». Cette traduction a été imprimée en 1832 à Calcutta, aux frais du Comité de l'instruction publique. Elle forme un volume grand in-8° de 71 pages, que je possède dans ma collection particulière [2]. Ce traité a été traduit par Colebrooke dans son ouvrage intitulé « Two treatises of the hindu Law of inheritance »; Calcutta, 1810, in-4°.

2° De l'*Alf laïla*, traduction urdue des Mille et une Nuits en quatre volumes petit in-folio de 21 lignes à la page; Lakhnau, 1244 (1828-1829).

Le tome premier, qui est de 272 pages, contient :

L'introduction, qui sert de cadre à l'ouvrage ;
L'âne, le bœuf et leur gardien, fable ;
Le marchand et le jinn, conte ;
L'histoire du premier vieillard et de la biche ;
L'histoire du second vieillard et des deux chiens noirs ;
L'histoire du troisième vieillard et du mulet ;
L'histoire du pêcheur ;
L'histoire du roi grec et du médecin Dûbân ;
L'histoire d'un brave homme et du perroquet ;
L'histoire du vizir puni ;
L'histoire du jeune roi de l'île Noire ;
L'histoire de trois princes calandars et de cinq dames ;

[1] C'est sans doute le même ouvrage que le *Dayâ-bhâg o dattak kâ chandrika* « la Lune de description de la propriété chez les Hindous », 160 p.; Calcutta, 1865. (J. Long, « Descriptive Catalogue », 1867, p. 21.)

[2] Il y en a plusieurs éditions, une entre autres d'Agra.

L'histoire du porteur ;
L'histoire du premier calandar ;
L'histoire du second calandar ;
L'histoire de l'envieux ;
L'histoire du troisième calandar ;
L'histoire de Zubaïda ;
L'histoire d'Amîna ;
L'histoire de Sindbâd le marin ;
L'histoire des trois pommes ;
L'histoire de la dame massacrée et de son mari ;
L'histoire de Nûr uddîn 'Alî et de Badr uddîn Huçaïn.

Le tome second, qui est de 286 pages, contient :

L'histoire du tailleur de Kaschgar ;
L'histoire du marchand européen ;
L'histoire du pourvoyeur du roi de Kaschgar ;
L'histoire du jeune homme au pouce coupé ;
L'histoire du médecin juif ;
L'histoire racontée par le tailleur ;
L'histoire du jeune homme boiteux ;
L'histoire du barbier et de ses six frères ;
L'histoire d'Abû'lhaçan ben Bikar, prince persan, et
de Schams unnahâr, favorite du khalife Harûn urraschid ;
L'histoire de Nûr uddîn ben Khàcàn, grand vizir du
gouverneur de Bassora, et de l'esclave persane ;
L'histoire de Badr, roi de Perse, et de Jawàhir, prin-
cesse du pays de Samandal.

Le tome troisième contient :

L'histoire de Gânim et de Fitna ;
L'histoire du khalife Harûn urraschid ;
L'histoire du prince Zaïn ussanam et du roi des jinns ;

L'histoire du prince Khudàdàd et de la princesse Daryàbàr ;

L'histoire du dormeur éveillé ;

L'histoire d'Aladin et de la lampe merveilleuse.

Enfin le tome quatrième contient :

L'histoire du khalife Harûn urraschid et de Bàbà 'Abd ullah ;

L'histoire de Saïyidi Nu'màn et de son cheval ;

L'histoire de Khwàja Haçan le cordier ;

L'histoire de 'Alì Bàbà et des quarante voleurs ;

L'histoire de 'Alì Khwàja et du marchand de Bagdad ;

L'histoire du cheval de bois ;

L'histoire du prince Ahmad et de la fée Bànû ;

L'histoire de deux sœurs jalouses d'une troisième.

On voit que toutes les histoires qui forment la vraie collection des « Mille et une Nuits » se trouvent ici traduites, et elles le sont de la manière la plus satisfaisante.

On a imprimé à Dehli une traduction urdue des cinquante premières nuits ; j'ignore si c'est la même rédaction.

Il existe une traduction complète des « Mille et une Nuits » en dialecte urdû-bengalî, qui forme un in-4° de 290 p., et qui a paru à Calcutta en 1865 [1].

3° Sous le titre de *Gulzàr-i nacìm* « le Jardin du zéphyr », qui fait allusion à son takhallus, Nacìm a écrit un masnawì sur la légende de la Rose de Bakàwalì, que j'ai reproduite en français sous ce titre d'abord, puis plus tard sous celui de « la Doctrine de l'amour ». Cet ouvrage, rédigé en 1254 (1838-1839), a été imprimé plusieurs fois dans l'Inde, entre autres avec illustrations,

---

[1] J. Long, « Descriptive Catalogue », 1867, p. 18.

à Lakhnau en 1264 (1847-1848), in-8° de 45 pages,
dont la marge est aussi couverte de texte[1]. La légende
de Bakàwalì a été exploitée par plusieurs poëtes hindoustanis : par Raïhân, dont il sera parlé plus loin, et par un
autre poëte qui l'a mise aussi en vers sous le titre chrono-
grammatique de *Tuhfa majlis-i salâtin* « Don (fait) à la
cour des rois », titre qui indique que ce masnawî a été
écrit en 1151 (1738-1739). On trouve dans une bibliothèque de Cawnpûr un manuscrit de cette rédaction de
462 p. de 11 vers. Enfin il y avait au Top khàna de
Lakhnau une ancienne rédaction dakhnie, de 130 p. de
15 vers, écrite en 1035 (1625-1626)[2].

IV. NACIM (Braj-nath), d'Agra, est un poëte hin-
doustanī mentionné par Muhcin, qui en cite des vers.

V. NACIM (Asgar 'Alî Khan), natif de Dehli et habitant de Lakhnau, fils du feu nabâb Acà 'Alî Khàn et
élève éminent du hakîm Mumin Khàn Mumin de Dehli,
connu par ses marciyas et habile calligraphe, est auteur
d'un Diwân dont Muhcin, qui le nomme « le professeur
du siècle », donne plusieurs gazals dans son Tazkira.
Il a formé en effet de nombreux élèves, qui à leur tour
cultivent la poésie.

VI. NACIM (le nabâb Muhammad Huçaïn 'Alî Sultan),
de Maïçour (Maïçûrî), habitant de Madras, est auteur
d'un mukammas sur un gazal de Zukâ. On trouve cette
pièce de vers dans l'*Awadh akhbâr* de Lakhnau, numéro
du 29 janvier 1867 ; elle est écrite en dialecte dakhnî.

I. NACIR[3] (Schah Muhammad Naçir uddîn), de Dehli,

---

[1] Il y en a une autre édition de Lakhnau de 60 p., signalée dans la
« Biblioth. Sprengeriana », n° 470, et une troisième de 36 p. de 24 lignes,
annoncée dans l'*Akhbâr-i 'âlam*, Mîrath, n° du 1er juillet 1869, etc.

[2] Sprenger, « A Catalogue », p. 633.

[3] Le nom de ce poëte et des écrivains de cette première série est écrit

connu aussi sous le nom de *Miyán Kalhi*, chef de la famille religieuse de Schâh Sadr-i Jahân (sur qui soit la miséricorde de Dieu!), est un des poëtes hindoustanis contemporains les plus célèbres et les plus dignes de l'être. Il était fils de Schâh 'Alî Asgar Garib, de Dehli, qui était aussi un poëte hindoustani remarquable, et qui fut le maître de Mirzâ Nacîr uddîn Haïdar, et petit-fils de Muhammad 'Abbâs Padschâh, maître de Mirzâ Gâzî uddîn Haïdar Padschâh. Il fut élève du nabâb 'Aschûr 'Alî Khân Bahâdur, et il s'occupa pendant toute sa vie avec une grande distinction de la poésie hindoustanie. Il a été le maître du prince Mirzâ Farîdûn-Cadr.

Nacîr visita à plusieurs reprises les villes les plus renommées de l'Inde sous le point de vue littéraire, telles que Lakhnau, Haïderâbâd, etc., et il fréquenta les poëtes les plus marquants, tels que Saudâ, Mîr Taquî, etc. Il acquit bientôt lui-même de la célébrité, tant comme poëte que pour avoir formé des élèves distingués. Il était élève lui-même de Mîr Muhammad Mâyil. Il est auteur d'un Dîwân hindoustanî.

Kamâl, qui l'avait connu à Dehli, où il tenait deux fois par mois des réunions littéraires, en fait un grand éloge. Sarwar cite seize pages de ses poésies. On en trouve aussi dans le *Sarâpâ sukhan,* et dans l'imitation urdue du *Hadâyic ulbalâgat.* Il est mort en 1842 ou 1843, à Haïderâbâd, dans le Décan, où il s'était retiré à la prière du célèbre ministre le râjâ Chandû Lâl.

---

par un *noun*, un *sâd*, un *yé* et un *ré*. Il est synonyme de *Nâcir*, écrit par un *noun*, un *alif*, un *sâd* et un *ré*, nom des poëtes de la seconde série. Ces deux mots sont des adjectifs verbaux arabes qui, bien que différant d'orthographe, signifient l'un et l'autre « victorieux ».

27.

Je pense que ce poëte est le même que Sarwar appelle « du Décan », et qu'il distingue à tort du premier.

II. NACIR (le saïyid Naçir uddin Gauçi), de Jaléçar, un des descendants du célèbre contemplatif 'Abd ulcâdir Guîlâni Gaus, duquel il tire son surnom, est compté parmi les poëtes hindoustanis par Câcim et par Sarwar.

III. NACIR (Muhammad), de Lakhnau, fils du précepteur de S. M. Mirzâ Naçir uddin Haïdar Padschâh, lequel était fils de Muhammad 'Abbâs, précepteur de Gâzi uddin Haïdar Padschâh, a été élève du nabâb 'Aschûr 'Ali Khân Bahâdur. On lui doit un Diwân dont Muhcin cite des vers.

I. NACIR [1] (Miyan) est mentionné par Mashafi comme un des fils de Mîr Haïdar et comme un jeune homme éloquent qui fréquentait les réunions littéraires de Dehli, où il prit du goût pour la poésie, qu'il cultiva ensuite. Je pense que c'est le même écrivain dont Mannû Lâl cite plusieurs vers sous le nom de Mîr Nâcir uddin Nâcir.

II. NACIR (le maulawi et mîr Naçir 'Ali), de Lakhnau, fils du maulawi et mîr 'Abd ul'Ali et élève de Nâcikh, est auteur d'un Diwân dont Muhcin cite plusieurs gazals. Il était correcteur de l'imprimerie Mustafâï, des presses de laquelle sont sortis beaucoup d'ouvrages hindoustanis.

III. NACIR (le saïyid et mîr Abu Muhammad), de Lakhnau, fils d'Ikrâm 'Ali, frère d'Ansakh, élève de Mîr Kallû 'Arsch, est auteur d'un Diwân hindoustani dont Muhcin cite des vers dans son Tazkira.

[1] Le nom de ce poëte et des écrivains de cette seconde série est écrit par un noun, un alif, un sâd et un ré, ainsi que je l'ai déjà dit.

IV. NACIR (le saïyid Yuçuf Mirza), est un poëte contemporain dont on trouve un tarikh dans l'*Awadh akhbâr* du 21 septembre 1869.

V. NACIR (Muhammad Abu'lfazl), fils du schaïkh Muhammad Afzalî et petit-fils du schaïkh Khûb ullah Ilâhàbàdi, est auteur d'un Dîwân persan et a aussi écrit en hindoustanî. Il est cité par Abû'lhaçan.

VI. NACIR [1] (le nabâb Nâcir Jang), fils du nabâb Muzaffar Jang Bangasch, mort en 1228 (1812), est compté par Schefta et par Karîm au nombre des poëtes hindoustanis.

VII. NACIR (Sa'adat Khan), natif de Naguîna, habitant de Lakhnau, fils et élève du mirzâ Muhammad Haçan (autrement dit *Chotâ Mîrzâ* [2]) Muznib, l'auteur de marciyas, élève lui-même de Saudâ, est un écrivain hindoustanî auteur d'un Tazkira et de cinq Dîwâns dont Muhcin cite des gazals dans son Anthologie.

VIII. NACIR (Mir Nacir 'Ali), fils du mirzâ Muhammad 'Ali, de Fathpûr, et élève de Mîr Ikrâm 'Alî Tawâna, est un autre poëte hindoustanî dont Muhcin cite aussi des vers.

I. NACIR [3] 'ALI (Amîr Khan) est auteur de chants populaires.

II. NACIR 'ALI (Schah), derviche, natif de Sirhind et habitant de Dehli, est auteur d'un Dîwân et de plusieurs masnawis mentionnés par Sarwar.

III. NACIR 'ALI, de 'Azîmâbâd, est compté parmi les poëtes hindoustanis. Bénî Nàràyan donne de lui un gazal plein d'intérêt.

---

[1] Schefta écrit son nom *Nacîr*.

[2] C'est-à-dire « le petit Mirzâ ».

[3] Ici *Nâcir* est écrit comme dans les articles de la seconde série précédente, c'est-à-dire par un *noun*, un *alif*, un *sâd* et un *ré*.

IV. NACIR 'ALI (Muhammad) est auteur de l'*Anwâr-i Nâciri* « les Lumières de Nâcir », ouvrage urdû à la louange du prophète ; Lakhnau, 1281 (1865), in-8° de 32 pages.

NACIR[1] KHAN est le traducteur en urdû, avec l'aide du Dr W. Anderson, principal du collége d'Agra, de l'« Inquiries on the intellectual Powers » du Dr Abercrombie, sous le titre de *Râh-numâ-é hikmat* « Guide de la sagesse[2] ». Mais le plus important des ouvrages de Nacir Khân, c'est le commentaire (*scharh*) qu'il a publié à Agra en 1860, de 412 p. grand in-8°, des poésies choisies de Saudâ, sous le titre de *Intikhâb kulliyât caçâïd o gaïra Mirzâ Rafi' Saudâ kâ* « Choix des œuvres complètes, cacîdas, etc., de Mirzâ Rafî' Saudâ ».

NACIR[3] KHAN (Muhammad), un des éditeurs du journal urdû quotidien de Ludiana intitulé *Majma' ulbahraïn* « le Confluent des deux mers », imprimé à la typographie qui porte le même nom et dont il est directeur, est de plus auteur :

1° Du *Duzd o câzi* (*Quissa*) « Histoire du voleur et du câdi », conte arabe[4], reproduit en urdû, je crois, d'après le persan ; Ludiana, 1863, in-8° de 48 p. ;

2° Du *'Ajâïbât rub' maskûn* « Merveilles du monde habité[5] », espèce de géographie abrégée du *Habib us-*

[1] Même orthographe que celle de la première série, c'est-à-dire *noun*, *sâd*, *yé* et *ré*.

[2] La première partie de ce traité a été imprimée à Agra et elle forme une brochure in-8° de 48 p.

[3] Même orthographe que les noms précédents de la seconde série, c'est-à-dire *noun*, *alif*, *sâd* et *ré*.

[4] On trouve une traduction française de ce conte dans un des premiers numéros du Journal Asiatique, par M. Quiret, élève de S. de Sacy.

[5] A la lettre, « du quart du monde ».

*siyar* « l'Ami des voyages », de Mirkhond ; Ludiana, 1864, 92 p. in-folio.

C'est un coup d'œil général sur les principales contrées du monde, dans lequel on n'a pas oublié le pays fabuleux de Gog et de Magog.

NACIR UDDIN [1] (le maulawî) était en 1846 éditeur du *Martanda* « le Soleil » ( « Indian Sun »), journal imprimé à Calcutta sur cinq colonnes et en cinq langues, hindî et urdû, bengalî, persan et anglais; mais ce journal n'a pas plus réussi dans l'Inde que ne réussissent en Europe les journaux de ce genre, leur rédaction étant nécessairement défectueuse et incomplète et ne pouvant par cela même contenter personne.

I. NADIM [2] (le schaïkh [3] 'Alî Culî) fut d'abord attaché au service du sultan de Dehli, et en reçut le titre de Khân. Puis il alla de Dehli à Murschidâbâd, et y fut attaché à la cour du nabâb du Bengale Mîr Muhammad Ja'far Khân. Il fut le maître de 'Alî Khân Firâc. Il a surtout écrit beaucoup de marciyas et de salâms, et c'est en ce genre qu'il a acquis de la célébrité.

Il mourut à Murschidâbâd après 1168 (1754-1755), car il était vivant à cette époque. Il avait visité Patna, où Schorisch, qui le mentionne, l'avait rencontré. Il est aussi parlé de lui dans le *Makhzan nikât* de Câïm.

II. NADIM (Muhammad Cacim), de Dehli, est un autre poëte contemporain, élève de Firâc, et qui est mentionné par Câcim.

---

[1] Ici *Nacîr* a la même orthographe que dans les premiers articles précédents : *noun, sâd, yé* et *ré*. Ce composé signifie « le Défenseur de la religion », *Defensor fidei*, titre des souverains d'Angleterre.

[2] Ce mot est un adjectif verbal arabe qui, écrit par *noun, dâl, yé* et *mîm*, comme ici, signifie « commensal ».

[3] Câcim et Schefta donnent à ce poëte le titre de *Mirzâ*.

III. NADIM (Mîr Muhammad Schafi'), de Lakhnau, fils du munschi Mîr Muhammad Rafi' et élève de Macbûl uddaula Mirzâ Mahdi Cubûl, est un poëte hindoustani dont Muhcin cite plusieurs pièces de vers.

IV. NADIM (le maulawi Rahmat ullah), habitant de Haçanpûr, district de Murâdâbâd, est mentionné dans l'*Akhbâr-i âlam* de Mirat du 27 septembre 1866, comme bon écrivain en prose et en vers.

NADIM [1] est un poëte contemporain de Dehli, élève de Mîr Huçaïn Taskîn, et mentionné par Schefta.

I. NADIR [2] (le schaïkh Imam uddin [3]), de Dehli, mentionné entre autres par Abû'lhaçan parmi les poëtes hindoustanis, vivait sous le règne de Muhammad Schâh. C'est un poëte qui, selon 'Alî Ibrâhîm, ne jouit pas d'une grande réputation. Muhcin le dit contemporain de Miyân Walî. Il mourut de phthisie au kotila de Firoz Schâh [4], où il demeurait en 1166 (1752-1753), ainsi que nous l'apprend Câïm dans son Tazkira.

II. NADIR (Lala Ganga Singh) est un Hindou, de Lakhnau, élève de Haçan, que Mashafî compte parmi les poëtes hindoustanis, et dont il cite un vers. Il est aussi nommé Gangâ-praçâd et Gangâ Râm.

III. NADIR (Mîr Muhammad 'Arif 'Alî), originaire de Cachemire, est un poëte hindoustani qui habitait Dehli et qui est plus connu sous le nom de *Mîr Jâgan*. Il est mentionné par Câïm et par Schefta.

---

[1] Cet adjectif verbal arabe, écrit par *noun*, *alif*, *dâl* et *mîm*, signifie « repentant ». Quoiqu'il appartienne à la même racine que le nom des poëtes précédents, il a, comme on le voit, une signification fort différente.

[2] A. « Merveilleux ».

[3] Et selon Schorisch, *Nizâm uddîn*.

[4] Sur cet édifice, voyez la « Description des monuments de Dehli », par Saïyid Ahmad Khân, dans le Journal Asiatique, 1860.

IV. NADIR (le schaïkh Gulam-i Raçul), de Gwalior, est un poëte distingué mentionné par Sarwar.

V. NADIR (Janab[1] Mirza Kalb Huçaïn Khan Bahadur), députe collecteur à Étàwa, puis à Farrukhábàd, fils du nabâb Ihtiràm uddanla Dabîr ulmulk Kalb 'Ali Khán Bahàdur Haïbat Jang, ràïs de Bénarès, que Nàdir a habité, et élève du schaïkh Imàm-bakhsch Nàcikh, est auteur de quatre ouvrages mentionnés p. 139 sous son nom de Kalb Huçaïn ; mais on lui doit en outre les deux ouvrages suivants, publiés sous son takhallus :

1º Un Tazkira intitulé *Saulat Nàdiri* « Boutade de Nàdir » ;

2º Un *Majmü'a-i marciya* « Recueil de marciyas ».

VI. NADIR (le maulawi saïyid Najm uddín Huçaïn), de Maïmanatnagar, est un poëte hindoustani mentionné par Nassàkh dans la préface de son *Daftar bé-miçàl*.

VII. NADIR (Mirza Mustafa 'Alî Haïdar) est un poëte contemporain dont on trouve un gazal dans l'*Awadh akhbàr* du 7 septembre 1869.

NAGUIN[2] est un poëte hindoustani dont on trouve, dans l'Anthologie intitulée *Guldasta-i sukhan*, un gazal dont voici la traduction :

Puisque tu es cachée derrière le rideau du harem, pourquoi ne resterais-je pas, moi aussi, renfermé dans ma maison? C'est mon cœur qui devrait être ton harem ; pourquoi ne viens-tu pas y faire ta demeure?

Si tu éprouvais le désir de te promener et de fouler ainsi la terre sous tes pas, ah! que je voudrais te servir de tapis!

Si tu passes auprès du tombeau d'un amant, ah! que je voudrais être ce mort, pour jouir de ta présence!

---

[1] Ce titre d'honneur pourrait se rendre par « Sa Seigneurie ».
[2] P. « Chaton d'une bague ».

Hélas! pourquoi ne serais-je pas celui que tu as traité naguère avec bienveillance et sympathie?

Comme j'ai vu ton nom gravé sur le chaton (*naguín*) d'une bague, mon cœur en a été ensanglanté, et je me suis dit : « Pourquoi ne serais-je pas ce chaton (*Naguín*)? »

I. NAHIF [1] (LALA LAKHPAT RAÉ) est fils de Munschî (Mûl Chand), célèbre écrivain contemporain dont il a été parlé plus haut. Il était élève de son père et il marchait sur ses traces. Il occupait à Bareilly le poste de wakil; mais Zukâ l'avait rencontré à Dehli. L'*Akhbâr sirischta-i ta'lim Awadh* en donne une fable traduite de l'anglais dans son numéro du 1er janvier 1870, et il annonce son décès.

II. NAHIF (le saïyid BARKAT 'ALÎ), de Murâdâbâd, est mentionné par Bâtin et par Muhcin, qui en citent des vers dans leurs Tazkiras.

NA'IM [2] (NA'IM ULLAH KHAN), de Dehli, élève et ami de Schâh Muhammad Hâtim, est auteur d'un petit Dîwân hindoustanî. Il fut employé par le nabâb Muhammad Yâr Khân, et ayant écrit des vers à sa louange, il eut l'avantage d'être admis dans sa société, qui se composait des beaux esprits du temps. Il a déjà été question, dans cet ouvrage, des réunions que tenait cet ami de la littérature hindoustanie, réunions où les poëtes urdus faisaient assaut de talent et de facilité. Na'îm mourut d'hydropisie à Dehli, qu'il n'avait jamais quitté. Les biographes originaux citent de lui plusieurs vers.

Ce poëte, qui était lié avec Mashafî, paraît être le même que le schaïkh Muhammad ou Muhammadi Na'îm (de Dehli), qui a écrit dans l'ancien style, et qui était

[1] A. « Chétif ».
[2] A. « Aise, volupté ».

élève de Mîr Sajjâd, de Mîr Dard et du schaïkh Zuhûr
uddîn Hâtim. Il était militaire de profession, et Câcim
nous apprend qu'il était mort longtemps avant la rédaction de son Tazkira.

Il y avait à la bibliothèque du Top khâna de Lakhnau un exemplaire du Dîwân de Na'îm, de 130 p. de
gazals, de rubâ'is et de cacîdas de 13 vers à la page.

I. NAIYIR[1] (Mirza Haçan 'Askarî), de Lakhnau, fils
du mirzâ Muzaffar 'Ali Beg Agâ Jân, et élève du mirzâ
Khânî Nawâzisch, est un poëte hindoustanî dont Muhcin
cite des vers dans son Anthologie.

II. NAIYIR (Ziya uddîn) est éditeur du Dîwân de Gâlib
(Mirzâ Açad ullah Khân), publié à Agra en 1863, grand
in-8° de 146 pages.

NAJABAT[2] (le saïyid Kalb 'Alî), de Lakhnau, fils
du saïyid Haçan 'Ali, et élève du saïyid Haçan Amânât,
est un poëte hindoustanî dont Muhcin cite des vers
dans son Anthologie.

NAJAD[3] (Mirza Muhammad 'Abbas), de Lakhnau, fils
du mirzâ Hâïdar, et élève de Mîr Wazir Sabâ, est auteur
d'un Dîwân dont Muhcin donne des gazals dans son
Anthologie bibliographique.

I. NAJAF[4] (Mîr Najaf 'Alî) est un poëte mentionné
par Kamâl, par Schefta, et par Mashafî, qui ne donne aucun renseignement sur lui, mais en cite trois gazals qu'il
a copiés dans un album et qui lui ont paru d'une bonne
facture. Les autres biographes que j'ai pu consulter le

---

[1] A. « Le soleil », et quelquefois « la lune ».
[2] A. « Noblesse, générosité ».
[3] A. « Fatigue ».
[4] A. Nom du tombeau de 'Ali, et par suite de la ville même où il est
situé.

qualifient du titre de poëte ancien, mais on sait ce qu'il faut souvent entendre par cette expression.

II. NAJAF (le munschi khwàja NAJAF 'ALÍ) est un littérateur contemporain qui a été le collaborateur du capitaine Brown dans sa traduction du « Field Exercises of the army », de Torrens, intitulée « Extracts, etc. », et en hindoustaní *Càïda farhang* « Règle de la science (des manœuvres) ». Il y en a deux éditions, une en caractères persans, et l'autre en caractères nagaris ; Calcutta, 1847.

III. NAJAF (SCHAH MUHAMMAD 'ALÍ [1]), d'Allahâbâd, fils de Schâh Walí ullah [2] Bétàb, est compté parmi les poëtes hindoustanis.

NAJAF 'ALÍ KHAN est l'éditeur d'un journal de Rurki [3], hebdomadaire, rédigé en hindoustaní et intitulé *Mazhar ul'ajàïb* « Manifestation des choses extraordinaires » ;

On lui doit aussi :

1° Un ouvrage historique intitulé *Mukhtaçar ulkhulàça* « Résumé de l'abrégé », imprimé à Mirat en 1864 ;

2° Le *Zubdat ulgaràïb* « la Quintessence des merveilles » ; traité du magnétisme animal ; Lahore, in-8° de 40 pages.

I. NAJAT [4] (le schaïkh HAÇAN RIZA), de Dehli, avait le génie poétique et maniait très-bien la langue urdue. Après la dévastation de Dehli, ce poëte vint à 'Azimâbâd et y jouit pendant quelque temps de la bienveillance du hâjî Ahmad 'Alí Quiàmat. Il demeurait depuis

---

[1] Sprenger lit *A'la*.
[2] Mon manuscrit de Sarwar le nomme *'Alim ullah*.
[3] Ou de Mirat, selon le Rév. J. Long (« Descriptive Catalogue », 1867, p. 34).
[4] A. « Salut, fuite ».

quelques années, à l'époque où écrivait 'Ali Ibrâhim, dans un village du sarkâr de Sâran, qui est une dépendance de la province de Bihâr. Il a écrit, entre autres, des marciyas en l'honneur du prince des martyrs, mais peu de pièces de vers dans les autres genres ; ce qui fait que sa réputation n'est pas aussi grande qu'elle aurait pu l'être. Najât est mort en 1207 (1792-1793), à Bénarès, où il avait résidé quelque temps, attaché à la personne de Sa'âdat 'Ali Khân, nabâb d'Aoude. Schorisch le nomme *Miyân Muhammad Najât*, et dit qu'il avait un emploi à Patna auprès d'Abûl Câcim Khân.

II. NAJAT (Mir Zaïn ul.'abidin), de Sahâranpûr, a surtout écrit en persan. Il est mentionné par Sarwar et par Câcim, qui le nomme *Najâbat*.

NAJI [1] (Muhammad Schakir), de Dehli, fut le contemporain et l'émule de Schâh Najm uddin Abrû. Il vivait en effet sous le règne de Muhammad Schâh, et il était militaire de profession. Il a acquis de la célébrité comme poëte hindoustani. Il était très-aimable, plaisantait volontiers, mais avait l'habitude de critiquer tout le monde. Un jour Mîr lui entendit réciter dans une société des vers facétieux de sa composition, qui excitèrent l'hilarité de l'assemblée.

Ses vers ont été réunis en un Diwân très-célèbre encore actuellement à Dehli, surtout par les idées gracieuses qui y abondent. Les biographes originaux en contiennent de nombreux extraits. Nàji a écrit dans le style métaphorique obscur qui distingue les écrivains hindoustanis de l'époque où il vécut. Il était frère de Câïm et ami de Mun'im. Il mourut fort jeune, en 1168 (1754-

---

[1] A. « Sauvé, libre, etc. »

1755). Hâtim en parle comme de son contemporain dans sa préface du *Dîwân-zâda*.

NAJIB [1] (Mîr BAHADUR 'ALI), élève de Firâc, est signalé comme poëte hindoustani par Muhcin, qui donne un échantillon de ses vers dans son Tazkira.

I. NAJM [2] (le câzî NAJM UDDÎN), Kâkori, c'est-à-dire de Kâkor, dans la partie est de l'Hindoustan, est un savant et spirituel écrivain qui a exercé à Calcutta les fonctions de câzî dans l'administration anglaise, et qui est mentionné par Sarwar dans son Tazkira.

II. NAJM (NAJM UDDAULA IFTIKHAR ULMULK SAÏYID MU-HAMMAD RIZA KHAN BAHADUR HUÇÂM JANG), de Lakhnau, fils d'Abû'lcâcim Khân Tabâtabâî [3], neveu (fils de frère) de Mukhtâr uddaula et élève de Mîr Nizâm uddîn Mamnûn, était *dâroga* du trésor et lieutenant du major-dome du roi (d'Aoude). On lui doit un Dîwân persan et un Dîwân urdû dont Muhcin cite des gazals dans son Tazkira.

III. NAJM (Mîr NAJM UDDÎN), de Dehli, fils d'Amîr Camar uddîn, est auteur d'un Dîwân de vers hindousta-nis dont Muhcin donne un échantillon.

IV. NAJM (le maulawî NAJM UDDÎN ASCHRAF) est un poëte contemporain dont on trouve un gazal dans le recueil d'un concours poétique (*muscha'ara*) publié à Bénarès en 1868, sous le titre de *Gazliyât,* par le bâbû Hari Chandra.

I. NAKHAT [4] (MIYAN NAZIR ou NIYAZ 'ALÎ [5] BEG), un

---

[1] A. « Noble », etc. (*najîb*).
[2] A. « Astre, étoile ».
[3] C'est-à-dire descendant de Tabâtabâ, petit-fils de 'Ali.
[4] A. « Parfum, odeur ».
[5] Bâtin sépare ce poëte en deux écrivains différents; il en nomme un

des élèves les plus distingués de Schâh Muhammad Nacir, est auteur :

1° D'une traduction en vers hindoustanis du *Sikandar-nâma* « le Livre d'Alexandre [1] », imprimée à Agra en 1849, in-8° ;

2° D'un ouvrage intitulé *Kitâb-i urdû mustalahât* « Livre des expressions techniques hindoustanies (oordoo idioms) » expliquées et corroborées par des exemples. Je pense que cet ouvrage est le même que celui qui porte aussi le titre de *Makhzan ulfawâïd* « le Magasin des utilités », et qui est, comme le premier, un recueil de termes techniques, d'idiotismes et de proverbes accompagnés de citations poétiques en urdû. Cette compilation a été faite sous les auspices de feu Félix Boutros, alors principal du collége de Dehli, et imprimée dans cette capitale en 1845, in-folio de 357 p. Dans une note du Journal de la Société Asiatique de Calcutta, n° 5 de 1851, on attribue à tort ce dernier ouvrage à Irschâd, mentionné plus haut.

3° De gazals et autres poëmes, réunis en Dîwân, dont Sarwar donne dans son Tazkira un assez grand nombre de vers.

II. NAKHAT (le hâfiz GULAM AHMAD), de Dehli, est un autre poëte hindoustanî dont Muhcin cite des vers.

1. NALAN [2] (MIRZA MUHAMMAD 'ASKAR [3] 'ALÎ KHAN), de Dehli, était Mogol de nation. Il fut le premier élève

---

*Nazr 'Alî* et l'autre *Niyâz 'Alî ;* mais il est évident qu'il s'agit de la même personne. D'autres biographes écrivent *Niçâr.*

[1] Celui probablement de Nizâmî, le plus célèbre des ouvrages qui portent ce titre.

[2] P. « Se lamentant ».

[3] Mashafî, Bénî Nârâyan, Kamâl et Schefta le nomment *Miyân 'Askar Nâlân.*

qu'eut Mashafi à Dehli ; ce dernier dit à ce sujet que
Mîr Haçan [1] l'a donné, dans son Tazkira, comme disciple de Schàh Hàtim, mais que c'est une erreur. Selon
Sarwar, il était élève de Gulâm Mustafà Khàn Yakrang.
Nàlàn fréquentait assidûment les réunions que Mashafi
tenait chez lui, et avait en ce biographe la plus grande
confiance. Toutefois Mashafi l'avait perdu de vue à
l'époque où il écrivait son Tazkira. Il en cite un vers
seulement, et Béni Nàràyan transcrit de lui un gazal
qui n'offre rien de remarquable.

Schefta nous apprend que Nàlàn est mort à l'âge de
quatre-vingt-dix ans, en 1248 (1832-1833).

II. NALAN (Mîr Ahmad 'Alí), de Dehli, se flattait
d'être un des élèves de Mirzà Rafî' Saudà. 'Alì Ibràhîm,
en nous révélant cette circonstance dans l'article qu'il
lui a consacré dans son Tazkira, déclare en même
temps qu'il ne lui reconnaît pas beaucoup de talent.

III. NALAN (Mîr et Miyan Waris Muhammad 'Alì), de
'Azìmàbàd (Patna), fils de Mîr Arzàni [2], naquit dans un
village du Bihàr ; mais il habita constamment 'Azìmàbàd,
où il était à la tête d'une fabrique de verre, et où il assistait constamment à la réunion des poëtes qui y avait
lieu le vendredi. En 1195 de l'hégire (1781), il était
encore jeune et se distinguait par son talent poétique.
Il fut un des élèves de Mirzà Aschraf 'Alì Figàn, et on
lui doit un Dîwàn de 1300 vers, dont Muhcin cite des
passages.

IV. NALAN ('Abd ulcadir), de Fathàbàd, descendant du célèbre spiritualiste le schaïkh 'Abd ulhacc, a

[1] Et aussi 'Alì Ibràhìm.
[2] Et selon Schorisch, de Mîr Saïyid Rasti.

écrit des poésies hindoustanies et persanes indiquées par Sarwar.

V. NÁLAN (MIRZA MUHAMMAD JAN), de Lakhnau, mentionné par Sarwar et par Muhcin, est fils de Mirzâ Mahdi 'Alî Khân, sûbadâr de Bareilly et élève de Lâla Moji Ràm Moji et de Mashafî. Muhcin en cite des vers.

VI et VII. Sarwar mentionne de plus deux autres poëtes de ce même surnom, sans autre désignation, mais qui paraissent être différents des précédents. Un de ces derniers est indiqué comme étant un poëte ancien.

NÂM DÉO [1] est un célèbre auteur hindou [2], le plus ancien, selon le Rév. J. Stevenson [3], des auteurs pracrits [4] dont le nom soit parvenu à la postérité. Il était, dit-on, un enfant trouvé, né en 1200 de l'ère saka (1278 de l'ère chrétienne), à Gwalior. Il fut recueilli par un tailleur dont il embrassa la profession, et il fut aussi teinturier (chîpâ). Toutefois, l'auteur du *Kavi charitr* dit que son père se nommait Jnyàn Déva. Il devint un des premiers disciples de Pandalika, qui établit une secte hindoue éclectique. On lui doit un nombre prodigieux de vers, entre autres des *abhang* [5] ou hymnes religieux et moraux, dont quelques-uns ont été rapportés de l'Inde en manuscrit par feu Ch. d'Ochoa ; et un ouvrage intitulé *Haripâth* « la Leçon de Hari ».

[1] Ou *Nâma Déva*.
[2] « Asiatic Researches », t. XVII, p. 238.
[3] « Journal of the Bombay Branch. R. A. S. », t. Ier, p. 3.
[4] Par ce mot, Stevenson entend *mahratti*, et il cite en effet Nâm Déo parmi les écrivains mahrattes. Cependant Nâm Déo paraît avoir réellement écrit en hindoni, au moins quelques pièces de poésie. Mais, du reste, le mahratti et le guzaratti sont deux dialectes indiens qui se rapprochent beaucoup de l'hindi.
[5] Sur cette pièce de poésie, voyez l'Introduction, t. Ier, p. 10.

Nàm eut pour esclave une femme nommée Zânâ Bàï [1], auteur elle-même et qui écrivit aussi des *abhang* parvenus à la postérité. Il mourut en 1250 de l'ère saka (1328 de J. C.).

Voici l'article qui lui est consacré dans le *Bhakta mâl :*

### CHHAPPAÏ.

Nâm Déo accomplit son engagement *envers la Divinité,* comme le fit dans le deuxième âge Nar-hari-dâs [2].

De ses mains, dans le temps de son enfance, l'idole Bîthal [3] but du lait.

Il ressuscita une vache morte, et donna ainsi aux açuras une preuve *de sa mission.*

Il retira de l'eau un lit tel qu'il était auparavant.

Ayant vu le temple retourné, ceux qui y résidaient furent saisis de crainte.

Pandura-nâth [4] l'ayant suivi, couvrit de ses mains son toit de chaume.

Nâm Déo accomplit son engagement comme le fit Nar-hari-dâs dans le second âge.

### EXPLICATION.

Nâbhâ Jû a comparé Nâm Déo à Prahlâd (Nar-hari-dâs), parce que dans tous les lieux où Wischnu s'est fait voir à Prahlâd, dans ces mêmes lieux il s'est manifesté à Nâm Déo.

Bâm Déo [5] (aïeul de Nâm Déo) était imprimeur sur étoffes

---

[1] Ou mieux *Jânâ Bâï.* Pendant que les Hindous prononcent *j* le *z* persan, les musulmans prononcent souvent *z* le *j* indien. Il en résulte dans l'Inde une confusion continuelle entre le *j* et le *z.* Voyez, p. 83, l'article JANA BÉGAM.

[2] Surnom de Prahlâd, personnage célèbre parmi les waïschnavas. Voyez le *Wischnu Purâna* de M. Wilson, p. 124 et suivantes.

[3] Il sera question plus loin de cette idole.

[4] Ce mot signifie « le seigneur », c'est-à-dire le dieu de Pandura ou Pandurapûr, ville de la province de Béjapûr ou Vizapûr, qu'on nomme Punderpûr dans les cartes anglaises; long. 75° 24′, lat. 17° 40′. Il paraît que le dieu dont il s'agit ici n'est autre que Wischnu.

[5] Bâm Déo figure dans la liste des munis qui vinrent auprès du râjâ Parikschit lorsqu'il fut maudit par le rischi Sringuî.

à Pandurapûr. Sa fille fut veuve très-jeune, et Bâm Déo fit
cette réflexion : Jusqu'ici l'amour ni aucun autre sentiment
ne s'est encore emparé de la personne de ma fille; elle restera
désormais attachée à celui à qui elle appliquera son esprit :
c'est une chose certaine. Bâm Déo lui dit donc : « Consacre-
toi, ma fille, au service du dieu *Wischnu;* si telle est ton intention, j'accomplirai toute *la cérémonie.* » Elle témoigna ce
désir en effet. Alors il lui perça les oreilles et lui mit de la
mélasse dans la main. Pleine de bonne volonté, elle s'appliqua
au service du dieu. Quelque temps après elle ressentit de l'in-
clination pour l'amour ; elle se rendit la divinité favorable et
devint enceinte. Les voisins l'ayant appris chuchotèrent; leurs
propos arrivèrent jusqu'aux oreilles de Bâm Déo. Après avoir
réfléchi, il interrogea sa fille *à ce sujet.* Elle répondit : « Celui
dont vous m'aviez parlé a accompli mon désir : que me de-
mandez-vous? » Alors Bâm Déo fut satisfait, et on ne pensa
plus à se moquer d'elle. Quelque temps après l'enfant naquit.
On fit beaucoup de dépenses à cette occasion, et on lui donna
le nom de Nâm Déo. Il grandit de jour en jour. Étant allé
jouer avec les enfants de son âge, ils s'amusèrent à imiter le
pûjâ et tout le service divin. Nâm Déo demanda à plusieurs
reprises *à son grand-père* de le charger du service *du dieu.*
Une fois Bâm Déo alla au village *voisin* et il dit à Nâm Déo :
« J'ai affaire pendant trois jours au village, vous ferez le service. A la nuit vous donnerez du lait à boire à l'idole[1]. » Lors
donc que Bâm Déo s'en fut allé au village, Nâm Déo fit le
service pendant le jour, et à la nuit ayant mêlé du lait avec
du sucre dans une coupe, il le présenta à l'idole pour qu'elle
en fît sa nourriture; mais l'idole ne but pas le lait. Le second
jour se passa de même. Le troisième jour il présenta la coupe;
mais comme l'idole ne but pas plus que les jours précédents,
Nâm Déo tira son couteau, et l'appliquant à son cou, il allait
se le couper, lorsque Wischnu (Bhagavat), qui est la force
de ses adorateurs, prit de sa main[2] la coupe, et en but le lait.

Quand les trois jours se furent écoulés, Bâm Déo revint, et

[1] Cette idole est celle qui est nommée plus haut *Bîthal* et *Pandura-
nâth.* Elle n'est autre chose que Krischna, Bhagavat ou Wischnu.
[2] C'est-à-dire, je pense, avec la main de l'idole qu'il dirigea.

28.

demanda à Nàm Déo comment il s'était acquitté du service.
Nàm Déo lui répondit : « Grand-père, en partant vous n'aviez
pas averti l'idole que votre petit-fils lui apporterait le lait ;
aussi ne m'a-t-elle pas connu, et s'était-elle obstinée à ne pas
boire le lait que je lui présentais. » Nàm Déo raconta, en terminant, ce qui s'était passé le troisième jour, lorsqu'il pré-
sentait à boire à l'idole de la même façon que les jours précédents.

Le roi [1] ayant entendu parler de ce fait, fit venir Nàm Déo
et lui dit : « Montrez-moi des miracles. » Nàm Déo répondit :
« Si j'avais le pouvoir des miracles, me serais-je laissé amener
ici? » Le roi se fâcha et lui dit : « Vous ne retournerez pas à
votre maison avant d'avoir ressuscité cette vache morte. »

Alors le saint improvisa ce pad.

### BAG-PAD.

Écoutez ma supplication, ô Seigneur du monde; je suis votre serviteur; prêtez l'oreille, ô Krischna, au désir que je vous exprime. —
Maître du pauvre, pourquoi ne ressusciteriez-vous pas cette pauvre
vache, qui beuglait naguère, et dont tous les membres sont en bon état?
— Augmentez *par là* ma gloire. — Si vous dites qu'il ne lui est pas
donné par le destin de vivre davantage, eh bien, ajoutez à sa vie la
portion d'existence qui m'a été réservée.

La vache se leva et se tint sur ses pieds. Le roi fut très-con-
tent et lui dit : « Si vous voulez des villages et des terres,
vous pouvez les prendre. » Nàm Déo refusa, mais finit par
accepter un petit lit enrichi de pierreries. Toutefois il le jeta
à son retour dans la rivière de Bhîmrâ [2], qui se trouva sur
son chemin. Le roi l'ayant appris, se fit amener Nàm Déo de
nouveau, et lui dit : « Apportez-moi mon lit. » Le saint tira
alors de la rivière plusieurs sortes de lits, et les jeta sur le bord
en disant : « Cherchez celui qui vous appartient, et prenez-
le. » Quand le roi l'eut aperçu, il se jeta aux pieds du saint
et lui dit : « Demandez-moi quelque chose. » Nàm Déo répondit : « Ce que je vous demande, c'est de ne pas m'appeler

[1] Il s'agit sans doute ici d'un roi musulman de Béjapûr, de la dynastie
'Adilschâhî, qui régna de 1489 à 1689.
[2] La même, je pense, que celle qu'on nomme ordinairement Bîma.

de nouveau auprès de vous, et de ne faire jamais souffrir
aucun mal aux sâdhs. »

Son exercice continuel était de chanter des pads à Pandura-
nâth dans son temple. Un jour qu'il se retarda, il ôta ses
souliers, de crainte qu'on ne les lui volât dans la foule, et les
lia à sa ceinture. En tirant de là son tâl[1], ses souliers tombèrent. Alors les employés du temple, mécontents, lui donnèrent
cinq à sept coups sur la tête, dont les cheveux formaient des
mèches embrouillées, et le mirent dehors en le repoussant.
Nâm Déo n'en conçut pas la plus légère peine dans son esprit; mais s'étant retiré derrière le temple, il s'assit et se mit
à chanter son pad. Après l'avoir chanté, il dit : « O Seigneur,
cette punition est *peut-être* juste; mais *néanmoins* dès aujour-
d'hui ceci sera le lieu où je ferai entendre mon pad. Que vous
l'écoutiez ou non, je ne retournerai plus dans votre temple. »

### RAG-PAD.

O roi Gobind (*Govinda*), mon extraction est basse; pourquoi as-tu
rendu ma vie obscure?

Pendant que la bayadère danse en jouant du tâl et du tambour,
pourquoi Bithal n'agréera-t-il pas mon service? — O seigneur de Pandura, écoute mon discours; seigneur, montre-toi à Nâm Déo.

Quand il eut chanté ce pad, la porte du temple changea de
place et se trouva à l'occident, au lieu d'être à l'orient comme
auparavant; et Pandura-nâth ayant pris Nâm Déo par la main,
le fit asseoir auprès de lui. Lorsque les employés du temple
eurent vu cela, ils furent couverts de confusion; et tombant
aux pieds de Nâm Déo, ils sollicitèrent leur pardon.

Un riche marchand fit une grande distribution aumônière,
qui consistait à donner à chacun le poids de son corps, ce
qu'on nomme *tulâ-dân*. Un jour il appela Nâm Déo, et il lui
dit : « Prenez ce que vous voudrez. » Le saint voyant que l'orgueil s'était emparé de cet homme, pensa qu'il fallait l'en dé-
faire. Il prit une feuille de tulci, y écrivit le nom de Râma,
et la remit au marchand en lui disant : « Donnez-moi de ce

---

[1] Sorte de cymbale sur laquelle on frappe avec une baguette de
bois. Nâm Déo la portait pour la faire résonner en l'honneur de la
divinité.

que vous me destinez le poids de cette feuille. » Le marchand
se récria : « Quelle est, dit-il, cette plaisanterie? prenez quelque chose. — Non, insista Nâm Déo, donnez-moi le poids
de cette feuille. » On plaça donc la feuille dans un bassin de
la balance; mais on eut beau mettre de l'autre côté toutes les
richesses de la maison, et même celles de la famille et des
voisins, le côté de la feuille ne put s'élever. Le marchand fut
consterné, et tous les assistants lui dirent : « Vous ne connaissez donc pas celui avec qui vous vous êtes querellé?
L'individu qui vous a vaincu est nécessairement Nâm Déo. »

Le marchand mit enfin dans la balance tout ce qu'il avait
fait vœu de donner, mais le bassin ne s'éleva pas. Alors il
s'avoua vaincu. Nâm Déo ayant ainsi réussi à éloigner de lui
l'orgueil, lui laissa ses richesses et se retira.

Un jour Krischna prit la figure d'un vieux brahmane, et
vint éprouver Nâm Déo, au onzième jour de la lune décrois-
sante [1]. Il demanda à manger au saint, qui lui dit : « C'est
aujourd'hui le onzième, restez ici, et demain à l'aurore vous
recevrez beaucoup. » Réponse et réplique eurent lieu à deux
ou à quatre reprises. Les gens du village tâchèrent d'accorder
les parties, mais elles ne se rendirent pas à leurs observations.
Lorsqu'ils furent fatigués l'un et l'autre de cette querelle, le
brahmane demanda un lit, et se coucha à la porte *du saint*. Au
matin, Nâm Déo alla le trouver; mais il vit qu'il était étendu
mort, la bouche ouverte. Beaucoup de gens se rassemblèrent
autour *du cadavre*, et chargèrent Nâm Déo d'injures, le traitant *d'assassin*. Celui-ci ne répondit rien à personne, mais il
mit le brahmane sur ses épaules, et le porta au bord de la rivière, où il fit un bûcher, y plaça le cadavre, puis y monta
lui-même et s'y assit. Là il se mit à crier : « Tout le monde a
vu des *sati* [2], mais personne n'a jamais vu de *satâ* [3]; eh bien,
on va en voir un à présent. ». Ayant ainsi parlé, il appuya
son doigt sur son menton, et ordonna d'allumer le feu. Sur

---

[1] Jour spécialement consacré à **Wischnu**, et dans lequel le jeûne est
très-méritoire.

[2] Femme qui se brûle sur le corps de son mari.

[3] Homme qui se brûle sur le corps de sa femme, ce qui est inouï.

ces entrefaites, le Seigneur montra son visage, et tous les habitants du village le virent et crurent en lui.

I. NAMI [1] est un poëte mentionné par Sarwar et par Schefta ; et ce dernier biographe fait observer que ce qui le concerne n'est pas *célèbre,* quoiqu'il soit lui-même célèbre (*nâmî*). Il paraît être de Lakhnau, à en croire Sarwar, qui en cite nombre de vers, et on doit le distinguer des écrivains suivants.

II. NAMI (Mirza Rajab 'Alî Beg), neveu d'Amîr uddaula Haïdar Beg Khân, un des notables de Lakhnau et officier de confiance d'Açaf uddaula, nabâb d'Aoude, a écrit des poésies hindoustanies citées par Câcim et par Sarwar.

III. NAMI (Mubariz uddaula [2] Nawab Mir et Mirza Huçam uddîn Haïdar Khan Bahadur), saïyid muçawî, c'est-à-dire descendant de Mahomet par l'imâm Muçâ, était fils de Mirzâ Muhammad Guiyâs [3], habile épistolographe, et parent de Schujâ' uddaula, souverain d'Aoude, dont il était un des principaux omras. Sa famille était originaire de Najaf.

Nâmî était plein d'intelligence et de jugement, et il s'adonna avec beaucoup de succès à la culture de la poésie hindoustanie, après s'être formé à l'art d'écrire sous Mîr Mustahcin Khalîc, jeune fils de Mîr Haçan, l'auteur du *Sihr ulbayân*. Il visita Faïzâbâd et alla ensuite à Dehli, où il paraît qu'il mourut en 1846. Câcim et Sarwar font l'éloge de ce poëte et citent un grand nombre de ses vers.

IV. NAMI (Muhammad Schakir), de Dehli, était un

---

[1] P. « Célèbre, renommé » (*nâmî*).
[2] « Le combattant de l'empire ».
[3] Ou Guiyâs uddîn Muhammad Khân.

militaire du temps de Muhammad Schâh, qui a écrit
avec succès des poésies hindoustanies; il est mentionné
par Sarwar.

V. NAMI (le nabâb SA'ID UDDAULA 'ALÎ MUHAMMAD
KHAN BAHADUR), de Lakhnau, fils de Mîr Banda 'Alî,
petit-fils de Saïf uddîn Ahmad Khân et élève de Nàcikh,
est auteur d'un Dîwân dont Muhcin cite aussi des vers.

VI. NAMI (MATHAN LAL), de Dehli, kàyath de tribu,
est un poëte contemporain avec qui Sarwar s'était rencontré dans les réunions littéraires de Mahdî 'Alî Khân
'Aschic. Il fut d'abord élève d'Inschà ullah Khân, puis,
quand Inschà fut allé à Lakhnau, il s'attacha à Nacîr.
Ne serait-il pas le même que Schâïc (Mathan Lâl), qui
aurait changé de takhallus?

VII. NAMI (le schaïkh NIZAM UDDIN), de Farrukh-
àbâd, est un autre poëte qui résidait à Étàwa lorsque
'Ischqui écrivait son Tazkira.

VIII. NAMI (le saïyid Mîr ACA HAÇAN ou HUÇAÏN),
de Lakhnau, connu sous le nom de Mîrân Rizwî Sàhib,
fils de Mîr Banda Haïdar et petit-fils de Mîr 'Alî Muttaquî, du Khoraçan, un des principaux officiers du mahàràja Dagba Ji Singh, souverain de Balrâmpûr, connu
dans le monde lettré sous le takhallus de Râjah, est un
poëte hindoustani élève du nabâb 'Aschûr 'Alî Khân Bahàdur. Muhcin en cite des vers dans son Tazkira, et il
est auteur d'un ouvrage écrit en urdù et intitulé Nosch-
dàrù « l'Antidote », imprimé à Mirat en 1865, grand
in-8° de 40 p. de 21 lignes. C'est un recueil d'anecdotes, suivies de conseils en prose entremêlés de vers.
Cet ouvrage, dont mon honorable ami Mr. Beames
m'a donné un exemplaire, a été annoncé dans le Naïyir
Râjasthân du 23 novembre 1865 comme remarquable

par les récits curieux, les anecdotes intéressantes et les avis utiles qu'il contient.

**NAMKIN** [1] (Salah uddîn Khan), de Dehli, est mentionné comme poëte hindoustani dans le *Majmú'a ulintikháb* de Kamál.

I. **NAMUD** [2] (le schâh-zâda Mirza Muhammad Asman-cadir Bahadur), fils de Mirzá Muhammad Khusrau-bakht Bahâdur et petit-fils de Mirzá Muhammad Jahândâr Schâh Bâhâdur, héritier présomptif de S. M. Schâh 'Alam Padschâh, le Grand Mogol, naquit à Bénarès, et il habitait Lakhnau, où il fut un des élèves les plus distingués du schaïkh Nàcikh. Il est auteur de poésies hindoustanies dont Muhcin donne un gazal en échantillon dans son Tazkira.

II. **NAMUD** (Mîr Mahdi), de Lakhnau, fils de Mîr 'Abbâs, est un poëte hindoustani qui fit le pèlerinage de Karbala, et dont Muhcin cite aussi des vers dans son Tazkira.

**NANA** [3] SAHIB, fils adoptif du peschwà des Mahrattes Bâjî Râo, qui avait fait sa résidence à Bhitûr, près de Cawnpûr, est l'Hindou qui se signala par des atrocités inouïes pendant la grande insurrection de 1857. On dit qu'il savait admirablement l'anglais et qu'il a traduit en urdû le « Hamlet » de Shakespeare.

On a annoncé sa mort comme ayant eu lieu en 1858 dans les montagnes du Népal, de la fièvre des jangles.

Il est question, dans le *Kavi charitr* mahratte, d'un Nânâ Sàhib qui mourut en 1675 du saka (1753 de J. C.).

---

[1] P. « Salé » et « piquant, beau », etc.
[2] P. « Apparat, honneur ».
[3] « Grand-père maternel ». Nânâ Sàhib signifie donc « le sieur grand-père ».

NANAK [1] SCHAH, célèbre fondateur de la secte des
sikhs [2], est auteur de leur livre sacré nommé *Adi granth* [3]
« le Premier Livre ». C'est le même qui existe à l'East-
India Office sous le titre de *Pothí gurú Nának Scháhí*
« Livre du gurú Nának Schâh », et qui est souvent cité
sous le nom vague de *Granth* [4], comme le Coran des
musulmans sous celui de *Mashaf* « Cahier ». Ce livre
enseigne qu'il n'y a qu'un Dieu tout-puissant et présent
partout, qui remplit tout l'espace et pénètre toute la
matière, et qu'on doit l'adorer et l'invoquer ; qu'il y
aura un jour de rétribution, où la vertu sera récompen-
sée et le vice puni. Non-seulement Nának y commande
la tolérance universelle, mais encore il défend de dispu-
ter avec ceux d'une autre croyance. Il défend aussi le
meurtre, le vol et les autres mauvaises actions ; il re-
commande la pratique de toutes les vertus, et principalement une philanthropie universelle, et l'hospitalité
envers les étrangers et les voyageurs [5].

[1] I. « Multiple ».
[2] On ne sait généralement pas que l'étymologie du mot *sikh* est hindoustanie. Il vient de *sikh* « apprends » (impératif de l'infinitif *sikhná*),
mot que Nának disait souvent à ses disciples. Wilkins, « Asiatic Researches », t. Ier, p. 317.
[3] Ward, dans son « History, etc., of the Hindoos », t. III, p. 460 et
suiv., cite des extraits intéressants de cet ouvrage. J'ai donné à l'article ARJUN des détails sur l'*Adi granth* de Nának et sur le *Ratan mâla*
« Chapelet des pierres précieuses », un des poëmes de Nának. Cet ouvrage, qui se compose de huit chants (pierres), a été traduit en anglais
par feu A. K. Forbes et publié dans le journal du « Bombay Branch,
Royal Asiatic Society », t. IX, p. 20 et suiv. Voyez aussi à ce sujet
les observations de J. Newton, dans le même volume, p. XI et suivantes.
[4] Voyez le Catalogue de la vente de C. Stewart, n° 108. Le véritable
*Granth*, ou livre de Nának, a été écrit dans le dialecte du Panjâb ou
panjâbí, avec les caractères de l'invention de Nának, nommés par suite
*gurú mukhí* « de la bouche du maître ». Ce sont les mêmes dont on se
sert encore dans ce dialecte.
[5] Wilkins, « Asiatic Researches », t. Ier, p. 317 de la trad. française.

On conserve à la Bibliothèque impériale de Paris une histoire manuscrite de Nânak, en hindoustani, où les sentences de cet habile réformateur sont citées en très-grand nombre, et à l'East-India Library le *Nirmala granth* [1] « le Livre pur », en braj-bhâkhâ, et le *Pothi Sarab gani* [2], autre livre qui contient l'exposé des doctrines de Nânak. Il y a aussi à l'East-India Office un volume intitulé *Sikh darsan, Pothi Nânak Schâh, dar nazm* « le Disciple manifeste, Livre de Nânak, en vers ». C'est apparemment le même ouvrage dont je possède un exemplaire qui porte le titre de *Sikhân-i Bâbâ Nânak* « l'Enseignement de Bâbâ Nânak », en vers. Ce manuscrit se compose de 172 pages in-8° oblong [3]. Un ouvrage portant le même titre est indiqué parmi les livres de Farzâda. Dans le catalogue manuscrit des livres de Muhammad-bakhsch, se trouve un volume écrit en hindî et intitulé *Sikhân granth* « le Livre de l'enseignement » ou « des sikhs ». Enfin il y a plusieurs ouvrages qui contiennent des vers et des hymnes religieux de la secte de Nânak; tel est, par exemple, celui dont on conserve un exemplaire à l'East-India Office, qui est intitulé *Asch'âr ba zabân-i bhâkhâ bar dîn-i Nânak Schâhî* « Vers en langue bhâkhâ sur la religion de Nânak Schâh », et cet autre, intitulé *Dîwân dar zabân-i bhâkhâ, y'ané Pothi*

[1] Une copie de ce livre fait partie de la collection Mackenzie. Cet exemplaire, dit feu Wilson dans le Catalogue (t. II, p. 109), contient les quatre *mahal* ou lectures où sont exposées les doctrines religieuses des sikhs, dans le dialecte hindou du Panjâb. Le manuscrit de l'East-India Library ne contient que le premier *mahal*; mais il paraît qu'il y en a un autre exemplaire complet donné par le gurû Sadho Singh.

[2] Je n'ai pas vu ce titre écrit en caractères orientaux ; j'en ignore l'orthographe véritable et la signification.

[3] J'ai encore, dans ma collection particulière, un *Granth* hindî en caractères persans, vers et prose.

*gurû Nânak Schâh* « Dìwàn en langue bhâkhà, c'est-
à-dire Livre du gurû Nànak Schâh » .

Nânak naquit en 1469, dans un village de la province de Lahore nommé Talbindì ; d'autres disent qu'il
naquit sous le règne de l'empereur Bâbar, c'est-à-dire
de 1505 à 1530. Il était encore jeune lorsqu'il se retira
du monde pour vivre dans la dévotion et l'austérité. Ce
fut dans la retraite qu'il forma son nouveau système de
religion et qu'il composa le livre nommé par antonomase
*Granth*[1]. Nânak mourut à l'âge de quatre-vingt-dix ans[2].
Ses sectateurs visitent encore religieusement sa tombe
jusqu'à ce jour. W. Ouseley a donné le portrait de
Nânak dans ses « Oriental Collections » , t. II, p. 360 ;
mais j'ignore si le dessin en est authentique. On a publié
à Calcutta un in-8° de 43 p. intitulé *Gûrû Nânak stotrang*
« Louange de Nânak » .

A ce que je dis de ce personnage célèbre plus haut et
dans l'Introduction aux « Rudiments de la langue hindouie » , je dois ajouter que, d'après le *Kavi charitr*,
Nânak naquit dans le Panjâb en 1355 du saka (1433),
et qu'on croit généralement dans l'Inde qu'il pénétra à
la Mecque, ce qu'il ne put faire sans prendre l'apparence d'un musulman. Là il disparut, dit-on[3], et obtint
l'immortalité. La plupart des Hindous le considèrent
comme une sorte de prophète ; mais beaucoup de ses
sectateurs vénèrent en lui la Divinité elle-même[4].

[1] Feu H. H. Wilson m'a dit que par *Granth* ou désigne généralement
la collection de tous les ouvrages religieux des Nânak-panthis, y compris
les poésies de Sûr-dâs, le *Râmâyana* de Tulsi-dâs, enfin les principaux
chants hindouis. C'est ainsi que le mot Bible (*Biblia*) signifie la réunion
des livres révélés des Juifs et des Chrétiens.
[2] Selon d'autres historiens, à soixante-dix ans, en 1539.
[3] Il devint *aprakat* « non manifeste » .
[4] Montg. Martin, « Eastern-India » , t. III, p. 182.

Son père était un Hindou de la caste des kschatriyas et de la subdivision nommée *Behdu*. Son précepteur était, dit-on, musulman, d'où vient peut-être l'éclectisme de sa doctrine.

On trouve dans l'« Histoire des Sikhs » de J. D. Cunningham, p. 377 et suivantes, la traduction de quelques morceaux remarquables des poésies religieuses de Nànak, entre autres la traduction particlle d'une lettre intitulée *Nacîhat-nàma* « Lettre d'avis », adressée à un roi imaginaire nommé Karîm, et d'une réponse écrite au même roi.

Dans les poésies de Nànak, la doctrine de la foi, de la grâce et des bonnes œuvres est clairement établie[1].

NAND-DAS[2] JIU[3] est auteur :

1° Du *Panchâdhyâï*[4] « les Cinq lectures », poëme hindoui imité du *Guîta Govinda*, sur les amours de Krischna et de Radbà. On connait le poëme sanscrit par la traduction de Jones, qui a paru dans les « Asiatic Researches », t. III, et dans ses œuvres. Le *Panchâdhyâï* a été édité par Madan Pàl et imprimé à Calcutta, à la typographie du bàbù Ràm; il forme un in-8° de 54 p.

2° Du *Nàm manjarî* « le Bouquet des mots » ou *Nàm màla* « le Rosaire des mots », vocabulaire en vers des synonymes ;

3° De l'*Anékartha manjarî* « le Bouquet des différentes significations », vocabulaire aussi en vers des mots

[1] Voyez de curieux développements de sa doctrine dans l'« Histoire des Sikhs », p. 41.

[2] I. « Serviteur de Nand (père putatif de Krischna) ».

[3] Titre d'honneur, écrit ordinairement *Jî*.

[4] D'après Shakespear (« Hind. Dict. »), le *Panchâdhyâï* se compose de cinq chapitres du *Bhagavat Purâna* qui contiennent le détail des jeux de Krischna et des gopies; ou, selon Karim, le *Srî Ràm màla* « le Rosaire des noms de Hari ».

qui ont différentes (*anek*) significations (*artha*). Ces
deux petits ouvrages ont été imprimés ensemble en
1814 à Khidarpûr, in-8°. Le premier forme 34 p., et le
deuxième 52. Il paraît qu'on les réunit généralement;
et on les trouve souvent à la suite du *Satsaï* et du *Raça
râjâ*. Hirâ Chand les a publiés dans la première partie
de son *Braj-bhâkhâ kavya sangrah* « Collection de poésies hindies »; Bombay, 1865, in-8°.

Karîm uddîn nous fait connaître aussi de Nand-dás
les ouvrages suivants, qui font partie, avec les premiers,
de la collection de ses œuvres [1] que possédait le
Dr Sprenger, lesquelles occupent 576 p. [2].

4° *Rukminî mangal* « le Mariage de Rukminî », le
même ouvrage, probablement, qui a été indiqué sous le
titre de *Parbat pâl*. Il y a un autre ouvrage sur la musique indienne qui porte le même titre.

5° *Bhanwar guît* « le Chant de l'abeille noire », poëme
hindi; Dehli, 1853, et Agra, 1864;

6° *Sudâmâ charitr* « Histoire de Sudâmâ »;

7° *Birah manjarî* « le Bouquet de l'amour (malheureux) »;

8° *Prabodh chandroday nâtak* « le Drame du lever de
la lune de l'intelligence », drame allégorique, traduit
du sanscrit de Krischna Kéçava Misr [3]. Ce drame célèbre
représente le combat, sous les traits d'êtres métaphysi-
ques, de la passion et de la raison, en d'autres termes
du bouddhisme et du védantisme, et le triomphe de ce

---

[1] Elle est intitulée *Krit Srî Swâmî Nand-dâs Jîû kâ*, et elle forme
un volume.

[2] « Biblioth. Sprengeriana ».

[3] L'original sanscrit a été traduit en anglais par le cap. Taylor sous
le titre de « The Moon of intellect ».

dernier système [1]. Il y a un exemplaire de cet ouvrage en caractères nasta'lics à la bibliothèque du King's College de l'université de Cambridge (n° 54). Il a été imprimé à Agra en 1864, 32 p.

9° *Govardhan lîlâ* « les Jeux de Govardhan » ;

10° *Daçam iskand* « le Dixième chapitre du *Bhagavat Purâna ;*

11° *Râs manjarî* « le Bouquet du branle (de Krischna avec les gopies) » ;

12° *Ras manjarî* « le Bouquet du goût [2] ;

13° *Rûp manjarî* « le Bouquet de beauté » ;

14° *Man manjarî* « le Bouquet d'esprit » .

NAND LAL [3] (BHAÎ) est un sikh à qui le gurû Govind a adressé son *Tankhwâh-nâma* en réponse aux questions qu'il lui avait adressées, et qui est lui-même auteur de chants religieux.

I. NAQUI [4] (MUHAMMAD) est auteur d'une traduction du *Dacâïc ulhacâïc* « les Subtilités des vérités » , publiée in-8° à Calcutta, en 1848. Il y a plusieurs ouvrages qui portent ce titre et qui sont mentionnés dans Hâjî Khalfa et ailleurs. Ils roulent en général sur les subtilités de la philosophie.

II. NAQUI (NAQUÎ 'ALÎ KHAN), natif de Lakhnau et habitant de Karbala, nommé aussi Piyârî Sâhib, fils d'Amjad 'Alî Khân, petit-fils de Subhân 'Alî Khân Kamboh, d'abord élève de Farrukh uddaula Mirzâ Mu-

---

[1] Voyez des détails sur cet ouvrage dans J. Long, « Descript. Catal. », p. 37.

[2] On trouve dans la collection de feu le colonel Tod un manuscrit intitulé *Ras manjarî kî dvatâny bât* « la Seconde partie de l'ouvrage intitulé *Ras manjarî* » .

[3] I. « Le chéri de Nand » , c'est-à-dire de Krischna.

[4] A. « Pur » , etc.

hammad Rizâ Khân Barc, puis de Mîr 'Alî Auçal.
Raschk, est un poëte hindoustani auteur d'un Dîwân
dont Muhcin cite des vers.

III. NAQUI (le nabâb 'ALI KHAN BAHÁDUR), de Lakhnau, fils du nabâb Imâm 'Alî Khân, un des fils du nabâb
Schujâ' uddaula, élève de Mirzâ Bâquir Idrâk, est auteur
de poésies hindoustanies dont Muhcin donne un échantillon dans son Tazkira.

IV. NAQUI (le saïyid 'ALI), d'Agra, élève de Mirzâ
Hâtim 'Alî Beg Muhr, est mentionné par Muhcin, qui en
cite des vers. Est-ce le même que le saïyid Naqui, auteur
de l'*Adilla-i naquiya dar subût-i taquiya* « Preuves claires
pour la solidité de la piété », sur la question de savoir
si on peut dissimuler sa religion en temps de danger?
traité schiite de controverse, in-8° de 70 p. ; Ludiana,
1868.

NAR-HARI-DAS [1] est auteur du *Juyâu upades* « Conseil
d'intelligence », ouvrage hindi lithographié à Bombay
en 1862 en 16 feuillets [2].

NARAYAN [3] (le pandit) est, selon le Catalogue des
livres sanscrits de la bibliothèque de la Société Asiatique de Calcutta, le rédacteur d'un *Hitopadéça* en hindi
dont la bibliothèque de la Société possède un exemplaire [4]. On sait que l'original sanscrit de l'*Hitopadéça*
fut écrit, comme le *Télémaque*, pour l'instruction morale
du fils d'un roi de Palibothra.

C'est au pandit Nârâyan qu'on doit, selon le même
catalogue, la rédaction braj-bhâkhâ du *Râjnîti;* toutefois

[1]. « Serviteur de la quatrième incarnation de Wischnu ».
[2] « Trübner's Record » du 30 avril 1866.
[3] I. Un des noms de Wischnu.
[4] Un *Hitopadéça* hindi a été publié à Agra, « Agra Government Gazette » du 1ᵉʳ juin 1855. J'ignore si c'est cette rédaction.

il est dit expressément dans l'édition de cet ouvrage donnée par Lallû Jî, qu'il est traduit du sanscrit de Nârâyan.

Ne serait-ce pas le même auteur que Lakhschmî Nârâyan, bibliothécaire de Fort-William, à qui on doit une traduction bengalie du même ouvrage [1]?

Dans tous les cas, on lui doit le *Syâm Sagâî* « les Fiançailles de Krischna », poème hindî publié à Fathgarh en 1868, en 16 p.; et antérieurement, accompagné du titre anglais de « Sports of Krishna », en 18 p., à Agra, en 1862 et 1864.

NARAYAN-DAS [2] est un écrivain hindî qui vivait sous le règne de Schâh Jahân [3]. C'est lui qui a mis dans la forme actuelle, par des modifications et des additions, l'important ouvrage de Nâbhâ Jî, intitulé *Bhakta mâl*, production dont il a été et sera parlé [4].

NAROTAM [5] est auteur d'un *Sudâmâ charitr* « Histoire de Sudâmâ », un des compagnons de Krischna; Fathgarh, 1867, in-8° de 24 p.

NASCHTAR [6] (Mîr Imdad Huçaïn), de Lakhnau, fils de Hamîd 'Alî et élève du khwâja Wazîr, est auteur d'un Dîwân dont Muhcin cite des vers dans son *Sarâpâ sukhan*.

NASR ULLAH [7] KHAN, percepteur adjoint (deputy collector) du zila' de Muzaffarnagar, est auteur du *Jam'-i Fath Khânî* « Tout ce qui concerne Fath Khân », percepteur (*tahcîldâr*) du pargâna de Nizâmâbâd, imprimé à Dehli en 1849, in-8°.

---

[1] J. Long, « Catal. », p. 12.
[2] « Serviteur de Nârâyan (Wischnu) ».
[3] « Asiatic Researches », t. XVI, p. 8.
[4] Aux articles Nabha Jî, Priya-das, etc.
[5] 1. « Excellent homme ».
[6] P. « Lancette ».
[7] A. « Victoire de Dieu ».

NASSAKH[1] (le maulawi 'ABD ULGAFUR NASSAKH KHAN),
de Calcutta, est un écrivain contemporain distingué qui
occupe les fonctions de « deputy magistrate » et de
membre du conseil législatif du Bengale. Il est parent
d'une grande notabilité musulmane de Calcutta, le maulawi 'Abd ullatif. Il avait un frère, mort en 1274 (1857-
1858), nommé Maulawi 'Abd ulbârr Saïd[2], qui était
professeur d'anglais au collège musulman de Calcutta.

Nassâkh est auteur d'un Diwàn urdù intitulé *Daftar bé-miçâl* « Cahier incomparable ». Ce volume de
poésie est un grand in-4° de 184 pages, imprimé, et
non lithographié, à Calcutta en 1280 (1863-1864).
On peut le considérer comme un élégant spécimen
de la poésie musulmane actuelle, car c'est toujours la
poésie qui est cultivée de préférence par les Orientaux. Nassàkh a voulu marcher sur les traces de Zauc.
Son Diwàn se termine par de nombreux tarîkhs de
lui et de ses élèves, dont un est petit-fils d'Afsos,
l'auteur de l'*Araïsch-i mahfil*. Il y a entre autres un tarîkh
sur la mise en liberté de Wajid, roi d'Aoude, qui était,
dit Nassàkh, prisonnier des *Francs* en 1275 (1858), et
un autre sur le départ de l'auteur de Calcutta pour
Chandernagor en 1276 (1859-1860).

Nassàkh a donné une nouvelle édition de la traduction en vers hindoustanis du *Pand-nâma* de 'Attàr, intitulée *Chaschma-i faïz* « la Source de l'abondance »,
par allusion au nom de l'auteur[3], imprimée en 1276
(1859-1860) et en 1279 (1862-1863) à Calcutta, grand
in-12 de 47 p. de 22 lignes ;

[1] A. Adjectif dérivé d'une racine qui signifie « annuler, abroger ».
[2] A. « Chasse ».
[3] Voyez t. 1er, p. 435.

NATH [1] est un écrivain hindî à qui on attribue le *Dhaneswara charitr* « Histoire de Kuvéra », qu'on dit aussi être l'œuvre de Madhwa, probablement le même personnage, dont *Nâth* serait le titre d'honneur. Il est mentionné dans le *Kavi charitr*.

NATHA BHAYI [2] TILAK CHAND est un écrivain hindî contemporain, qui a publié le *Pûschâtî maragnî waïschnava*, etc., hymnes religieux de la secte des wallabhas; Bombay, 1868, 70 p. in-8°.

NATIC [3] (le schaïkh AHMAD SCHAH), avoué (*wakîl*) au tribunal civil (*'adâlat dîwânî*) de Gâzipûr, fils du schaïkh Muhammad Schâh, est né à Sikandarpûr, des dépendances de 'Azîmâbâd; mais, à cause de sa parenté avec le schaïkh Muhammad Schafî', procureur de la Compagnie (l'ancienne East-India Company) à Akbarâbâd, il alla le trouver dans cette ville. Il est élève de Mirzâ 'Inàyat 'Alî Mâh, et on lui doit des poésies hindoustanies dont Muhcin donne un échantillon dans son Anthologie.

NAUNINDH [4] RAÉ est auteur d'un ouvrage religieux hindî intitulé *Kathâ sat Nârâyan* « Histoire du vrai Nârâyan (Wischnu) », c'est-à-dire, je pense, du vrai Dieu manifesté en chair (Notre-Seigneur Jésus-Christ), publié en 1864 à Mirat.

NAWA [5] (le schaïkh ZUHUR ULLAH KHAN), fils du maulawî Dalîl ullah, est un écrivain hindoustanî spirituel et grave qui fut élève de Bacâ ullah Haïrân. Mashafî, qui

---

[1] 1. Ou *nâtha*, selon la prononciation sanscrite, « maître, seigneur ».

[2] I. « Frère du maître ».

[3] A. « Parleur », etc.

[4] I. La véritable orthographe de ce mot est *naunidh*, et il signifie « les neuf trésors de Kuvéra ».

[5] I. « Voix, chant ».

cite des fragments de ses poésies, nous fait savoir qu'il excellait surtout dans le cacida. Il nous apprend aussi qu'il reçut du prince Jahàndàr [1] le titre de *Khàní*, adjectif dérivé de *Khàn*.

Nawà est auteur d'un Diwàn dont un exemplaire est mentionné dans le catalogue manuscrit des livres du Collége de Fort-William, sous le titre de *Díwàn-i Nawàí*.

Cet auteur est nommé, dans les *Kulliyàt* de Jurat et dans Sarwar, *Muhammad Zuhir ullah*, ce qui est, je pense, en effet, son véritable nom. Kamàl et Schefta disent qu'il habitait Badàùn, dans la province de Dehli, et qu'il alla ensuite à Lakhnau, où il eut des discussions avec Jurat. Ce dernier écrivit contre lui une satire qui se trouve dans ses œuvres. Nawà quitta ensuite Lakhnau et alla voyager en Perse, pour bien apprendre la langue persane. Il paraît qu'il ne revint à Lakhnau qu'après la mort de Jurat et qu'il mourut lui-même dans cette ville, il y a environ une douzaine d'années, à un âge avancé. Jahàndàr Schàh lui avait donné, outre le titre honorifique de *Khàní*, le titre plus flatteur de *Khusch-fikr Khàn* « le Khàn aux belles pensées ».

NAWAB [2] (le saïyid NASR UDDÌN), appelé aussi *Mìr Nawàb*, est un poëte hindoustani fils du hakim Mìr 'Alì Jàn et petit-fils du hakim Mìr Mahtàb Khàn. Il est natif de Dehli, mais il habite Bénarès, et il est élève du schaïkh Imàm-bakhsch Nàcikh. Muhcin en cite des vers dans son Tazkira.

NAWAL-DAS [3] est auteur du *Man pramod* « le Bien-

---

[1] Voyez l'article consacré à ce poëte royal.
[2] A. P. « Lieutenant, vice-roi (nabàb) ».
[3] I. « Serviteur de Krischna ».

être du cœur » ou « de l'esprit [1] » , traité hindi sur le
théisme, publié à Fathpûr en 1868, in-18 de 8 p.

NAWAL KISCHOR [2] est le directeur de la typographie de Lakhnau où s'imprime l'*Awadh akhbâr* « les
Nouvelles d'Aoude » , journal hindoustani dont il est
l'éditeur, et qui paraît sous les auspices du mahârâja Man
Singh [3]. Il était aussi le propriétaire éditeur du *Kânpûr
Gazette,* journal urdû de Cawnpûr ; mais Nawal Kischor
a fait savoir, dans le numéro du 29 janvier 1867 de
l'*Awadh akhbâr,* que ce journal a cessé de paraître et a
été réuni au premier, dont il n'était qu'une sorte de
résumé pour la localité, résumé que rend inutile le chemin de fer nouvellement établi, qui permet d'envoyer
facilement et promptement l'*Awadh akhhâr* à Cawnpûr.

Il a édité, en outre, nombre d'ouvrages hindoustanis :

1° Une traduction du célèbre *Mischkât scharif, mazâhir
ulhacc* « la Lampe excellente, manifestation de la vérité » , traité arabe sur les *Hadîs* par Abû 'Abd ullah
Muhammad Tabrézî ;

2° Le *Mujarrabât-i Akbari* « les Choses expérimentées
par Akbar » , ouvrage estimé de médecine ;

3° Le *Tawârîkh-i nâdir ul'asr* « les Chroniques de la
notoriété du temps » , c'est-à-dire Histoire du colonel
Saunders Alexis Abbot, commissaire à Lakhnau , et de
son temps ; Lakhnau, 1863, in-8° de 174 p.

4° Le *Ta'lîm ulmubtadi* « l'Enseignement du commençant » , calligraphie urdue ; Cawnpûr, 1868, grand
in-8° de 69 p., etc.

---

[1] *Man*, en hindoustani, comme *dil* en persan, a en effet ces deux
significations.

[2] J. « Beau jeune homme », surnom de Krischna.

[3] Voir mon Discours d'ouverture de 1864.

NAWAZ [1] ('Alî Nawaz Khan), de Patna, est un
poëte urdû qu'on nommait familièrement *Mîrzâ Madad*,
et qui était le commensal du nabâb 'Umdat ulmulk.
'Ischqui le mentionne dans son Tazkira.

NAWAZ KABISCHWAR [2], poëte musulman qui
est néanmoins auteur d'une traduction en vers braj-
bhâkhâs (dohas et chaupaïs) du drame sanscrit de *Sakuntalâ*, traduction qu'il fit sur l'invitation de Maulâ
Khân, fils de Fidâï Khân, lequel reçut de Farrukh Siyar,
empereur mogol du temps duquel il vivait, le nom
d'*A'zam Khân*. Nawâz est cité dans la préface de *Sakuntalâ* par Kâzim 'Alî Jawân, comme ayant traduit sous
forme de petit poëme épique, du sanscrit en hindî (braj-
bhâkhâ), le drame de *Sakuntalâ* (*Sakuntalâ nâtak*) en
1128 (1716). Feu John Romer me fit cadeau du bel
exemplaire manuscrit qu'il possédait de cette traduction
en caractères dévanagaris, qui a été du reste publiée à
Bénarès par Lâl en 1864, in-8° de 114 p. Ce fut sur ce
texte que Gilchrist fit faire par Kâzim 'Alî Jawân [3] la
version urdue.

1. NAWAZISCH [4] (Huçaïn Khan), de Lakhnau, plus
connu sous le nom de *Mîrzâ Jânî* [5], fils de Huçaïn 'Alî
Khân et petit-fils du nabâb Nâcîr Khân, est du nombre
des élèves de Mîr Soz. A l'époque où écrivait Kamâl, il
était encore à la fleur de l'âge. Ce dernier biographe, qui

___

1 P. « Musicien »; *nawâj*, selon l'orthographe hindoue.
2 Ce mot signifie « prince des poëtes », il équivaut à l'expression de
*malik uschschu'arâ* des musulmans. Il accompagne le nom propre de
plusieurs écrivains hindis, entre autres de Sundar et de Sûrat, traduc-
teurs, le premier du *Singhâçan battîcî*, le second du *Baïtâl pachîcî*.
3 Voyez son article.
4 P. « Affection, patronage ».
5 Ou *Khânî*, selon l'orthographe de Muhcin.

était lié avec lui, en fait l'éloge, et dit qu'à l'imitation de son maître il excelle dans le gazal. Il cite quelques échantillons de ses poésies, qui ont été réunies en Diwân [1]. Muhcin en donne aussi un gazal.

II. NAWAZISCH ('Alî Khan), de Lakhnau, élève de Mirzà Mahdî Sâquib, est un poëte hindoustanî dont Muhcin cite des vers dans son Anthologie.

NAWED [2] (Mirza Muhammad Hafiz), fils de Schâh Muhammad Râzî Raf'at, dont il sera parlé plus loin, s'est occupé, comme son père, de poésie urdue. Il quitta Dehli pour aller résider à Patna, puis à Lakhnau, et enfin il alla se fixer à Haïderâbâd, du Décan. Ce fut là que Kamâl, qui l'avait déjà connu à Lakhnau, le revit, et que ses relations d'amitié avec lui, commencées dans la première ville, continuèrent avec plus d'intimité dans la seconde. Il fut d'abord élève du schaïkh 'Alî Hazîn, puis de Camar uddin Minnat. Il a écrit un grand nombre de vers persans qui se distinguent par une mâle énergie. On lui doit aussi beaucoup de vers urdus, dont Kamâl cite trois gazals.

Dans la liste des ouvrages imprimés au *Dâr ulislâm Press* de Dehli, et au *Matba' mustafâï* de Cawnpûr, je trouve l'indication d'un volume intitulé *Diwân-i Nawédî*, en urdû, ce qui paraît indiquer le recueil des poésies de Nawed.

NAYAK-BAKHSCHI [3] est compilateur du *Sahasr-ras* « Mille goûts délicieux », collection de chants hindis réunis par Schâh Jahân (avec une préface en persan).

---

[1] Il y avait au Top khâna de Lakhnau un exemplaire de ce Diwân, composé de 190 pages de quatorze vers, comprenant des gazals, des rubâ'îs, etc.

[2] P. « Bonne nouvelle, évangile ».

[3] J. P. « Officier payeur ».

Il y a un manuscrit de cette collection dans la bibliothèque du King's College de l'Université d'Oxford [1].

NAZAKAT [2] (Ram Ju), femme célèbre, aussi remarquable par sa grande beauté que par son rare talent
poétique. S'il faut en croire Muhcin, elle était bayadère
(tawâïf). Quoi qu'il en soit, elle naquit à Narnaul, mais
elle résida dès son enfance à Dehli, qu'elle contribua à
embellir par ses charmes et à illustrer par son esprit.
Schefta et Karîm uddîn en parlent en termes pompeux
et figurés, et en font un éloge extravagant, tant sous le
point de vue physique que sous le rapport intellectuel;
ils en citent, ainsi que Muhcin, un grand nombre de
vers. Elle était élève du hakîm Mumin Khân, et Karîm
nous apprend qu'elle était très-liée avec Schefta, mais
qu'elle était vieille lorsqu'il écrivait, et que sa beauté
avait entièrement disparu.

I. NAZAR [3], de Bénarès, est un poëte hindoustani
élève de Saudà, mentionné par Sarwar.

II. NAZAR (Mirza 'Ali), fils de Mirzâ Muhammad
Auçar, descendait par son père de Malik Aschraf. Ses
ancêtres habitaient Médine, puis ils vinrent à Dehli, et
quant à lui il habitait Lakhnau, où il fut élève de Mashafi. On lui doit un Diwân dont Muhcin cite des vers
dans son Tazkira.

III. NAZAR, de Thora, est un autre poëte hindoustani mentionné par Sarwar.

IV. NAZAR (Kahpat Raé), de la tribu des kâyaths,
est un poëte hindoustani signalé par le même biographe.

---

[1] Voyez le catalogue des manuscrits orientaux de cette Bibliothèque,
par E. H. Palmer. « Journal of the Royal Asiatic Society », t. III,
part. I, nouv. série.
[2] A. « Élégance, délicatesse ».
[3] A. « Vue, regard ». Ce mot est écrit par un noun, un zoé et un ré.

V. NAZAR (le nabâb Nizam uddin), père de 'Alî Jâh, est cité par Schefta parmi les poëtes hindoustanis.

I. NAZIM [1] (le pandit Schiv-praçad), de Lakhnau, fils du pandit Nânak Chand et élève de l'agâ Haçan Amânat, est un poëte urdû qui n'est mentionné que sous son takhallus dans le *Gulschan bé-khâr;* mais Muhcin nous donne son nom et il en cite des vers.

II. NAZIM (Mîr Nazim 'Alî) est un autre poëte sur lequel je n'ai aucun renseignement.

I. NAZIR [2] (le schaïkh et mîr Walî Muhammad [3]), célèbre poëte d'Agra, s'occupait à instruire des enfants dans une maison de campagne près de cette ville, dans le voisinage du tombeau de Tâj Ganj. Il était mort depuis quelque temps lorsque Schefta écrivait son Tazkira. Il est auteur de nombreuses poésies rekhtas que les Indiens aiment à réciter. On lui doit entre autres :

1° Un poëme très-estimé, intitulé *Joguî-nâma* [4] « le Livre du joguî », que le poëte Scharîr, de Dehli, a mis en mukhammas [5];

2° Le *Kaurî-nâma* « le Livre de la *kaurî* (coquillage qui sert de monnaie) »;

3° Le *Banjâra-nâma* « le Livre du marchand de grain ambulant », poëme qui roule sur la vanité de la vie et l'instabilité des choses humaines, mis aussi en mukhammas par Scharîr [6];

---

[1] A. « Versificateur, poëte », et aussi « gouverneur, vice-roi ».

[2] A. Écrit par un *noun*, un *zoé*, un *yé* et un *ré.* « Égal, rival ».

[3] Zukâ l'appelle *Walî Muhammad Khân.*

[4] Ce poëme a été imprimé à Lakhnau et à Mirat en 1864.

[5] On l'a publié avec le *Joguî-nâma*, etc., sous le titre de *Joguî o Joguin-nâma o gaïra;* Dehli, 1868, in-8° de 16 pages. Il avait déjà été publié à Dehli avec d'autres mukhammas en 1850, sous le titre anglais de *Banjara and other Mukhammusat.*

[6] Il est indiqué, par erreur sans doute, comme étant écrit en hindî

5° Le *Tannûr* « le Four » ;

4° Le *Laïlâ Majnûn,* poëme sur la légende de ces deux amants célèbres, publié à Cawnpûr en 1866, in-8° de 16 p.

6° Le *Burhâpâ-nâma* « le Livre de la vieillesse », autre poëme urdû publié à Agra en 1868, avec quelques pièces de vers à la suite, grand in-8° de 16 p.;

7° On lui doit aussi un Dîwân qui contient des vers de tout genre, et qui a été imprimé d'abord à Agra, en partie, en 1850 [1], puis en entier à Dehli; à Agra encore en 1865, en 400 p.; et enfin, en 1865, lithographié en caractères dévanagaris, in-12, avec frontispice représentant le poëte.

Câcim, Sarwar et Muhcin citent un grand nombre de vers de Nazîr. C'est probablement à ce poëte qu'on doit un recueil de cacidas intitulé *Caçâïd Nazîr,* dont il y avait un magnifique exemplaire à la bibliothèque de Farah-bakhsch à Lakhnau; et peut-être le *Krischna kâ balpan* « l'Enfance de Krischna », poëme urdû imprimé à Mirat en 1852. J'ignore si c'est le même petit poëme de ce titre qui a été lithographié à Agra par les soins du darogâ Kanhaïya Lâl, lequel est orné d'un dessin représentant Krischna jouant de la flûte au milieu des bergères et des vaches qui l'écoutent.

On a publié les œuvres complètes de Nazîr sous le titre de *Kulliyât-i Nazîr* [2]; et en 1864 sous le titre de *Muntakhabât-i Nazîr* « Choix (des poésies) de Nazîr », les gazals, les mukhammas, les tarjî'-band, les quita'

[1] dans la Notice officielle sur les presses des indigènes en 1268 (1851-1852), peut-être parce qu'il est imprimé en caractères dévanagaris.
[1] Voyez le « Williams and Norgate's Catalogue » de juillet 1858, n° 305.
[2] N° 182 de la liste semestrielle de 1868 des livres publiés en Panjâb.

et les masnawîs les plus remarquables de ce poëte. Ce
volume est de 219 p. de 21 lignes à la page. Il est annoncé dans l'*Akhbâr-i 'âlam* de Mirat du 3 mai 1866.

On a aussi publié à Bénarès en 1865 le masnawî de
Nazîr qui commence par les mots *Jicé kahtâ haï tú*, etc.
« A qui dis-tu... », etc., en caractères dévanagaris, à
l'usage des Hindous, in-8° de 41 p. de 24 lignes, aux
frais du bâbû Abinâci Lâl et du munschî Harbans Lâl.

II. NAZIR, de Bénarès, élève de Saudâ, est mentionné par Sarwar et par Muhcin, qui en citent des vers.

III. NAZIR (Lala Ganpat Raë), de Dehli, est un
Hindou contemporain, de la tribu des kâyaths, élève de
Schâh Nacîr et auteur lui-même de poésies hindoustanies
dont Karîm donne un échantillon.

Il a traduit en urdû et en hindî le *Bhagavat*, sous le
titre de *Srî mat Bhagavat;* Lahore, 1868, in-8° de 732 p.

IV. NAZIR (le saïyid Muhammad 'Ali), natif d'Aurangâbâd, derviche et savant mathématicien, qui s'est
occupé de l'art des amulettes, dans lequel il a acquis
de la célébrité. Il est un des professeurs et des littérateurs contemporains les plus célèbres de Dehli. Il tient
chez lui une fois par semaine une réunion littéraire. Il
donne tous les jours des cours jusqu'à midi, puis il se
livre à ses travaux littéraires personnels. Il est aussi
auteur de poésies hindoustanies dont Sarwar fait des
citations.

C'est à un auteur du nom de Nazîr qu'est dû le
*Chuhé-nâma* « Livre des rats », poëme urdû qui a été
publié en 1867 à Dehli, à la suite de l'*Indra sabhâ*
d'Amânat. Ce poëme, réuni au *Billî-nâma* « Livre de la
chatte », a été édité à Lakhnau sous le titre de *Majmú'a
Chuhé-nâma o Billî-nâma.*

Est-ce le même Nazir à qui est attribué un *Laïlâ
Majnûn,* publié à Dehli en 1868, in-8° de 220 p.?

NAZIR [1] (le schaïkh AMĬN ULLAH) est un poëte contemporain dont je trouve un tarikh de sept vers sur
le *Bâg o bahâr* de Schamla à la suite de ce poëme.

NAZIR [2] AHMAD (le munschî MUHAMMAD), de Jalûn,
est un écrivain contemporain qui est auteur d'un ouvrage
en prose urdue intitulé *Mirât ul'arûs* « le Miroir de
l'épouse ». C'est un roman moral écrit à la fois pour
l'instruction et l'amusement des femmes des harems
musulmans. Il a été jugé digne d'un prix de mille roupies (2,100 fr.), que Mr. Kempson, directeur de l'instruction publique des provinces nord-ouest, lui a 'décerné, et de l'impression, aux frais et pour l'usage du
gouvernement, à deux mille exemplaires de l'ouvrage.
On en trouve l'analyse très-détaillée dans le *'Aligarh
akhbâr* du 3 septembre 1869. Voici en peu de mots le
sujet on ne peut plus simple du livre. Le héros du roman
épouse une femme ignorante, mal élevée et acariâtre,
qui se querelle avec tout le monde, se rend insuppor-
table dans la maison de son mari, et finit par être obli-
gée de retourner chez son père. Puis il se marie avec la
jeune sœur (*asgari* « la petite »), qui a un caractère tout
différent. L'intérêt du livre consiste à mettre en opposition le caractère de ces deux femmes. La dernière
sauve, par ses économies et sa prévoyance, son mari de
la ruine. Elle perd ses enfants, et s'applique alors à l'éducation des femmes ses compagnes. L'« Indian-Mail » du

---

[1] A. Ici ce mot, qui est un participe présent, est écrit par un *noun*,
un *alif*, un *zoû* et un *ré*, et signifie « inspecteur ».

[2] A. Ce mot, écrit ici par un *zâl* et un *yé*, est pour *Muhammad
unnazîr* « Mahomet l'apôtre ».

20 octobre 1869 exprime, avec le « Friend of India »,
le désir que cet ouvrage soit traduit en anglais.

Cet auteur est le même que le schaïkh Nazir Ahmad,
qui a aidé le munschi 'Umdat ulmulk à traduire de
l'anglais en urdû le Code pénal[1].

NAZISCH[2] (le maulawî ILAHî-BAKHSCH), fils du maulawî Muhammad Sâlih, est un habitant de Khaïrâbâd,
des dépendances de Lakhnau, qui est compté parmi les
poëtes hindoustanis par Muhcin. Il est élève de Muzaffar
'Alî Acîr, et nous avons, dans le *Sarâpâ sukhân*, un
gazal de sa façon.

NAZM[3] (MIR NAZIM 'ALî), de Salon, des dépendances de
Lakhnau, fils du saïyid câzî Gulzâr 'Alî et élève de Mahdî
Huçaïn Khân Abâd, est un poëte hindoustani dont
Muhcin cite des vers dans son Anthologie.

NAZNIN[4] (MIRZA 'ALî BEG) est un poëte hindoustani
de Dehli mentionné par Muhcin, qui donne dans son
Tazkira un échantillon de ses vers.

NAZUK[5] (ZÎNAT JAN), femme aussi distinguée par son
esprit et son talent littéraire que par sa remarquable
beauté, est comptée parmi les poëtes urdus. Schefta,
par erreur sans doute, lui consacre dans son Tazkira
deux articles distincts, un sous le nom de *Nâzuk*, et
l'autre sous celui de *Zînat*. Karim la croyait encore
vivante lorsqu'il écrivait son *Tabacât*.

Kamâl et Schefta disent que cette femme poëte était
simplement une bayadère, ou plutôt une courtisane, de
Dehli. Ce dernier ajoute qu'elle suivit à Lakhnau, loin

---

[1] Voyez l'article 'UMDAT ULMULK.
[2] P. « Dissimulation, coquetterie ».
[3] A. « Poésie ».
[4] P. « Gentil, aimable ».
[5] P. « Délicate ».

de sa patrie, Mirzâ Ibrâhîm Beg Mactûl [1], à qui elle fut
fidèle [2]. Cette aventure eut probablement lieu avant sa
liaison avec Mîr Mustahsan Khalic, fils du célèbre poëte
Haçan. Ce fut à ce dernier, obligé de la quitter pour
suivre l'armée dont il faisait partie, qu'elle adressa un
gazal, que Masbafî, à qui Khalic l'avait communiqué, a
cité dans son Tazkira. Voici la traduction de ce gazal :

Les amants ne quittent pas la rue habitée par leur maîtresse; mais pendant qu'on est à ma poursuite et qu'on me
témoigne de l'affection, toi seul tu me traites avec injustice.

Si tu ne me quittais pas un seul instant, comme tu devrais
le faire, pourrais-je soupçonner alors ta fidélité?

Mes gémissements plaintifs s'élèvent jusqu'au ciel; mais
le fier émir qui m'a captivée y prêtera-t-il son oreille?

Lorsque l'échanson remplit ma coupe d'un vin couleur de
rose et qu'un agréable zéphyr rafraîchit l'air, l'ivresse de
l'amour trouble bientôt mes yeux.

La rose en voyant mon état demande craintivement pourquoi, lorsque j'ai toute ma raison, je blâme sa douce langueur
qui rappelle mon ivresse.

La fossette de mes joues creuses est pour moi le messager
de la mort, mais celle qui est prête à jouer sa vie pour
l'amour craint-elle la mort?

Hélas! il ne revient pas. Pourquoi fixer mes yeux sur le
chemin? C'est en vain que je l'attends.

C'est cependant le même émir qui, m'ayant distinguée dans
une réunion de femmes charmantes, s'écria que jamais il ne
se séparerait désormais de moi.

Alors je me levai en pensant que si je venais à parler à un
autre, il en mourrait de jalousie.

Et maintenant il ne me reste plus qu'à entreprendre un
voyage lointain pour aller le trouver; mais malgré mon violent amour je n'ose faire cette démarche empressée.

[1] Poëte hindoustani; voir son article.
[2] N'y aurait-il pas ici quelque confusion entre Zinat et Motî, dont il
a été parlé précédemment?

NEK [1] (Mir Ja'far 'Alî) est un poëte hindoustani mentionné par Bâtin dans son *Gulschan bé-khizán*.

NEM [2] CHAND est un Hindou de la tribu des kscha-triyas à qui on doit un poëme hindoustani intitulé *Quissa Gul ba Sanaubar ká* « Histoire de Rose et Pin ». Ce masnawî a été imprimé à Calcutta [3] sous les auspices du bâbú Charan Sen et par les soins du brahmane Dâtâ Râm. C'est un roman-féerie, et il est indiqué comme traduit d'un ouvrage persan.

J'ai déjà eu l'occasion de parler, à l'article AHMAD 'ALÎ, de plusieurs ouvrages hindoustanis portant le même titre et dont le sujet est probablement le même.

Je dois à M. Léon Bureau un exemplaire de l'édition du *Gul ba Sanaubar* publiée à Calcutta, en 1847, par Hidâyat 'Alî Islâm-âbâdî, c'est-à-dire de Bénarès, à la typographie *Mazhari*, par les soins du munschî 'Abd ulhalîm. C'est un in-octavo de 164 pages, fort mal imprimé, en caractères nasta'lics. Le récit principal du roman est fort simple, mais il est relevé par une foule d'aventures plus ou moins merveilleuses, et, ce qui vaut mieux, par un style souvent éloquent et imagé à l'orien-tale. Il offre de plus une preuve de l'empire du fatalisme chez les musulmans, par le dénoûment et par plusieurs incidents du récit. J'en ai donné la traduction en 1861 dans la « Revue orientale et américaine ».

NIA'MI [4] (le schaïkh Ni'mat ullah), de Mirat, appelé habituellement *Hazrat Nia'mi*, père de Mubtalâ 'Ischc,

[1] P. « Bon ».
[2] I. « Vœu ».
[3] Il s'agit probablement ici de l'édition de 1827 citée dans le cata-logue de l'East-India Library. Il y en a une édition de Lakhnau, 1845, in-8º.
[4] A. P. « Traité avec bienveillance ».

est un poëte très-pieux qui était élève du maulawi 'Abd ulhâdi du Bengale. Il était mort lorsque 'Ischc écrivait.

NIÇAN[1] (HAÇAN 'ALÎ JAN), de Bénarès, élève du hâfiz Kirâm Ahmad Zaïgam, est un poëte contemporain dont Nassàkh cite un tarikh à la suite de son Dîwân.

1. NIÇAR[2] (MIR 'ABD URRAÇUL) était d'Akbaràbàd (Agra). Ses ancêtres avaient occupé des emplois éminents sous l'empereur mogol Farrukh Siyar. Quant à lui, militaire de profession, il se distingua comme poëte et fut l'ami de Mir Taqui. On dit qu'il prit du goût pour la poésie dans la société de ce dernier écrivain. Quoi qu'il en soit, Mir nous apprend dans sa Biographie qu'il lui donnait des conseils pour ses vers. Mir et Mashafî font l'éloge de son esprit, de son savoir et de son goût. Ce dernier l'avait souvent vu dans le village d'Amroha lorsqu'il commençait à s'occuper de poésie. Niçàr avait alors soixante ans environ. Mashafî ignorait si ce poëte vivait encore à l'époque où il écrivait. Il en cite plusieurs vers, deux entre autres qui ont été attribués, dans le Tazkira de Mîr Haçan, à Muhammad Schàkir Nàjî. Sarwar nous apprend qu'il mourut avant la rédaction de son Tazkira, c'est-à-dire avant 1806.

Béni Nârâyan parle d'un autre poëte nommé aussi *'Abd urraçul Niçàr*, qui habitait Jahàngutràbàd (Dacca) ; mais c'est peut-être le même que celui dont il s'agit plus haut, quoique dans son Anthologie Béni Nàràyan lui ait consacré un article différent. Voici, au surplus, la traduction d'une courte pièce de vers que Béni Nàràyan donne de ce dernier écrivain :

Le moindre souvenir de moi n'est pas *resté* à cette infidèle, et à moi il n'est pas *resté* la force de gémir.

[1] A. Nom syrien du mois d'avril.
[2] A. « Action de répandre quelque chose », par suite « sacrifice ».

Quelle est la manière d'agir, envers la rose, de ce rossignol qui se contente de *rester* esclave sous le filet du chasseur?

S'il ne peut habiter dans le même lieu que la rose, il doit se résigner à voir sa vie inutile *rester* en proie au vent de la destruction.

Niçâr ayant entendu dire que la terre était un lieu de plaisir, y était accouru; mais pendant le temps qu'il y est *resté,* elle n'a été pour lui qu'un lieu de détresse.

Il y a un autre poëte qui avait d'abord pris pour takhallus le mot *Niçâr,* mais qui le changea ensuite en celui de *Hâkim.* On en trouvera la mention sous ce dernier nom.

II. NIÇAR (Muhammad Aman [1]), fils de Sa'âdat Mi'mâr « l'Architecte », était de la classe des schaïkhs. Ses ancêtres étaient architectes; ce fut un d'entre eux qui dressa le plan de la principale mosquée de Dehli. Niçâr trouva dans sa propre famille tous les moyens d'étudier l'architecture. Il fut d'abord employé à Dehli comme architecte par le nabâb Muhammad uddaula; mais lorsque celui-ci fut fait prisonnier, il entra au service du nabâb Zâbita Khân, et à l'époque où Mashafi écrivait, il était attaché en la même qualité au râjà Tékat Râé, trésorier d'Açaf uddaula.

Mashafi, pour faire un jeu de mots, dit que comme il était architecte d'origine, il n'y a rien d'étonnant qu'il sût bâtir (faire) avec adresse les vers hindoustanis.

Il fut élève de Schâh Hâtim. Il fréquentait les réunions

---

[1] Si on lit *Zamân* avec quelques biographes, il faudrait prononcer proprement *Muhammad-i Zamân*, c'est-à-dire *le Mahomet du siècle*; mais dans les expressions semblables, qui sont devenues des noms propres, et qui par conséquent sont souvent employées dans la conversation, on ne fait souvent pas sentir l'*i* de l'*izâfat.* On dit ainsi *Turâb 'Alî, Chirâg 'Alî, Ikrâm'Alî,* etc., pour *Turâb-i 'Alî, Chirâg-i 'Alî, Ikrâm-i 'Alî,* etc. Il en est de même pour les titres des ouvrages.

littéraires de Mashafî, et il vivait encore quand Muhcin écrivait son Tazkira. Il a écrit un petit Dîwân, dont Mashafî donne trois pages. Bénî Nârâyan, qui l'appelle par erreur Niyâz, en cite dans son Anthologie un poëme remarquable par les jeux de mots.

Voici la traduction de quelques-uns de ses vers que nous fait connaître Mannû Lâl :

Cette beauté qui fait honte à la lune s'est emparée de mon cœur...

Le hinnâ, charmante parure, est jour et nuit appliqué à ses pieds.

Sache bien que mon cœur se brise plus facilement qu'une fiole légère.

Tiens-le en ta possession, et ne le jette pas au loin comme une balle.

Les boucles attrayantes de tes noirs cheveux ont serré mon cœur, malgré les conseils réunis des sages du siècle.

III. NIÇAR (SADA SUKH), de Dehli, est un poëte hindoustani duquel 'Alî Ibrâhim se contente de citer un vers.

IV. NIÇAR (le schaïkh MUHAMMAD CACIM), de Dehli, élève de Fidwî, résidait à Patna. Il fut précepteur dans la maison du hakîm Hâdî 'Alî Khân, et il mourut de mort subite. Il est mentionné par Schorisch et par 'Ischqî au nombre des poëtes hindoustanis.

V. NIÇAR (le maulawî NIÇAR AHMAD), de Bareilly, originaire de Sahâranpûr, est un savant sofî auteur de poésies mystiques, mentionné par 'Ischqî.

VI. NIÇAR (le hakîm MUHAMMAD-PANAH KHAN), de Dehli, fils de Mîr Muhammad Scharîf Khân, officier royal et frère du nabâb Muhammad Khân Muhibb, élève de Dard, est surtout auteur de marciyas, selon ce que nous apprend 'Ischqî. Il est mort à Patna.

VII. NIÇAR (le schaïkh MuHAMMAD AMîN) est un poëte hindoustani distinct des précédents.

NIÇAR 'ALI [1] BEG (MIRZA), premier professeur du collége des indigènes d'Agra, est auteur :

1° Du *Riçâla cawâ'ïd-i urdû* « Traité des règles de l'urdû », par demandes et par réponses, dont la première partie (*hissa auwal*) a paru en 1861 à Agra, in-8° de 12 p. Nicâr 'Alî a été aidé dans ce travail par le munschi Faïz ullah Khán, second professeur au même collége ;

2° Du *Muntakhabât-i urdû* « Extraits d'auteurs hindoustanis », dont il a paru trois parties à Allahàbâd en 1868, in-8°, la troisième de 102 p.

Il a soigné l'impression du *Riçâla sifât-i zâtiya ajsâm* « Traité des propriétés essentielles des corps », du munschi Kalyàn Râç; celle du *Hacâïc ulmaujûdât* « les Certitudes sur les choses créées », de Bansidhar, etc.

I. NIDA [2] (MîR MURTAZA), de Dehli, est un poëte contemporain mentionné par 'Ischqui.

II. NIDA, du Décan, est un autre poëte, probablement aussi contemporain, mentionné par Sarwar.

NIGRAN [3] (MîR BANDA 'ALî), saïyid de la famille du khwâja Schams uddîn et habitant d'Ajrâra, des dépendances de Dehli, est compté par Câcim et par Sarwar parmi les poëtes hindoustanis, et comme tel il a pris quelquefois le takhallus de *'Aschic*. Il est élève de Mirzâ Arjumand Nuzhat.

---

[1] A. « Sacrifice à 'Alì ». Cet écrivain est probablement le même que Niçâr 'Alì Balgrâmî, mentionné par Schefta.

[2] A. « Appel ».

[3] P. « Regardant, attendant ».

NIHAL CHAND [1] (le munschi) est un écrivain hindoustani natif de Debli et surnommé cependant *Lahauri*,
c'est-à-dire de Lahore, ville où il avait apparemment
résidé longtemps. Il a reproduit en hindoustani-urdû
l'ancien roman hindi d'abord traduit en persan, en
1124 de l'hégire (1712), par le schaïkh 'Izzat ullah du
Bengale, sous le titre de *Gul-i Bakâwali* « la Rose de
Bakàwali », et il lui a donné le titre de *Mazhab-i 'ische*
« la Doctrine de l'amour ». Toutefois la première édition
de ce roman, publiée par les soins du docteur Gilchrist,
a paru sous le titre de « *Cool-i Bakawulee*, a tale », etc. [2],
mais la seconde, publiée en 1815 par T. Roebuck, porte
le véritable titre que lui a donné Nihál Chand [3]. Cette
traduction a été revue par Mir Scher 'Ali Afsos; elle est
écrite en prose entremélée de vers. C'est un des ouvrages
hindoustanis le plus élégamment écrits, et un de ceux
qui sont considérés comme classiques. Il est d'ailleurs
plein d'intérêt comme narration, et sous le point de vue
des doctrines religieuses et philosophiques de l'Inde,
aussi bien que sous le rapport ethnographique. On a pu
en juger par l'abrégé que j'en ai donné dans le « Journal
Asiatique » en 1836, et la traduction *in extenso* dans la
« Revue de l'Orient » en 1858 [4].

[1] P. I. « Heureuse lune ».

[2] Calcutta, « Hindoostanee Press », 1804, in-4°. Cette édition est
dédiée à David Robertson, protecteur de Nihâl.

[3] Elle a été imprimée sous ce titre à Lakhnau en 1848, gr. in-8°. Je
soupçonne que, dans l'origine, le titre hindoustani de ce roman devait
être *Tâj ulmulûk*, qui est le nom de son héros; car l'impression d'un
ouvrage sous ce titre avait été annoncée à Calcutta, en 1802, dans les
« Primitiæ Orientales » et ailleurs, et je suis persuadé qu'il n'est pas
question d'un autre ouvrage. Il y a dans les « Mille et une Nuits »,
traduction de Lane, t. I^er, p. 523, une Histoire de Tâj ulmulûk.

[4] Il parait qu'on en a publié dans le « Calcutta Literary Gazette »,
1832, p. 75 et suiv., une traduction que je ne connais pas.

Il y a plusieurs éditions du *Mazhab-i 'ischc* ou *Gul-i Bakâwalî*, qui est aussi intitulé *Bakâwalî o agar-gul* « Bakâwalî et la fleur d'aloès » ; et aussi *Quissa-i agar-gul* « Histoire de la fleur d'aloès[1] » ; une, entre autres, de Calcutta, 1827, qui se trouve à l'East-India Library ; et une autre de 1265 (1848-1849), à l'École des langues orientales vivantes de Paris ; une de Dehli imprimée au *Dâr ulislâm Press,* etc. Il y en a aussi dont la rédaction a été retouchée : telle est celle de Lakhnau, dont il a été parlé à l'article JAMÎ. J'en ai une édition d'Agra de 1863, in-8° de 112 p. de 25 lignes, en caractères dévanagaris.

Outre ces éditions, il y en a une autre publiée à Calcutta, en un volume grand in-8°, dans l'année 1827, par Muhammad Faïz ullah et Muhammad Ramazân, à l'imprimerie du maulawî Badr-i 'Alî ; une de Lakhnau, 1848, et d'autres sans doute.

Le *Gul-i Bakâwalî,* textuellement reproduit, a été publié en bengali par Uma Charan Mitr, mais d'après le persan, selon le Rév. J. Long[2].

Thomas Philip Manuel, de l'Hougly College, en a publié bien après moi, en 1859, une traduction à Calcutta, accompagnée d'un vocabulaire des mots et phrases difficiles ; in-8° de 59 p. sur deux colonnes.

Dans le catalogue des livres de la Société Asiatique de Calcutta, après la mention de la rédaction en prose, il y a un autre article qui porte les mots *Aïdan manzûm,* c'est-à-dire « Même ouvrage en vers[3] ».

Pressé par les circonstances difficiles qui ont signalé

[1] Lakhnau, 1263 (1847), 80 pages. « Biblioth. Spreng. », 1757.
[2] « Descriptive Catalogue of Bengali works », p. 76.
[3] Voyez l'article NACIM.

dans l'Inde la fin du siècle dernier, Nihâl vint à Calcutta, *actuellement la capitale de l'Hindoustân*. Là il fut
attaché au capitaine D. Robertson, et ce fut par son
entremise qu'il connut le docteur Gilchrist. Ce dernier,
reconnaissant en lui des talents littéraires, l'engagea à
entreprendre le travail dont je viens de parler, en 1217
de l'hégire (1802-1803 de Jésus-Christ).

NIHAN[1] (Mirza Imam-bakhsch) est un poëte hindoustanî mentionné dans le *Maçarrat afzâ*.

NILAKANTHA SASTRI GORE[2] (le pandit Nehe-
miah), de Bénarès, converti au christianisme, ainsi que
l'annonce son prénom, est auteur :

1° D'un important ouvrage hindî en deux volumes
in-8° de ii, 152 et 176 p̣., imprimé à Calcutta en 1860,
sous le titre de *Schad darsana darpana* « Miroir des six
doctrines », c'est-à-dire examen des six systèmes de la
philosophie indienne, lequel a été traduit ou plutôt
reproduit avec modifications et coupures par le savant
indianiste Fitz-Edward Hall, de plus enrichi de notes
explicatives d'après les textes originaux, et intitulé « A
rational Refutation of the hindu philosophical systems[3] » .
Ce travail, qui fait à la fois honneur à l'auteur de l'ouvrage original et à l'érudit traducteur et commentateur,
forme un volume in-8° de 284 p. ; Calcutta, 1862[4].

---

[1] P. « Caché » .

[2] *Nîlakantha* « cou noir », est un des noms de Mahadéva ou Siva,
par allusion à une légende qui le concerne; *Sâstrî* ou *Schâstrî* signifie
fidèle aux prescriptions des Schâstars, c'est-à-dire « orthodoxe », et
*Gore* est, me dit Mr. Fitz-Ed. Hall, le nom de famille du personnage
dont il s'agit ici.

[3] J'ai confondu par erreur cet ouvrage avec un autre écrit en bengalî,
t. Ier, p. 293, dont on doit annuler le premier alinéa.

[4] Mr. B. Saint-Hilaire a consacré à cet ouvrage un article dans le
« Journal des Savants », numéro de mars 1864.

2° On doit au même écrivain un autre ouvrage intitulé *Vedânta mat vichâr aur khrischta mat kâ sâr* « Considérations sur le système du Védanta et l'essence du système chrétien » ; Mirzapûr, 1854, in-8° de 59 p.

I. NI'MAT [1] (le hakim 'Abd ulhacc) était un brahmane de Sikandara converti du polythéisme hindou au monothéisme musulman. Schefta, qui était très-lié avec lui, nous apprend que ce bon brahmane était depuis longtemps convaincu de la vanité de l'idolâtrie, et que si le nom des fausses divinités indiennes était encore sur ses lèvres, la foi au Dieu unique était gravée dans son cœur. Il finit par se déclarer et par embrasser publiquement l'islamisme. Il fut dirigé dans son instruction religieuse par le savant et *saint* maulâ défunt 'Abd ulaziz. « Depuis quelques années, ajoute le biographe, il a quitté ce séjour de peine pour la demeure de la vie éternelle, car Dieu sans doute lui a fait miséricorde. »

On doit à Ni'mat des poésies hindoustanies dont Schefta et Muhcin donnent des échantillons. Il s'appelait *Hâr Sahâyi* « la Grâce de Siva », lorsqu'il était Hindou ; mais en se convertissant il quitta ce nom païen pour prendre celui de *'Abd ulhacc* « Serviteur de la vérité », c'est-à-dire de Dieu, ou même, à ce qu'il paraît, de *Ni'mat ullah* « la Grâce de Dieu ».

II. NI'MAT (Mirza Muhammad Hafîz), élève de Mîr Camar uddin Minnat, probablement de Dehli, alla résider à Haïderâbâd, dans le Décan, et ce fut là qu'il cultiva la poésie rekhta, ainsi que nous l'apprend Sarwar.

III. NI'MAT (le nabâb Ni'mat ullah Khan) est un

[1] A. « Grâce (de Dieu) ». Ce takhallus est sans doute l'abréviation du *lacab* de *Ni'mat ullah*, qui est, en effet, le nom que Zukû donne à notre auteur.

poëte hindoustani indiqué comme défunt par Muhcin, qui cite un échantillon de ses vers dans le *Sarâpâ sukhan.*

NIMB [1] RAJA est un brahmane qui florissait en 1600 du saka (1678) et qui a composé des poésies en l'honneur du Dieu suprême [2]. Il est mentionné dans le *Kavi charitr.*

NISBAT [3] (MIRZA AHMAD 'ALI), de Lakhnau, a surtout écrit pendant le règne de Nacir uddin Haïdar, roi d'Aoude, qui régna de 1826 à 1837. Il a laissé un Dîwân de ses poésies, dont plusieurs sont écrites dans le langage dit *rekhti,* particulier aux zanânas, comme le sont celles de Jân Sâhib [4]. Il y en avait au *Moti Mahall* de Lakhnau un exemplaire de 330 p., contenant des cacîdas, des gazals et des rubâ'ls. Ce poëte s'est surtout distingué dans le marciya.

NISCHAL-DAS [5] est auteur du *Vichyâr sâgar* « l'Océan de la contemplation », sur la philosophie védanta ; Bombay, 1868, in-4° de 236 feuillets.

I. NISCHAT [6] (LALA ISRI SINGH), connu aussi sous le nom de *Baçant Singh* le kâyath, est fils de Lâla Sundardâs Munschi, employé dans le département des finances. Il était élève d'Inschâ ullah Khân, et lorsque ce dernier alla à Lakhnau, il soumit ses vers à Nacir, selon ce que nous apprend Schefta. Câcim en cite des vers, et Mannû Lâl les deux dont la traduction suit, qui sont remarquables par la singulière allégorie qui les termine :

[1] I. Nom du *melia azadirachta (azâd-dirakht)* de Linnée.
[2] *Iswar,* par lequel on entend généralement *Siva.*
[3] A. « Relation, rapport ».
[4] Voyez son article.
[5] I. « Serviteur de l'Immuable (la terre, divinisée) ».
[6] A. « Joie », etc.

Celle que mon cœur aime est très-belle; c'est une pari, une houri aux formes charmantes, au visage agréable.

En voyant la beauté de l'anneau qui orne sa narine, son souffle s'est arrêté dans son joli nez pour le contempler.

II. NISCHAT (le maulawi ILAHI-BAKHSCH), de Kân-dahla, district de Muzaffarnagar, province de Dehli, poëte et savant distingué, élève du maulânâ 'Abd ulazîz, se livra à l'étude de la jurisprudence, étude dans laquelle personne ne le surpassa. Il s'adonna aussi à la science du spiritualisme, et il fit en ce genre des vers rekhtas qui ont de la célébrité. Il avait commencé une traduc-tion en vers urdus du *Masnawi ma'nawi* de Jalâl uddîn Rûmî, traduction exacte, dont Karîm uddîn a fait copier pour moi et m'a envoyé en don le premier livre [1], au-quel a coopéré feu le maulawi Abû'lhaçan, de la même ville. Il n'y a que 66 pages traduites par Nischât, et le travail n'a été continué qu'en dernier lieu, quarante ans plus tard, après la mort de Nischât, par Abû'l-haçan.

Sarwar cite des vers de cet écrivain.

III. NISCHAT (RAÉ NILAJJA-PRAÇAD), trésorier du Nizâm de Haïderâbâd, élève de Faïz, s'est occupé de poésie rekhta, ainsi que nous l'apprend Bâtin.

NIVRITTI [2] NATH, disciple de Gaïnî Nâth, est un auteur hindî mentionné par Janârdan Râm Chandra Ji dans son Tazkira intitulé *Kavi charitr*, et à qui on doit plusieurs ouvrages (*grantha*). Il mourut en 1220 de l'ère saka (1298).

I. NIYAZ [3] (le maulawi schâh ou miyân NIYAZ AHMAD),

---

[1] Ce même livre a été traduit en allemand par Rosen.

[2] I. « Repos ».

[3] P. « Supplication ».

dit de Bareilly, parce qu'il y résidait, mais né à Sirhind
et élevé à Dehli, est un musulman fort savant et très-
pieux de la secte des *sofis*, mais néanmoins *safi* (pur),
selon Schefta, de toute mauvaise doctrine. Il est auteur
d'un Dîwân urdû et persan imprimé à Agra en 1849.

Cet écrivain est probablement le même Niyâz à qui
on doit un masnawî intitulé *Menhdi bé-nâzir* « le Hinnâ
incomparable [1] ». Ce poëme roule, non pas, comme
je l'avais cru, sur Mahdî, le dernier imâm, mais sur le
mariage de Câcim, fils de Haçan, et de Sakîna Kubrâ,
fille de Huçaïn [2]. Or cette cérémonie est appelée *menhdi*,
parce que la fiancée remet à son futur époux un paquet
de *menhdi* ou *hinnâ*, c'est-à-dire de la poudre du végétal
nommé en botanique *lawsonia inermis*, et dont les
femmes de l'Orient se teignent les mains et les pieds,
et les hommes la barbe.

Je pense que c'est aussi le même Niyâz dont parle
Kamâl et dont il donne un gazal qu'il lui avait entendu
réciter dans une réunion littéraire.

II. NIYAZ (SCHAH NIYAZ-I 'ALÎ) est un derviche qui
réunissait chez lui, le 12 de chaque mois, les schaïkhs
de Dehli pour s'occuper de matières théologiques et
chanter des hymnes pieux. Il est du nombre des poëtes
hindoustanis auxquels Sarwar consacre des articles dans
son Tazkira. Ne serait-il pas le même que le précédent?

III. NIYAZ (MÎR MUHAMMAD), saïyid d'Agra, est un
autre poëte, mentionné aussi par Sarwar, qui s'occupait
de l'éducation des enfants, ce qui ne l'empêcha pas de

---

[1] Il y en a un manuscrit à la Bibliothèque de la Société Asiatique de
Calcutta, n° 104, de 42 pages de quinze vers.

[2] Voyez à ce sujet la traduction de quelques vers du *Bârah mâçâ* de
Jawân, dans mon « Mémoire sur la Religion musulmane dans l'Inde »,
seconde édition, p. 34.

se livrer à la culture de la poésie [1]. Il alla habiter le Décan, et il est probablement le même que Mîr Muhammad 'Alî Niyâz de Dehli, mentionné par Câcim, qui alla habiter Haïderâbâd du Décan, et qui a surtout composé des marciyas.

IV. NIYAZ [2] (Mîr Fazl 'Alî), de Patna, appelé aussi *Mir Jân* et *Bahâdur Khân Niyâzi*, de Lakhnau [3], était neveu de Mîr Muhammad Salîm, autrement dit Râjâ Kâmkâr Khân. Il fut d'abord élève de Joschisch et de Mujrim ; puis, à Murschidâbâd, de Cudrat et de Salîm. Ensuite il alla à Lakhnau, et il retourna plus tard à Patna, où il mourut. Les biographes originaux le traitent de plagiaire et disent qu'il s'était approprié tout le Dîwân de Salîm.

NIYAZ AHMAD [4] KHAN (le nabâb), fils du nabâb Niyâz Muhammad Khân, est auteur du *Tarîkh-i Rohilkhand* « Histoire du Rohilkhand », en urdû, avec carte et arbre généalogique du célèbre Hafiz Rahmat Khân, souverain de cette principauté. Première partie, sur Bareilly et Râmpûr, 1866, in-8° de 124 p.

NIYAZ HUÇAIN [5] (le maulawî) est auteur du *Tamiyîz ullugât* « Distinction des mots », c'est-à-dire « Dictionnaire des synonymes arabes », où on montre, comme dans l'ouvrage de Girard et Beauzée, la différence réelle qu'il y a entre certains mots arabes considérés comme synonymes. C'est un in-8° de 106 p. imprimé à Lakh-

[1] Sarwar parle de deux autres *Niyâz*, dont un de Bulandschahr.
[2] Muhcin le nomme *Niçâr*.
[3] C'est sous cette dernière indication qu'il est mentionné dans Sprenger, d'après 'Ischquî. « A Catalogue », p. 635.
[4] P. A. « Supplication d'Ahmad (Mahomet).
[5] P. A. « Supplication de Huçaïn ».

nau, en 1865, par ordre du major Fuller, directeur de
l'instruction publique en Panjâb.

1. NIZAM [1] (le nabâb I'TIMAD ULMULK GAZÎ UDDÎN KHAN
BAHADUR FIROZ JANG), nommé *Bakhschi ulmamâlik,* sous
le règne d'Ahmad Schâh, fils de Muhammad Schâh, et
*Wazîr ulmamâlik* sous celui de 'Alamguîr II, prit pour
takhallus non-seulement le mot *Nizâm,* mais aussi le
nom d'*Açaf,* sous lequel il est même plus connu. Il était
fils du nabâb Camar uddîn Khân, grand vizir de Muhammad Schâh, et petit-fils de S. S. le schaïkh Schihâb uddîn Saharwardi. C'est sans doute cet auteur dont il existait un Dîwân persan dans la collection de Tippû [2],
Dîwân dont N. Bland possédait une copie. Nizâm se distingua entre les omras de son temps par son habileté
dans différentes sciences, et par sa facile intelligence. Il
écrivait admirablement les lettres et s'énonçait parfaitement bien. Mais, en 1195 de l'hégire (1780), il était
dans le Sindh, où il vivait dans la détresse. Il a laissé
des poésies hindoustanies très-estimées réunies en
Dîwân, dont Mashafi cite des fragments.

Selon Karîm [3], Nizâm avait pour femme la célèbre
Ganna Bégam [4]. Sarwar le dit auteur non-seulement de
poésies urdues, mais arabes, persanes et turques. On

[1] A. « Ordre, arrangement ». Cet auteur devait se nommer probablement *Nizâm ulmulk* (et par suite, simplement *Nizâm*). Dans le Dîwân
persan que je lui attribue, il est nommé *Mirzâ Nizâm ulmulk.*

[2] C. Stewart, « A descriptive Catalogue of the Oriental Library of
Tippoo », p. 78.

[3] On trouve par erreur dans le *Tabacât-i schu'arâ* deux articles sur
ce personnage. Le premier p. 121, qui donne des détails sur sa vie politique, et le second p. 292.

[4] Voyez à l'article consacré à cette femme auteur, t. Ier, p. 488,
une note sur ce personnage fameux, dont je ne parle ici que sous le
point de vue littéraire.

lui doit entre autres un masnawi sur les miracles du maulânà Fakhr uddîn [1].

Il mourut à Kalpi, avant la rédaction du Tazkira de Sarwar. Saudâ a écrit un cacîda en son honneur. Il fut le maître de Daguistàni et de Mîr Schams uddîn Faquir.

II. NIZAM (le schaïkh MUHAMMAD NIZAM UDDÎN), fils du schaïkh Karim ullah, et frère aîné du schaïkh Fidâ Hucaïn Fidâ, habitant du village de Dabyâï, du zila' de Bulandschahr, est auteur d'un Dîwàn dont Muhcin donne des extraits.

Cet auteur ne serait-il pas le même que Muhammad Nizàm, à qui on doit un ouvrage urdû en prose intitulé *Riçâla 'aquîca* « Traité sur la cérémonie de ce nom (qui a lieu à la naissance d'un enfant) »? Ce traité, rédigé d'après celui du maulawi Turàb 'Alî, écrit en persan sur le même sujet, qui est fondé sur les ouvrages des traditionnaires musulmans les plus célèbres, a pour titre complet, *Alnukta alanîca o tarjuma 'ujâlat uddâquîca fî maçâïl il'aquîca* « la Subtilité convenable et la traduction hâtée à la minute au sujet des questions relatives au 'aquîca ». L'ouvrage est divisé en minutes, *daquîca*, au lieu de l'être en chapitres. Il a été lithographié à Cawnpûr en 1861, en un petit in-folio de 24 p. de 23 lignes.

I. NIZAM UDDIN [2] est un écrivain dakhnî auteur d'un poëme sur le mariage de Fatime, fille du prophète, poëme qui est intitulé *Tazwîj-i Bibî Fâtima* « le Mariage de madame Fatime », ou *Dar bayân-i tazwîj*, etc. « Sur l'explication du mariage, etc. » Il y a plusieurs autres poëmes hindoustanis sur Fatime, dont je ne connais

---

[1] On ne dit pas s'il est écrit en hindoustani.
[2] A. « L'organisation de la religion ».

pas les auteurs. Le premier est une vie de Fatime intitulée *Quissa dar ahwâl-i Bibî Fâtima* « Récit sur les circonstances de dame Fatime ». C'est un masnawî en
dialecte dakhnî, où il est question non-seulement de
Fatime, mais de son mari 'Ali et de ses enfants Haçan
et Huçaïn. Le second est intitulé *Quissa-i Mu'jiza-i Bibî
Fâtima* « Histoire du miracle de dame Fatime ». Il est
dû, je pense, à l'auteur du *Traité des miracles de Jésus-
Christ*, car il se trouve dans le même volume de la
bibliothèque de l'East-India Office [1], et il est de la même
écriture. Le troisième est le *Tawallud-nâma-i Khâtûn-i
jinnat* « le Livre de la naissance de la reine du ciel (Fatime) » ; le quatrième, le *Wafât-nâma-i Khâtûn jinnat*
« le Livre de la mort de la reine du ciel (Fatime) ». J'ai
dans ma collection particulière un exemplaire de ces
deux derniers ouvrages ; ils sont écrits en caractères
naskhis.

Nizâm uddîn est aussi auteur d'un autre masnawî intitulé *Khoprî-nâma* « le Livre du crâne », qui
n'est autre chose qu'une anecdote de la vie de Jésus-
Christ, anecdote qui a été racontée par différents écrivains orientaux. D'Herbelot cite un ouvrage dont cette
histoire fait le sujet. Il est intitulé *Quissat uljamjamat*
« Histoire du crâne ». « C'est, dit-il, l'histoire d'une
« tête de mort ressuscitée par Jésus-Christ, et du discours
« qu'elle lui tint. Cette fiction est tirée du crâne d'Adam,
« que les Chrétiens orientaux tiennent avoir donné le
« nom au mont Calvaire, où Jésus-Christ fut crucifié. »

II. NIZAM UDDIN (le munschi), natif de Pûnah,
est un écrivain hindoustani contemporain à qui on doit
entre autres :

[1] N° 393 du fonds Leyden.

1° L'*Inschâ-é hindî* «Manuel épistolaire hindoustani »,
suivi d'une traduction complète du célèbre Manuel
épistolaire persan intitulé *Inschâ-é Harkarn;* Bombay,
1850, in-8°. Nizâm a donné un exemplaire de cet ouvrage à la Société Asiatique du Bengale, et j'en ai un
autre dans ma collection particulière. L'*Inschâ* de Nizâm
a 292 p., et celui de Harkarn 40 p. Ce volume, qui a
été revu par feu le major général Vans Kennedy, se termine par quelques pages des poésies de l'auteur.

2° Une traduction hindoustanie des « Fables d'Esope »
(Esop's Fables), faite d'après le mahratte, sous le titre
de *Nacliyât-i Yûçuf,* avec la coopération de son ami Mîr
Munschi Muhammad Ibrâhîm Macbah ; Bombay, 1844,
in-8"; autre édition, Bombay, 1850.

3° *Majmû'a latîfa* « la Gentille collection » ( « Useful
collection of translations viz of the *Persian Moonshee* [1], of
the articles of war ['*askârî âyîn*] and two courts martial [one native and one european], with the english
text annexed to urdu ; to which is added miscellaneous
pieces in the urdu language [2] » ); Bombay, 1847.

4° La traduction en urdû d'une brochure anglaise
intitulée « The Lady and her ayah (la Dame et sa femme
de chambre), imprimée à la « Mission Press », de
Bombay, mais sans la participation des missionnaires,
ainsi que le traducteur le fait savoir dans la préface de
son *Inschâ.*

5° La traduction, aussi en urdû, d'une autre brochure

---

[1] Cette partie est intitulée *Hikâyat latîfa.*

[2] Cette dernière partie, intitulée *Mutafarricât* « Miscellanées », se
compose d'une Histoire intitulée *Ek general court martial kâ ahwâl*
« Circonstances relatives à un conseil général de guerre », et d'une autre
intitulée *Ek schu'bada bâz kî nacl* « Histoire d'un jongleur ».

anglaise intitulée « Henry and his bearer » (Henri et son porteur).

6° Le *Bagâwat Malwâ* « Histoire de l'insurrection du Malwa » ; Mirat, 1864, in-8° de 204 p. Cet ouvrage, écrit en hindoustanî (urdû), est très-vanté dans l'*Akhbâr-i 'âlam* du 26 janvier 1865 pour son style et pour la fidélité du récit. On y trouve l'exposition détaillée de la révolte de 1857 dans la province de Malwa, et nécessairement de beaucoup de faits qui s'y rapportent. Cet ouvrage a été composé par l'ordre du nabâb Muhtascham uddaula Gaus Muhammad Khân, prince de Jâwara. L'ouvrage est accompagné de portraits et de cartes indiquant les localités où les combats ont eu lieu.

7° Je crois que Nizâm a contribué à la traduction en urdû du « Code of criminal procedure », sous le titre de *Majmû'a-i zâbit faujdârî* « Collection relative à la procédure criminelle », c'est-à-dire de l'Acte 45 de 1861, in-fol. de 114 p. ; Allahâbâd, 1862 ; et Lahore, 1867 [1].

I. NIZAMI [2] (le saïyid NIZAM UDDÎN AHMAD CADIRI), petit-fils de Gaus Samdânî et préfet de police de Dehli, est auteur de poésies hindoustanies mystiques louées par Câcim, qui en cite quelques vers.

II. NIZAMI (le schaïkh NIZAM UDDÎN), du casba de Dibâyî, zila' de Bulandschahr, fils du schaïkh Karim ullah, frère aîné du schaïkh Fidâ Huçaïn Fidâ, est auteur d'un Dîwân dont Muhcin donne des vers dans son Anthologie.

I. NIZAR [3] (le saïyid CACIM 'ALI) est un poëte urdû fils

---

[1] Voyez l'article JAGAT NARAYAN.

[2] A. P. « Rangé », adjectif persan dérivé du substantif arabe *nizâm* « arrangement ».

[3] P. « Mince, maigre ».

de Mîr Ahmad 'Alî, et dont les ancêtres habitaient Maschhad, mais vinrent demeurer à Dehli, puis à Faïzâbâd.
Quant à lui, il naquit et vécut à Lakhnau, où il fut élève
de Masbafî, et fit lui-même des vers dont Muhcin donne
un échantillon dans son Tazkira.

II. NIZAR (le khwâja MUHAMMAD AKRAM[1]), un des
élèves de Mîr Muhammad Taquî Mîr, appartenait à
l'ordre religieux des faquîrs. Les biographes originaux
le comptent parmi les poëtes urdus et citent de lui
quelques vers.

NOSCHA[2] (NAWAB UDDAULA), chef du gouvernement
de Bhopal[3] et poëte hindoustanî très-distingué, tenait
dans son palais des concours poétiques (muschâ'ara), et
y recevait avec la plus grande affabilité les savants et
les lettrés. Il est mort en 1845, ainsi que Sarwar
nous le fait savoir.

I. NUDRAT[4] (MIRZA MUGAL) est un poëte hindoustanî
mentionné par Câcim, qui avec Sarwar le met au nombre
des écrivains dits anciens. On lui doit, entre autres,
des marciyas et des salâms, pièces dans lesquelles il a
pris le takhallus d'Imâmî.

Il était mort quand Sarwar écrivait son Tazkira.

II. NUDRAT (MUHAMMAD YAHYA 'ALÎ KHAN) est entre
autres auteur d'un tarîkh urdû qu'on trouve à la fin des
« Hindoostanee Selections » du saïyid Huçaïn.

NUMA[5], poëte urdû, commensal du prince Sulaïmân
Schikoh, est mentionné dans le Majmû'a ulintikhâb de
Kamâl.

[1] 'Ischqui le nomme Ikrâm.
[2] P. « Heureux, fortuné ».
[3] Petit État musulman dans la province de Malwa.
[4] A. « Rareté ».
[5] P. « Exhibition ».

I. NUR [1] (Mîr Wazîr), de Lakhnau, fils de Mîr Badschâh, célèbre par ses marciyas et élève de Fath uddaula Bakhschî ulmulk Mirzâ Muhammad Rizà Khân Barc, est auteur d'un Dîwân dont Muhcin cite des gazals dans son Anthologie. On trouve aussi un échantillon de ses poésies à la suite du *Sarosch-i sukhan*.

II. NUR (le hakîm Mîr Nadir Huçaïn), de Cawnpûr, fils de Mîr Asgar 'Alî, petit-fils du hakîm Mîr 'Iwâz 'Alî et frère de lait de la fille du nabâb Mu'tamâd uddaula Bahâdur, habitait Bareilly. Muhcin le classe parmi les poëtes hindoustanis, et il en cite sur le cœur un long gazal dont tous les vers se terminent par le mot *dil* « cœur ».

III. NUR (le munschî Samsam Haïdar), de Hougly, est un élève de Nassâkh, qui cite de lui un tarîkh dans son *Daftar bé-miçâl,* à la suite de ce Dîwân.

NUR 'ALI [2] (le saïyid), Bangâlî, c'est-dire du Bengale, est auteur d'un roman en prose urdue sur Nal et Daman intitulé *Bahâr-i 'ischc* [3] « le Printemps de l'amour ». On conserve à la bibliothèque de la Société Asiatique de Calcutta un exemplaire de cet ouvrage, provenant de la bibliothèque du Collége de Fort-William.

NUR KARIM [4] est auteur d'un dictionnaire pharmaceutique compilé d'après les ouvrages arabes et persans, et selon le système de Galien, sous le titre de *Makhzan uladwiya* « Trésor des médicaments » ; 2 vol. in-4° de 726 et 608 p., imprimés à Lakhnau [5].

[1] A. « Lumière ».
[2] A. « La lumière de 'Alî.
[3] Imprimé, je crois, en 1851, à Dehli, sous le titre de *Nal o Damayantî.*
[4] A. « La lumière du Généreux (Dieu) ».
[5] « Trübner's Record », n° 44.

NUR KHAN, surnommé *Quissa-Khân* « Conteur d'histoires » , est auteur :

1° D'un poëme descriptif sur Calcutta intitulé *Masnawi Ahwâl-i Kalkatta* « Poëme sur ce qui concerne
Calcutta » , ouvrage dont il existe un exemplaire manuscrit à la bibliothèque de la Société Asiatique du Bengale. J'ignore si le poëme de cet écrivain sur Calcutta
est le même qui faisait partie de la collection Cham-
bers. Ce dernier est un petit in-4° intitulé *Kalkatta-nâma*
« le Livre de Calcutta » , et il n'a pas de nom d'auteur.
Il est écrit en caractères dévanagaris, avec une transcription en caractères persans en regard.

2° D'un roman intitulé *Quissa-i Buland-akhtar* « Histoire de l'astre élevé » . Ce second ouvrage, dont j'ignore
le sujet, se trouve à la suite du premier dans le même
volume. Il tire probablement son titre du nom du héros
du livre.

Cet auteur ne serait-il pas le même que Nûr 'Alî dont
il vient d'être parlé ?

NUR MUHAMMAD [1] était un des professeurs du collége de Dehli qui était âgé de vingt-cinq ans en 1847.
Il réunissait la science et la capacité ; il a traduit de
l'anglais en hindoustani :

1° Une Histoire du Bengale, *Tarîkh-i Bangâl,* ou,
pour mieux dire, de l'établissement de l'autorité anglaise au Bengale, d'après « Marshman's History of
Bengal » , imprimée à Dehli en 1844, in-8° ;

2° Une Histoire des Mogols, *Tarîkh-i Muguliya,* pour
laquelle il a été collaborateur du munschi Huçaïni ;

3° Enfin une Histoire de l'islamisme, *Siyar ulislâm* [2],

---

[1] A. « La lumière de Mahomet ».
[2] « History of Muhamedanism » ; Dehli, 1855, in-8° de 395 pages. Le

31.

traduite, à ce qu'il paraît, de « Taylor's Muhamedanism », en collaboration avec Râm Krischn [1], Pitambar
Singh [2] et Saïyid Muhammad. (Voyez ce nom.)

NUR UDDIN [3] (le maulawî MUHAMMAD) est le traducteur du *Kaschf ulhujât* « Manifestation des preuves
(de l'islamisme) », intitulé en anglais « Essentials of
Muhammedan religion, translated from the persian of
maulawi Câzî Sanà ullah »; Calcutta, 1846.

Il y a un autre NUR UDDÎN (peut-être le même), fils
de Jîwâ Khân, qui a publié à Bombay en 1277 (1860-
1861) une édition de la traduction hindoustanie des
morceaux choisis du masnawî de Jalâl uddin Rûmî, sous
le titre de *Bâg-i Iram* « le Jardin d'Iram ».

NUR ULLAH [4] (MIRZA), de Dehli, poëte hindoustani
qui devint amoureux d'une Européenne et qui en perdit
presque la raison, ainsi que nous l'apprend 'Ischqui
dans son Tazkira.

I. NURI [5] (SCHUJA' UDDÎN), saïyid du Guzarate, habitant de Haïderâbâd, est mentionné par Câïm et par
Kamâl comme le poëte hindoustanî le plus ancien après
Khusrau. Il était ami de Faïzi et par conséquent contemporain d'Akbar. Il fut précepteur du fils du vizir du
sultan Abù'lhaçan, roi de Golconde. On lui doit plusieurs
gazals, mais les biographes qui en font mention n'en
citent qu'un seul vers.

II. NURI (le maulà), d'une famille de juges de 'Azim-

---

titre oriental signifie à la lettre « les Actes (faits et gestes) de l'islamisme ». Mr. J. Dowson l'a traduit par « Virtues of Muhamedanism ».
[1] Râm Krischn a traduit les chapitres IV et VII.
[2] Pitambar a traduit le cinquième et le sixième chapitre.
[3] A. « La lumière de la religion (*Noruddin*) ».
[4] A. « La lumière de Dieu ».
[5] A. « Lumineux ».

pûr [1], est mentionné par Câcim comme auteur de poésies urdues et persanes.

NUSRAT [2] (Lala Gobind Raé), kâyath, élève de Miyân Nacîr, est un poëte hindoustanî mentionné par Câcim et par Sarwar, qui le nomme *Gobind Râm*.

NUSRAT 'ALI [3] est auteur du *Wafât-nâma* « Livre du décès », masnawî écrit en dialecte dakhnî sur la mort de Mahomet, c'est-à-dire sur les circonstances naturelles et miraculeuses qui la précédèrent et la suivirent. A la fin du manuscrit il y a une note en date de 1170 (1756-1757) qui porte que l'écrivain de ces lignes se nomme *Nusrat 'Ali*. Quoiqu'on entende ordinairement par cette expression le copiste, il semble néanmoins ici qu'on ait voulu indiquer l'auteur.

On a imprimé à Dehli un ouvrage urdû portant le même titre et sur le même sujet, mais d'une rédaction différente. Ce dernier est probablement le même qui a été lithographié à Cawnpûr en 1267 (1850-1851), et qui est un in-8° de 25 p. terminé par un gazal de Kâfî. Il en existe une édition en dialecte hindoustanî des Laskars, nommé par J. Long « *Musulman bengali* » ; elle se compose aussi de 24 p. et porte le titre altéré de *Ophât-nâma* [4].

NUSRATI [5] est un très-célèbre écrivain du Décan qui vivait vers le milieu du seizième siècle. Il est auteur des ouvrages suivants :

1° *Gulschan-i 'ischc* « le Jardin d'amour » ; histoire du

---

[1] Quiyâm le dit ami de Faïzî, mais il l'a confondu sans doute avec le précédent.

[2] A. « Victoire ».

[3] A. « La victoire de 'Alî ».

[4] J. Long, « Descript. Catal. of Bengali books », p. 95.

[5] A. « Victorieux ».

kunwar Manohar, fils de Surâj Bhanû et de Madhumâ-
lâti. On trouve des copies de cet ouvrage dans la bibliothèque de l'East-India Office et dans d'autres collections.
La bibliothèque de la Société Asiatique de Calcutta en
possède un exemplaire avec des dessins coloriés. Du
reste, je pense qu'il y a des histoires de Manohar et de
Madmâlâti par d'autres auteurs hindoustanis. Il existe
un manuscrit intitulé *Manohar Madmâlâti*, en dialecte
dakhni, dans la bibliothèque du Nizâm, à Haïderâbâd,
mais ce manuscrit n'est peut-être pas le roman de Nusratî,
qui porte proprement le titre de *Gulschan-i 'ischc*. Outre
ce dernier ouvrage, il y a aussi à l'East-India Office
plusieurs manuscrits sur ce sujet intitulés *Quissa-i Manohar kunwar o Madmâlâti* « Histoire du prince Manohar
et de Madmâlâti ». Un entre autres se compose de
500 pages environ ; il est écrit en dialecte dakhni. Ward [1]
cite un ouvrage intitulé *Madhû Mâlatî*, qui est écrit dans
le dialecte de Jaïpûr. Il roule apparemment sur la même
légende. Un manuscrit sur le même sujet, écrit en persan,
mêlé de stances hindoustanies et portant le titre de
*Quissa-i Madamâlâti*, fait partie de la collection Mackenzie ; il est indiqué par H. H. Wilson, dans le catalogue
de cette précieuse bibliothèque, comme étant d'origine
hindoue.

2° *Guldasta-i 'ischc* « le Bouquet d'amour », recueil
de pièces de poésie dakhnie ;

3° *'Alî-nâma* ou *Tarîkh-i 'Alî 'Adil Schâhî* « Histoire
de 'Alî 'Adil Schâh », roi de Béjapûr, masnawî très-
étendu comprenant des cacîdas et d'autres pièces de
poésie destinées à célébrer des événements mentionnés
dans cet ouvrage. La bibliothèque de l'East-India Office

[1] « History of the literature, etc., of the Hindoos », t. II, p. 481.

en possède un exemplaire ancien en caractères naskhis d'une belle conservation.

Nusratî était brahmane, s'il faut en croire un manuscrit du *Gulschan-i 'ische* écrit à Kanchî (Conjeveram). Il était le poëte de la cour du Décan sous 'Alî 'Adil Schâh, à qui est dédié ce poëme, lequel a été composé en 1068 (1657-1658) [1]. Le manuscrit qu'en possède la Société Asiatique du Bengale sous le n° 204 se compose de 280 p. de 17 vers à la page. Celui qui fait partie de ma collection particulière est un in-4° de 268 p. de 19 vers. Il a été écrit par Ramz 'Alî Chischtî en 1171 (1757-1758).

1. NUZHAT,[2] (le miyân mirzâ ARJUMAND) était munschî du nabâb 'Imâd ulmulk Gàzî uddin Khân. Il résidait à Ijràra, mais il était mort à l'époque où Câcim écrivait. Outre son talent poétique, il était habile artificier, ainsi que nous le fait savoir Kamâl, qui lui donne place parmi les poëtes mentionnés dans son Tazkira.

II. NUZHAT (MIR IMAM UDDÎN), de Dehli, élève de Dard, est un autre poëte hindoustanî cité par Schorisch.

# O

ONKAR [3] BHATT (le pandit Srî), de Séhore, un des principaux et des plus habiles *jotischî* ou astronomes du Malwa, est auteur d'un ouvrage hindî destiné à expliquer à ses compatriotes le système correct d'astronomie, dont bien peu ont une juste idée. Cet ouvrage, intitulé

---

[1] Morley, « Historical manuscripts », p. 79.
[2] A. « Charme, agrément, enjouement ».
[3] I. « Nom mystérieux de Dieu ».

*Bhúgola sarv* « Tout le globe », est proprement une traduction libre d'un livre sur le système astronomique d'après les Pûranas, le *Siddhânta* et Copernic, écrit en mahratte [1] par Subhâ Jî Bâpû, et intitulé *Siddhânta siromani prakâça*. Ces deux productions se trouvent dans la bibliothèque de la Société Asiatique de Calcutta. Voici ce que dit de ce dernier traité Mr. Wilkinson, agent du gouverneur général à Bhilsa, dans une lettre communiquée à la Société Asiatique de Calcutta par feu Mac Naghten :

« C'est un ouvrage qui pourrait supporter l'épreuve « de la critique la plus sévère : il est plein de réflexions « philosophiques. De ce que les productions des diffé- « rents pays sont réciproquement nécessaires aux autres, « l'auteur en tire la conséquence que l'intention de la « Providence est d'unir tous les hommes par le com- « merce dans les liens d'une affection basée sur l'intérêt « personnel. Il pense conséquemment que la défense « faite aux Hindous de voyager dans les contrées étran- « gères est contre nature. Il attaque la folie des prédic- « tions astrologiques, et il défend la sagesse et la bonté « de la Providence, qui voile l'avenir à notre curiosité, « et qui nous maintient toujours dans notre devoir par « une espérance assurée. Il ne laisse aucune des nom- « breuses erreurs vulgaires des Hindous qui ont rapport « à la géographie ou à l'astronomie, sans les réfuter « d'une manière complète et satisfaisante. »

C'est, comme on le voit, une réfutation écrite en hindî du système astronomique des Purânas par sa comparaison avec celui du *Siddhânta* et de Copernic.

---

[1] Cet ouvrage a été imprimé. Voyez le « Journal de la Société Asiatique de Calcutta », t. VI, p. 402.

On l'a intitulé en anglais « A comparison of the Puranic and Sidhantic systems of astronomy with that of Copernicus » ; in-8°, Agra, 1841.

# P

PADAM-BHAGAVAT [1] est auteur du *Rukminî mangal* « la Joie », c'est-à-dire « le Mariage de Rukminî », traité hindî sur la musique indienne ; Dehli, 1867.

PADMAKAR DÉO [2] (le kabi), de Gwalior, est un poëte hindou auteur de chants populaires, qui écrivait de 1810 à 1820, et dont Karîm cite un kabit. On lui doit en outre :

1° Le *Jagat binod* ou *Jagat vinoda* « Jeux d'adresse », poëme hindî imprimé à Bénarès en 1865, in-8° de 126 p. de 20 lignes, aux frais du bâbû Abhinâci Lâl et du munschi Haribans Lâl ;

2° Le *Gangâ lahari* « la Fluctuation du Gange », ouvrage analogue à celui de Sadâ Sukh Lâl, intitulé *Gangâ kî nahr;* Bénarès, 1865, in-8° de 36 p. de 20 lignes;

3° Le *Gadyâbharan* « Joyau de prose », c'est-à-dire commentaire sur l'*Alankâr* « Rhétorique » ; Bénarès, 1866, in-8° de 44 p. ;

4° Le *Padmâbharan* « le Joyau de lotus », publié par Gokul Chand et mentionné à son article [3].

PAKBAZ [4] (le miyân ou mîr Salah uddîn), autrement dit *Makhan,* était fils du saïyid Miyân Schâh Kamâl, et

---

[1] « Le dieu du lotus (Wischnu) ».

[2] I. « Le dieu de l'étang de lotus ».

[3] Page 498 du premier volume, où j'ai cru pouvoir traduire ce titre différemment.

[4] P. « Pur », c'est-à-dire « honnête ».

petit-fils du saïyid Schâh Jalâl. Il se forma à la poésie
sous Yakrang et Uzlat, dans la ville de Dehli. Il vivait
habituellement dans la retraite, occupé principalement
de pratiques de piété. Il assistait néanmoins aux réunions des Amis de la littérature hindoustanie, réunions
qui se tenaient à Dehli le 15 de chaque mois, et dont
Mîr parle souvent dans sa Biographie. Fath 'Ali Huçaïnî
cite de lui plusieurs vers dans son Tazkira.

Pâkbâz vivait sous Muhammad Schâh. Il a laissé trois
mille vers, selon ce que nous apprennent Câcim et
Sarwar, et ces vers ont été réunis en Dîwân. Il y en
avait un exemplaire au Top khâna de Lakhnau, lequel
se composait de gazals, d'un sâquî-nâma, d'un wâçokht,
de rubâ'is, etc., formant en tout 151 p.

PALI RAM [1] a traduit de l'urdû en hindî le *Naïrang-i
nazar* « la Merveille de la vue », sous le titre de *Baran
chandrika* « le Clair de lune de la description »; c'est
une sorte de petite encyclopédie avec figures, à l'usage
des écoles de filles, dont les premiers numéros ont paru
en 1864 et 1865, à Mirat, en petit in-8° d'une trentaine
de pages.

Il est l'éditeur du *Bidya-darsch* « Aperçu de la science »,
journal bi-mensuel de Mirat, qui est la reproduction en
hindî du *Najm ulakhbâr* « l'Astre des nouvelles », journal
urdû d'Amîr Ahmad.

PANAH 'ALI [2] (le munschî Mîr) est auteur d'un
*Jantrî* « Almanach » urdû pour 1869, publié à Agra,
gr. in-8° de 20 p.

PANCHYA [3] (Schah), de Dehli, était un derviche de

[1] I. « Râma le Protecteur ».
[2] A. P. « L'asile de 'Alî ».
[3] I. « Ce mot peut signifier « oiseau ».

l'ordre des *Azâd* ou « indépendants ». Il a laissé des vers hindoustanis en grand nombre. Toutefois 'Alî Ibrâhîm, le seul des biographes originaux qui parle de cet écrivain, n'en cite qu'un seul vers.

Il vivait, selon Karîm, du temps de Muhammad Schâh. Les uns disent qu'il était Hindou, les autres musulman. C'est qu'il était spiritualiste, et tenant peu ainsi aux religions positives.

PARAÇU-RAMA[1] est auteur d'un poëme hindouî intitulé *Uschâ* (ou *Ukhâ*) *charitra*[2], qui roule sur l'histoire de Uscha et de ses amours avec Anirudh. Cette légende est exposée tout au long dans le *Prem sâgar*, où elle occupe plusieurs chapitres[3]. J'ignore si c'est la même rédaction qui a été imprimée et qui est employée dans les écoles des natifs[4].

PARAMALLA[5], fils de Sankara[6] est auteur d'un livre jaïn intitulé *Srîpâla charitra* « Histoire de Srîpâla ». H. H. Wilson possédait un exemplaire de cet ouvrage dans sa nombreuse collection de livres hindis. Il sera parlé plus loin d'un autre ouvrage jaïn qui porte le même titre.

PARAMANAND ou PARAMANAND-DAS[7] (le swâmî) est auteur :

1° De chants populaires religieux qui font partie de

---

[1] I. Nom d'une incarnation de Wischnu.

[2] On trouve un extrait de ce poëme dans la Chrestomathie hindie et hindouie publiée sous ma direction par Mr. Lancereau.

[3] Chapitre XLII et suiv.

[4] H. S. Reid, « Report on indigenous education »; Agra, 1852, p. 137.

[5] I. Ce mot est, je pense, le même que l'adjectif *paramala*, ou mieux *parimala* « d'odeur douce ».

[6] J'ignore si c'est le même personnage dont il sera parlé sous le nom de *Sankara Acharya*.

[7] I. « Serviteur de Dieu (le suprême bonheur) ».

l'*Adi granth* (quatrième section), et qui sont en hindî, comme les ouvrages suivants :

2° *Dudhi lîlâ* « le Jeu du lait caillé » de Krischna avec les gopies de Mathura ; Agra, 1864, petit in-8° de 32 p. ; et Bénarès, 1866, in-12 de 10 p. ;

3° *Nâg lîlâ* « le Jeu du serpent », c'est-à-dire Krischna jouant de la flûte sur Scheschnàg ; Bénarès, in-12 de 8 pages ;

4° *Dân lîlâ* « Jeu du don (gratification) », autre aventure de Krischna ; Agra, 1864, in-12 de 16 p.; et Fathgarh, 1867, 8 p. seulement.

PARÉSCHAN [1] (MÎR MUHAMMAD WAJÎD) est un poëte sofî de Dânâpûr, élève du maulawî Zâkir 'Alî Zâkir, et dont on trouve une pièce de vers à la suite du Dîwân de Nassâkh.

I. PARWANA [2] (le râjâ ou râé JASWANT SINGH), de Lakhnau, appelé familièrement Gâgâ Jî ou Kâkâ Jî, fils du râjâ Béni Bahâdur, élève de Lâlâ ou Râé Sarb Sukh Singh Dîwâna, était fils du mahârâja Béni Bahâdur, un des principaux lieutenants du nabâb Schujâ' uddaula. Cet écrivain était spirituel et instruit. Il commença d'abord à écrire en persan ; mais voulant rendre son nom plus populaire, il renonça à cette langue savante, désormais morte pour l'Inde, et adopta pour ses compositions l'hindoustanî, sa langue maternelle. Il travailla nuit et jour pendant douze ans, nous dit Mashafî, à écrire des vers hindoustanis ; aussi, à l'époque où ce dernier rédigeait sa Biographie, Parwâna avait-il acquis une grande facilité à versifier. Il a imité Saudâ dans le gazal et le cacîda, toutefois il s'est attaché à

---

[1] P. « Désolé, etc. »
[2] P. « Ordre, permission ».

exprimer des figures nouvelles ; ses poésies sont intéressantes et écrites avec élégance. Il faisait grand cas de Mir Taqui, de Mir Haçan, de Miyân Bacâ ullah, et les consultait quelquefois. Plus tard il s'adressait à Mashafi et lui soumettait ses productions. Il paraît qu'il a réuni en Diwân ses poëmes de peu d'étendue, car la bibliothèque du Collége de Fort-William, à Calcutta, en possède un exemplaire.

En l'an 24 du règne de Schâh 'Alam II (1785), il habitait Lakhnau. Il était encore vivant en 1209 (1794-1795), et il paraît même qu'il n'est mort qu'en 1238 (1822-1823), à en croire un chronogramme de Nàcikh, ainsi que nous l'apprend Sprenger, qui possédait un exemplaire de son Diwân[1]. Il semblerait, d'après l'exemplaire de ce Diwân que possède la Société Asiatique de Calcutta, qu'il aurait été copié en 1225 (1810-1811).

II. PARWANA (le saïyid Parwana 'Alî Schah), de Murâdâbâd, est un poëte hindoustanî distingué, à qui l'on reprochait de s'enivrer avec du bang, mais qui connaissait, dit-on, dans l'espèce de somnambulisme que donne cette ivresse, les secrets des cœurs. Il fut attaché à l'administration de Muhammad Yâr Khân, à Râmpûr, par l'entremise de Muhammad Câïm, dont il était élève.

Il renonça de bonne heure au monde et prit les vêtements de la pauvreté spirituelle. Les biographes originaux citent de lui plusieurs vers.

PATHAN SULTAN[2] est auteur d'un *Kundalyâ*[3] sur

---

[1] « Bibliotheca Sprengeriana », n° 1711.

[2] I. A. *Pathân* est synonyme d'*Afgân*. *Sultân* est ici un simple titre d'honneur sans conséquence, comme c'était le cas pour un Indien venu dernièrement à Paris et qui s'appelait le nabâb Sultân 'Alî Khân.

[3] Sur ce genre de poëme, voyez l'Introduction, p. 12.

le *Satsaï* de Bihârî Lâl, mentionné par le bâbû Hari Chandra dans le n° 8 de son *Kabi bachan sudha*.

PAYAM [1] (Schahaf uddîn 'Alî Khan) naquit à Akbar-âbâd (Agra); il vivait sous le sultan Muhammad Schâh, empereur mogol; c'est un écrivain distingué, qui est auteur d'un Dîwân rekhta ou urdû. Il a écrit aussi en persan, et il est même plus célèbre, s'il faut en croire Schefta, comme écrivain persan que comme poëte hin-doustanî. Il est, en effet, mentionné avec éloge dans les Tazkiras persans de Arzû et de 'Alî Culî Khân Wâlih. Mîr, qui était compatriote de Payâm, et très-lié avec son fils, Miyân Najm uddîn Salâm [2], avait eu l'occasion de le connaître. Il cite de lui quelques vers, que repro-duisent 'Alî Ibrâhîm et Fath 'Alî Huçaïnî. Câcim le mentionne également.

PAZIR [3] (le saïyid Niçar 'Alî), fils du saïyid Gulzâr 'Alî, n'avait que treize ans lorsque Bâtin écrivait; mais il parait qu'il annonçait un talent poétique précoce, puisque ce biographe le met au nombre des poëtes hin-doustanis qui figurent dans son *Gulschan bé-khizân*.

PHANDAK [4] est auteur de chants sacrés à l'usage des sikhs [5].

PHANDAN LAL (Lala) est probablement un Hindou converti à l'islamisme, car il a écrit un long poëme (masnawî) en urdû, divisé en plusieurs chants ou cha-pitres, sur l'excellence de l'islamisme comparé à l'hin-

---

[1] P. « Message ». *Payâm* est la vraie prononciation de ce mot, que j'avais épelé *Piyâm*.

[2] Voyez son article.

[3] P. « Agréable ». Mais ce mot n'est employé qu'en composition. Il est ici sans doute pour *'Alî pazîr* « agréable à 'Alî ».

[4] I. « Ventru ».

[5] Voyez l'article Nanak.

douisme. Cet ouvrage, qui porte le titre de *Uçùl-i din-i Ahmad* « Principes de la religion de Mahomet », ou *Khùbi-i Islâm* « la Bonté de l'islamisme », a été publié à Bareilly en 1922 du samwat (1865)[1], in-8° de 128 p. de 21 lignes. Le même ouvrage est mentionné par le Rév. J. Long sous le titre de *Uçùl-i din Muhammadi* « Principes de la religion mahométane [2] ».

PHATAH NARAYAN SINGH (le bâbû) est auteur du *Vaïdyâmrit* « l'Ambroisie de la médecine », en sanscrit, avec commentaire hindi ; Bénarès, 1924 du samwat (1867), in-8° de 61 p.; et il a publié un ouvrage hindi sur l'astronomie, d'après le *Siddhânta*, intitulé *Mégha mâla* « le Rosaire des nuages » ou « de Mégha », c'est-à-dire de Muni Mégha, l'auteur original ; Bénarès, 1923 (1868), in-8° de 59 p.

PHATYALA-VÉLA [3] est un écrivain du Jaïpûr, auteur d'un guita cité par Ward dans le tome II, p. 481, de son ouvrage sur l'histoire, la mythologie et la littérature des Hindous.

PIPA est un faquir, ou plutôt un jogui considéré comme un saint hindou, à qui on doit des poésies hindies qui font partie de l'*Adi granth* [4]. Voici l'article qui lui est consacré dans le *Bhakta mâl,* article d'après lequel ce personnage célèbre vivait sous le roi Suracéna, qui régnait vers le milieu du douzième siècle.

---

[1] L'ère de Vikramâditya (Bikrmâjit), dite *samwat, samvat* et *sambat,* commence cinquante-six ans trois quarts avant l'ère chrétienne, et celle de Sâlivâhana, dite *saka,* soixante-dix-huit ans un quart après. Il s'est malheureusement glissé dans cet ouvrage quelques erreurs dans la concordance des dates de ces deux ères.

[2] « Descriptive Catalogue », 1867, p. 39.

[3] Ou *Phatyola vélo,* selon la prononciation du Bengale.

[4] « Asiatic Researches », t. XVII, p. 288.

## CHHAPPAÏ.

La gloire de Pipâ est l'affection du monde; il fit entendre aux tigres le langage de la raison.

D'abord il fut adorateur de Bhawâni : il lui rendait un culte pour en obtenir le salut; mais cette déesse lui confessa la vérité, et l'engagea fortement à prendre Wischnu pour son protecteur.

Pîpâ eut le bonheur de devenir disciple de Râmânand. Il se dévoua à l'adoration *de Wischnu,* et il courba son cou *sous l'obéissance du* saint aux qualités innombrables et inappréciables.

Après avoir touché le bord du puits, il devint parfait, et l'univers entier s'en réjouit.

La gloire de Pipâ est l'affection du monde, il fit entendre aux tigres le langage de la raison.

### EXPLICATION.

Pîpâ était râjâ de Gangarangarh ; une nuit, pendant qu'il dormait, un pret [1] vint et renversa son lit. Pîpâ considéra ce songe comme de mauvais augure. Il se leva, et tourna aussitôt ses pensées vers la déesse. A l'instant Bhawâni se manifesta à lui. « Délivrez-moi de l'esprit *qui me tourmente,* » lui dit Pîpâ. « Cet esprit a été envoyé par Wischnu, lui répondit Bhawâni, ainsi je ne puis le chasser. » Le râjâ répliqua : « Si vous ne pouvez me débarrasser de ce revenant, comment donc me délivrerez-vous de Yama [2]? Mais si vous ne pouvez me délivrer vous-même, indiquez-moi la voie *que je dois suivre pour parvenir à ma délivrance.* » La déesse lui dit : « Adorez Hari sous les auspices de Râmânand. »

### DOHA.

Un autre culte que celui de Râma est pareil au bois d'aloès, qui est destiné à être brûlé. — C'est comme du plâtre sur de la paille hachée, ou comme un mur de sable.

[1] Revenant, esprit, mauvais génie.
[2] Le Pluton indien.

Au matin, Pîpâ, sans prendre avis de personne, se mit en
route pour Bénarès, et arriva bientôt à la porte de Râmânand.
Le gardien alla dans l'intérieur de la maison annoncer son
arrivée au swâmî. Celui-ci s'écria : « Qu'ai-je donc affaire
avec le râjâ? Vient-il piller ce que je possède? » En entendant ces mots, le râjâ donna en effet l'ordre de dévaster sa
maison. Alors Râmânand dit, *en s'adressant au râjâ :* « Puis-
siez-vous tomber dans le puits! » A l'instant Pîpâ se mit en
devoir de se précipiter dans le puits. Tous ceux *qui se trouvaient là* le retinrent en le prenant par la main; puis Râmânand ayant fait venir Pîpâ auprès de lui, lui donna un mantra
*à réciter,* et le renvoya dans son pays en lui disant : « Si
j'entends faire aux waïschnavas eux-mêmes l'éloge de la manière dont tu traiteras les sâdhs, j'irai te visiter. »

Pîpâ retourna donc en son pays, et se mit à exercer l'hospitalité envers les sâdhs avec un tel zèle, que les sâdhs venaient auprès de Râmânand, et célébraient tous la grandeur
de Pîpâ. Sa réputation se répandit ainsi de pays en pays.
Lorsque des années et des jours furent passés, Pîpâ écrivit à
Râmânand une lettre pour lui rappeler sa promesse. Après
l'avoir lue, le swâmî prit avec lui quarante disciples, savoir,
Kabîr, etc., et se mit en marche. Pîpâ ayant appris cette
nouvelle, alla à sa rencontre. Il tomba à ses pieds, et se pro-
sterna devant lui. Il traita aussi avec beaucoup de politesse et
de respect tous ceux qui étaient avec le saint. Il conduisit
Râmânand et les personnes qui l'accompagnaient dans son
palais. Il eut respectivement toutes sortes d'attentions pour le
gurû et pour ses compagnons; il les reçut avec empressement,
leur offrant à tous des fruits et des mets cuits.

Lorsque Râmânand alla à Dwârikâ, Pîpâ le suivit. Le
swâmî lui fit des représentations pour l'en détourner; mais
Pîpâ n'y eut pas égard. Il avait douze femmes qui voulaient
le suivre aussi. Râmânand excita leurs alarmes, et en effet
onze changèrent d'idée. Toutefois la douzième, nommée Sîtâ,
et qui était la plus jeune, se soumit à tout ce que lui imposa
le swâmî.

Le purohit de Pîpâ s'empoisonna pour qu'on accusât de ce

meurtre sacrilége[1] Râmânand, qui avait fait du râjâ dont il
était l'aumônier un baïraguî. Mais Pîpâ lui ayant fait boire
de l'eau qui avait servi à laver les pieds de Râmânand, le
ressuscita.

Pîpâ avait entendu raconter que le palais où Krischna se
manifestait était encore à Dwârikâ dans la mer; il se jeta *dans
l'eau* avec Sîtâ pour s'en assurer. En l'apercevant, Krischna
alla à sa rencontre et le serra contre sa poitrine. Pîpâ passa là
sept jours; puis le Seigneur lui dit : « Ce serait un déshonneur pour moi de laisser submerger des adorateurs de Hari;
ainsi actuellement retirez-vous. » Alors Pîpâ fut affecté de
tristesse; mais ne pouvant se dispenser d'exécuter l'ordre du
maître, il se retira. Au moment de son départ, Krischna lui
donna un sceau, en lui disant : « Tous ceux que tu marqueras
de ce sceau seront par là préservés de la peine due à leurs
péchés. » Pîpâ sortit donc de l'Océan, et à cette vue ceux qui
étaient sur le rivage se réunirent en foule. L'excellence de
Pîpâ s'étant ainsi manifestée, une multitude de gens l'assié-
geaient jour et nuit. « Il faut s'en aller d'ici, lui dit Sîtâ; car
si cette foule continue de nous assaillir encore quelques jours,
nos pratiques de piété seront anéanties, et notre pénitence
tombera dans la poussière ».

D'après ce conseil, Pîpâ s'enfuit de Dwârikâ à minuit. A la
sixième station, des Pathâns ayant vu la beauté du visage de
Sîtâ, l'enlevèrent; mais Râma accourut promptement, et les
ayant tous tués, il rendit Sîtâ à Pîpâ. Celui-ci dit à sa femme :
« Retourne maintenant à la maison; car dans les chemins tu
es exposée à essuyer des violences. » Sîtâ lui dit : « O Pîpâ,
vous êtes devenu baïraguî; mais vous n'êtes pas encore propre
à cet état. Lorsque dans le chemin j'ai été victime d'une violence, vous n'avez pas fait acte de courage; car c'est mon protecteur qui m'a sauvée. » Pîpâ répliqua : « J'ai voulu éprouver si tu as de l'énergie, ou si tu en es dépourvue. »

Ils avancèrent, et ils rencontrèrent un lion dans les jangles.
Pîpâ l'attacha avec son chapelet et lui récita un mantra à
l'oreille, puis il le prêcha en ces termes : « N'attaque ni

[1] A la lettre, « de ce meurtre de brahmane ».

l'homme ni les vaches; mais borne-toi à manger la nourriture qui t'est nécessaire[1]: »

Ils allèrent encore en avant, et arrivèrent à un village où
il y avait la statue de Wischnu représenté dormant sur le serpent *Sescha*. On plantait devant le dieu des bambous en forme
d'offrande. Il y avait tout près de là des **tas de bâtons** *de
bambous* qu'on avait déposés. Pîpâ demanda un de ces bâtons.
Celui à qui ils appartenaient ne voulut pas le lui donner.
Alors tous les bâtons devinrent des bambous *verdoyants*. Les
spectateurs s'approchèrent de Pîpâ et se jetèrent à ses pieds.
Après avoir vu la statue dont il s'agit, Pîpâ et sa femme allèrent
à la porte d'un adorateur *de Wischnu,* nommé Chîdhar, qui en
les voyant les accueillit avec égards, et les fit entrer dans sa
maison. Mais il ne lui restait plus rien *à pouvoir leur offrir.*
Le waïschnava dit alors à sa femme : « C'est pour nous un
grand bonheur que de pareils sâdhs entrent chez nous; mais
quel moyen trouverons-nous pour leur donner à manger? »
Sa femme lui dit : « Je me tiendrai cachée dans la maison; et
toi tu iras porter chez un banyân ce *lahangâ*[2] neuf, que j'ai
mis aujourd'hui pour la première fois, et tu rapporteras des
comestibles pour ces sâdhs. » Ainsi fit le waïschnava. Lorsqu'il eut préparé les mets, qu'il eut porté ces objets et les eut
servis dans quatre assiettes de feuilles d'arbre, il appela la
compagnie pour venir manger, mais déclara qu'il avait fait
vœu de ne manger qu'après les sâdhs. Pîpâ lui dit : « Et moi,
j'ai promis de ne point manger dans les maisons où je serai

---

[1] Kessæus rapporte une légende pareille sur la fuite en Égypte de
Notre-Seigneur Jésus-Christ. « Joseph , dit-il, vit sur la route un grand
lion qui se tenait à l'embranchement de deux chemins, et comme il en
avait peur, Jésus s'adressa au lion et lui dit : Le taureau que tu songes
à déchirer appartient à un homme pauvre; va en tel endroit et tu y
trouveras le cadavre d'un chameau, dévore-le ». G. Brunet, « Évang.
apocryphes », p. 103. On lit aussi dans l'« Histoire de la Nativité de
Marie et de l'enfance du Sauveur », ch. xviii, que lors de la fuite en
Égypte des dragons vinrent adorer Jésus, conformément aux paroles du
Psalmiste , et que Jésus leur recommanda de ne faire aucun mal aux
hommes. *Ibid.*, p. 203.

[2] Le vêtement indispensable des Indiennes , sans lequel la femme du
waïschnava ne pouvait se montrer.

reçu, si ce n'est en la compagnie des gens de la maison; ainsi
faites venir votre femme, si vous voulez que je mange. » En
même temps il envoya Sîtâ la chercher. « Va, lui dit-il, et
amène la femme de notre hôte. » Sîtâ chercha dans toute la
maison, et finit par la trouver toute nue dans sa chambre.
Elle lui demanda pourquoi elle était sans vêtements. La
femme du waïschnava lui répondit : « Il y a quatre-vingt-
quatre lâkhs[1] de femmes qui vont toutes nues. Qu'y a-t-il
d'étonnant que je le sois? » Alors Sîtâ ayant déchiré par le
milieu la *pièce d'étoffe qui lui servait de* robe, lui en donna
la moitié, et l'en ayant revêtue, la conduisit avec elle.

Un jour Pîpâ fut invité quelque part, et Sîtâ resta à la
maison. En l'absence du saint, des sâdhs arrivèrent; mais il
ne restait rien au logis. Néanmoins Sîtâ les fit tous asseoir,
puis elle alla chez un banyân, et lui dit : « Des sâdhs sont
venus chez nous, mais mon mari n'y est pas. Fournissez-moi
quelques provisions, à son retour il vous remboursera. —
Bien, dit le banyân, faites peser et emporter ce qui vous con-
viendra; puis ce soir, à la nuit, vous viendrez. » Sîtâ agréa
la proposition; elle emporta les provisions qu'elle voulut, alla
les offrir aux sâdhs, et ceux-ci se mirent à manger. Sur ces
entrefaites Pîpâ arriva, et fut étonné de ce qu'il voyait. Au
soir, lorsque Sîtâ se mit en marche, après s'être couverte de
son vêtement *du dehors,* il commença à pleuvoir, et déjà l'eau
couvrait la terre. Pîpâ l'engagea à tenir sa parole, en lui faisant observer qu'on voyait encore la trace du chemin. Pour
l'encourager il la prit sur ses épaules, et la transporta à la
demeure du banyân; elle entra seule, et il resta debout à la
porte. Lorsque le banyân la vit, il lui demanda comment elle
était venue à pied sec par une telle boue. Sîtâ lui répondit
que son mari l'avait portée sur ses épaules. En entendant ces
mots, le banyân sortit de sa maison, et alla se jeter aux pieds
de Pîpâ; puis étant rentré, il tomba aussi aux pieds de Sîtâ et
lui dit : « Mère, retournez en votre maison. J'ai commis une
grande faute en vous traitant ainsi. »

Un jour que Pîpâ n'avait pas de quoi manger dans sa mai-

---

[1] C'est-à-dire, huit millions quatre cent mille.

son, il alla au marché; il y trouva une marchande d'huile,
qui l'engagea à lui en acheter. Mais il voulut d'abord lui
faire prononcer le nom de Râma, qui fait réussir les affaires
de celui qui l'invoque. La marchande d'huile se mit en colère,
et manifesta beaucoup d'irritation. « Eh bien, *lui dit Pîpâ*,
quand ton époux mourra, et que tu seras *satî,* tu t'écrieras
alors : O Râma! — Tu te moques de moi, *dit la femme;* meurs
toi-même, qui tiens ce mauvais discours. » Pîpâ, douloureusement affecté de cette réponse, pensait à la manière dont
*cette femme* pourrait réparer sa faute. « Puisque, *se dit-il,*
elle invoquera le nom de Râma si son mari meurt, il est
avantageux que cet événement arrive. » Après avoir ainsi
parlé, le swâmi alla en sa maison, et l'inquiétude surgit dans
l'esprit de la marchande d'huile. Bientôt *Pîpâ* retira l'âme de
son mari, et la porte s'ouvrit pour ses funérailles. En effet, le
mari n'avait pas tardé de mourir. Alors la marchande d'huile
invoqua Râma. Toute sa famille versa des larmes. Hommes et
femmes, frères et sœurs, père et mère, s'étant réunis, trans-
portèrent le cadavre *du mari,* et on fit les funérailles avec de
grandes démonstrations de douleur. Alors la femme, déter-
minée à être satî, regarda le feu qui était préparé, et vit la
satisfaction *qu'excitait sa résolution.* On arriva au bûcher au
son de différentes sortes d'instruments de musique, et sur ces
entrefaites Pîpâ arriva. La satî criait : « Râma! Râma! » sa
langue ne se reposait pas un seul instant. Pîpâ lui dit en souriant : « Pourquoi, ma mère, invoquez-vous actuellement
Râma, vous qui gardiez le silence quand vous étiez en pleine
vie? Comment ce sentiment s'est-il développé au moment de
la mort?» Alors un mouvement de respect mêlé de crainte se
manifesta dans l'esprit de la marchande d'huile. « Si mon
mari est mort, dit-elle, c'est que vous lui avez donné votre
malédiction. Que dois-je dire maintenant, ô mon frère,
puisque ma mort arrive dans un clin d'œil? — Adore
Wischnu, lui dit Pîpâ, alors le cadavre de ton mari revivra, et
tu ne mourras pas. » Ces mots rendirent le calme à la marchande d'huile; elle prononça les paroles *de l'adoration,* et
Pîpâ ressuscita le cadavre. Il conduisit chez lui *le mari et la
femme,* et leur donna à tous deux l'initiation; puis il convoqua

les adorateurs de Wischnu, et ils firent une fête à cette occasion.

« Maintenant je dois abaisser mon orgueil; mais où dois-je aller? » *Ainsi disait Pîpa* en errant çà et là sans savoir où diriger ses pas. Toutefois, sur le chemin du quai un adorateur de Wischnu le reconnut, et le conduisit en sa maison. Chaque jour il redoublait d'amitié pour lui. Enfin Pîpâ voulut se retirer. Le waïschnava l'ayant su, devint triste. Il remplit son cœur d'amour et ses yeux de larmes : « O Râma! disait-il, comment le saint se décidera-t-il à se séparer de moi? » Tous les sâdhs s'étant réunis firent le pûjâ, et donnèrent à Pîpâ une voiture pleine de vivres. Ils lui remirent aussi une bourse pleine d'argent; pour lui ils interrompirent toutes leurs affaires. On lui donna en présent beaucoup de vêtements, les uns pour se couvrir, les autres pour s'envelopper. Pîpâ se mit donc en marche dans le chemin de sa maison; mais des voleurs arrivèrent, et interceptèrent le quai; ils prirent la voiture et la pillèrent. Pîpâ fut obligé de s'en aller à pied. « Il m'est arrivé aujourd'hui, *disait-il,* ce qui plaît à mon esprit. » Puis il songea à la bourse *qu'il avait conservée sur lui;* il courut *après les voleurs,* en prenant même le ghî et le sucre qui lui étaient restés. « Il y a eu erreur, leur dit-il, *vous n'avez pas tout emporté;* j'avais cette bourse dans ma ceinture. » Après avoir ainsi parlé, il jeta ces objets au milieu de la voiture. A ces mots les voleurs furent étonnés. « O Dieu! dirent-ils, une telle chose n'eut jamais lieu. Qui êtes-vous donc? vers quel pays dirigez-vous vos pas, et de quel pays arrivez-vous? enfin quel est votre nom? — Je suis Pîpâ, leur dit-il, j'adore le Seigneur; je suis prêt à donner ma tête à couper pour les saints. Vous avez cru vous approprier *tout ce que j'avais,* mais *vous vous êtes trompés;* ne trouvez pas mauvais que je vous donne ce qui me reste. »

Les voleurs n'eurent pas plutôt entendu ce discours qu'ils tombèrent aux pieds de Pîpâ, et les mains jointes ils le supplièrent *de leur pardonner.* Ils lui rendirent la voiture et la bourse, *et ils lui dirent:* « Maintenant nous te demandons ta faveur. Donne-nous l'initiation, admets-nous parmi les serviteurs de Dieu; nous t'offrirons des présents. — Bien, leur dit

Pipâ, mais désormais ne pillez plus personne. Tel est l'avis que je vous donne. »

Un jour Pipâ demanda à un banquier de lui prêter de l'argent. D'après son désir, le banquier lui remit quatre cents takas. Pipâ en écrivit un reçu, et fournit un bon répondant. « Vous ne me rendrez cette somme, dit le banquier à Pipâ, que lorsque vous le pourrez. Je n'en suis aucunement inquiet. » Six mois après, le banquier vint demander son argent; il fit une querelle à *Pipâ*, et ne voulut pas prêter l'oreille *à ce qu'il disait pour se justifier*. Alors Pipâ lui dit : « Quand m'avez-vous donné de l'argent, et quand l'ai-je reçu? quel est mon répondant? » *A la suite de cette altercation*, Pipâ exigea que le banquier exhibât son reçu devant le tribunal; mais on fouilla en vain dans tous les papiers de la maison, anciens et nouveaux. Alors tous les spectateurs s'écrièrent que *le banquier* avait menti. Ce dernier, ne sachant que répondre, se fâcha en pleine assemblée; mais Pipâ dit : « Eh bien, oui, j'ai reçu cet argent: mais les gens de Hari en ont usé par la faveur de Dieu. Pourquoi voudriez-vous abaisser [1] sa grandeur? Lorsque j'aurai de l'argent, je vous le donnerai, si vous vous engagez *à ne pas me tourmenter*. » Alors il écrivit un nouveau reçu, et la tranquillité se rétablit dans le cœur du banquier. Il reçut l'initiation, devint disciple de Pipâ, et le combla de présents.

Pipâ réfléchit en son esprit s'il ne devait pas quitter actuellement sa famille. « Tant que je serai recherché par tout ce monde, disait-il en lui-même, je ne pourrai pas me livrer à mes exercices de piété. Jour et nuit la foule se presse ici; mon esprit peut en être fatigué. Pour l'amour de Râma, prenons des haillons, dit-il à Sîtâ, et allons en pays étranger. Selon les circonstances, nous recevrons l'aumône. Le séjour de la forêt doit être pour nous pareil à celui de la maison. Habitons-y donc pendant quelque temps. — Puisque vous l'ordonnez, répondit Sîtâ, votre ordre ne sera pas anéanti; je suivrai constamment vos désirs. » Ils errèrent donc çà et là, d'après l'impulsion de leur esprit.

[1] A la lettre, « rendre fausse ».

Puis ils allèrent habiter dans un village de la forêt, dont des charretiers occupaient la moitié. Les hommes et les femmes se moquèrent *d'eux;* ils considérèrent comme une infamie de les recevoir, et ne les laissèrent pas s'asseoir en leur compagnie. Pîpâ et Sîtâ allèrent alors se reposer dans une maison vide, et tous deux récitèrent ensemble le nom de Râma. Cependant cent sannyâcis arrivèrent auprès de Pîpâ. Ils le prièrent de les traiter charitablement. Pîpâ les reçut avec respect; il les logea dans une maison autre que la sienne. Il fit balayer cette maison par Sîtâ, et fit préparer le foyer, la table, les ustensiles. Il se procura des feuilles d'arbre et il en fit des assiettes, puis Wischnu lui fournit les vivres nécessaires *pour qu'il pût nourrir ces faquirs.*

Sur ces entrefaites, un meurtrier vint en cet endroit, et il inspira de la crainte à tous. Il s'approcha du côté où il entendait le chant des hymnes, et se jeta aux pieds de Pîpâ, *en disant :* « Je suis un meurtrier, j'ai tué une vache; aussi me suis-je rasé la tête, et suis-je allé auprès du Gange. Puisque vous avez préparé de la nourriture, votre frère ne pourra-t-il manger? Traitez-moi avec bonté, admettez-moi dans votre ordre; dès aujourd'hui j'ai renoncé à ma caste[1]. Ainsi personne n'aura rien à vous dire. Mon esprit est plein de confiance. »

Alors le maître effaça le doute de l'esprit du voleur. *Il prit* du lait aigre, de la farine, des vesces, du beurre fondu et du sucre; il remplit de lait un vase, *puis* il fit manger le meurtrier, et lui fit ainsi éprouver du bien-être. Les sannyâcis contents mangèrent aussi, ainsi que les habitants du village avec leurs familles. En un instant tous furent rassasiés.

**Pîpâ** pardonna *au meurtrier* son crime; et tous ayant prononcé le nom de Râma, obtinrent le salut. Il aurait pu anéantir des millions de meurtres; comment n'aurait-il pas effacé celui-là? C'est ainsi qu'il agit pour propager le culte de Râma, et que de pays en pays il procura le salut des hommes.

---

[1] Ce passage est curieux; il prouve la vérité de ce que H. H. Wilson a fait observer quelque part, que dans les congrégations des faquirs il n'y a pas de distinction de castes.

Le râjâ Suracen[1] inquiet et troublé *disait en lui-même :* « En me livrant habituellement *au vice,* le pardon s'en est allé *loin de moi.* » Il errait donc de tous côtés[2], monté à cheval, et poussait des cris dans son agitation. Après avoir parcouru quatre-vingts kos, le roi revint à lui; il retourna dans son palais et reçut les félicitations *de ses sujets.* Il fit à plusieurs reprises l'adoration et le *pûjâ;* il donna *aux pauvres* la moitié des richesses de son palais, et il dit *à Pîpâ :* « O swâmî, ne me quittez pas, je vous traiterai avec honneur; je vous le promets affectueusement. »

On raconte de Pîpâ un grand nombre d'actes pareils à ceux que je mentionne ici; mais aurais-je pu les écrire tous? J'ai donc dû me contenter d'en rapporter quelques-uns.

PIR[3] est, à ce qu'il paraît, le takhallus d'un poëte hindoustanî du Décan, de la secte des sunnites, qui se nommait *Mahmûd,* et à qui on doit, entre autres, un masnawî intitulé *Quissa-i Malîka bâdschâh* « Histoire de la reine Malîka[4] ». Or cette Malîka est une princesse grecque sur laquelle il y a aussi un roman persan dont on trouve un exemplaire parmi les manuscrits de la Bibliothèque impériale de Paris. L'auteur du roman hindoustanî sur le même sujet donne en effet son travail comme une traduction du persan; mais on sait que par traduction les Orientaux entendent souvent une imitation, ou même un ouvrage écrit sur une légende qu'un ou plusieurs écrivains ont déjà fait connaître.

C'est sans doute le même écrivain dont Mîr parle

---

[1] Ou *Surajsaïn,* comme on le lit dans d'autres rédactions. Il est plusieurs fois question du même souverain dans d'autres anecdotes dont je ne donne pas la traduction à cause de leur peu d'intérêt. Ce Suracena était roi du Bengale, et régnait de 1151 à 1154; ce qui fixe, comme je l'ai dit, l'époque de la vie de Pîpâ au milieu du douzième siècle de notre ère.

[2] A la lettre, « aux dix côtés ».

[3] P. « Vieillard, homme respectable, saint personnage ».

[4] J'ai un exemplaire de cet ouvrage dans ma collection particulière.

sous le nom de *Mahmúd,* et dont il cite deux vers écrits
en dialecte dakhni. Kamàl le mentionne aussi dans
son Tazkira sous le nom seulement de Mahmúd, et il en
donne un vers à jeu de mots dont voici le sens :

On dit qu'il n'y a rien de plus dur que la pierre; néanmoins
je connais quelque chose de plus dur, c'est d'être privé de la
société des belles.

PITAMBAR [1] SINGH est un Hindou converti au
christianisme, à qui on doit des « Mémoires » écrits en
hindoustani et publiés à Calcutta en 1820 sous le titre
de « Memoir of Petambar Singh, a native Christian [2] ».

Ces mémoires ont paru aussi en bengali, et il y en a
plusieurs éditions [3], publiées par la Société des traités
religieux.

Pitambar a coopéré à l'« Histoire de l'islamisme » intitulée en hindoustani *Siyar uislâm* « les Faits et gestes
de l'islamisme », avec Nûr Muhammad, Râm Krischn
et Saïyid Muhammad.

PIYARI LAL [4] (le munschi ou LALA), principal de
l'École normale de Dehli, est auteur :

1° D'un *Hidâyat-nâma païmâïsch* « Guide du lever
des plans », imprimé à Mirat en 1864 ;

2° Du *Miftâh ul'arz* « la Clef de la terre », géographie
écrite en urdù, dont la seconde édition, de 161 p. in-8°
de 20 lignes, a été publiée à Lahore par le munschi
'Inâyat Huçaïn ;

3° Du *Riçâla Dehli Society* « Proceedings of the Dehli
Society », rédigés en urdù; Dehli, 1867, in-8° de 42 p.;

[1] I. « De couleur jaune ».
[2] Missionary Press », in-12.
[3] J. Long, « Descriptive Catal. of Bengali books », p. 88.
[4] I. « Cher et chéri ».

4° Du *'Aladín aur 'ajíb o garíb chíráq ká quissa, aur chalís choron kí kahání* « Histoire d'Aladin ou la lampe merveilleuse, et des Quarante voleurs », en urdû; Lahore, 1867, in-8° de 214 p. ;

5° Il a été chargé par le lieutenant gouverneur des provinces nord-ouest, Sir W. Muir, de préparer une « Histoire de l'Inde » en hindoustani-urdû [1], ainsi que d'autres ouvrages, et il a édité le *Sarkârí akhbâr* [2].

PRABHU-DAS [3] (le bâbû) est auteur du *Tozí asch'âr* [4] « Lectures sur la poésie » ; Allahâbâd, 1868, petit in-8° de 22 p.

PRABHU DAYAL [5] est l'éditeur et le principal rédacteur du journal urdû hebdomadaire de Dehli intitulé *Fawâíd us-schâïquín o cawâ'íd us-schâhidín* « Avantages des désireux (de savoir la vérité) et règles (que doivent suivre) les témoins », journal qui paraît n'être autre chose que la traduction en urdû du « Government Gazette », pour les Hindous et les musulmans qui ne lisent pas l'anglais.

PRABHU LAL [6] est auteur d'un ouvrage urdû intitulé *Riçâla païmâïsch magnâtís* « Traité de la portée de l'aimant », mentionné dans les « Selections from the Records of Government » ; Agra, 1855.

PRAÇAN KUMAR [7] MITR (le bâbû) est auteur de la traduction du persan en urdû d'un traité de médecine

---

[1] Voyez mon Discours d'ouverture de 1868, p. 51.
[2] « Capt. Holroyd's Report on popular education in the Penjab, etc., for the year 1868-1869 », p. 50.
[3] I. « Le serviteur du Seigneur ».
[4] Ne faut-il pas lire *tâzé*, pluriel urdû de *tâza* « nouveau », et traduire « nouveaux vers », observations sur les nouvelles productions poétiques?
[5] I. « Le maître compatissant ».
[6] I. « Le chéri du Seigneur ».
[7] I. « Le gentil jeune prince ».

qui a été imprimé sous le titre, à ce qu'il paraît, de
'*Ilm-i tibb ké bayân men* « Sur l'exposition de la science
médicale [1] » .

PRAHLAD [2] est auteur de poésies sacrées qui font
partie du *Sambhu granth* «Livre du père (des sikhs) [3] » .

PREM-KESWARA-DAS est auteur d'une traduction hindouie du douzième livre du *Bhagavat*, ouvrage
dont la bibliothèque de l'East-India Office possède un
exemplaire [4].

PREM-NATH [5] RAÉ, kschatriya, est compté par Gâïm
parmi les poëtes hindoustanis.

PRÉMA [6] BHAI ou plutôt BAI, appelée aussi, je
crois, *Prémí,* est une femme poëte qui florissait en 1600
du saka (1678). On ne connaît ni son pays, ni sa caste,
ni sa famille. Elle a écrit :

1° Le *Bhakta lilâmrita* « l'Ambroisie du divertissement des dévots » [7] ;

2° Le *Gangâ snân* « le Bain du Gange » ;

3° Le *Pûjâ* de Srî Gopal (Krischna) ;

4° Le *Bhagavat sravan* « l'Adoration de Dieu » ;

5° Le *Druva lílâ* « le Divertissement de Druva [8] » .

PRITHIRAJ [9] est un célèbre Rajpût rahtore qui vivait
sous le règne d'Akbar, de 1552 à 1605. Il était le frère

---

[1] Il est mentionné dans le *Khaïr khâh-i Hind*, numéro de février
1856.

[2] I. « Joie, plaisir », nom du chef d'une division du *Pâtal.*

[3] Voyez l'article NANAK.

[4] Voyez à l'article BHU PATI la mention de deux autres traductions
hindies du même ouvrage.

[5] I. « Le Seigneur de l'amour », c'est-à-dire, apparemment,
« Krischna ».

[6] I. Orthographe sanscrite de *prem* « amour ».

[7] Plusieurs ouvrages hindis portent ce même titre.

[8] Dehli, 1868, in-8° de 8 p.

[9] I. « Roi de la terre ».

cadet du prince de Bikanir, et il se fit connaître et se distingua comme poëte[1]. Tod[2] cite de lui un morceau remarquable qui fait allusion à un événement historique dont il est parlé dans ses « Annals of Rajasthan ». Le même personnage figure parmi les saints hindous, et voici l'article qui lui est consacré dans le *Bhakta mâl :*

### CHHAPPAÏ.

Le seigneur de Dwârikâ se manifesta aux méchants habitants d'Amber[3].

Les avis de Krischna-dâs[4] sont comme la pierre de touche de l'essence suprême : ils ont anéanti ceux qui ont des qualités extérieures, et ceux qui n'en ont pas; l'obscurité et l'ignorance. Ceux qui sont sans déguisement sont à l'abri des reproches, comme Yudischtir après s'être lavé dans le Gange.

La mention de Hari est une bonne œuvre digne de Prahlâd[5] et au-dessus de l'invocation de Yama. Prithîrâj en fit l'expérience; il orna son corps de la figure de la conque et du disque *de Wischnu.*

Le seigneur de Dwârikâ se manifesta aux méchants habitants d'Amber.

### EXPLICATION.

Le râjâ Prithîrâj devait aller *en pèlerinage* à Dwârikâ avec son gurû Krischna-dâs. Son ministre dit à l'oreille du gurû que les affaires du roi souffriraient de ce voyage, mais qu'il ne voulait pas que ce qu'il lui en disait fût connu de Sa Majesté. Au matin, lorsque le roi se disposait à partir avec ses

---

[1] Râg Sâgar cite le *Prithîrâj kâ râçâ* « le Divertissement de Prithîrâj ».

[2] « Annals of Rajasthan », t. 1, p. 343.

[3] Ancienne capitale de la province de Jaïpûr, dont la ville qui porte ce nom est la capitale actuelle.

[4] C'est le nom de celui qui a développé et commenté le texte primitif du *Bhakta mâl.*

[5] Il a été parlé plus haut de ce personnage, et à l'article NAM DÉO, p. 434 de ce volume.

gens, son gurû lui dit : « Restez ici, et dans votre palais
même vous verrez le seigneur de Dwârikâ; vous vous baigne-
rez dans la Gumtî [1], et vous aurez sur votre bras l'empreinte
de la conque et du disque. — Bien, dit le râjâ; mais quand
verrai-je l'effet des paroles de mon gurû? »

Trois jours se passèrent ainsi, et Prithîrâj n'était pas encore parvenu à Dwârikâ, lorsque Krischna, pour favo-
riser le râjâ, partit de Dwârikâ portant la Gumtî sur sa tête,
et ayant sous son aisselle la conque et le disque. Il arriva à
minuit à la porte du roi, et l'appelant agréablement avec le
son de voix de son gurû : « Holà, Prithîrâj! » s'écria-t-il. Le
roi frappé d'étonnement accourut, et vit le Seigneur. Alors
Krischna ayant fait couler la Gumtî, dit à Prithîrâj de s'y
baigner. Il eut à peine obéi que la marque de la conque et du
disque parut sur son corps. Quoique la reine vînt aussi, elle ne
put voir le Seigneur, mais elle se baigna dans la Gumtî *miraculeuse*. Au matin le fait se répandit dans toute la ville, et les
habitants se réunirent en foule *autour du palais*. Prithîrâj,
tout confus, en reçut en présent des milliers de roupies. Puis,
là où le Seigneur s'était arrêté pour l'appeler, il bâtit un
temple, et y plaça une statue qui fut comme le joyau du
monde.

Un jour un brahmane aveugle vint à la porte d'un temple
de Siva, et demanda la vue par le moyen du dharna [2]. Siva
lui dit : « La vue n'est pas dans ton sort. » Il répondit : « Tu
as trois yeux, donne-m'en deux, et gardes-en un pour toi-
même. » Alors Siva, content *de sa persistance, qui annonçait
sa foi*, lui dit : « Ta faculté visuelle est liée au pagne (*ango-
chhâ*) de Prithîrâj; applique-le à tes yeux, et tu verras. » Le
brahmane alla donc trouver le roi et lui fit part de ce qui
s'était passé. Celui-ci connaissant la dignité des brahmanes,
craignit *de manquer au respect qui leur est dû*, et refusa de

[1] La Gumtî, à la lettre « la tournoyante », a sa source au nord, dans
le mont Kamaoun, et va se jeter dans le Gange sous Bénarès. Il paraît
qu'il s'agit ici d'une autre Gumtî qui passe à Dwârikâ.
[2] Manière fort usitée dans l'Inde pour exiger une faveur, et qui
consiste à ne pas quitter la place où l'on est jusqu'à l'obtention de la
chose.

donner son pagne. Cependant tout le monde l'ayant engagé à
y consentir, il demanda un pagne neuf; et après l'avoir fait
toucher à son corps, il le donna au brahmane. Ce dernier ne
l'eut pas plutôt appliqué sur ses yeux qu'ils s'ouvrirent, aussi
frais que le lotus.

I. PRIYA-DAS [1], sectateur de Nityananda, natif du
Bengale, est auteur :

1° D'un *Bhagavat* en dialecte du Bundelkhand, mentionné dans Ward [2] ;

2° D'une explication du *Bhakta mâl* [3] qui porte le
titre de *Bhaktiras bodhani* « la Connaissance du goût de
la dévotion », en vers du mètre kabit. J'en ai un manuscrit que m'avait donné feu F. Boutros, de Dehli. Le
*mûl* ou texte de ce manuscrit est le même qui a été
adopté par Krischna-dâs, c'est-à-dire celui de Nâbha Jî
et de Nârâyan-dâs. Le commentaire de Priya-dâs est
accompagné de remarques nommées *drischtanta* « développements », et *Bhakta mâl praçang* « Discours sur le
*Bhakta mâl* ».

Voici la liste des saints hindous dont il est donné la
vie dans cet ouvrage :

| | | |
|---|---|---|
| Valmîki. | Dhana Bhagat. | Sudhana Caçâï. |
| Parikschit. | Madho-dâs. | Ladu Bhakta. |
| Sukh Déo. | Raghu-nâth. | Ganjâ Mâla. |
| Agrâ-dâs. | Harivyâs. | Lascha Bhakta. |
| Sankara. | Bithal-nâth. | Narsi Bhagat. |
| Nâm Déo. | Guiridhar. | Mîrâ Bâî. |
| Jaya Déva. | Bital-dâs. | Prithîrâj. |
| Srî Dhar Swâmî. | Rûp-Sanatan. | Nar Déo. |
| Kabîr. | Haridâs. | |
| Pîpâ. | Gopal-bhatya. | |

[1] I. « Serviteur du bien-aimé », c'est-à-dire de Krischna.
[2] « View of the History, etc., of the Hindoos », t. II, p. 481.
[3] H. H. Wilson, « Asiatic Researches », t. XVI, p. 56; Montg.
Martin, « Eastern India », t. I, p. 200.

II. PRIYA-DAS, de Dehli, était l'éditeur d'un journal
urdû qui paraissait dans cette ville depuis le 1er décembre 1851 sous le titre de *Daquîc ulakhbâr* « la
Quintessence des nouvelles », et qui avait beaucoup
d'abonnés parmi ses coreligionnaires hindous.

Je pense que cet écrivain est le même que le bâbû
Priyâ-dâs Mitr, qui a traduit de l'urdû en hindi le
*Micra'at ulgâfilin*, de Siva-praçâd, et avec son aide,
sous le titre équivalent de *Alciyon kâ korâ* « le Fouet
du paresseux »; Agra, 1859, in-8° de 38 p.


# Q

I. QUINA'AT [1] (Mirza Muhammad Beg), de Lahore, fils
de Haçan Beg, est un des élèves de Mirzâ Ja'far 'Ali
Hasrat. Il résidait à Lakhnau en 1196 (1781-1782). On
le compte parmi les écrivains hindoustanis.

II. QUINA'AT (Mirza Gulam Naçîr uddîn), connu
aussi sous le nom de *Mirzâ Manjhli* [2], prince de la famille royale de Timûr, est auteur de poésies rekhtas et
d'un excellent ouvrage hindoustani dans le genre du
*Gulistân* de Sa'di. Il est élève de 'Abd urrahmân Ihçân.
Il assistait régulièrement aux réunions littéraires de
Karîm et y lisait souvent des pièces de vers de sa composition.

Serait-il le même que le faquîr Gulàm Naçir uddîn,
éditeur du journal urdû de Multan intitulé *Schuâ'-i
schams* « les Rayons du soleil »?

QUISM [3] (Muhammad Ja'far 'Ali Khan) est un poëte

---

[1] A. « Contentement », αὐτάρκεια.
[2] Le Dr A. Sprenger écrit *Majhlé*.
[3] A. « Portion, sorte, espèce ».

hindoustani dont je ne puis mentionner que le nom.

QUISMAT [1] (le nabâb Schams uddaula), natif de Dehli et un des notables habitants de Lakhnau, était le fils aîné du nabâb Bârgâb Culi [2] Khân. Il appartenait à une famille célèbre par son ancienneté et sa bravoure. A l'époque où Quismat jouissait de toute la confiance de Mirzâ Jahândâr Schâh, Mashafi eut occasion de le connaître ; il devint même très-lié avec lui. Quismat consultait sur ses vers Miyân Ja'far 'Ali Hasrat, et, après la mort de ce dernier, Mashafi. Il se distingua surtout dans les salâms et les marciyas. On le compte parmi les écrivains hindoustanis les plus distingués. On lui doit, entre autres, le gazal dont la traduction suit :

Si cette idole infidèle venait une nuit sur le toit de mon logis, elle paraîtrait une seconde lune devant la lune du firmament.

Tes cils se sont introduits dans mon sein, de telle manière que je n'ai pas eu une seule portion de mon cœur qui ne fût percée.

Qui est-ce qui peut résister à ton ordre? Si Rustam ne s'y soumettait pas, il périrait.

Si tu paraissais dans le bazar du monde, le soleil descendrait du firmament tête baissée.

Quismat! lorsque ce visage semblable à la lune paraîtra, on le prendra pour l'astre lumineux de la nuit obscure.

## R

RABT [3] est un poëte hindoustani élève de Jurat. Kamâl, qui nous le fait connaître, en cite trois mukhammas, dont un est la paraphrase d'un gazal persan de

[1] A. « Sort, destin ».
[2] Ou 'Ali.
[3] A. « Lien ».

Mirzà Catîl, chaque strophe urdue se terminant par un
des vers persans du gazal original. Il y a plusieurs
poëmes de ce genre en hindoustani, et notre langue
elle-même n'est pas dépourvue de compositions où des
vers latins sont intercalés régulièrement dans des strophes françaises.

I. RAÇA [1] (le maulawî 'ALIM ULLAH) est un poëte hindoustanî qui résidait à Aoude, et qui est cité par Sarwar
et par Schefta.

II. RAÇA (MIRZA KARÎM UDDÎN) est un prince contemporain de la famille royale de Timûr, qui est compté
parmi les poëtes hindoustanis. Il assistait en 1261 (1845),
accompagné de ses fils, aux réunions littéraires que
tenait Karîm, et y faisait fréquemment des lectures. Il
avait environ soixante-dix ans en 1847. On lui doit un
grand nombre de pièces de vers ; mais Karîm les critique
dans son Tazkira, surtout sous le rapport de son manque
d'instruction en arabe, ce qui lui faisait confondre quelquefois des lettres très-distinctes, telles, par exemple,
que le *toé* et le *té*.

III. RAÇA (MIRZA BALKHÎ [2] BAHADUR) est un autre
prince de la famille royale de Dehli, fils de Mirzâ 'ld [3],
à qui on doit des poésies hindoustanies. Il est mentionné
par Sarwar et par Karîm, qui le distinguent du précédent.

IV. RAÇA (MÎR 'ALÎ AHMAD), fils de Mîr Najaf 'Alî,
*mujtahid* (théologien), de Faïzâbâd, et résidant à Lakhnau, ami du nabâb 'Alî-jâh Bahâdur et élève distingué
de Raschk, est auteur d'un Dîwân dont Muhcin cite
plusieurs gazals dans son Tazkira.

[1] P. « Habile, intelligent ».
[2] C'est-à-dire, de Balkh.
[3] Ou *Idû*, selon Zukâ.

V. RAÇA (le schaîkh et miyân MUHAMMAD-BAKHSCH), de Lakhnau, fils du schaîkh Muhibb ullah, est un dessinateur qui s'est aussi occupé de poésie et qui est auteur d'un Diwân. Il a été élève d'Aschraf Khân, dont *Khân* est le takhallus.

VI. RAÇA (LALA AMBA-PRAÇAD), célèbre narrateur de contes, fils de Chandi-praçâd, neveu (fils de sœur) du râjâ Jhâû Lâl, de la tribu des kàyaths, élève du nabâb Mirzâ Taqui Khân Hawas pour la poésie, et, quant aux contes, élève de l'unique de son temps (en ce genre) Mîr Câcim 'Alì, est auteur de poésies hindoustanies dont Muhcin cite des vers.

RAÇAI [1], poëte urdû dont 'Alì Ibrâhîm, le seul des biographes originaux qui en parle, cite deux vers singuliers dont voici la traduction :

Le cœur de bien des malheureux est attaché à ces tresses ambrées. O peigne, prends bien garde qu'aucun de ces cheveux ne se rompe.

Tu emportes le cœur de Raçâï, qui est aussi tendre que la fiole la plus légère est fragile; mais il ne se brisera pas (il pourra supporter le choc violent de l'amour).

RACIK SUNDAR [2] est auteur d'une « Histoire du Gange » en vers, intitulée *Gangâ bhakt* « le Dévot du Gange », et mentionnée dans le « General Catalogue » comme ayant été publiée à Bénarès, « Gazette Press ».

I. RACIKH [3] (le schaïkh GULAM 'ALÌ KHAN), derviche de Patna, élève de Fidwî et de Mîr, et mort en 1240 (1824-1825), est compté au nombre des poëtes hindoustanis par Abû'lhaçan et Schefta. Ràcikh est en effet auteur :

[1] P. « Habileté », etc.
[2] 1. « Le beau spirituel ».
[3] A. « Ferme, solide ».

1° D'un Diwàn publié à Lakhnau en 1263 (1846-1847), avec les Diwàns d'Atasch et d'Abàd, en un volume de 256 p. à trois colonnes, dont chacune contient un des trois Diwàns;

2° Du *Masnawi-i nâz o niyàz* « Poëme de prière et de supplication », qui a pour sujet les louanges de Dieu et de Mahomet. Cet ouvrage, écrit en vers urdus, a été imprimé en 1851 à la typographie de Mustafà Khàn, à Cawnpûr.

II. RACIKH (le khwàja AHMADI KHAN) était mort quand Schorisch écrivait. Il est auteur de poésies hindoustanies.

III. RACIKH (le nabàb ZAFAR YAB KHAN), natif de Bareilly et habitant de Lakhnau, fils du maulâ Miyàn et petit-fils de feu le célèbre Hàfiz ulmulk Hàfiz Rahmat Khàn Bahàdur, est, selon Bàtin, un poëte d'un talent très-distingué. Il est aussi mentionné par Muhcin, qui le dit élève du nabàb Mançûr Khàn Muhr et auteur d'un Diwàn dont il cite des vers dans son Tazkira.

IV. RACIKH (TALIB HUÇAÏN) est un poëte hindoustanî dont Bénî Nàràyan cite un gazal dans son *Diwàn-i Jahàn.*

V. RACIKH ('INAYAT ULLAH KHAN), fils de Schams uddaula Lutf ullah Khàn Sàdic Muhauwir Jang, est auteur du *Kàristàn-i hindi* « Fabrique indienne », qui est une transcription en caractères persans du *Suddh swar* « le Vrai ton », collection de poëmes en braj-bhàkhâ, formant un des neuf *ras* dont le *Singàr ras* fait partie.

RA'D [1] (LALA GANGA-PRAÇAD), originaire de Cachemire et natif de Lakhnau, est un poëte urdû mentionné par Bàtin dans son *Gulschan bé-khizàn.*

---

[1] A. « Tonnerre ».

RAÉ-SINGH[1] est auteur d'un *Râmâyana* hindoui intitulé *Pothî Râmâyana* « Livre du *Râmâyana* ». On en conserve un exemplaire au British Museum, écrit en caractères persans. Il est formé de strophes de sept, huit ou neuf vers.

I. RAFAT[2] (Mihr 'Alî), fils d'un prédicateur (*wâ'iz*) royal, se distinguait par sa facilité d'élocution et par ses reparties; il est cité par Câïm parmi les poëtes urdus.

Il est, je pense, le même que Râfat de Lakhnau, mentionné par Zukâ ainsi que le suivant.

II. RAFAT (Miyan Raúf Ahmad) est un pîr-zâda qui descend du schaïkh Ahmad Mujaddid Alf Sânî[3] ; il est né à Lakhnau et habite Rampûr, mais il a visité plusieurs fois Dehli. Râfat est élève de Jurat et disciple pour le spiritualisme (car il est sofî) de Gulâm-i 'Alî Schâh. Il est de plus fort savant en géométrie et poëte distingué. Sarwar en cite des vers.

I. RAF'AT[4] (le schaïkh Muhammad Rafi') était originaire d'Allahâbâd ; mais il vint résider à 'Azimâbâd, et y fut du nombre des officiers du nabâb Mîr Muhammad Câcim Khân. Selon 'Alî Ibrâhîm, qui l'avait connu, il avait l'air ouvert et était très-aimable. On lui doit des poésies urdues. Il est nommé Râzî par Kamâl, qui le dit originaire de Hamadân, ville célèbre de Perse. Il était mort à l'époque de la rédaction du *Sarâpâ sukhan*.

II. RAF'AT (Muhammad 'Içâ Khan Ansarî), fils du nabâb Imtiyâz Khân, est un poëte contemporain mentionné par 'Ischqui.

---

[1] I. « Roi-lion ».

[2] A. « Clémence », écrit par un *ré*, un *alif*, un *fé* et un *té*.

[3] C'est-à-dire le rénovateur ou réformateur du second millier (d'années) de l'islamisme.

[4] A. « Élévation », etc., écrit par un *ré*, un *fé*, un *aïn* et un *té*.

III. RAF'AT (Gulam Jilanî [1]), natif de Dehli, élève
du maulawi Cudrat ullah Schauc, est un poëte hindoustanî qui prit d'abord le takhallus de *Bédam*. Il avait
une mémoire telle qu'il retenait par cœur un cacîda qu'il
entendait réciter une seule fois. Muhcin en cite des vers.

IV. RAF'AT (Mirza Piyarî) était un membre de la
famille royale de Dehli, et il habitait le palais impérial.
Il était âgé d'environ quarante ans en 1847. Raf'at
assistait aux réunions littéraires de Karîm; il lut dans
ces réunions différents morceaux de poésie que Karîm
trouve fort beaux et dont il cite des fragments.

1. RAFI' [2] (le maulâna Schah Muhammad Rafî' uddîn),
de Dehli, a traduit le Coran en hindoustanî. Sa traduction, citée avec éloge par Saïyid Ahmad dans son *Açâr
ussanâdid*, est interlinéaire au texte. Elle a été imprimée
à *l'Islâm press* « Typographie musulmane » de Calcutta,
en deux grands in-4° : le premier en 1254 (1838-1839),
le second en 1266 (1849-1850). Cette traduction diffère entièrement de celle de 'Abd ulcâdir [3]; mais l'éditeur
'Abd ul'aziz [4] y a joint les notes marginales de 'Abd
ulcâdir, si ce n'est qu'elles sont en plus petit nombre et

---

[1] C'est-à-dire, serviteur du grand saint musulman 'Abd ulcâdir Jilânî
ou Guilânî (du Guilân). Sur ce personnage, voyez mon « Mémoire sur la
religion musulmane dans l'Inde », p. 85, 86.

[2] A. « Élevé ».

[3] Il paraît que la véritable traduction de 'Abd ulcâdir, sans modifi-
cation, est celle qu'on a donnée dans l'édition in-4° du Coran lithographiée à Calcutta et dont il n'a paru, je crois, que le premier volume,
qui se compose du texte arabe (par quatre lignes) accompagné de la
traduction urdue (par deux lignes). Sur la marge on trouve le commentaire de Huçaïn Wâïz Kâschifî et le *Tafsîr-i 'Abbâcî*.

[4] On ne doit pas confondre cet 'Abd ul'aziz avec celui qui fut le directeur spirituel du célèbre réformateur musulman Saïyid Ahmad et à qui
on doit un commentaire célèbre sur le Coran. Voyez son article, et le
Journal Asiatique, numéro d'avril 1834.

avec des coupures, d'après les corrections du hâjî Hafiz
et du maulawî Ahmad Kabir, fils l'un et l'autre du
schaïkh Ahmad Sirhindî Mujaddid Alf Sânî ; et aussi
du maulawî Hâfiz 'Ajîb Ahmad et du maulawî Muhammad Murtaza, et avec l'aide de S. S. Wahîb et de Mîr
'Ali Khân. L'*Akhbâr-i 'âlam* de Mirat du 17 février
1868 en annonce une nouvelle édition [1] augmentée d'une
traduction persane interlinéaire comme la traduction
urdue connue sous le nom de *Fath urrahmânî*, et rédigée par Maulâna Schâh Walî ullah. En marge se trouve
le commentaire appelé *Tafsir-i Jalâlaïn*, c'est-à-dire des
deux Jalâl (Mahallî et Suyûtî), le premier l'ayant commencé et le dernier achevé [2]. Ce volume est de 636 p.
de 30 lignes, dont 10 du texte, et de 56 lignes en marge.

On doit au même écrivain un ouvrage intitulé *Bayân
ulâkhirat* « Explication de la vie future ». C'est une
description du paradis et de l'enfer, traduite du persan
d'Abû Muhammad 'Aïsch, imprimée à Dehli en 1845,
in-8°, et à Lakhnau en 1848.

II. RAFI' (RAFÎ' UDDÎN KHAN), auteur de poésies hindoustanies, est mentionné par Sarwar, Schefta et Karîm.
Selon ces biographes, il était Afgân de nation et d'une
famille de schaïkhs de Lakhnau, mais il alla vivre à
Murâdâbâd ; ils ajoutent qu'il avait fait le pèlerinage
des deux villes saintes de la Mecque et de Médine.

RAFI' UDDÎN [3] est auteur du *Kaïfiyat madraça 'arabî
Déoband* « Rapport sur l'école arabe de Déoband » , en
urdû ; Mirat, 1868, gr. in-8° de 42 p.

---

[1] C'est, je pense, la même édition dont j'ai parlé dans mon Discours
d'ouverture de 1867, p. 32, d'après une autre annonce.
[2] Voyez le Dictionnaire bibliographique de Hâjî Khalfa, art. *Tafsîr*.
[3] A. « Celui qui est élevé par la religion » .

I. RAFIC [1] (Ummed Beg) est un poëte hindoustani qui
résidait dans la ville de Patna avant l'époque où Béni
Nàràyan écrivait son Anthologie. Ce biographe cite de
Rafic un gazal très-remarquable dans l'original, et dont
je ne donne cependant pas la traduction, parce qu'il ressemble trop à un autre qu'on trouve à l'article Açaf.
Muhcin en cite aussi des vers.

II. RAFIC (Mirza Açad Beg), de Dehli, élève de Firàc
(Sanà ullah Khàn), était militaire de profession et
s'occupait avec succès de poésie hindoustanie. Il fréquentait la cour de Dehli et tenait chez lui une réunion littéraire où les auteurs venaient réciter leurs vers.
Il les accueillait avec la plus grande bienveillance,
«jouant avec eux, selon l'expression de Càcim, au jeu de
nard de l'amitié ». Il était mort en 1221 (1806-1807).

III. RAFIC (Amin ullah) est un autre poëte hindoustani que le même biographe Càcim distingue du
précédent.

IV. RAFIC (Muhammad), de Cabúl, est auteur, à ce
qu'il parait, d'un masnawi intitulé *Làla dàg* [2] « la Blessure de la tulipe », et en anglais, « A poetical account
of Muhammad Rafik of Kabul [3] ».

RAG-RAJ [4] SINGH est auteur du *Rukmini purniyà* [5]
« Mariage de Rukmini et de Krischna », ouvrage imprimé dans l'Inde.

RAG SAGAR [6] (Srî Krischnanand Byas Déo), brahmane

---

1 A. « Compagnon ».
2 Voyez l'indication d'un masnawi du même titre à l'article Garm.
3 Zenker, « Bibliotheca orientalis ».
4 I, « Le roi des ràgs (modes musicaux) ».
5 Ce mot signifie proprement un ornement que les femmes portent
au cou (*Canûn-i Islâm*).
6 « L'Océan des chants ». Cette expression est en réalité un titre

de la classe des Gaur et natif de Déva Garb-Kot, en
Odeïpûr, dans la province de Méwar. Il est auteur du
*Râg kalpadruma* « l'Heureux arbre des râgs », collection de douze lâkhs et vingt-cinq mille (1,225,000) vers
populaires. L'impression de cet ouvrage, commencée
à Calcutta en 1899 du samwat (1249 de l'ère du Bengale et 1842 de J. C.), a été terminée en 1902 du
samwat (1252 de l'ère du Bengale, 1845 de J. C.). Le
*Râg kalpadruma* forme un énorme volume grand in-4°
de près de 1,800 p. L'auteur a voyagé pendant vingt-
deux ans pour recueillir ces chants populaires, ainsi
qu'il le fait savoir dans sa préface. Cette Anthologie est
précieuse, car elle nous fait connaître beaucoup de poésies dues à des auteurs célèbres et inconnues jusqu'ici. Le
même Râg Sâgar a annoncé l'intention de donner une
édition du *Bhakta mâl* de Nabha Jî.

Le *Râg kalpadruma* se divise en plusieurs parties. On
peut en compter sept principales : la première, composée de pièces de poésie sur différents râgs, a 164 p. ; la
seconde offre le *Sûr sâgar* de Sur–dâs en entier et contient plus de 600 p. ; la troisième offre 344 p. de chants
variés hindous et musulmans; la quatrième se compose
de chants sur le printemps et le holî, qui font 176 p.; la
cinquième est une collection de dhurpads et de khiyâls
en deux parties, une de 208 p. et l'autre de 156 ; la
sixième contient 76 p. de gazals, de rekhtas, etc. ; enfin
la septième offre en 28 p. les vers des râjàs Bhartarî et
Gopî Chand.

I. RAGBAT [1] (Mîr Abu'lma'ali), de Lakhnau, élève

qui fut donné à l'auteur par le sultan de Dehli pour faire allusion à la
collection qu'il a faite; et ce titre lui sert de takhallus ou d'appellation
poétique.
[1] A. « Désir, curiosité ».

de Mamnûn, est un poëte hindoustanî mentionné par Câcim et par Sarwar. Schefta, qui en parle aussi, le nomme *Abû'lma'ânî*.

11. RAGBAT, de Murâdâbâd, est un autre poëte hindoustanî mentionné seulement par Sarwar.

RAGHU-NATH [1] (le pandit) est un écrivain hindî qui vivait en 1700 de l'ère saka (1622 de J. C.), et à qui on doit :

Le *Nala Damayanti swayambar âkhyânam* « Histoire du choix matrimonial de Nal et de Damayanti » ; c'est-à-dire une des nombreuses versions de l'intéressante légende que Bopp fit connaître le premier en Europe sous le titre de « Nalus », et qui a certainement contribué à populariser l'étude du sanscrit dans le monde savant.

Il a été publié à Bénarès en 1868, par le bâbû Gokul Chand [2], un ouvrage intitulé *Raghu-nâth satak* « les Centaines de Raghu-nâth », collection de dohas hindis de différents auteurs.

RAGHU-NATH-DAS [3] (le bâbû) a publié :

1° Un choix des poésies du célèbre Sur-dâs, sous le titre de *Sûra sâgara ratna* « Perles de l'océan de Sûr-dâs » ; Bénarès, 1864, in-8° de 274 p. ;

2° Une édition du *Kabit Râmâyana*, suivi de l'*Hanuman bahuk ;* Bénarès, 1865, in-8° de 68 p., publiée aux frais du bâbû Abinàcî Lâl, du bâbû Bholâ-nâth et du munschî Haribans Lâl, à l'imprimerie de Gopî-nâth Pâthak ;

3° Le *Racik mohan* « la Fascination spirituelle (de

[1] I. « Le seigneur de Raghu », surnom de Râma.
[2] Voyez son article.
[3] I. « Serviteur de Râma ».

Krischna) », poëme publié aussi à Bénarès en 1865, aux frais des mêmes ; in-8° de 122 p. de 19 lignes.

RAGHU-NATH SINGH (le mahârâja) est auteur :

1° De la traduction en hindoustani, sous le titre de *Outpost Drill kâ kitâb,* du traité anglais de l'« Outpost Drill » ; Balgram, 1867, petit in-4° de 215 p. ;

2° De l'*Anand ambudhi* « l'Océan du bonheur », traduction en hindi du *Bhagavat purâna,* énorme volume in-4° de 1252 p. ; Bénarès, 1868 ;

3° De la traduction en hindoustani du « Field exercises and evolutions of infantry » ; Bombay, 1868, in-8° de 450 p.

1. RAGUIB [1] (MUHAMMAD JA'FAR KHAN), de Dehli, parent [2] du nabâb Lutf ullah Khân Sâdik, était d'une famille très-distinguée. A l'époque où Ibrâhîm écrivait, Râguib résidait depuis quelque temps à 'Azîmâbâd, où il jouissait de la considération et se livrait avec avantage à la culture de la poésie hindoustanie et persane. Il est auteur de deux Dîwâns urdus dont la bibliothèque du Collége de Fort-William, à Calcutta, possède un exemplaire, et d'un Dîwân persan.

Râguib est mort à Patna avant l'époque de la rédaction du Tazkira de 'Ischquî.

II. RAGUIB (MIRZA SULAÎMAN CULÎ BEG), militaire, Persan d'origine, mais natif de Dehli, capitale de « l'Hindoustàn, image du paradis [3] », a écrit des poésies estimées tant en hindoustani qu'en persan. Il était lié avec Ranguîn, qui fut son maître, et avec Mîr Inschà ullah Khân, qu'il consultait sur ses productions en rekhta ;

[1] A. « Désireux ».
[2] Neveu selon les uns, et selon les autres, cousin.
[3] *Hindûstân jinnat nischân.* C'est ainsi que le biographe Câcim nomme souvent sa patrie.

mais il fut un jour en désaccord avec Inschà, et Sarwar nous apprend qu'il écrivit contre lui une satire.

Muhcin en cite des vers.

III. RAGUIB (Janki-praçad) n'est pas le même que Mirrikh (Janki-praçàd) dont il a été parlé à la page 330.

I. RAHAT[1] (Bhagawant Raé), de Kakori, des dépendances de Lakhnau, fils de Din-dayàl et élève du saïyid Agà Haçan Amànat, est un poëte dont Karim cite un gazal, et le même probablement à qui on doit un caçida intitulé *Fath Dehli o hàl bagâwat* « la Prise de Dehli et le tableau de l'insurrection », poëme urdù de plus de cent vers en faveur des Anglais, imprimé à la typographie du *Nûr ulakhbâr* « la Lumière des nouvelles », à Agra, en 1857, petit in-folio de 8 p. Muhcin, qui mentionne aussi cet écrivain, donne quelques échantillons de ses poésies hindoustanies.

II. RAHAT (Mirza Muhammad Beg Sahib), de Dehli, habitant de Patyàla, est un poëte contemporain dont on trouve un mukhammas de dix-huit strophes dans le numéro du 30 juin 1868 de l'*Awadh akhbâr*. Je pense que ce même écrivain est auteur d'un *Nal o Daman* en urdù publié à Dehli en 1868, in-8° de 40 p.

I. RAHIM[2] est un poëte que Càcim et Sarwar disent contemporain de Walì; mais je pense qu'ils l'ont confondu avec Rahmàn, dont il est parlé un peu plus loin, ces deux mots signifiant la même chose et s'employant ensemble en parlant de Dieu, entre autres dans la formule *Bism-illah irrahmàn irrahìm* « Au nom de Dieu clément et miséricordieux ».

II. RAHIM ('Abd urrahìm Khan), de Lakhnau, fils de

---

[1] A. « Repos ».

[2] A. « Compatissant ». Ce mot arabe est écrit par *ré*, *hé* (sixième lettre de l'alphabet arabe), *yé* et *mîm*.

Dost Muhammad Khàn, capitaine de cavalerie, élève distingué de Mîr 'Ali Békhud, est auteur de poésies mises seulement en circulation parmi ses amis, mais dont Muhcin donne un échantillon.

III. RAHIM (RAHÎM-BAKHSCH), défunt, est un poëte hindoustanî dont Muhcin cite aussi des vers dans son Tazkira.

RAHIM KHAN, docteur en médecine, est auteur entre autres :

1° D'un ouvrage sur le traitement des femmes enceintes, imprimé à Lahore, en 179 p., et intitulé *Amráz ulhubla wa'lmilâd* « Maladies des femmes enceintes et de l'accouchement » ;

2° Du *Nayá matériya madikâ* « Nouvelle matière médicale », en urdû ; Lahore, 1868, in-8° de 518 p.

RAHIM [1] (Mîn MUHAMMAD 'ALÎ) est un autre poëte hindoustanî sur lequel je ne trouve aucun renseignement dans les biographies originales.

RAHMAN [2], contemporain de Wali, est mentionné parmi les poëtes hindoustanis par Câcim et Sarwar. La bibliothèque du Collége de Fort-William possède un exemplaire de son Dîwàn.

RAHMAN 'ALÎ [3] KHAN est auteur :

1° Du *Tuhfat macbûl dar fazâïl raçúl* « Cadeau acceptable sur les excellences du Prophète [4] » ; Cawnpûr, 1863, in-8° de 24 p. ;

---

[1] Autre orthographe du takhallus des auteurs précédents, ce mot étant ici écrit par un *ré*, un *alif*, un *hé* (sixième lettre de l'alphabet arabe) et un *mîm*.

[2] A. Pour '*Abd urrahmân* » serviteur du Miséricordieux ».

[3] A. « 'Ali le compatissant ».

[4] Dans le « Literary Record » de Trübner, n° 44, on a traduit ce titre par « Eulogy of the prophets of the Old Testament »; mais alors il faut lire *raçul* au pluriel, sans *wâw*.

2° Du *Gulzâr-i na't* « le Jardin des louanges (de Mahomet) », poëme publié à Cawnpûr en 1868, in-8° de 30 pages.

I. RAHMAT [1] (RAHMAT ULLAH KHAN), câzî ulcuzât de Dehli, est originaire de Cachemire. On lui doit un Dîwân de gazals persans et beaucoup de poésies hindoustanies mentionnées par Sarwar.

Serait-il le même qui est auteur, en collaboration de Jos. Warren, d'un « Urdu spelling Book », imprimé en caractères persans à l'imprimerie des Missions d'Allahâbâd, in-8° de 24 p., mentionné par Zenker, « Bibliotheca orientalis » ?

II. RAHMAT (le pandit GANGA-PRAÇAD), originaire aussi de Cachemire, mais habitant de Lakhnau, fils de Motî Lâl et élève d'Amânat, est un poëte hindoustani dont Muhcin cite des vers dans son Anthologie.

RAHMAT ULLAH [2] est l'éditeur d'un journal ardû de Madras qui existe depuis longtemps dans cette ville, qui porte le titre de *Jâmi' ulakhbâr* « Recueil des nouvelles », et qui paraît le lundi de chaque semaine par cahiers de 8 p. in-4° sur deux colonnes de 25 lignes.

Serait-il le même que le maulawî Rahmat ullah, auteur, en compagnie du Dr. Wazir 'Ali, d'un ouvrage contre le christianisme qui a une certaine célébrité dans l'Inde et qui est intitulé *'Ijâz 'içawî* « Désappointement chrétien [3] » ?

RAI ou RAÉ [4] (MIRZA YA'CUB BEG) est un poëte urdû

[1] A. « Miséricorde ».
[2] A. « La miséricorde de Dieu ».
[3] Voyez p. 13 de ce volume, et l'« Extract from the Umritsir Reports for 1866 », publié dans l'« Autobiography of a native clergyman in India », p. 15.
[4] A. « Vue, projet, dessein » (*râî*).

originaire du Turàn, mais né dans l'Hindoustan. Il était jeune lorsque Câcim, qui le mentionne, écrivait son Tazkira, et mort lorsque Zukà, qui le mentionne aussi, rédigeait le sien.

RAI-DAS ou RAO-DAS[1]. Ce personnage, qui était de la caste considérée comme impure des *chamâr,* qui emploient le cuir dans leurs ouvrages, fut disciple de Râmànand et fondateur d'une secte appelée de son nom *Raï-dâcî.* On doit le compter parmi les poëtes hindouis, car, en effet, on lui est redevable de poésies remarquables écrites dans cet idiome. Quelques-unes font partie de l'*Adi granth* des sikhs, et d'autres de la collection des hymnes et des prières dont cette secte fait usage à Bénarès[2]. On en trouve, du reste, un fragment dans l'article du *Bhakta mâl* consacré à ce personnage, et dont voici la traduction :

### CHHAPPAÏ.

Les discours sublimes du vertueux Raï-dâs brisent le nœud du doute.

Il prononça des paroles conformes à la tradition, aux Védas, aux Schastars. Les dévots le serrèrent contre leur poitrine, s'unissant à lui comme le sucre au lait.

Par la faveur de Wischnu il obtint le bien-être en ce monde et l'éternelle félicité...

*Le dieu* s'étant assis sur le trône royal, manifesta la foi de son serviteur. Tous ayant renoncé à l'orgueil de la distinction des castes[3], s'attachèrent à ses pieds comme la poussière.

[1] Pour *Ravi-dâs,* d'après l'orthographe sanscrite, « serviteur du soleil ».

[2] H. H. Wilson, « Asiatic Researches », t. XVI, p. 81; t. XVII, p. 238.

[3] Les chefs des sectes indiennes nouvelles, tels que Râmânand, Dadu, etc., à l'imitation de Sakyamuni, ont tous adopté l'égalité des hommes pour dogme fondamental.

Les discours sublimes du vertueux Raï-das brisent le nœud du doute.

### EXPLICATION.

Il y avait un brahmâchari [1] qui était disciple de Râmânand. Il se procurait des aliments, les préparait, puis les plaçait devant la statue *du dieu*. Il y avait à la porte *du temple* un banyân qui était lié d'affaires avec un boucher. Cet homme demandait sans cesse au brahmâchari la faveur de lui laisser un jour faire une offrande *à la divinité;* mais le brahmâchari ne tenait aucun compte de sa demande. Un jour la pluie empêcha le brahmâchari de sortir du temple; il accepta alors l'offrande du banyân, et la prépara pour le dieu. Lorsque Râmânand, ayant pris la nourriture, se mit à méditer sur Raghu-nâth (Râma), son attention ne put se fixer. Il demanda à son élève de qui il tenait ce jour-là la nourriture du dieu. Celui-ci répondit qu'il l'avait reçue du banyân. Alors le swâmi fit entendre ces mots : O chamâr! *D'après cette malédiction* Raï-dâs *mourut,* et naquit *de nouveau* dans la maison d'un homme de la caste des *chamârs.* Comme il refusait le sein de sa mère, une voix du ciel se fit entendre à Râmânand. C'était Bhagavat, qui lui dit : « Allez à la maison du chamâr *où Raï-dâs a pris de nouveau naissance.* » L'ascète se leva, et se dirigea vers la maison qui lui avait été indiquée. Le père et la mère de Raï-dâs, affligés comme ils l'étaient, s'empressèrent d'accourir, et se jetèrent aux pieds du saint. Râmânand n'eut pas plutôt fait entendre le mantra de l'initiation à l'oreille de Raï-dâs, que ce dernier ne refusa plus de se nourrir du lait de sa mère.

Lorsqu'il fut grand, il s'occupait à faire des souliers. Quand des sâdhs venaient lui demander, il leur donnait; et au soir il portait à son père et à sa mère les deux à quatre païças qui lui restaient. Ceux-ci s'étant fâchés contre lui *à ce sujet,* le chassèrent hors de leur maison.

Le Seigneur vint le visiter sous l'apparence d'un waïschnava; il lui donna un fragment de la pierre philosophale,

---

[1] Jeune étudiant brahmane.

et lui montra comment il fallait s'en servir pour changer le
fer en or. Toutefois Raï-dâs lui dit : « Ma richesse, c'est Râma. »

PAD DE SUR-DAS.

Le nom de Hari est la grande richesse de ses serviteurs; elle s'ac-
croît de jour en jour d'un quart ou de la moitié, et elle ne diminue
jamais d'un dâm [1]. Aucun voleur ne s'en empare, ni pendant le jour, ni
pendant la nuit[2]; elle est en sûreté dans la maison. O Sur-dâs, celui
dont le Seigneur est la richesse a-t-il besoin d'une pierre?

« Mettez ce morceau de pierre sur le toit », ajouta Raï-dâs.

Le Seigneur laissa passer treize mois, puis il vint encore, et
trouva Raï-dâs dans la même détresse. La pierre était encore
au même endroit. Alors Raï-dâs s'étant assis pour faire le service divin, il vit cinq pièces d'or sous le trône du dieu, et
n'osa pas continuer les cérémonies sacrées. Mais le Seigneur
lui envoya un songe, et lui dit *dans ce songe :* « O Raï-dâs,
me céderas-tu, ou dois-je te céder? » D'après ce discours, il se
décida à prendre les pièces d'or, et il en bâtit un nouveau
temple où il plaça un mahant. Pendant tout le jour il distribuait les vivres offerts à l'idole. Sa réputation s'étendit dans la
ville. Grands et petits venaient, et obtenaient la nourriture
consacrée. Puis le Seigneur voulut le rendre célèbre. Il pensa
que les méchants étaient la clef propre à ouvrir la chambre
de la grandeur des sâdhs. Il changea donc l'esprit des brahmanes *au sujet de Raï-dâs;* aussi allèrent-ils se plaindre au
roi en ces termes :

SLOKA SANSCRIT.

Là où on respecte les choses qui ne sont pas respectables, et où les
choses respectables n'attirent rien moins que le respect, là trois choses
surviennent : la famine, la mort, la crainte.

Ils ajoutèrent en injuriant Raï-dâs : « Un chamâr fait le
pûjâ du salgrâm, et distribue ensuite la nourriture sacrée aux
hommes et aux femmes de la ville. Ainsi il les dépouille de leur
caste et l'anéantit. » Le roi ayant entendu ces plaintes, fit appeler Raï-dâs, et lui dit : « Livrez le salgrâm aux brahmanes. »

---

[1] Trente-quatrième portion d'un païçà, dont il faut douze pour un
ânà. Seize ânàs valent une roupie.
[2] Conf. Matth., vi, 19, 20.

Il répondit : « C'est très-bien, je ne demande pas mieux; mais si à la nuit l'idole vient encore me trouver, les brahmanes crieront ensuite que je l'ai volée. Ainsi ne la leur livrez qu'après avoir fait une épreuve. » En effet, le roi fit placer le trône *de l'idole* au milieu de l'assemblée royale. Il dit aux brahmanes d'appeler l'idole. Ceux-ci se fatiguèrent à force de réciter le Véda, mais l'idole ne bougea pas. Alors Raï-dâs fit entendre un chant tellement tendre, que l'idole avec son coussin alla se mettre sur les genoux de Raï-dâs. Les brahmanes se retirèrent en rougissant, et le roi traita Raï-dâs avec beaucoup de respect.

Jhâli, reine de Chitor, était allée auprès de Kabir pour être son disciple. A son arrivée elle trouva Kabir assis sur un tapis sur lequel il avait laissé tomber de la mélasse, et qui était couvert de plusieurs milliers de mouches. A cette vue sa foi ne put se développer; mais ayant contemplé la beauté de l'idole de Raï-dâs, cette reine devint disciple de ce dernier. Lorsque les brahmanes qui étaient avec elle eurent appris cela, leur corps fut brûlé par le feu *de la colère*, et ils allèrent réclamer auprès du roi. Celui-ci leur dit que déjà on avait fait subir une épreuve à Raï-dâs. Les brahmanes insistèrent, et le roi se décida à faire de nouveau venir le saint, et à lui faire subir la même épreuve que la première fois. Les brahmanes se fatiguèrent en vain à force de lire le Véda; quant à Raï-dâs, il récita ce vers de sa composition en l'honneur du dieu qui justifie le coupable.

PAD.

O dieu des dieux, vous êtes déjà venu à mon secours. Vous êtes la racine du bonheur suprême qui n'a pas d'égale. J'ai trouvé cette racine *en embrassant* vos pieds. J'ai habité dans le sein de plusieurs femmes [1], sans pouvoir éviter la crainte de la mort. Tant que je ne me suis pas livré à votre culte, j'ai erré çà et là *dans l'irrésolution*. J'ai nagé dans la douleur infranchissable du charme de l'illusion et du goût erroné pour les choses visibles. *Aujourd'hui*, à cause de la foi en votre nom, je dois m'abstenir de penser à toute autre *chose*, et ne pas me mettre en peine de la justice du monde. Agréez, ô Dieu, l'adoration de votre serviteur Raï-dâs. Rendez par là votre nom célèbre, vous qui purifiez le pécheur.

---

[1] Allusion à la métempsycose.

Alors le Seigneur se mit en mouvement de la même manière que la première fois, et alla s'asseoir sur les genoux du
saint.

Lorsque la reine prit congé de Raï-dâs, ce dernier lui recommanda de lui écrire, s'il venait à se passer quelque chose
qu'elle voulût lui faire savoir. Quand elle arriva dans son
pays, les brahmanes l'insultèrent, lui reprochant d'être deve-
nue disciple d'un chamâr. La reine fut en grand souci, et elle
écrivit une lettre à son gurû. Celui-ci accourut. La reine le
reçut avec beaucoup d'honneur, et le fit entrer dans son
palais. Tous les brahmanes vinrent; la reine leur distribua
des vivres. Après les avoir apprêtés à leur manière, ils s'as-
sirent pour manger; mais voilà qu'entre chaque couple de
brahmanes il parut un Raï-dâs. Les brahmanes ayant vu ce
miracle deux à quatre fois, s'inclinèrent *respectueusement*
devant Raï-dâs, et tombèrent à ses pieds. Alors le saint
ayant découvert sa poitrine, leur montra le cordon *qui
annonçait sa véritable caste.*

RAIHAN[1] (RAÏHAN UDDÌN), du Bengale, est auteur
d'un roman en vers (masnawî) intitulé *Khiyabân-i Raïhân* « les Parterres de la grâce divine » ou « de Raïhân », qu'il a écrit en 1212 (1797-1798).

Cet ouvrage roule sur le même sujet que le *Gul-i
Bakâwali* ou le *Mazhab-i 'ischc;* mais, outre qu'il
est tout en vers, il est beaucoup plus long. Il se divise
en quarante chapitres intitulés chacun *Gulgaschnî*
« Abondance de roses ». D. Forbes en possédait un manuscrit qui a passé dans ma collection. C'est un petit
in-folio de 362 p. de 15 lignes. La Société Asiatique du
Bengale en possède aussi un exemplaire sous le n° 125,
d'environ 650 p. de 15 vers à la page. Il y est dit
qu'il a été revu en 1220 (1805-1806).

[1] A. « Grâce, faveur ».

Au surplus, il est bon de rappeler ici ce que j'ai dit ailleurs, que le *Gul-i Bakàwalì* est une légende indienne qui est reproduite dans plusieurs rédactions différentes et même dans le dialecte des Laskars du Bengale [1].

RAJ-KRISCHAN BAHADUR (le mahàràja) naquit en 1782 [2]. Son père, le mahàràja Naba ou Nava Krischan Bahâdur, fut d'abord munschi de l'honorable Warren Hastings, lorsqu'il était bien jeune encore, jusqu'en l'année 1750. Plus tard il accompagna le gouverneur général lord Clive à la cour de Dehli, en qualité de secrétaire. Après avoir reçu différentes distinctions qu'il dut à sa bonne conduite, il mourut en 1798, à l'âge de soixante-trois ans.

Son père fit don à la Compagnie anglaise d'une portion de terre située au centre de Calcutta, terrain sur lequel fut élevée la cathédrale de Saint-Jean. Ce ràjà fut très-zélé pour la cause anglaise pendant les troubles qui précédèrent l'élévation de Mîr Ja'far au *sùbadàrì*. Pendant la guerre qui eut lieu avec Mîr Càcim, il accompagna le major Adams, jusqu'à ce que ce sûbadàr fût chassé de la province.

Ràj Krischan était le petit-fils de Ràm Charan Dev, le payeur général de Son Altesse le nabâb d'Arcate, et qui ayant été chargé d'anéantir une tribu de Mahrattes, nommés *Barqui*, habitant le midi de l'Inde, la défit plusieurs fois, mais finit par être tué en combattant contre ces rebelles.

Ràj-Krischan reçut le titre de *Mahàràjá* et de *Bahádur* du gouverneur général Sir John Macpherson, de Sa Hau-

---

[1] Voyez J. Long, « Catalogue », p. 95.
[2] Cet article est tiré en grande partie de la préface du *Pooroos-purikhya*, traduit par Kali Krischna.

tesse le prince Mirzâ Schigufta-Bakht Bahâdur, fils de
Mirzâ Jahàndar Schahi, héritier du trône de l'empereur
Schâh 'Alam, et d'autres princes indiens. Il demeurait.
à Calcutta, où il fréquentait les Européens et les musulmans les plus instruits. La culture des lettres était son
occupation favorite, et il se distingua comme écrivain
hindoustani. Il avait accueilli chez lui et avait employé,
l'un comme aide de camp, et l'autre comme secrétaire,
deux écrivains distingués, Azuf Schâhi [1] et Jàn Tapisch.
Il mourut à l'âge de quarante-deux ans, en 1824, laissant deux filles et huit fils, le second desquels est le
mahârâja Kali Krischna, occidentaliste distingué, dont
il a été déjà parlé.

Les ouvrages urdus de Râj-Krischan sont les suivants :

1° Une histoire de Mu'azzam Schâh, intitulée *Quissa-i
Mu'azzam Schâhi;* c'est apparemment l'histoire du sultan
Muhammad Mu'azzam Bahâdur Schâb, Schâh 'Alam, fils
aîné de 'Alamguir Aurangzeb, lequel ne régna que
cinq ans ;

2° Cinq Diwâns hindoustanis, c'est-à-dire sept collections de différentes pièces de vers, et notamment de
gazals ;

Ces ouvrages sont entre les mains de son fils Kali
Krischna.

RAJA [2] est un poëte hindoustani mentionné par
Sarwar, Zukâ et 'Ischqui, le même peut-être qu'un écrivain contemporain du même takhallus, Miyân Muhi
uddin Khân, de Haïderâbàd, du Décan, élève du
maulawî Hâfiz Mîr Schams uddin Faïz, et auteur du

---

[1] Ou plutôt, je pense, Azur (Lutf 'Ali), fils de 'Açâ Khân, auteur du
volumineux Tazkira des poëtes persans intitulé *Atasch-kadah* « le Pyrée ».

[2] P. « Espérance ». Ce mot est ici écrit par un *ré*, un *jîm* et un *alif*
(rajâ).

*Sâgar zébâ* « la Belle coupe », masnawî mystique en douze coupes (chants) sur Tamîm Ansarî, saint musulman, lithographié à Ellore (Wélor) en 1281 (1864-1865), gr. in-8° de 44 p. de 19 lignes, par les soins de son élève le munschi Mîr Nazar 'Alî Saïf, de Madras, et de Khâk-i pâé Raçûl [1]. Il y a un exemplaire de ce poëme à la bibliothèque de l'École spéciale des langues orientales de Paris.

I. RAJA ou RAJAH [2] (DAGBA Jî SINCH), mahârâja de Balrâmpûr, est auteur de poésies hindoustanies dont de nombreux échantillons se trouvent cités dans l'ouvrage de Nâmî (Mîrân Sâhib) intitulé *Nosch dârû* « l'Antidote ».

II. RAJA (le mahârâja BALWAN ou BALWANT SINGH BAHADUR), fils de Chet Singh Bangor, râjâ de Bénarès et habitant d'Agra, est un poëte hindoustanî élève de Mirzâ Hâtim 'Alî Beg Muhr. Bâtin nous apprend qu'il tenait en 1245 (1829-1830) des réunions poétiques auxquelles assistaient entre autres Bakhtawar Singh Gâfil, Acà Mirzâ, Agâ Haïdar 'Alî Afsah et Schaïkh Pîr-bakhsch Masrûr. Il est auteur d'un Dîwân dont Muhcin cite des gazals dans son Tazkira. On lui doit aussi le *Chitr chandrika* « les Rayons lunaires de la peinture poétique », ou poétique hindie en vers, accompagnée d'un commentaire et de curieux tableaux des mètres hindis, ouvrage dont je dois un exemplaire à l'amitié du feu major Fuller et qui forme un volume grand in-8° de 120 p., orné du portrait de l'auteur, imprimé à Agra en 1859.

---

[1] Ce nom signifie « la poussière des pieds du Prophète ».
[2] I. Titre d'honneur équivalant à « roi », qui en dérive. Ici ce mot est écrit par un *ré*, un *alif*, un *jîm* et un *alif* (*râjâ*) ou un *hé* (*râjah*). La première orthographe est celle que suivent les Hindous; la seconde est celle des musulmans.

RAJA BAHADUR, fils du râjâ Schitâb Râé, ministre du Bengale, est un poëte hindoustâni cité par Câcim.

RAJA RAM (le munschi), commissaire municipal de la ville d'Agra, est auteur du *Majma' ulfawâïd* « Recueil de choses utiles » ; un vol. in-8° de 198 p. de 19 lignes, imprimé à Agra en 1864.

Râjâ Râm a été pendant vingt-quatre ans au service de la Compagnie des Indes : retiré depuis 1857, à cause de son âge, il jouit d'une pension.

Le *Majma' ulfawâïd*, dont je dois un exemplaire à MM. Schackel et Anderson, est lithographié et orné du portrait de l'auteur gravé sur bois, dans son costume indien, assis à l'orientale, et son *hucca* devant lui. Cet ouvrage renferme, conformément à son titre, des documents utiles en différents sens et paraît destiné aux écoles des natifs. On y trouve d'abord une description détaillée de la ville d'Akbarâbâd ou Agra, de quelques villes de cette province et du Cachemire, d'après le *Safar-nâma* d'Amin Chand ; ensuite la liste des mahârâjas, nabâbs et râjâs de l'Inde, celle des gouverneurs généraux, les noms des principales montagnes et la raison du froid qu'on y ressent ; des observations sur la mer, sur les vents, la pluie, etc., sur le commerce avec l'Angleterre ; des avis sur l'envie, l'orgueil, la valeur du temps, l'ignorance, et des conseils moraux mêlés avec d'autres purement domestiques, portant tous le cachet musulman et accompagnés d'anecdotes ; le tableau de l'organisation de l'Inde anglaise ; une traduction abrégée de l'ouvrage persan intitulé *Kimya-i sa'âdat* « l'Alchimie du bonheur », célèbre ouvrage de morale par Gazâli ; l'histoire de Dabischalam et l'abrégé des fables de Pidpaï. Il y a aussi quelques indications curieuses qu'il

serait difficile de trouver ailleurs ; par exemple, la liste
des villes de l'Inde sacrées pour les musulmans, accompagnée de détails explicatifs, telles que Ajmir, Multân,
Dehli, Lahore, Agra, Allahâbâd, Pânîpat, Tahnéçar,
Cachemire, Lakhnau, Bénarès même, où se trouvent
de belles mosquées bâties par Aurangzeb ; ce qui n'empêche pas l'auteur de donner aussi la liste des lieux de
pèlerinage ou considérés comme sacrés de l'Inde musulmane ; mais la pièce la plus curieuse et la plus intéressante, c'est la proclamation du roi de Dehli adressée
aux râjâs, aux raïs, et à tous les sujets de l'empire lors
de la révolte de 1857 [1], suivie d'un abrégé de l'histoire
de l'empire mogol.

I. RAJAB [2] (MIRZA RAJAB 'ALÎ BEG) est un poëte hindoustanî, Mogol de nation, qui naquit à Dehli et qui, à
l'âge de quarante ans, alla se fixer à Farrukhâbâd. Il
était fils du râjâ Schitâb Raé, ministre du nabâb du
Bengale. Il était spirituel et aimait à plaisanter ; il était
même querelleur ; aussi, un jour, une bayadère qu'il
provoqua lui donna au visage un coup de poignard dont
il garda la cicatrice toute sa vie [3].

Il est auteur de plusieurs compositions poétiques
écrites en urdû.

II. RAJAB (le maulânâ MUHAMMAD RAJAB 'ALÎ KHAN)
est l'éditeur du journal de Haïderâbâd intitulé *Majma'
ulbahraïn* « le Confluent des deux mers » .

RAJAB 'ALI (le munschi) est auteur d'un ouvrage
urdû intitulé *Hâl-i har do hissa-i Zubdat ulhiçâb* « Expli-

---

[1] Elle se trouve page 118 et suivantes et occupe quatre pages entières.
[2] A. Nom du septième mois de l'année lunaire des Arabes.
[3] C'est à Câcim et à Sarwar que j'emprunte ces détails.

cation des deux parties du *Zubdat ulhiçáb* « la Crème du calcul » ; Lahore, 1868, in-8° de 16 p.

I. RAKHSCHÂN[1] (Muhammad Chand) vivait sous Ahmad Schâh, fils de Muhammad Schâh. Il est compté parmi les poëtes hindoustanis. Il devint amoureux d'une personne nommée *Za'farân* « safran » , et la violence de sa passion, disent les biographes originaux, amaigrit son corps et rendit son teint jaune comme du safran.

II. RAKHSCHÂN (Khaïrat 'Alî Khan), de Farrukh-âbâd, est un autre poëte mentionné par Muhcin, qui en cite des vers dans son Tazkira.

RAM ou RAMA[2] (le bâbû) est le même probablement que le bâbû Jî Naïk, astrologue mentionné par Janârdhan à l'article *Moropant*.

RAM BAS[3] (le pandit) est auteur d'une « Vie du Christ » en vers hindis ( « Life of Christ » ) qui a été imprimée à Sérâmpûr en 1833, in-12. C'est un joli petit volume de 268 pages, tiré en réalité, en septembre 1831, à deux mille exemplaires, ainsi que nous l'apprend une note insérée au bas de la première page. Il se compose de chaupaïs et de dohâs, et est intitulé *Krischt charitrâmrit pustak* « le Livre d'ambroisie de l'histoire du Christ » .

RAM CHAND ou RAM CHANDAR[4] (le bâbû), de Dehli et de la tribu des kâyaths, est fils de Sundar Lâl et petit-fils de Râé Tek Chand. Ce savant Hindou habitait Dehli avant l'insurrection de 1857 et il professait au

---

[1] P. « Resplendissant ».

[2] I. Nom d'une célèbre incarnation de Wischnu, c'est-à-dire du héros célébré dans les *Râmâyana*, dont le plus connu est celui de Valmîki.

[3] I. « Le pouvoir de Râma ». (*Râm bos*, d'après la prononciation de la province du Bengale).

[4] I. Nom *in extenso* de l'incarnation de Wischnu, simplement appelée d'ordinaire *Râma*.

collège de cette capitale, où il avait fait ses études, les
mathématiques et les sciences européennes[1], dans lesquelles il est très-habile, ainsi que dans la langue anglaise, qu'il lit et écrit aisément. Il connaît bien aussi les
littératures hindoustanie et persane ; mais ce sont surtout
les mathématiques qu'il a étudiées dans les traités anglais. Il a beaucoup d'intelligence et une conception
facile ; il est d'un caractère ouvert et gracieux, qualités
qui ont été appréciées par les Européens qu'il a fréquentés. Il avait environ quarante ans en 1857.

Il a rédigé en urdû :

1° Un traité d'algèbre, d'après Bridge, Euler, etc., en
trois parties, intitulé *Jabr o mucábala*[2], dont il donna
d'abord une traduction abrégée de 50 p. seulement,
puis une seconde de 484 p., et d'autres éditions, une
entre autres de Dehli, 1845, in-8°, lithographiée ;

2° Un traité de trigonométrie analytique avec les sections coniques, et une géométrie analytique d'après
Hutton et Boucharlat, intitulés *Uçúl-i 'ilm-i muçallaça bil-
jabr*, « Elements of trigonometry » ; Dehli, 1844, in-8°
de 322 p. ; le même probablement que le *'Ilm-i muçallas
mustaquîm ulislâh*, « Trigonometry and conic sections »,
dont il y a plusieurs éditions de Dehli. Il y a aussi le
« Cape's Trigonometry » et le « Godwin's Trigonometry », en urdû, imprimés à Rurkî.

3° Une traduction des « Calculs différentiel et inté-
gral » de Boucharlat, avec des additions, intitulée
*Hiçâb-i juziyât o kulliyât*[3], et en anglais « Principles of

---

[1] C'est-à-dire, les connaissances qu'on acquiert dans les livres anglais,
connaissances tout autres que celles qu'on trouve dans les livres indiens.
[2] « The Elements of algebra ». On a imprimé à Rurkî un ouvrage
portant le même titre oriental et le titre anglais de « Hutton's Algebra ».
[3] Le même qui est simplement indiqué sous le titre de *Juziyât o kulliyât*.

the differential and integral calculus, translated into
urdu from J. J. Boucharlat's Work, with examples and
elementary illustrations and a short history of science » ;
Dehli, 1845[1], grand in-8° de 618 p. ;

4° On lui doit un « Livre sur les merveilles du
temps » , intitulé *Kitâb-i 'ajâ'ib-i rozgâr;*

5° Une biographie urdue des personnages éminents,
intitulée *Tazkirat ulkâmilín* « Mémorial des parfaits[2] » ,
imprimée à Dehli en 1849, in-8° ;

6° *Riçâla sirr ulfahm* « Traité du secret de l'intelligence » , petit traité d'arithmétique[3] ;

7° *Hindsah bil jabr* (Wand's Algebrical Geometry), en
collaboration avec Schukr (Radhâ Krischna), imprimé
à Dehli, et dont il est parlé à l'article concernant ce
dernier écrivain ;

8° *Bhût nihang* « le Revenant mis à nu » , recueil de
fables propres à détruire la superstition dans l'esprit des
natifs ;

9° *Riçâla 'ilm-i hiyat* « Traité d'astronomie » , traduction de « l'Astronomie » de Brinkley ; Lakhnau, 1847, et
ailleurs ; intitulé quelquefois simplement *Riçâla Râm
Chand* « Traité de Râm Chand » ;

10° « Problems of maxima and minima solved by
algebra » , en urdû, réimprimé à Londres par l'ordre
de l'honorable Cour des directeurs de la Compagnie des
Indes, sous la surveillance d'A. de Morgan, professeur
de mathématiques à l'University College ; Londres, 1859,
in-8° ;

---

[1] « Reports of the Vernacular Translation Society ».

[2] Le même ouvrage probablement, qui est aussi intitulé *Tazkirat ut-
tamkîn* « Mémorial de la puissance (Life of poets) ».

[3] J'ignore si c'est le même que « An elementary Treatise on arithmetic, in hindustani », Agra, 1844, in-8°.

11° *Schikâr sarî, Râm Chand* « le Principal de la
chasse », ouvrage dont j'ignore le sujet, annoncé dans
le catalogue de janvier 1869 de Nawal Kischor de
Lakhnau ;

12° « Hutton's Statics and dynamics, in urdu ; Dehli
(Transl. Society) [1] ».

Il a coopéré à l'Histoire de l'Inde (*Wâqui'ât-i Hind*) de
Karîm uddîn, en la conférant, de concert avec Muhammad Ziyâ uddîn, avec les originaux persans, etc.

Il est aussi éditeur de deux ouvrages périodiques
publiés à Dehli : le *Muhibb-i Hind* « l'Ami de l'Inde »,
et le *Fawâïd unnâzirîn* « Avantages pour les observa-
teurs ». J'ai trouvé sur le premier de ces journaux, qui
a cessé de paraître en 1851, quelques détails dans le
« Calcutta Review ». Ce journal, appelé aussi » Oordoo
Magazine », était un recueil mensuel où paraissaient de
petites notices ou articles sur les questions les plus importantes du moment, sur l'état de l'éducation chez les
natifs, et sur les progrès de la littérature vulgaire,
c'est-à-dire hindoustanie.

Le second, qui a aussi cessé de paraître en 1851,
était bi-mensuel ; il contenait, comme le premier, des
articles littéraires généralement empruntés à des sources
européennes, et de plus les nouvelles courantes. Il
était surtout intéressant pour les natifs qui ont des idées
européennes. Sa circulation s'était accrue en 1851 ;
il y en avait deux éditions, une en caractères persans,
et l'autre en caractères dévanagaris.

Râm Chand a rédigé un almanach ou *Jântri* en urdû
pour l'année 1852. On lui doit de plus une sorte d'abécédaire appelé en anglais « Vernacular Reader », litho-

─────────

[1] Zenker, « Bibliotheca orientalis », t. II, p. 345.

graphié à Dehli, en 1847, in-8°, lequel est plutôt un abrégé des sciences, car Mr. H. S. Reid nous apprend dans un de ses rapports ( « Selections from Records », Agra, 1855, p. 407) qu'il traite : 1° des phénomènes de la nature, des monuments remarquables de l'architecture, des animaux qui ont une conformation particulière ; 2° il donne aussi de courtes dissertations sur les qualités morales, par exemple sur la vérité, le contentement, l'orgueil, l'envie, etc. ; 3° de courtes pièces historiques, telles qu'un Essai sur l'histoire ancienne de l'Hindoustan, sur l'invasion de Nâdir Schâh, etc.

En juillet 1852, Râm Chand s'est converti à la foi chrétienne et a été solennellement baptisé à Dehli, en 1853, avec un autre Hindou nommé Chaman Lâl, ce qui a produit une grande sensation chez les natifs. Il publie depuis 1867, en compagnie de Kéçava-dâs [1], un journal religieux chrétien intitulé *Mawâïz-i 'ucbâ* « Avis pour le monde futur [2] ».

Il y a un autre Râm Chandra, surnommé Iniswalary, qui est auteur d'un « Pocket Brigade Exercise » et d'un « Pocket Drill Exercise », rédigés en hindoustani et imprimés à Ratnaguiri, présidence de Bombay, en 1860, où il avait déjà publié en 1859 le *Kavaïtich pustak* « Tactics [3] ».

RAM CHARAN [4] est le fondateur de la secte hindoue des *Râm-sanéhi* « Amis de Dieu », qui sont répandus dans l'ouest de l'Inde. Râm Charan était un baïraguî

---

[1] Il en a été parlé p. 182 de ce volume.
[2] Voir à l'article TARA CHAND la mention d'un traité du même titre, qui est probablement la même publication.
[3] « Catalogue of native Publications of the Bombay Presidency », p. 151.
[4] H. « Pied de Râma ».

qui naquit en 1776 du samwat (1719 de J. C.), à Sorah-chacen, village de la principauté de Jaïpûr. On ne connaît pas l'époque précise où il abjura le culte de ses pères, ni les causes qui le portèrent à cette résolution ; mais il s'éleva de bonne heure contre l'idolâtrie, et fut violemment persécuté à ce sujet par les brahmanes. Il quitta son pays natal en 1750, et après avoir erré quelque temps, il arriva par hasard à Bhîlwârâ, dans le territoire d'Odeïpûr, où il résida pendant deux ans. Après ce temps, le rànâ Bhîm Singh, souverain de ce pays, le persécuta tellement, à l'instigation des brahmanes, qu'il fut obligé de quitter la ville ; mais le chef de Schâhpûra, qui se nommait aussi Bhîm Singh, lui offrit un asile à sa cour.

Râm Charan profita de cette offre bienveillante, mais par humilité il refusa d'accepter les éléphants et tout le cortége qui avait été envoyé pour l'escorter, et il arriva à pied à Schâhpûra en 1767. Toutefois il ne se fixa tout à fait dans cette ville que deux années plus tard, époque de laquelle date précisément l'établissement de sa secte.

Râm Charan mourut dans le mois d'avril 1798, dans la soixante-dix-neuvième année de son âge, et son corps fut réduit en cendres dans le grand temple de Schâhpûra.

On raconte que Sadhu Râm, gouverneur de Bhîl-wârà, banyân de la tribu des Déopûra, et qui était un des plus grands ennemis de Râm Charan, envoya un jour un singuî[1] pour l'assassiner. Râm Charan, qui connut probablement ce projet, baissa la tête lorsque cet

---

[1] Caste particulière d'Hindous qui conduisent leurs coreligionnaires aux lieux de pèlerinage. Ce mot paraît être une corruption de *sanguî* « compagnon ».

homme arriva, et lui dit d'exécuter l'ordre qu'on lui
avait donné, mais de se souvenir que, de même que
Dieu seul donnait la vie, ainsi on ne pouvait la détruire
sans sa permission. Ces mots firent croire à l'assassin
que Râm Charan avait prévu d'une manière surnaturelle
la mission dont il était chargé; il se jeta aux pieds du
réformateur et lui demanda pardon.

Râm Charan a composé trente-six mille deux cent
cinquante *sabd* ou hymnes, contenant chacun de cinq à
onze vers (slokas). Trente-deux lettres composent chaque
sloka. Ces chants, aussi bien que ceux qui ont été composés par les successeurs de ce philosophe [1], sont écrits
en caractères dévanagaris et principalement en hindi,
avec un mélange d'expressions propres au Râjwârâ, de
mots persans et arabes, et de citations en sanscrit et en
panjabi. J'ai emprunté les détails qui précèdent au capitaine Westmacott, qui les a publiés dans le Journal de
la Société Asiatique de Calcutta (février 1835), où l'on
trouvera un aperçu des doctrines des *Râm-sanéhi*.

RAM-DAS [2] MISR (le swâmî NAYAK), fils de Sûriyâ
Jî, dont la femme s'appelait Rânâ Bâí Sûriyâ Jî, avait
d'abord reçu le nom de Nârâyan; mais sa dévotion à
Râma lui fit donner celui de Râm-dâs. Il est auteur de
chants populaires, et il est sans doute le même que le
quatrième gurû des sikhs, troisième successeur de Nânak. Quelques-unes de ses poésies religieuses font partie
de l'*Adi granth,* comme on l'a vu précédemment à
l'article ARJUN.

Le gurû Râm-dâs a fondé une secte sikhe particulière
qu'on appelle *Sodhi,* formée de kschatriyas comme les

---

[1] Voyez les articles RAM JAN et DULHA RAM.
[2] 1. « Serviteur de Râma ».

sectes des *Behdi*, des *Tihaus* et des *Bhalleh*. Une autre secte ou corporation, qui se compose de sikhs appartenant à la caste des *chamâr* « tanneurs, etc. », reconnaît Râm-dâs pour son patron et se nomme en conséquence *Râm-dâcî*.

On cite de ses ouvrages :

1° Le *Dâs bodh* « la Science de Râm-dâs » ;

2° Le *Samâs âtmâ Râm* « Râma l'âme du tout » ;

3° Le *Manûcheslok* (Faut-il lire *Manuschaslok* « Poésies pour les hommes » ?) ;

4° Deux cent vingt slokas sur le *Râj nîti;*

5° Le *Râs bilâs* « le Divertissement du branle » de Krischna avec Râdhâ et les gopies, poëme hindî imprimé en 1868 à Lahore, in-8° de 300 p.

RAM DAYA ou DAYAL [1] (le pandit) est auteur :

1° De la traduction en hindî d'un livre d'école pour les natifs, intitulé *Vrittant wafâdâr singh aur gaddâr singh* « Histoire du *singh* fidèle et du *singh* méchant », in-8° de 24 p., imprimé en 1860 à 2,000 exemplaires. Cet ouvrage est la reproduction en hindî du *Quissa-i wafâdâr singh,* qui est écrit et rédigé en urdû, et le même aussi, je pense, que le *Britant Dharm singh;*

2° Du *Ganit sâr* » l'Essence du calcul », traduit en hindî de l'urdû du *Zubdat ulhiçâb*, et publié à Lahore en 1863 par ordre de feu le major Fuller, en quatre parties in-8°;

3° Du *Ganit prakâsch* « la Manifestation du calcul », in-8° de 72 p., arithmétique élémentaire publiée aussi à Lahore en 1868;

4° Du *Câïda pahlâ* « Première règle », brochure hin-

[1] 1. « Don de Râma », ou « Râma le compatissant ».

doustanie de 36 p., à l'usage des jeunes filles qui fréquentent les écoles, imprimée à Lahore, à la typographie du *Koh-i núr*.

RAM GOLAN [1] est auteur d'un commentaire sur le *Râmâyana* de Tulci-dâs, dont il semblerait que la première partie seulement ait paru à Calcutta ou à Bénarès, d'après le « General Catalogue of oriental Works » d'Agra.

RAM JAÇAN ou RAM JAS [2] (le pandit LALA), employé des bureaux de l'instruction publique à Lahore, est auteur :

1° Du *Bhúgol chandrika* « la Lampe du globe terrestre », géographie écrite en hindi; Bénarès, 1856, petit in-4° de 150 p.;

2° D'une édition du *Râmâyana* de Tulci-dâs, ou plutôt seulement des parties ou chants intitulés *Bâla kânda* « Section de l'enfance », et *Ajodhya kânda* « Section d'Aoude »; Bénarès, 1861, in-8° de 220 p.

Il avait publié antérieurement dans la même ville (en 1856) une édition complète du même poëme, avec un vocabulaire des mots difficiles expliqués en hindi, et l'argument du livre, in-8° de 487 p.

3° On lui doit une version hindie de l'*Hitopades,* que le savant Mr. F. Hall, qui en a publié le premier livre dans son « Hindi Reader », préfère aux deux autres traductions qui en ont été faites en hindi, c'est-à-dire à celle de Badrî Lâl et à celle qui a pour titre *Chârn-pútha* « Jolie lecture ».

---

[1] 1. Peut-être prononciation bengalie, pour *Râm-galan* « dissolution en Râma ».

[2] 1. Ces deux noms, qui sont synonymes, signifient « la gloire de Râma ».

4° Il a traduit de l'anglais, par ordre du feu major Fuller, directeur de l'instruction publique au Panjâb, le rapport du *Board* de l'instruction publique de cette province, 1861-1862; petit in-4° de 49 p.

RAM JOSCHI[1], brahmane de Solâpûr, mentionné dans le *Kavi charitr*, né en 1684 du saka (1762) et mort à cinquante ans en 1734 (1812), a composé le *Chhanda manjarî* « le Bouquet du rhythme ».

RAM KISCHN[2] (le pandit), originaire du Cachemire et natif de Dehli, est un Hindou fort spirituel et très-savant, habile dans la langue anglaise. Il écrit très-purement en hindoustani, et ses traductions se distinguent par leur élégance. En 1847 il était un des professeurs du collége de Dehli, et il avait environ trente-cinq ans. Il est auteur des ouvrages suivants, écrits en urdû :

1° *Riçâla-i 'ilm-i tibb*[3] « Traité sur la science de la médecine », traduit de l'anglais;

2° *Uçûl-i cawânîn-i dîwânî aur faujdâri* « Traité sur les règlements civils et de police[4] »;

3° *Uçûl-i cawânîn-i government* « Principes des règles du gouvernement », traduction de l'ouvrage de Norton intitulé « Principles of government with the principles of the english and anglo-indian government », avec un chapitre sur la religion musulmane;

4° *Uçûl-i dharm schastar* « Principes de la loi hindoue », traduction de l'ouvrage intitulé « Principles of

---

[1] Ce surnom signifie « l'astronome » ou plutôt « l'astrologue ».

[2] Prononciation et orthographe vulgaire de Krischna.

[3] Il a dû traduire cet ouvrage en société avec le maulawî Haçan 'Ali Khân, car ce dernier est aussi indiqué comme traducteur de cet ouvrage. Voyez son article.

[4] Il y a un *Uçûl-i cawânîn dîwânî mamâlik-i Panjâb* « Penjab civil Code », en deux parties, par Sir R. Montgomery; Lahore, 1869.

hindu Law », par Sir W. Mac Naghten, l'éditeur des
« Mille et une Nuits » en arabe, qui fut assassiné à Caboul dans la dernière guerre contre les Afgans ;

5° *Uçûl-i cawânîn-i mâl* « Principes des règles des
finances », traduit de l'ouvrage de Boutros intitulé
« Principles of public Revenue, with an abstract of the
revenue Law in the Bengal Presidency ; 1845, in-8°
de 244 p. ;

6° *Uçûl-i cawâ'id-i akhlâc aur cawânîn ké* « Principles
of legislation by F. Boutros from Bentham and Du-
mont » ; 1844, gr. in-8° de 419 p. ;

7° *Uçûl-i cawânîn-i mamâlik-i mukhtalifa* « Principles of
the Law of nations, with historical illustrations, by
F. Boutros » ; 1844, gr. in-8° de 346 p. ;

8° Une grammaire anglaise en urdû intitulée *Cawâ'id-i
sarf o nahw angrézî*, travail dans lequel il a été aidé par
le D'r Sprenger ;

9° Un ouvrage sur l'agriculture, intitulé *Mazîd ulamwâl
ba islâh ul ahwâl* « Augmentation des richesses en recti-
fiant l'état des choses » ;

10° Les pensées de Fénelon sur l'existence de Dieu
(Fenelon's Thoughts on the existence of a Deity),
admirablement traduit d'après le texte anglais de
E. Ravenshaw ;

11° Il a contribué à la rédaction du *Saïr-i islâm*
« Histoire de l'islamisme » avec Mîr Muhammad Pitambar et Saïyid Muhammad ;

12° On lui doit aussi l'« Abridgment of Royle's Pro-
ductive ressources of India » ;

13° Et le *Strî sikschâ* « Instructions pour les femmes »,
brochure hindie en prose et en vers ; Calcutta, 1834 ;
Agra, 1859, in-8° de 60 p.

RAM KISCHOR [1] (le pandit) est auteur d'un ouvrage hindouï intitulé en anglais « Public Revenue, with an abstract of the Revenue Law » ; Dehli.

RAM MOHAN [2] RAÉ, ou RAJA RAM MOHAN, n'est cité ici que comme écrivain hindoustani. On doit bien peu de chose en cette langue à cet illustre Hindou, attendu qu'il a généralement rédigé ses ouvrages en anglais ; mais on a néanmoins de lui, en hindoustani, un abrégé du *Védânta ;* et quoique ce traité n'ait pas été imprimé, il a été mis par lui en circulation au moyen de copies manuscrites.

Voici une courte esquisse [3] de la vie de cet homme remarquable, que j'ai eu l'avantage de voir souvent pendant son séjour à Paris, et dont j'ai reçu plusieurs lettres en hindoustani et en anglais.

Râm Mohan descendait d'une longue suite de brahmanes d'un ordre élevé. Son grand-père occupait un poste important à la cour de Murschidâbâd, capitale de la province du Bengale. Son fils, Râm Kanth Râé, père de notre râjâ, se dégoûta de la cour et se retira à Râdhânagar, dans le district de Bardwân, où il possédait de riches propriétés. Ce fut là que Râm Mohan naquit en 1780. Il fut envoyé de bonne heure à l'école

---

[1] 1. « Fils de Râma ».

[2] *Mohan* est un des noms de Krischna.

[3] Il a paru une notice biographique étendue sur Râm Mohan Râé dans l'« Asiatic Journal », t. XII, p. 195 et suiv. et p. 287 et suiv., 1833. C'est de ce mémoire que j'ai pris ce que je dis ici sur cet éminent personnage. Il y a aussi la notice de l'« Athenæum » (oct. 1833), par feu Sandford Arnot, qui lui servit de secrétaire en Angleterre ; et ce que Râm Mohan dit de lui-même dans ses « Translations of the Vedas », p. 4. Enfin le Rév. Lant Carpenter en a donné une esquisse biographique à Londres en 1833, et son éminente fille Miss Mary Carpenter l'a reproduite dans ses « Last days in England of the Rajah Ram Mohan Roy ».

*musulmane* de Patna, pour apprendre l'arabe et le persan, connaissances indispensables à ceux qui se destinaient à occuper des emplois sous des souverains musulmans. Ce fut là qu'il acquit quelques notions raisonnables sur la religion. Ces premières idées influèrent sur les opinions et sur la conduite de sa vie. Il s'occupa aussi du sanscrit et des sciences hindoues, les uns disent à Bénarès, les autres à Calcutta. Mais dès l'âge de seize ans il avait secoué le joug de l'idolâtrie, et dans un écrit qu'il rédigea à cette époque, il fit connaître ses sentiments. Cette production l'ayant mis en froideur avec sa famille, il se mit à voyager. Il alla dans le Tibet, pour voir s'il trouverait la vérité chez les bouddhistes. Il y resta deux ou trois ans. Mais leurs doctrines obscures n'eurent aucun attrait pour lui. Il voyagea dans d'autres pays jusqu'à l'âge de vingt ans. Alors son père le rappela. Depuis ce temps il se lia avec des Européens, apprit la langue anglaise, et devint peu à peu un chaud partisan de la domination britannique.

Son père, qui mourut en 1803, le déshérita ; mais il obtint une place du gouvernement anglais, et il devint *dîwân* auprès du receveur de Rangpûr. A l'âge de vingt-quatre ans il déclara formellement qu'il abjurait l'idolâtrie brahmanique, et il commença à faire tous ses efforts pour réformer la religion de sa nation. En 1814 il se fixa à Calcutta, et il ne cessa depuis ce temps, par ses écrits, ses discours et ses actes, de propager la réforme qu'il voulait faire. Cette réforme consistait en une sorte de religion éclectique, dont les principes fondamentaux étaient la croyance en Dieu et en la vie future. On y considérait comme également respectables tous ceux qui avaient propagé des doctrines religieu-

ses fondées sur ces principes, Moïse et Jésus-Christ,
Vyâça et Mahomet ; et comme également bons les livres
où étaient déposées ces doctrines, le Pentateuque, l'Évangile, les Védas, le Coran. Cette doctrine n'est point nouvelle : c'est celle des philosophes religieux de l'Orient
nommés *sofis*. Tous les efforts de Râm Mohan tendirent
à la populariser. Il établit des assemblées régulières des
partisans de sa réforme, et il donna à ces assemblées le
nom de *Brâhma sabhâ* « Congrégation de Dieu » . Il voulut prouver, par l'abrégé du *Védânta* dont nous avons
parlé, et par la traduction des principaux chapitres des
Védas, que les Écritures indiennes enseignaient l'unité
de Dieu. Pour mieux connaître les doctrines bibliques,
il apprit le grec et l'hébreu. En 1820 il publia son ouvrage intitulé « les Préceptes de Jésus, guides de la paix
et du bonheur » . Cet ouvrage, qui a évidemment une
tendance unitaire, comme tous les autres écrits du râjà,
fit beaucoup de sensation, plus encore parmi les chrétiens que parmi les Hindous et les musulmans. Ce fut à
tel point qu'un zélé missionnaire baptiste, W. Adam,
fut, dit-on, converti par Râm Mohan et devint unitaire.
Râm Mohan employa aussi la voix des journaux pour se
faire entendre : le *Kaumudi* et le *Bengal Herald,* dont il
était propriétaire, lui ouvrirent leurs colonnes. Ce fut
dans ces gazettes qu'il s'éleva avec fruit contre la barbare
pratique des *satî,* qu'il avait déjà stigmatisée, en 1810,
dans un petit écrit en bengali. L'idolâtrie et la superstition, voilà ce qu'il combattit toujours avec les armes
de l'esprit et du bon sens.

   Il désirait depuis longtemps faire un voyage en
Europe, aussi saisit-il avec empressement l'occasion
favorable qui s'offrit à lui pour l'exécution de ce projet,

vers la fin de 1830. La cour de Dehli avait à se plaindre
du gouvernement anglais de l'Inde : personne ne parut
plus propre au descendant de Timûr, pour porter ses
doléances au roi d'Angleterre en personne, que notre
râjà. On lui fit effectivement des ouvertures, et il accepta volontiers le rôle d'ambassadeur ou d'envoyé du
prince mogol, avec le titre de râjà. Il partit de Calcutta
le 15 novembre, accompagné de son fils adoptif Râm
Râé et de deux domestiques indiens, et il aborda en
Angleterre le 8 avril 1831. Il y fut accueilli avec honneur et distinction par les directeurs de la Compagnie
des Indes. Il fut présenté à Guillaume IV, et le but politique de sa mission eut tout le résultat qu'il pouvait
espérer. Il resta un an et demi à Londres, fréquentant
la haute société, assistant aux réunions politiques et religieuses, littéraires et d'amusement, recherché partout
à cause de son esprit, de l'affabilité de son caractère et
de son exquise politesse. Il vint en France dans l'automne de l'année 1832, et retourna en Angleterre en
janvier 1833 ; mais sa santé était altérée et ses facultés
intellectuelles affaissées. Après une courte maladie, il
mourut à Bristol, où ses cendres reposent, le 27 septembre 1833, âgé de cinquante-trois ans, auprès de son
ami le Rév. Lant Carpenter, père de Miss Carpenter. On
a observé qu'il priait souvent Dieu avec ferveur dans ses
derniers moments. Son intention était de retourner dans
l'Inde l'année suivante, en passant par la Turquie, la
Russie et la Perse.

Voilà en peu de mots un aperçu de la vie de cet
homme extraordinaire. Son physique répondait à ses
belles qualités morales; il avait une physionomie noble
et expressive ; son teint était extrêmement brun, pres-

que noir; mais son nez régulier, ses yeux brillants et
animés, son front large, la beauté de ses traits, ren-
daient son visage remarquable. Il était bien propor-
tionné; sa taille était de six pieds. Son costume était habituellement bleu. Il portait un châle blanc roulé sur les
épaules, qui descendait par devant jusqu'à la ceinture.
Il ceignait sa tête d'un turban, à la manière des musulmans de l'Inde.

RAM-NATH PRADHAN [1], Hindou distingué contemporain, est auteur du *Râma kalava rahacya*, considérations sur la légende de Râma; Bénarès, 1866, in-8° de
24 p. de 26 lignes, avec illustrations.

I. RAM-PRAÇAD [2] (le pandit) est un écrivain contemporain qui a été d'abord principal professeur à l'école
de Rurkî, et qui a été ensuite *tahcîldâr* (percepteur) du
pargana de Banda. On lui doit :

1° Le *Kalîd-i ganj-i imtihân-i mâl* « la Clef du trésor
de l'épreuve des richesses, manuel de la perception des
impôts », ouvrage dont il y a plusieurs éditions lithographiées. J'en possède deux dans ma collection particulière, une de Lahore, 1858, et une de Lakhnau, 1859,
in-8° l'une et l'autre. Cette dernière édition, qui est spéciale aux provinces nord-ouest, a été revue par l'honorable R. Cust, d'Amritsir.

2° Le *Riçâla dar bâb-i isti'mâl traverse tables*, etc.,
« On the use of traverse tables and the method of protrac-
tion on surveys by co-ordinates, etc., being the introduction to the traverse tables, by colonel I. T. Boileau »,
avec la collaboration de Schambhû-dàs; Rurkî, 1861,
in-8° de 58 p.;

[1] I. « Le Seigneur suprême Râma ».
[2] I. « Don de Râma ».

11. RAM-PRAÇAD (le sùbadàr) est auteur du *Cawâ'id* « Directions for light infantry movements », traduit de l'anglais en hindoustanî et imprimé à Pûna ; in-4° de 83 p. [1].

RAM-PRAÇAD LAKHSCHMI LAL, d'Ahmadâbâd, est auteur :

1° Du *Dharma tatwa sâr* « Essence de la réalité des devoirs », ouvrage dont feu H. H. Wilson possédait un exemplaire ;

2° De chants populaires ;

3° Du *Vivek sâgar* « l'Océan de la dissemblance », poëme hindî imprimé à Ahmadâbâd en 1855 ; 124 p.

RAM RAO [2] (le gurû) est un disciple de la famille de Nânak, de la neuvième génération [3]. On lui doit des hymnes hindouis. Son tombeau, situé à Dahra-dûn [4], au bas du mont Mansûrî, sur la frontière nord de l'Hindoustan, est respecté par les musulmans aussi bien que par les Hindous. Lorsque Gulàm Câdir eut privé de la vue Muhammad Schâh, ce dernier s'enfuit vers les Mahrattes et arriva à Dahra-dûn, où il se reposa sur le lit de Gurû Râm Râo, qui est près de son tombeau. Le biographe Karîm visita la ville dont il s'agit en descendant de la montagne Mansûrî pour entrer dans l'Hindoustan, le 1er août 1840. « La ville est belle, dit-il, et elle est d'autant plus florissante qu'il y a une garnison

[1] « Catalogue of native publications of the Bombay Presidency », p. 150.
[2] *Râo* est synonyme de Rânâ et de Râjà.
[3] Voici ce qu'on entend par là : des disciples de Nânak lui-même ont existé jusqu'à la troisième génération. Ensuite il y a eu les fils de ceux-ci qui ont formé les générations subséquentes, et c'est à la neuvième qu'appartient Râm Râo.
[4] Ces mots signifient proprement « pagode basse » ou « petite pagode ».

anglaise. C'est à Dahra-dûn, ajoute-t-il, qu'il y a l'édifice
bâti par Gurû Râm Râo pour sa sépulture, et qui est
nommé *samâd* [1] par les Hindous, *cabr* [2] par les musulmans, et *dûn* «bas», à cause de sa situation, comme
celle de la ville, entre deux montagnes. Ce monument a
été fait sur le modèle de la ca'aba. C'est au milieu de cet
édifice que Râm Râo est enseveli. Auprès du tombeau
on conserve le lit sur lequel le gurû avait l'habitude de
se coucher, lit qu'on nomme *mancha* [3] *Gurû Râm Râo*,
et que les Hindous ont orné d'une manière particulière.
En dehors de la porte de cet édifice, on a élevé un mât
de trente-six *gaz,* auquel est attaché un drapeau rouge [4].
Les dévots à ce saint personnage croient qu'au moyen
de ce drapeau on obtient tout ce qu'on désire. Ils en
font le pûjâ, ils l'ornent de banderoles. La fête de ce
saint a lieu au mois de mars. A cette époque, tous les
habitants des environs vont là en pèlerinage. »

C'est du successeur au trône spirituel du gurû Râm en
1847 que l'auteur tient les détails qu'il donne sur ce
personnage. Il lui raconta que Râm Râo, à l'âge de
douze ans, étant à Lahore, reconnut son bâton, qu'il
tenait de Miyân Nûr [5], au milieu de beaucoup d'autres
bâtons entièrement pareils, qu'il a fait soixante-douze
miracles du même genre, et qu'il en opéra entre autres
devant 'Alamguîr, quoique les histoires de ce dernier
ne les aient pas mentionnés.

[1] Ou mieux *Samâdhi*, mot qui signifie « le tombeau d'un jogî ».
[2] Mot arabe qui signifie « tombeau ».
[3] Ce mot signifie « plate-forme », et par suite « lit ».
[4] Cette couleur indique que le saint est considéré comme martyr.
Voyez mon « Mémoire sur la religion musulmane dans l'Inde ».
[5] C'est-à-dire, apparemment, du huitième chef de la secte de Nânak,
auquel il avait succédé.

Les Hindous disent que le gurû Râm Râo alla à la Mecque et qu'il y prit part au pèlerinage, ses opinions religieuses lui permettant de suivre le culte des musulmans aussi bien que celui des Hindous ; les sectateurs de Nânak pensent en effet ainsi.

Il y a aux quatre angles de l'édifice dont il a été parlé les tombeaux des quatre femmes du gurû. On trouve tout autour quelques arbres, produits, dit-on, par les cure-dents [1] que le saint avait rejetés en cet endroit. A l'orient de l'édifice, il y a une pierre sur laquelle est gravée la date de la mort du gurû.

Le personnage dont je viens de parler d'après Karîm est sans doute le même qu'on nomme aussi Râm Râé ou Râma Râjâ, auteur du *Pothî hindi az Râm Râé* « Livre (religieux) indien par Râm Râé », et le fondateur de la secte des *Râm-râyî,* qui ont un établissement considérable dans le bas Himalaya, près d'Hardwâr [2].

RAM RATTAN [3] SARMA est auteur d'une traduction hindie du *Wâqui'ât-i Hind* « les Événements de l'Inde », c'est-à-dire, je pense, de l'ouvrage urdû de Karîm uddîn qui porte ce titre.

On lui doit aussi la traduction du « Pearce's Outlines of geography and astronomy », publié par le Calcutta School Book Society, le même ouvrage probablement que les « Outlines of geography and astronomy and of the history of Hindustan », en hindouî ; Calcutta, 1840, in-8°.

[1] Il est bon de faire observer qu'on fait les cure-dents, nommés par les Hindous *datwan* et par les musulmans *miswâk,* du bois d'un arbrisseau particulier.

[2] « Mémoire sur les sectes religieuses des Hindous », « Asiatic Researches », t. XVIII, p. 286; « Hist. des Sikhs », par Cunningham, p. 400.

[3] I. « Le joyau de Râma ».

RAM SARAN-DAS [1] (Raé), qui avait la charge de percepteur adjoint (deputy collector) de Dehli, est un des écrivains contemporains les plus féconds en ouvrages d'utilité pratique. On nomme, dans les Rapports sur l'éducation des natifs, la série de ses livres « Ram Saran-das Series »; on y distingue l'« Hindi Series » et l'« Urdu Series », selon les dialectes dans lesquels ils sont écrits, et on les classe dans l'ordre suivant :

1° *Akschar abhiyâs* « l'Étude des lettres », sorte d'abécédaire (Primer) en quatre parties, qui contient l'alphabet dévanagari développé et la manière d'écrire les missives et les pétitions, lequel porte le titre anglais de « An educational Course for village accountants (Patwâris) »; Agra, 1844. Il y a un exemplaire de l'édition de 1845 à l'East-India Library, in-8°, j'en ai un, en urdû, de 1849, Sikandara, 24 p., aussi in-8°.

2° *Phaïlâwat* « Diffusion », ou *Ganit prakâsch* « Manifestation du calcul », et sa reproduction en urdû sous le titre d'*Uçûl-i hicâb* « les Principes de calcul » ou « Éléments d'arithmétique », in-8°, Agra, etc. J'ai un exemplaire de l'édition urdue de Calcutta, 1850, in-8° de 34 p., tirée à dix mille exemplaires;

3° *Maptol* « Mesurage et pesage [2] » (Éléments de mensuration), in-8°. Il y a eu, tant en urdû qu'en hindî, plusieurs éditions de ces ouvrages, qui sont classiques dans l'Inde anglaise [3], une entre autres en urdû, d'Agra, 1848, in-8 de 12 p. avec planches.

4° *Patwârî* ou *Patwâriyon kî kitâb*, ou *pustak* (selon

---

[1] I. « Serviteur de l'asile de Râma ».

[2] Un ouvrage urdû analogue est intitulé *Misbâh ulmaçâhat* « le Flambeau de l'arpentage ».

[3] Voyez à ce sujet l'« Agra Government Gazette », n° du 1er juin 1855.

que l'ouvrage est écrit en urdû ou en hindi) « Livre des patwâris », c'est-à-dire Cours d'instruction pour les patwâris ou agents comptables des villages, en quatre parties, à l'usage des natifs des provinces nord-ouest[1]. Il y a une édition urdue d'Agra de 1849, in-8° de 80 p. ; une autre de 1853-1855, avec planches ; une de Lahore, 1863, petit in-4° de 54 p., etc. [2].

RAM SARUP[3] est l'éditeur de deux poëmes écrits en hindi par Mîr Walî Muhammad, probablement Hindou converti à l'islamisme ; le premier intitulé *Srî Krischna jî kî janam lîlâ* « Exploits de Krischna à sa naissance » ; Fathgarh, 1868, 13 p. ; et le second, *Bâlpan bansurî lîlâ* « Jeu enfantin de la flûte (de Krischna) » ; ibid., 14 p.

RAM SCHANKAR[4] a succédé en 1850 à Schib Chandar en qualité d'éditeur du *Jâm-i Jamsched* « la Coupe de Jamsched », journal urdû de Mirat.

RAMANAND[5], de Bénarès, faquir, ou plutôt baïragui, célèbre réformateur hindou, élève de Râmanuja et maître de Kabîr, est le fondateur médiat de toutes les sectes modernes de waïschnawas.

On lui doit des poésies religieuses écrites en hindi et qui font partie de l'*Adi granth*. Ce fut lui qui proclama le premier, vers l'an 1400, l'égalité des hommes devant Dieu, qu'ils fussent brahmanes, kschatriyas, vaïcyas ou sudras, et qui les admit tous également parmi ses disciples ; qui déclara que la vraie dévotion n'était pas atta-

---

[1] N'est-ce pas le même ouvrage que *Patwâriyon kî kâgaz banâné kî rît* « Direction to settlement officers », dont il y a plusieurs éditions?
[2] On a publié à Agra une brochure urdue sous le titre de « Putwaree protractor ».
[3] I. « Forme de Râma ».
[4] I. « Râma et Siva ».
[5] I. « Joie de Râma ».

chée à des formes extérieures, mais était supérieure à
ces formes. Il dit de Kabîr, son principal disciple, que,
bien qu'il fût tisserand, il était devenu brahmane dès
qu'il eut connu Brahm (Dieu) [1].

RAMANUJA RAMAPATI [2] est auteur de chants populaires hindis.

RAMJAN [3] est un Hindou qui succéda à la suprématie
spirituelle de Râm Charan, fondateur de la secte des
Râm-sanéhî, personnage dont il était un des douze *chélâ*
ou disciples. Il naquit dans le village de Sircin, embrassa la nouvelle doctrine en 1768, et mourut à Schâh-
pûr en 1809, après un règne spirituel de douze ans
deux mois et six jours. Il a composé dix-huit mille *sabd*
ou hymnes, la plupart en hindî, comme ceux de Râm
Charan [4].

RAMZ [5] (MIRZA MUHAMMAD SULTAN FATH ULMULK SCHAH
BAHADUR) est un prince royal de Dehli désigné aussi
sous le nom de Fakhr uddîn, qui cultivait avec un grand
succès la poésie hindoustanie, à l'époque où Karîm
uddîn écrivait son Tazkira et son *Guldasta*. Ce biographe
en cite trois mukhammas et trois gazals, et en fait le
plus grand éloge. Il n'avait que vingt et un ans en 1847.

I. RA'NA [6] ('ABD URRAHÎM), natif de Lakhnau et habitant de Râmpûr, fils du khwâja Sakhî, négociant en
laine, élève de Gulâm Hamdani Mashafî, est un poëte
hindoustanî dont Muhcin cite des vers dans son Anthologie.

1 *Dabistan*, traduction de Shea et Troyer, t. II, p. 188.
2 1. « Le seigneur Râma, jeune (fils de) Râma ».
3 1. « Homme de Râma ».
4 « Journal of the Asiatic Society of Bengal », february 1835.
5 P. « Allusion ».
6 A. « Frais », adjectif.

II. RA'NA (Mirza Muhammad Mardan 'Alî), d'Agra,
qui a d'abord occupé des fonctions publiques à Kappur-
thala, et qui est maintenant *muschîr* (conseiller) du
sarkâr du Mârwâr, est un écrivain hindoustanî contemporain distingué [1]. On trouve plusieurs pièces de vers
de lui dans l'*Awadh akhbâr*, et il est auteur d'un masnawî
de 66 p. de 21 lignes, grand in-8°, imprimé à Lakhnau
en 1281 (1864-1865), sous le titre de *Zabt-i 'ischc* « l'É-
conomie de l'amour ». Il paraît qu'il est aussi nommé
Huçaïn Sûfi.

RA'NAYI [2] (Cudsiya Bégam) était une belle Indienne
douée d'une grande sensibilité et du besoin d'effusion
de ses pensées ; aussi, bien que peu instruite, elle écrivait de fort jolis vers qui se distinguaient par leur teinte
douce et tendre. «Voici, dit le biographe Ranj, un *matla'* [3]
de cette aurore du ciel de la bonté et de la beauté » :

Je croyais que mon cœur serait en possession du bonheur
(*sukh*) lorsque les yeux de celui que j'aime se tourneraient vers
moi; mais bien au contraire, quelle est mon infortune! il
m'a regardée, et je suis tombée dans le malheur (*dukh*).

RANDHIR SINGH est auteur du commentaire sur le
*Bhûschan kaumudî* « la Clarté de la pleine lune du mois
de kartik [4] relativement au livre intitulé *Bhûschan* (ornement) » ; Bénarès, 1863, in-8° de 112 p. de 23 lignes.

1. RANGUIN [5], de Cachemire, qui vivait à Dehli en
même temps que Saudâ, est compté par 'Alî Ibrâhîm

---

[1] Voyez mon Discours de 1864, p. 2 et 8.
[2] A. P. « Fraîcheur ».
[3] Ce mot, qui signifie « aurore », est le nom qu'on donne au premier vers d'un gazal.
[4] Jour d'une fête en l'honneur de Kartikéya (dieu de la guerre).
[5] P. « Coloré ».

parmi les poëtes hindoustanis. Il est probablement le
même que celui qui est mentionné par Sarwar comme
contemporain de Muhammad Schâh et auteur de gazals
chantés par les bayadères.

II. RANGUIN (Aman Beg) était attaché à la cour du
nabâb Iftikhâr uddaula Mirzâ 'Alî Khàn, où il se distingua par sa belle écriture nasta'lîc et se fit avantageuse-
ment connaître par ses poésies urdues.

III. RANGUIN (Sa'adat-Yar Khan), de Dehli, poëte
célèbre, un des promoteurs de la culture poétique de
l'hindoustani, était fils de Muhkim uddaula Tahmasp
Beg ou Khàn, et originaire du Tûràn. Il connaissait bien
l'art militaire et écrivait avec beaucoup de goût. Quoiqu'il ne fût pas très-savant, sa perspicacité l'élevait au-
dessus des hommes les plus instruits. Il était à Dehli
lorsqu'il ressentit le désir d'écrire des vers. Il soumit ses
premiers essais à Schâh Zuhûr 'Alî Hâtim, et plus tard,
quand il eut acquis en ce genre l'habileté que sa capacité ne pouvait manquer de lui procurer, il soumit son
Dîwàn en entier à Mashafî, qui nous apprend ces particularités dans sa Biographie et qui cite trois pages de
ses vers. Ranguin était très-adonné à l'amour ; aussi
ses gazals et ses autres ouvrages contiennent-ils un
grand nombre de vers passionnés.

Il est auteur de quatre Dîwàns, dont un de gazals,
un de pièces badines, et d'autres dans le dialecte particulier aux harems, appelé *rekhtî*. Il les a réunis à d'autres poëmes, et il en a fait un volume auquel il a donné
le nom de *Nau ratan* « les Neuf diamants [1] » ; ce volume a été imprimé à Dehli en 1846, gr. in-8°.

Il a donné aux quatre Dîwàns ou parties dont se com-

[1] Par allusion à une parure ainsi appelée.

pose son *Nau ratan* le nom de *nuskha* « copie » , quelque chose comme « volume » .

Le premier, qui porte le titre spécial de *rekhta* « épar-
pillé » , se compose, dans un manuscrit du Top khâna
de Lakhnau, de gazals, de rubâ'îs, d'un chronogramme
et d'un cacîda de six cents vers, le tout formant 72 p.
de 18 vers.

Le second, qui est intitulé *bekhta* « tamisé » , se compose de gazals et de quelques rubâ'îs ; il forme 94 p.

Le troisième, intitulé *amekhta* « mêlé » , contient
36 pages de poésies plaisantes écrites dans le style des
harems.

Le quatrième, enfin, est nommé *rekhtî* [1], parce
qu'il se compose de pièces de poésie (rekhta) écrites
dans le langage idiomatique des femmes, savoir, des
gazals, des rubâ'îs, etc.; en tout 53 p.

Ranguîn est aussi auteur :

1ᵉ Du *Riçâla dar 'ilm-i îjâd* « Traité sur l'invention
dans les compositions littéraires d'imagination » , ouvrage que je suppose distinct du masnawî intitulé *Ijâd-i
Ranguîn* « la Charmante invention » , ou « l'Invention
de Ranguîn » , lequel est une collection d'anecdotes morales mises en vers urdus et adressées à Khudâ Yâr Khân,
imprimée à Lakhnau en 1263 (1846-1847), in-8° de
36 p., dont la marge est couverte par le texte. C'est le
même, je pense, que Sprenger nomme « The flowery
mathnawî » , n° 1712 de la « Bibliotheca Sprengeriana » .

2° Du *Majâlis Ranguîn* « les Charmantes réunions » ,
ou « les Réunions de Ranguîn » , sorte de revue critique
des poésies qui paraissaient de son temps et de leurs
auteurs ;

---

[1] Féminin de *rekhta*, nom spécial de la poésie urdue.

3° Du *Mazhar ul'ajâïb* « le Spectacle des merveilles »,
poëme imprimé à Agra en 1844, in-8°, et réimprimé à
Lakhnau en 1845, gr. in-8° de 26 p. à quatre colonnes;

4° Du *Hikâyât-i Ranguîn* « Anecdotes amusantes » ou
« de Ranguîn » ;

5° Enfin je pense que c'est le même Sa'âdat Yâr Khân
qui a écrit un *Faras-nâma*, traité sur les qualités des
chevaux, avec la figure des variétés qui y sont décrites;
sur leurs maladies et les remèdes qu'on y doit appliquer,
lithographié à Lakhnau en 1269 (1852–1853) en 22 p.[1],
à Dehli et à Lahore.

Ranguîn a surtout écrit dans le genre plaisant. On
cite entre autres de lui un cacîda à la louange du diable
(*Schaïtân*). Dans cette pièce, au lieu de la formule initiale
ordinaire *Bism illah*, etc., il a mis les mots *A'ûz billah*
« Je me réfugie auprès de Dieu », mots qui sont employés dans le Coran, sur. XVIII, v. 200, en parlant
du diable.

Après avoir beaucoup voyagé, Ranguîn mourut en
1250 (1834–1835), âgé de quatre-vingt-un ans. On dit
qu'il avait prédit sa mort et qu'il en écrivit le chronogramme. Câcim cite un grand nombre de ses vers. Il en
est de même de Sarwar et de Schefta.

IV. RANGUIN (Puran Lal) est un kàyath d'un caractère bizarre, qui habitait Dehli, et qui a écrit des vers
urdus cités dans le *Gulschan bé-khâr*.

V. RANGUIN (Mîr Burhan) est un autre poëte urdû
mentionné par Abû'lhaçan.

VI. RANGUIN (Lala Bilas Raé), fils du râjà Mân
Râé et secrétaire du fils de Muhammad 'Alî Roschan,

---

[1] « Bibliotheca Sprengeriana », n° 1927.

réside à Murâdâbâd et s'y occupe de poésie urdue. Zukâ et 'Ischc le mentionnent.

VII. RANGUIN (Mîr Akbar 'Alî), autrement dit *Mîr Sanguî* « l'émir pierreux », de Lakhnau, élève de Saudâ, est auteur d'un Dîwân dont Muhcin cite des vers dans son Anthologie.

I. RANJ [1] (Mîr Muhammad Nacîr), petit-fils de Mîr Dard, le remplaça en qualité de chef de sa lignée religieuse, et eut pour successeur à son tour son fils Nâcir Jân Mahzûn. On trouve dans le *Gulschan bé-khâr* l'éloge des excellentes qualités de ce personnage et de son talent en musique et en poésie.

II. RANJ (le hakîm Muhammad Facîh uddîn), raïs du mahalla de Bénî Sarâî, à Mirat, est un écrivain hindoustanî contemporain distingué à qui on doit :

1º Un cacîda urdû à la louange du souverain de Râmpûr, le nabâb Muhammad Kalb 'Alî Khân Bahâdur, inséré dans l'*Akhbâr-i 'âlam* du 18 janvier 1868 ;

2º Un Tazkira écrit aussi en urdû et intitulé *Bahâristân-i nâz* « le Jardin printanier de la gentillesse ». Cet ouvrage est une Anthologie des productions poétiques [2] anciennes et modernes des femmes auteurs de l'Inde, accompagnée de courtes notices sur elles. Une première édition en a paru à Mirat en 1864 ; une seconde en la même ville, au mois d'avril 1869, et l'auteur a bien voulu, à la demande de mon ami Muhammad Wajâhat 'Alî Khân, m'en gratifier d'un exemplaire. C'est un grand in-8º de 76 p. de 15 lignes, où sont mentionnées soixante et onze femmes poëtes, avec des extraits

[1] P. « Peine, affliction ».
[2] Urdues en grande majorité.

de leurs poésies, rangées comme il suit, d'après l'ordre alphabétique persan :

Akhtar (Akhtar Mahall, Bégam), princesse de la maison de Timûr.

Amrâo (Amráo Jàn), de Lakhnau [1].

Atûn (Tûnî Atûn).

Acà Bégam, du Khoraçan.

Acà Bégam, d'Hérat, nommée aussi *Amàc Jalàyar*.

Arzûî, de Samarcande.

Acà-dost.

Amânî.

Aràm (Dil-arâm, Bégam), femme de Jahânguîr.

Aschraf (Aschraf unniçâ, Bégam).

Buzurguî, de Cachemire.

Bédilî, femme de 'Abd ullah Dîwâna.

Bannû, de Dehli.

Bastî, bayadère d'Agra.

Bhaû, Bégam Sáhiba.

Pârsâ, fille aînée du nabâb Mirzà Naquî Khàn.

Taçallî (Manna Jàn), de Karnaul.

Sanâ [2], d'Agra.

Suraïya (Banû, Bégam).

Jânî (nawâb, Bégam).

Jînâ, Bégam.

Ja'farî, élève de Schâh Nâcir.

Haïdarî, khânam.

Hijâbî, d'Asterâbâd.

Haïyà (Haïyât unniçà).

Haïyàt (nawâb, Haïyàt unniçà), Bégam, seconde femme de Jahânguîr.

Khân-zâdî, de Taurîz.

Khafî (Padschâh Bégam).

Dulhan, Bégam [3].

Ràhat.

Ra'nâî (Cudciya Bégam).

Zînat (Zînat Jàn) [4].

Zuhra (Amráo Jàn).

Zuhra (Nacîban), de Dehli.

Saïyid, Bégam, du Jorjân.

Sultân (Sultânî Bégam), de Lakhnau.

Schokh (Gannâ Bégam), femme du nabâb 'Imâd ulmulk Nizâm [5].

Schîrîn (Raziya Sultân Bégam) [6].

Schîrîn (Bégâ), bayadère de Lakhnau.

---

[1] Il y a sans doute ici un double emploi, car la même femme poète est mentionnée plus loin sous son takhallus de *Zuhra*. Voyez son article.

[2] La première lettre de ce nom et du suivant est le *sé* (*th* anglais), quatrième lettre de l'alphabet arabe.

[3] Voyez son article.

[4] Voyez son article.

[5] Voyez l'article GANNÀ BÉGAM.

[6] Il s'agit ici de la célèbre reine de Dehli que j'ai mentionnée dans la dédicace de la première édition de cet ouvrage.

Scharm (nawâb Schams un-
niçà Bégam)[1].

Sâhib (Ummat ulfâtima, Bégam)[2].

Sananbar (Jyûnî), bayadère
de Jalindhar.

Zarûrat (Scharîf unniçà, Bégam).

Ziyâ (Ziyâï Bégam), de Lakhnaû.

'Arifa.

'Ismatî (« chaste » de nom
et, dit Ranj, en réalité).

'Ismatî (nawâb Jahân - ârâ,
Bégam).

'Izzat ('Izzat unniçà), de Muzaffarnagar.

'Ischrat (nawâb 'Ischrat Mahall, Bégam), femme de
l'ex-roi d'Aoude.

Garîb (Amîr unniça, Bégam),
de Patna.

Farhat (Farhat-bakhsch), de
Faïzâbâd.

Fanâ (Fanât unniçà), troisième
femme de Jahânguîr.

Camar (Camar unniçà), femme
du poëte Masrûr.

Kamman, marchande de bang.

Kanîz (Kanîz Fâtima), de
Lakhnaû.

Kanîz (Manjhû Khânam), de
Lakhnaû.

Latîf (Latîf unniçà), de Patna.

Muschtarî[3].

Mahbûb (Mahbûb Mahall,
Bégam).

Makhfî (Zeb unniçà, Bégam),
fille de 'Alamguîr).

Muhrî.

Nâznk (Zînat Jân).

Nazâkat (Ramjû), de Narnaul.

Nihânî, dame d'honneur de la
mère de Sulaïmân Schâh.

Nûr Jahân, Bégam.

Niçâï, d'une famille de saïyids.

Wazîr (Wazîr Jân).

Wazîr (Wazîr unniçà Bégam).

Hamdanî (Scharifa Banûî).

Yâsmîn (Chanbelî).

Yâs (Aftâb, Bégam).

Ranj a formé des élèves, parmi lesquels on peut citer
le munschî Karîm uddîn Sahib Aschk, et Bajî Nârâyan
Zarra, qui ont écrit l'un et l'autre un tarîkh sur le *Bahâristân-i nâz*.

RAO-DAN-PAT[4], Bandéla, est auteur de mémoires
autobiographiques mentionnés dans « Tod's Annals of
Rajasthan ».

[1] Voir son article.
[2] Voir son article.
[3] Voir son article.
[4] I. « Le seigneur don du roi ».

RAO KISCHN (le pandit), qui habitait d'abord Min-
pûrî, et maintenant Lahore, est auteur du *Tawârîkh-i*
*goscha Panjâb* « Histoire de la province du Panjâb », en
urdû; Lahore, 1861, grand in-8° de 98 p., avec carte.

I. RAQUIB [1] (Mir 'Ali) est un ancien poëte du Décan
mentionné par Kamâl dans son Anthologie. Voici la
traduction d'un de ses vers :

Pourquoi la perle reste-t-elle à se laver dans l'Océan, tandis
qu'elle pourrait orner le lobe de ton oreille avec qui elle a
tant de rapport?

II. RAQUIB (Raûf Ahmad) est un poëte hindoustanî
qui descendait d'Ahmad, surnommé *Mujaddid Alf Sânî.*
Il naquit à Lakhnau et habitait Rampûr. Il fut élève de
Calandar-bakhsch Jurat. Il alla plusieurs fois à Dehli,
où il fut instruit dans la science du spiritualisme des
sofis par Gulâm-i 'Ali Schâh Yâd [2]. Il s'occupait beaucoup aussi de littérature, et Schefta, à qui nous emprun-
tons ces détails, cite un échantillon de ses vers.

III. RAQUIB (Mirza Beg), de Dehli, originaire de
l'Irân, est un poëte hindoustanî mentionné par Schefta.

1. RAQUIM [3] (Nand Rawan Gobind [4]), de Dehli, est
un Hindou qui fut disciple de Saudâ. Il avait d'abord
pris des conseils de Mir Taquî, avec qui Miyân Ibrâhîm,
jeune homme distingué, lui avait fait faire connaissance.
Ses poésies ont de l'analogie avec celles de Câïm (Quiyâm
uddîn), dont il a été parlé. Mir en cite de nombreux fragments. Zukâ et Muhcin nous apprennent qu'il est au-

[1] A. « Rival ».
[2] Serait-il le même que Huçaïn Yâd, dont il sera question plus loin?
[3] A. « Écrivain ».
[4] Les biographes originaux ne sont pas d'accord sur ses prénoms, car
Schefta le nomme *Brindâban*, Kamâl, *Nârâyan*, et Muhcin, *Anand*
*Râm.*

teur d'un Diwân. Kamâl dit qu'il était de Mathura; il
en cite plusieurs petits poëmes et un mukhammas fait
avec un gazal célèbre de Saudâ. Il paraît qu'on est
indécis sur sa patrie ; car, selon Schefta, les uns disent
qu'il était de Dehli, tandis que d'autres prétendent que
son nom seul (Gobind) prouve qu'il était de Mathura.
On n'est pas d'accord non plus sur le poëte qui l'initia
à l'art d'écrire. Les uns disent que ce fut Mirzâ Mazhar,
les autres, Mirzâ Rafi' uddin Saudâ.

II. RAQUIM (le khalifa Gulam Muhammad), de Dehli,
est un écrivain célèbre dans l'art épistolaire et auteur de
poésies rekhtas. Il était très-habile en persan et en arabe,
langue dont la connaissance parfaite est maintenant
assez rare parmi les musulmans de l'Inde. Il était aussi
bon calligraphe dans les divers genres d'écriture arabe
et persane, qualité fort appréciée en Orient. Avant d'aller à Lakhnau, il avait soumis ses vers à Cudrat ullah
Câcim ; il avait lu avec lui le commentaire du Coran
intitulé *Scharh schamsiyah* et les gloses de Mîr. Il retourna ensuite dans son pays natal, où il s'occupa par
état d'enseignement, mais se livra aussi à l'étude de la
médecine. C'est ce que nous font savoir Câcim et Karîm.

RASCHID[1], disciple du maulâ Nizâm uddin, résidait à Lakhnau, où, fort jeune encore, il fut tué par
accident. Il était très-habile dans les sciences exactes et
se distinguait par sa pénétration et son intelligence. 'Alî
Ibrâhim cite de lui quelques vers.

Il y a un autre poëte, aussi de Lakhnau, nommé
Raschid (Mirza Ahmad Zakî), fils de Mirzâ Mahdî,

[1] A. « Le sage », etc., ou, comme on disait autrefois, « le droitu-
rier ». C'est le surnom du célèbre khalife Haroun (c'est-à-dire Aaron)
urraschid.

petit-fils du mirzâ munschi Ja'far, neveu (fils de frère)
de Mirzâ Hâji Camar, et élève du maulawi Muhammad-
bakhsch Schahîd. Muhcin en cite des vers dans son
Anthologie.

RASCHK [1] (Mîr 'Alî Auçat), natif de Faïzâbâd et
habitant de Lakhnau, fils du saïyid et mir Alman, élève
de Nâçikh (Imâm-bakhsch), pèlerin de Karbala, très-
habile en poétique, est auteur de deux Dîwâns très-estimés, dont un d'éloge ou de louange (na't), intitulé *Nazm-i
mubârak* « Poésie pour bénir [2] », et l'autre, qui porte le
titre prétentieux de *Nazm-i quirâmî* [3] « Poésie excellente ».
Ils ont été imprimés à Lakhnau en 1263 (1846-1847),
in-8°; c'est à savoir, le premier en page, et le second en
marge, manière assez commune d'écrire, de lithographier
et même d'imprimer les poésies. Ces Dîwâns forment
424 p. et se terminent par des chronogrammes ou tarîkhs.

Muhcin dit plusieurs fois que Raschk est auteur de
trois Dîwâns, dont deux urdus (les deux précédents)
et un hindî.

On doit au même auteur un masnawî hindî intitulé *Tarjuma hadîs raj'at* « Traduction du hadis sur le retour (de
Mahdî) », c'est-à-dire sur le *Millenium* des schiites, lithographié à Lakhnau; et un « Dictionnaire hindî » intitulé *Lugat hindî*.

RASCHKI [4] (Muhammad Haçan Khan), de Patna, fils
de feu Khâdim Huçaïn Khân Khâdim, est mentionné
par 'Ischqui comme un jeune homme studieux, digne
de figurer dans son Tazkira.

---

[1] P. « Malice, jalousie ».
[2] Ce titre est en même temps le chronogramme de la date de l'ouvrage, c'est-à-dire 1257 (1837-1838).
[3] Autre chronogramme donnant 1261 (1845).
[4] P. « Jaloux ».

Ne serait-il pas le même que Muhammad Haçan, éditeur actuel d'un journal hindoustanî publié à Dehli sous
le titre de *Dehli urdû akhbâr* « les Nouvelles de Dehli,
en urdû » ?

RASMI [1] ( KAMAL KHAN ), fils d'Ismâ'il Khattât Khân,
lequel était secrétaire des rois de Béjapûr, est un des
poëtes hindoustanis du Décan les plus distingués. On
lui doit des cacîdas et des gazals, tant en dakhni qu'en
persan ; mais le plus remarquable de ses ouvrages est
un poëme épique du genre masnawî, composé de
vingt-quatre mille vers et intitulé *Khâwar-nâma* « le
Livre de l'Orient ». Ce poëme est imité d'un ouvrage
persan qui porte le même titre. Les exploits de 'Alî en
sont le sujet. Rasmî nous apprend dans son épilogue
qu'il exécuta ce travail pour répondre aux désirs de la
princesse Khadîja (surnommée « Grande Dame »), « fille »
de Muhammad Amîn Cutb Schâh, fils d'Ibrâhîm Cutb
Schâh, « sœur » du sultan 'Abd ullah Cutb Schâh, fils de
Muhammad Cutb Schâh, roi de Golconde, « épouse »
du sultan de Béjapûr, Muhammad Gâzî 'Adilschâh, fils
d'Ibrâhîm 'Adilschâh, et « mère » de Schâh 'Alî, qui
commença à régner en 1071 (1660) sur le royaume de
Béjapûr. Rasmî nous apprend qu'il rédigea ce poëme en
un an et demi et le termina en 1059 de l'hégire (1649).
Il paraît qu'il a cru avoir acquis par là un brevet d'immortalité, car voici ce qu'il dit de lui-même à la fin de
son ouvrage :

> Mon corps pourra bien être anéanti sous la poussière ; mais
> mon nom vivra, qu'ai-je donc à craindre[1] ?

Il y a à l'East-India Library un superbe exemplaire

---

[1] A. P. « Coutumier ». Ce mot est le takhallus de l'auteur.

de ce poëme. C'est un grand in-folio en beaux caractères naskhîs et enrichi de nombreux et curieux dessins coloriés. On en trouve aussi une superbe copie au British Museum, écrite à Multàn en 1686. L'auteur de l'ouvrage persan qui sert de base à celui-ci, et qui se nomme Ibn Hischâm, a composé son poëme au commencement du quinzième siècle [1].

RASRANG [2] fut, comme Tan-sen, musicien et poëte. Son nom, qui est célèbre, a été donné dans le roman de *Kâmrûp* au musicien de ce prince, qui fut un de ses compagnons dans son voyage à Ceylan. Rasrang est cité parmi les principaux auteurs des chants populaires indiens par l'auteur du *Râg kalpadruma,* et W. Price en a fait connaître plusieurs poëmes.

RATAN [3] (Baba) est auteur d'un ouvrage urdû intitulé *Ahâdîs-i mardiya* [4] « Traditions frappantes », et indiqué dans le catalogue manuscrit de Farzâda Culî.

RATAN LAL est auteur :

1° Du « Guide to the map of the world for the use of native schools, translated from Clift's Outlines of geography »; Agra, 1842, broch. in-12 de 100 p.

Il y a une traduction hindie d'un ouvrage qui porte le même titre ; c'est à savoir « Outlines of geography and astronomy and of the History of Hindustan, extracted from « Pearce's Geography » , with introductory chapter by L. Wilkinson »; Calcutta, 1840, in-12.

Ratan est aussi auteur :

[1] Voyez le *Schâh-nâma,* édition de Mr. J. Mohl, t. Ier, p. LXXVII.
[2] I. Le sentiment du goût.
[3] 1. « Pierre précieuse ».
[4] Ici le mot *mardiya* n'est pas persan, comme on pourrait le croire, mais arabe, et il dérive de la racine *radî,* « percussit lapide *rem aliquam* », etc.

2° Du « Brief survey of ancient History from Marsh-man, edited by the Rev. J. J. Moore ».

RATNAWATI[1], épouse chérie de Bhâyà Pûran Mal, chef hindou, gouverneur du château de Râé Sen, qui fut défait par Scher Schâh et mis à mort par ses ordres. Elle est citée, dans la chronique intitulée *Scher Schâh,* comme auteur de vers hindis habilement écrits. Son mari ayant été assiégé dans sa tente par ordre de Scher Schâh, et sachant qu'on devait lui ôter la vie, trancha par jalousie, de sa propre main, la tête de cette princesse, vers l'an 1528[2]. La vengeance de l'impitoyable sultan Scher Schâh ne s'arrêta pas à Pûran Mal seul; il donna ordre de faire ses trois fils eunuques; quant à sa fille, on la donna à des jongleurs pour les aider dans leurs tours d'adresse.

RATNESCHWAR[3] (le pandit) est auteur d'un ouvrage intitulé en anglais « A Journey from Schore to Bombay in a series of letters », imprimé par l'Agra school Book Society, à la recommandation de L. Wilkinson, résident de Séhore; Agra, 1847, brochure in-8°.

Ne serait-il pas le même que le pandit Ratneschwar Tiwârâ Brindaban, éditeur du journal hindî de Bénarès intitulé *Sudhâkar akhbàr* « les Nouvelles satisfaisantes », qui paraît une fois par semaine, et directeur de la typographie de Bénarès, qui porte, comme le journal, le nom de *Sudhâkar.* Ce journal avait d'abord été publié sur deux colonnes, une hindie et une urdue, comme on

[1] I. « Pareille au diamant ».
[2] On trouve des détails sur Pûran Mal et l'acte qui termina sa vie dans l'« Histoire de Scher Schâh », folio 99 de mon manuscrit et p. 130 de « Un chapitre de l'Histoire de l'Inde ».
[3] I. « Roi des diamants ».

le pratique quelquefois dans l'Inde pour la commodité des lecteurs, dont les uns sont habitués aux caractères dévanagaris et au style hindou, et les autres aux caractères persans et au style musulman. Actuellement il est seulement publié en hindi et en caractères dévanagaris. Il est élégamment écrit, et il appuie loyalement le gouvernement anglais. Il contient non-seulement des nouvelles, mais des articles critiques, et il se distingue des autres journaux natifs par sa valeur littéraire et scientifique. En 1853, on y a traité entre autres de l'assistance mutuelle, des erreurs populaires, de l'influence de la lune sur la création animale et végétale, et on y a donné la traduction du drame de Shakespeare intitulé : « Midsummer night's dream ».

Il est, en fait de style et de type, supérieur à l'autre journal hindoustani de Bénarès intitulé *Benares akhbâr*; mais comme il est écrit en hindi recherché (flown) mêlé de mots sanscrits, sa circulation est bornée aux Hindous lettrés.

Brindaban a publié pour le râjâ de Bénarès en 1854, à la typographie de Sudhâkar, un ouvrage hindi intitulé *Janki bandh* « le Lien (mariage) de Sîtâ », et un autre ouvrage hindi sur la poésie intitulé *Schringâr sangrâh* « Collection sur l'amour ».

I. RAUNAC [1] est un poëte hindoustani dont Béni Nârâyan cite trois gazals. Voici la traduction d'une de ces pièces de vers :

Je n'ai pas la force de retenir mes lamentations, ô conseiller bienveillant! j'en jure par Dieu, je n'ai pas la force d'avoir patience.

[1] P. « Éclat ».

Je n'ai pas la force de te regarder, ò ma lune! je crains que mon cœur ne soit mis en pièces, comme la légère mousseline que déchirent les rayons de l'astre auquel je te compare.

Fais disparaître de la surface de mon cœur l'image de ces idoles, car je n'ai pas la force de les adorer.

Les paroles insensées sont ici inutiles; il faut raccourcir sa langue : mais je n'en ai pas la force.

Dans le puits (*châh*) du monde, j'ai été le compagnon de Joseph. Je n'ai pas la force d'élever mon désir (*châh*) au delà du monde.

En pleurant j'ai perdu, comme le papillon, ma vie dans le chagrin ; hélas! ò flambeau du matin! je n'ai pas la force de faire différemment.

Comment supporterai-je l'épreuve que tu me fais subir? je n'en ai pas de moi-même la force; mais si tu me fais miséricorde, ò mon Dieu, cela me suffit.

Délivrance a été, au pauvre Raunac, du chagrin de l'absence; il n'a pas eu la force de résister au faucon de la douleur.

Ce poëte est probablement le même que Mîr et Mirzà Gulâm-i Haïdar Khân Raunac, de Patna, fils de Wâhib 'Alî Khân et frère de 'Açad Jang, mentionné avec éloge par Sarwar, Schefta et Karîm parmi les poëtes hindoustanis.

II. RAUNAC (Nur uddîn), de Pânîpat, est un des rhétoriciens les plus célèbres et des plus habiles littérateurs de cette ville. Il fut élève du nabâb Gulâm-i Haçan Khân Khiyâl. Il était *ansârî* de naissance et schiite de secte. Il avait soixante-dix ans en 1847 et il demeurait à Lakhnau, où il occupait dans la magistrature des fonctions importantes.

III. RAUNAC (Lala Ram Sahayi), de Lakhnau, fils du hakîm Mannà Lâl, élève de Nâcikh et un des familiers du râjà Jhàû Làl, a écrit en urdù, mais surtout en persan. Muhcin en cite un gazal dans son Tazkira.

RAWAN[1] (le saïyid JA'FAR 'ALÎ), de Lakhnau, est un des élèves de Kâzim 'Alî Jawân. Il a laissé des poésies hindoustanies remarquables.

RAWI[2] (MUÇAHIB 'ALÎ), de Nâwau, près de Balgram, fils d'Ikrâm 'Alî, petit-fils de Hâfiz 'Abd ullatif, et élève de Mirzâ Mahdî Kauçar, est auteur d'un Dîwân dont Muhcin cite des vers dans son Tazkira.

RAZ[3] (MIRZA YA'CUB 'ALÎ BEG), de Dehli, Mogol de nation, originaire du Tûràn, est un poëte hindoustani élève de Nâcir et mentionné par Sarwar.

RAZI[4] (le nabâb MIRZA SAÏF UDDAULA SAÏYID RAZÎ UDDÎN BAHADUR SALABAT JANG), de Dehli, est le même poëte que j'ai nommé Saïyid Rizà Khân dans la première édition de cet ouvrage. Il appartenait à la classe des omras. Outre son talent poétique, il était très-versé dans les questions relatives aux douze imâms.

Lorsque Zukâ écrivait, il occupait des fonctions dans l'administration anglaise, et il était mort depuis quelques années quand Schefta rédigeait son Tazkira. Il est en outre cité par Càcim et par Karîm.

RAZI[5] (le faquir AHMAD FARUQUÎ), fils de Huçaïn, déjà cité t. Ier, p. 452, sous son nom de *Farûquî,* a écrit en dialecte dakhnî. Il traduisit, à la prière de Schâh Abûlhaçan, en 1045 (1635-1636), l'ouvrage persan

---

[1] P. « Vie », etc., ou « allant », etc.

[2] A. « Narrateur ».

[3] P. « Secret, mystère ».

[4] A. « Content ». Ce mot, écrit par un *ré,* un *zâd* et un *yé,* est, je pense, adjectif, et non synonyme du nom d'action *Rizà* ; car Càïm et Karîm distinguent les poëtes nommés *Razî* de ceux qui sont nommés *Rizâ.*

[5] A. Ici ce mot est écrit par un *ré,* un *alif,* un *zâd* et un *yé;* mais il a le même sens que le précédent.

intitulé *Tuhfa a'zam* « le Grand don », production de huit cents vers dont l'exemplaire que possède la bibliothèque de la Société Asiatique de Calcutta porte le titre de *Bayâz*, nom qui lui vient plutôt de la forme oblongue du volume que du contenu, qui roule sur le droit (*fiqh*).

Ce Râzî ne serait-il pas le même que le maulawî Cudrat Ahmad Farûqui, fils du hâfiz 'Inâyat Ahmad[1], auteur d'un petit traité sur la loi musulmane, écrit en urdû et lithographié à Dehli en 1847, in-8°, sous le titre de *Fiqh Ahmadi*[2] « le Droit d'Ahmad », c'est-à-dire par Ahmad, nom de l'auteur, car ce traité est probablement le même que celui dont il vient d'être question?

1. RICCAT[3] (MIRZA CACIM 'ALI[4]), de Lakhnau, était de la nation des Mogols. On lui donna le surnom de *Irâquî*, c'est-à-dire de l'Irâc[5], parce qu'en effet ses ancêtres étaient de Maschhad. Plusieurs d'entre eux se fixèrent au Cachemire ; mais Riccat naquit à Schâhjahânâbâd : on le conduisit ensuite à Faïzâbâd, où il parvint à l'âge de raison. A quatorze ans il sentit en lui le désir irrésistible de faire des vers. Ce fut sous Calandarbakhsch Jurat et Hasrat qu'il se forma à cet art. Il avait trente ans en 1794 ; mais on ne dit pas l'époque de sa mort. Selon Schefta et Muhcin, il résidait à Lakhnau. Kamâl en fait l'éloge et en cite plusieurs gazals. Voici la

---

[1] Voyez l'article 'INÂYAT AHMAD.

[2] Un exemplaire de cet ouvrage est annoncé dans le « Catal. Williams and Norgate » de juillet 1858, n° 334.

[3] A. « Affection », etc.

[4] Muhcin le nomme aussi *Rustam 'Alî*.

[5] C'est-à-dire de la partie de la Perse nommée 'Irâc 'ajamî. Or, comme les biographes originaux disent qu'il était Mogol, il est bien évident qu'ils donnent ce dernier nom aux musulmans de l'Inde Persans d'origine.

traduction d'une de ces pièces, fort jolie dans l'original :

D'où vient l'agitation que j'éprouve? Dieu seul le sait. Est-elle d'un bon ou d'un mauvais augure? Dieu seul le sait.

A chaque pas mes pieds chancellent; qui demeure donc dans cette rue? Dieu seul le sait.

Les pétales du milieu de cette rose semblent être d'un rouge plus foncé que les autres. Qui donc l'a serrée contre son sein? Dieu seul le sait.

A qui cette belle a-t-elle dit les paroles que j'ai furtivement entendues? Dieu seul le sait.

Comment se fait-il que le papillon déjà brûlé par le feu de l'amour vienne encore se brûler à la bougie? Dieu seul le sait.

Pourquoi cette belle en me regardant sourit-elle aujourd'hui de sa bouche vermeille? Comment ce bouton de rose s'est-il épanoui? Dieu seul le sait.

O ma bien-aimée, lorsque tu es allée trouver Riccat, d'où vient qu'il n'a pas poussé des exclamations de surprise? Dieu seul le sait.

On trouve un wâçokht de cet écrivain dans le *Maj-mùa-i wâçokht* de Lakhnau et dans celui de Dehli.

II. RICCAT (Rustam 'Alí) est auteur d'un Dìwân dont Mashafi cite plusieurs vers et Muhcin plusieurs gazals.

RIFACAT [1] (Mirza Makhan[2] Raé), de Lakhnau, élève de Jurat, était un jeune homme éloquent et plein d'esprit, qui a écrit un bon nombre de vers hindoustanis. Il n'avait que vingt-deux ans lorsqu'il mourut de phthisie. Mashafi cite de lui quelques vers dans son Tazkira.

I. RIHA [3] (Gulam Muhammad Khan), de Dehli, frère

---

[1] A. « Compagnie, amitié » (*rifâcat*).

[2] Ou mieux *Makkhan*. Il est nommé *Makîn* par Mìr et par Schefta, et *Mirzâ Baghî Beg* par Karim.

[3] Ce mot, qui est persan, s'emploie adjectivement et substantivement, c'est-à-dire dans le sens de « délivré » et de « délivrance ». On emploie plutôt *rihàyî* dans ce dernier sens.

de 'Inàyat Huçaïn Khàn Muschir, et élève de Gulzàr
'Alì Khàn Acìr, est un poëte hindoustanî mentionné par
Bàtin.

II. RIHA (Mìr Rìza), natif de Faïzàbàd et habitant
de Lakhnau, fils de Mìr'Abbàs, autrement dit *Mìr Mugal*,
et élève de Mìr 'Alì Auçat Raschk, est auteur d'un
Dìwàn dont Muhcin cite des gazals.

RIHAYI [1] (le schaïkh 'Abd ullah), de Raghûpûr, dans
le pargana de Manìr, zila' de 'Azìmàbàd, et élève de
'Abd ullah Khàn Muhr, est auteur de poésies hindoustanies dont Muhcin donne un gazal dans son
Tazkira.

I. RIND [2] (Schah et Mìr Hamzah 'Alì), de Dehli, est
compté parmi les poëtes urdus. Il passa quelque temps
dans l'état militaire, en compagnie de 'Alì Naquî Khàn
Intizàr, autre poëte urdû, et de Muhammad Naquî Khàn,
fils l'un et l'autre de 'Alì Akbar Khàn. Enfin, mù par la
grâce divine, il quitta toutes les choses du monde, et il
parcourait les rues de Murschidàbàd, qu'il habitait, la tête
et les pieds nus, et couvert seulement du *lung* [3] et du
manteau des derviches, tout nu même, selon Muhcin, en
véritable azàd.

Le nabàb 'Alì Ibràhìm vit souvent Rind à Lakhnau et
s'assura qu'il était un vrai spiritualiste et un contemplatif. J'ignore l'époque de sa mort. Il vivait encore à Patna
en 1194 (1780), et il résidait avec d'autres faquirs auprès de la chàsse de Schàh Arzùn. Il est auteur d'un
Dìwàn hindoustanî dont les vers, écrits dans le style

[1] P. « Délivrance ».
[2] P. « Débauché », etc.
[3] Pièce d'étoffe qu'on met entre les jambes pour couvrir les parties
sexuelles.

des derviches, sont très-estimés. Il avait d'abord pris le takhallus de *Schaïdâ*.

II. RIND (Mihrban Khan) était un habile musicien et un poëte ingénieux. Il excellait dans les kabits, les dohras et les marciyas. Il fut employé à Farrukhâbâd dans les bureaux du nabâb Ahmad Gâlib Jang Bahâdur, fils de Nabâb Khânda-i Gâlib Jang Ahmad-bakhsch, gouverneur de Farrukhâbâd, et lui-même officier de Bangasch, gouverneur à son tour de Farrukhâbâd. Il fut élève de Saudâ et de Soz [1]. Il excellait aussi à tirer de l'arc et à manier l'épée.

Outre ces détails, que nous devons au nabâb 'Ali Ibrâhim, Mashafî donne de plus sur ce poëte quelques particularités insignifiantes, et il cite de lui plusieurs vers. Sir Gore Ouseley possédait un exemplaire des *Kulliyât* « OEuvres complètes » de ce poëte distingué [2]. Le nabâb wazîr Muhammad-bakhsch avait dans sa bibliothèque un exemplaire de son Dîwân. On lui doit, en effet, un Dîwân de gazals suivis de quelques rubâ'is. Le manuscrit de ce Dîwân, que possède, sous le n° 173, la Société Asiatique de Calcutta, se compose de 209 p. de 11 vers.

Rind mourut à Rustamnagar, un des quartiers de la ville de Lakhnau, avant même la rédaction du Tazkira de Mashafî.

III. RIND (Raé Khem Narayan), fils du mahârâj Lakschmî Nârâyan, et frère de Bénî Nàrâyan, auteur de l'Anthologie hindoustanie intitulée *Dîwân-i Jahân*, qui est un des ouvrages que j'ai mis le plus à contribution pour mon travail, doit être rangé parmi les écri-

[1] Voyez l'article Amîn.
[2] Ce manuscrit est intitulé *Kulliyât-i Dîwân-i Mihrbân Khân Rind ba takhallus*.

vains hindoustanis distingués. Il était de la tribu des kschatriyas, et il était lié avec le mahârâja Tékat Râé, protecteur éclairé des poëtes hindoustanis. Kamâl, qui le connaissait particulièrement, en fait un grand éloge. Il le nomme *Lâla Nârâyan Rind,* et non *Râé Khem Nârâyan.* En effet, le mot *râé,* qui est le même titre d'honneur que *râjâ,* orthographié différemment, se met ordinairement après plutôt qu'avant les noms propres.

Rind occupa des postes importants à Dehli, et il se retira ensuite à Hougly. Son frère cite de lui sept gazals. Voici la traduction d'une de ces pièces de vers :

Hier je me suis placé sous l'épée de mon ami, il a voulu m'en frapper, mais je ne me suis pas enfui, et je n'ai pas cessé d'être *assis.*

Je me suis enfin levé de la porte de cet ami; mais cent et cent fois, comme une proie blessée, j'ai marché et je me suis de nouveau *assis.*

Je suis venu un ou deux jours dans le jardin du siècle, et je m'y suis *assis* sans produire ni fruits ni fleurs, comme le cyprès.

Maintenant, il a auprès de lui une compagnie de jaloux rivaux. Écoute, ô mon cœur! je me lèverai et j'irai auprès d'eux, au lieu de rester *assis.*

Quel ne sera pas leur contentement quand ils sauront que je suis l'holocauste du jour de l'*îd,* et que, bien qu'agité, je suis resté *assis* sans m'arrêter à aucune considération, ni brûler de chagrin.

Par le torrent de mes larmes et la flamme de mes soupirs, le mobilier de mon esprit a été submergé et consumé, et je me suis *assis.*

Rind se joint chaque nuit (par la pensée) à Caïs (Majnûn) et à Farhâd; il s'est *assis* en pleurant jusqu'à ce qu'étant réuni à son ami, il le tienne embrassé.

IV. RIND (le munschi GANGA-PRAÇAD), originaire de

37.

Cachemire et natif de Lakhnau, fils du pandit Kischen
Chand et élève de Jurat, est un poëte hindoustani qui a
résidé à Lakhnau, puis à Bareilly, où il est inspecteur
( « visitor » ) des écoles des natifs. On lui doit une « Géographie du district de Bareilly » qui a paru en 1854 [1], et
qui est intitulée *Riçâla jagráfiya-i zila' Bareilly;* Agra,
seconde édition, in-8° de 96 p. avec carte.

V. RIND (le nabâb saïyid Muhammad Khan), de Dehli,
est un poëte hindoustani qui résida d'abord à Faïzâbâd, puis à Lakhnau en 1240 (1824-1825), où
il mourut. Il était fils du nabâb Siràj uddaula Mirzâ
Gayâs uddin Muhammad Khân Bahádur Nasrat Jang,
de Nischapúr, et petit-fils par sa mère du nabâb Najaf
Khân. Il était élève du khwâja Haïdar 'Alì Atasch, et de
Nâcikh. Ses poésies, divisées en deux Dìwâns, portent
le titre, commun à d'autres, de *Guldasta-i 'ischc* « le Bouquet d'amour ». Elles ont été lithographiées à Cawnpûr
en 1262 (1845-1846), en 206 p., dont la marge est
remplie de texte. Muhcin en donne des vers dans son
Tazkira [2].

N'y a-t-il pas quelque confusion entre 'Alì Mihrbân et
Muhammad Rind ?

VI. RIND (le nabâb Ahmad 'Alî Khan), de Râmpûr,
est un poëte hindoustani dont Muhcin cite aussi des
vers.

RIYAZ [3] (le saïyid Zaïn ul'abidìn), wakîl du tribunal

[1] H. S. Reid, « Report », etc. ; Agra, 1854, p. 160.
[2] « The Punjab educational Magazine », n° 9 (juillet 1868). Voyez
la traduction d'un de ses gazals dans mon Discours d'ouverture de 1866,
p. 10.
[3] A. « Conciliation ». Ce mot est ici, je pense, le nom d'action de
la troisième forme de la racine arabe *râz.* Je ne crois pas qu'il soit le
pluriel de *rauzat* « jardin ».

du zila' de Mirzâpûr, est auteur entre autres d'un tarîkh qui fait partie de la collection des pièces de ce genre publiées sur la mort du munschî Ganesch–praçâd, sous le titre de *Majmû'a-i tarîkh-i inticâl* « Réunion des tarîkhs sur le décès » ; Lakhnau, 1866, in-folio de 8 p.

RIYAZAT [1] (ISLAM 'ALÎ) est un poëte hindoustanî dont je puis seulement citer les noms.

RIYAZAT ULLAH [2] est auteur d'un ouvrage urdû sur l'inoculation, intitulé *Tikâ* « Empreinte », et imprimé à Mirat en 1864.

I. RIZA [3]. 'Alî Ibrâhîm parle d'un poëte dont le surnom poétique est *Rizâ ;* mais il ne donne aucun détail sur son compte. Il dit simplement qu'il a lu de cet écrivain beaucoup de pièces de poésie, et il en cite un vers dont voici le sens :

Viens t'asseoir un instant auprès de Rizâ, car aujourd'hui il quitte ce monde.

II. RIZA, de Râmpûr, est un poëte mentionné par Sarwar et Schefta et qui paraît être différent du précédent. Il en est de même de :

III. RIZA, de Gwâlior, ou plutôt des environs de cette ville, lequel est aussi mentionné par Sarwar.

IV. RIZA (MÎR RIZA 'ALÎ), de Lakhnau, selon Schefta, fils d'un célèbre conteur, et unique en calligraphie, était *tugranawîs* (sorte de garde du sceau ou de secrétaire) de l'empereur de Dehli. Il fut élève de Câcim, de Zukâ et de Mashafî. Ce dernier le donne plutôt comme un amateur de poésie que comme un poëte proprement dit.

---

[1] A. « Abstinence ».
[2] A. « Abstinence en vue de Dieu ».
[3] A. « Satisfaction, contentement ».

Il assure néanmoins lui avoir entendu réciter, à Dehli, des vers très-remarquables par l'élégance et le coloris du style; il en cite une page; Muhcin en cite aussi. Comme son père, il contait agréablement.

J'ignore si ce poëte est le même qu'un autre biographe nommé *Mirzâ 'Alî Rizâ*. Ce dernier était un des amis de Lalâ Sarb sukh Dîwâna [1]. On cite de lui un masnawî érotique, et il est auteur, je pense, de l'ouvrage intitulé *Mujarrabât-i Rizâyî* « les Épreuves de Rizâ », annoncé dans le catalogue de janvier 1869 de Nawal Kischor, de Lakhnau.

V. RIZA (Mîr Muhammad ou Muhammadî, selon Ischqui), de 'Azîmâbâd (Patna), était fils de Mîr Jamâl uddîn Huçaïn Jamâl et parent de Mîr Habîb ullah. Il avait pour trisaïeul le câzi Nûr ullah Schustarî, auteur du *Ahcâc ulhacc* « les Droits de la vérité », et du *Majâlis ulmûminîn* « les Assemblées des croyants ».

Quant à Rizâ, il était appelé familièrement *Mîr Pat-nawî* « l'Amîr de Patna ». Il avait résidé à Lakhnau [2], mais il mourut à Murschidâbâd.

Les liaisons d'amitié qui exi·taient entre lui et les gens de lettres les plus notables de 'Azîmâbâd lui don-nèrent le goût de la poésie. Il fut élève de Mirzâ Muham-mad Rafî' Saudâ. Il écrivit, dans le genre nouveau, des vers hindoustanis, qui sont réunis en Dîwân. 'Alî Ibrâhîm et Mashafî en citent plusieurs. Voici la traduc-tion d'une pièce de vers de ce poëte, citée par Bénî Nârâyan :

J'ai été content lorsque ces lèvres de sucre m'ont fait en-

---

[1] Voyez son article.

[2] Je crois néanmoins qu'il faut le distinguer de *Rizâ* de Lakhnau, dont il sera parlé plus loin.

tendre des *injures;* car ces *injures* que j'ai supportées ont été douces pour moi.

Quelle douceur n'y avait-il pas dans tes *injures!* Dieu! Dieu! elles étaient peut-être préparées avec du sucre d'Égypte.

Si je me suis exposé à tes *injures,* c'est que je t'ai moi-même irrité; mais tes *injures* sont du lait pour tes amants.

Quoique de tes douces lèvres tu me dises des *injures* accompagnées d'un visage austère, elles. ont encore pour moi de la douceur dans leur amertume.

*Rizâ,* ta langue est vraiment du lait et du sucre : ceci est un nouveau *chant d'injures* [1] que tu as imaginé.

VI. RIZA (Hamîd uddîn Khan), fils du docteur et maulawî Kallû ou Galû, de Chandpûr [2], est aussi mentionné par Schefta au nombre des poëtes hindoustanis auxquels il consacre des articles dans son Tazkira.

VII. RIZA (Muhammad), du Décan, mentionné par Câcim et par Sarwar, est entre autres auteur d'un cacida à la louange d'un personnage de l'Inde.

VIII. RIZA (Mirza Ahçan ou Haçan), de Dehli, poëte urdû, élève de Saudâ, paraît distinct des précédents. Sarwar dit qu'il est aussi connu sous le nom de *Mirzâ Jiwan,* qu'il est fils de Muhammad Mirzâ Jân ou Khân Kurbéguî, et descendait d'une famille illustre du Khoraçan. Il fut d'abord élève de Nacîr, puis de Mamnûn. Kamâl, qui était très-lié avec lui, dit qu'il vint habiter Lakhnau sous Schujâ' uddaula, et qu'il est auteur d'un Dîwân estimé dont il lui donna une copie écrite de sa propre main. Ce Dîwân est aussi mentionné par Zukâ, qui donne à Rizà le prénom de *Muhammad.* Kamâl en cite

[1] *Gâlî* signifie, à la lettre « injure »; mais par ce mot, et surtout par son pluriel *gâliyân,* on désigne spécialement des chansons libres qui se font entendre aux noces.

[2] Et selon Sarwar, de 'Azîmpûr.

dans son Tazkira beaucoup de gazals et plusieurs mukhammas faits sur des poëmes de Khusrau, de Háschim
et de Hasrat. Schefta, qui l'avait connu, dit qu'il était
mort quelques années avant la rédaction du *Gulschan-i
bé-khâr*.

IX. RIZA (le maulâná 'ABD URRIZA), natif de Tha-
néçar, est un poëte élève de Schâh Imâm-bakhsch et
mentionné par Sarwar. Il est aussi cité sous le nom de
*Maulawi Ziyâ uddîn Rizâ,* et indiqué par Zukâ [1] comme
contemporain de Saudâ.

X. RIZA (mîr et mirzâ 'ALî), ou, selon Câcim,
*Rizâyî*, de Manikpûr, est un médecin habile et un poëte
hindoustani distingué qui était ami de Dîwâna. Il a écrit
différents masnawis, un entre autres sur ses propres
aventures amoureuses. Karîm, Zukâ et 'Ischquî le mentionnent.

Je pense que c'est le même poëte que Abû'lhaçan
nomme *'Ali Khân Rizâyî*.

XI. RIZA (Mîr MUHAMMAD 'ALî), fils d'un saïyid de
Lakhnau et élève de Ziyâ, était célèbre par son habileté
dans la poétique arabe, habileté qu'il a mise en pratique, car il est compté, selon Câcim, parmi les poëtes
rekhtas les plus distingués, et on lui doit, entre autres,
un masnawi. Zukâ l'avait connu personnellement. On
le désigne souvent sous le nom de *Mîr Muhammadî* [2]. Il
avait rempli les fonctions de *nâzir* (inspecteur) à la cour
de justice de 'Aligarh.

[1] Il y a quelque confusion parmi ces poëtes dans les biographies originales, ainsi que le remarque A. Sprenger, « A Catalogue », p. 281,
dernier alinéa.

[2] Schefta et Karîm font de ce dernier un autre poëte, mais mal à
propos, je crois.

XII. RIZA (le saïyid Gulam Rîza Khan), fils du nabâb Nasr ullah Khân, natif de Bénarès, élève du maulawi Zâkir 'Ali Zâkir, est auteur d'un Dîwân.

XIII. RIZA (le schaïkh Hafîz Muhammad-bakhsch), originaire de Lahore, savait le Coran par cœur, et il est auteur de poésies variées. Il habitait Farrukhâbâd à l'époque de la rédaction du Tazkira de Sarwar. On lui doit un Dîwân hindoustanî et un Dîwân persan.

XIV. RIZA (Mirza 'Ali Bẹg), d'Agra, élève de Miyân Wali Muhammad Nazir, est aussi compté parmi les poëtes hindoustanis.

XV. RIZA (le maulawi Cutb uddîn), est un poëte contemporain, dont on trouve trois gazals dans le recueil d'un concours poétique intitulé *Gazliyât,* publié par le bâbû Hari Chandr à Bénarès en 1868[1].

I. RIZWAN[2] (Gulam Huçaïn), de Patna, fils du schaïkh Fakhr uddin, est un poëte élève de Salim, de Mujrîm, et aussi de 'Ischqî, qui en fait mention.

II. RIZWAN (le nabâb Wahid 'Ali Khan), fils du nabâb Najâbat 'Ali Khân Bahâdur, petit-fils par sa mère du nabâb Muzaffar Jang Bahâdur, qui occupait le masnad de Farrukhâbâd, et par son père du saïyid Ismâ'îl Huçaïn Munir, est un poëte hindoustanî dont Muhcin cite des vers dans son Anthologie.

I. ROSCHAN[3] (le khwâja Haçan 'Alî), de Dehli, officier d'Açâf uddaula[4], est mentionné simplement par Sarwar comme un jeune auteur de poésies hindousta-

---

[1] Voyez mon Discours d'ouverture de 1868, p. 50.
[2] A. « Le bon plaisir de Dieu », et, par suite, le nom de l'ange qui garde le paradis.
[3] P. « Lumineux, clair ».
[4] Selon 'Ischqî, traduit par Sprenger.

nies. Schefta, de son côté, dit, en faisant un jeu de mots, que ce qui concerne ce poëte, nommé « Clair » (*roschan*) n'est pas *clair*. Il le distingue néanmoins d'un autre poëte du même nom plus connu et auquel sa qualité de derviche a fait donner le surnom de *Schâh*. Abû'lhaçan cite celui-ci sous le nom de *Khwâja Roschan 'Ali*, qui, je pense, est le même à qui on doit une grammaire urdue.

Il y a un *Roschan 'Ali* qui est auteur d'un poëme intitulé *La'l o Hírá* « Rubis et Diamant », dont le British Museum possède un exemplaire manuscrit écrit en 1183 (1769), in-4°, n° 12,423 Addit. Mss.

II. ROSCHAN (Schah), natif de Bareilly, alla se fixer à Mirat, où il vivait dans les pratiques de l'abnégation et de la pauvreté spirituelle. Sarwar nous apprend que c'est un kâyath, nouvellement converti à l'islamisme, et qu'on lui doit un Dîwân de poésies hindoustanies.

III. ROSCHAN (Mír 'Alí Huçaïn), dâroga du sarkâr du nabâb Nizâm uddaula Bahâdur, fils de Mir Khalil, natif de Faïzâbâd, habitant de Lakhnau, est un poëte distingué, élève du maulawi Muhammad.

IV. ROSCHAN (Pír), sofi afgân, est le même personnage [1] qui a été mentionné, t. Iᵉʳ, p. 309, sous le nom de Bayazíd Ansari, et qui est auteur du *Khaïr ulbayân* « la Meilleure des explications », considéré comme révélé.

RUÇUKH [2] (Haçan Mirza), de Lakhnau, fils de Mirzâ

---

[1] Burton, « Notes on the pushtu or afgan language » (Journal Asiatic Society Bombay, janvier 1849, p. 60), dit en effet que ce Roschan est le même que le célèbre Bâyâzîd surnommé *Roschan* et chef de la secte des *Roschaniyân* « illuminés ». Voyez le *Dabistân*, traduction du capitaine Troyer, t. III, p. 31.

[2] A. « Constance, fermeté » (*ruçûkh*).

Banda Muhammad Khân et élève de Mahdî Huçaïn Khân Abâd, est un poëte hindoustanî dont Muhcin cite des vers dans son Tazkira.

RUDR SAHAYI [1] (le bâbû), d'Étâwa, est l'Hindou qui a remporté le prix décerné par le gouvernement pour la compilation d'un ouvrage en urdû sur les mathématiques pratiques.

Il a aussi rédigé un autre ouvrage sur la « Philosophie naturelle », qu'il est sur le point de publier, et il se propose de traduire de l'anglais la relation d'un voyage lointain.

On voit par cet exemple, entre bien d'autres cas semblables, que l'encouragement libéral donné par l'autorité aux entreprises littéraires porte ses fruits, et on ne peut qu'applaudir aux Indiens qui emploient leur temps et leur talent à se livrer ainsi à des travaux intellectuels pour l'avantage de leurs compatriotes [2].

RUH ULAMIN [3] est un poëte hindoustanî natif de Dehli, dont Béni Nàrâyan cite un gazal dans son Anthologie intitulée *Diwân-i Jahân*.

RUH ULLAH [4] (MUHAMMAD 'INAYAT AHMAD) est auteur du *Tawârîkh-i Habîb ullah* « Histoires de l'ami de Dieu (Mahomet) » ; Cawnpûr, 1281 (1864), in-8° de 201 p.

RUHI [5], pîr-zâda de Haïdcrâbâd, est un poëte hindoustanî mentionné par Kamâl dans son Tazkira.

RUKHÇAT [6] (MÎR CUDRAT ULLAH), de Dehli, fils de Mîr Saïf ullah, élève de Mirzâ Ja'far 'Alî Hasrat, et de Ca-

---

[1] 1. Usuellement *Ruder Sahâyî* « secours de Siva ».
[2] *'Aligarh akhbâr* du 7 janvier 1870.
[3] A. « Esprit fidèle », surnom de l'archange Gabriel.
[4] A. « Esprit de Dieu ».
[5] A. P. « Spirituel (spiritualiste) ».
[6] A. « Congé ».

landar-bakhsch Jurat, est un poëte urdû qui vivait à
Lakhnau en 1196 (1781-1782).

RUKN UDDAULA [1] (Hazic ulmulk Hakim Rukn uddin
Khan Bahadur), médecin de Dehli, est auteur de poésies
rekhtas et persanes.

RUP et SANATAN étaient deux frères d'abord musulmans et ministres du sultan de Gaur. Ils se convertirent
à l'hindouïsme et furent du nombre des plus éminents disciples du réformateur Chaïtanya [2]. Ils compo-
sèrent chacun un *Granth* « Livre (de philosophie religieuse) », écrit en hindi, dialecte des waïschnavas des
différentes sectes réformées. Ils sont d'ailleurs auteurs
de plusieurs autres ouvrages [3].

Voici l'article qui leur est consacré dans le *Bhakta
mâl* :

#### CHHAPPAÏ.

Les deux *frères* Rûp *et* Sanatân, quoique jouissant des douceurs du monde, l'abandonnèrent, le quittèrent.

Ils gouvernaient *en qualité de ministres* [4] le pays de Gaur
dans la province du Bengale. Ils égalaient le roi, quant à la
possession de chevaux, de vaches, de maisons, de magasins.

Considérant tout ce bonheur comme périssable, ils allèrent
demeurer à Brindâban; là ils appliquèrent leur esprit à se
faire une cellule pour y trouver le contentement.

Dans la terre de Braj ils pratiquèrent avec satisfaction, mais
en cachette, le culte de Krischna et de Râdhâ.

Les deux *frères* Rûp *et* Sanâtan, quoique jouissant des
douceurs du monde, l'abandonnèrent, le quittèrent.

---

[1] Le takhallus de ce poëte est sans doute *Rukn*, A. « pilier, colonne ».
[2] Sur ce personnage, voyez Bholananth Chander, « The Travels of a
Hindoo », t. Ier, p. 32 et suiv.
[3] « Asiatic Researches », t. XVI, p. 120 et 121.
[4] Wilson, « Asiatic Researches », t. XVI, p. 114.

EXPLICATION.

Rûp *et* Sanâtau avaient assujetti leurs sens. Ils laissèrent le
gouvernement du pays du Bengale, ainsi que s'exprime
Nâbhâ Ji *dans les vers précédents.* Lorsqu'ils allèrent à Brindâban, ils virent les lieux des jeux de Krischna, décrits
par Sukadéva *dans le Bhagavat,* et dont on avait conservé le
souvenir.

Ils exécutèrent le rite de l'adoration conformément au Bhagavat, et de manière à satisfaire les gens qui ont du goût
*pour les choses spirituelles.* Gopeswar[1] Mahâdéva, kotwâl de
Brindâban, vint d'après l'ordre du Seigneur leur dire :
« Puisque vous êtes venus à Brindâban, écrivez quelque chose
à la louange du maître; sinon je ne vous permettrai pas de
rester ici. » Ayant entendu ces mots, ils eurent peur et firent
chacun un *granth.*

Une fois l'empereur Akbar alla les voir dans leur asile de
Brindâban, et leur dit : « Si vous le voulez, je vous ferai bâtir
une habitation. » Ils lui répondirent : « Fermez les yeux. »
*Il le fit en effet,* et il vit que leur demeure était couverte de
pierreries. *Rup et Sanâtan* lui dirent : « Vous emploieriez
toutes les richesses du royaume, que vous ne pourriez pas
construire une chaumière pareille. »

Rûp, dans son *Granth,* avait comparé les cheveux de Râdhâ
à un serpent[2]. Sanâtan ayant lu *ce passage,* en trouva les
vers grossiers, et il conçut du doute en son esprit *à ce sujet.*
Mais une fois Râdhâ *elle-même,* se balançant auprès de l'étang
de Râdhâ, donna à la tresse de ses cheveux de derrière l'apparence d'un serpent. *Sanâtan, qui l'aperçut,* cria aux habitants de Braj : « Accourez, le serpent va mordre cet enfant et
le dévorer. » On vint, on regarda; mais on ne trouva ni en-

---

[1] A la lettre, « chef (seigneur) des bergers ». C'est un des noms de
Krischna. Ce mot est ici ou un titre d'honneur, ou un nom propre,
quoiqu'il soit assez singulier que le même personnage porte à la fois un
nom de Siva et un nom de Wischnu.

[2] Cette comparaison est fort usitée. Voyez-en un exemple dans ma
traduction abrégée de *Bakâwali* (« Journal Asiatique », année 1835,
t. XVI, p. 358); ou dans « la Doctrine de l'amour », p. 112.

fant ni serpent. Alors Sanâtan comprit qu'il avait *mal à propos* conçu un doute au sujet des vers de Rûp, et qu'à cause de cela Râdhâ s'était montrée avec sa tresse de cheveux de derrière ayant vraiment l'apparence d'un serpent. Il retourna auprès de son jeune frère, et fit autour de lui le pradakschin en disant : « Le fruit que j'ai retiré de mon blâme, c'est que Râdhâ s'est montrée sous cette forme *que j'avais critiquée*. »

RUPAMATI [1] naquit à Sarangpûr, en Malwa, alors État indépendant, et gouverné par le chef afgân Bâz Bahâdur, dont elle devint la femme favorite. Mais Akbar s'étant emparé de la province, le harem de Bâz tomba entre les mains du vainqueur, et on dit que Rûpamati se donna la mort pour rester fidèle à Bâz. Elle est auteur d'hymnes hindis chantés encore en Malwa ; ces hymnes ont été écrits, et l'auteur d'un article intéressant sur les femmes célèbres de l'Inde en a cité plusieurs [2].

1. RUSTAM [3] ('Alî Khan Ihtischam uddaula), de Dehli, plus connu sous le nom de *nabâb Bahâdur*, fils du nabâb Aschraf Khân, petit-fils du nabâb Samsâm uddaula Khân-i Daurân, et frère aîné de Muhammad Haçan Mirzâ [4], est compté parmi les poëtes hindoustanis distingués. Par suite des malheureuses circonstances du temps, Rustam et son frère quittèrent Dehli, leur patrie, se dirigèrent vers les sûba du Bengale et du Bihâr, en compagnie du nabâb Sa'âdat 'Alî Khân Bahâdur, et se fixèrent à Bénarès. 'Alî Ibrâhim, dans son *Gulzâr*, fait l'éloge de leurs bonnes qualités et de leur talent. Il reçut d'eux-mêmes, en 1194 (1780), quoiqu'il ne les connût

---

[1] 1. « Idéal de beauté ».
[2] « Calcutta Review », avril 1869, p. 11.
[3] P. Nom d'un célèbre héros persan.
[4] Voyez l'article consacré au poëte MIRZA.

pas personnellement, quelques pages de leurs vers qu'il
a citées dans leurs articles respectifs.

Selon Schefta, Rustam était saïyid et habitait Jàn-
sath, dans le sarkàr de Sahàrampûr, province de Dehli.
Muhcin et Sarwar, qui étaient liés avec lui, le mentionnent aussi dans leurs Tazkiras.

II. RUSTAM (le nabàb Aschraf uddaula Rustam 'Alì
Khan Rustam Jang Bahadur), appelé familièrement Aschraf Khàn, fils du nabàb Khàn Daurân Khàn Bahâdur,
natif de Dehli et habitant de Bénarès, était l'ami intime
du nabàb Sa'àdat 'Alì Khàn Bahàdur, roi d'Aoude. On
lui doit des poésies hindoustanies dont Muhcin donne
un échantillon. N'est-il pas le père du précédent, ou
y a-t-il quelque confusion entre ces deux personnages?

III. RUSTAM (le saïyid Huçaïn-bakhsch) est auteur, entre autres, d'un cacîda de cent quarante vers à
la louange d'Açaf uddaula; on en trouvait un manuscrit au Top khàna de Lakhnau.

IV. RUSTAM ('Alì) est éditeur d'un journal urdû de
Dehli intitulé Sirâj ulakhbâr « le Flambeau des nouvelles ».

1. RUSWA [1] (Aftab Raé) était un Hindou fils d'un
joaillier qui, tout jeune encore, embrassa l'islamisme
sous Muhammad Schâh. Il avait été d'abord employé
dans l'arsenal, mais ensuite il quitta ses fonctions. Malheureusement il était adonné au vin, et, de plus, il
s'était rendu amoureux d'un jeune Indien nommé Ma-
nûn, qui était joaillier de profession. Cette passion fut
portée à un tel point que Ruswâ en perdit la raison et
qu'il se couvrit d'ignominie. C'est ainsi qu'il prit le sur-

---

[1] P. « Disgràce, opprobre, ignominie ». Zukâ mentionne un autre
poëte du même takhallus, mais il n'en donne pas les autres noms.

nom poétique de *Ruswâ*. Il allait tout nu, errant çà et
là. Il adressait la parole à tous ceux qu'il rencontrait, et
se mettait ensuite à pleurer. Il répétait sans cesse un
vers hindoustani dont voici le sens :

Quiconque entre dans la voie de cet amour, est couvert
d'opprobre (*ruswâ*), ruiné, et errant de porte en porte.

On raconte qu'il avait la tête tellement dérangée,
qu'étant allé un jour se promener jusqu'au village d'Amroha, et étant descendu chez un saïyid qui l'accueillit
avec honneur, tant en sa qualité d'homme de lettres
distingué que comme citoyen de Dehli, Ruswâ ne cessa
de boire du vin. La petite provision du descendant de
Mahomet fut bientôt épuisée, et il envoya un enfant
chercher du vin dans un endroit près d'Amroha, nommé
Ahmadnagar. Comme cet enfant tardait beaucoup à revenir, le saïyid engagea Ruswâ à se promener en attendant dans le jardin. Celui-ci répondit par un vers hindoustani qui signifie :

L'enfant est allé chercher du vin, pourquoi me promène-
rais-je? Je souhaite toute sorte de bonheur à l'enfant; mais,
néanmoins, il est cause que je suis obligé de me passer de vin.

Ruswâ mourut à Dehli, sous le règne de Muhammad
Schâh, par conséquent avant 1747, époque du décès de
cet empereur. Mashafi rapporte à ce sujet que Ruswâ
avait exprimé le désir qu'on lavât son cadavre avec du
vin [1]. Mais on rapporte qu'après l'ablution légale, que
ses amis eurent soin de faire exécuter avec du vin, conformément à ses volontés, on s'aperçut que ni son corps

---

[1] On sait que l'usage des Orientaux, y compris les Juifs, est de laver
les cadavres aussitôt après la mort des personnes. Conf. « Actes des
Apôtres », chap. IX, vers. 37.

ni le linceul dont on l'enveloppa n'avaient pris l'odeur
de cette liqueur [1].

D'autres auteurs racontent que Ruswâ conduisait avec
lui dans les rues et les marchés le jeune joaillier dont la
vue lui avait fait perdre la raison ; qu'il l'avait mis dans
un doli, sorte de palanquin pour les femmes, et qu'il se
faisait frapper par les enfants et par d'autres personnes,
moyennant des kauris qu'il leur distribuait. On ajoute
qu'un jour ce jeune homme, fatigué des importunités de
Ruswâ, le tua d'un coup d'épée. « Dieu seul sait au juste
la vérité », dit Mashafi. Quoi qu'il en soit, Ruswâ mourut
à la fleur de l'âge. Bénî Nàràyan cite de lui le gazal dont
la traduction suit :

Dans chaque rue et ruelle, mon cœur palpite hors de mesure. La rivière roule hors de mesure, cette année, ses flots
tumultueux.

Si tu désires connaître, ô mon cher, l'état de cet infidèle,
sache que je l'ai vu hier, et qu'il est agité hors de mesure.

J'ai de la terre sur la tête, des épines aux pieds; j'erre
auprès de chaque porte et dans chaque rue.

Si je pleure hors de mesure, c'est que je désire d'être uni à
toi.

Ne ressens-tu pas encore de la pitié à l'égard de ce fou? Un
amour pour toi, hors de mesure, a pénétré dans mon cœur.

Que dans ces jours Dieu garde cet homme frappé d'égare-
ment! il a été couvert d'opprobre (*ruswâ*), hors de mesure,
par les mains de l'amour.

II. RUSWA (le maulawî Habib urrahman), de Sahâranpûr, est un poëte contemporain mentionné dans les
journaux indigènes.

[1] Il paraît, d'après ceci, que Ruswâ, malgré son libertinage apparent, mourut en odeur de sainteté, puisque ses compatriotes croient à
ce fait miraculeux. Il en est ainsi de Hâfiz et d'autres célèbres poëtes
musulmans de la secte des sofis.

III. RUSWA (le hakim saïyid 'INAYAT HUÇAÏN), de
Bareilly, est aussi un poëte contemporain dont on
trouve un cacîda dans le numéro du 14 décembre 1869
de l'*Awadh akhbâr*.

----

## ADDITION

Jalâl uddîn Rûmî est, on le sait, le plus célèbre des
poëtes spiritualistes persans. Son poëme de quarante
mille *baïts*, appelé spécialement *Masnawî ma'nawî* « Masnawî spirituel », ou *Masnawî scharîf* « Noble masnawî »,
est tellement estimé dans l'Orient musulman, qu'on l'y
considère comme un commentaire libéral du Coran. Il
en existe une traduction complète en turc, mais jusqu'ici,
du moins à ma connaissance, il n'y en a pas de complète en hindoustani, mais seulement deux traductions
partielles, toutes les deux en vers et du même mètre
que l'original; c'est à savoir du *raml*, composé pour
chaque hémistiche de deux *fâ'ilâtun* et d'un *fâ'ilun*.

La première de ces traductions est celle du maulawî
Ilâhi-bakhsch Nischât, continuée par le maulawî Abû'lhaçan de Kandahla. Ce travail, qui ne comprend que le
premier livre de cet immense poëme, est intitulé *Majma'
faïz ul'ulûm* « Réunion de l'abondance des choses spirituelles ». Dans le manuscrit que m'a donné le maulawî
Karîm uddîn, et qui se compose de 364 pages de
15 vers, la traduction est de Nischât jusqu'à la page 67 ;
mais, à partir de là, elle est d'Abû'lhaçan, qui nous fait
savoir que ce n'est qu'à l'instante prière de ses amis

qu'il s'est décidé à continuer la traduction de Nischât,
dont il célèbre le mérite avec une exagération tout à fait
orientale, tandis qu'avec la même exagération il parle
humblement de ses propres vers. Voici la traduction de
ce qu'il a écrit à ce sujet :

Le maulawî muftî de la loi du Prophète, océan des sciences
extérieures et intérieures, c'est-à-dire le maulawî Ilâhî-
bakhsch, l'émir de la citadelle de la contemplation, l'orgueil
des humains, celui qui était toujours employé à l'utilité des
créatures et qui avait les yeux constamment fixés sur la direction divine, (Nischat, dis-je) s'étant convaincu que le Masnawî
(de Rumî) était plein des doctrines de la contemplation, pré-
férait (pour ce poëme) l'hindoustani au persan [1]. Réellement
ce masnawî spirituel est comme la moelle de toute chose, la
boule du mail du paladin... Mais comme il était au-dessus de
l'intelligence du peuple de Dieu (les musulmans), on était
excusé de ne pouvoir le comprendre. C'est pour cela qu'il le
traduisit en hindoustani (urdú), et qu'il voulut l'écrire aussi
en vers, afin que grands et petits pussent en retirer de l'avantage et que la porte de la miséricorde divine leur fût ouverte.
Il traduisit donc deux récits du premier livre du persan en
hindoustani. Chacun de ses vers est comme « le jardin et le
printemps », pur et net comme la perle de belle eau. Mais tout
à coup cette fluctuation de l'océan mystique cessa d'avoir lieu,
c'est-à-dire le maulawî fut tellement absorbé par ses médita-
tions, qu'il laissa son travail inachevé. La multiplicité des
leçons qu'il donnait aux disciples qu'il voulait instruire ne
lui avait pas d'ailleurs permis de le continuer. Quarante années s'écoulèrent ainsi, et il quitta cette terre. Sa mort jeta le
monde dans l'affliction, le cœur de chacun fut blessé par le
chagrin.

Quand on avait le bonheur d'être admis auprès de lui, on
était comme l'atome devant le soleil. D'une goutte d'eau il
faisait une perle, d'une pierre grossière un diamant. Avec lui

[1] Pensant, ainsi qu'il est dit plus bas, qu'il serait en urdû plus facile
à comprendre par les lecteurs indiens.

le cuivre devenait de l'or pur; la terre se changeait en pierre philosophale.

Sur ces entrefaites, des amis me dirent, les mains jointes, avec cent supplications : « Le maulawî a expliqué en hindoustani deux récits du premier livre du Masnawî. Ne pourrais-tu pas continuer cette traduction et prendre ainsi le *humâ* dans ton filet? Les vers du Masnawî sont chacun comme un collier de perles; mais en hindoustani ils sont encore plus expressifs que dans l'original. Les gens d'esprit et les sots les comprennent, tous ceux qui les entendent réciter en éprouvent du plaisir. Rends donc en hindoustani la suite de ce poëme, de la même manière que l'ont été les deux premiers récits, en sorte que le cœur froissé soit vivifié. »

Toutefois cette tâche me parut être au-dessus de mes forces, et je gardai le silence. On considéra ce silence comme un consentement [1]. Je me résignai, et ayant invoqué le nom de Dieu, je pris en main mon *calam*. Mais mes vers, bien qu'ils soient de la même écriture et sur le même papier que les précédents, auront néanmoins, pour les hommes intelligents, une différence plus grande que celle qui existe entre la religion et l'infidélité. Ils peuvent plaire, mais ils n'ont aucun rapport cependant avec ceux du maulâ, qui s'emparent de l'âme par leur éloquence et qui sont des paroles de roi, des rois du discours, des imâms d'éloquence.

La seconde traduction hindoustanie du Masnawî consiste seulement en un choix de morceaux. Ce travail, qui est intitulé *Bâg-i Iram* « le Jardin d'Iram », est dû originairement à Schâh Musta'an, de Madras, écrivain contemporain, descendant du célèbre sofi Schâh 'Alâ uddîn, et élève, pour le spiritualisme, de Schâh Ismâ'îl, de Bagdad. Je dis originairement, car les deux éditions qu'on en a données ont été retouchées, pour les mettre dans un style plus usuel.

[1] D'après le proverbe arabe : « Tu dois considérer le silence comme un consentement ».

Grâce aussi à la générosité du maulawî Karîm uddîn, je possède de la dernière édition de Bombay un exemplaire, le seul peut-être qu'il y ait en Europe, car on ne saurait se faire une idée de la difficulté qu'on a à se procurer les ouvrages imprimés dans l'Inde, dont les exemplaires sont ainsi souvent aussi rares que les manuscrits.

Musta'an, après une invocation particulière à Dieu et à Mahomet, consacre un chapitre d'une cinquantaine de vers à expliquer le motif qui l'a déterminé à rédiger son ouvrage. On y lit, entre autres choses :

Le Masnawî de Rûmî est le commentaire du Coran, le trésor de la contemplation. Son auteur était une essence pure. un océan de science. J'en ai fait d'abord un petit abrégé, et de ce travail diurne et nocturne j'ai tiré un grand profit. Il m'est alors venu dans l'esprit de traduire cet abrégé du persan en hindoustani, afin que les amis (de la contemplation) atteignent plus facilement leur but, car où sont ceux qui peuvent comprendre (l'original)? Dans cette vue d'utilité, j'ai posé les bases de ma traduction, qui est telle que le sens est tout à fait pareil à l'original, bien que les mots le soient plus ou moins, et de façon qu'elle soit intelligible aux gens distingués et au vulgaire. Mais j'avoue mon insuffisance et mon manque de discernement; j'espère ainsi que si on découvre des fautes dans mon travail, on les couvrira du manteau de l'indulgence et on les corrigera. Ma traduction, je l'avoue, a entouré de nuages la lune du texte. J'ai par là changé en épines les fleurs de l'original; mais le lecteur saura cueillir ces fleurs au milieu des épines.

J'ai donné à mon travail le titre de *Bâg-i Iram*, titre qui fournit la date de l'année dans le courant de laquelle je l'ai écrit.

C'est à savoir mille deux cent quarante-quatre [1].

Musta'an termine son travail par un épilogue où on

---

[1] De l'hégire, c'est-à-dire, 1828-1829 de Jésus-Christ.

lit, au milieu de beaucoup d'autres vers, ceux dont voici
la traduction :

O Dieu, fais que par les mérites de Rûmi, grands et petits
lisent avec une avidité respectueuse ce livre tout entier. Fais
qu'ils profitent des bons avis qu'il contient, et qu'en conséquence ils se lient les reins pour se vouer à ton culte. Éclaire
mon esprit par le flambeau lumineux de la contemplation,
afin qu'il soit resplendissant de son éclat. Donne-moi l'intelligence de la vérité, montre-moi le chemin de la certitude, et
retire-moi des ténèbres de l'insouciance. Lorsque mon âme
s'envolera de mon corps, fais-moi mourir en confessant la foi !

Pour donner une idée de ces traductions, je vais
donner la traduction de l'original persan de l'invocation, et je la ferai suivre des versions hindoustanies de
Nischât et de Musta'an du même morceau. On verra par
là un exemple frappant de ce que j'ai dit ailleurs des
traductions dans les langues de l'Orient, qui sont ou
trop littérales ou beaucoup trop libres, en sorte qu'elles
ne peuvent pas souvent servir à l'intelligence de l'original lorsqu'il est obscur.

J'ai suivi généralement, pour le texte persan, l'édition lithographiée de Bombay, qui est fort rare, et je ne
m'en suis écarté que dans très-peu de cas, lorsqu'elle
m'a paru fautive, pour suivre un excellent manuscrit que
je possède dans ma collection particulière, lequel a été
collationné, et qui est accompagné de gloses interli-
néaires et marginales quelquefois très-explicites.

Le spécimen que je donne ici est de quarante-sept
vers dans le texte persan, de quarante dans la traduction
de Nischât, et de soixante dans celle de Musta'an.

### TRADUCTION DU TEXTE PERSAN.

Écoute la flûte [1] lorsqu'elle fait son récit et qu'elle se plaint de l'absence :

Quand on m'a enlevée, dit-elle, de la plantation de cannes, chacun, homme et femme, se plaint au moyen des sons que je fais entendre.

Je veux mettre mon cœur en pièces à cause de l'absence, afin de bien expliquer la peine que mon amour me fait éprouver.

Quiconque est resté éloigné de son origine recherche le temps propice pour s'y réunir.

Je me plains à cause du bonheur (dont je suis privé) et d'être associé tantôt avec des heureux, tantôt avec des malheureux.

Chacun a cru être mon ami, et ainsi il n'a pas cherché à connaître les secrets de mon intérieur.

Mon secret n'est pas éloigné de ma plainte [2], mais elle n'est une lumière ni pour l'œil ni pour l'oreille.

Le corps n'est pas séparé de l'âme ni l'âme du corps, car il n'est pas connu que personne ait jamais vu l'âme.

Le son de la flûte est du feu et non du vent. Que celui qui n'est pas en possession de ce feu soit anéanti.

Le feu de l'amour, c'est ce qui a pénétré la flûte : le bouillonnement de l'amour, c'est ce qui est dans le vin.

La flûte est la compagne de celui qui est séparé de son ami ; ses sons ont arraché mes entrailles.

Qui a jamais vu ensemble le poison et la thériaque comme l'offre la flûte? Qui a vu un ami intime plein de désir comme la flûte?

La flûte raconte l'histoire du chemin inondé de sang ; elle raconte les aventures de Majnûn.

On dirait qu'ainsi que la flûte nous avons deux langues, dont une est cachée entre les lèvres.

---

[1] Il s'agit ici de la flûte primitive, c'est-à-dire d'un roseau préparé pour en tirer des sons variés.

[2] C'est-à-dire, « mon secret gît dans ma plainte ».

Une langue s'est plainte de votre côté; elle a poussé des gémissements de votre côté.

Mais celui qui voit la chose sait qu'un tel gémissement est particulier.

Si le gémissement de la flûte ne portait pas de fruit, elle ne remplirait pas le monde de sucre.

Il n'y a de mahram à cette sagesse que celui qui en est dépourvu, et il n'y a d'acheteur de cette langue que l'oreille.

De longs jours se sont passés dans notre chagrin, ces jours ont été accompagnés de poignantes afflictions.

Si ces jours sont passés, dis : « Il n'y a pas de crainte (à avoir). » Quant à toi, reste, ô toi qui es plus pur (que les autres) [1].

Il n'y a que le poisson qui soit rassasié de son eau, mais les jours des malheureux sont longs.

Aucun profane ne peut connaître l'état de l'initié : il faut donc que j'abrége mon discours, et salut.

Brise tes liens et sois libre, ô mon fils; jusqu'à quand seras-tu esclave de l'or et de l'argent?

Si tu voulais faire entrer dans un vase l'eau de l'Océan, pourrait-il contenir autre chose que la ration d'un jour?

Le vase de l'œil des gens avides ne s'emplit pas; mais la nacre qui est satisfaite se remplit de perles [2].

Celui dont le vêtement est déchiré par l'ardeur de son amour est entièrement purifié de son avidité et de ses fautes.

Sois roi, ô toi dont l'amour est notre bonne folie, ô médecin de tous nos maux!

O toi qui es le remède de notre orgueil et de notre honte, ô toi notre Platon et notre Galien!

Par l'effet de l'amour, ce corps de terre est allé jusqu'au ciel; la montagne s'est mise en danse et a été légère [3].

[1] C'est sans doute d'après un commentaire que Rosen dit que par *le plus pur des purs* il faut entendre Schams Tabrézi, maître de Jalâl uddîn.

[2] Parce qu'elle s'ouvre quand elle est contente et qu'alors des gouttes de pluie s'y introduisent et y produisent des perles, d'après la croyance populaire des Indiens.

[3] Il s'agit ici de la montagne de Sinaï. La même expression se lit dans le psaume cxiii, verset 4.

O amant, l'amour est devenu l'âme du Sinaï. Cette montagne a été ivre de joie; Moïse s'est prosterné et s'est évanoui.

Le secret est caché sous le ton le plus haut et sous le ton le plus bas : si je le divulgue, je mets le monde sens dessus dessous.

Si je disais ce que la flûte fait entendre sur ces deux tons, le monde serait dévasté.

Si je m'unissais à sa lèvre sympathique, je dirais comme la flûte ses paroles.

Quiconque est séparé de celui qui a le même langage que lui n'a plus de voix, quoiqu'il ait bien des accents à faire entendre.

Puisque la rose a disparu et que le jardin a perdu sa parure, tu n'entendras plus désormais les aventures du rossignol.

Puisque la rose a disparu et que le jardin est dévasté, auprès de qui irai-je chercher l'odeur de la rose?

Tout est l'objet aimé, l'amant en est un voile; mais la maîtresse est vivante, et l'amant est mort.

Celui que l'amour ne reconnaît pas est comme un oiseau sans plume. Plains-le!

Nos plumes et nos ailes sont le filet de l'amour (de cette amie); l'attraction de ses boucles de cheveux nous conduit à sa rue.

Comment aurais-je l'intelligence en avant et en arrière, si la lumière de mon ami ne m'accompagne pas?

Sa lumière est à droite, à gauche, dessus, dessous : j'en ai fait comme un cercle à ma tête et un collier à mon cou.

L'amour voudrait que ce discours se manifestât au dehors. Quand on a un miroir, n'est-il pas divulgateur?

Sais-tu pourquoi ton miroir ne divulgue pas la vérité? c'est que la rouille souille sa surface.

Le miroir (au contraire) qui n'est pas gâté par la rouille et par d'autres souillures est rempli de la lumière des rayons du soleil de Dieu.

Va, nettoie sa surface de la rouille, et tu atteindras ensuite à cette lumière.

Écoute avec l'oreille de ton cœur ce récit véritable, afin de sortir tout à fait de cette eau et de cette boue.

Si vous avez l'intelligence et si vous donnez à l'âme son essor, vous pourrez alors, dans votre ardeur, mettre le pied dans la boue.

TRADUCTION DE LA VERSION DE NISCHAT.

Écoutez le récit que fait entendre la flûte et comment elle se plaint de l'absence :

Depuis, dit-elle, que j'ai été séparée de la tige, à la bouche de quiconque je suis appliquée je fais toujours entendre des gémissements.

O absence, mets mon cœur en pièces, afin qu'étant hors de moi, je dise la peine que me fait éprouver l'amour.

Quiconque désire (se rattacher à) son origine, comment ne rechercherait-il pas le temps (propre) à le faire?

Tous sont, selon eux, mes amis; mais comment connaîtront-ils mes secrets?

Dans chaque réunion il me faut pleurer, quoique mon ami intime soit gai.

Le secret de mon cœur n'est pas éloigné du gémissement (qui l'exprime); mais il n'est pas une lumière à tes oreilles.

Dans l'âme et le corps la dualité n'est pas manifeste. Quand est-ce que quelqu'un a vu l'âme?

Le son de la flûte est du feu et non du vent. Celui que ce feu ne pénètre pas est malheureux.

C'est le feu de l'amour qui est contenu dans la flûte; c'est l'agitation de l'amour qui se trouve dans le vin.

La flûte est la compagne de celui qui est séparé de tous; ses sons nous ont arraché les entrailles.

La flûte est ou du poison ou de la thériaque : elle est l'intime et l'affectionnée de l'ami.

La flûte dit l'histoire du chemin plein de sang, (c'est-à-dire) l'histoire de Majnûn et de Farhâd.

Ici est intelligent celui qui n'a pas d'intelligence : il n'y a qu'une oreille qui soit amoureuse du sentiment exprimé par la langue.

Si la plainte de la flûte ne produisait pas d'effet, comment le monde serait-il plein de sucre par son moyen?

Les jours de ma vie se sont terminés dans le chagrin; ces jours d'excuse se sont terminés dans la brûlure de l'affliction.

Quelle crainte puis-je avoir au sujet des jours écoulés? l'amour est dans mon cœur, et il est plus pur que tout.

Il n'y a que le poisson qui puisse se rassasier de cet océan, mais il y a du retard dans la nourriture des infortunés.

Comment les gens sans expérience comprendront-ils l'état de l'amant? Abrégeons donc mon discours, et salut.

Dégage-toi des attaches du monde et sois libre. Ne sois pas au vent (à l'évent) dans la pensée de l'or et de l'argent.

Tu aurais beau vouloir mettre l'Océan entier dans une cruche, pourrait-il y entrer autre chose qu'une ou deux coupes?

Le vase de l'œil des gens avides ne s'emplit pas; mais l'huître qui est contente se remplit de perles.

Celui qui a le collet déchiré par l'amour de Dieu est tout à fait purifié de l'avidité mondaine.

Hélas! hélas! mon amour, ma bonne folie, tu es le remède de ma douleur intérieure.

Tu es le remède de l'orgueil et de la honte, tu es mon Hippocrate et mon Galien.

Le corps terrestre est parvenu jusqu'au ciel; par ta grâce le mont Sinaï s'est mis en danse et a été léger.

L'amour, c'est l'âme de l'ami; ô amants! Moïse s'est prosterné par terre, voilà la marque de l'amour.

Si nous nous réunissions avec notre ami, nous dirions entièrement notre secret comme le chalumeau.

Quand on se sépare de ceux qui ont le même langage que soi, on est sans voix, bien qu'on fasse entendre cent accents.

Lorsque la saison du jardin et du parterre n'est plus, à qui le rossignol pourra-t-il dire ce qui s'est passé?

Le secret est caché dans mes accents; si je le manifestais, je mettrais le monde sens dessus dessous.

Ce que dit le chalumeau sur ces matières, je ne puis le dire convenablement.

On voit manifestement l'amant et la maîtresse : la maîtresse est l'âme (vivante), mais le corps est exposé à la destruction.

Si l'ami ne fait pas attention au cœur (qui se voue à lui), ce cœur est comme l'oiseau sans plumes. Hélas! que pourra-t-il faire?

Comment comprendrai-je ce qui est devant moi et ce qui est derrière, si sa lumière (de l'amour) n'est pas ma compagne?

Sa lumière est à droite et à gauche; dessus et dessous : elle est sur ma tête comme une couronne et à mon cou comme un collier.

L'amour est un puits qui divulgue toute histoire. Comment le miroir ne dirait-il pas la vérité?

Le miroir (d'acier) de ton cœur ne dit rien, parce que tu ne le nettoies pas de la rouille du monde.

Si la rouille est grattée de la face du miroir, la lumière du soleil de la vérité reluira sur lui.

Va, nettoie la rouille de sa surface, et ensuite tu parviendras à cette lumière.

### TRADUCTION DE LA VERSION DE MUSTA'AN.

La flûte se plaint habituellement; écoute ce qu'elle dit. Elle se plaint amèrement de l'absence.

La flûte est ce contemplatif qui dit toujours : « Je ne suis qu'un rayon de l'océan de l'éternité.

Je suis périssable quant à mon essence, mais l'essence de Dieu resplendit en moi.

Hors de Dieu je ne vois de moi-même que le néant. Je dis toujours ce que Dieu a dit.

En touchant aux lèvres de la flûte je fais entendre des sons élevés par son souffle.

Comme je fais toujours entendre ces sons qui dissolvent l'âme, ce son de la flûte est en réalité le musicien.

Que ce soit le Coran, l'Évangile ou le Psautier, la parole de Dieu se manifeste par moi.

Si la flûte est un instant éloignée de moi, vous n'entendrez plus de ma bouche aucun son.

Le calam et la main sont les esclaves de l'écrivain (moi), et cependant j'éprouve l'effet de leur mouvement.

De moi-même aucun mouvement ne se manifeste, en sorte que je puisse écrire un mot sans inspiration.

Par la main de l'écrivain (moi), je noircis la feuille de papier blanc comme le camphre.

Bien qu'à chaque instant je trace cent lignes couleur d'ébène de l'écriture nommée « Boucles de cheveux de jeune mariée » (*zulf-i 'urûs*),

Toutefois mes expressions élégantes et agréables sont toutes des actions de grâces à Dieu, ou des plaintes contre le ciel (c'est à savoir) :

Ou la bonne nouvelle de l'union, ou la douleur de l'absence, ou l'explication de la beauté du développement du désir.

Toute production est l'affaire du peintre (auteur de la nature) : le dessin que le peintre a eu en vue, il l'a fait.

Si on me laisse un instant sur la terre, je ne suis plus qu'un roseau sec et une sorte de vieille drogue.

Mais dès qu'on me coupe de l'endroit où je suis planté, hommes et femmes pleurent par l'effet de la douleur que j'exprime.

Le lieu planté de roseaux, c'est l'unité (divine), dans laquelle tout est anéanti : il n'y avait qu'une essence, tout étant un par la lumière de l'éternité.

Les notables du monde, à ce jour de l'éternité, n'éprouvaient aucun chagrin et n'avaient aucun désir.

Ils n'avaient pas trouvé le parfum de l'existence (séparée); ils étaient devenus notables par leur indifférence à cet égard.

Alors tous étaient unis à l'essence divine; parmi eux il n'y avait pas le nom de *jalousie*.

Ils n'étaient pas séparés de Dieu; ils ne l'étaient pas l'un de l'autre : ils étaient entièrement submergés dans l'océan de l'unité.

Tout à coup l'océan de la bonté (divine) éprouva une agitation, et le soi de tous vit la manifestation de soi en soi.

La prééminence de la science se manifesta; ce qui n'avait pas de trace en eut une.

Le nécessaire et le possible furent séparés; l'usage et la manière de la dualité se constituèrent.

Puis le grand océan fut agité, et les âmes développées atteignirent le rivage.

Ensuite un flot se manifesta après un autre : c'est l'intervalle entre le corps et l'âme.

Le nom de cet intervalle incomparable est métaphorique; sa place est entre le corps et l'âme.

Enfin une autre vague s'éleva de cette mer, et le corps et les êtres corporels se manifestèrent.

Les formes corporelles ont éprouvé bien des changements; et la dernière a été l'humble forme de l'homme.

Parcours entièrement tous les degrés, et tu verras que l'homme est bien loin de son origine.

S'il n'en était pas ainsi, il obtiendrait facilement le fruit de son origine; mais qui en est plus éloigné que l'homme?

Les hommes sont la manifestation des noms (attributs) du Créateur; tandis que les autres catégories des êtres gémissent de leur existence.

Les principales possibilités ont toutes agité leurs flots quand elles en ont trouvé l'occasion; savoir, le verbe, le nom et l'attribut.

Comme toutes les choses et tous les noms (attributs) sans lacune se manifestent dans la dignité de l'homme,

Tout cela demeure avec l'homme. Comment donc en sommes-nous séparés dès l'origine?

Mais quiconque se sépare de son origine recherche de nouveau l'union originelle.

La poitrine est déchirée par l'épée de la séparation, comment pourrais-je dire l'état de ma douleur amoureuse?

J'ai erré, en me plaignant, dans chaque assemblée; je me suis associé aux heureux et aux malheureux.

Bien que chacun d'eux fût mon ami, personne ne connut mon secret.

Cependant mon secret n'est pas éloigné de la confiance[1] ; mais comment l'œil et l'oreille l'obtiendront-ils?

L'âme n'est pas cachée du corps, ni le corps de l'âme, cependant il n'est pas possible de voir l'âme.

Le son de la flûte est le vent qui attise le feu, celui qui ne possède pas ce feu périt.

C'est le feu de l'amour qui se trouve dans la flûte, et c'est l'effervescence de l'amour qui se trouve dans le vin.

La flûte est une chose merveilleuse; elle est à la fois poison et thériaque : elle est à la fois une admirable maîtresse et un amant passionné.

La flûte fait entendre un discours étonnamment ensanglanté, elle fait entendre les plaintes de l'amour de Majnûn.

Le mahram de ces secrets en perd la raison; l'oreille pourra-t-elle jamais acheter la faculté d'entendre ce discours?

Les profanes obtiendront-ils jamais l'état des parfaits? Mais abrégeons le discours, et salut.

O ignorant, laisse les liens de l'existence : jusqu'à quand seras-tu attaché à l'or et à l'argent?

Le vase de l'œil des avides n'est jamais plein ; mais la coquille qui est satisfaite se remplit de perles.

Celui qui a le collet déchiré par l'amour est tout à fait délivré des défauts de l'avidité.

O heureux désir de l'amour, ô ma bonne folie! ô médecin de toutes mes maladies!

Tu es le remède de mon orgueil et de ma honte; tu es pour moi Platon et Galien.

Par l'amour, ce qui est terrestre s'élève jusqu'au ciel; ce fut ainsi que la montagne (de Sinaï) se mit en danse comme une folle.

Il y a union si la lèvre se colle (à la flûte); je puis dire alors le secret du discours.

Celui qui est séparé des gens de même langage ne se plaint pas, bien qu'il dût le faire.

---

[1] C'est-à-dire, « je dirais volontiers mon secret à une personne digne de confiance ».

Lorsque la rose s'en est allée, l'automne arrive au jardin, et alors les rossignols pourront-ils dire leurs secrets?

Tout est mystère entre l'amant et la maîtresse. Quand l'amant est mort (d'amour), la maîtresse est vivante et contente.

Si on ne fait pas attention à l'amour de l'amant, il est alors comme un oiseau sans plumes ni ailes. Donnez-lui un soupir.

Comment la patience et le repos me seront-ils en partage, si la lumière de l'ami n'est pas ma compagne?

FIN DU TOME SECOND.

# HISTOIRE

## DE LA

# LITTÉRATURE HINDOUIE ET HINDOUSTANIE

## Par M. GARCIN DE TASSY,

MEMBRE DE L'INSTITUT, ETC.

### SECONDE ÉDITION.

La première édition de cet ouvrage, publiée en 1839 et 1846 sous les auspices du Comité des traductions de la Société Royale Asiatique de la Grande-Bretagne et de l'Irlande (n° 57 de ses publications), et dédiée, avec permission, à S. M. la Reine d'Angleterre, ne se composait que de deux volumes. Celle-ci, revue, corrigée et considérablement augmentée, forme trois volumes de plus de 600 pages chacun, dont les deux premiers sont en vente

### Chez Adolphe LABITTE, Libraire de la Société Asiatique

#### 4, rue de Lille.

Le prix de chaque volume est de 12 francs pour les souscripteurs, et de 15 francs pour les non-souscripteurs.

*Le troisième volume paraîtra le 1er septembre prochain.*

---

## ON TROUVE DU MÊME AUTEUR

### CHEZ LE MÊME LIBRAIRE

**MÉMOIRE SUR LES PARTICULARITÉS DE LA RELIGION MUSULMANE DANS L'INDE**, in-8° de 108 pages; 1869. Prix : 3 fr.

PARIS. TYPOGRAPHIE DE HENRI PLON, IMPRIMEUR DE L'EMPEREUR,
RUE GARANCIÈRE, 8.